市川桃子著

中國古典詩における植物描寫の研究

――蓮の文化史――

汲古書院

總　序

本論は、中國古典詩における植物描寫の分析を通じて、詩語と詩人の精神との關係について述べるものである。植物詞を追っていくと、言葉そのものに運命があるように感じられることがある。これは、その時代の人々が持つ精神のありように由來するものであろう。このことは本論第一部の研究で特に主張したいことである。言葉は人の精神の成長と共に豐かになり、また言葉によって人の精神は開發される。このことは、本論の第二部で特に主張したいことである。人の精神は、言葉の中に強く生き續ける。このことは、本論の第三部で特に主張したいことである。

中國文學における植物詞を研究するに當たって、最初に、『詩經』から唐末までの、全ての花の咲く草と木を集めて時代を追って分析した。その時の研究は概貌を扱うものであったが、この千數百年間にわたる花木花草についての全體的なイメージをつかむことができた(1)。

その研究を終えたとき、個々の植物について研究してみたいと思った。定型的な詠法の中に消えていった植物もあった。ある時代だけに愛された植物もあった。特別な詩人に會って意味を與えられた植物もあった。花木花草のそれぞれが個性的であった。そののち種々の植物について調べてみたが、本論で主に取り上げたハスの花は、複雜な言葉と性質を持ち、樣々な面を見せて、とりわけ魅力的な植物であった。

第一部「ハスの花を表す五種の詩語」では、「ハスの花」という言葉がなぜ五つもあるのだろうか、という疑問から出發して、言葉にも運命というものがあるという感慨を覺え、さらに、言葉が人にとって持つ意味を探った。

たとえば「蓮花」という言葉は漢代から詩の中に見られるようになった詩語で、漢代ではごく普通に使われ、このの ち詩語として多用されるようになる可能性も豫感させる言葉であった。しかし、南北朝の初期、佛典が中國語に翻譯されたとき、インド佛敎の中で尊崇されていたハスの花は「蓮花」と翻譯され、重要な佛典が「妙法蓮華經」と譯された。唐代にはいると「蓮花」という言葉にはどうしようもなく佛敎のイメージがつきまとう。ハスを女性にたとえたり、普通のハス池の風景を描寫したりするときにはそのイメージが邪魔をするのである。佛敎に出會ったことが、「蓮花」という言葉の意味を大きく變えた。

ところで日本では、この花は「ハスの花」と呼ばれることが普通である。ハスの花が佛敎で使われ、佛様の蓮座になっていることなどはよく知られている。そこで「ハスの花」そのものに佛敎のイメージが強く、若い人々にハスの花の印象を聞くと、多くが佛敎の花と答える。中には葬式からの連想で、不吉な花と答える人もいる。もしも日本にも、佛敎に關わりのない言葉として、たとえばハスの花を表す「芙蓉」という言葉があったとしたら、ハスの花のイメージは全く違ったものとなり、もっと愛される花になっていたかもしれないと思う。

またたとえば「荷花」という語はほとんど風景しか表さない。この語は『詩經』に一度現れて以來、長い間姿を消していた。その間に「芙蓉」や「蓮花」という語が使われるようになった。もしも「芙蓉」や「蓮花」という語がなかったら、そのうち「荷花の簪」とか「荷花池」などの言葉が生まれたのかもしれない。しかし、そうした用法ができる余地はすでになく、「荷花」はもっぱら實景描寫を擔う言葉となったのである。

ハスの花を表す五つの詩語、「芙蓉」「蓮花」「荷花」「菡萏」「藕花」は、同じ作品に同じような意味で使われることもあるが、また時として、まるで異なる植物を表す言葉のように個性があるのであった。

翻って考えてみれば、それはこの五つの言葉に獨立して與えられた運命や個性ではなく、これらの言葉が通り拔けてきた時代に生きていた人々の精神の總體に由來するものである。その時代に佛教に心を寄せる人々がいた、あるいは遠くの戀人を思って氣持ちをぶつけられないままに沈んでいる女性がいた。そうした一人一人の思いの總體が言葉に個性を與えたのである。

第二部では、美意識の變遷という主題を決めて時系列に植物詞を扱い、しだいに衰微の美に目覺めていく詩人の心を追った。美しいハスの花は呪術的な力を持つ瑞物として描かれていたが、貴族文化が成熟して行くにつれて、その枯れ衰えた姿に惹かれる衰荷の流れが生まれた。一方でハスの花は詩の中でしばしば美人の形容にも使われてきた。中唐張籍の「江清露白芙蓉死（江清く露白くして芙蓉死す）」の句は新しい美意識を生んだ。美しい娘が美しいままに死んでいく、六朝の終焉に起こった事件を素材にしたこの句は、當時の評判を呼び、多くの佳句を生んだ。それまでも芙蓉を美人にたとえ、その衰微する姿を詠ずる作品はあった。しかしこの言葉がそういう作品の中に擴散していた美意識を一つの焦點に凝縮させて、明らかな觀念として提示したのである。「芙蓉死す」という詩語がなければ、人々はそのような觀念に氣づかないまま過ごしたことだろう。一人の詩人の言葉によって多くの人々が新たな美意識を獲得したのであった。「芙蓉死す」だけではない。この中唐の時代には、多くの新しい言葉が生まれて、新しい境地が開かれたのである。

第三部は、樂府題「採蓮曲」が各時代に書き繼がれていることから、その誕生、發展、飛躍の樣子を追った。

第一章はその誕生の樣子を考察した。「採蓮曲」を初めて書いたのは六朝梁の武帝であったが、その誕生までには、素材となる多くの作品があり、かつ武帝に影響を與えた作品群があった。武帝の「採蓮曲」は長い歷史の上に書かれたものである。

第二章は、盛唐李白による「採蓮曲」の三樣の解釋を巡って、六朝梁から盛唐の間に書き繼がれた「採蓮曲」を考察した。それによって李白「採蓮曲」の解釋を定め、さらにそれが作者自身の憧憬と絶望を表現していることを指摘した。

第三章は、十九世紀に李白「採蓮曲」がフランスのエルベ・サン・ドニによってはじめて歐州に紹介されてから、ドイツのグスタフ・マーラーによって交響曲「大地の歌」に組み入れられるまでを考察し、マーラーが李白詩に正しく共鳴していることを述べた。

これら三章を振り返ってみると、「採蓮曲」という樂府題には、夏の陽光、澄んだ水、若くたおやかな少女たちという、この世の理想とされる美の世界が描かれているのであった。その理想的な美の世界を表現する方法は時代によって變わっていくが、命の喜びにあふれた情景はいつの時代にも變わることはなかった。マーラーは李白詩を「大地の歌」に組み入れたときに、題名を「美について」と變える。彼がそこに美の世界の現出を見たからである。

本論で行った全ての研究を通して、現在を生きている人々に次のようなメッセージを送りたいと思う。人の日々の營み、ハスを採り、笑いあい、戀をする、というように毎日を生きていくことは、その人の死によってこの世から全て消え去ってしまうのではない。「採蓮曲」という樂府題の中には、きらめく夏の陽光、豊かな収穫、若い乙女たち、氏族の繁榮を予感させる戀心などが内包されており、それに感動した人々が書き繼いでいくことによって、それらは後世に傳えられていった。その感動は文化を超えて現代のヨーロッパにまで傳えられていった。こうしたことは「採蓮曲」という樂府題に特別に起こった希有な例のように見える。しかし、決してそうではないのである。私たちが日常的に使っている言葉の中には、私たち自身の、そして過去にいた無數の人々の、様々な情景がすり込まれている。私たちが何氣なく言葉を口にするとき、意識することはないけれど、私たちはその言葉に内包されている過去の人々の行いや精神としばしば觸れ合っているのである。

第一部で詩語の研究を行ったとき、詩語に個性や運命があるように見えたとしたら、それはその時代の人々が持つ精神の集合に由來するものである。第二部で詩語の軌跡を追ったとき、そこには、その時代における人々の意識の變革が見られたが、言葉はそうした意識の變革を自らの身に引き受けて變化していくのである。第三部では樂府題が美しい世界を内に包みながら時代と文化を超えて繼承されていく樣子を見た。今回の研究は一つ一つの植物詞による詩の描寫を追っていったものであるが、ここで見ることができた現象は全ての詩語、全ての言葉に廣がる可能性を持っていると思う。

人々の精神は、人々の意圖を超えて、言葉の中に包み込まれ、後世に傳えられていくのである。

＊　＊　＊

補說第一章「櫻桃　描寫表現の變遷」では、特に盛唐から中唐への移行期に焦點を當て、櫻桃語による描寫表現を考察することによって、詩人と朝廷との關わりがこの時代における文學の轉換の一つの要因となったことを述べた。櫻桃の題詠詩を時代順に竝べてみると、盛唐では朝廷が時代の精神の支柱であり、作品には朝廷への尊崇の念が強く現れている樣子が見られる。ところが、おそらくは安史の亂の敗北が契機となったのであろうが、中唐の元和年間以降には、作品からその樣な氣持ちが無くなるのである。朝廷の求心力は失われ、それまでに詩を作る際に意識的無意識的に守られていた傳統的な決まりや定型的な詠法からも放たれて、詩人の精神は自由になったようにも、方向を失ったようにも見られる。確實に言えることは、この時期に描寫表現が現實に目を向けた細かなものになり、新しい詩語が大量に生まれたことである。このことは櫻桃についてだけではなく、ハスについても言える。盛唐まではハスの花と言えば紅い花がほとんどであったが、中唐以降は白いハスの花を好んで描く詩人が現れる。「藕花」という言葉が詩語になったのもこの時期である。さらに、本論を一九九二年に口頭發表して以來、多くの研究者が多くの言葉について同様の方法を用いて研究を行い、同じ方向の結論を導いたことで、盛唐から中唐にかけての描寫表現の變化がより確かに證明された。

補說第二章「桃『詩經』周南・桃夭篇」では、『詩經』作品の新しい解釋方法を試みた。『詩經』の中の、似た形を持つ作品について、要素に分けて關連を考察する方法と、毛傳以降の語注に頼らず、『詩經』の用語の中から意味を見出だそうとする方法とである。この二つの方法を使って『詩經』周南の「桃夭篇」を新たに見直してみた。ひとつの試みとして提示したい。

注

（1）この時の研究は「中國古典詩に詠ぜられた花木と花草の變遷――呪術から美の追究へ――」（『伊藤漱平教授退官記念中國學論集』汲古書院　昭和六一年所收）にまとめた。

目次

中國古典詩における植物描寫の研究

――蓮の文化史――

第一部　ハスの花を表わす五種の詩語
——「蓮花」「芙蓉」「荷花」「藕花」「菡萏」——

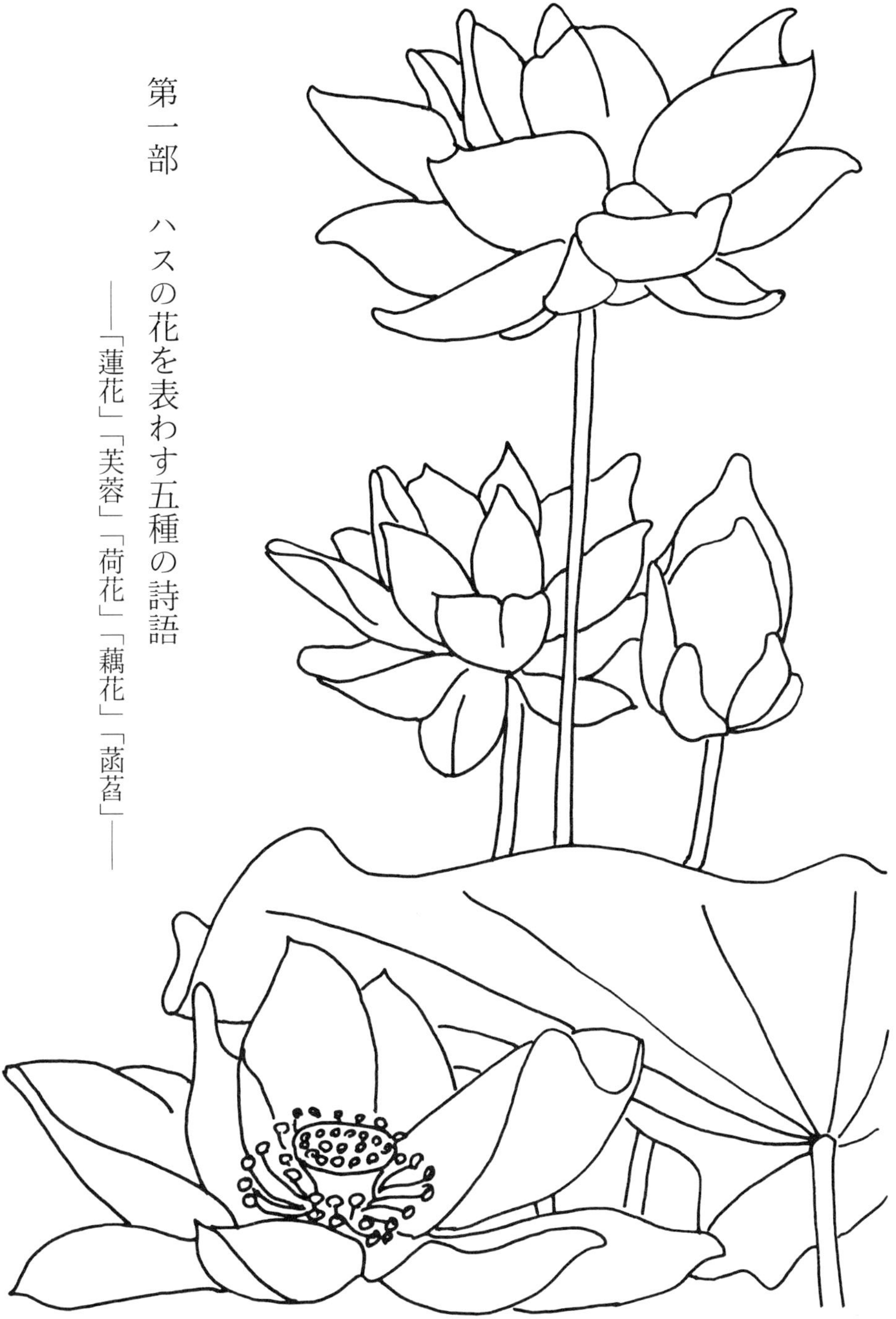

「蓮花」「芙蓉」「荷花」「藕花」「菡萏」は全てハスの花を意味する言葉である。同一の對象物に、五種類もの名稱がつけられている。そこにはどのような意味があるのだろうか。

方言の影響も考えられる。だが方言だけが理由だとしたら、同じ詩人がこれら五種類の言葉を併用することは考えにくい。實際には多くの詩人がこれら複數の言葉を用い、さらには、次の例のように、一つの作品にこれらの名稱が併存することさえある。

東林北塘水、湛湛見底淸。中生白芙蓉、菡萏三百莖。
（東林　北塘の水、湛湛として底の淸きを見る。中に生ず　白芙蓉、菡萏三百莖）
中唐白居易「潯陽三題　東林寺白蓮」

この作品には詩題に「白蓮」とあり、詩句には「白芙蓉」とあり、また「菡萏」ともいう。この作品を見る限りでは、少なくとも「白芙蓉」と「白蓮」は全く同じ意味に使われている。「菡萏」もそれほど意味の違いはなさそうだ。意味ばかりでなく、性格もイメージもほぼ同じ言葉に思われる。

この例を見ても、方言の影響からのみでは、ハスの花に五種類もの名稱があることが説明されないことが明らかである。[1]

この五種類の詩語は、同一の意味を持つ言葉ながら、作者がその時々に任意に選擇して作品の中に表現するのであろう。そうだとしたならば、その選擇の基準は何だろうか。

そこで、一つ一つの言葉を丁寧に分類してみると、それぞれに強い個性があり、時としてそれぞれの言葉が全く異なる植物を意味するかのごとくにさえ思われてくるのであった。すなわち、蓮花が表す植物、芙蓉が表す植物、菡萏が表す植物という區別ができるほどに、異なるイメージを擔う言葉であることがある。それはなぜか、そのことは詩人にとってどのような意味を持っているのか。

本論の研究は、ハスの花を表わす言葉がなぜ五つもあるのか、という疑問から始まった。その問題を追っていく過程の中で、詩語の軌跡、言葉と詩人の關わりについて考察を深めた。

ハス。スイレン科の多年生植物。夏に、水上に莖を長く伸ばして大輪の花を咲かせる。(2) 中國文學の中には、早くから現れる。それは、ハスが夏から秋にかけて鑑賞植物として喜ばれたからばかりではなく、實や根が食用とされ、早くから栽培されていたからでもある。(3)

そこで、ハスの各部にはそれぞれ異なった名稱がつけられている。漢許愼『說文解字注』には、次のようにいう。

藺、菡藺、扶渠華。未發爲菡萏、已發爲夫容。蓮、扶渠之實也。茄、扶渠莖。荷、扶渠葉。藕、扶渠根。

（藺、菡藺、ハスの花。開いていないときは菡萏、開いたら夫容という。蓮はハスの實。茄はハスの莖。荷はハスの葉。藕はハスの根。）

『說文』のこの說に從えば、ハスの花は「芙蓉（夫容）」ということになる。(4) しかし、實際には、詩の中で、芙蓉、蓮花、荷花、菡萏、藕花の語がハスの花の意味で使われているのである。

本論は、これら五つの語が中國古典詩の中に、いつ、どのように現れ、どのような使い方をされたのかについて調査し、五つの語が持つ意味、五つの語が併用されていることの意味を考える。(5)

第一章　言葉の始まり——六朝以前の様相——

第一節　五種の詩語の初出

表題の五つの語は、どのように中國古典詩の中に現れたのだろうか。それぞれの言葉は、初めて詩に現れた時期も、その後の展開も異なる。この章では、これらの言葉がいつ頃からどのように詩に書かれるようになったのかについて述べる。各語の來歴を明らかにすることが、本章の目的である。まず言葉の始まりから、出現した順に見てみよう。

（一）「荷花」と「菡萏」

「荷花」と「菡萏」が、五つの言葉のうち、もっとも古くから見られる言葉である。中國最古の詩集である『詩經』に「荷華」と「菡萏」の語が見える。陳風・澤陂篇と鄭風・山有扶蘇篇である。『詩經』に收錄されている作品の中には紀元前千年以前に遡るものがあると言われている。菡萏や荷華は紀元前千年の頃にすでに唱われていたのかもしれない。

彼澤之陂、有蒲與荷。有美一人、傷如之何。寤寐無爲、涕泗滂沱。
彼澤之陂、有蒲與蕑。有美一人、碩大且卷。寤寐無爲、中心悁悁。
彼澤之陂、有蒲菡萏。有美一人、碩大且儼。寤寐無爲、輾轉伏枕。

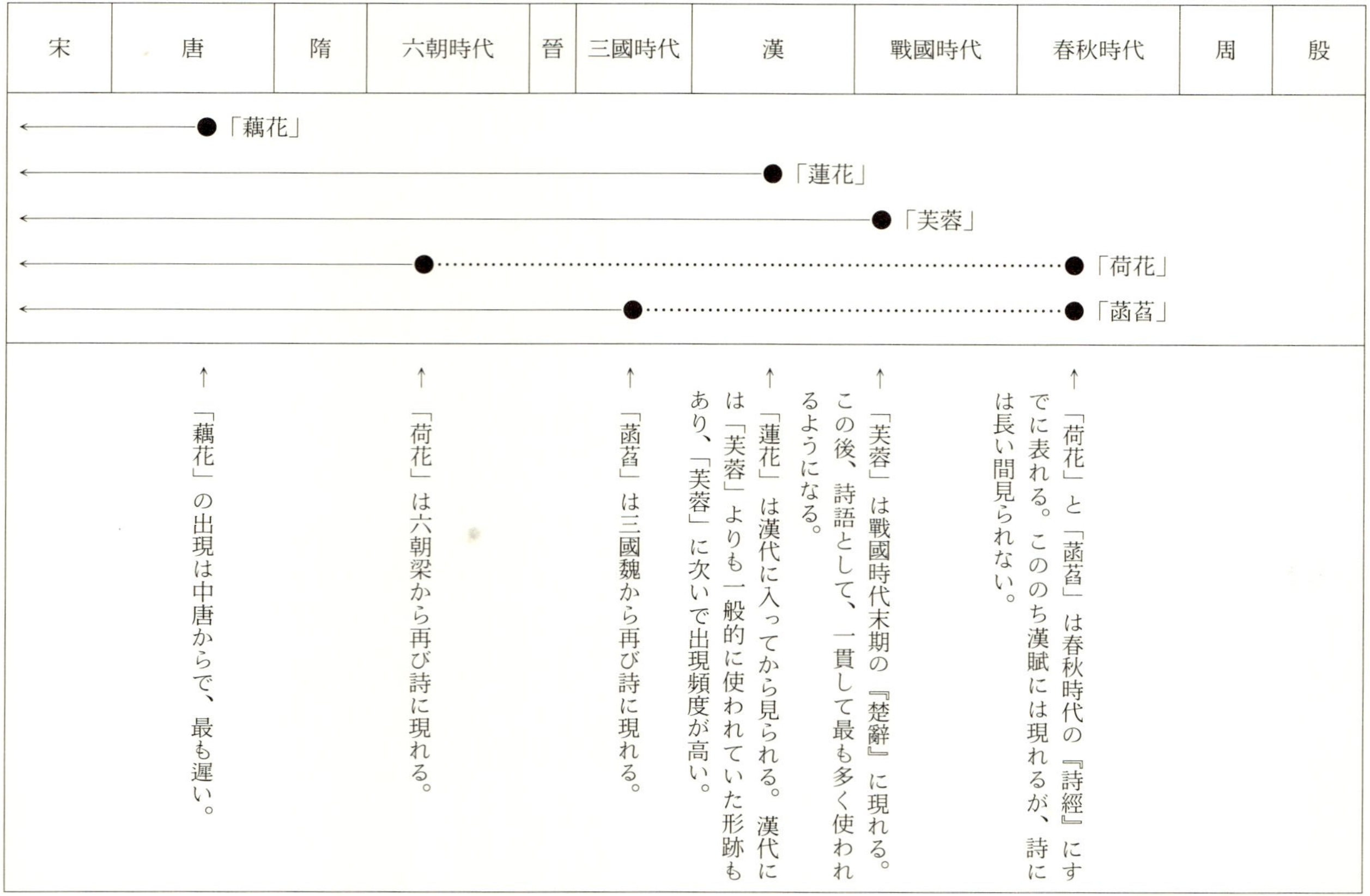

宋
唐
隋
六朝時代
晉
三國時代
漢
戰國時代
春秋時代
周
殷
「藕花」
「蓮花」
「芙蓉」
「荷花」
「菡萏」
↑「荷花」と「菡萏」は春秋時代の『詩經』にすでに表れる。こののち漢賦には現れるが、詩には長い間見られない。
↑「芙蓉」は戰國時代末期の『楚辭』に現れる。この後、詩語として、一貫して最も多く使われるようになる。
↑「蓮花」は漢代に入ってから見られる。漢代には「芙蓉」よりも一般的に使われていた形跡もあり、「芙蓉」に次いで出現頻度が高い。
↑「菡萏」は三國魏から再び詩に現れる。
↑「荷花」は六朝梁から再び詩に現れる。
↑「藕花」の出現は中唐からで、最も遅い。

[表一]

（彼の澤の陂に、蒲と菡萏あり。美しき一人あり、碩大にして且つ儼《おごそ》かなり。寤寐に爲す無く、輾轉として枕に伏す）
「陳風・澤陂」

あの澤のつつみに蒲と菡萏とが生えている。美しい人がいる。大きくて威嚴がある。寝ても覺めても何も手につかず、輾々と寝返りを打っては枕に伏せるばかり。

この時代、美人という言葉は男性にも使われる。「碩大且儼」という句から見て、これは女性が堂々とした男性に戀をした歌だろうか。なぜ第三章の冒頭に「菡萏」が描かれているのかは明らかになってはいないが、戀の歌の興として現れるのだという説が一般的である。(6)

山有扶蘇、隰有荷華。不見子都、乃見狂且。
山有橋松、隰有游龍。不見子充、乃見狡童。
（山に扶蘇あり、隰に荷華あり。子都を見ず、乃ち狂且を見る）
「鄭風・山有扶蘇」

山には扶蘇が生えており、澤には荷華が咲いている。子都には會えなかった、狂った奴がいるばかり、という第一章後半部分は、子都のようなすてきな人に會えずに、狂且に出會ってしまった、という不本意な出會い、あるいはそれを裝って相手をからかう言葉、と理解されている。おそらくは男女誘引の歌である。「荷華」の語がある前半は、やはり後半を引き出す興と考えられている。(7)

このように「荷花」と「菡萏」は早くから文獻に現れた。『詩經』國風に唱われているのだから、この時代に確かに中原で使われていた言葉だと思うのだが、しかし、なぜかこののち長い間、詩語としては姿を見せなくなる。「菡萏」の語が次に詩に書かれるのは三國魏（二二〇〜二六五）に入ってから、「荷花」の語が次に詩に書かれるのは六朝梁（五〇二〜五五七）に入ってからのことである。千年もの間、「荷花」も「菡萏」もどこに行っていたのか。ちなみに、『十三經』ほか先秦の文獻に「荷花（華）」の語はなく、「菡萏」は『爾雅』釋草に見えるだけである。ただ漢賦には「荷華」が一例「菡萏」が三例見られる。これは恐らく、詩と賦というジャンルの違いから説明されることであろう。(8)

（二）「芙蓉」

「芙蓉」の語が、「荷花」と「菡萏」の次に姿を見せる。戰國時代末期の作品集『楚辭』である。

　采薜荔兮水中、搴芙蓉兮木末。（薜荔を水中に采る、芙蓉を木末に搴る）　「九歌・湘君」

「九歌」は『楚辭』の中でも早い時期の作品だと考えられている。この句は「陸にある薜荔を水中に捜し、水中にあるはずの芙蓉を木の枝に捜す」と、ちぐはぐでうまくいかない狀態をたとえている。(9)芙蓉も薜荔も、『楚辭』の中では呪術的な力を持つ植物として描かれ、これらを手に入れて力を身につけたいのに、うまくいかないのである。

　製芰荷以爲衣兮、芙蓉以爲裳。（芰荷を製りて以て衣と爲し、芙蓉以て裳と爲す）　「離騷」

「九歌」の次は、『楚辭』の「離騷」である。この句で「芙蓉」は「裳」となる。なぜ裳とするかといえば、次の句に「不吾知其亦已兮、苟余情其信芳（吾を知らずとも其れ亦た已まん、苟くも余が情　其れ信に芳なれば）」、私を知る者が無くともかまわない、私はまことに芳しいのだから、とあるように、やはりその芳香を身につけることによって、ある種の力を手に入れるのである。

續いて『楚辭』の中でも、やや時代が下る作品「九章」「九招」「九歎」に三句見られる。

　因芙蓉而爲媒兮、憚褰裳而濡足。（芙蓉に因りて媒と爲すも、裳を褰《かか》げて足を濡らすを憚る）　「九章・思美人」

　芙蓉始發、雜芰荷些。（芙蓉始めて發《ひら》き、芰荷に雜《まじ》ふ）　「招魂」

芙蓉蓋而蔆華車兮、紫貝闕而玉堂。（芙蓉の蓋　蔆華の車、紫貝の闕　玉の堂）　「九歎・逢紛」

「九章・思美人」では「芙蓉」は人と人の仲立ちをする「媒」として現れる。推測すれば、芙蓉は男女の間を取り持つ呪術的な力を持つと考えられていたのであろう。「招魂」の句は吉瑞の景として述べられる。この句のややあとで「蘭薄戸樹、瓊木籬些。魂兮歸來、何遠爲些。（蘭薄戸樹、瓊木の籬。魂よ歸り來れ、何すれぞ遠し）」という。遠くに行ってしまった者に向かって、この吉瑞に満ちた世界に帰っておいでと呼びかける招魂の作品である。「芙蓉」はここにある「蘭」や「瓊」と同じ瑞物としての意味を持ち、芙蓉の咲く吉瑞の世界に戻ってくることを願うのである。「九歎・逢紛」の句は「離騒」の句と同じ使い方で、芙蓉は車蓋という製品として描かれる。芙蓉の車は屈原が天を驅ける時の、俗界を飛び超える力を持つ車である。

このように『楚辭』に描かれる芙蓉は、衣裳や車という製品に使われていたり、ちぐはぐなことを言う比喩であったり、招魂の中の吉瑞に満ちた景色であったりと、三様の使い方をされている。初めて現れた時に、すでに三通りの用法を伴っていたことになる。ただ共通することは、『楚辭』の五句すべてに、何らかの呪術的な力が認められることである。

このの ち六朝から唐代を含めて、「芙蓉」の語は五語の中で最も多く、かつ途切れることなく詩の中に登場することとなる。

（三）「蓮花」

「蓮花」は四番目に登場する。すでに漢代に入ってからのことであった。「蓮」という字さえ、それまでは詩の中に現れていない。ただ、上述の、『詩經』陳風「澤陂篇」にある「蕑」を、後漢の鄭玄は「蓮」の意味だと考える。(10)

彼澤之陂、有蒲與荷。有美一人、傷如之何。寤寐無爲、涕泗滂沱。
彼澤之陂、有蒲與蕑。有美一人、碩大且卷。寤寐無爲、中心悁悁。
彼澤之陂、有蒲菡萏。有美一人、碩大且儼。寤寐無爲、輾轉伏枕。

「陳風・澤陂」

鄭玄の箋に「蕑蓮、蓮芙蕖實也（蕑は蓮、蓮は芙蕖の實なり）」とある。第一章の「荷」と第三章の「菡萏」に挾まれているので、あるいは「蕑」は「蓮」かもしれない。また、毛傳は「蘭也」という。「蘭」はしばしば水邊にあって「ハス」と共に歌われ、字形も似ているので、この「蕑」は「蘭」かもしれない。いずれとも決めかねるのである。

「蓮花」の初出は次の民歌で、逯欽立『先秦漢魏晉南北朝詩』（中華書局一九八三年）では前漢の民歌に分類し、『玉臺新詠』は作者不詳の「古絶句」と題している。

日暮秋雲陰、江水清且深。何用通音信、蓮花玳瑁簪。

「古絶句四首之二」

（日暮秋雲陰《くも》り、江水清く且つ深し。何を用てか音信を通ぜん、蓮花玳瑁の簪）

秋の夕暮れ、雲が暗くなってきた。河の水は澄んでいて深い。どうやって便りを送ろうか。蓮の花、玳瑁の簪を贈りたいのに。蓮花は愛の證である。

この後「蓮花」の語は、「芙蓉」に次いでよく用いられるようになる。

（四）「藕花」

「藕花」という詩語の出現は非常に遲く、中唐に入ってからである。「藕」という言葉も『詩經』『楚辭』にはなく、初出は東晉の民歌で、『先秦漢魏晉南北朝詩』に三首の作品が見られる。「藕」という詩語は女性の戀心を歌う民歌から始まったのである。

寝食不相忘、同坐復俱起。玉藕金芙蓉、無稱我蓮子。

（寝食相忘れず、同に坐し復た俱に起つ。玉藕も金芙蓉も、我が蓮子に稱《かな》ふ無し）

晉詩巻十九　清商曲辭　呉聲歌曲「子夜歌四十二首　四十」

玉で作った藕も金で作った芙蓉も私の戀人（憐人＝蓮の實）にはかなわない、という。「蓮子」は「憐子」の諧音雙關語である。ここでは藕はハスの根（地下茎）、芙蓉はハスの花、蓮はハスの實、と使い分けているると考えられるので、「藕」はレンコンの意味である。

これまで、初出の早い順に「荷花」「菡萏」「芙蓉」「蓮花」「藕花」という五つの言葉がどのように詩の中に現れたのかを見てきた。「荷花」と「菡萏」は初出が早いのに長い間忘れられた言葉であった。「芙蓉」は衣裳のような物になったり、比喩に使われたり、吉瑞の景色の中に現れたりと、初出から様々な用法の分化を示す言葉であった。「蓮花」は初出がやや遲く、漢代の民歌の中に現れた。「藕花」という言葉は、六朝時代までは無かった。この五つの言葉は、初出からしてそれぞれに様々な様相を持って中國古典詩の中に出現してきたのであった。

ちなみに、『十三經』の中の『詩經』以外の書を調べてみると、『爾雅』釋草に「荷」の釋として「菡萏」「蓮」「藕」が書かれている他は、表題の五種の言葉は見られない。『先秦諸子』には、『管子』地員に「五臭疇生、蓮與蘪蕪、槁本白芷（五臭疇に生ず、蓮と蘪蕪、槁本白芷）」の句が見られる。

次に、これらの言葉が中國古典詩の中に現れた後にどのように描かれていったのか、について調べてみなければならない。

第二節　六朝時代のハスの花――三分類による分析――

資料一　漢魏晉南北朝詩におけるハスの花　参照

五語のうち、六朝時代までの詩に書かれるのは「荷花（華）」「菡萏」「芙蓉」「蓮花（華）」の四語で、管見するところ「藕花（華）」という言葉はないが、「藕」という言葉は見られる。

まず「荷花（華）」「菡萏」「芙蓉」「蓮花（華）」の四語の出現状況について表にまとめてみた。資料は『先秦漢魏晉南北朝詩』による。

表の分類は、次のような方法で行った。

基本的に、三つに大きく分類する。第一分類は「非植物」、第二分類は「比喩」、第三分類は「實景」である。

第一分類「非植物」には、植物として生きているハスの花ではなく、「芙蓉石」などの形や性質による名前、「芙蓉堂」のような建物、「芙蓉帳」のような刺繡をした調度品、上着、器物、「蓮花池」のように蓮花があることに依る場所や呼稱、などを分類した。

第二分類「比喩」には「蓮花のような女性」というような直接的な比喩の他に、若さの象徴、隱棲の象徴、人生が早く過ぎることへの暗喩など、象徴的な詩句もここに拾った。

第三分類「實景」は、植物としてのハスを歌う詩句である。この中には、主に應制詩や仙界を歌った、『楚辭』の系統を引く吉瑞の景を述べる作品、ハスが印象的に咲く喜びに滿ちた作品、別れや無常觀を主題とする、靜寂なあるいは損なわれたハスの景色を歌う作品などが見られる。

漢から六朝のハスの花(1)

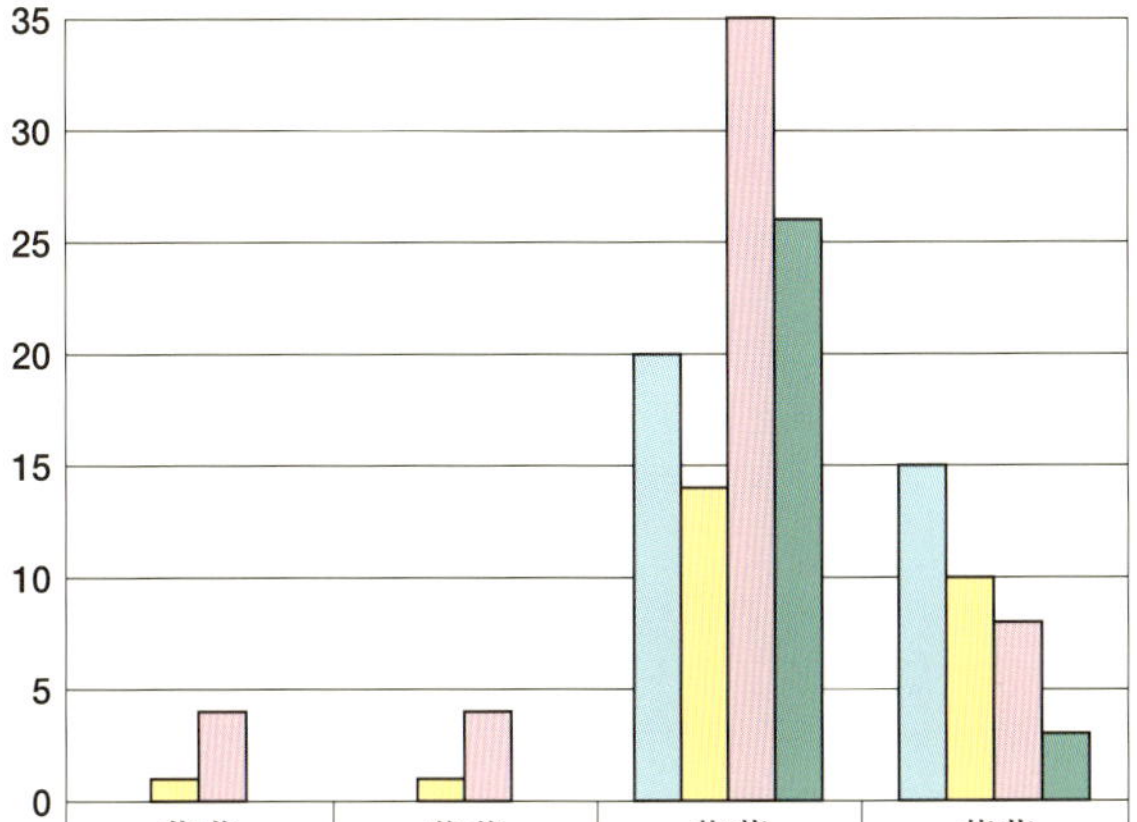

	荷花	菡萏	芙蓉	蓮花
非植物	0	0	20	15
比喩	1	1	14	10
實景	4	4	35	8
民歌	0	0	26	3

漢魏晉南北朝詩の分類　数字は句數

非植物（ハスの模様や形のもの、場所、呼稱）

比喩（直喩、象徴）實景（花の描寫、風景描寫）

民歌（民歌に倣った文人の作を含まない）

※「芙蓉」實景の三十五句には、題詠の詩題十二首とその中の詩句を含む。（題詠の内、四首は「渉江採芙蓉」系統）

［表二］

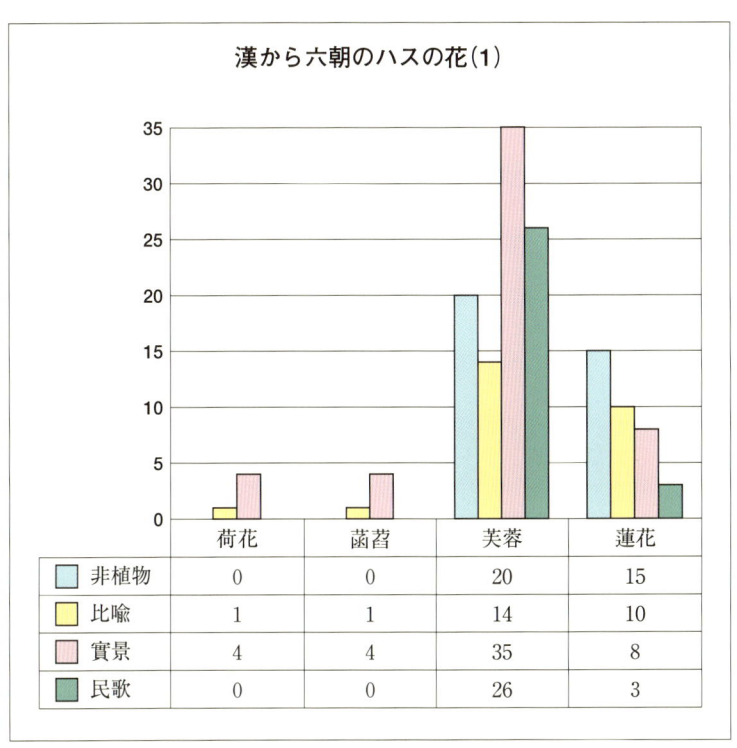

このほかに、『先秦漢魏晉南北朝詩』は民歌を多く收錄しており、これらを別の分類にまとめた。民歌は唐代にもあり、敦煌文獻などで見ることができるが、現在知ることの出來る唐代民歌の量は豐富ではなく、本論で扱った『全唐詩』（中華書局一九七九年活字版、故宮寒泉古典文獻全文檢索資料庫）は民歌を收錄していない。民歌と文人の詩とは性格がことなり、一緒に論ずることは難しい。(11) したがって本論第一章では原則的には民歌を扱わず、文人の作品を研究對象とした。ただし、民歌が文人の作品に大きな影響を與えていることは確かで、ことに六朝の民歌が唐詩に與えた影響は無視できないので、本論六朝詩の項では、六朝民歌に見られるハスの花についても多少の考察を行った。(12)

前頁の圖は、「荷花」、「菡萏」、「芙蓉」、「蓮花」の四語がどのように用いられているかを示したものである。「荷花」、「菡萏」の二語は數が少なく、比喩と實景を詠ずるときのみに用いられている。この時代に壓倒的に多く用いられる言葉は「芙蓉」で、詠法も多樣であることがわかる。「蓮花」語がそれに繼ぐ。割合としては、「芙蓉」語は實景を歌うことが最も多く、「蓮花」語は非植物を歌うことが多い。注に述べるように、「芙蓉」實景の三十五句には、題詠十二首の詩題とその作中の詩句二語を含む。すなわち、題詠詩としてハスの花を專らに歌う場合、必ず詩題には「芙蓉」語を使う。他の語は見られない。

同じ表であるが、列と行を入れ替えて、詠法による四つの分類の中で、ハスの花を表わす四語がどのように使われているか、を見たのが次頁の表である。

このグラフを見ると、「非植物」と「比喩」の項では「芙蓉」語に拮抗して「蓮花」語も使われていることを見て取ることができる。また、民歌ではほとんど「芙蓉」語が用いられる。この時代のもので、現代でも見ることができる民歌は、ほとんどが南方の歌である。この時代の南方の人々はハスの花を言うときに「芙蓉」語を使っていたのであろう。

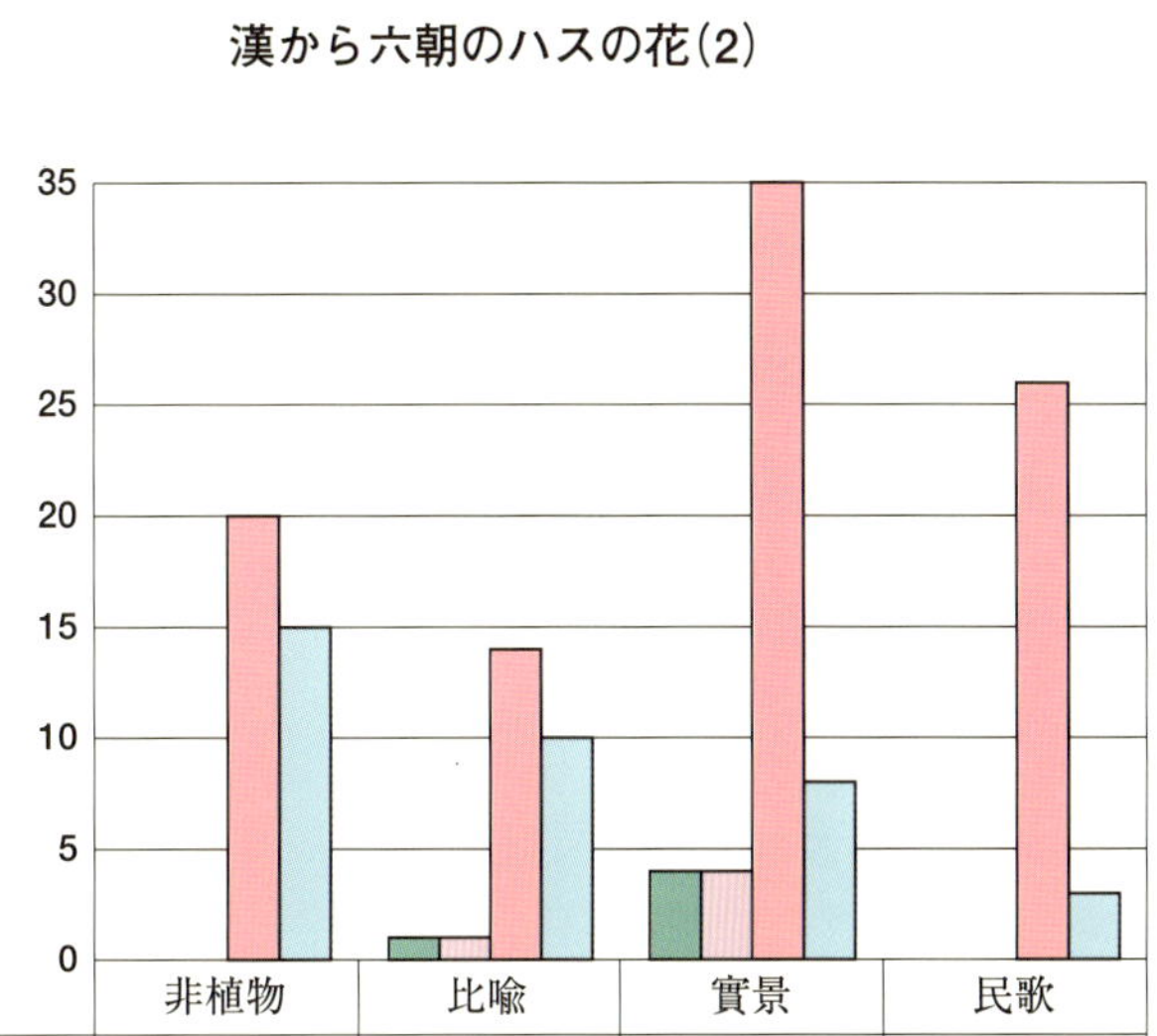

	非植物	比喩	實景	民歌
荷花	0	1	4	0
菡萏	0	1	4	0
芙蓉	20	14	35	26
蓮花	15	10	8	3

［表三］

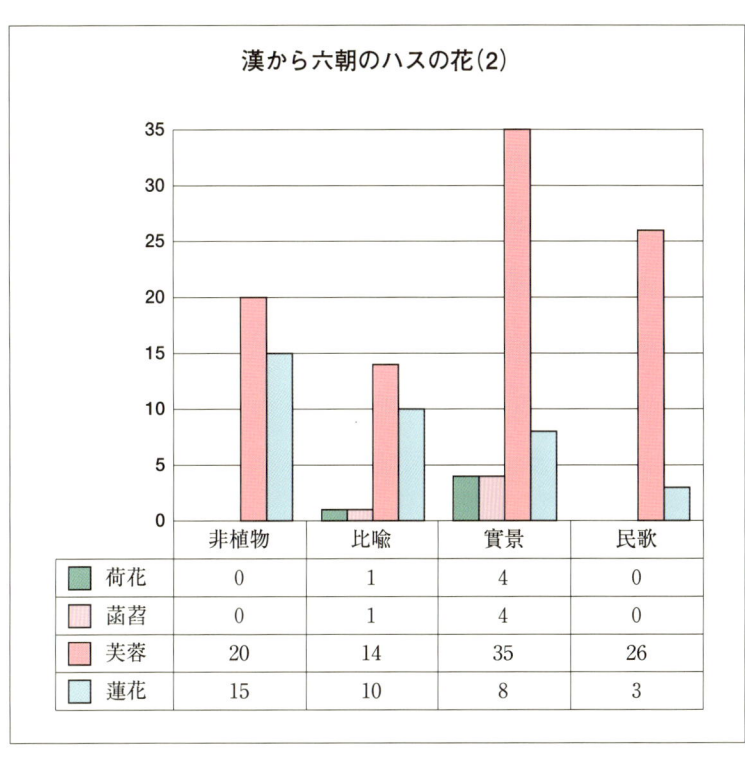

さて、ここで實際の作品を見てみなければならない。次に、「荷花（華）」「菡萏」「芙蓉」「蓮花（華）」の四語が漢三國南北朝詩にどのように描かれているのか、そして「藕花」という言葉が現れる以前の「藕」語はどのようなものであったかについて、分類表に従って【非植物的用法】【比喩的用法】【實景描寫としての用法】の順に、作品を見ながらそれぞれの語の状況を見てみよう。

第一分類　非植物的用法

〈一〉荷花　この用法は見られない。

〈二〉菡萏　この用法は見られない。

〈三〉芙蓉（二十句）

この時代には、芙蓉の名の付いたものがたくさんある。芙蓉模様のとばり、帯や褥もある。

珠縄翡翠帷、綺幕芙蓉帳。（珠縄に翡翠の帷、綺幕に芙蓉の帳）　梁簡文帝蕭綱「戯作謝恵連體十三韵詩」

また「芙蓉池」という類の言葉が多く見られる。この言葉はもともと芙蓉のある池という意味であるが、すでに池の名稱となっており、重點は池にある。(13)

逍遙芙蓉池、翩翩戯輕舟。（芙蓉池を逍遙す、翩翩として輕舟戯《たわむ》る）　魏陳思王曹植「芙蓉池詩」

似た言葉として「芙蓉水」「芙蓉沼」「芙蓉湖」がある。

〈四〉蓮花（十五句）

剣を形容するものが四首見られる。

蓮花穿劍鍔、秋月掩刀環。（蓮花劍鍔を穿《うが》ち、秋月刀環を掩ふ）　梁呉均「和蕭洗馬子顯古意詩六首之六」

蓮花の萼と剣の鍔を掛けている。剣の鍔がハスの花の形をしていたようだ。このほかに「蓮花莖」（燭臺）「金蓮杵」（きぬた）「蓮花帶」などがある。山や池をいう詩句には「蓮花池」「蓮花石」がある。(14)


では、この非植物的用法で、「芙蓉」と「蓮花」の用法はどのように異なるのだろうか。

「芙蓉」語のつく製品には「衣・褥」と「帳」が多い。「芙蓉」語に衣服を修飾するものが多いのは、『楚辭』「離騒」に「製芰荷以爲衣兮、芙蓉以爲裳（芰荷を製りて以て衣と爲し、芙蓉以て裳と爲す）」とあるところに由來するのであろう。衣服やカーテンというところから想像すれば、ハスの花の刺繡を施したものであろうか。一方、「蓮花」語には剣の鍔、きぬた、轆轤など、形に由來すると考えられるものが多い。「蓮花帶」はあるが、蓮花の衣やカーテンはない。

「芙蓉」語で池沼湖水を形容する句は八例あるが、「蓮花」語で池沼湖水を形容する句は一例のみしかない。「ハス池」という場合は「芙蓉」語を使うことが多いようだ。（ただし、「蓮」語のみを付けて池沼湖水を形容する句として、「蓮池」が三例「蓮水」が一例見られる。）

第二分類　比喩的用法

ここには、まるで芙蓉のようだ、という直接的な比喩の句のほかに、この花は蓮花よりも優れている、と比較して形容する句、春が終わって芙蓉が咲く季節になってしまった、と時の過ぎる早さをハスによって象徴する句、ハスの花も衰えれば人に見向きもされなくなる、という戒言などを分類する。(15)

〈一〉荷花（一句）

月光臨戸駛、荷花依浪舒。（月光戸に臨みて駛せ、荷花浪に依りて舒ぶ）

梁簡文帝蕭綱「怨歌行」

この句は王昭君が北國で年を重ねていく様子を述べる。「蓮花」語を用いた作品に、これに似た發想の句がある。

苔蘚生兮繞石戸、蓮花舒兮繡池梁。（苔蘚生じて石戸を繞《めぐ》り、蓮花舒《の》びて池梁を繡《ぬひと》る）

梁江淹「雜三言五首・搆象臺」

左遷されて三年になる作者の思いを、人の往來もないままに入り口をふさぐ苔と、池をふちどって繁茂する蓮花に象徴させる。江淹と簡文帝のこうした類似表現は、ハスの花がはびこることによって時間の經過を示す、という定型的な象徴表現があることを推測させる。

〈二〉菡萏（一句）

菡萏を歌う五首のうち四首は實景を描寫するが、一首は少年の顏の比喩である。

團輔圓頤、菡萏芙蓉。（團輔も圓頤も、菡萏また芙蓉）　晉張翰「周小史」

幼さを殘したふっくらした頰やまるい顎が、咲き初めたハスの花にたとえられている。

〈三〉芙蓉（十四句）

山や器物、他の植物、そして女性と、「芙蓉」はさまざまなものの比喩に用いられている。

美人一何麗、顏若芙蓉花。一顧亂人國、再顧亂人家。未亂猶可奈何。

（美人一に何ぞ麗し、顏は芙蓉花の若し。一たび顧れば人國を亂し、再び顧れば人家を亂す。未だ亂れずとも猶ほ奈何す可き）　晉傅玄「美女篇」

手放しで美人を褒め稱える歌である。ひたすら麗しい傾城の美女をたとえるのに芙蓉はまさにふさわしい花である。

しかし、この目に立つ美しさのせいだろうか、かえって、人生の齟齬やむなしさを述べるコンテクストの中に芙蓉が印象的に現れる作品が目を引く。定型的な歌い方ではなく、人世の齟齬、青春の移ろいやすいこと、人の薄情なことなど、いろいろな意味の詩句の中に姿を現す。

澤蘭漸被徑、芙蓉始發池。未厭青春好、已觀朱明移。慼慼感物歎、星星白髮垂。藥餌情所止、衰失忽在斯。逝將候秋水、息景偃舊崖。

（澤蘭 漸く徑を被ひ、芙蓉 始めて池に發《ひら》く。未だ青春の好《よ》きに厭《あ》かざるに、已に朱明の移るを觀る。感感として物に感じて歎き、星星として白髮垂る。藥餌情の止む所、衰失忽ち斯《ここ》に在り。逝きて將《もっ》て秋水を候《ま》ち、景に息《やす》みて舊崖に偃《ふ》さん）

宋謝靈運「游南亭詩」

ようやく生えそろった蘭や咲き初めた芙蓉を見て、主人公はそれを愛でることなく、ただちに時の過ぎ去ることへの感慨に移ってしまう。美しく樂しいはずの屬目の景が、なぜか即座にはかない人生を思い起こさせる契機につながっていく。この花を見て主人公は直ちに時の移ろいを嘆き、老齢を思うのである。秋を待って故鄉の崖に隱れようという末聯を見ると、主人公は芙蓉を見たことをきっかけに、人生をあきらめてしまったかのように思われる。このとき作者の謝靈運は政界での挫折と病氣とで、氣持ちが弱っていた。そうしたときに見た赤い大輪の花だから、なおさら時の移ろいが目にしみるのだろうか。

すでに述べたように、「芙蓉始發」の句は『楚辭』「招魂」に現れる。このときは吉瑞の風物であった。

芙蓉始發、雜芰荷些。（芙蓉始めて發き、芰荷に雜ふ）

「招魂」

六朝時代を通じて、一般に芙蓉は吉瑞の、あるいは目を樂しませる鑑賞の花であった。たとえば次の作品は、咲き始めた芙蓉の光景の中で、一日が千年にも當たると喜ぶ氣持ちを述べている。

芙蓉始出水、綠荇葉初鮮。（略）平生此遭遇、一日當千年。

（芙蓉始めて水より出で、綠荇葉は初めて鮮かなり。（略）平生此に遭遇すれば、一日は當に千年なるべし）

梁阮研「櫂歌行」

その中で、人生の悲哀を述べた謝靈運の先の作品は後世の人々に印象深く受け取られたことだろう。唐代にはいってから、しばしばハスの花は時の移ろいを嘆くコンテクストの中で歌われる。謝靈運のこの作品はそうした作品の始まりに位置する。

欲題芍藥詩不成、來採芙蓉花已散。

（芍薬を題さんと欲すれども詩は成らず、來りて芙蓉を採らんとするも花は已に散る）　陳江總「宛轉歌」

人生の宛轉を言う作品の中で、やはり人生の齟齬を言う。これは後世にもあまり見かけない比喩である。芍薬の詩を書こうと思ったが詩はできあがらない。芙蓉を採ろうと思って來たが花はもう散っていた。芍薬も芙蓉も『楚辭』に見られる呪術的な力を持つ花である。主人公は結局その力を手に入れられなかった。人生での様々な希望や試みも、努力のかいはなく、成功を手にすることはできなかった。芙蓉は散ってしまったのだから。句意は明らかで、表現も綺麗な句である。(16)

曲池何淡澹、芙蓉蔽清源。榮華盛壯時、見者誰不歡。一朝光采落、見者不廻顏。

（曲池　何ぞ淡澹たる、芙蓉　清源を蔽ふ。榮華　盛壯の時、見る者誰か歡ばざらん。一朝　光采落つれば、見る者顏を廻らさず）　作者不詳　晉雜曲歌辭「曲池歌」

池の清らかな源を芙蓉がおおう盛りの時に、その清々しくも美しい光景を見て、喜ばない者がいるだろうか。けれどもいったん色が褪せてしまえば、見ようとする者もいなくなる。周りの人々が意圖的に態度を變えるのではないのである。盛りの時には全ての人を喜ばす力を持っていた光景も、やがてその力を失ってしまう。力を失った者のそばを、人々は氣づかずに通り過ぎていく。

夏の盛りに咲く芙蓉は、人々を喜ばせる力を持っているはずなのに、この時代に見られる比喩のなんと悲觀的なことか。ハスの花は人生を謳歌する命の象徴とはならないのである。これから開く花も滿開の花も、この當時の比喩の中では、全てがやがて來る死の豫感となってしまう。

〈四〉蓮花（十句）

蓮花に似た山、杯や椀、さらには鶏のとさかの比喩もある。

解翅蓮花動、猜羣錦臆張。（翅を解けば蓮花動き、羣を猜《うたが》ひて錦臆張る）　北周庾信「闘雞詩」

次の例は比喩でもやや複雑な用法となる。

紅蓮披早露、玉貌映朝霞。（紅蓮は早露に披《ひら》き、玉貌は朝霞に映ず）　梁王樞「徐尚書座賦得阿憐」

紅蓮が朝露にぬれて開いた様は嘱目の景かもしれないが、それは朝靄の中に輝いている玉貌を引き出すための句で、言いたいことは阿憐と呼ばれる女性の顔が紅蓮のように美しい、ということである。

先に述べた

苔蘚生兮繞石戸、蓮花舒兮繡池梁。（蓮花舒《の》びて池梁を繡る）　梁江淹「雜三言五首搆象臺」

の句や、

昔類紅蓮草、自玩綠池邊。今如白華樹、還悲明鏡前。（昔は紅蓮の草に類《たぐ》ひ、自ら綠池の邊に玩ぶ）

梁簡文帝蕭綱「詩」または梁庾肩吾「八關齋夜賦四城門更作四首南城門老」

の句のように、若さや時間の失われていくことを歎く句もあるが、總じて、「蓮花」の比喩の句は、「蓮花のような形のもの」という單純な用法が多いようである。

この、比喩的用法の項では、「芙蓉」の句に多様な用法があり、また優れた句があった。「芙蓉」、「荷花」、「蓮花」に共通して、人生の悲哀を歌う句が目立ったことも大きな特徴である。

第三分類　實景描寫としての用法

植物としてのハスを歌う句をここに分類する。一輪のハスを歌うものも、廣々とした風景を歌うものもある。

〈一〉荷花（四句）

「荷花」の句を含む作品は全體でも五首と少ないが、そのうちの四首が實景描寫である。

紫擇開綠篠、白鳥映青疇。艾葉彌南浦、荷花遶北樓。送日隱層閣、引月入輕幬。

梁沈約「休沐寄懷詩」

（紫擇 綠篠を開き、白鳥 青疇に映ず。艾葉 南浦に彌《あまね》し、荷花 北樓を遶る。日を送りて層閣に隱れ、月を引きて輕幬に入る）

休沐の日に心を休める隱れ家の様子。紫擇という草が綠の細い枝を廣げ、白鳥が青々と廣がる田に姿を映している。南浦に一面の艾葉、北樓のまわりをめぐる赤いハスの花。久しぶりに心を休める田園の風景は廣々としている。紫、綠、白、青という色彩の中にあって、高殿の周りに連なる紅のハスの花が鮮やかである。ここには自足の風景が愛情を込めて描かれている。

荷花の景はいずれも鮮やかで美しい。

〈二〉菡萏（四句）

「菡萏」も「荷花」と同様、全五首の內の四首が、美しい池の風景を描寫する。喜びに溢れた光景である。

舟楫互容與、藻蘋相推移。碧沚紅菡萏、白沙青漣漪。

（舟楫　互ひに容與たり、藻蘋　相ひ推移す。碧沚に紅の菡萏、白沙に青き漣漪）

梁武帝蕭衍「首夏泛天池詩」

夏の日に池でのんびりと船遊びをしている様子である。舟をこぐ檝の動きもゆったりとして、いろいろな水藻がやってきては遠ざかる。ことにこの池には碧く澄んだ汀に紅い菡萏があり、岸邊の白い砂にはひたひたと青いさざ波が打ち寄せる。青い水、綠の藻、白い砂の中にあって、菡萏の紅がひときわ鮮やかに輝いていることだろう。

〈三〉芙蓉　三十五句　三十二首（題詠十二首を含む）

【比喩】の項で、「芙蓉」は悲しくも哀愁をこめた含意をもって歌われていた。しかし、この【實景】の項に分類される「芙蓉」の描寫は、比喩の句とは異なって、ほとんどが淸らかで明るいものである。

芙蓉は、應制詩の中などで、吉瑞の風物として描かれることが多い。これは芙蓉の特徴である。芙蓉は『楚辭』の系統を引いて瑞物の性格を持ち、ことに漢魏の賦の中に瑞物として描かれることが多い。

列車息衆駕、相伴綠水湄。幽蘭吐芳烈、芙蓉發紅暉。

（車を列ねて衆駕を息《やす》ませ、相伴ふ　綠水の湄。幽蘭は芳烈を吐き、芙蓉は紅暉を發す）　魏王粲「詩」

皇子である曹丕とともに芙蓉池で書いた應制詩の一種である。蘭はキク科ヒヨドリ屬の、フジバカマの仲間と言われており、香草として『楚辭』以來中國古典詩の中で尊重され、吉瑞の植物とされる。夏から秋にかけて群生し、特に澤蘭の類は水邊の植物なので、六朝以前の作品の中ではしばしばハスの花と共に描かれる。

應制や奉和と詩題に述べていない作品の實景描寫も、喜びに滿ちている。

芙蓉を描く實景描寫の句には秋の詩が多いが、秋の寂寥感を激しく表現する作品はなく、清らかさ、すがすがしさをいう作品が多い。

清波收潦日、華林鳴籟初。芙蓉露下落、楊柳月中疎。燕幃緗綺被、趙帶流黃裾。相思阻音息、結夢感離居。

（清波に潦《ながあめ》の收まる日、華林に籟の鳴る初め。芙蓉 露下に落ち、楊柳 月中に疎なり。燕幃 緗綺の被、趙帶 流黃の裾。相思ひて音息阻まれ、夢を結びて離居に感ず）

北齊蕭慤「秋思詩」

長い雨が上がって、林に天籟が聞かれる秋の始まりである。燕と趙の遠くに思いは裂かれ、便りも届かず夢に悲しむという、離居の寂しさを主題とする詩である。しかし、『顏氏家訓』にこの作品を評して「吾愛其蕭散（吾れは其の蕭散を愛す）」[17]というように、情景描寫は索漠とした凄慘なものではなく、寂しさのなかに愛すべき静謐な清らかさを含むものである。

なお、北周庾信に屛風繪を描寫した次のような詩がある。

停車小苑外、下渚長橋前。（略）遙望芙蓉影、只言水底燃。

（車を停む 小苑の外、渚に下る 長橋の前。（略）遙かに望む 芙蓉の影、只だ言ふ 水底燃えたりと）

北周庾信「畫屛風詩二十五首之三」

屛風には小さな庭園の外に乘り捨てられた車と渚に導く長い橋が描かれている。遠くに描かれる芙蓉は、その影が水に映ってまるで水底が燃えているように紅色である。

屛風繪を詩にした二十五首の連作のうち、四首に「芙蓉」の語が現れる。いずれも芙蓉のあるひたすら美しい春景色が描かれている。

當時このような繪を描くことが貴人の間で好まれたこと、それには詩にあるような美しい光景が繰り廣げられていたこと、そして、こうした光景が當時の理想の一つであったこと、などが知られて興味深い句である。
また、植物としてのハスの花を歌う作品の特殊なものとして、題詠の作品が擧げられる。題詠の作が多いことは、「芙蓉」語の特徴である。「渉江採芙蓉」詩の系統を含めると十二首になる。題詠の作品の中では、芙蓉がいかに美しい花か、丁寧に描寫される。

微風搖紫葉、輕露拂朱房。中池所以綠、待我泛紅光。

（微風　紫葉を搖らし、輕露　朱房を拂ふ。中池　綠なる所以にして、我を待ちて紅光を泛ぶ）

梁沈約「詠芙蓉詩」

この時代、芙蓉はほとんどの詩の中で、喜びに滿ちた景色として描かれている。

〈四〉蓮花（八句）

實景を描く作品四首は、やはり蓮花の咲く美しい光景を歌うものである。八首の内の三首は紅蓮を歌う。鮮やかな紅い花が風景に華やかさを與えている。

麥候始清和、涼雨銷炎燠。紅蓮搖弱荇、丹藤繞新竹。

（麥の候　始《ようや》く清和なり、涼雨炎燠を銷す。紅蓮　弱荇を搖らし、丹藤　新竹を繞る）

齊謝眺「出下館詩」

麥が色づく頃と言えば、初夏である。涼やかな雨が降って暑さがやわらいだ。紅いハスの花が綠の水草の中で搖れている。丹い蔓草が生えたばかりの綠の竹にまといついている。綠と赤の色彩の華やかな句である。
この、實景の項に分類される六朝のハスの花は、總じて鮮やかに美しい光景である。

その他の分類　民歌及び倣民歌

この項には民歌及び民歌に倣った文人の詩を擧げる。民歌に分類されるのは〈三〉「芙蓉」、〈四〉「蓮花」、及び〈五〉「藕」の作品である。

資料一の四　民歌　資料二の一　文人が民歌に倣って作った作品　參照

〈三〉芙蓉

民歌の多くに見られる定型的なモチーフとは、次のようなものである。

遣信歡不來、自往復不出。金銅作芙蓉、蓮子何能實。

（信を遣《や》れども歡《なんぢ》は來らず、往きてより復た出でず。金銅もて芙蓉を作るも、蓮子何ぞ能く實らんや）

晉清商曲辭　吳聲歌曲「子夜歌四十二首　三十八」

手紙を出してもあなたは來ない、行ったきりで戻ってこない、金や銅で芙蓉を作っても、蓮の實はどうして實ろうか。「蓮子」は「憐子」の諧音相關語で戀人を意味する。金屬で作った蓮の花は、見た目は美しくても實がならない。美しい戀人の實のなさを非難しているのである。

「子夜歌」は東晉の子夜という女性が歌ったという話が傳えられている。その後「子夜四時歌」などいくつかのバリエーションが生まれた。「芙蓉」句のある「子夜歌」「子夜四時歌」は九首あるが、いずれも「憐子」の諧音相關語である「蓮子」を引き出すために「芙蓉」語が前に置かれている。

このほかにやはり呉聲歌に屬す劉宋代の「讀曲歌」も九首中七首が同じ形をとる。また「子夜歌」や「讀曲歌」以外の民歌の中にも同じようなものが見つけられる。「蓮子」ではなくて「蓮」であったり、使い方がやや異なっていたりするが、基本的な表現方法は「子夜歌」と同じである。この用法の戀歌が、この時代の民歌における「芙蓉」の基本的な形であった。時代によって多少趣は異なるが、いずれも一人稱で、女性が自らの戀を表白するものである。この用法からはずれて、單純に風景を描寫しているように思われる句もあるが、そういう例は少ない。

民歌に倣った文人の作品では、少女たちが小さな船に乘って蓮の實を採るという「採蓮」を主なモチーフとする作品が非常に多く、民歌に倣った文人の作品十三首中七首ある。

渡江南、採蓮花。芙蓉增敷、曄若星羅。綠葉映長波、廻風容與動纖柯。

(江南を渡って、蓮花を採る。芙蓉增敷し、曄として星羅の若し。綠葉長波に映じ、廻風容與として纖柯を動かす)

晉傅玄「歌　八」

それに似ていて、後世に影響するという點で重要な作品は次に擧げる「涉江採芙蓉」である。

涉江采芙蓉、蘭澤多芳草。采之欲遺誰、所思在遠道。還顧望舊郷、長路漫浩浩。同心而離居、憂傷以終老。

(江を涉りて芙蓉を采る、蘭澤に芳草多し。之を采りて誰に遺《おく》らんと欲す、思う所は遠道に在り。還顧して舊郷を望むも、長路漫として浩浩たり。同心にして離居す、憂傷以て老いを終えん)

「古詩十九首　六」

川を渡ってハスの花を取る。蘭の澤には香り草が多い。これらを採って誰に贈ろうというのか。我が思い人は遠くにいる。彼が振り返って故郷を眺めても、故郷までの長い道のりが延々と延びているばかりだろう。氣持ちは同じなのに、住んでいるところは離れている。悲しみの内に老いて終わるのだろうか。

この作品は詠み人知らずではあるが、後漢の文人の作とされる。遠くにいる戀人に芙蓉を採って贈りたいと願う。

この系統の作品は、六朝時代にも幾つか書かれ、唐詩にも受け繼がれていく。この系統の作品については、第三部で詳しく述べたい。

〈四〉蓮花

この時代の民歌に「蓮」字は多數用いられるが、「蓮花」語は、二例しか見られない。「江南」古辭を見てみよう。この歌は明郭茂倩『樂府詩集』に「魏晉樂所奏（魏晉の樂の奏する所）」といい、おそらく前漢代にすでにあったと言われ(18)、のちの作品に影響を與えた作品である。

江南可採蓮、蓮葉何田田。魚戲蓮葉間、魚戲蓮葉東、魚戲蓮葉西、魚戲蓮葉南、魚戲蓮葉北。

（江南 採蓮に可《よ》し、蓮葉何ぞ田田たる。魚は戲る 蓮葉の間、魚は戲る 蓮葉の東、魚は戲る 蓮葉の西、魚は戲る 蓮葉の南、魚は戲る 蓮葉の北）　「江南」

この「蓮」は「ハスの實」の意味で使われ、食料とするためにハスの實を收穫する樣子を歌っている。こののち、南朝の民歌「子夜歌」「讀曲歌」で「蓮」は多用されるが、それは戀歌の中で「憐」字の諧音雙關語として「蓮」が使われ、戀が實を結ぶ、という意味を含むからである。「蓮」を引き出す縁語としては決まって「芙蓉」が使われる。したがって「子夜歌」「讀曲歌」に「蓮花」という語は現れない。「江南」古辭に「蓮葉」という語があるのだから、「蓮花」という語もあったはずだが、ほとんど使われていないのは、「子夜歌」「讀曲歌」などの民歌では「芙蓉」の語が花の意味で多用されていたからであろう。

次に擧げるのは、「蓮花」語が使われている民歌の例である。

開門郎不至、出門採紅蓮。採蓮南塘秋、蓮花過人頭。低頭弄蓮子、蓮子青如水。置蓮懷袖中、蓮心徹底紅。

（門を開けども郎は至らず、門を出でて紅蓮を採る。蓮を採る南塘の秋、蓮花人の頭を過ぐ。頭を低《た》れて蓮子を弄ぶ、蓮子青きこと水の如し。蓮を置く懐袖の中、蓮心徹底して紅し）　晉作者不詳「西洲曲」

この作品も戀歌で、「蓮花」は「蓮子（＝憐子、愛しい戀人）」を引き出す縁語となっており、「子夜歌」などの民歌の「芙蓉」語の役目を果たしている。

文人が民歌に倣って作った作品八首はいずれも「樂府題」あるいは「詩」とか「歌」とのみ記される作品で、ほとんどが「採蓮」または「采芙蓉」に由來する詩句である。初期の作品はメロディーを伴っていたと思われ、内容も原初的なものであるが、しだいに讀む作品になっていく。

日落登雍臺、佳人殊未來。綺窗蓮花掩、洞戸玻璃開。

（日は落ち雍臺に登るも、佳人殊に未だ來らず。綺窗には　蓮花掩ひ、洞戸には　玻璃開く）　梁吳均「詩」

夕暮れになっても戀人は來ない。樓閣に登って戀人の來る方を望む、その樓閣の美しい窗は蓮花に覆われている。この作品には、美人が戀人を待つ圖の中に、愛の象徴である蓮花が描き込まれている。

〈五〉藕

青荷蓋綠水、芙蓉披紅鮮。下有竝根藕、上生竝頭蓮。

（青荷　綠水を蓋《おほ》ひ、芙蓉　紅鮮披く。下には竝根の藕有り、上には竝頭の蓮生ず）

晉淸商曲辭　西曲歌「青陽度」

水を覆う「荷」はハスの葉、紅の「芙蓉」は花、下に竝ぶ「藕」はレンコン、上に竝ぶ「蓮」はハスの實。紅い芙蓉には、二つ竝んだ藕（二人竝んだ偶＝戀人同士）と二つ竝んだ蓮（二人の憐＝戀）がある。相思相愛の戀人たちである。

上記の例から、「藕」という詩語が女性の戀心を歌うのはこれらの民歌から始まったことが推測される。

この特徵は後代に受け繼がれる。劉宋には、「藕」を「偶」の諧音雙關語として、「つれあい」「戀人同士」という意味に使う定型的な用法が見られるようになる。

劉宋に歌われたと思われる「讀曲歌」には五首に「藕」語が見られる。

思歡久、不愛獨枝蓮、只惜同心藕。（歡《なんぢ》を思ふこと久し、獨枝の蓮を愛さず、只だ同心の藕を惜しむのみ）

宋清商曲辭「讀曲歌八十九首　五」

「歡」は戀人に呼びかける言葉。一本の枝に實った一つの蓮の實は、一つの「憐」すなわち片思いを指す。ひとつの芯からのびたレンコンは、心を一つにしている偶、相思のカップルである。

この時代にいくつも見られる「藕」という言葉は、そのほとんどが、民歌の中でこのように明らかに「藕」と「偶」の掛け詞を使って書かれている。文人が民歌に倣って作った作品も、ほとんどが同じような用法を使う。

鏤玉同心藕、雜寶連枝花。
（玉に鏤《きざ》む　同心の藕、寶に雜《ま》ずる　連枝の花）

梁劉孝威「郡縣遇見人織率爾寄婦詩」

この作品は樂府ではなく、二十一韻の長い詩の一聯であり、主題は、『詩經』以來の傳統がある棄婦詩の系統を汲むものと考えられる。それでも、この部分だけを取り出してみると、「藕」語はやはり諧音雙關語によって意味を持つ、婦人が抱く思慕の念の表象なのである。

「藕」語は唐以前の詩において、「偶」という諧音雙關語と關わって、女性の戀愛成就の祈りや思慕の念と強く結びつく言葉であった。このことは、中唐以降の「藕花」のイメージに影響を與えた可能性がある。

第三節　六朝時代のハスの花——五語の特徴——

ここまで、分類表に従って五種の詩語の作品を見てきたが、つぎに、一つ一つの言葉について、特徴をまとめてみよう。

〈一〉荷花

「荷花」を持つ詩句は少ない。『先秦漢魏晉南北朝詩』、宋郭茂倩『樂府詩集』、陳徐陵『玉臺新詠』に「荷華」という言葉は見あたらない。「荷」という言葉は非常に多く使われるが、管見するところ、全てハスの葉の意味である。ただし「紅荷」という言葉は一例あり、これは赤いハスの花の意味である。梁詩に「荷花」が三例、「紅荷」が一例、隋詩には「荷花」が一例。すべてで五例が見られた。

「荷花」を歌う作品は五例しかないが、それらの作品の中で、「荷花」はいずれも鮮やかな色彩で唱われている。水の青や草の緑という色彩が廣がる中で、鮮やかな紅色に咲くハスの花、という光景がこの時代の「荷花」のイメージである。

〈二〉菡萏

「菡萏」は『說文』に依れば、もともと「ハスのつぼみ」という意味である。ハスの總稱として、またハスの花の意味として使われることもあるが、魏晉六朝期に限らず、いつもつぼみの意味を殘しているように思われる。

漢魏晉南北朝詩に歌われる「菡萏」の句は、「荷花」と同樣にやはり五例しかない。しかもその內の三例は「芙蓉」と共に歌われる。

〈三〉芙蓉

漢代から隋代までの、「芙蓉」語を持つ作品は百首近くにのぼる。ハスの花を意味する五種の語のうち、この時代にもっともよく使われた言葉である。

この時代の特徵は、民歌が多く見られるということにある。「芙蓉」語を持つ作品のうち、民歌は二十六首、民歌に倣った文人の作は十三首で、實に半數近くが民歌または民歌風の歌である。民歌の特徵は、すでに述べたように、定型的なモチーフを持って歌われることである。民歌以外の作品では、ものや場所を表す用法が多い所に特徵がある。

また、「芙蓉」語は、初めて『楚辭』に現れたときからすでに多樣な用法が見られた。『楚辭』の用法を振り返ってみると、その一は、「芙蓉裳」という、芙蓉を用いた品物をさす。その二は、ちぐはぐな狀態を言うような、比喩的用法であった。その三として、植物としてのハスを描く實景描寫の句もある。

漢三國南北朝時代の芙蓉の詩句にも『楚辭』のこれらの用法は受け繼がれ、そしてさらに豐富になっている。多樣な用法が豐かに見られることが「芙蓉」語の特徵である。

なかでも「非植物」に分類する、芙蓉の形や模樣、また芙蓉に由來する名稱が多い。他の語に比べて題詠の作が多いことも特徵である。道敎や佛敎にも關わっていた。比喩的な用法では人生を悲觀的に見るものが主流だが、實景描寫は明るく喜びに滿ちたもので、吉瑞の景色を描寫する作品も多い。『楚辭』や漢賦には、芙蓉は吉瑞の植物として描かれるが、その系統を引くものであろう。

〈四〉蓮花

「蓮花」は「芙蓉」と同様に、南北朝時代に多用な用法を示す言葉である。少數ながら民歌にも歌われるし、民歌に倣った文人の詩にも見られる。芙蓉が衣を形容するように、蓮花は劍を形容するし、女性の美しさを象徴する句もあり、若い時代の比喩にも使われる。實景描寫の美しい詩句もある。數は少なくとも、「芙蓉」と同じような用法がそろっている。

渡江南、採蓮花。芙蓉増敷、曄若星羅。綠葉映長波、廻風容與動纖柯。

（江南を渡り、蓮花を採る。芙蓉増敷し、曄として星羅の若し。綠葉長波に映じ、廻風容與として纖柯を動かす）

晉傅玄「歌」

この作品の中には「芙蓉」と「蓮花」が一緒に現れ、基本的にはあまり意味の區別がない。

後漢の王逸は『楚辭』離騷「製芰荷以爲衣兮、芙蓉以爲裳」という句に「芙蓉、蓮華也（芙蓉は蓮華である）」と注を付けている。先に見た表に現れているように、この時代の詩語の一般的な狀況としては「芙蓉」が多く使われているのだが、少なくとも後漢の王逸が屬する文化集團にとって「芙蓉」ではなく「蓮華」の方が親しい言葉だったわけである。

「蓮花」の初出の時期は漢代になってからと遲かったが、「芙蓉」の語に拮抗する言葉であった。このまま何事もなく詩語として育っていったら、「芙蓉」をしのぐ頻度で使われるようになったかもしれない。

しかし、「蓮花」語には、佛典との運命的な出會いがあった。六朝時代には、佛教に關わる作品の中に「蓮花」が現れることは、まだごく少ない。數の上では問題にならないほどである。さらに見れば、「芙蓉」語も佛教に關わる作品に現れることはあったのである。だがしかし、それにも關わらず、この時代に佛典と出會ったことが、「蓮花」語のこの後の運命を大きく變えた。

『先秦漢魏晉南北朝詩』のなかに「蓮花」語を持つ作品は三十首、但しその中に重複する句が一首ある。「紅蓮」語を持つ作品は七首。上記の内、「蓮花」語と「紅蓮」語を共に持つ作品が一首ある。㈠民歌の項に擧げた「西洲曲」である。ほかに「金蓮」を持つ作品が二首ある。「碧蓮」語を持つ作品が一首、「靑蓮」を持つ作品が二首あるが、これらは花ではなく、あおい蓮の實、あるいはそれらが青々と廣がった蓮池を言う。「靑蓮果」（梁江淹「吳中禮石佛詩」）は蓮の實、「靑蓮嶺」（北周蕭撝「上蓮山詩」）は青々とした嶺、「秋日心容與、涉水望碧蓮。紫菱亦可采、試以緩愁年」（梁江淹「採菱曲」）は菱の實を採りにでたのだから、あたりに廣がるのはやはり碧い蓮の實及び葉であろう。

「白蓮」という言葉は見られなかった。もちろん「白芙蓉」という言葉も「白藕」という言葉もない。この時代は、白いハスの花は歌われないのである。

〈五〉藕花

六朝までの作品に「藕花」という語はないが、「藕」という詩語が、女性の戀心を歌う民歌から現れる。「藕花」語は中唐から見られ、特に詞のジャンルで歌われる「藕花」には六朝時代の「藕」を「偶」に重ねる意味が響いているように思われる。

第四節　六朝時代のハスの花　補足

補足（一）　宗教

資料二の二　漢魏六朝のハスの花　宗教に關わる作品　参照

六朝時代、佛教や道教に關わる作品は少ないが、唐詩との關連を考える上で、ここで調べてみたいと思う。

〈一〉荷花と〈二〉菡萏には見られない。〈三〉芙蓉には佛教にかかわる作品が一例、道教にかかわる作品が二例。

〈四〉蓮花には佛教に關わる作品が一例、老子が釋迦になるという化胡經が二例ある。

〈三〉芙蓉

この語は神仙と縁が深い。また佛教に關連する詩には蓮座の縁語として現れる。

寶蓋羅太上、眞人把芙蓉。（寶蓋　太上に羅《つら》なり、眞人　芙蓉を把《と》る）　北周無名氏「歩虚辭十首　十」

芙蓉は、のちに道教の八仙に數えられるようになった阿仙姑の持ち物となる。ここでは道家の眞人が手に芙蓉を持っている。眞人は道の奥義を悟った人。太上は太上老君で、老子のこと。

〈四〉蓮花

インドではもともとハスの花が尊崇されていた。釋迦が生まれたときにハスは佛典の中に取り込まれて、佛の蓮座となり、極樂世界の象徴的な花となった。南北朝の初期、佛典が漢譯されたときに、ハスは「蓮華」と譯され、ここに「蓮花」語と佛教の出會いがあった。次の歌はそのごく初期のものである。恐らくは當時「老子化胡」の傳説を稱え廣めるために歌われていた歌があって、その一部が収錄されたのではないかと思われる。

我西化胡時、渉天靡不遙。（略）欲求長生道、莫愛千金身。出身著死地、返更得生緣。火中生蓮花、爾乃是至眞。

莫有生煞想、得道昇清天。

（我西のかた胡を化する時、天を渉りて遙かならざるなし。（略）長生の道を求めんと欲し、千金の身を愛《を》しむなし。出身して死地に著き、返りて更に生縁を得。火中に蓮花生じ、爾《しか》して乃ち是れ至眞たり。生煞《せいさつ》の想有ること莫く、道を得て清天に昇る）

北魏仙道「老子化胡經玄歌」「化胡歌七首　七」

老子の最後は傳えられていない。そこで老子が西方に行って釋迦になった、という傳説が生まれた。「老子化胡經」はその言い傳えを述べる經文である。[19] 死地に赴いて縁を結んだときに、火の中に蓮の花が生じて至眞となった。老子はここで佛となり、生死を超越して昇天したのである。ここでは、火中の蓮花は老子と釋迦を結ぶ契機となるものである。

十六變之時、生在蒲林號有遮。大富長者樹提闍。有一手巾像龍虵。遺風吹去到王家。國王得之大歎吒。興兵動衆來向家。離舍百里見蓮花。國有審看一月夜。王心惡之欲破家。忽然變化白淨舍。出家求道號釋迦。

（十六變の時、生まれて蒲林に在り有遮と號す。大富長者提闍《と》を樹《た》つ。一手巾有り龍虵《りゅうだ》を像《かたど》る。風をして吹き去りて王家に到らしむ。國王之を得て大いに歎吒《たんた》す。兵を興《おこ》し衆を動かして來りて家に向ふ。舍を離れること百里にして蓮花を見る。國に審《つまびら》かに一月を看る夜有り。王心之を惡《にく》みて家を破らんと欲す。忽然として變化す白淨舍。家を出て道を求め釋迦と號す）

北魏仙道「老子化胡經玄歌」「老君十六變詞　第十六」[20]

この作品も先の歌と同じく老子が釋迦となったという、老子變化經による。この說によると、老子は十六回、様々なところに生まれて人生を送った。十六回目に生まれ變わったときに、改心して釋迦になった、という。ここでも蓮花が佛縁となっている。

「老子化胡經玄歌」は佛教とも道教とも言い難い歌であるが、このような歌が民間に流布していたこと、そこに現れる佛縁たるハスの花が「芙蓉」でも「荷花」でもなく「蓮花」語で表現されること、の二點が「蓮花」に關しては重要な意味を持つ。

文人の作品にも、佛教に關わる作品で「蓮花」が出てくるものがある。

五城鄰北極、百雉壯西昆。鈎陳横複道、閶闔抵靈軒。千柱蓮花塔、由旬紫紺園。

（五城 北極に鄰《とな》り、百雉 西昆に壯んなり。鈎陳 複道に横たわり、閶闔 靈軒に抵《いた》る。千柱の蓮花塔、由旬《ゆじゅん》の紫紺園）

北周庾信「奉和法筵應詔」

「蓮花塔」は佛塔のことであろう。法筵の席で西方淨土には千もの佛塔が建っていると想像している。

宗教に關わる作品の中で、「蓮花」は、まず佛緣及び佛塔と關連した、佛の世界を象徴する言葉として南北朝時代に現れた。このとき、佛教に關わる作品はまだわずかである。しかし、唐代にはいると、「蓮花」語は佛教と非常に強く結びついて歌われるようになる。

五つの言葉の內、特に「蓮花」語が佛教と強く結びつくようになっていった。その經緯は次の唐詩の章で詳しく述べたい。

補足（二）　六朝以前の文

資料二の三　六朝以前の文に見られるハスの花　參照

最後に、詩ではなく文についても、漢から南北朝までの狀況を調べてみよう。『全上古秦漢三國秦南北朝文』（清嚴可均校輯 中文出版社一九八一年ほか）による。

詩語としては『詩經』に見られたのち三國魏まで姿を現さなかった「菡萏」や、六朝梁まで姿を現さなかった「荷花」も、文の中には漢代から見られる。これは、當時の「詩」というジャンルと、「賦」などを含む「文」というジャンルとの性格の相違によるものだと考えられるが、簡單には論じられないことなので、この問題については本論では觸れず、紹介するのみに止める。

〈一〉「荷花」という言葉は一例、「荷華」は五例見られ、いずれも景物として描かれる。

荷華想已殘、處此過四夏。（荷華已に殘《そこな》はるるを想ふ、此《ここ》に處《を》りて四夏を過ぐ）　晉王羲之「雜帖」

〈二〉「菡萏」は十二例である。

涌水清泉、芙蓉菡萏。（涌水 清泉、芙蓉 菡萏）　漢劉歆「甘泉宮賦」

帶螭龍之疏鏤、垂菡萏之敷榮。（螭龍の疏鏤を帶び、菡萏の敷榮《ふえい》を垂る）　後漢傅毅「洛都賦」

劉歆の句は、「芙蓉」と竝列されているので、「菡萏」はつぼみを意味するかと思う。傅毅の句はあまねく咲く花を描いているので「菡萏」が花開いている例である。「菡萏」はつぼみの意味で使われたり、花の意味で使われたりしている。なお、どの例も實景描寫の語である。

〈三〉「蓮花」及び「蓮華」は併せて四十六篇に五十四例の言葉があった。晉潘岳には「蓮花賦」があり、「蓮花」の實景を歌う。

標以珠玉、飾以蓮花。（標《しる》すに珠玉を以てし、飾るに蓮花を以てす）　梁昭明太子「七契」

若蓮花之漸開、譬月初而增長。（蓮花の漸く開くが若く、月の初めにして增長するに譬ふ）　梁陸倕「御講般若經序」

蓮花插腰、甚得蛟龍之氣。（蓮花 腰に插せば、甚しくは蛟龍の氣を得ん）

北周庾信「周車騎大将軍賀婁公神道碑」

昭明太子の句は飾り物、陸倕の句は佛典の比喩、庾信の句は呪術的な意味を持つ。總じて「蓮花」は實景描寫にはあまり表れない。佛教關連の作品に用いられることが多い。「蓮花」十九篇のうち佛教關連の文は六、「蓮華」二十三文の中で佛教關連の文は十六、併せると全體の半分以上が佛教に關連する文である。

〈四〉「芙蓉」語は五十七例あった。

外發芙蓉菱華、内隱鉅石白沙。（外には芙蓉菱華を發し、内には鉅石白沙を隱す）　前漢司馬相如「子虛賦」

芙蓉蓋而蔆華車兮、紫貝闕而玉堂。（芙蓉の蓋　蔆華の車、紫貝の闕　玉の堂）　前漢劉向「九歎」

華面玉粲、韡若芙蓉。（華の面　玉の粲、韡として芙蓉の若し）　後漢楊震「神女賦」

司馬相如の句は風景を歌ったものである。劉向の句は車蓋を形容するものである。楊震の句は比喩的用法である。呉閔鴻に「芙蓉賦」があり、「乃有芙蓉靈草、載育中川（乃ち芙蓉の靈草有りて、載《すなは》ち中川に育つ）」と、「芙蓉」が瑞物として描かれている。ほかにも「芙蓉」を題名にする賦や頌は多い。

〈五〉「藕花（華）」という言葉はない。

本章では、ハスの花を意味する四語が初出も用法もことなり、六朝期までにすでにそれぞれに固有の特徴を示している様子を見た。次の章ではこれを踏まえて唐詩について分析し、ハスの花を現す五語それぞれの意味と、ハスの花を現す詩語が五つもあることの意味とについて考えていきたい。

第二章　唐代の様相

本論は唐代のハスの花を表す五種の詩語について、『全唐詩』によって檢討する。『全唐詩』には唐代の文人による作品の他に、作者不明の郊廟歌辭が含まれる。この分野については、他の作品と全く性質を異にするので、今回の研究では扱わない。また、『全唐詩』には詩のジャンルの他に、詞のジャンルに屬す作品も含まれている。ことに唐末五代の詞は、この時代の詩や樂府とは異なる性格を持っている。しかし、同じ作者が詩詞の兩方の作品を作ることが多く、詩と詞を共に研究する意義がある。特に「藕花」語についてはこの時期の作品が面白い。また中唐の詞は詩とほぼ同じ性質を持っており、分類することは難しい。以上の理由から、今回の研究では、郊廟歌辭を除く全ての作品を研究對象とした。

『全唐詩』には重複している作品があるので、それら重複を除き、整理した。今回扱った用例は、「芙蓉」は四〇四例、「蓮花」（蓮華、紅蓮、白蓮、金蓮を含む）は三五九例、「荷花」（紅荷、朱荷、荷白を含む。青荷や碧荷は、花を意味するものは無いので、含まない）は六九例、「藕花」（紅藕、白藕、碧藕花、黃藕、丹藕を含む）は三〇例、「菡萏」は八一例である。

次頁上の表は『漢魏晉南北朝詩』と同様に、第一分類「非植物」、第二分類「比喩」、第三分類「實景」に分類した分類表である。

第一分類「非植物」には、植物として生きているハスの花ではなく、「蓮花峯」などの形や性質による名前、「芙蓉幕」のような組織、「藕花衫子」のような刺繡をした上着、調度品、器物、などを分類する。貴人の會する樣を「蓮花侶」というなど、人の性格をいう言葉もある。

	「荷花」	「菡萏」	「芙蓉」	「蓮花」	「藕花」
非植物	0	11	166	171	3
比喩	7	12	152	83	2
實景	56	56	62	78	25
採蓮（採芙蓉を含む）	1	2	10	2	0
題詠	5	0	14	25	0
計	69	81	404	359	30

［表四］

第二分類「比喩」には「蓮花」のような女性、というような直接的な比喩の他に、若さの象徴、隱棲の象徴、人生が早く過ぎることへの暗喩など、象徴的な詩句も入れる。

第三分類は、植物としてのハスを歌う詩句である。この中には、主に應制詩や仙界を歌った詩で、『楚辭』の系統を引く吉瑞の景色を述べる作品、またハスが印象的に咲く喜びに滿ちた作品、別れや無常觀を主題とする詩に多い靜寂なあるいは損なわれたハスの景色を歌う作品などが見られる。言葉によってその傾向が異なる。

ハスの花をもっぱらに描寫する題詠の作品は性格が異なるので別の項目をたてた。このほかに、「採蓮曲」の系統の作品が多く見られ、これらを別の分類にまとめた。「採蓮曲」については、第三部であらためて考察する。

さらにこの表をグラフにしてみよう。［表五］は［表四］の上三行、すなわち採蓮系の作品や題詠といった特殊な作品を含まないものである。題詠の作品及び採蓮系の詩句は全て實景を描く。採蓮系の作品や題詠の作品をグラフに加えても、全體の傾向はあまり變わらない。

なお、詩題にハスの花が有っても、ハスの花を歌っていない作品は題詠の項には入れていない。たとえば王昌齡「芙蓉樓送辛漸二首」のような作品は題詠とは言えない。詩題に「采芙蓉」とある作品は「採蓮」の項に入れてある。

唐詩ハスの花三分類(題詠采蓮系を除く)

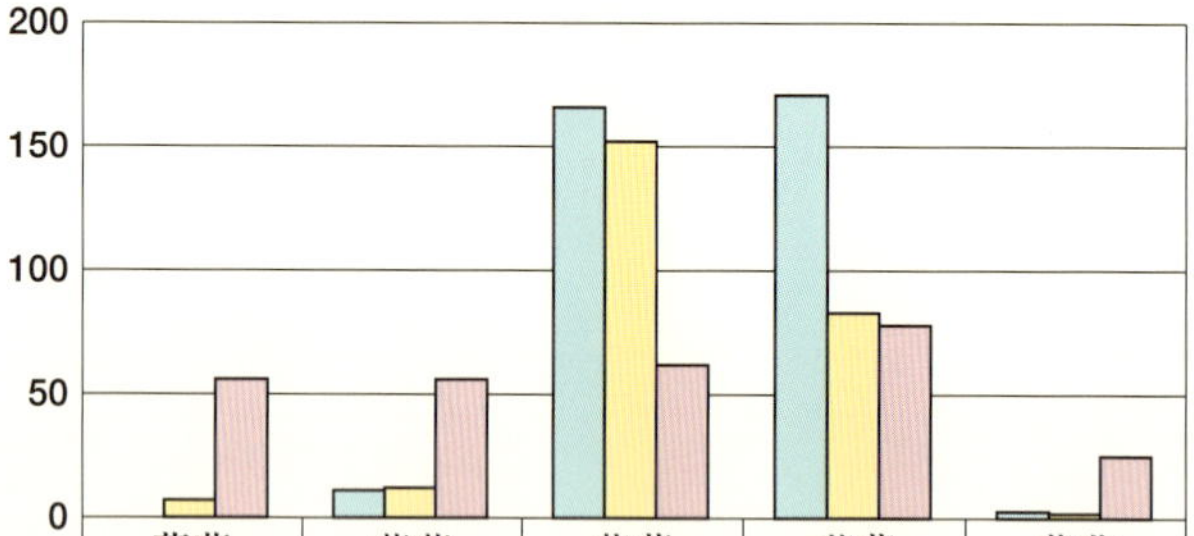

	荷花	菡萏	芙蓉	蓮花	藕花
非植物	0	11	166	171	3
比喩	7	12	152	83	2
實景	56	56	62	78	25

［表五］

この表を概観すると、それぞれの言葉の傾向を見て取ることができる。芙蓉は最も多く使われる言葉だが、非植物的用法と比喩的用法が多い。蓮花は非植物的用法が多く、芙蓉に匹敵するほどである。それに対して荷花と藕花は明らかに實景描寫に多く使われている。菡萏も荷花や藕花と同じく實景描寫に用いられることが多いが、しかし割合としてはその他の用法も無視できないのである。

第一分類　非植物

資料三　唐代のハスの花　非植物的用法　参照

〈一〉荷花

五つの言葉には、大きな違いがあった。「芙蓉」と「蓮花」の項には多種多様の言葉と結びついて様々な意味合いで用いられている様子が見られる。ところが、「荷花」にはこのような用法は全く見られない。すなわち「荷花池」で遊んだり、「荷花簪」を挿したりすることはない。「荷花」を刺繍したり、「荷花の客」と遊んだりすることもない。さらに、この次の節で検討する比喩の用法でも、「まるで荷花のようだ」という直接的な比喩はなく、老齢や隠棲、女性の姿態を荷花のある風景によって象徴させるような暗喩のみが見られる。後にも觸れるが、これらのことは「荷花」という言葉の特徴を示す現象である。

〈二〉藕花

「藕花」も、この用法の言葉は非常に貧しい。「藕花」には「簪の碧藕花」「藕花を冠る」「藕花衫子」の三語だけが見られる。いずれも中唐の作品であり、前の二語は神仙の描寫である。さらに、「荷花」と同様、「藕花」には直接的な比喩の用法がない。そして、「荷花」よりもさらに象徴的な傾向が強い。

〈三〉菡萏

「菡萏」にはこの用法が十一例見られる。「菡萏峯」「菡萏の衣」「金菡萏花の歩」「菡萏の爐」の語があり、また刺繍や天井の繪もある。「荷花」や「藕花」とはやや異なる點である。そして、ここに述べた言葉はいずれも「蓮花峯」「芙蓉の衣」「金蓮花の歩」というように、「蓮花」や「芙蓉」でも言い換えができる言葉である。たとえば、天井の繪は、

井闌排菡萏、檐瓦鬥鴛鴦。（井闌菡萏を排《なら》べ、檐瓦鴛鴦を鬥はす）

白居易「渭村退居寄禮部崔侍郎翰林錢舍人詩一百韻」

寶題斜翡翠、天井倒芙蓉。（寶題に翡翠斜めにして、天井に芙蓉倒《さか》しまなり）

溫庭筠「長安寺」

と、「芙蓉」で言い換えられるものであるし、「金菡萏の歩」は

齊宮合贈東昏寵、好歩黃金菡萏花。（齊宮合に東昏の寵に贈るべし、好《この》みて歩む黃金菡萏花）

徐夤「新刺襪」

安得金蓮花、歩歩承羅襪。（安んぞ金蓮花を得ん、歩歩羅襪を承く）　李群玉「贈回雪」

と金蓮花で言い換えられるものである。次の項で調べる比喩的な用法でも、

句還如菡萏、誰復贈襜褕。（句は還た菡萏の如し、誰か復た襜褕を贈らん）　貫休「讀劉得賈仁島集二首之一」

というような直接的な比喩がある。「荷花」や「藕花」とは違うところである。

用例は少ないが、これらは「菡萏」に「芙蓉」や「蓮花」と共通する部分があることを示しているのである。

〈四〉芙蓉　〈五〉蓮花

この用法で面白いのは、「芙蓉」と「蓮花」である。

「天」から「峯」[21]や「池」、

〈峯〉芙蓉峯裏居、關閉復何如。　貫休「桐江閒居作十二首」

〈池〉提壺菊花岸、高興芙蓉池。　太宗皇帝「儀鸞殿早秋」

〈峯〉寒暑遞來往、今復蓮花峯。　儲光羲「獻華陰羅丞別」

〈天〉蓮花天晝浮雲卷、貝葉宮春好月停。　皎然「同李著作縦題塵外上人院」

「國」もあれば役所「府」もある。

〈國〉秋風萬里芙蓉國、暮雨千家薜茘村。　譚用之「秋宿湘江遇雨」

〈府〉芙蓉王儉府[22]、楊柳亞夫營。　李商隱「五言述德抒情詩一首四十韻獻上杜七兄僕射相公」

問絹蓮花府、揚旗細柳營。　李嘉祐「奉酬路五郎中院長新除工部員外見簡」

「樓」のような建物から

〈樓〉始下芙蓉樓、言發瑯琊岸。　丁仙芝「江南曲」五首

〈亭〉白蓮花亭侍宴應制　詩題　沈佺期

「簪」「衣」、「劍」「漏」というように手に取れるものもある。

〈衣〉畏天之命復行行、芙蓉爲衣勝絁絹。　貫休「送張拾遺赴施州司戸」

〈劍〉靑熒芙蓉劍、犀兕豈獨剸。　杜甫「八哀詩　故祕書少監武功蘇公源明」

〈簪〉留念同心帶、贈遠芙蓉簪。　楊衡「夷陵郡内敍別」

〈漏〉吟多幾轉蓮花漏、坐久重焚柏子香。　皮日休「奉和魯望同遊北禪院」

「蓮花」とともに語を構成するものには「僧」や「侶」のような人物までもいる。

〈僧〉龍谿盤中峯、上有蓮華僧。　岑參「寄靑城龍谿奐道人」

〈侶〉況羨蓮花侶、方欣綺席諧。　元稹「痁臥聞幕中諸公徵樂會飮因有戲呈三十韻」

資料二に、多くの例が見いだせる。種類が非常に豐富で、しかも、一例とか二例しかない用例が非常に多い。このことは、「蓮花」と「芙蓉」が、固定的な用法を持っているのではなく、多くの言葉とかなり自由に結びついて詩語を形成することを示す。また、全體を見ると、作者も樣々であまり偏っていない。このことは、特殊な詩人の好尚ではなく、多くの詩人がごく自然に「芙蓉」や「蓮花」の語によって詩語を作っていることを示す。

六朝以前の作品との關連で見れば、「芙蓉」には、すでに『楚辭』に「芙蓉以爲裳」という表現があり、六朝時代には「芙蓉池」「芙蓉湖」の語が散見された。「芙蓉帳」「芙蓉褥」という言葉もあった。「蓮花」にも六朝時代に「蓮花峯」「蓮花池」「蓮花劍」「蓮花帶」という言葉があった。唐詩はこの傾向を引き繼いでいると言える。

さらに、六朝までの作品の中で、詩語として最も多く使われた言葉は「芙蓉」と「蓮花」であった。初出としては

「荷花」も「菡萏」も古いのだが、文獻に表れる限りでは、六朝時代には「荷花」や「菡萏」という言葉は「芙蓉」や「蓮花」ほど用いられない。

詩とともに、前章で調べた文の中の用例も參考にすると、次のようなことが考えられる。

上古から六朝期までの長い間、「芙蓉」と「蓮花」の語が多用されてきた。その間に、嘱目の景ばかりではなく、非植物的な用法や比喩的な用法など、様々な用法が開發されてきた。

一方で、初出は早いがあまり使われることのなかった「荷花」や、遲れて詩語となった「藕花」には、そのような用法が開發される機會が少なかった。「芙蓉」や「蓮花」の語がなかったら、「荷花」のような冠、「藕花」のような峯、というような用法が育っていったかもしれないが、すでに「芙蓉冠」「蓮花峯」という言葉が成立していたので、「荷花」や「藕花」によって言い換えることができなくなっていた。

「芙蓉」や「蓮花」ほど數は多くないが、「藕花」や「荷花」のようにほとんど使われない、という譯ではなかった「菡萏」は、その中間に位置し、唐詩の中でも、「芙蓉」や「蓮花」のように非植物的な用法が多いわけではないが、しかし「芙蓉」や「蓮花」と言い換えることもできるのである。

さて、このように考えると、「芙蓉」と「蓮花」は似ているように思われるが、しかし、兩者を比較してみれば、異なる部分もある。最も大きく異なるのは、「蓮花」には佛教に關わる言葉が非常に多いことである。

次頁の表は宗教に關わる作品を分類した表である。たとえば「蓮花」語は三五九例中一三一例が佛教に關わる作品の中で歌われている。「荷花」語は六九例の中の三例しか佛教に關わっていない。ここから「蓮花」語が宗教的な色彩の強い言葉であるということがわかる。

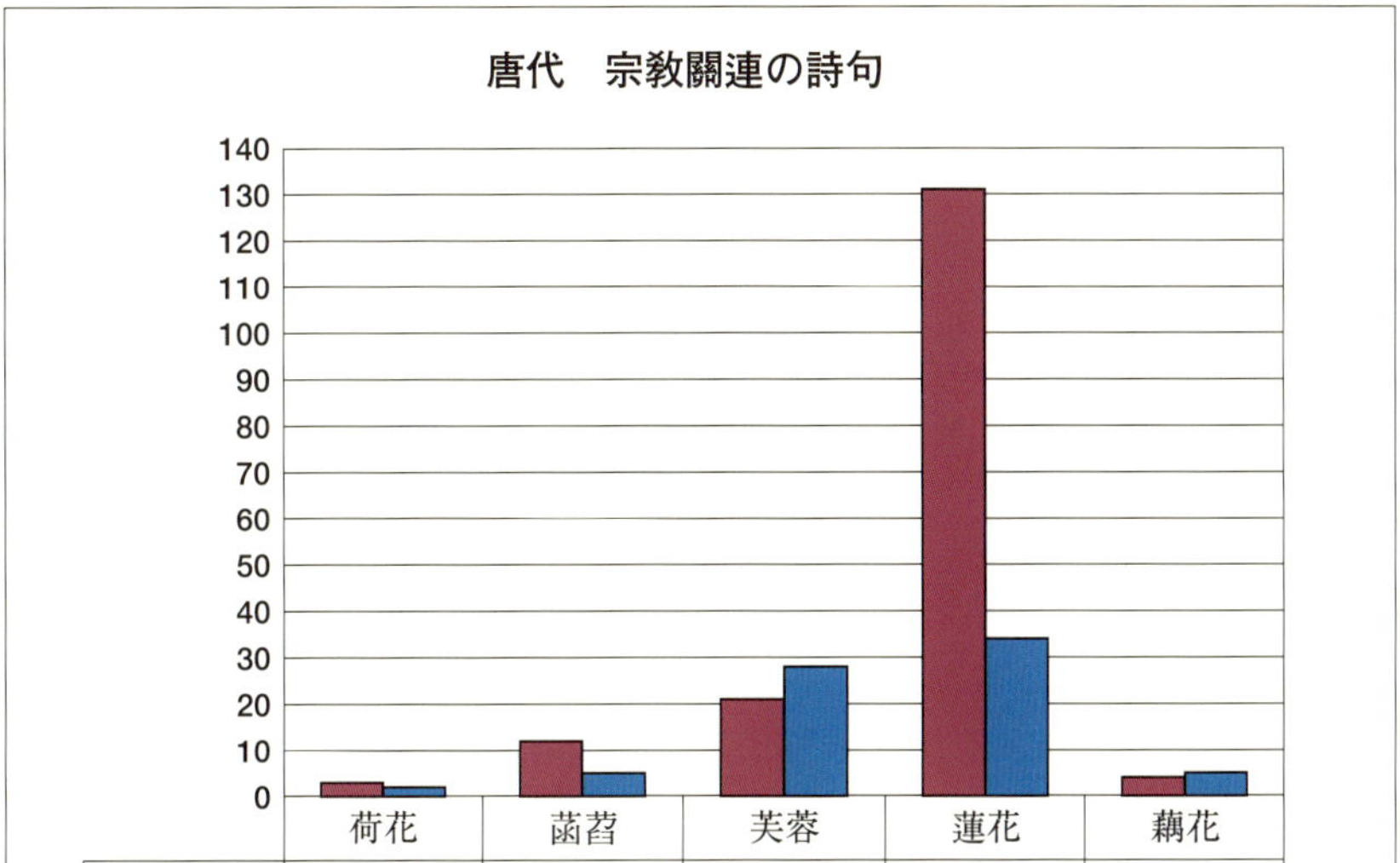

	荷花	菡萏	芙蓉	蓮花	藕花
佛教	3	12	21	131	4
道教	2	5	28	34	5

［表六］

六朝時代も、「芙蓉」に比較して「蓮花」の方が佛教に關わる傾向が強かった。唐詩の中で、「芙蓉」にも佛教に關わる言葉があるが、それらは、「芙蓉塔」「芙蓉壁」「芙蓉漏」であったり、長安寺の天井に描かれた繪であったりと、あまり佛教の本質に關わる言葉ではない。それに對して、「蓮花」の方は數が多いばかりではなく、「蓮花經」「蓮花祕偈」「蓮花藏」など經典に關わる言葉、「蓮華義」「青蓮喩」など教義に關わる言葉、「蓮華僧」「青蓮居士」など僧侶を言うばかりか「蓮花佛」と佛そのものまで言い、佛教の本質に關わる言葉が豊富に表れるのである。

　佛教とハスとの關係は古い。釈迦が誕生したとき、インドにはすでにハスに對する信仰があったと言われている。[23]

　『リグ・ヴェーダ』のシュリー讃歌に「ハスから生まれたもの」「ハスの上に立つもの」としてシュリーすなわちラクシュミーが讃えられ、彼女は一切生類の母であるとされてきた。（略）このラクシュミーは『ヴェーダ』の女神であるが、土着のヤクシュニーが發展し、その格があたえられたものである。（略）釋迦誕生の時代には、この土着の神、特にヤクシュニーなどは、守護神として具象化され、村々の森に祀られていたといわれている。(24)

そして佛教界では蓮は他の植物と區別され、特に佛性を象徴する花として尊重されたのである。

白い蓮華は分陀利華と呼ばれ、世俗の煩惱に汚されない清淨無垢な佛、法性にたとえられる。たとえば「妙法蓮華經」などの經典の題はこの華に由來する。（略）淨土教では淨土＝理想の佛國を蓮の花にイメージする。淨土の往生することを「蓮華化生」というのは、極樂の蓮の臺に生ずることをたとえている。（略）「無量壽經」の描く極樂世界はさまざまな蓮に滿たされた世界であり、化成して行き着く空間をあらわしている。（略）いわゆる「法華經」は大白蓮華としての佛の妙法という原題をもつ。そして「華嚴經」の描く世界は、大海のように巨大な蓮華の上の莊嚴な世界（蓮華藏世界）にほかならない。ことほどさように、佛教のイメージ世界には蓮が充滿している。(25)

西域の龜茲國の僧である鳩摩羅什は、南北朝の後秦のときに佛教の經典三百餘卷を中國に傳えた。

左將軍安城侯嵩、竝篤信緣業。屢請什於長安大寺、講說新經。續出小品、（略）法華、維摩、（略）凡三百餘卷。

（左將軍安城侯の嵩は、竝に信に篤く業に緣あり。屢しば什に長安大寺に於て、新經を講說するを請ふ。小品續出す。（略）法華、維摩、（略）凡そ三百餘卷あり）　『梁高僧傳』卷二「譯經中」

ここにある「法華」とは「妙法蓮華經」のことであり、とりわけ重要な經典とされた。晉の釋僧叡「法華經後序」に「法華經者、諸佛之祕藏。（略）諸華之中、蓮華最勝。（法華經は、諸佛の祕藏なり。（略）諸華の中、蓮華最も勝る）」とあり、佛教が移入された初期の頃から、法華經が尊重され、それに伴って「蓮華」が重要視されたのである。

唐詩の中で見れば、盛唐の岑參が「上嘉州青衣山中峯題惠淨上人幽居寄兵部楊郎中」詩の序文の中で、

有惠淨上人、廬于其顚、唯縄牀竹杖而已、恆持蓮花經、十年不下山。

（惠淨上人有り、其の顚に廬し、唯だ縄牀竹杖のみあり、恆に蓮花經を持ち、十年山を下りず）

と述べている。この上人が常に攜えていたのは「妙法蓮花經」であろう。また、次の詩句に、

手持蓮花經、目送飛鳥餘。　李頎「送綦毋三謁房給事」

石上有僧、結跏横膝。誦白蓮經、從旦至夕。　修雅「聞誦法華經歌」

と歌われるのも「妙法蓮花經」のことである。ここから

蓮花梵字本從天、華省仙郎早悟禪。　苑咸「酬王維」

既悟蓮花藏、須遺貝葉書。　白居易「和李灃州題韋開州經藏詩」

翻將白雲字、寄向靑蓮書。　孟郊「題林校書花嚴寺書窗」

通宵聽論蓮華義、不藉松窗一覺眠。　盧延讓「松寺」

など「蓮花經」に關連する「蓮花藏」「蓮華義」といった言葉及び概念が生まれた。さらに、佛教界で蓮花が植物の中でも最も重要な花として尊重されたことから、佛教を象徴する言葉として「蓮花」が用いられ、

曉入白蓮宮、琉璃花界淨。　元稹「與楊十二李三早入永壽寺看牡丹」

というように、様々な佛教關連の言葉に「蓮花」が用いられるようになったのであろう。おそらくは詩語としてのみではなく、散文の中でも、またおそらくは會話の中でも「蓮花」のついた佛教用語が使われていたと想像される。[26]

このような事情を逆に考えれば、「蓮花」という言葉には佛教のイメージが強く結びついていたことになる。「蓮花」という言葉によってあらわされる植物は、佛教のイメージに色濃く染められていた、と言い換えてもよいかもしれな

い。「芙蓉」という言葉によってあらわされる植物には、そのイメージがやや希薄で、「菡萏」という言葉によってあらわされる植物はもっと希薄で、「藕花」「荷花」という言葉によってあらわされる植物には、佛教のイメージはほとんどなかった。このことについては、さらに次の第二分類の比喩的用法や第三分類の實景描寫で検討する必要があるが、少なくとも本項に分類された非植物の言葉から考える限りでは、このように言える。

鳩摩羅什が佛典を漢譯するときに、なぜ「妙法芙蓉經」「妙法荷花經」とせずに「妙法蓮華經」とし、さらに佛典のなかのハスを「芙蓉」や「荷花」ではなく「蓮花」と譯したのかは定かでない。恐らくそこには當時の言葉の習慣など、なんらかの理由があったのであろう。しかし、事實として佛典の中で「蓮花」の言葉が使われた。このことが「蓮花」のイメージに大きな影響を與えたのである。

第二分類　比喩

資料四　唐代のハスの花　比喩的用法　參照

全體の様相は、第一分類と似ている。「芙蓉」及び「蓮花」に用例が非常に多いのに對して、「荷花」「菡萏」には少なく、「藕花」にはわずかしか無い。また佛教關連の用例は「蓮花」に多く、「芙蓉」には比較的少ない。興味深いのは、女性の歌い方である。「芙蓉」と「蓮花」では傾向を異にする。そして生彩にあふれた句が多い。

〈一〉芙蓉

「蓮花」によって女性を表現する場合、「蓮花のように美しい女性」という單純な比喩だけではなく、蓮花の様子で女性の様をたとえる句がある。たとえば、「露に濡れる蓮花は汗を滴らせる女性のようだ」という言い方である。次に列記してみよう。

〈汗かく女〉雨霑柳葉如啼眼、露滴蓮花似汗妝。　蔡瓌「夏日閨怨」

〈泣く女〉月華泛豔紅蓮溼、牽裙攬帶翻成泣。　楊衡または無名氏「白紵歌」

〈手を合はする女〉回眸綠水波初起、合掌白蓮花未開。[27]　來鵠「句」

〈笑ふ女〉菡萏新花曉並開、濃妝美笑面相隈。　劉商「詠雙開蓮花」

〈眠る女〉蓮花受露重如睡、斜月起動鴛鴦聲。　鮑溶「南塘」

〈頭斬らるる女〉孫武已斬吳宮女、琉璃池上佳人頭。　嗣主李璟「遊後湖賞蓮花」

いずれも池に咲く蓮花を見て女性を連想した句である。このほかに、「露は蓮花の涙である」と、蓮花そのものが泣くという擬人化した表現もある。

〈嫁入る〉死恨物情難會處、蓮花不肯嫁春風。　韓偓「寄恨」

〈涙す〉清香筍蒂風、曉露蓮花淚。　鮑溶「聞蟬」

しかし、この擬人化した表現は、斷然「芙蓉」に多い。次にその幾つかを擧げてみよう。「芙蓉」を人間のように表現した例である。

〈妬む〉楊柳入樓吹玉笛、芙蓉出水妒花鈿。　李端「贈郭駙馬」

〈愁ふ〉羽幢褵褷銀漢秋、六宮望斷芙蓉愁。　陳陶「飛龍引」

〈笑ふ〉紅躑躅繁金殿暖、碧芙蓉笑水宮秋。　廖凝「句」又は廖融「退宮妓」
　　鸚鵡能言鳥、芙蓉巧笑花。　芮挺章「江南弄」

〈羞づ〉莫向秋池照綠水、參差羞殺白芙蓉。　周濆「逢鄰女」

〈顔しぼむ〉芙蓉凋嫩臉、楊柳墮新眉。　溫庭筠「玉蝴蝶」

〈驚きて倒る〉秋雨無情不惜花、芙蓉一一驚顚倒。　莊南杰「傷歌行」または無名氏「傷哉行」

〈嬌ぶ〉芙蓉嬌綠波、桃李誇白日。　李白「古風」

〈泣く〉水仙欲上鯉魚去、一夜芙蓉紅淚多。　李商隱「板橋曉別」

芙蓉泣恨紅鉛落、一朵別時煙似幕。　皮日休「雜體詩奉和魯望齊梁怨別次韻」

唯見芙蓉含曉露、數行紅淚滴清池。　劉禹錫「和西川李尚書傷孔雀及薛濤之什」

〈醉ふ〉羽蓋晴翻橘柚香、玉笙夜送芙蓉醉。　鮑溶「姑蘇宮行」

溪上芙蓉映醉顏、悲秋宋玉鬢毛斑。　唐彥謙「秋日感懷」

このほかに、「芙蓉」が死ぬ、老いる、という詩句はかなり多い。

〈死ぬ〉吳宮四面秋江水、江清露白芙蓉死。　張籍「吳宮怨」

〈老ゆ〉樓前流水江陵道、鯉魚風起芙蓉老。　李賀「江樓曲」

そして、「芙蓉」の用法には、「蓮花」のように「ハスの花を見て美女の姿態を連想する」という句はない。「芙蓉」で表現される花は、「蓮花」よりも人間に近づいてしまったのである。

この分類でもう一つ興味を引かれるのは、諷喩や戒めの詩句である。これも「芙蓉」によって表現されることが多い。先に擧げた、

秋雨無情不惜花、芙蓉一一驚顚倒。（秋雨 無情にして花を惜しまず、芙蓉 一一 驚きて顚倒す）

という句のある作品は、「兎走鳥飛不相見、人事依稀速如電（兎走り鳥飛べども相見ず、人事 依稀として速やかなること電の如し）」と、氣づかないうちに人生がたちまち過ぎ去ってしまうことの比喩から始まり、「車馳馬走咸陽道、

石家舊宅空荒草（車馳せ馬走る　咸陽の道、石家の舊宅　空しく荒草）」、車で咸陽道を走れば、大金持ちの石崇の豪壮な屋敷が、雑草に埋まっているのが見えると、全ては空しくなることへの戒めの比喩が竝ぶ。「英風一去更無言、白骨沈埋暮山碧（英風一たび去らば更に言無し、白骨沈埋して暮山碧し）」、秦の始皇帝も死んでしまえば言葉もなく、白骨が緑の山に埋まっているばかりである。このような比喩の中に置かれて、「芙蓉」の比喩は、花の美しさを惜しむことなく降り注ぐ冷たい雨に打たれて倒れる芙蓉と、優れた資質にも好意を持たずに容赦なく浴びせる世間の冷たい仕打ちにあって、驚きのうちに倒れていく人の人生とを重ね合わせている。芙蓉はこのようなコンテクストの中でしばしば使われる。

〈二〉蓮花

「蓮花」には「芙蓉」に見られた諷喩や戒めの用法はない。つまり、咲き誇っている「蓮花」を見て、その短命を思いやるような、衰えた「蓮花」を見て人生のはかなさを思うような、そのような詩句はないのである。しばらく前に戻ってハスの花が擬人化されている例を思い起こせば、「芙蓉」の方が「蓮花」よりも擬人化された詩句がずっと多かったのであった。ハスの花を見て人生のはかなさを思う、という風諭の句も、考えてみればハスと人とを重ね合わせるような、一種の擬人化の作用が行われているのである。

ここからも、「蓮花」によって表される花よりも、「芙蓉」によって表される花の方が、人間に近く引き寄せられているように考えられる。

〈三〉荷花

「荷花」にも、人生のはかなさを思う詩句が見られる。

池上秋又來、荷花半成子（略）人壽不如山、年光忽於水。　白居易「早秋曲江感懷」

但恐荷（一作飛）花晩、令人意已摧。　李白「寄遠」

人亡餘故宅、空有荷花生。　李白「對酒憶賀監」

白居易の作品は、荷花が實を結んでいる様子を見て、人の命のはかなさを連想する。李白の作品では、衰えていく荷花が自分の人生を思わせて、氣持ちが萎えていく。また、主を亡くした屋敷に荷花が變わらず美しく咲く様を見て、人のはかなさを思う。

また「荷花」を擬人化した詩句もある。

荷花兼柳葉、彼此不勝秋。玉露滴初泣、金風吹更愁。綠眉甘棄墜、紅臉恨飄流。　杜牧「秋日偶題」

荷花は紅臉、柳葉は綠眉、どちらも秋には耐えられず、やがて露を滴らせて泣き始め、風に吹かれて心傷ませる。綠眉は捨てられるままに、紅臉は定めなく流れて悲しむ。

荷花嬌欲語、愁殺蕩舟人。　李白「淥水曲」

あまりにたおやかに荷花が語りかけようとするので、船を揺らして遊んでいる人は悲しみに耐えられなくなる。戰國時代、齊の桓公夫人蔡姫の話である。

〈四〉藕花

さらに「藕花」にも一首、人の心を持った花が描かれている。

藕花相向野塘中、暗傷亡國。清露泣香紅。　鹿虔扆「臨江仙」

あるとき藕花は野の池で、顔を寄せ合ってひそかに滅び行く國を傷んだという。そのために、清らかな露は紅色に香る涙となったという。

〈五〉菡萏

「菡萏」語に比喩的用法は少なく、特徴的な作品は見られない。

なお、ハスの花の擬人的用法については、後の章でも觸れることになる。

第三分類　實景

資料五　唐代のハスの花　實景（植物としての用法）参照

ハスの實景描寫には、多くの美しい詩句が殘されている。「芙蓉」から順番に、それぞれに特徴を表している佳句を拾いながら、これまで觸れることの少なかった「荷花」「藕花」「菡萏」を中心にして考察してみたい。

〈一〉芙蓉

前山風雨涼、歇馬坐垂楊。何處芙蓉落、南渠秋水香。

（前山に風雨涼しく、馬を歇《やす》めて垂楊に坐す。何れの處にか芙蓉落つ、南渠に秋水香る）

許渾「雨後思湖上居」

雨上がりに山の氣配が涼しく、馬から下りて柳の下に休んだ。どこかで芙蓉が散っているのだろうか、南の堀に冷たい秋の水が香っている。

静謐な雰圍氣を傳える心休まる句である。ハスは淸らかな、氣品高い花とされているので、實景描寫もこのようなすがすがしい句が多い。また、古くからの傳統を受けて、應制詩の句などには、やはり瑞物として描かれるのである。

〈一〉蓮花

秋池雲下白蓮香、池上吟仙寄竹房。閒頌國風文字古、靜消心火夢魂涼。

（秋池　雲下　白蓮香り、池上の吟仙　竹房に寄る。閒かに國風を頌《たた》ふれば文字は古く、靜かに心火を消せば夢魂涼し）　　譚用之「貽淨居寺新及第」

佛教界で尊重される蓮花にはやはり寺院の庭など佛教に關わる風景の描寫が多いのである。古代の歌を稱える吟仙の心を白蓮の香りが慰めて、內に狂う業火も消えていく。

〈二〉荷花

荷花を折りとる句がある。

煙收山低翠黛橫、折得荷花遠恨生。（煙收まり山低く翠黛橫《よこた》ふ、荷花を折り得て遠恨生ず）

慈恩塔院女仙「題寺廊柱」

おそらく『詩經』の「荷華」と古詩十九首「涉江採芙蓉」詩に由來する詩句で、心惹かれる人に自分の氣持ちを傳えたい、という定型的な意味を持つ。

折花贈歸客、離緒斷荷絲。（花を折りて歸客に贈る、離緒　荷絲を斷つ）　崔國輔「杭州北郭戴氏荷池送侯愉」

對象は戀人に限らず、このように友を見送るときにも使われるし、またそこから派生して出世のために知己を求める作もある。

しかしこうした作品はごくわずかである。荷花の風景は、一輪ずつの花を描寫するよりは、一面に廣がる全體の風景として描かれることが多い。ほかの言葉にはあまり見られないが、何里とか何頃とか、面積を示す數字が書かれている句が多いのである。

鏡湖三百里、菡萏發荷花。　李白「子夜吳歌（一作子夜四時歌）夏歌」

滿目荷花千萬頃、紅碧相雜敷清流。　嗣主李璟「遊後湖賞蓮花」

十里蓮塘路不賒、病來簾外是天涯。　裴夷直「病中知皇子陂荷花盛發寄王績」

遶郭荷花三十里、拂城松樹一千株。　白居易「餘杭形勝」

曲江荷花蓋十里、江湖生目思莫緘。　韓愈「酬司門盧四兄雲夫院長望秋作」

荷花十餘里、月色攢湖林。　顧況「酬房杭州」

このようにはっきりと數字が書かれていない詩句でも、廣がりを表現している作品はもちろん多い。

碧樹涼生宿雨收、荷花荷葉滿汀洲。　唐彥謙「金陵懷古」

この作品はなぎさ全體を荷花が覆っている例である。

香りが廣がっている作品も多い。

軒窗竹翠濕、案牘荷花香。　岑參「初至西虢官舍南池呈左右省及南宮諸故人」

竹色溪下綠、荷花鏡裏香。　李白「別儲邕之剡中」

柳絮風前攲枕臥、荷花香裏棹舟迴。　方干「許員外新陽別業」

風動荷花水殿香、姑蘇臺上宴吳王。　李白「口號吳王美人半醉」
內庭秋燕玉池東、香散荷花水殿風。　花蕊夫人「宮詞」徐氏
衰紅受露多、餘馥依人少。　韋應物「慈恩寺南池秋荷詠」
荒碑字沒秋苔深、古池香泛荷花白。　許堅「遊溧陽下山寺」

花の姿は見えず香りだけが漂う句。水鏡一面に廣がる香り。その香りに包まれて船をこぐ。香りは風に乗って四散し、またその餘香がかすかに人の衣につくばかりの句もある。いずれも、一輪ずつの花は定かには見えず、蓮池に一面の荷花が廣がっている氣配を、香りによって知るのである。

荷花の實景の特徴は次の作品に見られる。

露浥荷花氣、風散柳園秋。煙草凝衰嶼、星漢泛歸流。　韋應物「陪王卿郎中遊南池」
（露は浥す　荷花の氣、風は散らす　柳園の秋。煙草は衰嶼に凝り、星漢は歸流に泛かぶ）

荷花の姿は見えないけれど、確かにその氣配はあり、しかもそれは露にしっとりと濡れている。露に濡れた氣配というものは、見ることも聞くことも手に取ることもできない、ただ感じられるばかりのものであろう。崩れかかった遠くの小島は霞のたちこめた草に覆われて、やはりおぼろで、流れに映った銀河は、實態のない影ながらきらきらと輝いて流れている。「荷花の氣」に引かれて、ここに描かれる風景全てが、手に觸れられぬ希薄なものとなっている。次の章にも述べるが、初出は早いのに長く忘れられていた荷花は、希薄な雰圍氣を持つ花である。

〈四〉藕花

中唐になってから詩語となった藕花は、中唐から晩唐、五代へと續く詞を育んでいく文壇の流れの中で、密やかな感情を引き出す風物としての性格を身につけていく。

「藕花」の語が初めて現れたのは、中唐でも白居易や孟郊の作品の中であるから、元和のころであろうか。その當時は、あまり明確な特徴は持っていなかった。たとえば、

白藕新花照水開、紅窗小舫信風迴。誰教一片江南興、逐我殷懃萬里來。

（白藕の新花　水に照りて開き、紅窗の小舫　風に信《まか》せて迴《めぐ》る。誰か一片江南の興をして、我を逐ひて殷懃に萬里を來らしむ）

白居易「白蓮池汎舟」

という白居易の作品では、詩題の「白蓮」と詩句の「白藕」は同じ意味で使われている。

新秋折藕花、應對吳語嬌。（新秋に藕花を折る、應に對すべし　吳語の嬌に）

孟郊「送李翺習之」

という孟郊の句も、先に見た「折得荷花」、荷花を折って思うところに贈る、という句の言い換えである。

玄髮新簪碧藕花、欲添肌雪餌紅砂。世間風景那堪戀、長笑劉郎漫憶家。

（玄髮　新簪　碧藕花、肌雪に添はんとして紅砂を餌《くら》ふ。世間の風景　那んぞ戀ふるに堪へん、長笑す　劉郎の漫《そぞ》ろに家を憶《おも》ふを）

施肩吾「贈女道士鄭玉華」二首

女道士は神仙につかえる修行をしながら、ときに娼妓でもあるという。その道士が髮に插すかんざしに神仙界の象徵である青いハスの花が飾られている。この作品あたりから、「藕花」が特に女性に結びつけられてきたのではなかろうか。

西風一夜秋塘曉、零落幾多紅藕花。（西風一夜　秋塘の曉、零落す　幾多の紅藕の花）

吳商浩「秋塘曉望」

第二章に述べるように、中唐から晩唐の時代にはハスの花が死ぬ、というイメージに美意識が生まれていた。ちょ

うどこのころに生まれた「藕花」の語にそのイメージが付與された。

楊柳在身垂意緒、藕花落盡見蓮心。（楊柳身に在《あ》りて意緒垂る、藕花落ち盡し蓮心見《あらは》る）　孫光憲「竹枝詞」

當時歌われていた竹枝詞に、樂府「採蓮曲」や「子夜歌」に見られる掛詞を使って、蓮の花びらが散って蓮（憐）の心があらわれた、とある。孫光憲は「採蓮曲」も作っているが、詞の作者でもある。このあたりから、詞に書かれる「藕花」のイメージが作られていった。

紅藕花香到檻頻、可堪閒憶似花人。舊歡如夢絶音塵。翠疊畫屏山隱隱、冷鋪文簟水潾潾。斷魂何處一蟬新。

（紅藕花の香は檻に到ること頻《しき》りなり、閒に花に似る人を憶ふに堪ふ可けんや。舊歡　夢の如し　音塵絶ゆ。翠疊　畫屏　山隱隱、冷鋪　文簟　水潾潾。斷魂　何れの處か一蟬新たなり）　李珣「浣溪沙」

おばしまのあたりまで、しきりにハスの花が香る。その香りは、ハスに似た人を思い出させる。昔の逢瀬は夢のようで、風の便りも絶えた。緑につらなる繪を描いた屛風はうっそうとした山々。冷たい敷物は、さらさらと流れる水。心傷むところ、蟬が鳴き始める。ハスの香りがきっかけとなって、次々に昔のことが引き出され、身體ごと、山と水のさなかにさらわれていく。

紅藕香寒翠渚平、月籠虛閣夜蛩清。塞鴻驚夢兩牽情、寶帳玉爐殘麝冷。羅衣金縷暗塵生、小窗孤燭淚縱橫。

（紅藕　香寒く　翠渚平らかなり、月は虛閣を籠め　夜蛩清し。塞鴻　驚夢　兩つながら情を牽く、寶帳　玉爐　殘麝冷やかなり。羅衣　金縷　暗塵生じ、小窗の孤燭　淚縱橫たり）　顧敻「浣溪沙」

獨り寢の女性が、眠れぬままに、閨まで忍び入るハスの香りを冷たく感じている。その香りから、外にある渚の廣がりや、建物を包み込む月の光に思いが至り、外の氣配に耳を澄ませば、こおろぎの鳴き聲、鴻の叫びも心にしみる。

中唐に生まれた「藕花」の語は、晩唐末期にこのような作品の中で、重要な役割を果たすようになった。

「藕花」はこののち詞というジャンルの中で新たな展開を見せるのかもしれない。果たして宋詞の中では、どのような役割を持っていくのか。それともこのまま消えていくのだろうか。

〈五〉菡萏

菡萏の初出は『詩經』の戀を歌う詩で、六朝時代も總じて吉瑞の、あるいは華やかな風景の中に現れたのであった。唐代では、初唐の詩には見あたらず、次の作品あたりから姿を見せ始める。

風花菡萏落轅門、雲雨裴回入行殿。（風花菡萏轅門に落つ、雲雨裴回して行殿に入る）

李昂「賦戚夫人楚舞歌」

李昂は開元年間に考功員外郎になっている。杜甫よりは少し年上であろう。戚夫人が激しい楚の舞を踊っている様子を描く。漢の高祖に愛された戚夫人は呂后の怒りを買って悲惨な境遇に落とされる。菡萏は風に吹き落とされてしまうのである。唐代、初めて現れた頃から菡萏は衰殘の姿を見せる。續いて高適、杜甫もその衰殘の景色を歌う。

綴席茱萸好、浮舟菡萏衰。季秋時欲半、九日意兼悲。
（綴席に茱萸好し、浮舟に菡萏衰ふ。季秋 時半ばならんとす、九日 意は兼て悲し）

杜甫「九日曲江」

感物我心勞、涼風驚二毛。池枯菡萏死、月出梧桐高。
（物に感じて我が心勞《つか》れ、涼風二毛を驚かす。池は枯れ菡萏は死し、月出でて梧桐高し）

高適「酬岑二十主簿秋夜見贈之作」

菡萏は、『說文』に寄れば「未だ發かざる」花、すなわちつぼみであるという。つぼみならば、水から出て赤くふくらみ、ようやく開こうかというところ。春が夏に移る頃の、さわやかな季節に初々しい紅に染まるかと思う。ところが、この二首には秋の枯れ衰えんとする菡萏が描かれる。
ハスの花が衰殘の景色として、あるいは少なくとも寂しく哀しい景色として描かれる割合は、「菡萏」が最も高い。今回の研究に當たって『全唐詩』を調査した中では、次のようであった。
「芙蓉」實景描寫の中ではおよそ四分の一、「蓮花」實景描寫の中ではおよそ五分の一、「荷花」實景描寫の中ではおよそ三分の一、「藕花」實景描寫の中ではおよそ三分の一、そして「菡萏」の實景描寫の中では實に半數近くの作品が、衰殘の、あるいは寂しい風景を描いているのである。
まず、秋の景色の中によく歌われる。上記の高適と杜甫の作品以降、中唐には次のような句がある。

越兵驅綺羅、越女唱吳歌。宮盡燕聲少、臺荒麋跡多。茱萸垂曉露、菡萏落秋波。無復君王醉、滿城顰翠蛾。
（越兵は綺羅を驅け、越女は吳歌を唱ふ。宮盡きて燕聲少く、臺荒れて麋跡多し。茱萸は曉露を垂れ、菡萏は秋波に落つ。復た君王醉い、滿城翠蛾を顰むる無し）

許渾または杜牧「重經姑蘇懷古二首之一」

晩唐にはいると、このような作品はますます多くなる。ことに次に擧げる齊己に「菡萏」の句が多い。

池影碎翻紅菡萏、井聲乾落綠梧桐。破除閒事渾歸道、銷耗勞生旋逐空。
（池影碎《くだ》かれて翻《ひるがへ》る 紅の菡萏、井聲 乾きて落つ 綠の梧桐。破れ除かれて 閒事 渾《すべ》て道に歸し、銷耗せられ生に勞《つか》れて旋《めぐ》りて空に逐《お》ふ）

齊己「驚秋」

鮮やかに紅いままの菡萏が碎かれ風に翻って影を池に落としている。綠のままの桐の葉が乾いて井戸に落ちる音がする。年をとる前にすでに破れ疲れて空回りする自分の人生が重ね合わされるのである。
これまでは秋の景色であったが、秋にならなくとも衰殘の景はある。

覆井桐新長、陰窗竹舊栽。池荒紅菡萏、砌老綠莓苔。

（井を覆ひて桐は新たに長く、窗を陰ひて竹は舊《も》と栽《う》う。池は荒る 紅の菡萏、砌は老ゆ 緑の莓苔）

白居易「題故曹王宅」

主を失った曹王の屋敷では、桐の木が井戸を覆うほどに伸びてしまった。昔からある竹も長く伐り整える人がなく、窗をすっかり覆ってしまった。この荒廢の景色を、野放圖に咲く深紅の菡萏がいっそう強く印象づける。

閒臨菡萏荒池坐、亂踏鴛鴦破瓦行。（閒に菡萏の荒池に臨みて坐し、鴛鴦の破瓦を亂踏して行く）

齊己「亂後經西山寺」

兵亂によって荒らされた寺は鴛鴦の瓦も落ちて壊れている。そこをガシガシと踏んで行く。この荒れ果てた池に咲いているのはやはり菡萏である。

涼雨打低殘菡萏、急風吹散小蜻蜓。（涼雨打低す 殘《のこ》んの菡萏、急風吹き散らす 小さき蜻蜓）

盧延讓「句」

涼しげな雨が損なわれた菡萏をさらに打ちひしぐ。旋風が小さなとんぼを吹き散らす。この句を見ると、荒れた池に咲いているためにやむを得ず菡萏を描くのではなく、衰えそこなわれた菡萏が、積極的な詩材となっているように思われる。

綻びかけたつぼみ、咲き初めた花こそが美しいのではないか。なぜ衰え損なわれたハスの花が詩に描かれるのか。そのことについては第二部で改めて考える。

第三章　對句の中の色調

資料六　對句の中の色調　參照

ハスは色彩が鮮やかな花である。紅色と白色が主なものだが、詩の中には他にも朱色、金色、碧色など様々な色が見られる。また實際の色を越え、イメージとして、たとえば雰圍氣や氣配といったものとして、色彩感が表されることもある。この章では、ハスの花の五語を色調の面から分析する。

まず、ハスの花の五語がどのような色彩語とともに描かれるのか、について調べてみた。次ページの表とグラフは、各語が色彩語を伴う割合を示す。電子盤『四庫全書』に収錄された『全唐詩』による。『全唐詩』は重複する作品が多いなど、數字が不完全であるが、このグラフではそのまま使った。個々の數字ではなく、全體の傾向を見ることを目的とする。

この表を見ると、あかいハスの花の場合、赤色はなく、朱色は一例のみで、ほとんどが紅色で表現されることがわかる。赤色は、血の色や太陽の色を形容するときに使われるが、詩の中でハスに使われることはないのである。「蓮花」は色彩語を伴うことが多い。この點で、芙蓉とは全く異なる。

あらためて色彩語を伴わない言葉と色彩語を伴う言葉との割合を五語についてグラフにしてみよう（六八頁）。このグラフから、多く色彩語を伴うのは「蓮花」と「藕花」で、「芙蓉」「菡萏」「荷花」は色彩語を伴うことが少ないことを見て取ることができる。

さらに、どのような色彩語が付くのかを、五語についてグラフにしてみよう（六九頁）。

色彩の種類が豐かなのは芙蓉と蓮花で、白いハスの花は白蓮と表現されることが最も多い。金色のハスは黃金で

色彩語を伴う割合

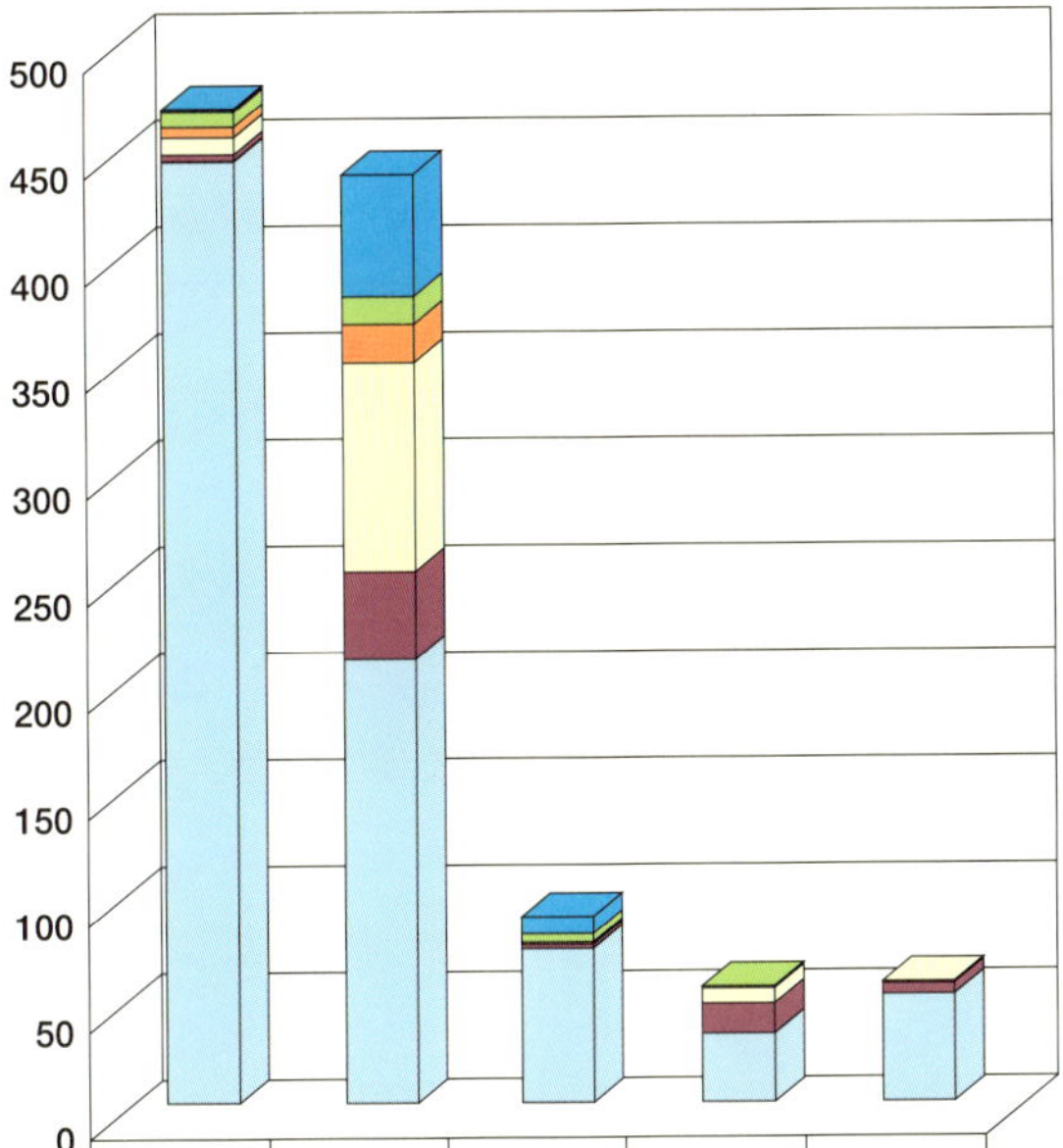

	芙蓉	蓮花	荷花	藕花	菡萏
青	1	57	8	0	0
碧	7	13	4	1	0
金	5	18	0	0	0
赤	0	0	0	0	0
朱	0	0	1	0	0
白	8	98	0	7	1
紅	3	41	2	14	5
無	441	208	72	32	50

[表七]

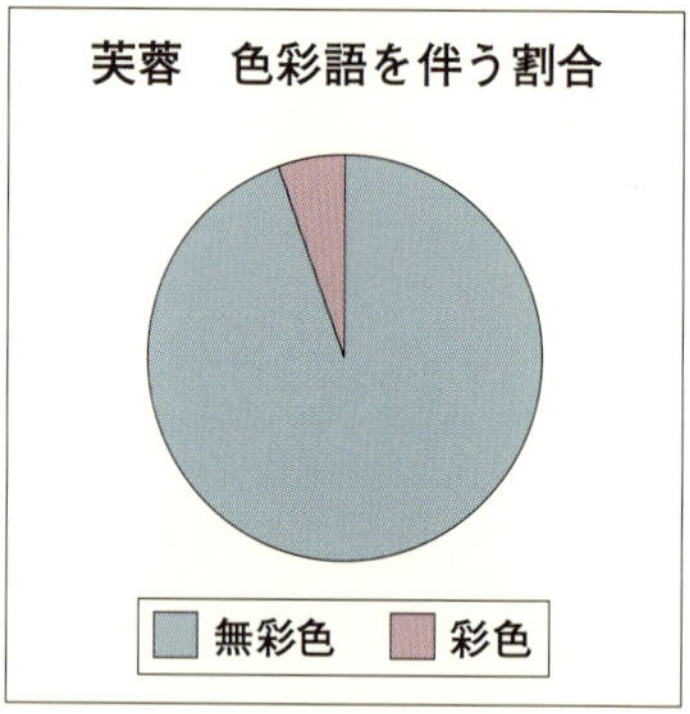

［表八］

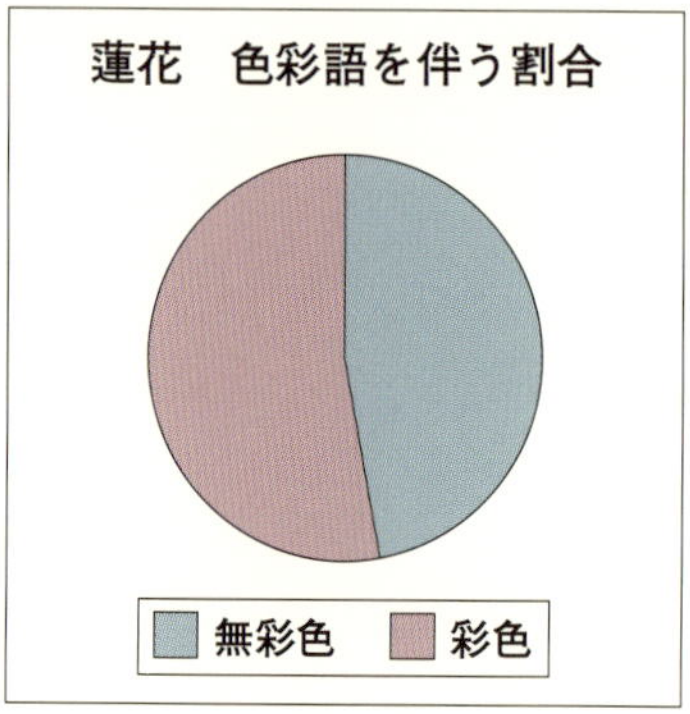

［表九］

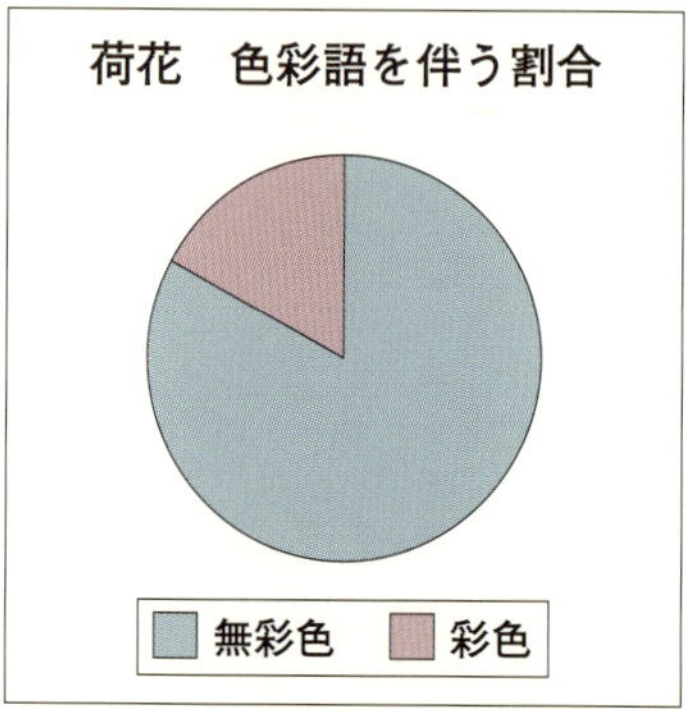

［表十］

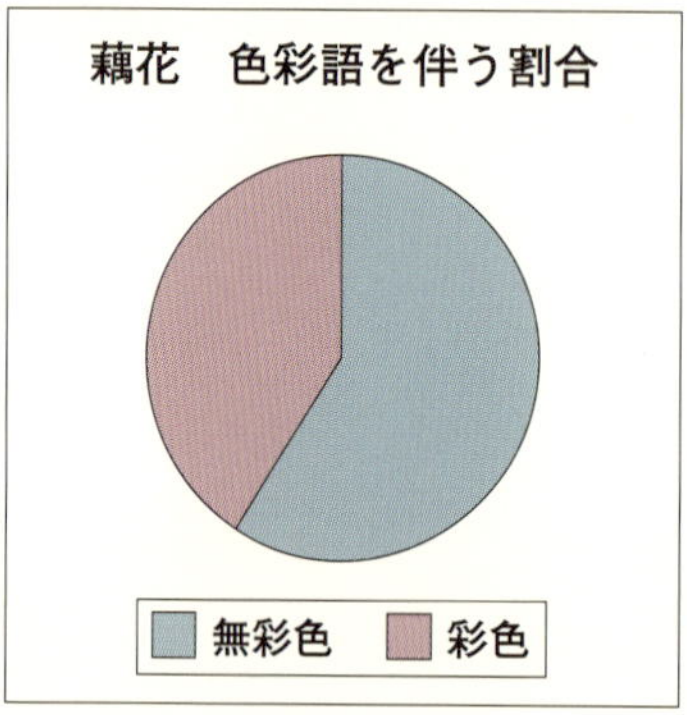

［表十一］

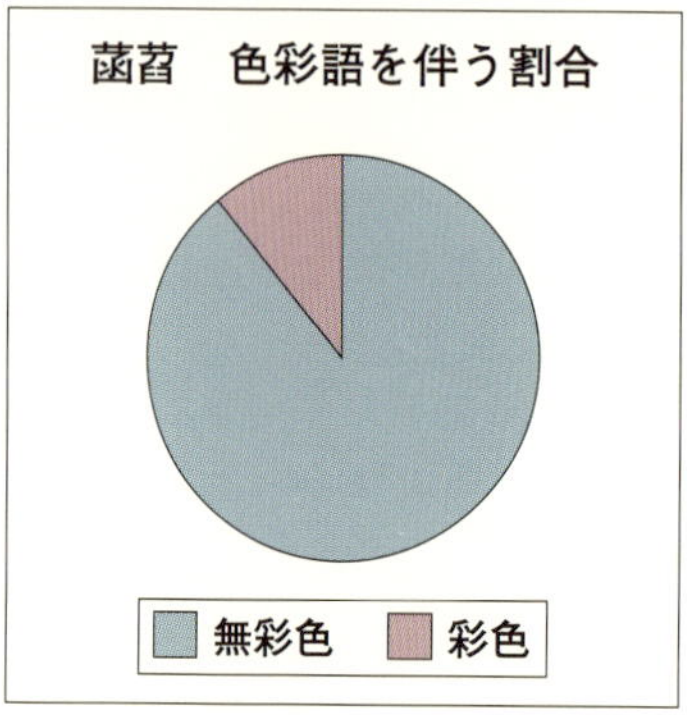

［表十二］

作ったハスや仙女の持つハスで、黄色いハスがあったのではないようだ。

青蓮、青荷、碧蓮、碧荷、碧藕といった言葉のほとんどは、峯などに比喩的に用いられるか、または花ではなく葉や實をいうと思われるが、碧芙蓉、青芙蓉という言葉があるところから、ことに佛教や道教に關連して、想像上の青いハスの花もあったと思われる。(28)

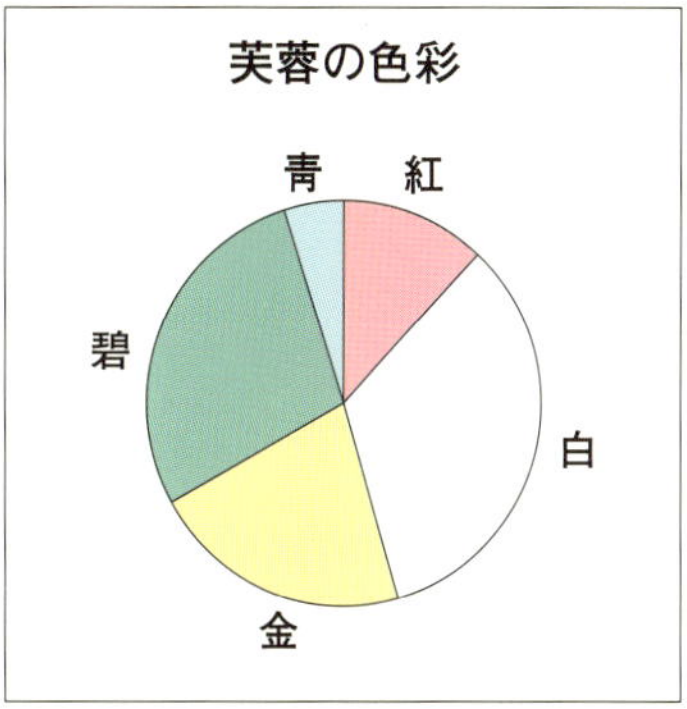

［表十三］

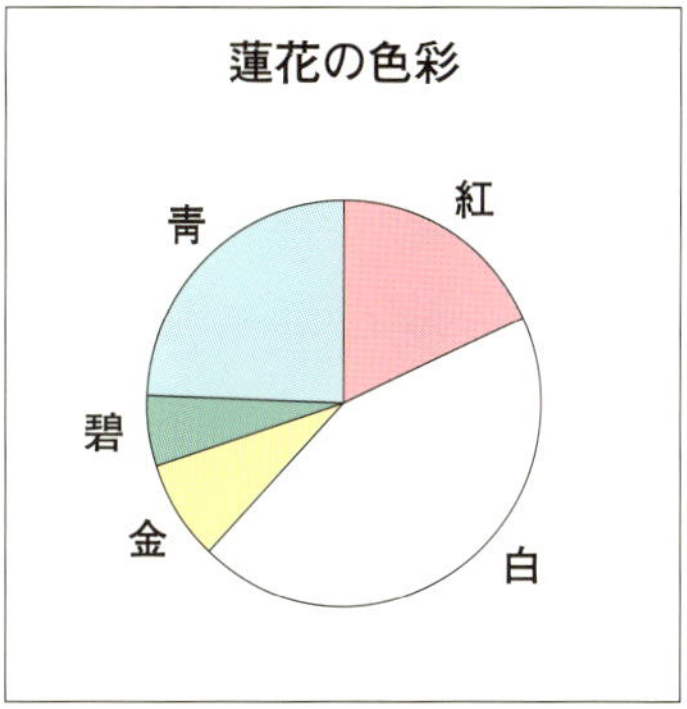

［表十四］

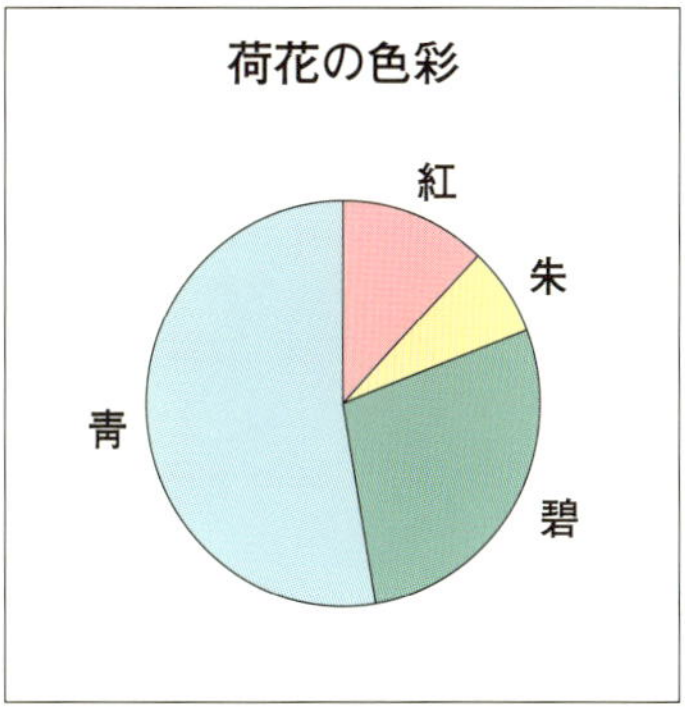

［表十五］

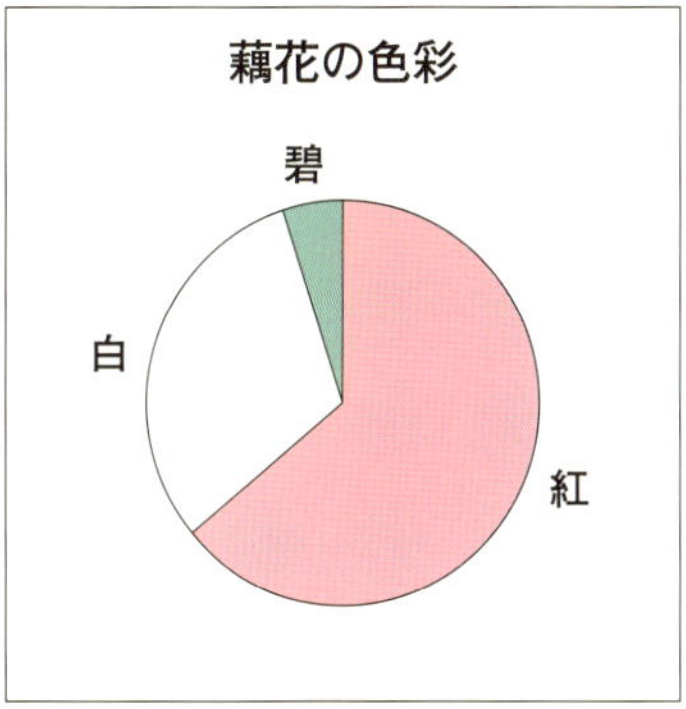

［表十六］

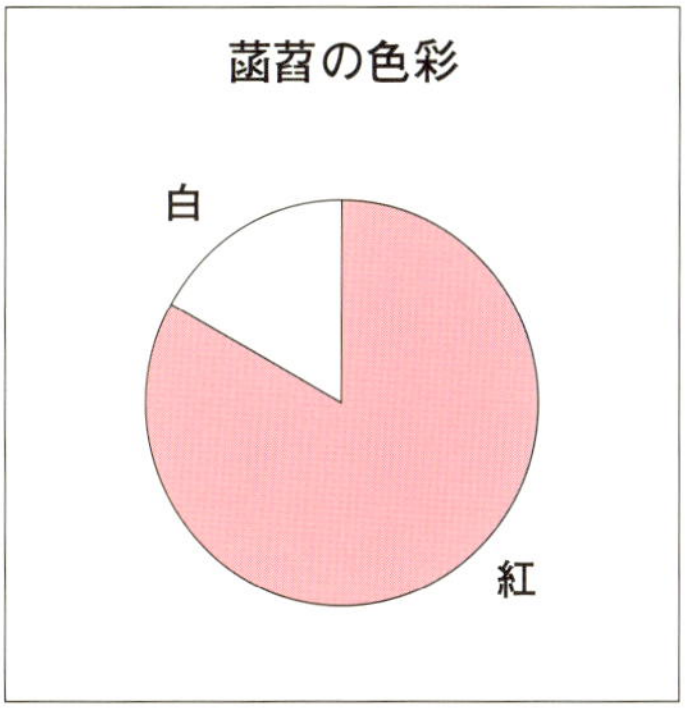

［表十七］

　色彩について、言葉によって少なからず性格が異なることがわかった。しかし、五つの言葉に見られる色彩を考察するに當たっては、五つの言葉を形容する色彩語の数を述べただけでは、十分な結果が得られない。色彩語に形容されない場合、單に「芙蓉」といった場合でも、無着色なのではなく、やはり色彩が意識されていることがある。たとえば、「芙蓉」とあって「紅芙蓉」と書かれていなくても、對句の構造の中で「楊柳」と對になっていれば、芙蓉の紅と楊柳の綠をイメージしていることは明らかなのである。そこで次に、實景描寫に現れるハスの花の對句から、それぞれの色彩のイメージを見てみたい。

ここで、實景描寫の對句を考察し、その中から、五つの言葉の特徴を述べてみよう。作業としては、前章で實景描寫に分類した詩句の中から對句構造となっている句を全て抜き出して整理した。その全容は文末の資料六を參照していただきたい。なお本章では、『全唐詩』を單に檢索するだけではなく、すべてに目を通し、「花」字がついていない「蓮」や「藕」「荷」の場合も「池蓮迴披紅」（韋應物）というように明らかに花を描寫する句は極力拾うよう努力した。なお、對句の中の色調を見る際には、各々の言葉によって色彩語を用いる頻度が異なる理由として、まず作詩上の制約を考えておかなければならない。

色彩語が直接ハスの花を形容する時、「蓮花」「藕花」「荷花」の場合は「花」の語を落として「金蓮」「白藕」「紅荷」のように二文字にする事が可能である。しかし「芙蓉」「菡萏」は分割しにくい言葉なので、「紅菡萏」「白芙蓉」のように三文字にしなければならず、詩語としては用いにくいと思われる。六朝詩には次の例のように「萏」の一字を用いる詩句もあるが、これは非常にまれな例である。

折萏巫山下　採荇洞庭腹　梁　吳均

實際、「芙蓉」の用例を見ると、色彩語が付くのは、

晩葉尙開紅躑躅　秋芳初結白芙蓉　白居易

紅躑躅繁金殿暖　碧芙蓉笑水宮秋　廖凝（廖融）

塔留紅舍利　池吐白芙蓉　無可

の三例しかなく、「菡萏」も

池影碎翻紅菡萏　井聲乾落綠梧桐　　齊己

赤旃檀塔六七級　白菡萏花三四枝　　貫休

の二例しかない。一方、例えば「藕花」の用例を見ると、前章で述べたように、割合としてはきわめて高い率で「紅藕」「白藕」の語が現れている。

色彩語が直接形容しない場合でも、「蓮花」「藕花」「荷花」の場合には、

沙上草閣柳新闇　城邊野池蓮欲紅　　杜甫

のように「花」を落として一文字だけでハスの花の意味とすることもできるし、また

蔗竿閒倚碧　蓮朶靜淹紅　　王周

のようにハスの花を表す二字熟語を用いることもできて、詩作上の餘裕が感じられる。ところが、「菡萏」「芙蓉」の場合には、

菡萏紅塗粉　菰蒲綠潑油　　白居易

のように必ず三文字を必要とし、特に五言詩の場合は窮屈な感じがある。

上記の理由から、作詩上、「菡萏」「芙蓉」は色彩語との併用が難しいことが推定される。しかしまた一方では、後に述べるように「藕花」には色彩語を用いた對句が比較的多く、全體の四分の一にのぼるのに、「荷花」では非常に少ない、という、上記の推測とは相反する事實がある。文字の數からだけでは說明しきれないのである。この理由としては、「菡萏」には赤いつぼみのイメージが強く、「荷花」については「荷」の字がもとは葉の意味で、綠色の印象が殘るのではないか、という理由が考えられる。

次に、平仄について見ると、「芙」「蓉」「蓮」「荷」「花」は平聲、「菡」「萏」「藕」は仄聲である。一方、色彩語の平仄を見ると、「紅」「朱」「青」「金」は平聲、「赤」「白」「碧」は仄聲である。平仄によって色彩語との結びつき方が異なることも考えられる。例えば、「紅芙蓉」としたとき、「紅」「芙」「蓉」はともに平字なので、下三平のように、詩句の中の位置によっては平仄が合わないことがある。また、第二字目に平字がほしいときには「紅蓮」、仄字が欲しいときには「紅藕」とする、というように平仄の上から使い分けができるので、作詩上便利に用いられるということもあるかも知れない。しかし、平仄だけで考えれば、「荷花」と「蓮花」の二語は全く同じ條件を持っている。色彩語を用いた對句が「蓮花」に多く、「荷花」に少ないという傾向を平仄だけで説明することはできない。

ハスの花の對句と色彩語との關係は、文字數や平仄の制限だけでは説明することができず、さらに、それぞれの言葉自體の性格が關わっているのである。對句を調査した結果、現象的にわかったことを次に述べる。

第一節　それぞれの言葉の色調

まず概觀を述べると、「芙蓉」と「荷花」の語には色彩語を使った對句が少なく、「菡萏」「蓮花」「藕花」には色彩語を使った對句が多い。「芙蓉」「荷花」の場合、色彩語を用いた對句は對句全體の五、六パーセントに過ぎない。一方、「蓮花」「藕花」には色彩語を用いた對句がことに多く、對句全體のほぼ半數に上る。(29)

〈一〉「芙蓉」　もともと赤い花

芙蓉の語は、總稱として用いられることはあっても、葉を指したり根を指したりすることはない。『說文』の時代から、そもそもハスの花をいう言葉であり、『楚辭』から唐代に到るまで、ハスの花を表現する際に最も一般的に使われてきた言葉である。そこで、「芙蓉」といえばすなわちハスの赤い花、というイメージが早くからできあがっていたのではなかろうか。對句の初期のものを見ると、

菱芡覆綠水　芙蓉發丹榮　魏　文帝　曹丕
幽蘭吐芳烈　芙蓉發紅揮　魏　王粲
青荷蓋淥水　芙蓉葩紅鮮　晉　淸商曲辭　吳聲歌曲

最も初期の三句全てに、「丹」「紅」の文字が使われて、「芙蓉」の赤色を強調している。その後の「芙蓉」を用いた對句の中で色彩語は使われなくなるが、たとえば、

棹動芙蓉落　船移白鷺飛　梁　簡文帝　蕭綱

の句は明らかに「白鷺」に對する「芙蓉」の赤を意識した句である。
翻って唐代の對句を見てみると、全體の四分の三を占める「植物との對句」の內、「菊花」「躑躅」「橘柚」「桃李」の植物を歌う七句を除くと、殘り二十四句で「芙蓉」と對になるのは綠を連想させる植物である。

楊柳路盡處　芙蓉湖上頭　李商隱
仙人掌上芙蓉沼　柱史關西松柏祠　竇牟
芙蓉曲沼春流滿　薜茘成帷晚霞多　裴迪
杜若幽庭草　芙蓉曲沼花　杜審言
稍落芙蓉沼　初掩苔蘚文　靈一

そして、興味深いのは、植物と對を構成する對句全體の中で、紅色を強調する「紅躑躅」と對になる場合だけが、次のように「白芙蓉」「碧芙蓉」と、赤色ではないことを明示しているのである。

晩葉尙開紅躑躅　秋芳初結白芙蓉　白居易

紅躑躅繁金殿暖　碧芙蓉笑水宮秋　廖凝（廖融）

「紅色」の「躑躅」と對にするとき、「芙蓉」も「紅色」であっては對句の妙味がない。そこで「紅色」ではないことを述べる必要があったに違いない。用例としては少ないが、この二例からも「芙蓉」というと赤い花が連想されていることが窺われるのである。

〈二〉「蓮花」　多様な色彩の花

すでに述べたように、蓮花は紅、白、金、碧と豊富な色彩で形容される。

不及綠萍草　生君紅蓮池　梁德裕

白蓮倚闌楯　翠鳥緣簾押　皮日休

不解栽松陪玉勒　惟能引水種金蓮　韜光

還挂一帆青海上　更開三逕碧蓮中　許渾

「蓮花」の語は、もともと色彩語を伴って表現されることが多かった。六朝以前の作品に、

開門郎不至　出門採紅蓮　晉　淸商曲辭　西洲曲

繡桷金蓮華　桂柱玉盤龍　宋　鮑照

紅蓮搖弱荇　丹藤繞新竹　齊　謝朓
翠鬣藏高柳　紅蓮拂水衣　梁　簡文帝
昔類紅蓮草　自玩綠池邊　梁　簡文帝
昔在鳳凰闕　七采蓮花莖　梁　吳均
紅蓮披早露　玉貌映朝霞　梁　王樞

というような句が見られる。さらに、「蓮花」は、植物としてのハスの花ばかりではなく、調度品や装飾物の形容に用いられたり、比喩的に用いられたりすることの多い言葉である。たとえば

玉嶂擁清氣　蓮峯開白花　唐　呂温
峭形寒倚夕陽天　毛女蓮花翠影連　唐　齊己

のように、山の峯が白や翠の蓮花になぞらえられたり、

初疑白蓮花　浮出龍王宮　唐　盧仝

と、月食の比喩に使われたり、

以君西攀桂　贈此金蓮枝　唐　陳陶
琉璃作斗帳　四角金蓮花　唐　顧況

のように、調度品や愛玩物の名になったり、

河上老人坐古槎　合丹只用靑蓮花　唐　王昌齢

と、仙薬の材料になったりする。

このような場合には、様々な色彩が強調されるわけで、その用法が植物としての「蓮花」を形容する場合にも反映

し、對句の中で豊富な色彩語を用いる要因の一つとなったと考えられる。また、白いハスの花は「白蓮」と呼ばれることが多いが、「白蓮」を用いた對句には、その「白」の文字から、當然色彩を意識した對句が多いのである。

引手摩挲青石筍　迴頭點檢白蓮花　白居易

紅鯉二三寸　白蓮八九枝　白居易

〈三〉「荷花」　色彩の希薄な花

なるほど用例を見ると、組み合わされる植物は殆ど緑色のもので、その意味では「芙蓉」と同様、赤い花と意識された、紅緑の色彩によって對句が構成されているといえる。しかし、用例をさらに詳しく見ると、「荷花」の「氣」であったり、

露浥荷花氣、　風散柳園秋　韋應物

あたりに漂う「香」であったり、

柳絮風前攲枕臥　荷花香裏棹舟迴　方干

軒窗竹翠溼　案牘荷花香　岑參

危亭題竹粉　曲沼嗅荷花　李商隱

三十里にも渡って、

遶郭荷花三十里　拂城松樹一千株　白居易

あるいはあたり一帯に満ちる荷花であったり、

昨來荷花滿　今見蘭苕繁　李白

と、「荷花」は、一輪ずつの花をいうよりは、全體的な廣がりのある光景として歌われることが多い。「菡萏」の、

赤旃檀塔六七級　白菡萏花三四枝　貫休

や、「蓮花」の、

紅鯉二三寸　白蓮八九枝　白居易

のように、個別の花が見られるような用例は、「荷花」にはごく少ない。植物ではないものと對になる場合は、鳥、魚、蟲のような動物と對句を作ることは全くなく、天籟、州島、臺榭のような廣がりのある音や空間と對句を作る。

靜聞天籟疑鳴佩　醉折荷花想豔妝　徐鉉

洲島秋應沒　荷花晚盡開　無可

臺榭疑巫峽　荷蕖似洛濱　許敬宗

これも、「荷花」のこの性格によるものであろう。對句に限らず、一般的に「荷花」には「紅荷」「朱荷」という言葉は少なく、「白荷」という言葉はなく、「碧荷」は葉を意味して「花」を表現することはない。それは、恐らく「荷」の語に、「ハスの葉」というイメージが強く響いているからである。かく、「荷花」の語が、一輪一輪の色彩の鮮やかさよりも、總體としての雰圍氣を表現する傾向を持つことが、「荷花」を含む對句に色彩語の少ないことの理由の一つであると考える。

〈四〉「藕花」　紅と白という色彩の明確な花

この言葉が使われ始めたのは中唐に入ってからで、ことに唐代後期の詞の中でよく見られる作品である。その事情を映して、女性の氣持ちを歌う作品の中で用いられることが多い。そして、その詠法はやや定型的な傾向を示し、「紅藕」「白藕」の語が多用される。その傾向が對句にも反映されており、「紅藕」「白藕」という言葉は、割合からすると全體の半數以上にのぼり、非常に多い。

綠楊陰裏千家月　紅藕香中萬點珠　溫庭筠

紫金地上三更月　紅藕香中一病身　貫休

碧松影裏地長潤　白藕花中水亦香　伍喬

夜月紅柑樹　秋風白藕花　張籍

しかし、紅と白以外の色彩の花は見當たらないのである。

〈五〉「菡萏」　衰殘した紅の光景

對句の用例を見ると、「死」「墮」「碎」「衰」「落」「殘」「荒」「疏」「碎」というように、衰殘の景色を述べる動詞や形容詞が使われている句が、全體の三分の一にのぼる。

池枯菡萏死　月出梧桐高　高適

梧桐凋綠盡　菡萏墮紅稀　齊己
池影碎翻紅菡萏　井聲乾落綠梧桐　齊己
綴席茱萸好　浮舟菡萏衰　杜甫
茱萸垂曉露　菡萏落秋波　杜牧
檀欒翠擁清蟬在　菡萏紅殘白鳥孤　齊己
池荒紅菡萏　砌老綠莓苔　白居易
閒臨菡萏荒池坐　亂踏鴛鴦破瓦行　齊己
涼雨打低殘菡萏　急風吹散小蜻蜓　盧延讓
蠨蛸網清曙　菡萏落紅秋　常理
月樹獮猴睡　山池菡萏疏　貫休
蟾蜍竹老搖疏白　菡萏池乾落碎紅　棲蟾

以上の用例を見ると、對になるもう一方の句にも、「變」「落」「老」等の言葉が見られる。衰殘の景を歌う傾向は、他の言葉に比べて著しい。

赤旃檀塔六七級　白菡萏花三四枝　貫休

形容する色彩は、右の句を除いて、次の用例のように全て紅である。

菡萏紅塗粉　菰蒲綠潑油　白居易
芭蕉開綠扇　菡萏薦紅衣　李商隱

衰殘の景を述べる對句がこのように多いということは、菡萏の莟のように柔らかな花が朽ちていく姿が哀愁を含んだ美を感じさせたためであろうか。そのためには鮮やかな紅色のままである方がより效果的だったのかもしれない。盛唐の杜甫や高適の作品にも見えるが、「菡萏」の對句の作者のほとんどは中唐以後の詩人である。

第二節　ハスの對語

ここまで詩句に卽して各語の色彩に關する具體的な狀況を見てきたが、ここで、對句の色彩が出現する前提となる狀況についても考えておきたい。

實景描寫の中に描かれるハスの花が對句の一部となる率は高い。「荷花」「芙蓉」「藕花」は四割前後、「菡萏」は五割を、「蓮花」は六割を越える。ここで、それぞれの語の全體的な特徵を簡單に述べると次のようである。

〈一〉「芙蓉」

「芙蓉」は植物と對になることが多く、中でも「楊柳」と對になることが多い。對になる植物の三分の一近くを「楊柳」が占めているのである。

行魚避楊柳　　驚鴨觸芙蓉　　李端

對になる植物を詳細に調べてみると、二字熟語である「芙蓉」「菡萏」と對になるのは、「旃檀」「芭蕉」「躑躅」「杜若」など、やはり二字熟語となる植物が多い。一字で用いられる植物名も「楊柳」「梧桐」「松柏」のように二つの名詞を竝列に重ねて用いることが多い。このことによって「芙蓉」と「楊柳」の結びつきをいくらかは說明することができるだろう。「荷花」「藕花」「蓮花」の場合は、「荷」の花、「蓮」の花、という感覺が強く、二字熟語としては結びつきが弱く感じられる。たとえばヤナギについて見ると、次にあげるように、「荷花」の對になるのは「柳園」「柳絮」「楊葉」であり、「蓮花」の對になるのは「柳」「柳葉」であり、いずれも、形容關係にある熟語である。

露浥荷花氣　風散柳園秋　韋應物
沙上草閣柳新闇　城邊野池蓮欲紅　杜甫

〈二〉「蓮花」

「蓮花」の特徴的傾向は、植物以外の語と對になることが多いことである。對句全體の半分以上が非植物との對になっている。次の聯は「鷺」と對になる例である。

短好隨朱鷺　輕堪倚白蓮　皮日休

一方、「芙蓉」の場合は四十六句中四十句までが植物との對句である。

「蓮花」の場合、さらに、無生物と對になることが多いことも特徴の一つである。「蓮花」の對句全體の四分の一近くが無生物と對になっている。次の聯は「海」と對になる例である。

還挂一帆青海上　更開三逕碧蓮中　許渾

無生物との對句は、「荷花」の場合、二十二句中三句しかない。「菡萏」の場合は三十五句中三句、「芙蓉」の場合は四十六句中六句、「藕花」は十五句中二句に過ぎない。「蓮花」以外の語はいずれも無生物と結びつく割合が「蓮花」に比べて低い。これは、「蓮花」を用いる作品に、佛教や神仙に關わる詩が多いことによって説明されるかもしれない。

佛敎や神仙に關わる作品の中に描かれる蓮花は、植物として現れるばかりではなく、特別な意味を付與されていることが多いからである。しかし、それだけではなく、「蓮花」という言葉自體が他の四語に比べて非植物的傾向を持っていることが示されていると思う。「蓮花」の語は、植物としてのハスの花以外に、ハスの花の模様や、ハスの花の形をしたもの、たとえば山の峯や調度品の帳、すなわち非植物の形容によく使われる言葉である。ここに擧げた對句は、すでに述べた通り、全て實景描寫の句ではあるが、それにも關わらず、ここにも「蓮花」の非植物的傾向が現れている。

〈三〉「菡萏」

「楊柳」は「菡萏」とは對にならない。これは、「蓉」は平字で「柳」と平仄が合うが、「萏」は仄字で「柳」とは平仄が合わない、という平仄の規則から容易に説明できることである。「菡萏」と「梧桐」の組み合わせは多い。「茱萸」は「菡萏」としか對にならない。「薜茘」は「芙蓉」としか對にならない。これらのことも、上述の二字熟語としての固定性と平仄とを組み合わせれば容易に説明できることである。

しかしまた、「芙蓉」と「薜茘」はともに『楚辭』でよく使われる言葉であり、「菡萏」「梧桐」はともに『詩經』に出てくる言葉、というように、對になるものの關係は、言葉そのものの性格によるところもあると思われる。

〈四〉「荷花」

「荷花」の特徴は、他の生物、たとえば「鳥」などとは對句を構成しないことである。ほとんどが他の植物との對句である。

郊原浮麥氣　池沼發荷英　黎逢

三例だけ、植物ではない物との對句を見つけたが、次に擧げるように、それらはすべて、生きていない物である。

靜聞天籟疑鳴佩　醉折荷花想豔妝　徐鉉

これについては、第二章や本章第一節で考察したように、「荷花」が廣がりのある風景や氣や香りを歌う性格があるところから來ているのかもしれない。動物の持つある種の生々しさのようなものを「荷花」が嫌うのである。

〈五〉「藕花」

「藕花」も「荷花」と同じようにほとんどの對語が植物である。

藕花飄落前巖去　桂子流從別洞來　方干

しかし動物との對句も幾つかある。

月明紅藕上　應見白龜遊　齊己

「藕花」は「荷花」に似た性格を持つが、廣々とした全體的な光景よりは個々の花に着目した描寫が多い、ということろが異なる。そうした性格が影響しているのかもしれない。

小結

「荷花」「菡萏」「蓮花」「芙蓉」「藕花」は、第一義的には、やはり、全てハスの花を意味する言葉である。しかし、それぞれの言葉の用法を比較考察すると、それぞれに興味深い、異なった傾向があることが見られる。平仄も、語の構造も、それぞれの語に固有の性格である。歴史的な、あるいは様々な條件が、それぞれの語の色彩感覺の違いに關わってくる。その色彩イメージの違いもまた、新たな傾向の作品を生んでいく源となる。

第四章　詩人の個性——杜甫　李白　白居易　李賀　李商隠——

これまで「芙蓉」「蓮花」「荷花」「菡萏」「藕花」のハスの花を意味する五語について、言葉の面からそれらの性格の違いを見てきたが、このような言葉の性格を理解した上で、次に、個々の詩人の作品を分析してみたい。これまで考察してきた傾向を持つハスの花を、詩人たちは實際にどのように作品の中に表現しているのだろうか。全體的な傾向と、ほぼ同じような使い方をしているのだろうか。

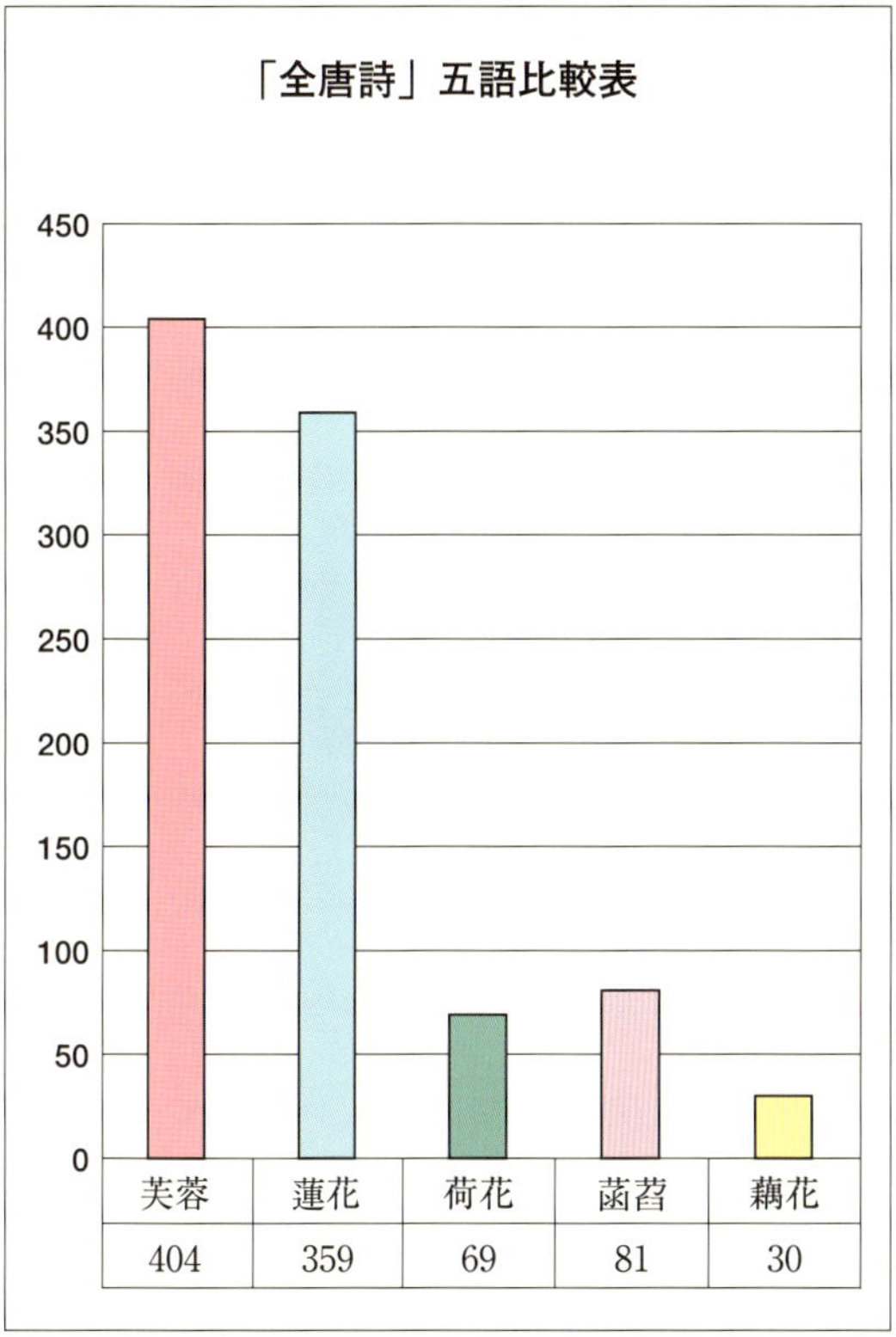

［表十八］

代表的な詩人を取り上げてハスの花の句をじっくりと見てみると、いずれの詩人も驚くほど個性的なのである。まず、全體の傾向を見る。

上の［表十八］は、『全唐詩』の中にある「芙蓉」「蓮花」「荷花」「菡萏」「藕花」の五語を單純に數えて比較したものである。『全唐詩』の中の「郊廟歌辭」と「樂府」の項は除いてある。前に述べたように、郊廟歌辭は『全唐詩』

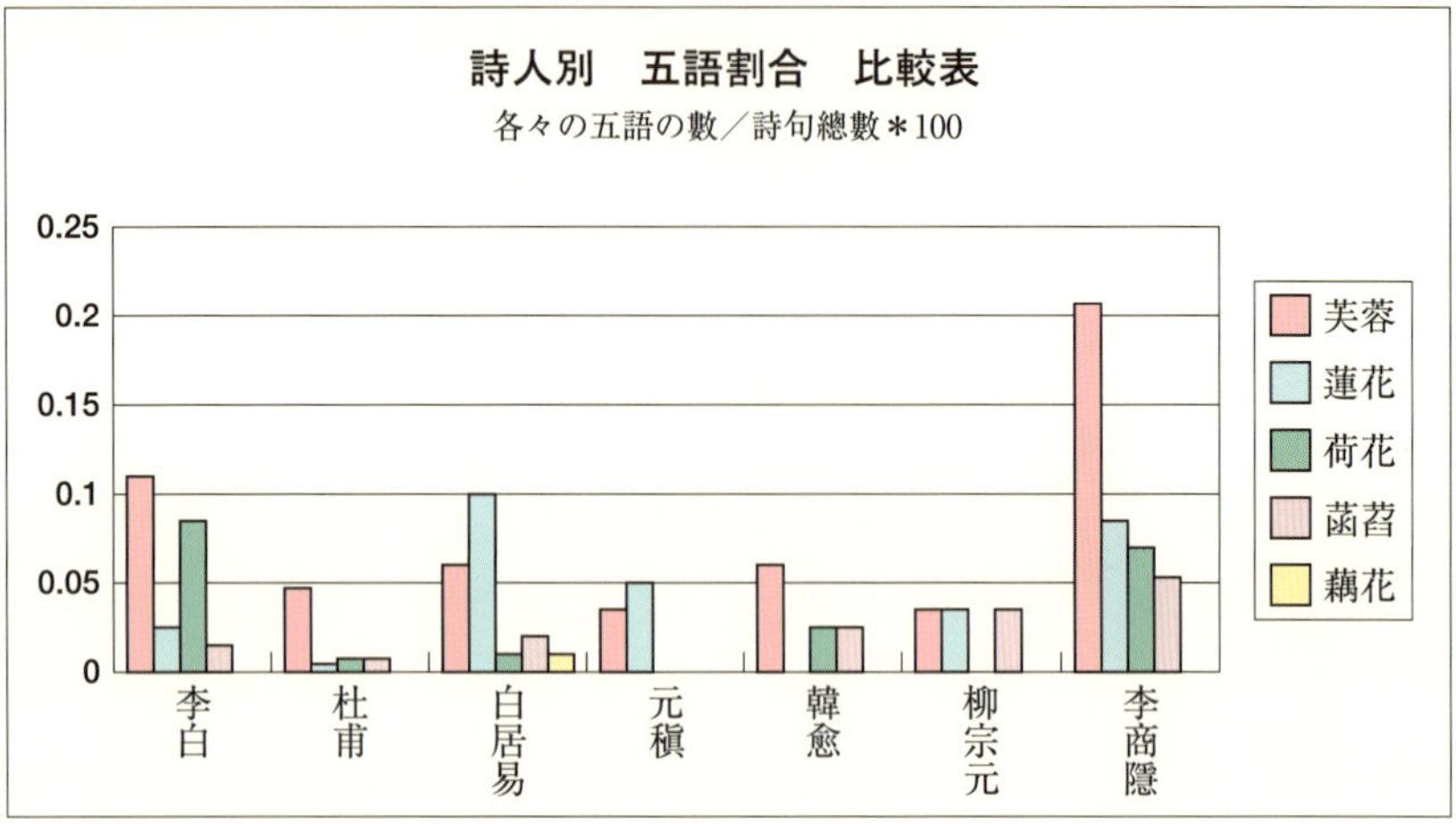

［表十九］

の他の作品とは成り立ちも目的も異なる性格を持った作品群だからであり、「樂府」の項に収められる作品は、各詩人の項にも重複して収められているからである。五語の數の中には、明らかに花を意味する「白蓮」「紅蓮」などの語も含む。

次に、比較的用例數が多く、且つ、各時代を代表すると思われる詩人たちの使用例を比較してみよう。上の【表十九】では、それぞれの詩人の詩句總數に對する割合で比較してみた。

たとえば、ある詩人の作品總數が百首で、そのうちの五十首に「蓮花」を歌う場合と、別の詩人の作品總數が千首で、そのうちの五十首に「蓮花」を歌う場合とでは、「蓮花」語の數は同じでも、それぞれの詩人にとって「蓮花」語の持つ重みは同じではない。また、絕句に「蓮花」語が一つある場合と、百韻の長篇に「蓮花」語が一つある場合とでは、作品に對する「蓮花」語の重みは等價では無い。作品はそれぞれ重みが異なるものだから、この表によって正確に各詩人の傾向が測れるとは思わないが、この試みの結果は興味深いものであった。【表十九】の「詩人別五語割合比較表」は、盛唐から晩唐までの、用例數の多い詩人を七名擧げて比較した(30)ものである。初唐の詩人は用例が少ないので割愛した。各詩人の詩句總數を「蓮花」

「芙蓉」などの詩語の数で割って、一〇〇を掛けたものである。なお、五語の数の中には、［表十八］と同様、明らかに花を意味する「白蓮」「紅蓮」などの語も含む。

［表十九］を見ると、それぞれの詩人によって用いる詩語の違いがはっきりわかる。李白は他の詩人に比べて「荷花」語を使うことが多い。「蓮花」語は少ない。白居易や元稹は「蓮花」語が多い。韓愈、李商隠は「芙蓉」語を好む。柳宗元の用例数は少ないが、現存する作品数が少ないので詩語の割合としては比較的多くなっている。李商隠はハスの句そのものが多く、特に「芙蓉」語を好む。

これらの傾向は、それぞれの出身地で一般に使われていた言葉の影響を受けていることも考えられるが、また、後に各詩人の項で述べるように、それぞれの作風や嗜好によるところも多いのである。なお、この七人の内、李白と韓愈は南方の、その他は黄河流域の出身である。(31)

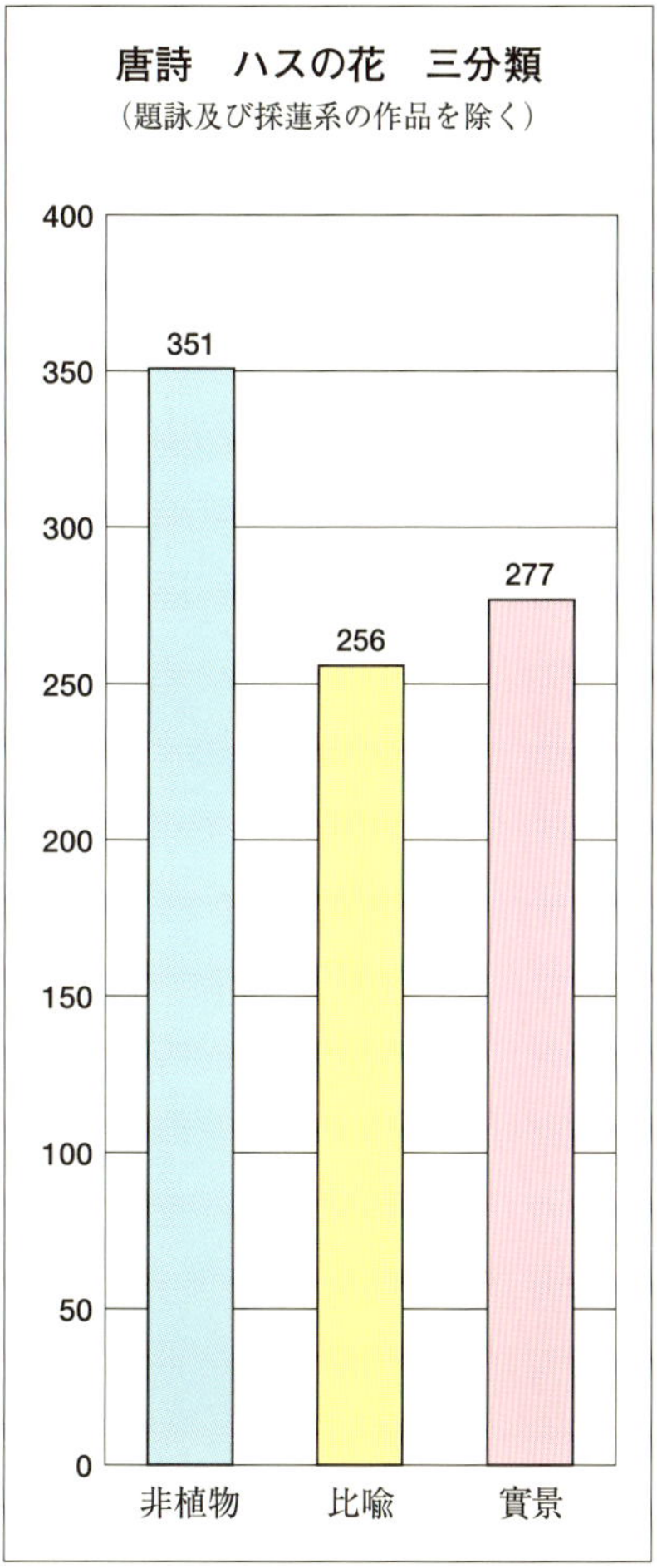

［表二十］

次に「非植物」、「比喩」、「實景」の三つに分類した表を擧げる。［表二十］の分類は前章と同じく、三つに大きく分類する。第一分類は「非植物」、第二分類は「比喩」、第三分類は「實景」である。

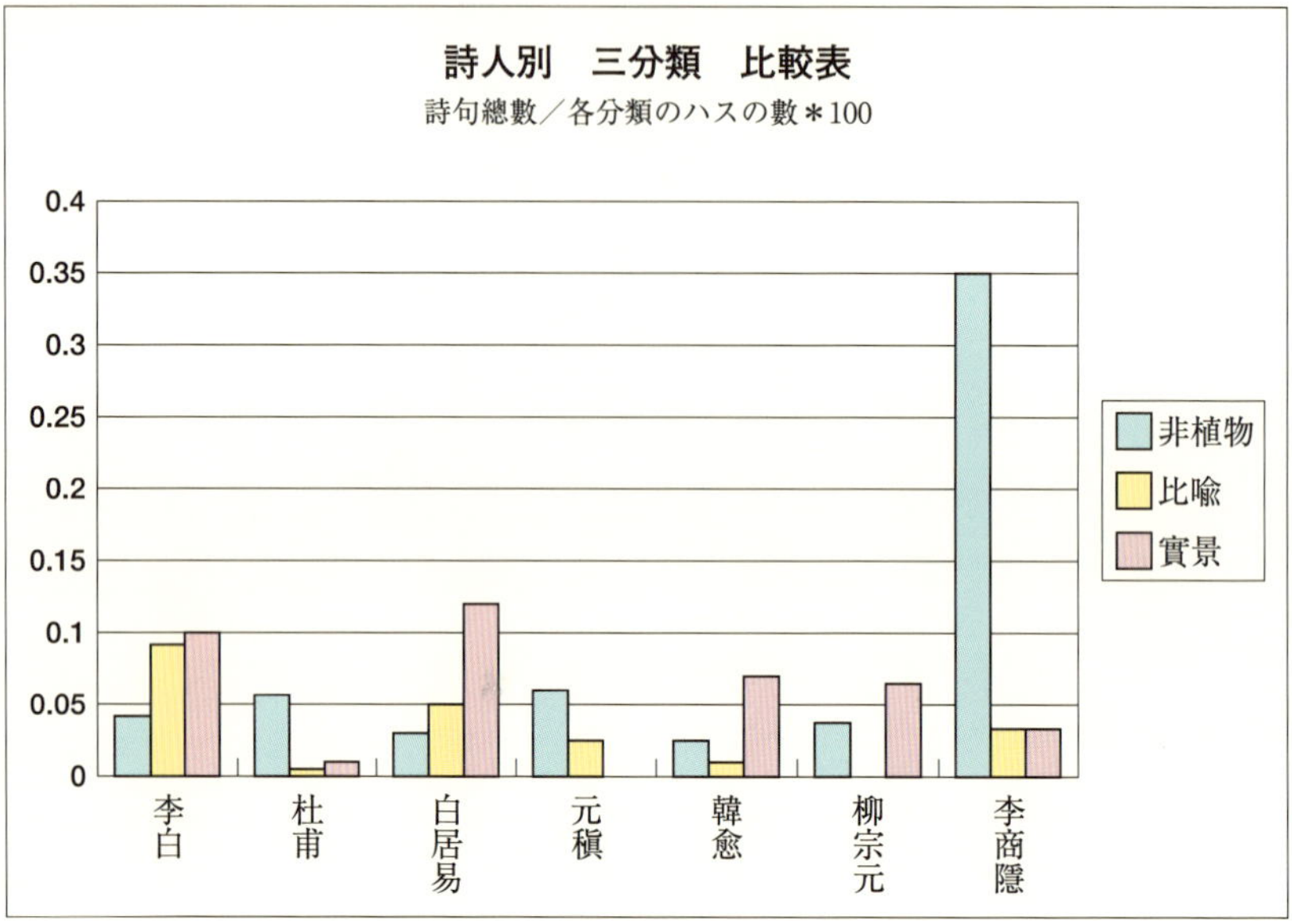

［表二十一］

第一分類「非植物」には、植物として生きているハスの花ではなく、「芙蓉石」などの形や性質による名前、「芙蓉堂」のような建物、「芙蓉帳」のような刺繡をした調度品、上着、器物、「蓮花池」のように蓮花があることに依る場所や呼稱、などを分類した。

第二分類「比喩」には「蓮花のような女性」というような直接的な比喩の他に、若さの象徵、隱棲の象徵、人生が早く過ぎることへの暗喩など、象徵的な詩句もここに入れた。

第三分類は、植物としてのハスを歌う詩句である。この中には、應制詩や仙界を歌った、楚辭の系統を引く吉瑞の景を述べる作品、ハスが印象的に咲く喜びに滿ちた作品、また別れや無常觀を主題とする、靜寂なあるいは損なわれたハスの景色を歌う作品などが見られる。

上に擧げる［表二十一］は、盛中晩唐における用例數の多い詩人の、各人の詩句總數に對する割合である。李白は比喩の句と植物としてのハスを歌う句が多い。杜甫や李商隱は非植物の句が、白居易や韓愈は植物としてのハスを歌う句が多い。
　これらの全體的な様相を踏まえて、次に代表的な詩人の個々の様相を見てみよう。なお、全體の傾向を見るためにはハスの花を表わす五つの言葉を用いたが、個々の詩人の作品を分析するに當たっては、これに「芙蕖（紅蕖）」の語も加えて調査した。「芙蕖」の語は他の五語に比べて唐詩の中ではわずかしか使われない語であるが、各詩人の個性を見るときにはこの語も加え、それぞれのより詳細な様相を見たいと思う。

（一）杜甫の個性　語の嚴密性

杜甫の場合を［表二十二］にまとめてみる。
用例數は少ないが、ハスの花の扱いが簡潔であり、語の使い分けが明確だ、という點で、この後に述べる詩人たちの個性を明確にする土臺と言うべき性格を持つ。
佛教に關わる作品と、峯の名前のような固有名詞には「蓮花（華）」をつかう。

　吾知多羅樹、卻倚蓮華臺。（吾は知る　多羅の樹、卻りて倚る　蓮華の臺）
杜甫「山寺」

　東笑蓮華卑、北知崆峒薄。（東のかた蓮華の卑《ひく》きを笑ひ、北のかた崆峒の薄きを知る）
杜甫「青陽峽」

佛教に關連する作品を除き、非植物には「芙蓉」を使う。

　青熒芙蓉劍、犀兕豈獨剸。（青熒たる芙蓉劍、犀兕《さいじ》　豈獨り剸《た》たんや）
杜甫「八哀詩　故祕書少監武功蘇公源明」

このほかに、芙蓉の刺繡、芙蓉の旗、の句がある。

杜甫のハス

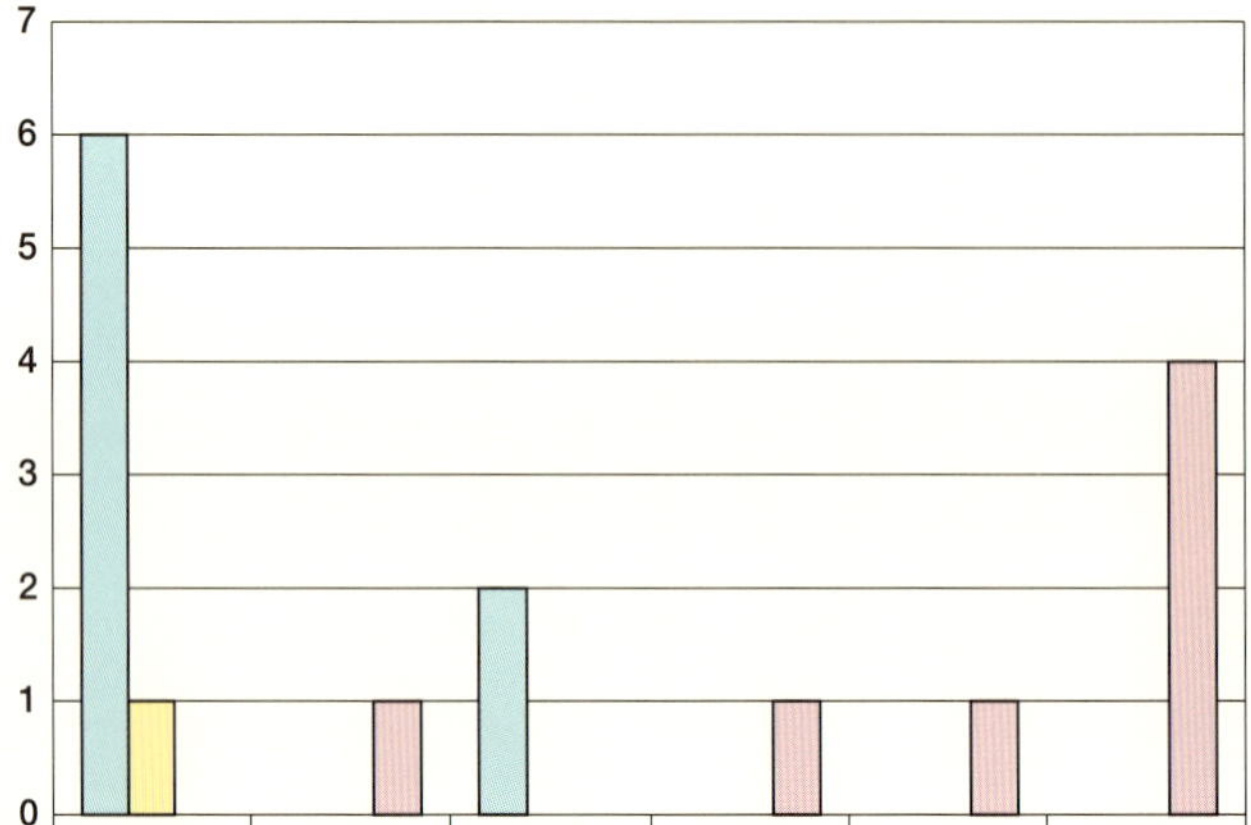

	芙蓉	蓮花	蓮華	荷花	菡萏	紅蕖
非植物	6	0	2	0	0	0
比喩	1	0	0	0	0	0
實景	0	1	0	1	1	4

［表二十二］

青春波浪芙蓉園、白日雷霆夾城仗。
（青春の波浪芙蓉園、白日の雷霆城仗を夾《さしはさ》む）　杜甫「樂遊園歌」

芙蓉園の句が幾つか見られるが、それは杜甫がいた頃、杜陵の西北にある曲江の南に芙蓉園が作られたからであろう。ことに上巳の頃には都人がここに集って樂しんだという。

比喩表現は少なく一首しかないが、「芙蓉」が使われている。

俱飛蛺蝶元相逐、竝蔕芙蓉本自雙。
（俱に飛ぶ蛺蝶は元より相逐ひ、蔕《うてな》を竝《なら》ぶ芙蓉は本より自から雙《ふた》つなり）
杜甫「進艇」

この詩句は年を取った妻とのことを言う。一緒に飛んでいる蝶々とは昔から連れ立って飛んでいた、一本の莖から蔕を竝べて咲いているハスの花はもともとから伴侶だった、と、自分たち夫婦の關係を喩えている。

實景には「紅蕖」を主に、「荷花」「菡萏」も使う。ただし上述のように佛教に關わる作品には「蓮花」を用いる。

風含翠篠娟娟靜、雨裛紅蕖冉冉香。（風は翠篠を含み娟娟《けんけん》として靜かに、雨は紅蕖を裛《つつ》み冉冉《ぜんぜん》として香る）

杜甫「狂夫」

沈竿續蔓深莫測、菱葉荷花靜如拭。（沈竿　續蔓　深くして測るなし、菱葉　荷花　靜かにして拭《ぬぐ》ふが如し）

杜甫「渼陂行」

綴席茱萸好、浮舟菡萏衰。季秋時欲半、九日意兼悲。

（綴席に茱萸好し、浮舟に菡萏衰ふ。季秋　時半ばならんとす、九日意は悲しみを兼ぬ）　杜甫「九日曲江」

このように、少なくともハスの花を表す詩語について、杜甫がある基準をもって詩語を使い分けていたことが知られる。杜甫は詩語の使い方が非常に嚴密である。この傾向は、王維や李白にも感じられるものであるが、中唐以降はくずれていく。

（二）李白の個性　比喩と風景

李白の場合を次の【表二十三】にまとめてみる。

この表から、李白が杜甫と同じように言葉を使い分けている樣子を見て取ることができる。但し、杜甫とは違って「芙蓉」語は主に比喩的用法に使われる。植物としてのハスやそれのある風景描寫には「荷花」と「紅蕖」「菡萏」が使われる。「蓮花」語は少なく、「蓮花巾」「蓮花劍」「蓮花山」といった非植物的用法に限られる。一般に唐詩の中で

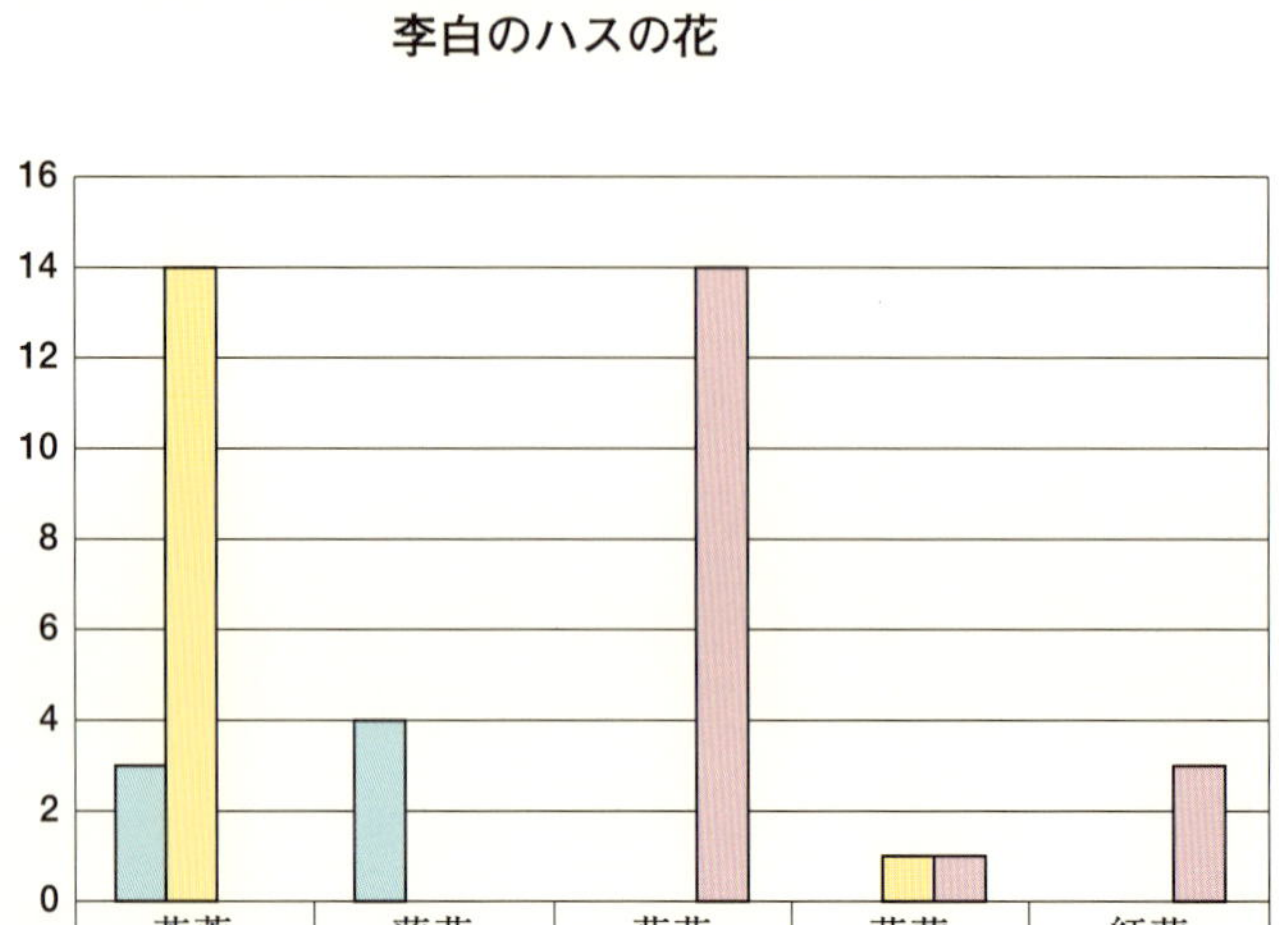

	芙蓉	蓮花	荷花	菡萏	紅蕖
非植物	3	4	0	0	0
比喩	14	0	0	1	0
實景	0	0	14	1	3

［表二十三］

「蓮花」語は佛教に關わる作品に多く用いられる。(32)道教に志向を持つ李白には、ハスの花を描く佛教關連の作品はない。このために「蓮花」語が少ないのかもしれない。

　さて、上記の表によって、李白のハス描寫の中で、特に重要なものは「芙蓉」と「荷花」であることがわかる。つぎにこれらの語を考察していこう。

李白の「芙蓉」　流麗な比喩

　李白の「芙蓉」語に特徴的なことは、比喩的な用法が非常に多く、非植物的用法が少ないことである。この比喩的用法の中には、「〜のようだ」という單純な比喩の他に、物を形容する詩句に「芙蓉」語がある場合や、象徴的に表現する詩句、芙蓉を擬人化して女性になぞらえる詩句も含まれる。李白の場合、單純な比喩的用法よりも、このような用法の方が多いのである。これに對して、同時代の杜甫が用いるのは、ほとんどが、「非植物」に分類される用法、すなわち、名詞をハスによって形容する「芙蓉園」「芙蓉苑」「芙蓉殿」「芙蓉旌旗」語や、「繡芙蓉（芙蓉を刺繡する）」という使い方である。

たとえば杜甫は「芙蓉劍」という言葉を使うが、李白は劍を「雪花が芙蓉に照り映えている」と形容する。芙蓉劍が銀色にきらめいている様を比喩的に形容しているのである。

寶劍雙蛟龍、雪花照芙蓉。（寶劍は雙つの蛟龍、雪花は芙蓉を照らす）　李白「古風」

山を形容する時にも、様々な比喩を驅使する。次の句にある、山がハスの花のようだ、というような單純な比喩は、むしろ少ない。

茲山何峻秀、綠翠如芙蓉。（茲の山 何ぞ峻秀たる、綠翠は芙蓉の如し）　李白「古風」

次の句は廬山。青い空に峰が日に輝いて金色に削り出されたようにシルエットを浮かび上がらせている様子である。

廬山東南五老峰、青天削出金芙蓉。（廬山の東南 五老峰、青天に削り出す 金の芙蓉）　李白「登廬山五老峰」

次の句は黃山。ハスの形をした峰々が幾重にも連なっている様子を「菡萏」と「芙蓉」語を重ねることによって表現している。

黃山四千仞、三十二蓮峰。丹崖夾石柱、菡萏金芙蓉。
（黃山四千仞、三十二蓮峰。丹崖は石柱を夾《さしはさ》む、菡萏と金の芙蓉）　李白「送溫處士歸黃山白鵝峰舊居」

次の句は華山。芙蓉は仙女の持ち物なので、峰を三つの芙蓉に喩えて、「仙を尋ぬ」という下の句を引き出す。

太華三芙蓉、明星玉女峰。尋仙下西嶽、陶令忽相逢。
（太華の三芙蓉、明星 玉女峰。仙を尋ねて西嶽に下れば、陶令 忽ち相逢ふ）　李白「江上答崔宣城」

次の句も華山に上ったときの作で、右の作品と同様の趣向が見られる。西嶽と呼ばれる華山に登れば星が間近に輝いて見える。中峯の蓮花峯も手に取れんばかりで、まるで宇宙を行くようである。この第三、四句に現れる「芙蓉」は實際に見ている蓮花峯であろうが、そこからの連想で、仙女の持ち物としての芙蓉とも重なり、やがて李白は天界へ上っていくのである。すなわち、この「芙蓉」は峯と仙物の二重の意味を持つ。

西嶽蓮花山、迢迢見明星。素手把芙蓉、虚歩躡太清。霓裳曳廣帶、飄拂昇天行。邀我登雲臺、高揖衛叔卿。　李白「古風」

（西嶽蓮花山、迢迢として明星を見る。素手もて芙蓉を把《と》り、虚に歩みて太清を躡《ふ》む。霓裳廣帶を曳き、飄拂として天に昇りて行く。我を邀《むか》へ雲臺に登り、衛叔卿に高揖《かういふ》す）

女性の比喩も、次の句にある、芙蓉のような姿、という單純な比喩はわずかである。

美人出南國、灼灼芙蓉姿。　李白「古風」

（美人南國より出づ、灼灼たる芙蓉の姿）

次の句は、老女の姿である。

芙蓉老秋霜、團扇羞網塵。　李白「中山孺子妾歌」

（芙蓉　秋霜に老い、團扇　網塵を羞づ）

中山孺子は漢の中山靖王子嚕の妾で、美しさを絶賛された女性であったという。齊の陸厥に、その美しさを「ひとたび顧みれば城を傾く」と讃えた詩と、年老いて見捨てられた人情のはかなさを「歳暮に寒飆及び、秋水に芙蕖落つ」と歌う詩とがある。李白のこの作品は、陸厥の詩を繼ぐものであるが、「芙蓉が老いる」という發想が零落した美女の凄慘な樣子を彷彿とさせる。(33)

芙蓉の花の、わずかな間のはかない美しさ、若い女性の移ろいやすい美、それらは人の榮華の儚いことに連なっていく。

昔日芙蓉花、今成斷根草。以色事他人、能得幾時好。

（昔日芙蓉の花、今は斷根の草と成る。色を以て他人に事《つか》ふれば、能《よ》く幾時の好《よ》きを得ん）李白「妾薄命」

佳句にはこのような哀しい歌が多いが、もちろん、美人をたたえる明るい詩句もある。次の句は、満開のハスの花にも負けないあでやかな美女である。

魏都接燕趙、美女誇芙蓉。（魏都は燕趙に接し、美女は芙蓉に誇る）　李白「魏郡別蘇明府因北遊」

次の句は、君の芙蓉のような美しさがいとしくて食べてしまいたい、でも食べたらいなくなってしまうからそれも殘念だ、という愛情表現の句である。

愛君芙蓉嬋娟之豔色、色可餐兮難再得。（君が芙蓉嬋娟《せんけん》の豔色を愛す、色は餐す可《べ》くも再びは得難し）

李白「寄遠」

次の句は、太守の詩文を賞めるための句である。

覽君荊山作、江鮑堪動色。清水出芙蓉、天然去雕飾。（君が荊山の作を覽るに、江鮑 色を動かすに堪ふ。清水に芙蓉出で、天然にして雕飾を去る）

李白「經亂離後天恩流夜郎憶舊遊書懷贈江夏韋太守良宰」

まるで水から芙蓉が現れて花咲くように、技巧を去った自然の美しさがある、と言う。太守の作品は素朴なものであったのであろう。安祿山の亂で流罪になった後、それでも再びの仕官を夢見ている最晩年の作品で、太守の歡心を買おうする懸命の努力が見られるが、この詩句自體はとても美しい句ではないだろうか。

「芙蓉」語を用いて、これほど豊かな比喩の句をこれほど多く紡ぎ出す詩人はほかには見當たらない。李白詩の表現上の大きな特徴である。

李白の「荷花」　廣がる風景

李白はハスの花を歌うときに、「荷花」語を使うことが多い。先にも述べたように、これは唐代の他の詩人にはあまり見られない、李白の特長である。

ところで、前章で述べたように、唐詩の一般的な傾向として「荷花」の風景は一輪ずつの花を描写するよりも一面に廣がる全體の風景として描かれることが多い。たとえば、ハスを表す他の言葉には見られないことに、何里とか何頃とか、面積を示す數字が書かれている句が多いし、はっきりと數字が書かれていない詩句でも、廣がりを表現している作品が多く、また香りが廣がっている作品も多い。

李白の「荷花」はどうであろうか。

次の句は、三百里にわたる湖に廣がるハスの風景である。

鏡湖三百里、菡萏發荷花。（鏡湖三百里、菡萏　荷花を發く）　李白「子夜呉歌（一作子夜四時歌）夏歌」

次の句は、すでに池いっぱいにあふれているハスの花と、ようやく咲き始めた蘭や苕、樂しい宴會の風景である。

昨來荷花滿、今見蘭苕繁。一笑復一歌、不知夕景昏。
（昨來荷花滿ち、今見る蘭苕の繁きを。一笑復た一歌、知らず夕景の昏るるを）
李白「答從弟幼成過西園見贈」

次の二首は香りが歌われている例である。

竹色溪下綠、荷花鏡裏香。辭君向天姥、拂石臥秋霜。
（竹色溪下に綠に、荷花鏡裏に香《かんば》し。君に辭して天姥《てんぼ》に向かふ、石を拂ひて秋霜に臥す）
李白「別儲邕之剡中」

風動荷花水殿香、姑蘇臺上宴吳王。（風は荷花を動かして水殿香る、姑蘇の臺上に吳王宴す）

李白「口號吳王美人半酔」

李白の「荷花」の句で明るく可愛いのは、叢生する花の中で女の子たちが戯れる、採蓮曲の系統の作品である。

若耶谿傍採蓮女、笑隔荷花共人語。日照新妝水底明、風飄香袂空中擧。（若耶谿《じゃくやけい》の傍《かたはら》 採蓮の女、笑ひて荷花を隔てて人と共に語る。日は新妝を照らして水底明らかに、風は香袂《こうべい》を飄して空中に擧がる）

李白「采蓮曲」

耶溪採蓮女、見客棹歌迴。笑入荷花去、佯羞不出來。（耶溪 採蓮の女、客を見て棹歌《たうか》して迴る。笑ひて荷花に入りて去り、佯《いつは》り羞ぢて出《い》で來《きた》らず）

李白「越女詞」

ここまで見てきたところ、李白の描く荷花の風景は、やはり、一輪の花を歌うよりも、池や湖にむらがって咲く、あるいは一面に廣がる風景であった。李白がハスの風景を歌うときに「荷花」を好んで用いたのは、「荷花」語の持つこの様なイメージに惹かれたからかもしれない。

さて、李白は色彩語とともにハスの花を描くことが非常に少ない。杜甫や王維には紅い色の蓮を歌う句がある。もっとも一般に盛唐の他の詩人たちは色彩語と共にハスを歌うことは少なく、これは、中唐に比べて盛唐の詩人たちに特徴的なことでもある。初盛唐の詩句には、白蓮、白芙蓉、白菡萏という詩語は現れないから、ハスといえば赤い花と考えられていたのかもしれない。(34) 詩の中に「紅」という言葉を使わないことで、詩を讀む際に視覺に訴える色彩感は消されていたとしても。

しかし、李白の「荷花」は、時としてはっとするような効果的な紅色を見せる。たとえば、現在の寂寥とした光景を際だたせる幸せな追憶の花として歌われる次のような例は、特に荷花の紅を意識している。

憶昨去家此爲客、荷花初紅柳條碧。中宵出飲三百杯、明朝歸揖二千石。寧知流寓變光輝、胡霜蕭颯繞客衣。寒灰寂寞憑誰暖、落葉飄揚何處歸。

（憶ふ昨 家を去りて此《ここ》に客と爲る、荷花初めて紅にして柳條碧なり。中宵出でて三百杯を飲み、明朝歸りて二千石に揖す。寧んぞ知らん 流寓光輝を變じ、胡霜蕭颯《せうさつ》として客衣を繞《めぐ》るを。寒灰寂寞として誰に憑《よ》りてか暖まらん、落葉 飄り揚がりて何處《いづこ》にか歸す）

李白「豳歌行上新平長史兄粲」

また、明らかに赤い花とは書かれていないけれども、病に弱った心で眺める次のような詩句の荷花も、その紅が目に痛いように映ったことであろう。

堯祠笑殺五湖水、至今憔悴空荷花。（堯祠 笑殺す 五湖の水、今に至りては憔悴して荷花空し）

李白「魯郡堯祠送竇明府薄華還西京」（時久病初起作）

友人賀知章の死を悼んで作った次の詩句も同様である。

人亡餘故宅、空有荷花生。念此杳如夢、凄然傷我情。

（人亡《な》く故宅を餘《あま》す、空しく荷花の生ずる有り。此を念《おも》へば杳として夢の如し、凄然として我が情を傷《いた》ましむ）

李白「對酒憶賀監」

凄寥たる心情によって描かれた荷花は、紅色をしていたとしても、やはりそれは鮮やかな寂寥の色である。

李白は、ハスの花の言葉を、「芙蓉」語は比喩または非植物を描くときに、「蓮花」語は非植物を描くときに、「荷花」と「菡萏」は實景を描くときにと、區別して用いていた。言葉を使い分けている様子が見られる。

李白の「芙蓉」語のほとんどは、巧みな比喩的表現に組み込まれている。唐代の詩人の中で、これほど豊富で巧みな「芙蓉」語の用例を持つものはいない。李商隠の芙蓉の句にもすぐれた比喩の句があるが、豊富さと流麗さという點では、やはり李白が勝るのである。

李白は特に「荷花」の語を好んだ。「荷花」語による實景描寫の詩句を多く殘している。李白が意識していたかどうかはわからないが、「荷花」語の持つ、廣がりのあるさわやかなイメージは、月や星、きらめく玉や水など、透き通って輝くものを愛した李白の作品にふさわしいイメージである。

(三) 白居易の個性 淡々と日記のように

次の【表二十四】は、白居易のハスの句を、六語と色彩に分類して三分類と關連づけたものである。この表から、様々な言葉が豊かに使われていることがわかる。

さらにこのグラフから、六語（芙蓉・蓮花・荷花・菡萏・藕花・芙蕖）の分類を取り出してグラフにすると、【表二十五】のようになり、「蓮花（白蓮、紅蓮を含む）」が半分を占めることがわかる。「荷花」を好んだ李白とは大きく異なる。

また、【表二十六】のグラフのように、三分類を取り出すと、實景に分類される句が多く、植物としてのハスの花が多く描かれていることがわかる。非植物に分類される句も、ハスの花が咲いている「白蓮池」「白蓮塘」など、植物に強く關連づけられる句が多い。

さらに、【表二十七】のように色彩で分類してみると、色彩語を伴った花が多く、中でも白いハスの花が多く描かれていることがわかる。佛教に關わる作品の中にはこのほかに「青蓮」語も見られる。

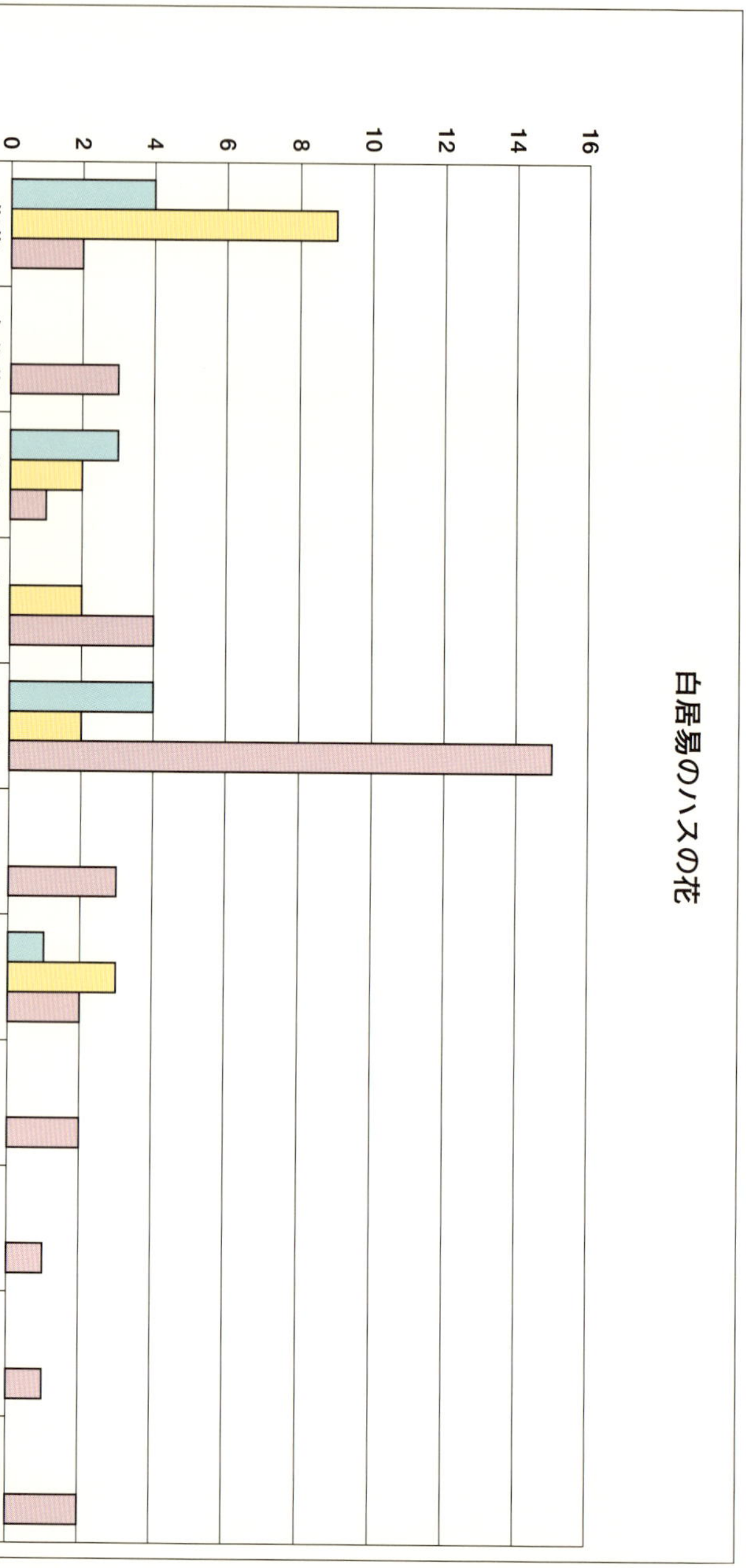

	芙蓉	白芙蓉	蓮花	紅蓮	白蓮	荷花	菡萏	紅菡萏	白蕖	藕花	白藕
非植物	4	0	3	0	4	0	1	0	0	0	0
比喩	9	0	2	2	2	0	3	0	0	0	0
實景	2	3	1	4	15	3	2	2	1	1	2

[表二十四]

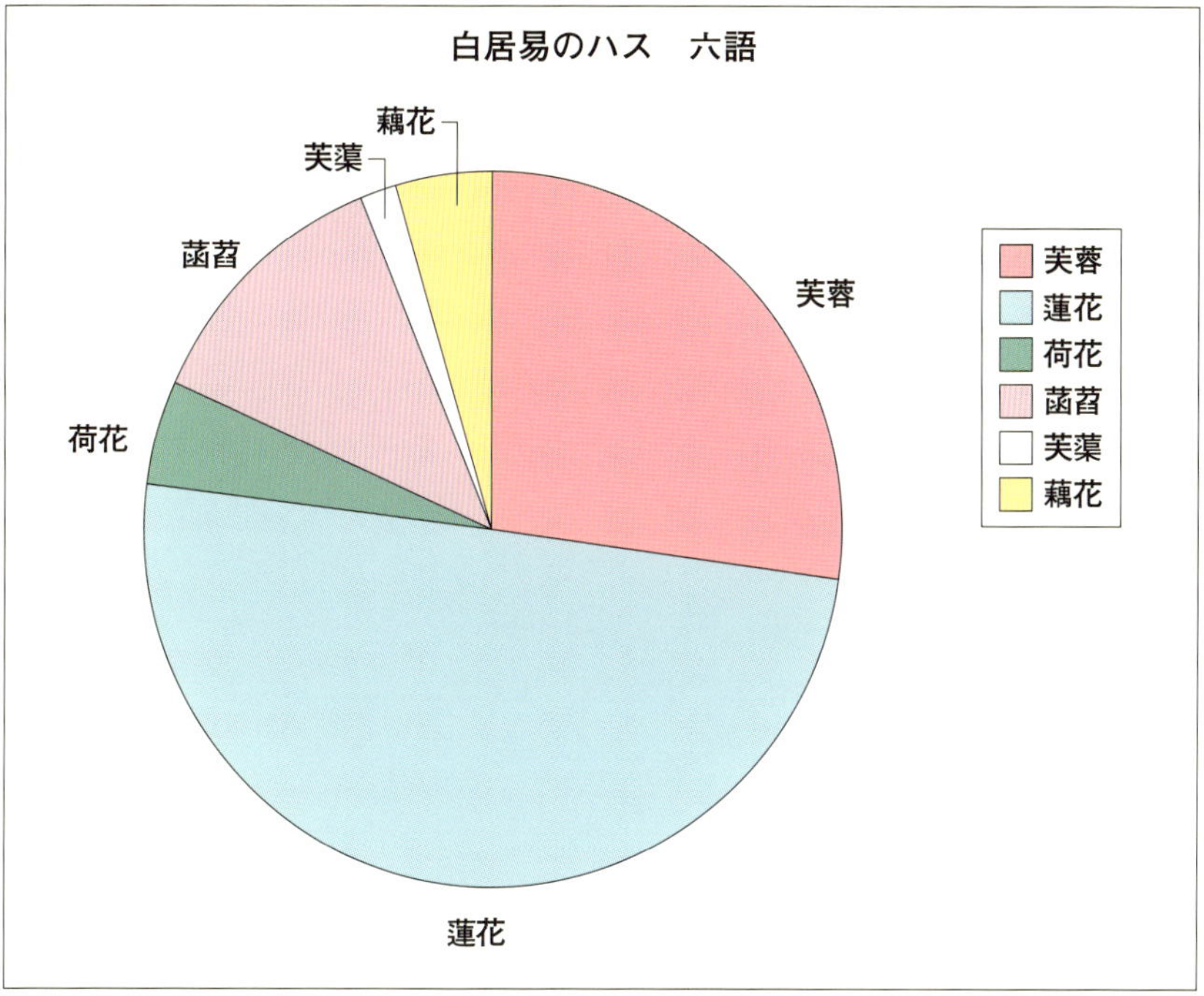

［表二十五］

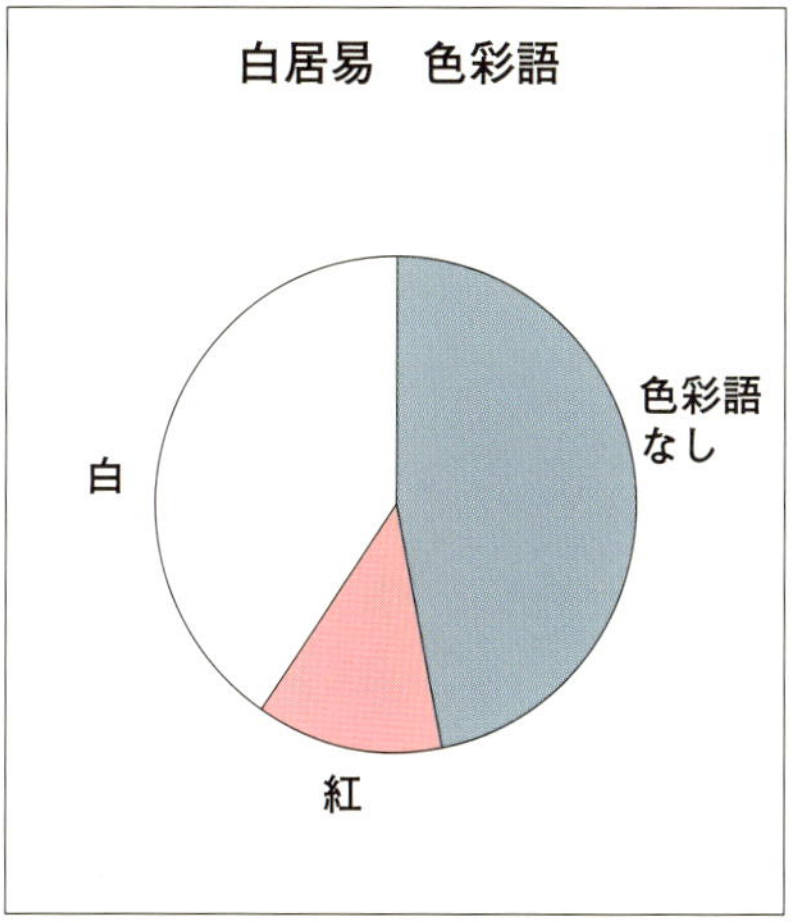

［表二十七］

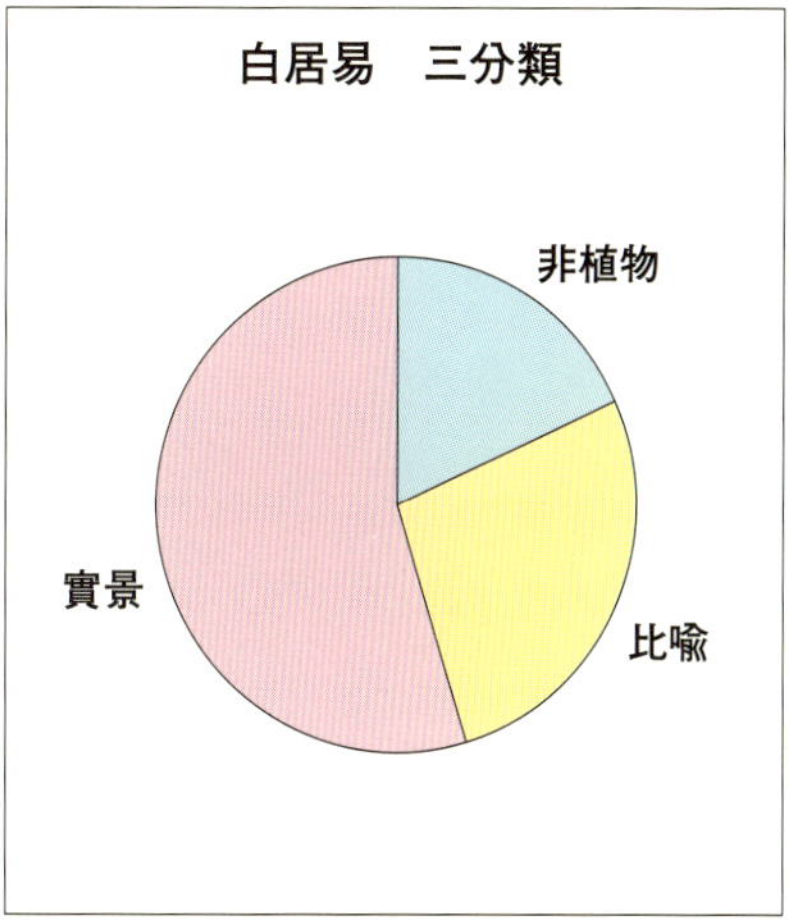

［表二十六］

これらのグラフからもわかるように、白居易のハスの花の特徴は白蓮にある。白居易はもともと植物が好きな人であるが、ことに白蓮が氣に入ったと見られ、多くの作品の中に讀み込んでいる。その表現は淡泊で、日記を付けているように淡々と、どのように自分が白蓮を愛し、庭の池に移植して大切にしたかを述べる。細かい描寫、特別な比喩的表現、思い入れを籠めた詠物詩などはないのである。

江州時代、白居易は東林寺の白蓮に強い感銘を受けた。そのことが次の作品に書いてある。

廬山多桂樹、湓浦多修竹。東林寺有白蓮花、皆植物之貞勁秀異者。

（廬山に桂樹多し、湓浦に修竹多し。東林寺に白蓮花あり、皆植物の貞勁秀異なる者なり）

白居易「潯陽三題」序

東林北塘水、湛湛見底清。中生白芙蓉、菡萏三百莖。白日發光彩、清飆散芳馨。洩香銀囊破、瀉露玉盤傾。我漸塵垢眼、見此瓊瑤英。乃知紅蓮花、虛得清淨名。

（東林の北の塘水、湛湛として底の清きを見る。中に白芙蓉生ず、菡萏三百莖。白日光彩を發し、清飆芳馨を散らす。香を洩らして銀囊破れ、露を瀉《そそ》ぎて玉盤傾く。我漸く塵垢の眼もて、此の瓊瑤の英《はな》を見る。乃ち知る紅蓮の花の、虛《むな》しく清淨の名を得るを）

白居易「潯陽三題　東林寺白蓮」

寺院の澄んだ池に咲く白蓮は、日光を受けて輝き、風に乘って香っていた。銀の袋が破れて香が漏れだし、玉盤の花びらが傾いて露がこぼれるという、「洩香銀囊破、瀉露玉盤傾」の二句は、白居易のハスの句にしては珍しく浪漫的で、このとき白居易がいかに感銘を受けたかが偲ばれる。それは世俗の心を洗うような、清淨の花であった。白蓮に比べれば、これまで知っていた紅蓮は清淨の花とは言えない。

この詩の序に「予惜其不生於北土也（予其の北土に生ぜざるを惜しむなり）」と言うから、北方から來た白居易が初めて白蓮を見たのはこのときであった。いたく感銘を受けた白居易は、どうしても白蓮が欲しくなり、ちょうど實を結んだハスがあったので、人々が寝静まった夜に一人起き出して、こっそりと東林寺のハスの實をひとつ手に入れた。この實を長安に送ろうとしたのだが、さてどうなったか。

夏萼敷未歇、秋房（一作芳）結纔成。夜深衆僧寝、獨起繞池行。欲收一顆子、寄向長安城。
（夏萼敷きて未だ歇《つ》きざるも、秋房結びて纔《わづか》に成る。夜深く衆僧寝《い》ね、獨り起きて池を繞りて行く。一顆の子《み》を収め、長安城に向けて寄せんとす）

白居易「潯陽三題　東林寺白蓮」

香鑪峯に草堂を新築したときにも、草堂の前に池をあつらえて緋鯉を放し白蓮を植えた。

紅鯉二三寸、白蓮八九枝。（紅鯉は二三寸、白蓮は八九枝）

白居易「草堂前新開一池養魚種荷日有幽趣（草堂の前に新たに一池を開き
魚を養ひ荷を種《う》う　日に幽趣あり）」

これは白居易にとって、大切な白蓮であった。

何以淨我眼、砌下生白蓮。（何を以てか我が眼を淨《きよ》めん、砌下《せいか》に白蓮生ず）

白居易「香鑪峯下新置草堂卽事詠懷題於石上」

そののち、白居易は許されて都に召還されたが、香鑪峯の白蓮のことはたびたび懐かしく思い出していたようだ。

春抛紅藥圃、夏憶白蓮塘。（春には抛《なげう》つ紅藥の圃《ほ》、夏には憶ふ白蓮の塘）

白居易「郡齋暇日憶廬山草堂兼寄二林僧社三十韻多敘貶官已來出處之意」

ところで、杭州刺史、蘇州刺史を經て洛陽の東都留守になった白居易は、はるばると攜えてきた白蓮を自邸の池に植えた。紅い蕉も朱い槿も持ってこなかった、お前だけを持ってきたのだよ、と白蓮に言い含めながら。

呉中白藕洛中栽、莫戀江南花懶開。萬里攜歸爾知否、紅蕉朱槿不將來。
(呉中の白藕 洛中に栽《う》う、江南を戀ひて花開くを懶《おこた》るなかれ。萬里 攜《たづさ》へ歸る 爾《なんぢ》知るや否や、紅蕉 朱槿 將來せず)

白居易「種白蓮」

白蓮を池に植えたのち、きっときれいに咲くことだろうと、樂しみにする。

青石一兩片、白蓮三兩枝。寄將東洛去、心與物相隨。石倚風前樹、蓮栽月下池。遙知安置處、預想發榮時。
(青石一兩片、白蓮三兩枝。東洛に寄り將《も》ちて去《い》けば、心は物と相隨ふ。石は風前の樹に倚《よ》り、蓮は月下の池に栽《う》う。遙かに知る安置する處、預《あらかじ》め想ふ榮《はな》を發《ひら》く時。)

白居易「蓮石」

やがて期待通りに白蓮は美しい花を咲かせる。江南から持ってきた花だと、白居易は非常に得意である。

白藕新花照水開、紅窗小舫信風迴。誰教一片江南興、逐我慇懃萬里來。
(白藕新花 水に照りて開き、紅窗小舫 風に信《まか》せて迴る。誰か一片の江南の興をして、我を逐ひて慇懃に萬里を來らしむ)

白居易「白蓮池汎舟」

蘇州から來た客には、どうだ、まるで呉の松江に居るようではないかと問いかける。

雨滴篷聲青雀舫、浪搖花影白蓮池。停杯一問蘇州客、何似呉松江上時。
(雨の篷に滴《したた》る聲 青雀の舫、浪の花を搖らす影 白蓮池。杯を停《とど》めて一たび問ふ 蘇州の客に、何ぞ似たらん 呉松江上の時に)

白居易「池上小宴問程秀才」

さらに實を結ぶようになって六年七年と月日がたち、白蓮は繁茂して江南と同じように咲き亂れ、江南の日と同じように採蓮舟を出すようになった。これほど年月がたっても、白蓮を江南から持ってきたということは忘れられない。

素房含露玉冠鮮、紺葉搖風鈿扇圓。本是呉州供進藕、今爲伊水寄生蓮。移根到此三千里、結子經今六七年。不獨池中花故舊、兼乘舊日採花船。

（素房は露を含み玉冠鮮かに、紺葉は風に搖れて鈿扇圓《まる》し。本《も》と是れ吳州より供《そな》へ進むる藕、今は伊水に寄り生ずる蓮と爲る。根を移して此に到る三千里、子を結び今に經《ふ》ること六七年。獨り池中に花の故舊なるにあらず、兼ねて舊日の採花船に乘る）

白居易「六年秋重題白蓮」

池いっぱいに咲いた紅蓮や白蓮を、かわいがっている少女が舟に乘って採って回る。これは江南の風物である採蓮の再現である。しかし、ここでは江南のように風浪に惱まされることはなく、ベッドの中からその様子を見られる。

小桃閒上小蓮船、半採紅蓮半白蓮。不似江南惡風浪、芙蓉池在臥床前。

（小桃閒《かん》に上る小蓮船、半ばは紅蓮を採り半ばは白蓮。江南の惡風浪に似ず、芙蓉の池は臥床の前に在り）

白居易「看採蓮」

この景色を氣に入って、白居易はしばしば自室から池を眺めていたに違いない。時には少女がこっそり蓮の實を採って逃げていくのをほほえましく眺めていたこともあった。

小娃撐小艇、偸採白蓮迴。不解藏蹤跡、浮萍一道開。

（小娃　小艇に撐《さおさ》し、偸《ひそ》かに白蓮を採りて迴る。蹤跡を藏《かく》すを解さず、浮萍に一道開く）

白居易「池上二絕之二」

このように繁茂している白蓮を見て、白居易は感慨を催す。紅蓮と白蓮が共に咲いている池であるが、白蓮が決して紅蓮と混ざらないことも、感慨の一つである。初めは異境の地になじめず衰えていた白蓮が、その內に芳香を放って咲き始めたことも感慨の一つである。やがて古い葉が落ち古い根が土に歸って、すっかりこの地になじみ、江南から來たことを忘れてしまったようなのも、感慨の一つである。

白白芙蓉花、本生呉江濆。不與紅者雜、色類自區分。誰移爾至此、姑蘇白使君。初來苦憔悴、久乃芳氛氳。月月葉換葉、年年根生根。陳根與故葉、銷化成泥塵。化者日已遠、來者日復新。一爲池中物、永別江南春。
（白白たる芙蓉の花、本と呉江の濆《みぎは》に生ず。紅なる者と雜《まじ》らず、色と類とは自《おのづか》ら區分あり。誰か爾《なんぢ》を移して此に至る、姑蘇の白使君なり。初め來るとき苦《はなは》だ憔悴するも、久しくして乃ち芳《かんば》しく氛氳たり。月月 葉は葉に換《かは》り、年年 根は根を生ず。陳根と故葉と、銷《き》え化して泥塵と成る。化する者は日に已に遠く、來る者は日に復た新《あら》たなり。一たび池中の物と爲り、永く江南の春に別る）

白居易「感白蓮花」

かくして讀者は白居易と白蓮がいかに關わっていたか、その經緯をまるで日記を讀むように具體的に知ることができるのである。

では白居易はなぜ、どのように白蓮と結びついていたのか。もう一度振り返ってみよう。

東林寺で初めてその清淨性に感動した。

上人處世界、清淨何所似。似彼白蓮花、在水不著水。
（上人世界に處《を》りて、清淨なること何にか似たる所。彼の白蓮花に似て、水に在りて水に著《つ》かず）

白居易「贈別宣上人」

と、和尚の清淨性をたとえる詩句が一首だけ有るので、佛教と關連づけて好んでいたのかもしれない。しかし他の多くの詩を讀むと、白居易の詩の中で白蓮と佛教の關連性はむしろ小さいように思われる。洛陽に歸ってのちは江南へのノスタルジアと、萬里を攜えてきたものだという希少性への自慢とがあった。このことはすでに作品によって見てきた通りである。ここに擧げてきた作品を見ていると、白居易は白蓮に對して特別に精神的な結びつきを強調するという風ではなく、ただ單純に好きだ、見ていて嬉しいと思っているように見える。また、白蓮を形容する凝った表現や比喩もほとんど無い。植えた、生じた、咲いた、揺れている、輝いている、というような單純な表現が目立つ。ありのままの花の姿を單純に愛して淡々と詩に記述していく、これが白居易の白蓮に対する態度である。

（四）李賀の個性　象徴性

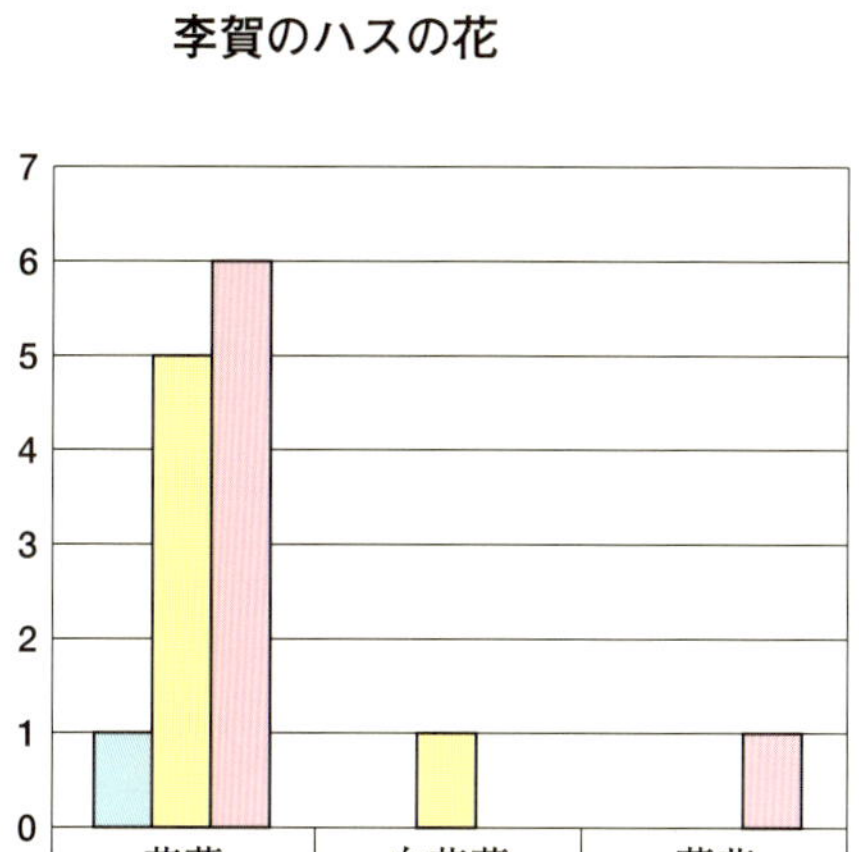

	芙蓉	白芙蓉	蓮花
非植物	1	0	0
比喩	5	1	0
實景	6	0	1

［表二十八］

李賀の場合は用例数が少ないが、白居易とは全く傾向が異なるので、ここで簡單に觸れておきたい。

用例数が少ないこともあるが、それにしても上記のグラフが非常に簡單であることに氣づくだろう。色彩語はほとんど付かない。「荷華」「蓮華」のように「＊華」を使う言葉もない。「蕖」の語も用いない。「芙蓉」語が大部分である。「比喩」「風景」の項が大部分である。

「比喩」と「風景」に分類される作品が多いが、その「比喩」と「風景」の區別が曖昧で、「芙蓉」が擬人化されていることが多い。たとえば次の作品を見てみよう。

黄頭郎、撈攏去不歸。南浦芙蓉影、愁紅獨自垂。

（黄頭郎、撈攏《らうろう》して去《い》きて歸らず、南浦芙蓉の影、
愁紅獨り自《おのづか》ら垂る）　　李賀「黄頭郎」

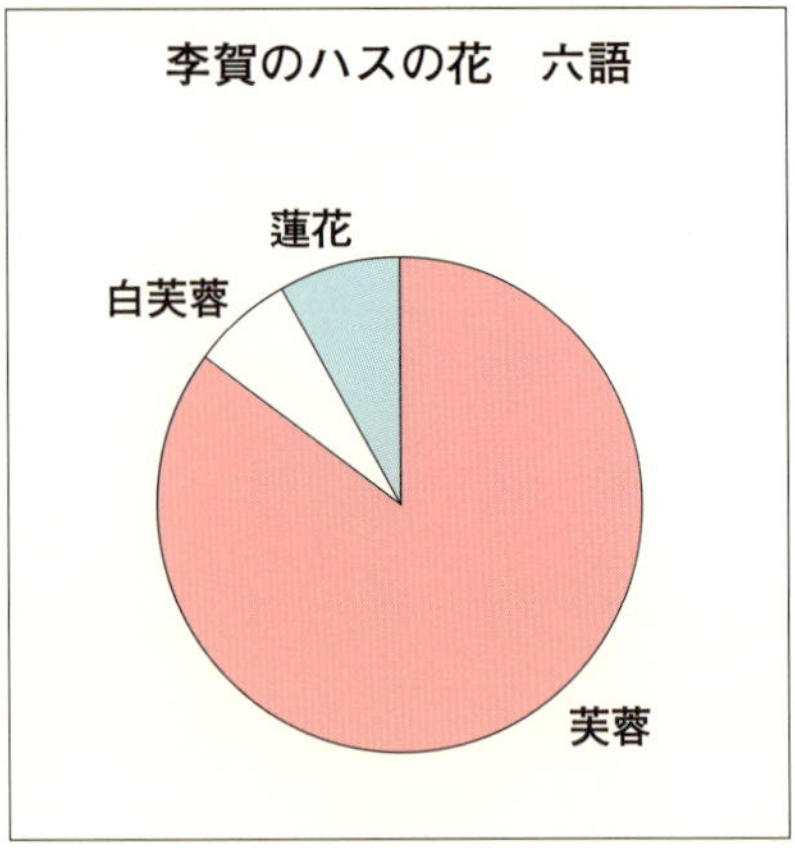

［表二十九］

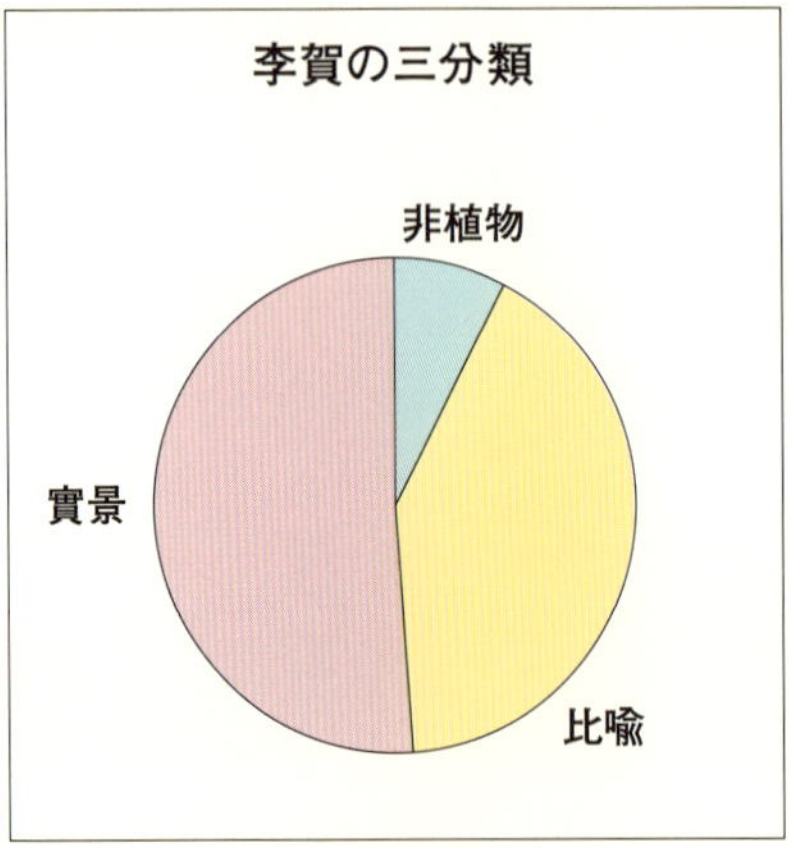

［表三十］

この作品は樂府「黃頭郎」の冒頭部分で、歸らぬ黃頭郎を待ちわびる戀人の氣持ちが主題である。第三句、「南浦に芙蓉が影を落としている」とは單なる敍景であるが、次の句は「憂いの紅の花が一輪だけ頭を垂れている」と、廣々とした水に一輪だけ殘った秋の芙蓉が、主人公の氣持ちを映して、憂いを紅色に凝縮させてじっと水面にうつむいている樣を描く。この第四句とあわせて讀めば、第三句は單に芙蓉が水面に影を落としているのではなく、うなだれた花の紅色の面が水に映っていることになるわけで、あたかも孤獨な女が鏡の中の自分をひっそりと眺めているような、擬人化された、あるいは主人公の氣持ちが移入された情景となるのである。そこで、この第三・四句は、秋に一輪だけ殘っている芙蓉の描寫であることは確かだが、一方、主人公の悲しみを象徴している花だとも言えるのである。

芙蓉凝紅得秋色、蘭臉別春啼脈脈。

（芙蓉 紅を凝らして秋色を得、蘭臉 春に別れて啼きて脈脈たり）

李賀「梁臺古愁」

これは六朝梁の亡國を懷古する作品である。秋になって萬物が凋殘する中、咲き殘った芙蓉の紅が鮮やかに凝縮して秋の氣配を漂わせている、という前句は、秋の芙蓉の形容であるし、作者が古を懷かしむ寂々とした氣持ちも併せて、情景一致の景色であると考えられる。しかし、後句「蘭の美しい顔が春に去られていつまでも泣いている」というやや擬人化した内容と、六朝梁の華やかな文化と悲慘な終末を考え合わせれば、秋色に凝結した紅の花は、六朝梁そのものの凋落の象徴であるとも思われてくるのである。この句は確かに芙蓉のある風景を描寫する句であるが、また單なる風景描寫とは言い切れない象徴的な意味を含んでいる。

かく、李賀の「芙蓉」句の場合、他の詩人たちに比較して、「實景（植物としてのハスの描寫）」と「比喩（主人公や作者の思いの強い象徴性）」の境が明確ではない。言い換えれば風景描寫に強い象徴性が込められているのである。

李賀の象徴的な句作りは、次の作品のように、音樂の描寫も可能にする。

崑山玉碎鳳皇叫、芙蓉泣露香蘭笑。（崑山に玉碎けて鳳皇叫び、芙蓉露を泣《なみだ》して香蘭笑ふ）

李賀「李憑箜篌引」

箜篌はハープのような弦樂器である。玉が飛び散るように鳥が叫ぶように激しくかき鳴らされた後、あまやかにホロホロとこぼれ落ちるようなフレーズが續いて、それが「芙蓉が露の涙をこぼす」と表現されている。

曲沼芙蓉波、腰圍白玉冷。（曲沼　芙蓉の波、腰圍　白玉冷やかなり）

李賀「貴公子夜闌曲」

この句は波に搖られる芙蓉のような長い起伏を持つ緩やかなフレーズの後で、腰につけた玉の飾りが觸れ合うような硬質のスタカートが續いたのであろう。

本論で扱うわずかな用例から李賀論を述べることはできないが、それでも李杜や白居易の句と比べたときに、李賀の句の持つ個性がくっきりと浮き上がって見えたことと思う。

（五）中唐の詩人たち

ここに、他の中唐の幾人かの詩人たちについても簡單に述べよう。

韓愈は「芙蓉」五首、「荷花」二首、「菡萏」二首で、使用例が少なく、その中では植物としてのハスを歌うことが多い。「蓮花」、「蓮華」、「紅蓮」、「白蓮」の語はない。佛教を嫌惡していた韓愈は佛教を思わせるこれらの語を意識的に避けたのであろう。「藕花」、「藕華」、「紅藕」、「白藕」の語もない。そもそも佛教を連想させるハスの花を忌んだのかもしれない。

もっとも柳宗元も「芙蓉」、「蓮花」、「菡萏」の句がそれぞれ一例ずつあるに過ぎず、やはり少ない。

白居易の親友であった元稹には、「芙蓉」四首、「蓮花」五首、「白蓮」一首が見られる。元稹の特徴は、これらのハスの句がすべて「非植物」に分類されることである。すなわち、植物としての、風景としてのハスを歌うことはない。「芙蓉閨」「芙蓉脂肉」「蓮花簪」のように女性に關係するもの、「白蓮宮」「蓮花侶」「蓮花界」のように佛教に關係する語などがある。

（六）李商隱の個性　小道具としての芙蓉

李商隱の場合、言葉の種類が多く、また同じ言葉で比喩と實景、あるいは非植物と實景を表現している詩句が多いことに氣づく。

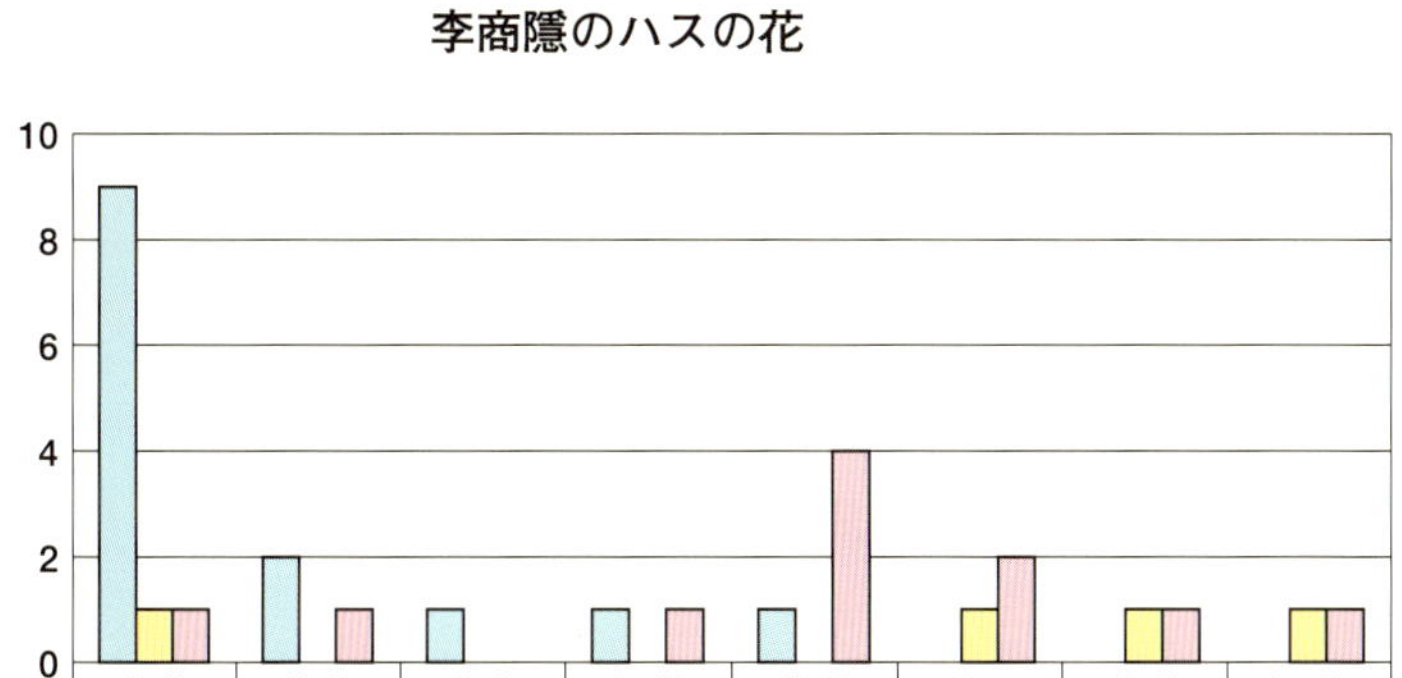

	芙蓉	蓮花	蓮華	紅蓮	荷花	菡萏	芙蕖	紅蕖
非植物	9	2	1	1	1	0	0	0
比喩	1	0	0	0	0	1	1	1
實景	1	1	0	1	4	2	1	1

［表三十一］

上の［表三十一］を見ると、言葉が豊富で、語の使い分けが非常に自由になっている。また本論最初の［表十九］に擧げたように、李商隱の作品にはハスの花が割合として多く現れる。特に「芙蓉」語が、そして「非植物」の分類が多い。そこで「芙蓉」語の用いられ方を見てみよう。

「芙蓉」語は、李商隱詩に特徴的な雰圍氣を作るための背景や小道具として現れる。「芙蓉」語を用いる作品は十一首あり、ほぼすべてが非植物的な用法で、植物としてのハスの花をもっぱらに描寫する句はないし、李賀の作品に見られたような、擬人化された、あるいは比喩的な用法もごくわずかである。たとえば次の作品を見てみよう。

颯颯東風細雨來、芙蓉塘外有輕雷。金蟾齧鎖燒香入、玉虎牽絲汲井迴。賈氏窺簾韓掾少、宓妃留枕魏王才。春心莫共花爭發、一寸相思一寸灰。

（颯颯《さつさつ》たる東風　細雨來り、芙蓉の塘外　輕雷有り。金蟾　鎖を齧《か》み香を燒きて入り、玉虎　絲を牽《ひ》き井を汲みて迴る。賈氏　簾を窺へば韓掾は少《わか》く、宓妃　枕を留めて魏王才あり。春心花と共に爭ひて發《ひら》く莫かれ、一寸の相思一

寸の灰）

李商隠「無題」四首之二

この作品の主題は尾聯にある、身を焦がして戀うる人の性《さが》、重ねて主人公の思いの強さであろうか。前半四句には格別のストーリーや主張はない。首聯と頷聯の四句は後半の主題を引き出すために環境を整える句である。首聯と頷聯はこの作品にとって背景を描いているに過ぎないが、しかし、この部分の巧みな描寫があるために、作品全體が李商隠に獨特の雰圍氣で包まれることになる。暖かい春風に乘って部屋に入ってきた細かな雨、雨の氣配に外を見れば、窗の外に廣がるハスの池、池の遠くでかすかな春雷が響く。部屋の中では鎖で吊られた金色の蟾蜍の香爐から煙が一筋、物憂げに立ち上る。部屋の外では、玉の虎で飾られた滑車で汲む釣瓶が音を立てる。東風、細雨、芙蓉の塘、輕雷、金蟾、玉虎。こうした言葉によって場を紡ぎ出す手法は、六朝の宮詩に通じるものがある。

南湖荇葉浮、復有佳期遊。銀綸翡翠鈎、玉軸芙蓉舟。荷香亂衣麝、枕聲隨急流。

（南湖に荇葉浮かび、復た佳期の遊有り。銀綸に翡翠の鈎、玉軸に芙蓉の舟。荷香は衣の麝を亂し、枕聲は急流に隨ふ）

梁簡文帝「雍州曲三首　南湖」

銀の綸、翡翠の鈎、玉の管、芙蓉の舟。簡文帝の作品もこれらの華やかな言葉によって豪華な宴遊の場を表現しようとする。李商隠は六朝の宮體詩からこのような手法を學んだのかもしれない。ただ、比較して讀めば明らかなように、簡文帝がこれらの美しい言葉によって宴遊の外面を飾る華やかさのみを平板に表現しているのに對して、李商隠の作品では、讀者を包み込むような、暖かく、氣だるく、危うい場を作り出して、甘やかな戀の恐ろしさへと讀者を誘うのである。

李商隠にも高い象徴性の句作りは多い。ただ、今回の調査に見る限りでは、「芙蓉」語のほとんどは、次の句を引き出すための背景や小道具として用いられていた。(35)

小結

本章ではハスを表す六種の詩語を比較しながら、詩人達の個々の用法を見てきた。一人一人を丁寧に見ると、驚くほど各人の個性が際だって見えたのであった。

ここではハスの花という言葉を使って各時代の代表的な詩人の表現を見たが、性格の異なる言葉を使えば、また詩人の違う面を見ることができるかもしれない。言葉の扱い方を分析していくというこの方法を様々に使って詩人の傾向を考察したなら、いっそう面白い論を展開することができると思う。

結

第一部ではハスを表す五種の詩語を比較しながら、それぞれの歴史の違いや性格の違いを見てきた。同じ作品にハスを表す異なった言葉、たとえば「芙蓉」と「菡萏」と「蓮花」が併存していて、同じ意味に使われていることもあるのに、このように詩句を集めて分類して見ると、驚くほど個性が際だって見えるのである。

考えてみれば、五つの詩語のこうした個性や歴史は、詩語そのものの個性や歴史というよりは、それによって表現されている人々の意識の個性や歴史である。詩人は同じハスの花を見ても、ある時は芙蓉を、ある時は荷花を見ているのである。莊嚴な寺院の境内を歩いているときは白蓮を見るし、寂しげな女性の面影を求めるときには白藕を見るだろう。その時々の、意識的あるいは無意識的な心の狀態が表現されて、言葉の個性が形成されるのである。だから、この章で我々は各時代の人々の心の有り樣を見てきたことにもなる。

こうした個性的な五語を思い思いに操って、さらに強烈な個性を發揮する、時代を代表する詩人達を分析した第四章も面白いものであった。本章では各人について簡單に特徵を述べたに過ぎないが、言葉の扱い方を分析していくというこの方法を使って特定の詩人の作品を考察したなら、きっと面白い論を展開することができると思う。

第一部では言葉を中心に考察してきたが、第二部ではハスの描寫を通して、人々の意識の變化を考察していきたい。

【注】

（1）唐陸璣『毛詩草木鳥獸蟲魚疏』に「荷芙蕖。江東呼荷」という。また、淸除鼎は『毛詩名物圖說』で「今吳中呼葉爲荷葉、華爲荷華。而舊說北方或以藕爲荷。或以蓮爲荷。蜀人以藕爲茄。或用具母爲華名。或用根子爲母葉號。此皆習俗傳訛也」という。いずれも、地域や習俗によって呼稱の異なることをいう。

言葉の地域性、すなわち五語が併存するのは方言が影響しているのではないかという問題については、次のように考える。南北朝の南朝、卽ち六朝時代は少數の中央貴族が文學を擔っていた。中下級貴族がその中に入っていくときには、中央貴族の文化集團に倣わなければならなかった。作品でさえ、似通ったものが多い。詩語が個々の文學者固有の方言を反映していたとは考えにくい。從って、民歌は別として、文人による文學作品は、少數の文學集團に共通の詩語によって作られていたと考える。

唐代は全國から知識人が集まってきた時代で、かつ文化を擔う官僚層が全國を巡っていたので、方言の影響があったかもしれない。しかし、この官僚層は幼いときから科擧を目指して勉強していた、共通の教養を持つ閉じられた文化集團であり、話し言葉はともかく少なくとも詩文に關しては、方言の影響が強く表れていたとは考えにくい。方言の影響が多少はあったかもしれないが、一人の作品にハスを表す幾つかの語が使われているという事實は、語の使い分けに關して方言以外の要因が強く影響していたことを示唆している。本論の目的は五語の意味を考えるところにあるので、方言以外のどのような要因によって語の使い分けが行われているのか、ということに重點を置いて、作品の中からこの問題を考える。

（2）「ハス。ハス屬すいれん科。イラン、インド、中國、オーストラリアに分布。池沼、水濕地にはえる多年草。觀賞や食用に栽培される。」『原色世界植物大圖鑑』（北隆館　昭和六十一年四月二十日）

「（ハスの化石の）古いものは白亞紀（一億三五〇〇萬年前）のもので、種子植物が發達する頃より既に繁茂していたことがわかる。」阪本祐二著『蓮』ものと人間の文化史21（法政大學出版局　一九七七年四月十日）

（3）「四川東漢墓中出土許多長方形的陶水塘模型、塘里有船和各種水生動物、與《采蓮》畫象磚基本相同。如成都天回山東漢崖墓出土的陶水塘、塘內有堤埂、左端有排水渠和水匣、相隔爲三段、塘內有游魚、野鴨、蓮花和小船等。」劉志遠、余德章、劉文

傑著『四川漢代畫象磚與漢代社會』（文物出版一九八三年十二月）

（4）『爾雅』には次の様に言う。「荷、芙蕖。其莖茄、其葉蕸、其本蔤、其華菡萏、其實蓮、其根藕、其中的、的中薏。」

（5）研究のソースは『十三經』『先秦諸子』『楚辭』『先秦漢魏晉南北朝詩』を用いた。『詩經』については『毛詩』（『四部叢刊』所收宋版）によって詩語のカードを取り、さらに台北中央研究院『瀚典全文檢索系統』一―三版と陳郁夫「故宮【寒泉】古典文獻全文檢索資料庫」を検索して確認した。『詩經』以外の『十三經』については「故宮【寒泉】古典文獻全文檢索資料庫」によって検索し、『十三經注疏』（中文出版社　嘉慶二十年重刊宋本影印）によって確認した。『先秦諸子』は「故宮【寒泉】古典文獻全文檢索資料庫」によった。調査の範圍は「荀子」「老子」「莊子」「列子」「墨子」「晏子春秋」「管子」「商君書」「愼子」「韓非子」「孫子」「吳子」である。『楚辭』については『楚辭補注』（『四部叢刊』所收宋版）によって詩語のカードを取り、『瀚典全文檢索系統』によって検索して確認した。唐以前の詩については逯欽立『先秦漢魏晉南北朝詩』（中華書局一九八三年）によってカードを取り、北京大學全唐詩全文檢索系統によって確認した。唐代の詩については『全唐詩』（中華書局一九七九年）によってカードを取り、陳郁夫「故宮【寒泉】古典文獻全文檢索資料庫」によって確認した。兩者に相違があるときには『全唐詩稿本』（聯經出版事業公司　一九七九年）によって確認し、必要に應じて『文苑英華』及びそれぞれの別集を參照した。『全上古三代秦漢三國六朝文』『全唐文』は『古籍全文檢索叢書』（中島敏夫監修　凱希　二〇〇四）で検索し、『全上古三代秦漢三國六朝文』（中華書局一九九九年活字版）『全唐文』（上海書局一九九二年活字版）で確認した。

（6）毛傳「興也。陂、澤障也。荷、芙蕖也。（略）菡萏、荷華也。儼、矜莊貌。」

（7）毛傳「興也。扶蘇、扶胥、小木也。荷華、夫渠也。其華菡萏。言高下大小、各得其宜也。」

（8）「皎若明魄之升崖、煥若荷華之昭晰（荷一作衣）。」漢成許皇后「擣素賦」
「芙蓉菡萏、菱荇蘋蘩。」漢劉歆「甘泉宮賦」

「帶螭龍之疏鏤、垂菡萏之敷榮。」後漢傅毅「洛都賦」

「菡萏披敷。綠房紫菂。」後漢王延壽「魯靈光殿賦」

漢代の詩と賦は性格を異にする。長大な漢賦にはできるだけ多くの言葉を使う傾向があり、その傾向は百科辭書的と稱される。従って當時使われていない言葉も書き込まれると思われる。この傾向は短い賦にも受け繼がれている。漢賦は文人が知識を傾けて作った作品であると言われる。詩には、知識の中にあるできるだけ多くの言葉を竝べる、という傾向はない。この時代の詩は當時の一般的な言葉を使って作られたと想像される。

（9）王逸注「芙蓉、荷華也。生水中。屈原言己執忠信之行、以事於君、其志不合、猶入池涉水而求薜茘、登山緣木而采芙蓉、固不可得也。」

（10）『說文解字』『爾雅』にはない。『廣韻』は「蘭也」とする。

（11）民歌と文人の詩とは、どのように性格が異なるのか。自明のことのようにも思われるが、思いつくままに列擧すると次のような相違が言える。まず成立の經緯が異なる。すなわち、文人の作は作者が明らかであるが、民歌は作者が明らかではない。民歌は作者が明らかにされていないだけで、一人の作者が作った、その點では文人の作と同じではないか、という反論も考えられるが、たとえ作者がいるとしても、それが大衆に支持されて廣まった、という經緯を考えれば、大衆の意圖が成立に反映されていたと言える。逆に言えば、大衆の意圖が成立に反映されていない場合は、作者の獨り言として、その歌はその場で消えてしまったに違いない。文人の作品も、鑑賞者に支持されなければならない、という前提は民歌と同じくあるわけだが、その必要の程度は格段に異なるのである。また、制作者の社會的な階級の違いも、制作の目的の違いも、無論、指摘される。次には傳承の經緯が異なる。文人の作品は、原則的には、作者が書いた作品がそのまま傳えられる。民歌は、原則として、傳承の過程で自由に變容する。それは、『詩經』や漢魏六朝の樂府を見るとよくわかる。おそらくは歌い手が自由に歌詞を切ったり貼ったり變えたり入れ替えたりしたことであろう。形式も異なる。民歌は必ず曲を持つが、詩はほとんどが曲を持たずに鑑賞されるためである。このように性格が異なる民歌と文人の詩とを、同じ平面で論ずることは難しいのである。

（12）分類の基準は以上のようであるが、實際の分類では、どの項目に分類すべきか迷う場合もあった。非植物と比喩、比喩と實景の區別はことに難しかった。個々の例を見れば人によって異なる分類になることもあろう。しかし巨視的に見れば、やはり全體の傾向は見えてくるのである。この分類の結果を分析すると、五種の詩語の違いが歴然と現れてくる。また第四章では、その全體の傾向に比較して考察することによって、個々の詩人によるハスの花の描き方の違いが鮮明に說明される。

(13) 「芙蓉池」の内容のレベルは様々で、「池に芙蓉が咲いている」と風景を描寫する句もあれば、單に池の名稱として書かれる場合もあると想像される。芙蓉が咲くところから池の名稱となり、芙蓉が枯れても芙蓉池と呼ばれる可能性もある。語の構造から「池」に重點があることは明らかなので、ここに分類する。「荷花池」「菡萏水」というような言葉がないことは興味深い事實である。

(14) なお、「青蓮嶺」が一例ある。

獨邁青蓮嶺。超奇紫蓋峯。挂流遙似鶴。插石近如龍。沙崩聞韵鼓。霜落候鳴鍾。飛花滿叢桂。輕吹起脩笻。石蒲今尙有。採摘更相逢。　北周蕭撝「上蓮山詩」

青蓮嶺は、峯の形を蓮花になぞらえ、さらに草木によって青いのでこのように名付けられたものであろう。「青蓮」語はこの一例のみしかない。「蓮峰」語も一例のみ。

(15) 芙蓉のようだ、という直接的な比喩の句は、たとえば「芙蓉峰」と「芙蓉の如き峰」について考えれば、語の構造は明らかに違うが、意味としては非常に近い。

春が終わって芙蓉が咲く季節になってしまった、と時の過ぎる早さを嘆くような象徴的な句は、ハスの咲く、あるいはハスのしおれる風景によって描かれるので、風景描寫に近い。しかし、風景描寫の場合は、ハスの情景そのものを描くことを目的としており、時が早く過ぎ去る例としてハスの光景を描寫する場合とは、詩句の意圖が全く異なる。どこに分類すべきか迷う句もあったが、全體を見れば傾向の違いを探ることができる。

(16) 『楚辭』の詩句を採って人世の齟齬を言う作品には、次の句がある。

十五入君門。一別終華髮。(略) 春榮隨露落。芙蓉生木末。　晉傅玄「朝時篇」

(17) 梁室上黄侯之子、工於篇什。嘗有秋詩云、芙蓉露下落、楊柳月中疎。時人未之賞也。吾愛其蕭散、宛然在目。潁川荀仲擧、琅邪諸葛漢、亦以爲爾。而盧思道之徒、雅所不愜。　北齊顏之推『顏氏家訓』文章第九

(18) 第三部第一章「採蓮曲の誕生」參照。

(19) 『史記』巻四十老子の傳で、老子の最後は「至關(略)而去、莫知其所終。(函谷關を去ったのち、どこで死んだかわからな

い)」という。ここから「老子が釋迦となる」という裏楷の説が生まれ、また「老子がインドで胡人を教化した。釋迦は老子の弟子である」という『魏略』西戎傳の説などが生まれた。この説によって西晉の惠帝の頃に、道士の王浮によって『老子化胡經』が作られたとされる。この教義は、元の至元八年の禁斷によって滅んだ。敦煌で殘卷が發見されている。

參考文獻

「老子化胡經の研究」『初期道教經典の形成』前田繁樹　汲古書院　二〇〇四年五月

『桑原隲藏全集』第一卷　「東洋史説苑」岩波書店　一九六八年二月

(20) 老子が十六回生まれ變わって最後に釋迦になる傳説を經文とした老子變化經による。

參考文獻　菊地章太『老子神化——道教の哲學』春秋社　二〇〇二年六月

(21) 「華山記云、山頂有池、生千葉蓮花、服之羽化。因曰華山。」『初學記』中華書局　二〇〇四年

(22) 芙蓉幕、芙蓉府、蓮花幕、蓮府、などは大臣の幕府、大臣の屋敷、また大臣をいう。晉の王儉の故事による。

『南史』卷四十九　庾杲之傳「安陸侯蕭緬與儉書曰、盛府元僚、實難其選。庾景行汎淥水、依芙蓉、何其麗也。時人以入儉府爲蓮花池、故緬書美之。」

(23) 「蓮は、インドではその早い時代から創造神と結びつけられ、さらに多様な神々へと流れ込んでゆくことになる。(略)ヴィシュヌの異名は「蓮の臍」なのである。さらに神話は、ヴィシュヌの額からも蓮が生じ、そこから妃パドマー(蓮パドマの女性形)すなわちラクシュミーが生まれたともいう。(略)この蓮の女神ラクシュミーは、兩脇にふたつの蓮の花とつぼみを置き蓮の台座に座して描かれることがある。これこそ大地の女神、豐穰な生殖力の象徴である。」「蓮の圖像學」松枝到『しにか』大修館書店　一九九七年九月號。

(24) 阪本祐二『蓮』法政大學出版局　一九七七年。

(25) 同右。

(26) 「又見一佛像長二尺餘、坐於蓮華趺坐。」『廣弘明集』「安德王雄等慶舍利感應表」

(27) 儭會夫人が手を合わせている樣子。

(28)宋洪邁の『容齋隨筆』「四蓮華之名」に、「四蓮華之名、嗢鉢摩華、青蓮華也。鉢特摩華、亦云波頭摩、赤蓮華也。拘毋陀華、亦云俱物頭、亦云俱牟陁、紅蓮也。奔茶利華、亦云芬陁利、白蓮也」と、佛教界の花ではあるが、紅蓮、白蓮の他に、赤蓮、青蓮が記されている。(『容齋隨筆』上海古籍　一九九八年)

但し、實際の詩句を見てみると、『全唐詩』に「赤蓮」の語はない。「青蓮花」の語は一例見られる。

河上老人坐古槎、合丹只用青蓮花。至今八十如四十、口道滄溟是我家。　王昌齡「河上老人歌」

「青蓮」の語は多いが、ほとんどが佛教または道教に關わる作品の中で使われており、實際に青い色をした蓮花はなかったであろう。

(29)本章の調査に用いた本は次の通りである。これらの本からカードを取って資料とした。

『全漢三國晉南北朝詩』丁福保篇　中華民國五十八年八月　世界書局印行

『全唐詩』中華書局出版一九七九年八月第二版

(30)『全唐詩索引』(中華書局)各詩人巻末に付く「詩句總數」による。

(31)出身地　(『舊唐書』『新唐書』による。省略あり)

李白『新唐書』巻二百二　李白、字太白、興聖皇帝九世孫。其先隋末以罪徙西域、神龍初、遁還、客巴西。

杜甫『舊唐書』巻一百九十下　杜甫、字子美、本襄陽人、後徙河南鞏縣。

『舊唐書』巻三十八　河南道河南府。洛州領鞏。

白居易『新唐書』巻一百一十九　白居易、字樂天、其先蓋太原人。北齊五兵尙書建、有功于時、賜田韓城、子孫家焉。又徙下邽。

『舊唐書』巻三十八　關內道、同州上輔隋馮翊郡。武德元年、改爲同州、領下邽。

李賀『舊唐書』巻一百三十七　李賀、字長吉、宗室鄭王之後。

元稹『新唐書』巻一百七十四　元稹、字微之、河南河內人。

韓愈『新唐書』巻一百七十六　韓愈、字退之、鄧州南陽人。父仲卿、爲武昌令、有美政、既去、縣人刻石頌德。終祕書郎。

『舊唐書』巻一百六十　昌黎人。愈生三歳而孤、養於從父兄。〈考證〉按退之自稱曰昌黎。李白作愈父仲卿武昌去思碑云、南陽人。

『舊唐書』巻三十九　河北道、崇州、昌黎。山南東道、鄧州。鄧州隋南陽郡。武德二年、改爲鄧州。

柳宗元『新唐書』巻一百六十八　柳宗元、字子厚、其先蓋河東人。父鎮、天寶末遇亂、奉母隱王屋山、常間行求養、後徙於吳。

『舊唐書』巻三十九　河東道、絳州。王屋屬懷州。

李商隱『舊唐書』巻一百九十下　李商隱、字義山、懷州河内人。祖俌、位終邢州錄事參軍。父嗣。

『新唐書』巻三十九　河北道懷州河内郡、雄。

（32）拙論「唐代の詩——言葉と文化的接觸」明海大學大學院『應用言語研究科論集』二〇〇五年三月

（33）『漢書』巻三十「詔賜中山靖王子噲及孺子妾冰未央材人歌詩四篇」

『樂府詩集』巻八十四　齊陸厥「中山孺子妾歌二首之一」「未央才人、中山孺子、一笑傾城、一顧傾市。傾城不自美、傾市復爲容。願把陵陽袖、披雲望九重」「如姫寢臥內、班婕（一作妾）坐同車。洪波陪飲帳、林光宴秦餘。歳暮寒飆及、秋水落芙蕖。」

『樂府詩集』巻四十五に引用する『古今樂錄』にいう。「團扇郎歌者、晉中書令王珉、捉白團扇與嫂婢謝芳姿有愛、情好甚篤。嫂捶撻婢過苦、王東亭聞而止之。芳姿素善歌、嫂令歌一苗當赦之。應聲歌曰、白團扇、辛苦五流連。是郎眼所見。珉聞、更問之、汝歌何遺。芳姿卽改云、白團扇、憔悴非昔容。羞與郎相見。後人因而歌之。」

（34）詩題には一例ある。初唐・沈佺期「白蓮花亭侍宴應制」

（35）「荷花」語のある詩は四首しかないが、その内の二首が題詠の作品である。「荷花」の題詠の作品は唐代全體を通じて數が少ないので、これも李商隱の特徴と思うが、このことについては題詠の作品をまとめて論ずる別の機會を持ちたいと思う。

第二部　美意識の變遷

——荷衰へ芙蓉死す——

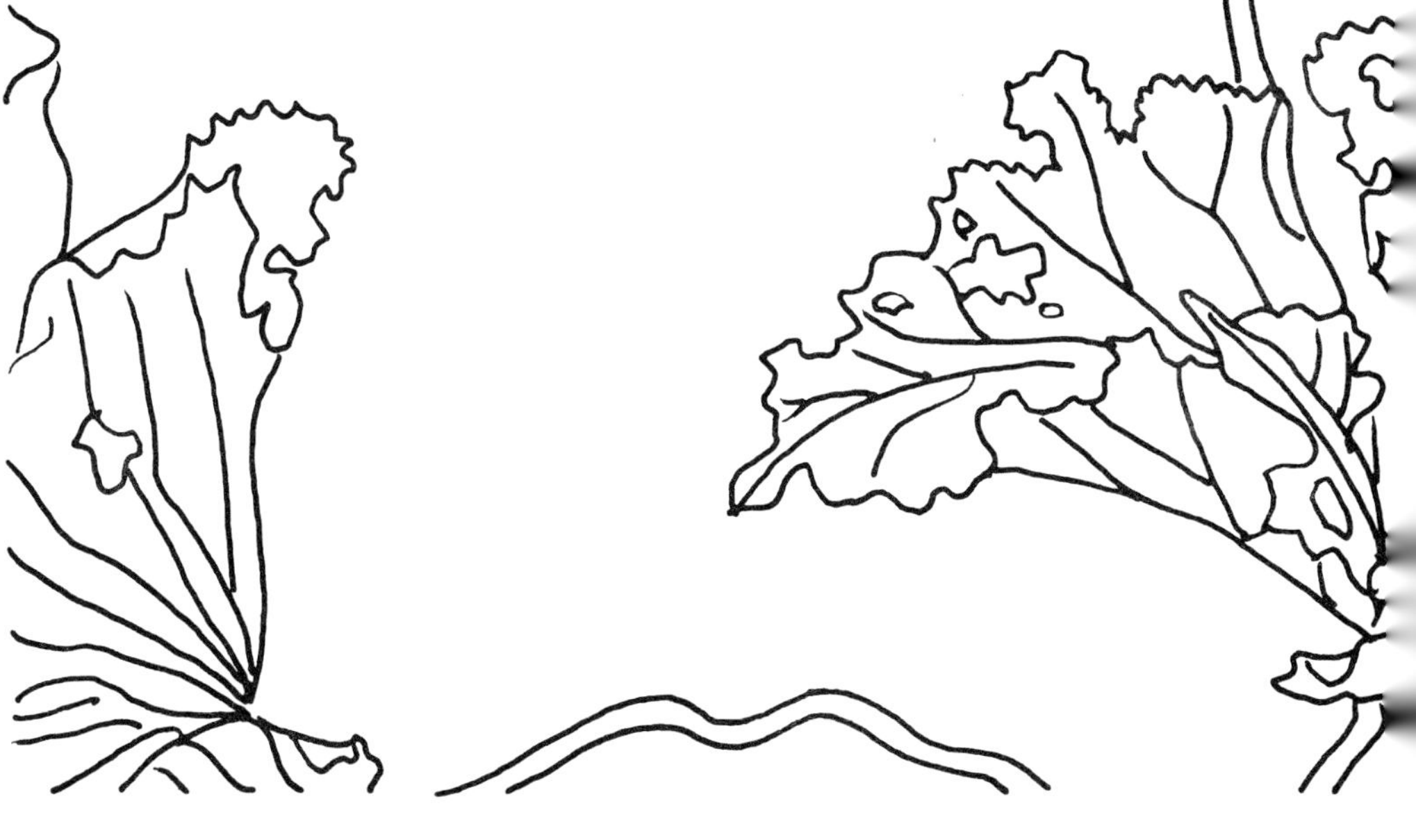

北宋の李綱は「蓮花賦」を作り、ハスの美を六人の歴史上の美女にたとえて次のように歌っている。

綠水如鏡　紅裳影斜　乍疑西子　臨谿浣紗
菡萏初開　朱顔半酡　又如南威　夜飲朝歌
亭亭煙外　凝立委佗　又如洛神　羅韈凌波
天風徐來　妙響相磨　又如湘妃　瑟鼓雲和
嬌困無力　搖搖纖柯　又如戚姫　楚舞婆娑
風雨摧殘　飄零紅多　又如蔡女　蕩舟抵訶

綠水鏡の如し、紅裳影斜めなり。乍《たちま》ち西子の、谿に臨みて紗を浣《あら》ふかと疑ふ。
菡萏初めて開き、朱顔半ば酡《あか》らむ。又南威の、夜に飲み朝に歌ふが如し。
亭亭として煙外に、凝立して委佗たり。又洛神の、羅韈《らべつ》波を凌《しの》ぐが如し。
天風徐《おもむ》ろに來たりて、妙響相ひ磨す。又湘妃の、雲和《うんわ》を瑟鼓するが如し。
嬌困して力無く、搖搖たる纖柯。又戚姫の、楚舞して婆娑たるが如し。
風雨に摧殘《さいざん》せられ、飄零して紅多し。又蔡女の、舟を蕩《うご》かして抵訶《ていか》するが如し。

この作品に於て、ハスの美の典型の一つとして、第六番目に、風雨にさらされて砕かれ損われた姿が記されている。ほころびかけた蕾、咲きほこる満開の花に竝んで、零落していく様も美しいものと稱えられているのである。本論は、この、古典詩に描かれる衰殘したハスのイメージを檢討することを目的とする。

多くの花は春に咲く。花が散る頃は綠の盛んな夏である。ところが、ハスの花は夏に咲く。花が衰えて蜂の巢のような形をした實が殘る頃は已に秋である。秋の氣配と共に花が散り、香りが褪せ、葉も傷み枯れる。花も葉も大きいので、その衰殘の姿はことに印象的である。そこで、古典詩の中で、衰えたハスの姿は獨特の美意識をもって描かれており、多くの佳句が殘されている。

ところで、ハスは早くから吉瑞の植物として詩に書かれてはいたが、衰萎したその樣に美意識を感じるということは古典詩のごく初期にはなかった。それが、ある時期から美の對象として詩の中に歌われるようになり、さらには強い美意識を喚起するものとなるのである。本論では、その、衰殘したハスに對する美意識が、いつ頃發見され、定着し、どの方向に發展していくのかを分析し考察する。

本論の第一章は『詩經』から六朝詩までを扱い、衰殘のハスの美の發見と定着について考察する。第二章は唐詩を中心として、その發展の方向について考える。

第一章　發見と定着

ハスが詩に歌われることは古く、すでに『詩經』にその姿が見られる。『詩經』では、陳風の澤陂篇と、鄭風の山有扶蘇篇とに歌われる。

彼澤之陂　有蒲與荷　　彼の澤の陂に、蒲と荷と有り。
有美一人　傷如之何　　美しき一人有り、傷めども之を如何せん。
寤寐無爲　涕泗滂沱　　寤寐に爲す無く、涕泗滂沱たり。
「陳風　澤陂　第一章」

彼澤之陂　有蒲菡萏　　彼の澤の陂に、蒲と菡萏と有り。
有美一人　碩大且儼　　美しき一人有り、碩大にして且つ儼《げん》たり。
寤寐無爲　輾轉伏枕　　寤寐に爲す無く、輾轉として枕に伏す。
「陳風　澤陂　第三章」

澤陂篇に見られるように、いずれの作品も、戀心を歌う前にハスが提示されている。そこで、ハスは、『詩經』の中では、戀愛に關わる植物として意識されていたと考えられている(1)。

『楚辭』の中では、「離騷」「九歌」「九章」などに、ハスがしばしば描かれる。

製芰荷以爲衣兮　　芰荷を製《た》ちて以て衣を爲《つく》り、
雧芙蓉以爲裳　　芙蓉を雧《あつ》めて以て裳《もすそ》を爲《つく》る。
楚辭「離騷」

この句に見られるように、『楚辭』では、ハスを身につけたり、ハスで屋根を葺いたりする。この行爲は、蘭草や蕙草など他の香草のそれと同様に、自己の高貴さを象徴すると共に、ある種の力を身に付けることへの期待を思わせる。

因芙蓉而爲媒兮　　芙蓉に因りて媒《なかうど》と爲さんとするも、
憚褰裳而濡足　　裳を褰《かか》げて足を濡らすことを憚《はばか》る。　　楚辭　九章「思美人」

この句では、ハスを仲立ちとして用いようとしている。この句から推測するに、當時はハスに媒となる力があると思われていたのであろう。

先秦時代のハスは、このように描かれていた。

漢代では、『拾遺記』に収められる前漢昭帝劉弗陵の「淋池歌」を見ても、後漢靈帝劉宏の「招商歌」を見ても、ハスは吉瑞の植物と意識されていたと考えられる。

涼風起兮日照渠　　涼風起こりて日は渠《かは》を照らす。
青荷晝偃葉夜舒　　青荷晝に偃《ふ》し　葉は夜に舒《の》ぶ。
惟日不足樂有餘　　惟《こ》れ日足らずして樂しみ餘り有り。
清絲流管歌玉鳧　　清絲流管　玉鳧を歌ふ。
千年萬歳嘉難踰　　千年萬歳　嘉は踰《こ》え難し。　　後漢　靈帝劉宏「招商歌」

『拾遺記』によると、この時南國から大きなハスが獻じられ、その葉が夜のび晝に卷く所から夜舒荷と名付けられて珍重されたという。

後漢代の閔鴻は「芙蓉賦」を作って、

乃有芙蓉靈草　　乃ち芙蓉の靈草有り。
載育中川　　載《すなは》ち中川に育《はぐく》まる。

竦修幹以陵波　修幹を竦《そばだ》てて以て波を陵《しの》ぎ、
建綠葉之規圓　綠葉の規圓を建つ。

という。芙蓉を「靈草」と記すのは、後漢の閔鴻に止まらない。

覽百卉之英茂　百卉の英茂を覽るに、
無斯華之獨靈　斯《こ》の華の獨靈無し。

魏　曹植「芙蓉賦」

潛靈藕於玄泉　靈藕を玄泉に潛《ひそ》め、
擢修莖乎淸波　修莖を淸波に擢《ぬき》んづ。

晉　夏侯湛「芙蓉賦」

というように、賦の分野ではかなり長い間、ハスは靈なる植物として描かれているのである。

魏詩を見ると、文帝曹丕「芙蓉池作」、王粲「雜詩四首之二」など、文帝を中心とする文學集團によって、ハスの池に遊んだ作品が幾つか作られている。

芙蓉散其華　芙蓉　其の華を散らし、
菡萏溢金塘　菡萏　金塘に溢《あふ》る。
靈鳥宿水裔　靈鳥　水裔に宿り、
仁獸遊飛梁　仁獸　飛梁に遊ぶ。

魏　劉楨「公讌詩」

この句に感じられるように、いずれの作品も、輕快なリズムによって遊涉の様子が生き生きと描かれている。樂しかるべき行樂の描寫であるから、ハスと共に記される景物は、靈鳥、仁獸など、やはり吉慶の生き物である。

以上、『詩經』から漢魏詩までに描かれるハスのおおよその傾向を概括して述べた。この時代までは、衰殘したハスの姿を述べる詩句は全くない。ハスが秋の景物として歌われるのは、南渡の後、晉宋の時代になってからである。

榮華難久居　榮華　久しくは居り難し、
盛衰不可量　盛衰　量《はか》る可からず。
昔爲三春蕖　昔三春の蕖と爲るも、
今作秋蓮房　今は秋の蓮房と作《な》る。
晉　陶潛「雜詩十二首之三」

池育秋蓮　池には秋蓮育ち、
水滅寒漂　水には寒漂滅す。
旨歸塗以易感　歸塗に旨《おもむ》きて以て感じ易く、
日月逝而難要　日月逝きて要《ま》ち難し。
宋　孝武帝「離合」

これらの作品は、第一に、盛衰の比喩であって、ハスそのものを歌っているわけではない。主題は時が過ぎ去りやすく止め難いということであって、秋蓮は失われてしまった榮華の比喩として描かれている。第二に、これらの作品に現れるハスは具象性に乏しく、特定の對象を觀察して形容するものではない。第一の點についていえば、ハス以外の植物にも目を向ければ、散る花が盛衰の比喩として用いられることは漢代からあった。第二の點について考えてみれば、これも漢魏以前の作品と同じである。つまり、それほど新しい句ではないことになる。それにも關わらず、秋蓮に目を向けたこと、そのこと自體が新しいできごとであったと考えられる。これは、秋景への志向の高まりとも關わることであろう。

秋を悲しむ作品の系譜は古い。戰國時代の宋玉の作という「九辯」の冒頭に、「悲哉秋之爲氣也、蕭瑟兮、草木搖落而變衰」と歌われて以來、多くの秋を悲しむ作品が作られてきた。しかし、詩の中に、秋の景物として蓮房、はなびらを落とし蜂の巣のような實に變じたハスの姿、が描かれるのは、先に擧げた陶潛の作品が最初である。この時代から、秋の景物の一つとして、ハスに目が向けられるようになった。

劉宋に入ると次の句がある。

窮秋九月荷葉黄　　窮秋九月　荷葉黄ばむ。
北風驅雁天雨霜　　北風雁を驅りて　天霜を雨《ふ》らす。
夜長酒多樂未央　　夜長く酒多くして樂しみ未だ央《つ》きず。
宋　鮑照「代白紵曲」

天から降ってくる霜に黄色く變色したハスの葉は、恐らく雁と共に北風に吹かれている。秋の末の蕭條とした風景である。この作品は酒宴の席を歌った詩で、寂涼たる外景に對して歌舞の樂しみを述べているものである。荷葉の翻る情景は、盛衰の比喩ではないし、また「悲」「愁」といった主觀的な感情語を伴うものでもない。比喩ではなく、客觀的な風景として、枯れたハスの景が描かれる、これが最初の作品である。

しかし、衰荷の發見者としての功績は、齊の謝朓に歸すべきである。

結宇夕陰街　　宇を結ぶ　夕陰街、
荒幽横九曲　　荒幽　九曲横たふ。
迢遞南川陽　　迢遞たり　南川の陽、
迤邐西山足　　迤邐たり　西山の足。
闢館臨秋風　　館を闢《ひら》きて秋風に臨み、
敞窗望寒旭　　窗を敞《ひら》きて寒旭を望む。

風碎池中荷　風は碎く　池中の荷、
霜翦江南菉　霜は翦《き》る　江南の菉《ろく》。
旣無東都金　旣に東都の金無し、
且稅東皋粟　且《しばら》く東皋の粟を稅《おく》らん。

齊　謝朓「治宅」

この作品を、第四聯のハスの情景から見てみると、次に擧げる三つのことが言える。まず、作品全體の雰圍氣に、ハスの景がしっくりと合っていることである。鮑照「代白紵曲」に感じられるような唐突さはない。中の三聯が風景描寫である。遠くめぐる川。遙かに連なる山脈。吹きすさぶ秋風の音と冷い日の光。この寒々とした光景をより具體化するものとして、破れたハスの葉はふさわしい景物である。第二には、第四聯の對句が、表現としても洗練されていることである。秋になって枯れた植物を、「風が碎いた」「霜が翦った」と表す發想も面白いし、特に、「碎」「翦」という動詞が、秋の持つ冷く鋭い氣配を言い得ている。第三には、末の聯に記される作者の氣分と、中三聯の風景、特に第四聯のハスの光景とがよく合っていることである。晉の阮籍「奏記詣蔣公」に、「方將耕於東皋之陽、輸黍稷之稅、以避當塗者之路」とある。作者も、當塗者の路を避けるべくここに家を建てたのである。この時の作者の心には翦られ碎かれた思いがあったに違いない。景と情とがよく一致している。これらの點から見て、この作品の中のハスの景色は、風景として、意識的に考えられて書き込まれている。謝朓を、衰荷の景の發見者という所以である。この他にも、謝朓は、「冬日晚郡事隙」という作品の中に、「颯颯滿池荷、翛翛蔭窗竹」という句を置き、同様な效果をあげている。ハスの花とは限らないが、「移病還園示親屬」詩の「秋華臨夜空、葉低知露密」句にある「秋華」「低葉」についても同じである。

では、齊の謝朓によって發見された衰荷の景は、どのように定着していったのだろうか。梁の簡文帝に、それへの志向が見られる。

螢飛夜的的　螢飛びて夜に的的たり。
蟲思夕喓喓　蟲思ひて夕に喓喓たり。
輕露沾懸井　輕露は懸井を沾し、
浮煙入綺寮　浮煙は綺寮に入る。
檐重月沒早　檐《のき》は重なりて月の沒すること早く、
樹密風聲饒　樹は密にして風聲饒《おほ》し。
池蓮翻罷葉　池蓮　罷葉《ひえふ》を翻し、
霜篠生寒條　霜篠　寒條を生ず。
端坐彌茲漏　端坐して茲の漏に彌《わた》る。
離憂積此宵　離憂　此の宵に積む。

梁　簡文帝「秋夜」

この作品の構成は、先の謝朓「治宅」詩に似ている。第三聯に月（夕陽）の光と風の音を述べたあとで、第四聯に秋荷の景を示すという部分は同じ構成だといえる。謝朓の影響を受けているのかもしれない。謝朓の影響を受けたとしても、衰殘のハスに對する簡文帝の志向は明らかなものである。次にあげる作品は梁の武帝の改作になる江南弄の曲を用い、民歌の風に倣った簡文帝の「採蓮曲」である。

桂檝蘭橈浮碧水　桂檝蘭橈　碧水に浮かぶ。
江花玉面兩相似　江花玉面　兩《ふた》つながら相ひ似たり。
蓮疎藕折香風起　蓮は疎《まばら》に藕は折れ　香風起こる。

香風起　白日低　　香風起こる　白日低し。

採蓮曲　使君迷　　採蓮曲　君をして迷はしむ。

梁　簡文帝「採蓮曲」

「採蓮曲」はハスの實を摘む女性を歌う樂府題であり、ハスの花の美しさ、ハス摘みの乙女の姿態、戀心、をもっぱらに歌うものである。この作品の第三句にあるように、ハスの實が摘まれたあとの、まばらになって莖も折れ荒らされた様をいうことは、後世の作品にもあまり見られない。この部分は、折り取られたハスから香風が立つという次の部分を引き出すものだが、情景そのものに凄涼とした氣配が漂っている。明るい主題の「採蓮曲」にこのような情景を置いたのは、簡文帝の關心がこの凄然とした光景にあったからであろう。

もっとも、蓮疎藕折の景に對する好みは、簡文帝個人に特有のものというよりは、簡文帝を中心とする文學集團にあったものといえるかもしれない。彼らの間に同じような傾向の句が見られるからである。

たとえば、

密菱障浴鳥　　密菱　浴鳥を障《さへぎ》り、

高荷沒釣船　　高荷　釣船を沒す。

碎珠縈斷菊　　碎珠　斷菊に縈《まと》ひ、

殘絲繞折蓮　　殘絲　折蓮を繞《めぐ》る。

梁・北周　庾信「和炅法師遊昆明池」

殘絲繞折藕　　殘絲　折藕を繞り、

芰葉映低蓮　　芰葉　低蓮に映ず。

梁・北周　庾信「詠畫屏風詩」

ここにある、ハスの莖が折れて絲を引いている景色は、いずれも船によって折り荒らされた景色であり、簡文帝の「採

蓮曲」と同じ發想である。また、

階蕙漸翻葉　階の蕙は漸《やうや》く葉を翻し、
池蓮稍罷花　池の蓮は稍《やうや》く花を罷《や》む。
梁　何遜「秋夕仰贈従兄寘南」

という句は、先にあげた簡文帝「秋夜」詩の「池蓮翻罷葉」という句とよく似ている。

そこで、簡文帝の「山池」詩と、周圍の文學者の「山池應令」詩を竝べて検討してみよう。

日暮芙蓉水　日暮　芙蓉の水、
聊登鳴鶴舟　聊《いささ》か鳴鶴の舟に登る。
飛艫飾羽毦　飛艫　羽毦《ばう》に飾られ、
長幔覆緹油　長幔　緹油《ていゆ》に覆はる。
停輿依柳息　輿を停め柳に依りて息《いこ》ひ、
住蓋影空留　蓋を住《とど》め空を影《おほ》ひて留まる。
古樹横臨沼　古樹は横ざまに沼に臨み、
新藤上挂樓　新藤は上のかた樓に挂る。
魚遊向闇集　魚遊び闇に向かひて集まり、
戲鳥逗楂流　戲鳥　楂に逗《とど》まりて流る。
梁　簡文帝「山池」

ハスの咲く池に遊んだ行樂の詩である。庾肩吾、鮑至、王臺卿、徐陵、庾信に「山池應令」詩がある。庾肩吾の句に「閬苑秋光暮」とあるから、秋の夕暮れのことである。次に、専ら情景描寫に限って考察することとする。

簡文帝の「山池」詩にはハスが描寫されていないが、他の人々の「山池應令」詩には次のようにいう。

荷疎不礙檝　荷は疎にして檝を礙《さまた》げず、
石淺好縈苔　石は淺くして好《よ》く苔を縈らす。　梁　鮑至「山池應令」

細萍時帶檝　細萍　時に檝に帶び、
低荷乍入舟　低荷　乍《たちま》ち舟に入る。　梁　徐陵「山池應令」

荷低芝蓋出　荷は低く芝蓋出で、
浪涌燕舟輕　浪は涌き燕舟輕し。　梁　庾肩吾「山池應令」

いずれも、まばらで勢いを失った秋の荷葉の様を述べており、句作りや雰圍氣が似通っていることが見て取れる。荷の風景ばかりでなく、描かれる全ての情景が寂寞としていて、それらが作品の色調を決定している。たとえば影の風景である。

樹交樓影沒　樹交はりて樓影沒し、
岸暗水光來　岸暗くして水光來たる。　梁　鮑至「山池應令」

水逐雲峯闇　水は雲峯を逐ひて闇《くら》く、
寒隨殿影生　寒は殿影に隨ひて生ず。　梁　庾肩吾「山池應令」

荷風驚浴鳥　荷風　浴鳥を驚かし、

橋影聚行魚　橋影　行魚を聚《あつ》む。　北周　庾信「奉和山池」

これらに、簡文帝の「魚遊向闇集」の句を加えることができる。この四景の歌い方は多様であるが、四人の作者が影、闇の部分に引かれていることが注目される。また、

石幽銜細草　石は幽にして細草を銜《ふく》み、
林末度横柯　林末に横柯度《わた》る。　梁　王臺卿「山池應令」

この光景は簡文帝の「古樹臨沼」という景色に呼應するものである。

王臺卿詩の冒頭に「歴覽周仁智、登臨歡豫多（歴覽　周《あまね》く仁智、登臨　歡豫多し）」とあるから、「山池」詩「山池應令」詩は歡樂を盡くした行遊の作である。徐陵詩の冒頭には「畫舸圖仙獸、飛艎挂采斿（畫舸　仙獸を圖《えが》き、飛艎　采斿《さいいう》を挂く）」とあるから、贅を盡くした遊びである。それにしては、描かれている風景の何と寂寞としていることか。その昔、魏の文帝を中心とする文學集團が、同じように水遊びに出て「芙蓉地作」等の作品を殘したが、彼らの輕快なリズムによって描き出された光と色彩の世界とは全く異なる。しかし、「山池」詩「山池應令」詩には、秋を悲しむ句や、時の移ろいを嘆く句は全くない。靜まりゆく景色は、比喩として提示されているのではない。すなわち、簡文帝の文學集團は、秋の寂寥を客觀的な光景として見、それに對する嗜好をもって詩に寫したのである。闇に集まる魚、沼に傾く古樹と共に、まばらにかしぐ秋荷の景は、簡文帝を中心とする文學集團の好みに合うものであった。衰荷の景は、彼らに支持されることによって、文學的風景として定着したのである。

梁代には、簡文帝等の作品の他にも、

晩荷猶卷綠　晩荷　猶ほ綠を卷き、
疎蓮久落紅　疎蓮　久しく紅を落とす。　梁　徐怦「夏日」

燕去櫩恆靜　燕去りて櫩恆《つね》に靜かに、
蓮寒池不香　蓮寒く池香らず。
梁　鮑泉「秋日」

已折池中荷　已に池中の荷を折り、
復驅簷裏燕　復た簷裏の燕を驅る。
梁　江洪「秋風曲」

というように、衰殘のハスの景を歌う句が見られる。
北齊の蕭愨「秋思」詩に、次の句がある。

芙蓉露下落　芙蓉　露下に落ち、
楊柳月中疎　楊柳　月中に疎《まばら》なり。

北齊の顏之推は『顏氏家訓』文章篇の中でこれを、

時人未之賞也。吾愛其蕭散。宛然在目。（時人未だ之を賞さざるなり。吾れ其の蕭散たるを愛す。宛然として目に在るがごとし。）

と評している。天から降る白露の下で散っていく秋の芙蓉の景が「蕭散」という語によって當時の評者に認められた。この景が文壇に受け入れられたことの一つの證左である。
齊の謝眺によって發見された衰荷の景は、梁の簡文帝を中心とする文學集團の嗜好に合い、彼らに支持されることによって詩的風景として定着した。これが本章の結論である。

第二章　發展の方向

第一節　荷衰ふ

南北朝期に發見された衰荷の景は、それを繼承する形で初唐詩に書き繼がれ、さらに、作者の個性の發露、小さな發見、様々なバリエーションが積み重なって獨特の興趣と深さを持つ風景となっていく。本節では唐代に於て衰荷の景がどのように描かれていったかを、時代を追って整理することによって分析考察する。

初唐の衰荷の景が、意識的に六朝期の作品を繼承して書かれたことは次の作品に明らかである。

太宗　李世民「秋日斅庾信體」

花生圓菊蕊　　花生じて圓菊蕊たり、

荷盡戲魚通　　荷盡きて戲魚通る。

郭震「同徐員外除太子舍人寓直之作」

葉死蘭無氣　　葉死にて蘭に氣無く、

荷枯水不香　　荷枯れて水香らず。

遙聞秋興作　　遙かに聞く 秋興の作、

言是晉中郎　　言ふは是れ晉の中郎。

太宗の詩題に、庾信の體にならう、とある。梁の簡文帝の「葉疎行逕出」という句も發想としてはこれに同じである。

また太宗の別の作品に、

衣碎荷疏影　衣は碎かれて荷は影を疏にし、
花明菊點叢　花は明るくして菊は叢に點ず。
太宗　李世民「秋日卽目」

の句があるが、これは庾信の作品にある、

碎珠縈斷菊　碎珠　斷菊に縈ひ、
殘絲繞折蓮　殘絲　折蓮を繞る。
梁　庾信「和炅法師遊昆明池」

の句に雰圍氣が似ている。郭震の作品にいう晉中郎の秋興作とは晉の潘岳「秋興賦」を指す。ただし「秋興賦」にハスの句はない。そして「秋興賦」は

嗟秋日之可哀兮　嗟　秋日の哀しむ可き、
諒無愁而不盡　諒《まこと》に愁ひ無くして盡きず。

という悲秋の作品である。しかし初唐の衰荷の景を見ると、秋を悲しむというよりは、

提壺菊花岸　壺を提《さ》ぐ　菊花の岸、
高興芙蓉池　高興　芙蓉の池。
太宗　李世民「儀鸞殿早秋」

というように、興趣のある景色として描かれる場合が多い。

すなわち、初唐の作者は六朝詩の衰荷の景を、「高興」の景物として、雰圍氣に於て繼いだ。表現の面でも境地の面でも新しい工夫は見られない。この景色の持つ意味を一段と深めるのは盛唐以後の詩人たちである。

本論の中でこれまで「衰荷の景」という言葉をしばしば使ってきたが「衰荷」という言葉を初めて詩語として用いたのは盛唐の杜甫である。

北池雲水闊　北池　雲水闊《ひろ》く、
華館闢秋風　華館　秋風に闢《ひら》く。
獨鶴元依渚　獨鶴　元より渚に依り、
衰荷且映空　衰荷　且《しばら》く空に映ず。

杜甫「陪鄭公秋晩北池臨眺」

遙かかなたに連なる空と水の間を秋風が吹き渡る。目に入る生き物といえば、風に吹かれて立ち盡くすただ一羽の鶴がいるばかり。その周圍には空を背景に傷み衰えた荷葉が折れ曲がったシルエットを見せている。靜まりゆく季節の中にあって、孤獨感の漂う句である。

杜甫にとって、衰荷の景は傍觀者として樂しむべき單なる高興の景ではなかった。心の痛みを伴って迫ってくる、寒々しく荒涼とした景色であった。

蛟龍引子過　蛟龍　子を引きて過ぎ、
芰荷逐花低　芰荷　花を逐《お》ひて低《た》る。

杜甫「到村」

あたかも龍とみずちが子供等を引き連れて通ったかのように、花と共に葉も莖も折れ傾いている。川に沿ってうねうねと蛟龍が通り過ぎて行ったあとに殘された秋の芰荷は、川原に沿ってやはりうねうねと、遠くどこまでも褐色に亂れかしいでいるのである。茫々として凄寥たる光景である。(2) そしてこの廣漠とした自然が、人間が本來的に持つ孤獨感を激しく呼び起こす。

曲江蕭條秋氣高　曲江蕭條として秋氣高し。
菱荷枯折隨風濤　菱荷枯折して風濤に隨ふ。
遊子空嗟垂二毛　遊子空しく嗟《なげ》く　二毛の垂るるを。

白石素沙亦相蕩　　白石　素沙　亦た相ひ蕩《うご》く。
哀鴻獨叫求其曹　　哀鴻　獨り叫びて其の曹《ともがら》を求む。

杜甫「曲江三章章五句之一」

蕭條たる曲江を覆う菱荷は褐色に枯れ折れて風と波に空しく弄ばれている。その果てしない寂寥の中でただ一羽、曹を求めて鳴いている鴻は、知己を求めて叫ぶ作者の姿であり、衰荷の景は作者の心象風景でもある。

衰荷の景は、杜甫に至って單なる高興の景から、人間に對置すべき荒涼たる自然を象徵する景物の一つとなった。不安と孤獨の感情に滿ちた景物である。

杜甫が廣漠とした景色に目を向けたとしたら、同じく盛唐に屬する孟浩然や、ややあとの世代に屬する韋應物は、より近く衰荷を見ることによって、ハスの纖細な表情を描き取ることに成功している。

燭至螢光滅　　燭至りて螢光滅し、
荷枯雨滴聞　　荷枯れて雨滴聞こゆ。

孟浩然「初出關旅亭夜坐懷王大校書」

枯れて乾燥した秋のハスの葉は、乾いて大きな音を響かせる。雨の音の變化に氣付いたのは孟浩然の發見である。以來、秋雨に打たれたハスの音を聞く佳句は多い。

曾爲江客念江行　　曾て江客となりて江行を念ふ。
腸斷秋荷雨打聲　　腸斷す　秋荷に雨打つの聲。

李端「荊門歌送兄赴夔州」

江行の追憶の中で、秋荷を打つ雨の音は腸を斷ち切られるように強い印象をもって迫る音であった。

暝色投煙鳥　　暝色　煙に投ずる鳥。
秋聲帶雨荷　　秋聲　雨を帶ぶ荷。

白居易「潯陽秋懷贈許明府」

ハスを打つ雨の音は、秋の響きである。

秋陰不散霜飛晩　　秋陰散ぜず　霜の飛ぶ晩、
留得枯荷聽雨聲　　枯荷を留め得て雨聲を聞く。　　李商隱「宿駱氏亭寄懷崔雍崔袞」

秋の響きであるから、友を思う霜の夜には、枯荷を打つ雨の音にじっと耳を傾ける。

半夜竹窗雨　　半夜　竹窗の雨、
滿池荷葉聲　　滿池　荷葉の聲。　　溫庭筠「送人遊淮海」

夜半に窗邊の竹を濡らして降り始めた雨は、やがて池いっぱいに廣がる荷葉の音となってあたりに響く。これも秋の詩である。

孟浩然の發見になる荷雨の聲は、このように後世の詩人に歌い繼がれ、唐末五代の詞の中の重要な景物の一つとなるのである。(3)

一方の韋應物も、纖細な感覺によって表現の充實に寄與している。

對殿含涼氣　　對殿は涼氣を含み、
裁規覆清沼　　裁規は清沼を覆ふ。
衰紅受露多　　衰紅　露を受くること多く、
餘馥依人少　　餘馥　人に依《よ》ること少なし。　　韋應物「慈恩寺南池秋荷詠」

裁規は荷葉のこと。上述の、梁・鮑泉「秋日」詩に、「燕去欄恆靜、蓮寒池不香」の句がある。また北齊の蕭愨にも、

葉疎知樹枯　　葉は疎にして樹の枯るるを知り、
香盡覺荷衰　　香盡きて荷の衰ふるを覺ゆ。　　蕭愨「和司徒鎧曹陽辭疆秋晚」

という句がある。長い間、秋の池からは香りが失われていた。ところが、韋應物は、人の衣を染めることもできぬほ

どかすかで孤獨に漂う殘り香を描き留めて、衰荷の氣配を傳えている。全く香りのない蓮池は殺伐とした趣きであるが、夏の盛りを思い出させるかすかな香りが漂うことによって杳渺として寂寥たる光景になる。この後、ハスの殘り香を歌う詩人は多い。

盈盈一水不得渡　盈盈たる一水　渡るを得ず。
冷翠遺香愁向人　冷翠　遺香　愁ひて人に向かふ。

陸龜蒙「秋荷」

綠のままに凍えた荷葉からはなお薄く殘り香が漂う。それはハスの愁いが漂うようである。

風動衰荷寂寞香　風は衰荷を動かして　寂寞として香る。
斷煙殘月共蒼蒼　斷煙　殘月　共に蒼蒼たり。

趙嘏「宿楚國寺有懷」

風が運んでくる衰荷の香りは、切れ切れの霞や消えかかる月のように、途絶えがちで寂寞とした香りである。

韋應物は殘り香を歌うことによって衰荷の風情を寫す表現を發見したが、さらに、香りだけではなく、かすかな動きや漂白された色彩を用いることによって、衰荷の持つ冷ややかで透明な雰圍氣を表わし得ている。

閒門蔭堤柳　閒門　堤柳に蔭はれ、
秋渠含夕清　秋渠　夕清を含む。
微風送荷氣　微風　荷氣を送り、
坐客散塵纓　坐客　塵纓を散ず。

韋應物「興韓庫部會王祠曹宅作」

夕暮れの秋渠から微風に乘って送られてくる、すでに香りとも言えぬ程稀薄になったハスの氣配。

秋荷一滴露　秋荷　一滴の露、
清夜墜玄天　清夜　玄天より墜《お》つ。

韋應物「詠露珠」

溽らかな夜空から降ってきて荷葉に止まった、ただ一滴の露。そして先に擧げた詩句「衰紅受露多」にある、露に濡れて色褪せた紅。

涼氣、清沼、清夜、露といった透明な語感を持つ言葉と共に描かれるハスは、色も、香りも、表白される作者の感情さえどこか稀薄で、全て現實の生々しさを失って、透き通るような秋の氣配の一つとなっている。

古典詩の中の衰荷の景は、盛唐の杜甫によって内容が與えられ、孟浩然、韋應物によって表現が豊かになった。衰荷に感情を注ぎ入れたのは晩唐の李商隱である。

李商隱に先立つ中唐の白居易は、唐代の詩人の中でも最も多く衰荷の句を殘している。白居易の作品を見ると、

露墜萎花槿　露は萎花の槿に墜ち、
風吹敗葉荷　風は敗葉の荷に吹く。
老心歡樂少　老心 歡樂少なく、
秋眼感傷多　秋眼 感傷多し。
芳歲今如此　芳歲 今 此《かく》の如し、
衰翁可奈何　衰翁 奈何すべき。

白居易「喚笙歌」

というように、風に吹かれる破れた荷葉の景は、ただちに作者自身の老衰した姿に續く。乃ち衰荷の景色は已れの老いを思わせて悲しいのである。白居易の場合は、秋景を樂しむ幾つかの作品を除いて、全て老齢や失意など、作者自身の感情を喚起する景物として衰荷があった。

ところが、李商隱の場合は、衰荷そのものを激しく悲しむ。衰えてゆく美しさ、減じてゆく輝きは、李商隱にとって何よりも愁うるものであった。

惟有綠荷紅菡萏　惟だ綠の荷 紅の菡萏のみ有りて、
卷舒開合任天眞　卷舒 開合 天眞に任《まか》す。
此花此葉常相映　此の花 此の葉 常に相ひ映じ、
翠減紅衰愁殺人　翠減じ紅衰へて人を愁殺す。
李商隱「贈荷花」

ハスの色褪せてゆく姿そのものが、人を愁いで滿たすのである。だから、李商隱の描く衰荷の景は、愁い、恨むという言葉と共に歌われるものが多い。

樹遶池寬月影多　樹は池の寬きを遶りて月影多し。
村砧塢笛隔風蘿　村砧と塢笛と 風蘿に隔たる。
西亭翠被餘香薄　西亭の翠被 餘香薄し。
一夜將愁向敗荷　一夜 愁ひもて 敗荷に向かふ。
李商隱「夜冷」

この絕句の中に、たとえば老齡を思うとか、故鄕を思い出す、というような、愁いの感情をもたらす原因を說明する句はない。冷ややかな夜の池に薄い香りを送ってくる破れたハスの葉は、何の理由もなく說明もなく、ただそのものとして愁いの景色なのである。

南北朝期に發見された衰荷の風景は、唐代に入ってから、內容が與えられ、表現が硏ぎすまされ、感情が注ぎ込まれて、多面的で深い興趣を持つ情景へと發展したのである。

ところで、ここに述べてきた衰荷の景とは全く別の、そして南北朝期には見られなかった新しい流れが、唐代になってから現れた。その流れを考察する前に、しばらく南北朝期の戀の歌を見てみよう。

第二節　戀の歌

南北朝期には、褰荷の景とは別の、戀を歌うハスの詩が盛んに書かれていた。褰荷に關わらぬ戀の歌は本論の主題ではないが、次章を呼び起こすために不可缺な流れであるので、ここにその概略を述べよう。

『詩經』の陳風と鄭風に、戀愛感情に關わる植物としてハスが描かれていたことは已に述べた。「楚辭」の九章に「因芙蓉而爲媒兮」という句があることも已に述べた。媒となる力をハスが持っていたということは、男女の間を仲立ちする植物と考えられていたことが想像される。そして、魏晉の頃には、吳聲歌曲の「子夜歌」が民間に歌われていた。

寢食不相忘　　寢食相ひ忘れず、
同坐復俱起　　同《とも》に坐し　復た俱《とも》に起つ。
玉藕金芙蓉　　玉の藕も金の芙蓉も、
無稱我蓮子　　我が蓮子に稱《かな》ふこと無し。
「子夜歌四十二首之四十」

最後の句の蓮子は、「ハスの實（蓮子）」と「あなたを愛す（憐子）」との諧音雙關語である。ハスの根もハスの花も、蓮の實にはかなわない。玉も金も、私があなたを思う氣持ちにはかなわない。

南朝宋に入ると、「讀曲歌」が流行する。

思歡久　　歡《なんぢ》を思ふこと久し。
不愛獨枝蓮　　獨枝の蓮を愛さず、
只惜同心藕　　只だ同心の藕を惜しむ。
「讀曲歌八十九首之五」

末句の藕は「ハスの根（藕）」と「つれあい（偶）」との諧音雙關語である。心を同じくした戀人がいとおしい。いずれも、おおらかでたわいがない戀の歌である。

梁の武帝はこれらの民歌を積極的に取り入れた。

江南蓮花開　　江南に蓮花開き、
紅光覆碧水　　紅光 碧水を覆ふ。
色同心復同　　色同じくして心も復た同じ、
藕異心無異　　藕異なれども心は異なること無し。

梁　武帝蕭衍「子夜四時歌　夏歌四首之一」

遊戲五湖採蓮歸　　五湖に遊戲し 蓮を採りて歸る。
發花田葉芳襲衣　　發花 田葉 芳は衣を襲ふ。
爲君儂歌世所希[4]　　君が爲に儂《われ》は歌ふ 世に希《まれ》とする所、
世所希　有如玉　　世に希《まれ》とする所 玉の如き有り。
江南弄　採蓮曲　　江南弄 採蓮曲。

梁　武帝蕭衍「江南弄　採蓮曲」

いずれも民歌の風に倣った作品である。これ以後、簡文帝を始めとして多くの人々が「採蓮曲」「江南」その他の、蓮の實を摘む美女を主題とした作品を書いている。

その流れは、宮女を歌う宮體詩が盛んに書かれた南北朝期に止まらない。唐代にはいってからも一貫して、女性を歌うハスの詩の流れが見られる。たとえば盛唐の李白には、女性を歌うハスの詩がたくさんある。

若耶谿傍採蓮女　　若耶谿の傍 採蓮の女、

笑隔荷花共人語　笑ひて荷花を隔てて人と共に語る。
日照新粧水底明　日は新粧を照らして 水底明らかに、
風飄香袂空中擧　風は香袂を飄して 空中に擧がる。
李白「採蓮曲」

生と美を謳歌する作品である。中唐の張籍にも「採蓮曲」がある。女性の描寫がより寫實的である。

試牽綠莖下尋藕　試みに綠莖を牽《ひ》きて下のかた藕を尋ぬ。
斷處棘多刺傷手　斷處棘《とげ》多く 刺《さ》して手を傷つく。
白練束腰袖半卷　白練 腰に束《たば》ね 袖は半ば卷く。
不插玉釵妝梳淺　玉釵を插さずして妝梳淺し。
張籍「採蓮曲」

ハスには、衰荷の景とは別に、このような、女性を歌う戀の詩の流れが平行してあった。この二つの流れは、南北朝期には交差することがなかったのである。

第三節　芙蓉死す

南北朝期に交差することがなかった衰荷の景と戀の歌を、最初に結びつけたのは盛唐の李白であった。

寒沼落芙蓉　寒沼に芙蓉落ち、
秋風散楊柳　秋風 楊柳を散らす。
以比顦顇顏　以て顦顇の顏に比し、
空持舊物還　空しく舊物を持ちて還る。
李白「去婦詞」(5)

玉のように美しかった妻は、久しく夫の歸りを待つ内に、ハスの花が水に落ちるように、楊柳が秋風に散るように、年老いてしまった。いま夫の愛は綺麗な戀人に移り、妻は去らねばならない。若い女性の顏をハスの花にたとえることは、六朝時代からあった。前述の梁・簡文帝「採蓮曲」に、「江花玉面　兩相似」という。滿開のハスの大輪の花が若い女性の顏にたとえられるのなら、萎れて落ちようとする花は美しい女性の憔悴した姿となる。「去婦詞」では、戀の思い出がまつわるハスの花と、當時すでに定着していた、もの寂しい風情の漂う衰荷の景とを結びつけて、寂しく憔悴した女性を散ってゆくハスの花に重ねた。かつての美しさを思わせる花なので、その衰微した姿はなおさら哀れを誘う。衰荷ではないが、李白の次の句も發想は同じである。

李白「妾薄命」

昔日芙蓉花　　昔日　芙蓉の花、
今成斷根草　　今は斷根の草と成る。

ハスの花のように美しく幸せだった女性は、今は寵愛を失って根無し草となってしまった。李白の次の作品も、美人の薄命をいう。

李白「中山孺子妾歌」

芙蓉老秋霜　　芙蓉　秋霜に老い、
團扇羞網塵　　團扇　網塵を羞づ。
戚姬髠髮入舂市　　戚姬　髮を髠《き》りて入りて市に舂《うすづ》き、
萬古共悲辛　　萬古悲辛を共にす。

晉の王珉に愛された謝芳姿は、のちに主人に鞭打たれて「團扇歌」を歌った。漢の高祖劉邦に愛された戚夫人は、のちに髮を切られ、永巷に舂かせられて「舂歌」を歌った。絕世の美女と言われた中山孺子妾も、秋霜に打たれて老いた芙蓉のように、彼女達と同じ悲しみを味わう。三人の女性は共に、若く美しく幸福な時代の思い出を持っている。

その思い出を抱きつつ、末路は不幸せであった。だから、霜に打たれるハスの花の境遇と重なるのである。

李白は、先に述べたように、美と生を謳歌する「採蓮曲」を書いている。また一方で、

竹影掃秋月　竹影　秋月を掃ひ、

荷花落古池　荷花　古池に落つ。(6)　　李白「贈圓丘處士」

と、末枯れた田野の景色を描いている。この二通りの作品が、憔悴した美女を秋のハスに重ねる發想の源となったことは間違いない。

こうして、衰殘のハスによって美人の姿を表現する作品が書かれるようになった。そのイメージを、一擧に流行させたのは、中唐の張籍の功績であっただろうと思う。

中唐の劉禹錫に次の作品がある。

章句慚非第一流　章句　第一流に非ざるを慚づ、

世間才子昔陪遊　世間の才子　昔陪遊す。

吳宮已歎芙蓉死　吳宮　已に歎ず　芙蓉の死、

邊月空悲蘆管秋　邊月　空しく悲しむ　蘆管の秋。　　劉禹錫「和令狐相公言懷寄河中楊少尹」

劉禹錫はこの作品の中で數人の詩句を擧げて稱讃している。その最初の詩句として示されている第三句、「吳宮已歎芙蓉死」は張籍の句である。劉禹錫はこの句を第一流と認めたのである。その張籍の句とは次のようなものであった。

吳宮四面秋江水　吳宮の四面　秋江の水、

江清露白芙蓉死　江清く露白くして芙蓉死す。　　張籍「吳宮怨」

吳宮の宴席で吳王に侍る美人。無數にいる宮女の中で王の恩を受けることができる者はどれほどか。既に王の心を

失って、それでも空しく王の前で舞を舞い歌を歌う。その宮女の姿と心を象徴しているのが、作品の冒頭に置かれているこの二句である。豪華な宮殿の中で冷え切った心を抱きながら朽ちてゆく宮女。冷く澄んだ秋の水と透き通る露の中で死んでゆく大輪の花。なるほど美しいイメージである。

ここに、「芙蓉死す」という表現が生まれた。劉禹錫の句からも想像されるが、この語は當時の文學仲間の間で評判となったのではなかったか。李賀にもこの表現の句がある。

離宮散螢天似水　　離宮に螢散じて天水に似たり。

竹黄池冷芙蓉死　　竹は黄ばみ池は冷ややかにして芙蓉死す。

李賀「九月」

水のような天と冷たい池との間にあって、かすかな光を引いて飛ぶ螢と死んでゆくハスの花。張籍の句と同じような雰圍氣を持つ離宮の秋である。李賀には次の句もある。

秋白鮮紅死　　秋白く鮮紅死す。

水香蓮子齊　　水香り蓮子齊《そろ》ふ。

李賀「月漉漉篇」

ハスの花が鮮かな紅色だから、全てが透明な秋の景色の中で一層その死が哀れに感じられるのである。

孟郊も同じような表現を女性の言葉として語らせている。

試妾與君涙　　試みに妾と君との涙もて、

兩處滴池水　　兩處　池水に滴らせん。

看取芙蓉花　　看取す　芙蓉の花、

今年爲誰死　　今年　誰が爲に死せん。

孟郊「怨詩」

ハスの花は戀人のために死ぬ。愛と怨みを抱いて死ぬのである。

王建の「主人故池」詩にも「芙蓉死す」の語がある。

高池高閣相連起　高池高閣 相ひ連なりて起つ。
荷葉團團蓋秋水　荷葉團團として 秋水を蓋ふ。
主人已遠涼風生　主人已に遠く 涼風生ず。
舊客不來芙蓉死　舊客來たらずして 芙蓉死す。

主人は遠くに離れて行ってしまった。なじみの客ももう尋ねては來ない。知る人もないままにひっそりと死んでゆくハスの花である。

張籍、李賀、孟郊、王建、みな透明な世界の中で深紅の花が死んでゆくというイメージに美意識を感じている。死ぬ、という言い方は花を擬人化した言い方であり、また女性の死と重ね合わせた表現である。すなわち、清らかで寂しい世界、たとえば俗界から隔てられた宮殿の中などで、美しいままに朽ちてゆく女性の姿である。ただ、たとえば萎れたハスの花を年老いた女性の顔にたとえる、という類の直接的な比喩表現ではない。死んでゆく花の映像によって、愛を抱いたまま報われることなく年を經てゆく女性の哀しみを象徴的に、或いは雰圍氣として表現する暗喩である。

ところで、張籍、李賀、孟郊、王建はみな韓愈の文學集團に屬す。白居易、元稹を始めとして、彼ら以外の同時代の詩人に「芙蓉死す」という表現は全く見られない。張籍の句が韓愈の文學集團に氣に入られ、流行したのである。「芙蓉死す」という表現は、獨創的でまた獨特の意味を持つものである。そもそも花が死ぬという發想の表現は少ないし、また對象が限られている。「蘭死す」という詩語はあっても「櫻桃死す」という句はない。「芙蓉死す」という語は晩唐にも受け繼がれるが「菡萏死す」「荷花死す」という表現は唐詩の中でそれぞれ一例しかない。それは、「死」

という語自體に、或る種の特有な美意識、たとえば永遠に失われるものに對する絶對的な悲しみに内在する美意識、があるからであろう。そのために、「死」という言葉によって植物が擬人化される際に、擬人化することが可能な植物と不可能な植物、或いは擬人化されやすい語とされにくい語が區別されるのではないか。

このことは「芙蓉老ゆ」という表現と比べてみると一層明らかになる。「芙蓉老ゆ」も芙蓉を擬人化した言い方で、意味内容も「芙蓉死す」と似ているように思われる。そこで作品を見てみると、たとえば、

夜堂悲蟋蟀　　夜堂に蟋蟀悲しみ、
秋水老芙蓉　　秋水に芙蓉老ゆ。　　孟貫「寄李處士[7]」

瀼水桃李熟　　瀼水に桃李熟し、
杜曲芙蓉老　　杜曲に芙蓉老ゆ。　　于濆「季夏逢朝客」

葉墮陰巖疏薜茘　　葉は陰巖に墮《お》ち　薜茘疏《まばら》なり。
池經秋雨老芙蓉　　池は秋雨を經《へ》て　芙蓉老ゆ。　　劉滄「題四皓廟」

という句にあるように、單なる秋景、末枯れたハスの景色をいう場合にも用いられる。一方の「芙蓉死す」という語は、このように秋の景色の描寫に用いられることはない。

「芙蓉老ゆ」という表現は豔詩の中で用いられることもある。

樓前流水江陵道　　樓前の流水　江陵の道、
鯉魚風起芙蓉老　　鯉魚の風起こりて芙蓉老ゆ。　　李賀「江樓曲」

しかしこの場合も、鯉魚の風（秋風）に吹かれたハスの様をいうもので、「芙蓉死す」の句にあるような強い美意識を喚起するものではない。(8)「芙蓉死す」が、獨特の意味と強いイメージを持つ言葉であることが理解できる。芙蓉が「死」という語によって擬人化され得たのは、何よりもそれが女性の姿を映しているからである。「芙蓉死す」の表現は晩唐詩に受け継がれ、いっそう強い感情を伴った句となる。

八月白露濃　　八月　白露濃《こま》やかなり。

芙蓉抱香死　　芙蓉　香を抱きて死す。　　　李羣玉「傷思」

花びらの紅も蕊の金粉も落ちて褐色に枯れたハスの花がなお淺い香りを抱いている様が哀れである。

三秋庭綠盡迎霜　　三秋にして庭の綠は盡く霜を迎へ、

惟有荷花守紅死　　惟だ荷花の紅を守りて死する有るのみ。　　　溫庭筠「懊惱曲」

變わりはてた姿の中に昔の美しさの名殘りを大切に持ち續けている芙蓉を哀れに思う作者の氣持の中には、紅を守り香を抱く芙蓉そのものへの同情が見られ、作者の強い感情移入が感じられる。客觀的に鑑賞しているだけではいられないのである。

露滴芙蓉香　　露滴りて芙蓉香る。

香銷心亦死　　香り銷《き》えて心も亦た死す。

良時無可留　　良時　留む可き無し。

殘紅謝池水　　殘紅　池水に謝《さ》る。　　　邵謁「古樂府」

百歲夢生悲蛺蝶　　百歲　夢生じて　蛺蝶悲しむ。

一朝香死泣芙渠　一朝 香り死して 芙渠泣く。　羅隠「閒居早秋」

香りが死ぬことは心が死ぬことだ。香りがハスの心ならば、香りを失ったハスは心を亡くしてただ泣くばかりである。香りを失って、心を失っては、生きていても甲斐があるまい。

芙渠抵死怨珠露　芙渠死に抵《いた》りて珠露を怨む。
蟋蟀苦口嫌金波　蟋蟀口に苦《にが》くして金波を嫌《いと》ふ。　羅隠「官池秋夕」

死に至る芙蓉の怨みはいかばかりであっただろうか。

中晩唐の作品の中では、死にゆくハスの花に作者の感情がこのように強く移し入れられている。それは已に述べてきたように、作品中の女性の心をそれが象徴しているからであるが、さらにまた、それが作者の心情をも象徴しているからであろう。

小　結

戰國の世、蔡の穆公十八年のこと、齊の桓公に嫁いでいた穆公の妹、蔡女は、夫と共に船遊びをしていたとき、夫の桓公が制止するのも聞かず、無邪氣に舟を蕩らして喜んでいた。咲き初めたばかりのハスの花は、怖いもの知らずであった。このために夫の怒りをかった蔡女は國に返され、夫と兄との間に爭いが起こり、齊の軍隊が蔡の國に押し寄せてきて蔡は潰滅し、兄は虜となった。その後の蔡女の消息は定かでないが、一時の戯れが引き起こした祖國の運命に心を痛め、後悔と恐ろしさに打ち震えたことであろう。他國に嫁に行ったというが、後ろ盾を失い、祖國の民に恨まれて、不幸せな生涯を送ったに違いない。

美しいハスの花は、思いがけぬ災厄に打たれて砕かれてしまったのである。

夏に大輪の花が咲き、大きな葉が盛んに茂るハスは、秋の氣配が感じられる頃になると、花が色褪せ葉も枯れる。その様子は蕭條たる秋の情景にふさわしく、寂寥とした趣きを持つ。春に花開く桃李や、秋に霜をしのいで咲く菊にはない味わいでもある。

そこで、ハスを描く詩句の流れの一つに、衰荷の景を歌うものがあった。それは、齊の謝脁によって發見され、梁の簡文帝の文學集團に受け入れられて定着し、唐代にはいって內容表現ともに充實した、興趣のある情景である。

一方で、『詩經』以來、ハスは戀の歌、女性をうたう歌に象徴的に描かれてきた。風景詩と戀歌の二つの流れが、盛唐から中唐にかけて結びつけられ、女性の憔悴した姿の美しさを表す詩句となる。夏の美しい思い出を抱いたまま朽ちていくハスのイメージを、女性の哀しい運命に重ね合わせる「芙蓉死す」の句には、亡んでいくものの美に對する強い情感が込められている。

風雨摧殘　　飄零紅多　　又如蔡女　　蕩舟抵訶

風雨に打たれ砕かれ、美しいままに散らんとしているハスの姿。それによって蔡女の境涯を象徴させる李綱の句は、このような、長い時間の中に育まれた詩想の廣がりの後に生まれたのであった。

＊　＊　＊

ここまで、漢詩の中で美意識がどのように變遷していったかを、衰微したハスという一つの例を時間軸に沿って追っていくという形で檢證してきた。

第三部では、「採蓮曲」という樂府題によって、美意識や世界觀が込められた一つの詩の世界が、それまでのどのような作品を受け繼ぎ、さらにどのように發展し變化していくのか、その繼承關係を調べてみる。時代やジャンルを超えて、詩の世界は繼承され、さらに新たな世界を生み出していく。これは、文化がどのように形成されていくのか、ということの一面を見ることでもある。

注

（1）加納喜光『詩經』中國の古典十八（學習研究社　昭和五十七年一月十日）澤陂篇の解說に、「澤や水邊における植物、または植物摘みの行爲は、求愛の詩の常套的なモチーフである。（中略）最終のスタンザで再びハスにかえり、この花のイメージの女性が求める意中の人であることが暗示される」とある。

（2）この句にはもう一つの解釋がある。蛟龍を魚の類の比喩に取るもので、魚が列を成して通り過ぎ、芰荷は花が散り實が重く垂れる、と二つの情景を竝列したものとする解釋である。この解釋では情景が平凡になり句の面白味が失われる。

（3）次のような例がある。

　　秋雨連綿　　聲散敗荷叢裏　（李珣「酒泉子」）

　　看盡滿地疏雨　　打團荷　（孫光憲「思帝鄉」）

（4）宋郭茂倩『宋本樂府詩集』（世界書局　民國五十六年）による。『文苑英華』（中華書局　一九六六年）は吳均の作とし、「儂」を「豔」に作る。

（5）この句は顧況の集にも「棄婦詞」として收められる。顧況の作品だすると、製作年代がやや下がると思われる。

（6）「荷花」の語は一に「荷衣」に作る。

（7）曹松の集にもこの句が見られる。

（8）「老」という字は、「梧桐老」「竹老」「莓苔老」「白楊老」「梨葉老」「楓樹老」「蕙花老」などのように、「死」と違って、様々な植物と結びつけて用いられる。

第三部　「採蓮曲」の系譜

第一章　樂府詩「採蓮曲」の誕生

中國古代に於て、文學は、多くの知識人によって次第に洗練され、磨かれ、高度に技術的なものになっていった。しかし、時として、民間の素朴で荒々しい血が求められ、民衆の中から文人の世界へと新たな文學がすくい上げられたのだという。その新しいジャンルの文學は、やはり多くの知識人によって洗練されていく。樂府詩もそうしたジャンルの一つである。

樂府詩は、もともと、漢代から六朝期にかけて、朝廷や貴族によって採集された民歌や、民歌に基づいて彼らが創作した作品であった。そのもと歌の題名や主題が後世の詩人によって書き繼がれていく。中唐初期に、文人が自己の意見を主張する新樂府が現れるまで、それが樂府詩の主要な形であった。

民間からすくい上げられ、詩想が書き繼がれて自由に變容して行く樂府詩のダイナミズムは、興味をそそるものである。樂府詩の中でも、「採蓮曲」は、遠い淵源を持ち、現代の藝術にまで影響を與えているという點に於て、格好の研究對象である。本論は、その誕生の過程を解明することを目的とする。

「採蓮曲」は南朝梁の武帝蕭衍による『江南弄』七首の内の次の作品に始まるといわれている。(1)

採蓮曲　　　　採蓮曲

採蓮渚　窈窕舞佳人　　　蓮を採る渚　窈窕として佳人舞ふ

〈以上和聲〉

遊戲五湖採蓮歸　　　五湖に遊戲し　蓮を採りて歸る

發花田葉芳襲衣　　發花田葉　芳《かほり》は衣を襲ふ
爲君儂歌世所希　　君がために儂《われ》は歌ふ　世の希《まれ》とする所
世所希　有如玉　　世の希とする所　玉の如きあり
江南弄　採蓮曲　　江南弄《かうなんろう》　採蓮曲

『江南弄』七首の連作には、ほかに、「江南弄」「龍笛曲」「鳳笙曲」「採菱曲」「遊女曲」「朝雲曲」がある。『樂府詩集』巻五十清商曲辭『江南弄』七首の題下注に、『古今樂錄』を引いて、次のように言う。

梁天監十一年冬、武帝改西曲、製江南上雲樂十四曲、江南弄七曲。

梁の天監十一年冬、武帝西曲を改めて、江南上雲樂十四曲、江南弄七曲を製《つく》る。

しかし、武帝のこの作品も、唐突に作られたのではない。ハスは鑑賞植物としてばかりではなく、食物としても重要な植物であり、早くから栽培されていたと思われる。(2) したがって、ハスの實を収穫する「採蓮」の行爲も古くからあった。さらに、ハスが文學作品の中に現れるのは早く、すでに『詩經』『楚辭』に見られる。人とハスのつきあいは、はるか昔からのものである。梁・武帝「採蓮曲」に先行する關連作品を考察して、影響關係を調べてみよう。

一、『詩經』『楚辭』に見られるハスの形象

『詩經』に見られる、ハスに關わる作品は次の二首である。

山有扶蘇　隰有荷華　不見子都　乃見狂且　　「鄭風　山有扶蘇篇」
山有喬松　隰有游龍　不見子充　乃見狂童

荷華はハスの花。いずれの章も、前半に高地と低地の植物を竝べ、後半に男性について述べるという形を取る。宋・朱熹『詩集傳』は、注の中で「淫女戲所私者曰云々」と、戀人に戲れる言葉と解釋している。近人の解釋では、「思う男にあえぬのをなげく女の歌」（吉川幸次郎）(3)「戀人遊びの遊戲で、理想の男性が得られずに、變なのに當たったとふざける戲れ歌」（加納喜光）(4)などがある。

彼澤之陂　有蒲與荷　有美一人　傷如之何　寤寐無爲　涕泗滂沱
彼澤之陂　有蒲與蕑　有美一人　碩大且卷　寤寐無爲　中心悁悁
彼澤之陂　有蒲菡萏　有美一人　碩大且儼　寤寐無爲　輾轉伏枕
「陳風　澤陂篇」

蒲はガマ、荷はハス。鄭箋に、「蒲以喩所說男之性、荷以喩所說女之容體也（蒲は以て說ぶ所の男の性に喩ふ、荷は以て說ぶ所の女の容體に喩ふ也）」という。第三章の菡萏は、毛傳に「菡萏荷華也」とあり、鄭箋に「華以喩女之顏色」とある。『先秦文學史參考資料』は「這是一首情詩、疑是女思男之詩」と述べ、女性が男性を思う愛情の詩であろうという。(5)いずれの作品も、男女の愛情を主題にするものであり、冒頭に置かれるハスは愛情を表現する象徵的な意味があると推測される。

『詩經』にはこの他に、「小雅　采綠」「周南　卷耳」「王風　采葛」のように、一人で草を摘みながら戀人や夫を思うという作品も多い。これは草摘みという行爲には男女の愛情の成就を願う意味があったからだという。(6)

このような呪術的意味をもつ行爲は、人々の日常的な風習の中に長く生き殘ることが多いものである。樂府詩「採蓮曲」は愛情をテーマにするものであるし、また六朝時代の民歌に現れるハスには愛情を表現するものが多い。これらの詩歌に見られる蓮摘みの行爲も、この、古代からある草摘みの呪術的行爲と關連があることが考えられよう。

『楚辭』の中には、「芙蓉」「荷」の語が幾つか見られる。「離騷」の「製芰荷以爲衣兮、集芙蓉以爲裳」句の注に「言己進不見納、猶復裁製芰荷、集合芙蓉、以爲衣裳被服、愈潔修善益明」とあるように、多くの場合、『楚辭』の中で、ハスは他の香草と同様に、高貴性（潔、善、明）の象徴として描かれる。その中に、『九章　思美人』の「因芙蓉而爲媒兮　憚蹇裳而濡足（芙蓉に因りて媒を爲さんか、裳を蹇げて足を濡らすを憚る）」の句が見られる。「芙蓉」は高貴性を持つ香草の中でも特に「媒」となるべき呪術的な力を持っていたのである。「媒」となるハスは、男女の愛情の仲立ちとなる植物でもあろう。

『詩經』『楚辭』のハスから直接に發展したと思われる詩歌は、後世にはあまり書かれていない。ただ、ハスが持つ呪術的な力に對する信仰や、ハスや草摘みに象徴された愛情表現の風習が後世に受け繼がれるのである。

二、漢樂府

梁・武帝の「採蓮曲」との關係で指摘されるのは、前漢の樂府「江南」古辭である。(7)

『樂府詩集』は巻二六相和歌辭「江南」の題下注に「樂府解題」を引いて、

按梁武帝作江南弄以代西曲。有採蓮採菱。盖出於此。

按ずるに梁武帝江南弄を作り以て西曲に代ふ。採蓮採菱有り。盖し此に出づ。

という。また、清・沈德潛『古詩源』も、題下注に

梁武帝作江南弄本此。

梁武帝の江南弄を作るは此に本づく。

という。果たして梁・武帝はこの注記のように、古樂府「江南」をもとにして『江南弄』を作ったのだろうか。次に

擧げる作品が『樂府詩集』に收められる樂府「江南」古辭である。

江南可採蓮　蓮葉何田田　魚戲蓮葉間
魚戲蓮葉東　魚戲蓮葉西　魚戲蓮葉南　魚戲蓮葉北
「江南」

この作品の後半四句は和聲であろうといわれる。[8]『晉書　樂志』に「但歌、四曲、出自漢世。無絃節、作伎最先唱、一人唱、三人和。魏武帝尤好之。（略）自晉以來不復傳、遂絕。凡樂章古辭、今之存者、竝漢世街陌謠謳、江南可採蓮、烏生十五子、白頭吟之屬也」とある。『晉書　樂志』のこの記事の中で注目されるのは、「自晉以來不復傳、遂絕（晉より以來復た傳わらず、遂に絕ゆ）」という部分である。同じ『樂志』に、また、「永嘉之亂、海內分崩、伶官樂器、皆沒於劉、石。江左初立宗廟、尙書下太常祭祠所用樂名。太常賀循答云『（略）遭難喪亂、舊典不存。（略）舊京荒廢、今旣散亡、音韻曲折、今無識者、則於今難以意言』（永嘉の亂、海內分崩し、伶官樂器、皆劉、石に沒す。江左初めて宗廟を立て、尙書太常に祭祠用ふる所の樂名を下す。太常賀循答へて云ふ『（略）遭難喪亂、舊典存せず。（略）舊京荒廢、今旣に散亡し、音韻曲折、今に識る者無し、則ち今に於て意を以て言ふこと難し』と）」という。晉が南渡する際の混亂の中で、樂典も、演奏者も、樂器も失われ、漢魏に受け繼がれていた樂曲を知る者はいなくなってしまったのである。樂府詩「江南」古辭のメロディーもこの時に失われたと考えられる。

梁・武帝の「採蓮曲」は樂府詩「江南」古辭に基づくと「樂府解題」にあるが、上記の經緯から見て、二つの作品の間に音樂の面で影響關係があったとは考えられない。そこで、考察は專ら歌辭に限られる。

南朝梁代には、劉緩に「江南可採蓮」という作品があり、『樂府詩集』卷二十六の題下注に、「古辭曰、江南可採蓮。因以爲題云（古辭に曰く、江南可採蓮と。因て以て題と爲すとしか云ふ）」という。從って梁代に傳えられていた樂府詩「江南」古辭の歌辭は、現代に傳えられているものと同一であったと推定される。

言葉の面から見たとき、樂府詩「江南」古辭のキイワードは、「江南」「採蓮」「田田」「魚戲」である。このうち、梁・武帝「採蓮曲」には「採蓮」語と、「蓮葉何田田」句を縮小した形である「田葉」語の二語が用いられている。さきに擧げた「樂府解題」の記事は、恐らくこの二語に着目して、樂府詩「江南」古辭と梁・武帝「採蓮曲」との影響關係を述べたものである。

この二語のうち、「田葉」はかなり特徴的な言葉である。樂府「江南」古辭の「田田」の語は「蓮葉盛密的樣子」（余冠英『樂府詩選』）というように説明されることが多い。調べた限りでは先行する用例は見當たらない。[9] 樂府「江南」古辭以後には幾つかの用例がみられる。たとえば齊・謝朓「江上曲」では「蓮葉尙田田、淇水不可渡」「江上可采菱、淸歌共南楚」と、樂府「江南」古辭の句をほぼそのまま使っている。齊・陸厥「奉答內兄希叔詩」には「雖無田田葉、及爾泛漣漪」とある。

さらに同じ陸厥の「南郡歌」は冒頭に「江南可採蓮、蓮生荷已大」と歌う。また、齊・王融には「採菱曲」という作品があって、その中に「荆姫採菱曲、越女江南謳」という句がある。

これらの作品から推して、南朝齊代には、樂府「江南」古辭の句や用語を讀み込んで水邊の風俗を歌う作品の形が成立していたと考えられるのである。

次に、「採蓮」という語について見れば、後漢の作品といわれる「古詩十九首」に「渉江采芙蓉、蘭澤芳草多」の句があり、晉の陸機がそれに倣って「擬渉江采芙蓉」詩を作っている。また晉に採集されたと思われる民歌、「神弦歌」第十一首「採蓮童曲」の、「泛舟採菱葉、過摘芙蓉花。扣檝命童侶、齊聲採蓮歌」や、晉・傅玄「蓮歌」の「渡江南、採蓮歌」の句、さらに宋・鮑照「擬青青陵上柏」の「輿童唱秉椒、櫂女歌采蓮」など、「採蓮」という言葉には、梁・武帝「採蓮曲」に先行するいくつかの例がある。これらの作品で歌われている「採蓮歌」が、樂府「江南」古辭を指すのか、あるいは當時民間で歌われていたであろう様々な蓮摘み歌の總體を指すのかは、定かではない。これらの句からわかるのは、晉代にすでに「採蓮歌」と呼び習わされる歌があったということである。(10)

つまり、梁・武帝「採蓮曲」の題名は、樂府詩「江南」古辭の「江南可採蓮」という句から直接に梁・武帝が採ったという、武帝の獨創ではなく、すでに多くの先行する作品が、樂府「江南」古辭を詠み込みつつ採蓮について歌っており、梁・武帝「採蓮曲」もその延長上に置かれると考えられるのである。

では次に、作品に歌われている內容を見てみよう。

樂府「江南」古辭が描くのは江上の風景で、重要なモチーフは「ハスの葉がデンデンと廣がっている情景」と「魚が葉の下を縱橫に泳ぎ回る樣子」の二點である。なお樂府「江南」古辭は戀人を追いかける隱喩を持つという說があるが、その說は取らない。(11)

一方、梁・武帝「採蓮曲」は、和聲に「採蓮渚、窈窕舞佳人」といい、冒頭に「遊戲五湖」というところから、女性を伴った行樂の作品である。モチーフとしては、「ハスの香りに染まった衣裳」「君のために私が歌う歌」などが見られる。

すなわち、兩者の間に主題やモチーフの關連性はまったく無いと言ってよい。兩者の影響關係は、先に見た、「採蓮」「田葉」の二語にのみ見出だされる。この、言葉に於ける關連性は、主題やモチーフに於ける關連性に比べれば、非本質的である。樂府「江南」古辭は、梁・武帝「採蓮曲」と直接的な影響關係を持つというよりは、當時存在していた「採蓮」に關わる詩歌を媒介にして間接的に關係を持っていたに過ぎないと考えられる。「採蓮曲」ばかりでなく、「江南弄」の他の六首を檢討しても、樂府「江南」古辭からの直接の影響は認められない。

先に述べたように、『樂府解題』や『古詩源』は、梁・武帝『江南弄』が樂府「江南」古辭をもとにして作られたように述べているが、由來はそれほど單純ではないようだ。

次に、梁・武帝「採蓮曲」が作られるに至った、より直接的な影響關係を調べてみたい。

三、西曲歌

すでに述べたように、永嘉の亂による漢民族の南渡の際に音曲が失われた。歌辭の面でもここに斷絶が生じたことは想像に難くない。梁・武帝「採蓮曲」の成立を調べるには、南朝に入ってからの作品に解く鍵がありそうである。『樂府詩集』は『江南弄』七首の題下注に『古今樂錄』を引いて、「天監十一年冬、武帝改西曲、製江南上雲樂十四曲、江南弄七曲」という。從って『江南弄』に含まれる「採蓮曲」製作の直接のきっかけは、まず、西曲歌に求めよう。

郭茂倩『樂府詩集』巻四七に、「按西曲歌、出於荊郢樊鄧之間。而其聲節送和、與吳歌亦異。故其方俗而謂之西曲云（按ずるに西曲歌、荊郢樊鄧の間に出づ。而て其の聲節送和、吳歌と亦た異なる。故に其れ方俗にして之を西曲と謂ふとしか云ふ）」という。音曲としては吳聲歌と共に淸商曲辭に分類されている。

『樂府詩集』はまた梁・武帝『江南弄』七首の第一首「江南弄」の題下注に『古今樂錄』を引いて、「江南弄、三洲韻」という。「三洲韻」とはのちに述べる西曲の中の「三洲歌」と同じ韻で作られているという意味である。『古今樂錄』のこの書き方が、梁・武帝『江南弄』七首全體を指すのか、その內の第一曲「江南弄」のみを指すのか、定かではないが、梁・武帝が『江南弄』七首を作るに當たって、音樂の面では西曲歌、特に「三洲歌」の影響を強く受けていたことは考えられる。

『舊唐書』樂志に、「三洲、商人歌也。商人數行巴陵三江之間、因作此歌（三洲、商人の歌なり。商人數しば巴陵三江の間に行き、因りて此の歌を作る）」という。これによると、「三洲」という歌曲は、商人が港を行き來するときに生まれた民歌らしく、歌辭も、舟で旅立つ人を見送る戀人の氣持ちが歌われている。

『樂府詩集』巻四八「三洲歌」の題下注に『古今樂錄』を引いて「其舊辭云『啼將別共來』。梁天監十一年、武帝於樂壽殿道義、竟留十大德法師、設樂、敕人。人有問、引經奉答。次問法雲『聞法師善解音律。此歌何如』。法雲奉答、『天樂絕妙、非膚淺所聞。愚謂、古辭過質。未審可改以不』。敕云、『如法師語音』。法雲曰『應歡會而有別離。〝啼將別可改爲〝歡將樂〟』」と言う。

この記述によると、梁・武帝は「三洲歌」を改作させている。梁・武帝はその音曲も歌辭も知悉していたはずであるから、それを自らの作品に應用したのも不思議ではない。

西曲歌は、ほとんどが五言四句からなっている。三七言の雜言からなるものはない。一方、「採蓮曲」を含む梁・武帝「江南弄」七首は全て同じ形の三七言の雜言からなる。この作品に倣って作られた簡文帝『江南弄』三首[12]や沈約『江南弄』四首も同じ形の三七言からなるから、梁・武帝『江南弄』に固有のメロディーがあって、それらはこれに塡詞する形で作られたと思われる。つまり西曲歌と梁・武帝『江南弄』の句の構成の違いは、歌われたメロディーの違いによるものと考えられる。そこで近人蕭滌非は「《樂錄》謂武帝改《西曲》制《江南弄》、則《江南弄》自不同于《西曲》、故詞句亦隨之而異耳[13]」という。

しかし、西曲歌の中には五言詩以外のものもある。

「壽陽樂」八首の內七首は五・三・五言の三句からなっている。梁・武帝『江南弄』七首のリズム、ことにほとんどが三・五言の二句から成っている和聲のリズムから受ける印象が似ている。「月節折楊柳歌」は十三首の連作であるが、すべて、五・五・五・五・三・三・七言から成っており、これも梁・武帝「採蓮曲」の音曲との關連を感じさせる。
七言のリズムのものも散見される。たとえば「青驄白馬」は八首が全て七言二句から成る。

借問湖中採菱婦、蓮子青荷可得否。　西曲歌「青驄白馬八首之四」

ところでこれらの七言句は四・三言のリズムに分かれ、四言三言の二句に相當するために、七言の句は全て押韻する。(14)
梁・武帝「江南弄」を見ると、最後の「朝雲曲」の第二句を除いて、その他の七言句は全て押韻している。句作りの上で、兩者の關連を思わせるものである。

さらに、梁・武帝時代の民歌を見ると、三・五言、三・七言のものが見られる。

江千萬、蔡五百、王新車、庾大宅、主人憒憒不如客。　「梁武帝接民間爲蕭恪歌」

莫怱怱、且寛公、誰當作天子、草覆車邊已。　「梁武帝時謠」

虜萬夫、入五湖、城南酒家使虜奴。　「梁時童謠」

思うに、梁・武帝は、當時の民間の歌謠のリズムを參考にして、西曲の中でもやや特殊な、三言のリズムが入る曲調をアレンジしたのではないか。五言のみの單純なものより、三言のリズムが入る方が、曲調としても華やかであったに違いない。

梁・武帝『江南弄』の音曲が西曲歌の影響を受けているならば、歌辭もその影響を受けていることが想像される。たとえば、梁・武帝「採蓮曲」第三句の「爲君儂歌」という句にある「儂」という言葉は吳聲歌や西曲歌によく使われる一人稱の代名詞である。『集韻』に「儂、我也。吳語」とあり、吳の方言であった。また、たとえば、梁・武帝「採蓮曲」の冒頭「遊戲五湖　採蓮歸」は、西曲歌「青驄白馬」の「遊戲徘徊五湖中」句によると思われる。

作品の構成からみると、梁・武帝『江南弄』七首は、第三句の後半と第四句が、「連手躞蹀舞春心、舞春心」「爲君儂歌世所希、世所希」と、必ず繰り返しになっている。西曲歌にこのような例は多くはないが、いかにも歌うために作られた歌辭で、素朴な民歌の調子だという印象を與える。(15)

ところで、西曲歌と梁・武帝『江南弄』とを比較してみると、全體から受ける印象が異なることに氣づく。それは主に次の理由による。

梁・武帝「江南弄」七曲には、女性が「歌い」「舞い」「戯れる」句がたいそう多い。

〔歌〕「江南音　一唱直千金」「爲君儂歌　世所希」「弄嬌響間清謳」「桂棹容與歌採菱」「當年少　歌舞承酒笑」「張樂陽臺歌上謁」

〔舞〕「連手躞蹀舞春心　舞春心」「採蓮渚　窈窕舞佳人」「當年少　歌舞承酒笑」

〔戲〕「菱歌女　解佩戲江陽」「珠佩婐姬戲金闕　戲金闕」「遊戲五湖　採蓮歸」

また女性の容姿や様子を形容する句も多い。

「美人綿眇」「眠玉牀」「朱唇玉指」「金翠搖首」「紅顏」「容色玉耀眉如月」

調度に精いっぱいの美稱が付けられている。

「雕金鏤竹」「彫琯笙」「鳳樓」「珠腕繩」「桂棹」「羅袖」

これらの言葉が散りばめられているので、七首の作品の全體を見渡すと、いかにも、歌い舞う女性を鑑賞する男性の視點から書かれた作品という印象を與える。主題は多くの西曲歌と同様女性であるが、描かれている女性には主體性が感じられない。

一方、西曲歌の作品には、「歌、舞、戲」という言葉が多用されない。女性の容姿を描寫していない。美稱が少なく、たとえば「牀」と言って「玉牀」とは言わない。用語の全體に素朴な印象がある。

西曲歌とひとくくりに言っても、『舊唐書』の記事を見ると、その成立の由來は多様である。また西曲は主に舞曲であるから、西曲歌はおそらく宮中や貴族の前で演奏されたものであろう。

しかし西曲歌全體を見渡してみると、その歌辭は民歌に近い原初的な形の作品が多い。たとえば、「採桑度」七首の第三首結句は「牽壞紫羅裙」といい、第六首の結句も「牽壞紫羅裙」といい、「江陵樂」四曲の第一曲結句は「蹋壞絳羅裙」という。また、「西烏夜飛」第四首、「江陵樂」第三首、「孟珠」二曲第二首、八曲第三首、「翳樂」第一首の第一句はいずれも「陽春二三月」という。このように同じ様な句が異なる歌に現れることは、前漢代の樂府詩にしばしば見られ、民間の歌い手が自由に歌辭を切り離したり貼り付けたりするところから來るものだと思われる。この、歌辭の混亂は、採集者である文人によって整理されているとはいえ、なお、西曲歌が民歌のもとの形に近いものであることを推測させるのである。

一方、梁・武帝『江南弄』七首は、西曲歌に比べて、いわばずっと貴族的な作品に感じられる。歌辭に關する影響關係について、さらに範圍を廣げて調査をしてみよう。

四、呉聲歌

梁・武帝の作とされる樂府詩には、西曲歌と同じく清商曲辭に分類される呉聲歌が占める割合が多い。呉聲歌については『晉書』樂志に「呉歌雜曲竝出江南。東晉已來稍增廣」とあり、また『樂府詩集』巻四十四で郭茂倩は「蓋自永嘉渡江後、下及梁陳咸都建業。呉聲歌曲起於此也」という。つまり、江南地方にもともとあった民歌が、南京に都が置かれた南朝になって盛んになったものである。

呉聲歌の中でも本論に關係して重要だと思われるものは、『子夜歌』『子夜四時歌』である。逯欽立『先秦漢魏晉南北朝詩』には梁・武帝『子夜歌』二首、『子夜四時歌』十六首が収められている。このうち『玉臺新詠』と『樂府詩集』がともに梁・武帝の作としているのは、『子夜四時歌』六首である。いずれにしても梁・武帝の樂府の中では大きな割合を占めている。(16) 武帝は自身で『子夜歌』を作っているのだから、そのもと歌にも精通していたはずである。ここで『子夜歌』について検討してみなければならない。(17)

『子夜歌』も古い由來を持つ樂府の一つである。『子夜歌』のもと歌については、『樂府詩集』巻四十四題下注に「晉宋齊辭」という。初出がいつの時代であるかについては諸説があるが、『樂府詩集』に収められている『子夜歌』四十二首の成立は恐らく東晉に入ってからである。(18) 郭茂倩は『樂府解題』を引いて、「後人更爲四時行樂之詞。謂之『子夜四時歌』。又有『大子夜歌』『子夜警歌』『子夜變歌』。皆曲之變也」という。『子夜四時歌』『子夜變歌』は『子夜歌』よりも後代の作品で、『子夜歌』をアレンジしたものである。梁代に流行していたという、呉聲歌の中の『上聲歌』(19)に、「初歌子夜曲、改調催促鳴箏」という句がある。ここから推して『子夜歌』は梁代に實際に歌われていたに違いない。(20)

梁・武帝『子夜四時歌』は、當然のことながら、この晉宋齊辭『子夜歌』『子夜四時歌』を意識して作られたと考えられる。たとえば梁・武帝「春歌」の題二句「梅花已落枝」は、晉宋齊辭「春歌」第六首第二句「梅花落滿道」、第十二首第一句「梅花落已盡」によく似ている。

『子夜歌』晉宋齊辭の主題は、戀人を思う女性の氣持ちである。また水の豊かな呉の地方で歌われていたので、蓮が多く讀み込まれている。

梁・武帝が晉宋齊辭『子夜歌』『子夜四時歌』を意識した作品を作っており、また「子夜歌」の中に女性と蓮を讀み込む作品がある以上、本論の主題である梁・武帝『江南弄』「採蓮曲」に對する影響も想像される。ここで兩者を言葉の面から比較してみよう。梁・武帝「採蓮曲」を再び擧げて比べてみると、次のようである。「採蓮曲」に付けた番號の詩語と似た語を『子夜歌』『子夜四時歌』の中から拾い、その番號の下に列擧する。なお、比較の文中に「春歌」等とあるのは、晉宋齊辭『子夜四時歌』の中の「春歌」の意味である。

（和聲）　採蓮渚　窈窕（1）舞（2）佳人（3）
遊戲五湖（4）採蓮（5）歸　發花（6）田葉（7）芳襲衣（8）
爲君儂歌（9）世所希　世所希　有如玉（10）江南弄　採蓮曲

（1）「春歌」第三首「窈窕曳羅裙」、「夏歌」第五首「窈窕登高臺」、同第十六首「窈窕瑤臺女」

（2）「春歌」第十六首「阿那曜委舞」

（3）「春歌」第八首「佳人歩春苑」、「秋歌」第一首「佳人理寒服」

（4）この句は先に述べたように、「青驄白馬」の「遊戲徘徊五湖中」から來ているが、「遊戲」の語は「秋歌」第六首「扼腕同遊戲」にもある。

（5）「採蓮」という言葉はないが、「夏歌」第八首「乘月采芙蓉、夜夜得蓮子」など「蓮」に關する句は多い。

（6）似た表現として、「春歌」第十六首「翠衣發華洛」がある。また「夏歌」第十二首「春桃初發紅」は、梁・武帝「楊叛兒」詩の「桃花如發紅」句となり、さらに「採蓮曲」のこの句に續くものである。

（7）この語は、古樂府「江南」によるが、「發花田葉」の情景としては、「夏歌」第十四首「青荷蓋淥水、芙蓉葩紅鮮」と同じ。

（8）香草の香が體に付く例としては、「秋歌」第四首「擧體蘭蕙香」がある。

（9）前述のように、「儂」の語は吳の方言であった。したがって吳聲歌である晉宋齊辭『子夜歌』『子夜四時歌』に頻出する。「儂」が歌う例としては、『子夜歌』第三一首「郎歌妙意曲、儂亦吐芳詞」の句の發想が近い。「春歌」第十六首に「透迤唱新歌」の句があるが、趣が異なる。

（10）意味は逢うが、「如玉」の例として、「秋歌」第二首「清露凝如玉」がある。この句は、梁・武帝「夏歌」第二首で「簾上霜如珠」となった。また「玉」を美稱として使う例としては、『子夜歌』第五首「玉林語石闕」、同第四十首「玉藕金芙蓉」、「秋歌」第九首「玉露凝成霜」、「冬歌」第七首「連山結玉巖」がある。このほかにも、當時歌われていたと思われる民歌に、「玉」の文字は美稱として多く使われる。「子夜警歌」第二首「朱口發豔歌、玉指弄嬌弦」(21)は梁・武帝『江南弄』「鳳笙曲」の「朱唇玉指學鳳鳴」の句となった。（傍線筆者）

このように、梁・武帝「採蓮曲」には、晉宋齊辭『子夜歌』『子夜四時歌』と共通する言葉や、共通する發想の句が非常に多い。『樂府詩集』巻四十四から四十九の「吳聲歌」「西曲歌」の部分を通讀するに、これほど梁・武帝「採蓮曲」と共通する言葉を持つ作品は他にはない。すなわち、梁・武帝「採蓮曲」は、多くの言葉を晉宋齊辭『子夜歌』『子夜四時歌』に據っている。言い替えれば、梁・武帝「採蓮曲」は、言葉の面に於て、晉宋齊辭『子夜歌』『子夜四時歌』から大きな影響を受けて誕生したと言える。

これが一つの結論であるが、次に、このことが持つ意味と、當時の樂府詩が進んだ方向について、もう少し考えを進めたい。

五、六朝樂府の方向

ここでまず、晉宋齊辭の『子夜歌』と『子夜四時歌』の特徴を比較してみよう。(22)

晉宋齊辭の『子夜歌』の特徴は、第一に、主人公の女性の氣持ちが直情的に語られていることである。ほとんどが一人稱を用い、能動的な女性の心情が告白されており、女性の姿形を客觀的に眺めた描寫はない。浮氣な戀人への氣持ちを斷ち切れない、戀のつらさや苦さを述べるものが多い。

第二は、隱語の多用である。「蓮」は「憐」との諧音雙關語で男女間の愛情を表現する。このほかにも、「悲」と「碑」、「絲」と「思」、「梧子」と「吾子」など、戀人や戀人への思いを諧音雙關語に讀み込むレトリックが多い。このような表現は『讀曲歌』など他の樂府にも見られるが、典型的な表現がまとまって出現するという點で、『子夜歌』の主要な特徴の一つとなっている。

第三には、素朴な用語が擧げられる。美稱は少ない。「帶」と言って「玉帶」と言わない。「裙」と言って「羅裙」と言わない。もともと美稱をつけるべき調度や裝身具の類があまり出てこないのである。

用語の特徴としては、一人稱がほとんど「儂」で表現されることも擧げられる。「我」は二例しかない。また、戀人である相手を呼ぶのに、「郎」も使われるが、「歡」を用いることが多い。「儂」も「歡」も吳の地方の方言である。先に、梁・武帝『江南弄』では「歌」「舞」「戲」という言葉が多用されることを述べたが、晉宋齊辭の『子夜歌』には、それらの言葉が一言も用いられない。主人公を描く視點が異なるからである。

次に『子夜四時歌』晉宋齊辭の特徴を調べてみる。もちろん、『子夜四時歌』は『子夜歌』の變歌なので『子夜歌』の句と同じ傾向も見られるわけだが、ここでは特に相違點に氣を付けながら考察したい。

まず第一に、三人稱で描寫されている句があることに氣づく。「春歌」第八首「佳人步春苑」句は、『子夜歌』の女性像とは異なって、外側から眺めた、鑑賞される女性像である。この場合、女性の意志は感じられず、ただ外觀が沒個性的に美しいばかりである。

第二に、隱語が少なくなっていることに氣づく。「蓮子」「梧子」などの諧音雙關語がいくつか見られるものの、『子夜歌』に比べればずっと少ない。

第三に、用語を見ると、美稱が增えている。「帶」ではなく「繡帶」、「裙」ではなく「羅裙」。ほかに、「玉釵」「玉席」「蘭房」など、非常に多いわけではないが、『子夜歌』に比べると、目だっている。

一人稱は、「儂」と「我」とがほぼ同じ頻度で用いられている。戀人を呼ぶ「歡」は全く使われず、「郎」「郎君」が用いられる。

そして「歌」「舞」「戲」という言葉も使われるようになる。

次に、晉宋齊辭の『子夜歌』『子夜四時歌』と梁・武帝の『子夜四時歌』『江南弄』とを比較してみよう。

梁・武帝の『子夜四時歌』は晉宋齊辭の『子夜歌』に印象が似ている。梁・武帝『子夜四時歌』「夏歌」第一首を見てみよう。

江南蓮花開　紅光覆碧水　色同心復同　藕異心無異

この作品の後半は、『子夜歌』晉宋齊辭第十九首の結句「異根同條起」、また第二十五首の結句「心感色亦同」と發想が同じである。また何より梁・武帝『子夜四時歌』の歌辭は、晉宋齊辭『子夜歌』に似て、全體に素朴で單純な印象を與える。

ところが、梁・武帝『江南弄』七首は『子夜四時歌』晉宋齊辭に印象が似ている。梁・武帝『江南弄』第六首「遊女曲」第一句「氛氳蘭麝體芳滑」は、晉宋齊辭『子夜四時歌』「秋歌」第四首の「擧體蘭蕙香」のバリエーションである。「連手躞蹀舞春心」（「江南弄」）「弄嬌聲閒清謳」（「鳳笙曲」）に見られる、歌い舞う梁・武帝『江南弄』の女性たちの描寫は、「阿那曜姿舞、透迤唱新歌」（晉宋齊辭『子夜四時歌』「春歌」第十六首）という句に見られる女性の描寫とほぼ同じ印象を與える。

次に、晉宋齊辭『子夜歌』『子夜四時歌』の各一首と、梁・武帝「採蓮曲」とを比較してみよう。

遣信歡不來　自往復不出　金銅作芙蓉　蓮子何能貴　『子夜歌』第三十八首

盛暑非遊節　百慮相纒綿　汎舟芙蓉湖　散思蓮子間　『子夜四時歌』「夏歌」第二十首

遊戯五湖採蓮歸　發花田葉芳襲衣　爲君儂歌世所希　世所希　有如玉　江南弄　採蓮曲〈和〉採蓮渚　窈窕舞佳人　梁・武帝『江南弄』「採蓮曲」

晉宋齊辭の『子夜歌』に見られる、女性が戀人を求める直情的でむき出しの感情は、晉宋齊辭『子夜四時歌』にはすでに見られず、梁・武帝「採蓮曲」にはさらにない。『子夜歌』で、なんとかして戀人に會いたいと嘆く女性像は、『子夜四時歌』では思いを紛らわす女性に、梁・武帝「採蓮曲」では歌い舞う女性にと變わっていき、女性の感情は次第に希薄になっていく。

『子夜歌』では、「蓮子」の隱語は重要な役目を果たしている。金銅で作られた芙蓉には生きた實は實らないから、「憐子」の愛もまた實らないのである。『子夜四時歌』では、やはり「蓮子」の隱語が使われてはいるが、それは單に「憐子」の思いを散らす背景に過ぎない。梁・武帝「採蓮曲」には隱語は使われていない。「採蓮曲」ばかりでなく、梁・武帝『江南弄』七首には、全く隱語は使われていないのである。

『子夜歌』では、女性の心情が告白されるだけで、遊んだり歌ったりする餘裕はない。『子夜四時歌』には「遊節」つまり遊ぶ時節が出てくる。梁・武帝「採蓮曲」では、女性は遊戯し歌い舞うばかりである。梁・武帝『江南弄』七首には美稱が多い。

武帝は「採蓮曲」を作る際に、音曲に於ては西曲に、歌辭に於ては主に吳聲歌の『子夜歌』『子夜四時歌』に學んだのだと思う。そして、音曲で、西曲の中でも三言の入ったものをより華やかにアレンジしたように、歌辭の面では晉宋齊辭『子夜歌』にある隱語やむき出しの感情を取り去って「舞」「歌」などの鑑賞すべき動作や美稱を付け加えたのである。

梁代には、女性を歌う華麗な作品群、宮體詩が流行した。その中心的な擔い手であったという庾信や徐陵は武帝の次の世代の人々であり、年代としては、彼らの活躍した時期には、武帝はすでに晩年に入っていた。『古今樂錄』は、『江南弄』の制作を天監十一年（五一二）とする。この時徐陵はまだ幼い子供であった。また、既述のように、梁・武帝「採蓮曲」には、吳語を使ったり、民歌の言葉を多用したりする傾向が見られ、全體の印象もまだ素朴な調子が殘っていて、次の世代に流行した宮體詩とは異なる。

しかし、當時の時代の傾向は、『子夜歌』から『子夜四時歌』への變化に見られるように、確實に、鑑賞される、洗練された貴族的な作品へと向かっていた。梁・武帝の「採蓮曲」は、後輩の徐陵や庾信を中心として梁代に流行したといわれる宮體詩へと進む時代の流れの途上に位置していたのだと思われる。

小結

「採蓮曲」の成立には、『詩經』『楚辭』に見られる、戀愛に對してハスが持つ呪術的な力が遠い源になり、前漢の古樂府「江南」からの流れをくむ採蓮の歌が着想の本となっている。しかし直接的には、梁代に身近に流行していた西曲歌や『子夜歌』『子夜四時歌』が土臺となって、梁の武帝によって樂府詩「採蓮曲」が誕生した。

このようにして誕生した「採蓮曲」は、武帝の次の世代である簡文帝、元帝、劉孝威、朱超、吳均等によって書き継がれていく。さらには唐代に入ってからも「採蓮曲」は書かれていくのである。

こののち「採蓮曲」はどのように變容していくのか。これは六朝末から唐代にかけての文壇の趨向を知る上でも興味ある課題である。次章では「採蓮曲」のその後について考察したい。

第二章　樂府詩「採蓮曲」の發展

采蓮曲　　李白

若耶谿傍採蓮女、笑隔荷花共人語。日照新妝水底明、風飄香袂空中擧。
岸上誰家遊冶郎、三三五五映垂楊。紫騮嘶入落花去、見此踟躕空斷腸。

若耶谿の傍　採蓮の女、笑ひて荷花を隔てて人と共に語る。日は新妝を照らして水底明らかに、風は香袂を飄して空中に擧がる。岸上　誰が家の遊冶郎、三三五五垂楊に映ず。紫騮嘶きて落花に入りて去る、此れを見て踟躕して空しく斷腸す。

盛唐・李白の小品である。若耶谿は戰國越の美女西施が蓮を取ったところ。いま蓮の實を摘みに舟をすべらせる乙女達も、西施に似て美しくしなやかであったことであろう。たけたかく成長してようやく咲きそろった蓮の花の中で、少女達は見え隠れに樂しげにおしゃべりをしている。初夏の日差しが水底にきらめき、薫風が少女をなぶる。そこに、まだ世間への畏れも疲れも知らぬ若者達が、たくましい若駒に乘って現れ、落花を浴びて驅け去っていく。

初夏の日にふさわしい、新鮮で若々しい光景を歌った愛らしい作品である。だが、この小品の解釋は、それほど容易ではない。このように美しい光景の中、最後の句で、居ても立ってもいられず、はらわたが斷ち切られてしまいそうに悲しんでいる者は誰か。いったいなぜ、何を見て、この者はこれほどに悲しんでいるのだろうか。

この作品の解釋は幾通りかある。次に先賢の解釋を紹介しよう。問題となる後半の部分のみをあげる。

Ⅰ　岸の上には、遊冶郎が三三五五羣をなして、柳の間に居るが、いづれも、逞しい馬に乗つて居る。やがて、馬が嘶いて落花の間に入つて、向うへ去るとき、ふと采蓮の女を垣間見たので、頻りに心を悩まし、去りがてにして踟蹰して居る。

（久保天隨『李太白全集』續國譯漢文大成　昭和五十三年七月　日本圖書）(23)

Ⅱ　岸の上では、どこの家の道樂者だろうか、三三五五、しだれ柳のかげに見えた。くりげの馬をいななかせ、ふりしきる落花の中へ入って行ったが、それを見て彼女たちは行きつもどりつ、むなしくせつない思いをした。

（武部利男『李白』中國詩人選集八　岩波書店　昭和四十二年第八刷）(24)

Ⅲ　一番〝多情反被無情惱〟的光景。岸上的〝遊冶郎〟、不妨看作有詩人自己在。

一種の「多情はかえって無情の悩みをこうむる」という光景である。岸の上の「遊冶郎」については、詩人自身がいると見なしてもよいだろう。

（安旗　閻琦『李白詩集導讀』巴蜀書社　一九九八年五月）(25)

Ⅰは、馬に乗った若者が、採蓮の女性を見て戀に身を焦がす、という説。Ⅱは、採蓮の乙女が、馬上の男性を見て戀に身を焦がす、という説。Ⅲは、作者の氣持ちが投影されている、という説である。

語法上は、どの解釋も可能だと思われる。問題は末句の「見る」という動詞の主語を誰と取るかで、Ⅰの説は、最も近くにある「紫騮（に乗った遊冶郎）」を末句の主語とし、紫騮は驅け去ってしまったのではなく、去ろうとして「去りがてに」採蓮女を見たのだと考える。尾聯を一續きに讀んだときに、語法上最も無理のない解釋といえよう。ただし「入落花去」の解を「實はまだ去ってはいない」と解釋しなければならない所に、やや難があると思われる。Ⅱの說は、詩のはじめにある「採蓮女」を作品全體の主語と考え、遊治郎の句は插入された情景であり、紫騮は驅け去ってしまって、取り殘された採蓮女がそれを見て悲しむ、と取る。尾聯の主語が前句と後句で違う、という所にやや難が見られる。Ⅲの說は、採蓮女も遊治郎も作者が見ている情景だと捉え、Ⅰの說を取りつつ、末句に作者の感慨を投影している、と考える。

果たして、どの說がこの作品の解釋としてふさわしいのであろうか。この問題を、六朝から唐代にかけて作られた「採蓮曲」の歷史から考えてみたいと思う。本論は、直接には李白「採蓮曲」の解釋について考察するものであるが、その目的は、「採蓮曲」の解釋を通して、詩というジャンルに流れる思潮が、六朝後期から盛唐にかけてどのように變化し發展していったか、という問題の解明に資さんとする所にある。

第一節　六朝の「採蓮曲」

樂府というジャンルは、漢代または六朝時代の民歌、及びそれらの民歌にならって文人が書いた民歌風の詩を言う。(26)したがって、元來は曲をつけて歌われたものであった。同じ詩題を用い、おおむね同じ主題によって、歷代の作者が作品を書き繼いでいく、という特徵を持つ。

第一章で見たように、「採蓮曲」は六朝梁の武帝によって、「江南弄」の第三曲として作られた。(27)

梁・武帝「採蓮曲」

遊戲五湖採蓮歸、發花田葉芳襲衣。爲君儂歌世所希。世所希、有如玉。江南弄、採蓮曲。

この作品は三言と七言の雑言で、和聲がつき、「採蓮渚、窈窕舞佳人」というので、明らかに舞い歌で、武帝の眼前で舞い歌われたものであろう。作品の中に「遊戯五湖」といい、船遊びの歌である。しかし、「我」を「儂」という言葉遣いや、雑言の句作りに、民歌の痕跡が色濃く殘っている。こうした感覺は武帝の子、昭明太子の「採蓮曲」にも引き繼がれる。

桂楫蘭橈浮碧水、江花玉面兩相似。蓮疏藕折香風起。香風起、白日低。採蓮曲、使君迷。

桂楫　蘭橈　碧水に浮かぶ、江花　玉面　兩つながら相似たり。蓮は疎《まばら》に藕は折れ　香風起こる。香風起こり、白日低し。採蓮曲、使君迷ふ。

昭明太子「採蓮曲」は武帝「採蓮曲」とまったく同じリズムを持っているので、おそらく同じメロディーで歌われたものだと推測される。しかし、誕生の始まりにすでに天子の歌として作られた「採蓮曲」は、こののち明るく素朴な民歌の音調を失い、五言に整えられた宮體詩となっていく。

梁・武帝と昭明太子に續く六朝梁と陳の「採蓮曲」はどれも互いによく似た印象を持っている。その主なモチーフは二つで、一つは女性の姿態、もう一つは他愛ない戀や男女の戯れである。（傍線筆者）

豔色前後發、緩楫去來遲。看妝礙荷影、洗手畏菱滋。摘除蓮上葉、拕出藕中絲。湖裏人無限、何日滿船時。

妝を看るも荷影に礙《さえぎ》られ、手を洗はんとするも菱の滋《しげ》きを畏《おそ》る。蓮上の葉を摘みて除き、藕中の絲を拕《ひ》きて出だす。

梁　朱超「採蓮曲」

この作品の中心は、水につけた女性の手、ことに袖をまくっているであろう腕の白さである。鮮やかな花が一面に開き、ゆったりと進む舟の中に美しく化粧をした女性がいる。彼女は水で手を洗おうとして、菱の角がさわると、あわてて手を引っ込める。蓮の實をおおう大きな葉をつまんでどけようとする手の動き、蓮根の絲をたぐる腕の動き。

作者の目はひたすら採蓮の女の手や腕にそそがれている。しかもそこには現實の肉體が持つ生々しさや、現實には必ず入り込む醜さなどは全く見られない。まるで一幅の美人畫や、美しい映畫の一場面を見るようである。ここに、六朝詩の纖細な感性や、至上の美を追求しようとする姿勢が見られる。觀念的な美が追求されているのである。

そして、その觀念的な美の一つの典型が完成されたと周圍の人々が認めたとき、恐らく人々はその典型に倣って新たな作品を作っていったことであろう。朱超「採蓮曲」と同じ發想の作品は多い。どの作品が最も初めに書かれ、見習うべき典型とされたのか、というようなことは定かには言えない。

晩日照空磯、採蓮承晩暉。風起湖難度、蓮多摘未稀。棹動芙蓉落、船移白鷺飛。荷絲傍繞腕、菱角遠牽衣。

荷絲 傍《かたはら》に腕に繞《めぐ》り、菱角遠く衣を牽《ひ》く。

梁 簡文帝「採蓮曲」

この作品も、夕暮れの採蓮の光景を歌うという新味はあるものの、眼目はやはり末聯の、蓮の絲がまつわりついた女の腕であり、さらには菱に引っかかってまくれたスカートである。

次の作品になると、もはや形ばかりの蓮つみさえ行わない。妖豔な姫は蓮の葉にたまった露をころがして遊んだり、杯にして飲む眞似をしたり、また蓮根の絲を引いたり、もてあそんだり。そして作品の中心は何といっても、風に亂されて開いた裳裾や汗にくずれた化粧の扇情的な姿態である。

曲浦戲妖姫、輕盈不自持。擎荷愛圓水、折藕弄長絲。珮動裙風入、妝銷粉汗滋。菱歌惜不唱、須待暝歸時。

荷を擎《ささ》げて圓《まる》き水を愛し、藕を折りて長き絲を弄《もてあそ》ぶ。珮動きて裙風入り、妝銷《き》えて粉汗滋《しげ》し。

隋 盧思道「採蓮曲」

蕩舟無數伴、解纜自相催。汗粉無庸拭、風裾隨意開。棹移浮荇亂、船進倚荷來。藕絲牽作縷、蓮葉捧成杯。

汗粉拭《ぬぐ》ふを庸《もち》ゐる無く、風裾隨意に開く。（略）藕絲牽《ひ》きて縷《いと》と作《な》し、蓮葉捧《ささ》げて杯《さかづき》と成す。

隋　殷英童「採蓮曲」

こうした作品はまさに宮體詩そのものである。さらに言えば、もはや蓮の實を取らなくなった採蓮曲は、採蓮の特徴を失って、「花を摘む美人」という宮體詩の一つの様式の中に吸収されていることに氣づく。

次の作品は蓮ではなくバラの花を摘む女性である。

梁　元帝「看摘薔薇」

倡女倦春閨、迎風戲玉除。近叢看影密、隔樹望釵疎。横枝斜綰袖、嫩葉下牽裾。牆高舉不及、花新摘未舒。莫疑插鬢少、分人猶有餘。

横枝　斜めに袖を綰《むす》び、嫩葉《どんえふ》　下に裾を牽《ひ》く。

春のなま暖かい寝屋にいるのに飽きて、風に誘われて庭に出てきた歌姫が、薔薇の茂みに入って花を摘む様は、やはり袖がまくれて腕が露わになり、柔らかい葉の下には棘があるのか、スカートが引っ張られて亂れている。女性を描寫する方法の發想はまったく同じである。

梅の花を摘むときも、白い腕には氷のしずくが垂れ、暖かな腰には梅のとげがひっかかる。

梁　庾肩吾「同蕭左丞詠摘梅花」

垂氷溜玉手、含刺罥春腰。

氷垂れて玉手に溜《したた》り、刺《とげ》を含みて春腰を罥《とら》ふ。

女性を主題にする「採蓮曲」は、このようにして、宮體詩に溶け込んでしまったのである。

「採蓮曲」のもう一つのモチーフである戀は、深刻な影のない、無邪氣な戀である。

梁　簡文帝「採蓮曲」

常聞蕖可愛、採擷欲爲裙。葉滑不留綖、心忙無假薫。千春誰與樂、唯有妾隨君。

千春誰か與《とも》に樂しまん、唯《た》だ妾の君に隨ふ有るのみ。

誰と一緒に永遠に樂しく過ごしましょう、もちろんあなたには私だけ。

碧玉小家女、來嫁汝南王。蓮花亂臉色、荷葉雜衣香。因持薦君子、願襲芙蓉裳。

因《よ》り持ちて君子に薦《すす》めん、願はくは芙蓉の裳を襲《かさ》ねん。

梁 元帝「採蓮曲」

蓮花のような顔と、蓮葉の香が混ざった衣とで、王たる夫に會いに行くなら、できれば蓮の花のスカートも重ねて行きたい。

こうした無邪氣な戀が描かれるのは、「採蓮曲」が「子夜吳歌」などの「吳聲歌」の系統を引くからであろう。もっとも、このような他愛のない戀心も、宮體詩にはしばしば見られるものである。

六朝の末期に向かって、「採蓮曲」が宮體詩に溶け込んでいく樣子を見てきた。これは「採蓮曲」が宮體詩に吸收されたと見てもよいが、「採蓮」や「採菱」というもともとあった主題が宮體詩に影響して「花を摘む美女」のモチーフを生んだと考えることも出來る。いずれにしろ、「採蓮曲」は宮體詩に溶け込んでその特徵も意味も失なわれていった。ここで「採蓮曲」は消えてしまうかに見えたのである。

しかし、唐代にはいって、「採蓮曲」はこれまで述べてきたような特徵を保ちつつ、新たな面目で書き繼がれていくこととなる。

第二節　初・盛唐の「採蓮曲」

漢代の「古詩十九首」の中に「採蓮曲」によく似た詩題の「涉江採芙蓉」詩がある。「芙蓉」は蓮の花のことであるから、詩題を見ると同じような內容を歌ったものではないかと思われるのである。しかし、「古詩十九首」は民歌ではなく文人の作であろうと言われており、詩意も歌われる感情も「採蓮曲」とはまったく異なる。

渉江采芙蓉、蘭澤多芳草。采之欲遺誰、所思在遠道。還顧望舊鄕、長路漫浩浩。同心而離居、憂傷以終老。

江を渉《わた》りて芙蓉を采《と》る、蘭澤に芳草多し。之《これ》を采りて誰にか遺《おく》らんと欲す、思ふ所は遠道に在り。還《ま》た顧《かへりみ》て舊鄕を望むも、長路は漫として浩浩たり。同心にして離居す、憂傷以て老いを終へん。

『文選』巻二十九「古詩十九首之六」

芙蓉を採る、蘭草もたくさんある。これを採って戀人に贈ろうと思う。けれども戀人は遠くにいて渡すことができない。心は通じ合っているのに一緒にはいられない。芙蓉や蘭を採ってあの人にあげよう、と、とっさに思ったその思いがきっかけで、悲痛な痛みを覺えたのであった。

「古詩十九首」に一貫して流れるテーマは別離であり、感情は喪失感からくる悲哀である。生きて別れれば、戀する人を思っても最早思いを傳えるすべはない。死んで別れれば、思いは永遠にかなえられない。そして自らの死。やがて自分がこの世に存在したことすら忘れられ失われてしまう。

蓮の花を贈って思いを傳えたい。しかし贈る相手は遠く離れ、花を贈る手だてはない。思いを傳えるよすがはない。「古詩十九首」では戀人に贈るものは必ずしも「芙蓉」でなくてもよく、第二句にある芳草を贈ってもよいし、「古詩十九首」第九首「庭中有奇樹、綠葉發華滋。攀條折其榮、將以遺所思」にあるように奇樹の花を贈っても良いのである。しかし、この芙蓉の句は『楚辭』「九歌」の「山鬼」に「折芳馨兮遺所思」とあり、また同じく『楚辭』の「九章」「思美人」に「因芙蓉而爲媒兮」とあるところによる、典故のある句である。そこで「采芙蓉」というとこの「古詩十九首」の作品が思い浮かべられ、別離や喪失感を歌うこととなる。

上山采瓊蘂、穹谷饒芳蘭。采采不盈掬、悠悠懷所歡。故鄕一何曠、山川阻且難。沈思鍾萬里、躑躅獨吟歎。

沈思 萬里に鍾《あつ》まり、躑躅《てきちょく》して獨り吟歎す。

晉 陸機「擬渉江采芙蓉」

浮照滿川漲、芙蓉承落光。人來間花影、衣渡得荷香。桂舟輕不定、菱歌引更長。採採嗟離別、無暇緝爲裳。

採り採りて離別を嗟《なげ》く、緝《つむ》ぎて裳を爲《な》さんとするも暇《いとま》無し。　陳　祖孫登「賦得涉江採芙蓉」

というように、「古詩十九首」に倣った作品が離別や喪失感を歌うのはもちろんであるが、そうではない作品の中でも、

欲題芍藥詩不成、來采芙蓉花已散。

芍藥を題さんと欲するも詩は成らず、來りて芙蓉を采らんとするも花は已に散る。　陳　江總「宛轉歌」

というように、「芙蓉を採る」という行爲が喪失感を伴って歌われる。

基本的に「芙蓉」は蓮の花のことで、「蓮」は蓮の實のことである。(28) 蓮華の形をした峯を「芙蓉峯」「蓮華峯」というように、「芙蓉」「蓮華」「蓮花」は六朝時代に混同して使われることもあるが、「採蓮」「采芙蓉」が混同されて使われることはほとんど無い。

次の作品は、「採蓮曲」で別離の情が歌われる數少ない例である。

錦帶雜花鈿、羅衣垂綠川。問子今何去、出采江南蓮。遼西三千里、欲寄無因緣。願君早旋反、及此荷花鮮。

子に問ふ今何《いづこ》に去るかと、出でて江南の蓮を采る。遼西三千里、寄せんと欲すれど因緣無し。

梁　吳均「采蓮曲」

蓮を摘むが、遼西三千里のかなたにいる戀人に贈る方法はない。ただ願うのは、この花が新鮮な內に（自分の容貌が衰えない內に）戀人が歸ってくることである。

この作品は、「採蓮曲」でありながら、女性の肉體の描寫はなく、まさに「古詩十九首」にある「涉江采芙蓉」詩の主題を歌ったものである。「蓮」を「芙蓉」と言い換えれば「采芙蓉」詩の系統に重なるのである。このような作品は、

ごくわずかで、例外的なものである。(29)

「採蓮」「采芙蓉」が混同されて使われることが非常に稀であることの理由は、おそらく『子夜歌』や『讀曲歌』といった呉聲歌が當時流行していたことによるだろう。

千葉紅芙蓉、照灼綠水遍。餘花任郎摘、愼莫罷儂蓮。

千葉の紅芙蓉、綠水に照灼して遍《あまね》し。餘花は郎の摘むに任《まか》すも、愼みて儂《わ》が蓮を罷《や》む莫れ。　「讀曲歌」

これらの作品は諧音雙關の隱語を多用し、「芙蓉」は下の句の「蓮」を導いて諧音雙關語の「憐」を引き出す。したがって、これらの作品では「芙蓉」と「蓮」の混同はありえない。こうした語の用法を踏まえて、この時代、「採芙蓉」と「採蓮」は區別して使われる言葉であったと考えられる。

ところが唐代にはいるとこの構圖がくずれ、「採蓮曲」に別離の情を込めることが一般的になる。その嚆矢は初唐・王勃の次の作品である。

採蓮歸、綠水芙蓉衣。秋風起浪鳧雁飛。桂棹蘭橈下長浦、羅裙玉腕搖輕櫓。葉嶼花潭極望平、江謳越吹相思苦。想思苦、佳期不可駐。塞外征夫猶未還、江南採蓮今已暮。今已暮、摘蓮花。今渠那必盡倡家。官道城南把桑葉、何如江上採蓮花。蓮花復蓮花、花葉何重疊。葉翠本羞眉、花紅強如頰。佳人不在茲、悵望別離時。牽花憐共蒂、折藕愛蓮絲。故情何處所、新物徒華滋。不惜南津交佩解、還羞北海雁書遲。採蓮歌有節、採蓮夜未歇。正逢浩蕩江上風、又值徘徊江上月。蓮浦夜相逢、吳姬越女何丰茸。共問寒江千里外、征客關山更幾重。

桂棹蘭橈もて長浦を下る、羅裙玉腕　輕櫓を搖らす。（略）塞外の征夫　猶ほ未だ還らず、江南採蓮　今已に暮る。（略）佳人茲《ここ》に在らず、悵望す　別離の時。花を牽《ひ》けば蒂《うてな》を共にするを憐み、藕を折れば蓮の絲を愛《いつく》しむ。（略）蓮浦に夜に相逢ふ、吳姬越女何ぞ丰茸《ほうじよう》たり。共に問ふ　寒江千里の外、征客　關山　更に幾重。

初唐　王勃「採蓮曲」(30)

この作品で注目すべき點は二つある。まず、「採蓮」と「採芙蓉」のモチーフを合わせ持つ點である。「桂棹蘭橈下長浦、羅裙玉腕搖輕櫓」の句で、美しくも贅澤な舟に乘って長浦を下る女性は、うすぎぬのスカートを着け白い腕で櫓をこいでいる。この二句は六朝の「採蓮曲」と同じモチーフである。ところがこの女性は笛に合わせて苦しい胸の内を歌う。「塞外征夫猶未還、江南采蓮今已暮」、國境の彼方に戰いに行った夫はまだ歸ってこない、採蓮の夏も終わり、江南はもう秋だというのに。遠くに行ってしまった戀人への思いを述べるのは「采芙蓉」のモチーフであった。

「佳人不在茲、悵望別離時。牽花憐共蔕、折藕愛連絲」の句では、あの良き人にはここでは會えない、別れている時には悲しく眺めるばかりである、と、前半では別離のモチーフが見られる。それに對して、後半は隱語を使った民歌のモチーフである。花を引き寄せてみると、同じ蔕から二輪の花が咲いているのであった。蓮根を折るとそこからは綿々とつらなる絲（「思」の諧音雙關語）が繰り出されてきて愛おしく思われるのである。

「蓮浦夜相逢、吳姬越女何丰茸。共問寒江千里外、征客關山更幾重」の前半は、夜半に蓮の咲く川邊で出會った吳の姬と越のむすめは、何と美しいことか、と、夜の美女を述べる。しかし、後半は、彼女たちがいる秋の川から千里もかなたの、嚴しい山々を幾重も越えたところにいる戀人への思いが語られる。

このように、王勃のこの作品では「采芙蓉」と「採蓮」のモチーフが一つになっている。それは、先に述べた梁・吳均「採蓮曲」が、「採蓮」という言葉を使いながら、實は「采芙蓉」の内容を持っている、また、「採蓮曲」のモチーフを詩の形で歌っている、というのとは異なる。

六朝の「採蓮曲」と異なる第二の點は、會えなくて悲しく思っている戀人或いは夫が、國境をまもる出征兵士らしいことである。六朝「採蓮曲」では、王と姫、あるいは君主と宮女が描かれていた。宮體詩では、妃も宮女も美しく着飾り贅澤な調度に圍まれているものの、戀する君王はやさしくて氣まぐれで、なかなか會いに來てはくれないのであった。ところが唐詩になると、戀人は氣まぐれな君王ではなくて、手の屆かぬかなたに從軍して命も知れぬ若者になるのである。出征兵士の嘆きは漢詩の古いテーマで、すでに『詩經』から見られるけれども、「採蓮曲」の傳統では、畫期的な轉換であった。

こののち、唐詩の「採蓮曲」では、別離が重要な主題となる。

次の作品は「採蓮曲」という詩題ではないが、「蓮子」に「憐子」をかけて、蓮の花が咲いてもまだ歸ってこない鳳凰山にいるという郎（あなた）を待つ妾（わたし）の歌である。

大曆　張潮「江南行」

茨菰葉爛別西灣、蓮子花開猶未還。妾夢不離江水上、人傳郎在鳳凰山。

蓮子花開けども猶ほ未だ還らず。（略）人は傳ふ　郎は鳳凰山に在りと。

ところで、唐詩「採蓮曲」の離情は、戀人を待つ女性の氣持ちばかりではない。次の作品は、採蓮のモチーフが送別詩に用いられている例である。

初唐　萬齊融「贈別江頭」

東南飛鳥處、言是故鄉天。江上風花晚、君行定幾千。計程頻破月、數別屢開年。明歲潯陽水、相思寄采蓮。

明歲　潯陽の水、相思　采蓮に寄す。

江水のほとりでこれから遠く故鄉に旅をしていく友を見送る時に、別れの思いを採蓮にことよせて贈った。

明月掛靑天、遙遙如目前。故人遊畫閣、卻望似雲邊。水宿依漁父、歌聲好采蓮。采蓮江上曲、今夕爲君傳。

采蓮　江上の曲、今夕君が爲に傳へん。

初唐　儲光羲「泊江潭貽馬校書」

長江のたかどので共に遊んだ思い出があるのであろう。今は遠くにいる友人馬校書に「採蓮曲」を贈って懷かしむ氣持ちを傳えようと思う。

柱史迴淸憲、謫居臨漢川。遲君千里駕、方外賞雲泉。路斷因春水、山深隔暝煙。湘江見遊女、寄摘一枝蓮。

湘江 遊女を見、寄せて摘む 一枝の蓮。　初唐 儲光羲「送人尋裴斐」

左遷されて千里の方外を行く友人。そこで出會った湘江の遊女が一枝の蓮を摘んでくれた、とは、『楚辭』の湘夫人と採蓮とを重ねて、作者の思いを表したものである。

六朝では「採蓮曲」も「采芙蓉」詩も、女性が蓮を摘んで戀人に戀情を傳えるのであった。唐代にはいると、それが表す別離の情が定着して、男性が男性の友人に送る詩にこのモチーフが使われるようになったのである。

次の作品を見ると、唐代の別れの宴では「採蓮曲」が歌われていたようである。

木蘭爲樽金爲杯、江南急管盧女弦。齊童如花解郢曲、起舞激楚歌採蓮。固知別多相逢少、樂極哀至心嬋娟。

齊童 花の如し 郢曲を解し、起《た》ちて激楚を舞ひ採蓮を歌ふ。

盛唐 獨孤及「東平蓬萊驛夜宴平盧楊判官醉後贈別姚太守置酒留宴」

馬繼ぎの驛に泊まって明日は旅立つという夜、宴會の席で「激楚」の舞を見、「採蓮曲」を聞けば、人生に出會いが少なく別れの多いことが嘆かれ、出會いの樂しみの極まりに必ずやってくる別れに、耐え難く心痛むのである。

かくして、六朝の末期に宮體詩の中に消えようとしていた「採蓮曲」は、唐代に入って、送別の歌の中によみがえり、男達の強い友情を傳えるよすがともなったのである。「採蓮曲」の歴史から見ると、これは、六朝「採蓮曲」が貴族的な方向に洗練され、美文の方向に形骸化していって、作品を滿たすべき作者の感慨や登場人物の感情が希薄になっていった所に、友情、別れのつらさ、人生の哀しみ、といった現實の感動を導き入れたことで、それを實體のある樂府としてよみがえらせたものだと言えよう。

さて、こうした「採蓮曲」の發展史を考えた上で、最初に戻って、李白「採蓮曲」の解釋について考えてみよう。「採蓮曲」は「子夜歌」や「讀曲歌」の系統から生まれたものであった。これら吳聲歌は、「儂」という一人稱の女性が「郎」と二人稱で呼ぶ男性に戀を打ち明けるものであった。六朝後期に「採蓮曲」が誕生し、宮體詩になると、愛らしい採蓮女の姿態が歌われるようになるが、これは男性がなまめかしい採蓮女に戀をする、というモチーフではない。宮體詩というのは、一人の君主を多くの宮女の内の一人が待ちわびる、という内容のものである。宮體詩の中で男性である作者が女性への戀情を披露する、というものもあるが、それは調度品を愛でるような氣持ちとして表現されるに過ぎない。手の屆かない高嶺の花に戀いこがれる、というような作品ではないのである。つまり、六朝時代の「採蓮曲」は、女性が男性を戀する、という形で書かれている。唐代にはいると、「古詩十九首」の「涉江采芙蓉」詩に見られる別離のプロットが入ってくるが、この「涉江采芙蓉」詩も、女性が遠くにいる戀人に思いを傳えたいと思うものである。唐詩では、遠くに戰いに行ってしまった男性を、女性が蓮摘みをしながら待ちわびる、という形が一般的であった。それが發展して、送別に際しての男性同士の友情や、男性が持つ別離の寂しさを表すようにもなるが、この場合も、「採蓮」する者が、相手に強い友情を送るものであった。

このような「採蓮曲」の誕生と發展の歷史から見ると、李白「採蓮曲」の尾聯で、驅け去らんとする遊冶郎が、ふと美しい女性を見て、たちまち強い戀情に捉えられ、斷腸の思いを覺える、というⅠの解釋は成立しにくいように思われる。男性は遠く驅け去ってしまい、女性は引き留める手段もないままに戀いこがれるという、閨怨詩と同じ形になるⅡの解釋の方が、漢詩のパターンにあったものだといえよう。

次にあげる李白の作品は、古詩十九首の「涉江采芙蓉」に由來すると思われるが、やはり女性が蓮花を摘んで遠くに行った男性を思う、という内容である。李白の發想の形として、傍證となろう。

涉江玩秋水、愛此紅蕖鮮。攀荷弄其珠、蕩漾不成圓。佳人彩雲裏、欲贈隔遠天。相思無因見、悵望涼風前。
江を涉《わた》りて秋水に玩《もてあそ》び、此の紅蕖の鮮《あざや》かなるを愛す。荷を攀《ひ》きて其の珠を弄《もてあそ》べば、蕩漾として圓を成さず。佳人彩雲の裏《うち》、贈らんと欲すれど遠天に隔たる。相思見るに因《よ》し無し、悵望す 涼風の前。

李白「折荷有贈」

さらに、唐代の解釋を一つ、見てみよう。

次の作品は、『全唐詩』には收錄されていないが、『花間集』に見られる晩唐溫庭筠の詞である。內容を見ると、明らかに李白「採蓮曲」を下敷きにして作られている。

江畔相喚曉粧鮮、仙景箇女採蓮、請君莫向那岸邊、少年好、花新滿船。
紅袖搖曳逐風暖、垂玉腕、腸向柳絲斷、浦南歸、浦北歸、莫知晚來人已稀。
江畔相喚《よ》ぶ 曉粧鮮やかに、仙景に箇女 蓮を採る、君に請ふ 那《か》の岸邊に向かふ莫かれと、少年好し、花新しく船に滿つ。
紅袖搖曳して風の暖きを逐ふ、玉腕垂る、腸は柳絲に向かひて斷つ、浦南に歸る、浦北に歸る、晚來人已に稀なるを知る莫し。

晚唐 溫庭筠「河傳三首之一」

江畔でおしゃべりをしている、よそおったばかりの採蓮の少女。岸邊には見目良い少年。船いっぱいの花。前関にすでに少年が現れる。しかし、それは點景に過ぎない。後関には再び少女の樣子が描かれる。暖かい風に翻る紅い袖、船から垂らされた白い腕と共に、柳の絲にかけた思いに腸を斷つのもやはり採蓮の少女である。
溫庭筠のこの作品が、李白「採蓮曲」の逐語的な解釋であるとは言えないが、溫庭筠なりの解釋を通して喚起されたイメージによるものだとは言えよう。溫庭筠は斷腸の人を採蓮の女と解しているのである。

本論の一應の結論として、この作品の解は第Ⅱの解釋であると考える。しかし、そうであっても、第Ⅲの説について考えないわけにはいかない。この作品は女性が男性を慕って躊躇するものであるが、その底には第Ⅲの解、すなわち作者の氣持ちが大きく響いているのである。そうであってこそ、この作品により大きな意味が生まれてくるのである。その理由を、李白の側から見てみよう。

第三節　李白の斷腸

李白はどのようなときに斷腸の思いを感じるのであろう。

第一には、李白個人が強く慕って屆かぬものへの哀惜の情である。この分野の作品が最も多い。

たとえば故鄕への思い。

　前行無歸日、返顧思舊鄕。慘戚冰雪裏、悲號絶中腸。

　慘戚たり冰雪の裏《うち》、悲號して中腸絶ゆ。　「北上行」

たとえば別れた家族への思い。

別來幾春未還家、玉窗五見櫻桃花。況有錦字書、開緘使人嗟。至此腸斷彼心絶、雲鬟綠鬢罷梳結。

　此《ここ》に至りて腸斷して彼の心絶え、雲鬟綠鬢　梳結罷《や》む。　「久別離」

昨夜梁園裏、弟寒兄不知。庭前看玉樹、腸斷憶連枝。

　庭前に玉樹を看《み》、腸斷して連枝を憶ふ。　「對雪獻從兄虞城宰」

愛子隔東魯、空悲斷腸猿。

愛子 東魯に隔つ、空しく悲しむ 斷腸の猿。　「贈武十七諤」

たとえば遠くにいる友への思い。

相思無終極、腸斷朗江猿。

相思 終極無く、腸斷す 朗江の猿。　「博平鄭太守自廬山千里相尋入江夏北市門見訪卻之武陵立馬贈別」

碧水浩浩雲茫茫、美人不來空斷腸。

碧水浩浩 雲茫茫、美人來らず 空しく斷腸す。　「早春寄王漢陽」

第二に「斷腸」と歌われる場面は、六朝の樂府に見られるような、女性の男性に對する戀情である。特定の男性に對する、戀いこがれるような強い慕情を表す。

君爲女蘿草、妾作兔絲花。（略）女蘿發馨香、兔絲斷人腸。

女蘿 馨香を發し、兔絲 人腸を斷つ。　「古意」

只言期一載、誰謂歷三秋。使妾腸欲斷、恨君情悠悠。

妾をして腸斷たんと欲せしむ、君を恨みて情悠悠たり。　「江夏行」

昔日橫波目、今成流淚泉。不信妾腸斷、歸來看取明鏡前。

妾が腸の斷つを信ぜずんば、歸り來りて看取せよ 明鏡の前。　「長相思」

そして第三に、李白が斷腸の思いで切實に歌うのは、永遠の時間の前に立たされた小さな存在としての自己への感慨である。

たとえば誰のものとも知られず見捨てられた墓に風が吹くとき、李白はそれを斷腸の思いで聞く。全ての人間がひとしなみに與えられる死と忘却を思うからである。

悲風四邊來、腸斷白楊聲。借問誰家地、埋沒蒿里塋。「上留田行」

悲風　四邊より來《きた》りて、腸斷す　白楊の聲。

またおのれの白髪を思うとき、流れる川さえ斷腸の川となる。川の水のように、人生から時間が滔々と流れていってしまうからである。

秋浦猿夜愁、黃山堪白頭。清溪非隴水、翻作斷腸流。「秋浦歌十七首之二」

清溪　隴水に非ざれども、翻《ひるがへ》つて斷腸の流れと作《な》る。

そして春三月に見事に咲き誇る花、その鮮やかな美しさも、斷腸の思いを誘うものである。花は散り水は去り、人は死んでいくからである。若さを誇っていた者も、やがては舊人となって新人に取って代わられる。

天津三月時、千門桃與李。朝爲斷腸花、暮逐東流水。前水復後水、古今相續流。新人非舊人、年年橋上遊。「古風第十八首」

朝には斷腸の花と爲《な》り、暮には東流の水を逐ふ。

李白がたびたび斷腸の思いで故鄉を回顧するのも、それが二度と歸ることのない故鄉だったからかもしれない。李白は故鄉を出てのち一度も歸鄉しなかった。いくら懷かしんでも、それは永遠に失われて思い出の中にしかない故鄉だったのである。望鄉の念は、たとえば山の中で猿の鳴き聲を聞いたとき、あるいは月の光に照らされたとき、ふとそれらに觸發されて湧き起こるのである。

淹留惜將晚、復聽清猿哀。清猿斷人腸、遊子思故鄉。「春陪商州裴使君遊石娥溪」

清猿　人腸を斷ち、遊思　故鄉を思ふ。

天借一明月、飛來碧雲端。故鄉不可見、腸斷正西看。「遊秋浦白笴陂二首之二」

故鄉　見る可からず、腸斷して正に西に看る。

次の作品は、詩意から、李白が朝廷に召され翰林院にいた得意の時期を回顧して書かれたものだと思われる。長年の望みがかなった絶頂の時は短く過ぎ去り、秋のきぬたの音に、人生のあらゆる努力がやがては失われるものだと知って、斷腸の思いにとらわれるのである。

長劍一杯酒、男兒方寸心。洛陽因劇孟、託宿話胸襟。但仰山嶽秀、不知江海深。長安復攜手、再顧重千金。君乃輶軒佐、予叨翰墨林。高風摧秀木、虛彈落驚禽。不取回舟興、而來命駕尋。扶搖應借力、桃李願成陰。笑吐張儀舌、愁爲荘舃吟。誰憐明月夜、腸斷聽秋砧。

君は乃ち輶軒の佐、予は叨《かたじけな》くす 翰墨の林。高風 秀木を摧《くだ》き、虛彈 驚禽を落とす。(略) 誰か憐む 明月の夜に、腸斷して秋砧を聽くを。

「贈崔侍郎」

こうした悲しみは李白だけのものではない。同時代の杜甫は、年老いた友人に送る詩の中で、乾いた綠、危うげな竹の棧橋に斷腸の思いを見、また眞紅に咲いた蓮にも眼を射るような憂いを感じているのである。

舊好腸堪斷、新愁眼欲穿。翠乾危棧竹、紅膩小湖蓮。

舊好 腸は斷たるるに堪《た》へ、新愁 眼は穿《うが》たれんとす。翠《みどり》乾き棧竹危く、紅膩たり 小湖の蓮。

盛唐 杜甫「寄岳州賈司馬六丈巴州嚴八使君兩閣老五十韻」

韋應物は中唐の人に數えられるが、その青年期が李白の晩年と重なる詩人である。馬に乘ったまま蓮の咲く堤で聞いた横笛の、南朝の曲に涙する。南朝が美しい文化を持ちながら、はかなく滅ぼされた王朝であり、北方から來た人である韋應物が得意の少年期を過ごした唐の玄宗朝の最後に、それが重ねられるからであろう。

立馬蓮塘吹横笛、微風動柳生水波。北人聽罷涙將落、南朝曲中怨更多。

北人聽き罷《おは》りて涙將に落ちんとす、南朝曲中怨み更に多し。

大暦 韋應物「野次聽元昌奏横吹」

この時代に、李白と共通する感性を持っていた者は多いのである。

最後に、李白が「採蓮曲」の歌を聞いて斷腸の思いで泉がわき出るように涙を流した作品をあげよう。

清晨登巴陵、周覽無不極。明湖映天光、徹底見秋色。秋色何蒼然、際海倶澄鮮。山靑滅遠樹、水綠無寒煙。來帆出江中、去鳥向日邊。風淸長沙浦、山空雲夢田。瞻光惜頽髮、閱水悲徂年。北渚旣蕩漾、東流自潺湲。郢人唱白雪、越女歌採蓮。聽此更腸斷、憑崖如淚如泉。

清晨に巴陵に登り、周覽すれば極まらざるなし。明湖は天光を映じ、徹底 秋色を見《あら》はす。秋色 何ぞ蒼然として、際海 倶《とも》に澄鮮たり。山は青く遠樹滅《めっ》し、水は綠にして寒煙無し。來帆は江中より出で、去鳥は日邊に向かふ。風は清し 長沙の浦、山は空《むな》し 雲夢《うんぼう》の田。光を瞻《み》れば頽髮を惜しみ、水を閲《み》れば徂年を悲しむ。北渚は既に蕩漾として、東流は自《おのづか》ら潺湲《せんかん》たり。郢人《えいひと》は白雪を唱ひ、越女は採蓮を歌ふ。此《これ》を聽けば更に腸斷し、崖に憑《よ》りて 涙は泉の如し。

「秋登巴陵望洞庭」

この作品の詩意は明らかである。美しい秋の光景の中、澄んだ長江の水に船の帆がゆき鳥が飛び去る。このように美しく晴れて突き抜けるように澄んだ風景の中にいれば、輝く日の光を見ては白髪の老齢が思われ、行く水を見ては、時が失われていくことが思われる。その思いが凝縮したのが「白雪歌」と「採蓮曲」であった。そのメロディーを聞いたとたんに、腸は斷たれ涙は泉のように吹き出すのであった。

謫仙人李白は地上の快樂と美を享受していながら、決して逃れることのできない喪失の呪縛に恆に捕らえられていたのである。

李白「採蓮曲」の中で、咲き初めた蓮の花のように若くて生き生きと樂しんでいる乙女たち。世間の苦勞を知らずに闊歩している若者たち。まだ知り合わぬ乙女と若者の間に戀情が交わされたとしても、それはやはり未熟で無垢なものであっただろう。それら全てを残らず包み込んで、自らの時を始めたばかりの若者たちの生命の息吹をいとおしく思い、さらには、やがてそれら全てが汚され失われていく定めであることを思って、李白は踟躕し斷腸の思いで泣いたのではなかったか。それは「秋登巴陵望洞庭」詩で、あまりにも美しく、しかし季節の終わりを豫感させる、澄んだ秋の光景を見、乙女の歌う「採蓮曲」を聞いて、ついに激しく涙したときの思いと通じるのでは無かろうか。

李白「採蓮曲」末句の解釋として、本論では、採蓮の娘が驅け去る紫騮の若者を戀慕して悲しんでいる、という説を支持した。しかし、末句に描かれる感情は、かいま見た男性への思慕の情としてはあまりに強烈である。李白の斷腸の場面の第二として擧げた、女性の男性への戀情は、狂おしく求める戀人への感情であった。しかし、この李白「採蓮曲」では、娘は驅け去る若者たちをひとめ眺めただけである。その情景の末にこのように強い悲しみを置いた、その理由は、この句に李白自身の心情が投影されていたからである。

李白「採蓮曲」は美しくも他愛ない戀を歌った小品ではない。死すべき運命を負った人類のなかの一人が、美の極まりの儚さ脆さを痛いほどに感じて戰き歎いている作品なのである。

小結

六朝時代に書かれた「採蓮曲」には、六朝詩の磨かれた感性が遺憾なく發揮されている。六朝詩の目指したものは、精緻な工藝品のような、美の典型としての詩を作ることであった。自在に動く白い腕、夢中になった少女の額をつたう汗、これらは一幅の美人畫を見るようである。

しかし、六朝詩の目指したものは美の典型であったから、一つの典型が生まれると、その典型から抜け出すことは難しくなる。美の典型はすぐれて觀念的なものであるから、實物をなぞることによってその典型から抜け出すことはできない。むしろその典型によりそって作品が生まれるようになる。六朝詩がどれも似通っていると言われる所以であろう。このことが、六朝梁代に生まれた「採蓮曲」が、六朝末期に向かって形式も表現も洗練され、個性を失って宮體詩の中に吸收されていった理由であろうと考える。

ところが、唐代に入ってから「採蓮曲」は新たな意味をもって復活した。唐代、ことに盛唐の文人は、自分の力で、時には詩文を武器として、人生を勝ち取っていかなければならなかった。しかも、その戰いに勝利することは滅多になかったのである。そこで詩には自ずと彼らの人生觀が表現された。官僚として頻繁に經驗する離別、成就する前に失われていく人生。かくして「採蓮曲」は離別の情という現實の感情を與えられ、そして美の極まりにある哀情がそそぎこまれた。六朝「採蓮曲」の感性に、盛唐の人々が持つ人生觀が出會ったのである。これは、「採蓮曲」という樂府が六朝に誕生し、唐代に發展した、ということにほかならない。このことは、おそらく、「採蓮曲」という一つの系統の樂府だけに起こった出來事なのではなく、六朝と唐の間に書かれた多くの詩歌に起こったできごとなのである。

長い醸成期を經て誕生した樂府詩「採蓮曲」は、六朝から唐代までの間にかく發展した。次の章では、「採蓮曲」がさらにこの後、新たな藝術へと變化していく様子を見ていく。

第三章　樂府詩「採蓮曲」の飛躍

はじめに

上の樂府はグスタフ・マーラー(31)『大地の歌』第四樂章「美について」の前奏部分である。木管とヴァイオリンが、トリルや裝飾音符のついた高い音程の旋律を、ピアノでそっと奏でる。初夏の陽光が、澄んだ川面のさざ波にきらきらと輝きながら、ゆったりと流れていくようなフレーズではないだろうか。

前章で見た李白の樂府「採蓮曲」は、十九世紀半ばにヨーロッパに移入され、學者や詩人によって翻譯翻案された後、二十世紀初頭に新古典主義のすぐれた音樂の一部となって、思いがけない飛躍を遂げたのであった。

若耶谿傍採蓮女、笑隔荷花共人語。日照新妝水底明、風飄香袂空中擧。
岸上誰家遊冶郎、三三五五映垂楊。紫騮嘶入落花去、見此踟躕空斷腸。

若耶谿の傍 採蓮の女、笑ひて荷花を隔てて人と共に語る。日は新妝を照らして 水底明らかに、風は香袂を飄して 空中に擧がる。岸上 誰が家の遊冶郎、三三五五 垂楊に映ず。紫騮嘶きて 落花に入りて去る、此れを見て 踟躕して空しく斷腸す。

本論ではその翻譯・翻案の經緯を記して李白詩がどのようにヨーロッパに受容されたのかを追跡し、さらに李白「採蓮曲」とマーラー「美について」が作品としてどのような關わりを持つのか、ということについて考えてみたい。

第一節 「若耶溪の岸邊で **Sur les bords du Jo-yeh**」 エルベ・サン・ドニ

十九世紀後半から二十世紀初めにかけて、李白詩を翻譯し翻案した者が何人かいる。それらの作品を讀み[32]、またまだ見ていない作品[33]についての情報を考え合わせた上で、ヨーロッパにおける李白「採蓮曲」の受容を考える際にもっとも重要なのは、エルベ・サン・ドニ、ジュディット・ゴーチェ、ハンス・ベトケの三名だと考える[34]。本論ではこの三名の作品[35]を中心に考察を加えたい。

李白「採蓮曲」は一八六二年に刊行されたフランスのエルベ・サン・ドニ Hervey-Saint-Denys の譯詩集『唐代の詩 Poésies De L'époque Des Thang』によって初めて中國に紹介された。

エルベ・サン・ドニ[36]は、東洋學者であり、中國文學に關する當時一流の知識を持っており、できるだけ原詩に忠實に、また讀者が正確に理解できるよう細かい注釋を付けて翻譯をしている。內容を見ると、本書は詩的な面よりはむしろ、學問的な面が重視されているようだが、それでも譯詩は詩としての形を持っており、逐語譯ではないので、原作を變更している箇所が多々見られる。それを詳細な注釋で補っているが、注釋なく變更している部分も少なくない。

エルベ・サン・ドニが參考にした中國書は、當時王立圖書館にあった『古唐詩合解』『古唐詩合選』『李太白全集』という三種の本で、これらは現在、フランス國立圖書館に收められている[37]。

エルベ・サン・ドニに取り上げられることによって、李白「採蓮曲」は文化を超えて新しい藝術に取り込まれる準備ができた。短い作品なので、次にその全文を擧げて讀んでみよう。

Sur les bords du Jo-yeh[1]　　若耶の岸邊で

Hervey-Saint-Deny　　エルベ・サン・ドニ

Sur les bords du Jo-yeh, les jeunes filles cueillent la fleur du nénuphar,
　若耶溪の岸で、若い娘たちが睡蓮の花を摘んでいる、
Des touffes de fleurs et de feuilles les séparent;[2]
　花と葉の茂みが彼女たちを引き離す。
elles rient et, sans se voir, échangent de gais propos.
　彼女たちは笑い、顔を見合わせずに、樂しい會話をしている。
Un brillant soleil reflète au fond de l'eau leurs coquettes parures;
　輝く太陽が、水底に、彼女たちのおしゃれな姿を映し出している。
le vent, qui se parfume dans leurs manches, en soulève le tissu léger.
　彼女たちの袖の中で香のついた風は、その輕やかな布を翻す。
Mais quels sont ces beaux jeunes gens qui se promènent sur la rive?
　だが、岸を散歩する堂々とした若者たちは誰であろうか。
Trois par trois, cinq par cinq, ils apparaissent entre les saules pleureurs.
　三三、五五、彼らはしだれ柳の間に現れる。

Tout à coup le cheval de l'un d'eux hennit et s'eloigne,　突然、一人の馬が嘶いて、遠ざかる、
en foulant aux pieds les fleurs tombées.　足下の落花を踏みつけて。
Ce que voyant, l'une des jeunes filles semble interdite,　それを見て若い娘たちの一人が心の動揺を隠し、
se trouble, et laisse percer l'agitation de son cœur.　その心臓の動悸が現れるままになっている。

原注

1. Rivière du Tche-kiang, qui alimente le lac King-hou. Voir la note 2 de la pièce précédente.
　若耶溪、鏡湖にそそぐ川。前作注2參照。（譯者注　前作に詳しい説明がある。）
2. Les jeunes filles sont en bateau. 少女たちは舟の上にいる。

この作品から考えられることは多いが、いまは次の二點に注目しよう。

第一に、詩題が「採蓮曲」から「若耶の岸邊で」に變更されていることである。この變更のために、作品の場所と情況の設定が變わってしまった。

唐詩では「採蓮」というと、若い娘が小さな船に乗り蓮の花の中で實を取って回る、というイメージが湧く。實際には若い娘ばかりが収穫に攜わるのではないだろうが、これは暗默の了解事項である。歐州にはそのような習慣がないばかりか、蓮という植物そのものが一般的ではない。つまり、歐州では「採蓮曲」という題名では意味が喚起されないのである。そこでエルベ・サン・ドニは題名を「若耶の岸邊で」に變え、さらに情況も「若耶溪の岸邊で睡蓮の花を摘む少女たち」と變えた。

「若耶溪」は戰國時代呉の美女西施が蓮を採ったと傳えられる川の名で、採蓮の娘に美しいイメージを付與する爲に

李白「採蓮曲」第一句に使われている言葉である。エルベ・サン・ドニはそれを詩の中から拾い出して詩題に載せ、注釋をつけたのである。しかし、「若耶」の言葉は、その後の多くの翻案詩では無視されていく。この言葉は、李白「採蓮曲」にとってもエルベ・サン・ドニ「若耶の岸邊で」にとっても、さほど重要な役割を持つ言葉ではなく、こういう、説明をしなければ意味を成さない固有名詞は、異文化に於ける作品の抽象化（あるいは一般化）にはむしろ邪魔で、異國情緒を加味するというほどの意味しかなかったと思われる。

またエルベ・サン・ドニは、

Des touffes de fleurs et de feuilles les séparent　花と葉の茂みが彼女たちを引き離す

という行に注釋をつけて「少女たちは舟の上にいる」という。詩題の「Sur les bords」という言葉は、「岸の上」とも「岸に近い水の上」とも取れる言葉である。エルベ・サン・ドニは注釋で明確に「舟の上」と言っているが、この注釋も後世の翻案詩では無視され、岸の上での情景となっていく。

蓮は大きく生長すると舟を隠してしまうほど丈高く茂るが、睡蓮は葉も花も水面に張り付くようにあり、人の姿を隠すようなことはない。また、中國では採蓮の少女たちはそれぞれが自分の小さな舟を持っているが、歐州で睡蓮の花を摘んで樂しんでいる少女たちが、それぞれ自分の舟を操っているということは考えにくい。したがって「舟に乘っている少女たちを睡蓮の茂みが引き離す」というイメージを思い描くことは難しい。

後世の詩人たちの翻案詩から想像するに、エルベ・サン・ドニ「若耶の岸邊で」を讀んだ人が思い描いたイメージは、當時の印象派の畫家モネ（Claude Monet　一八四〇―一九二六）の「睡蓮」の繪に描かれた小川のような場所で、岸邊に坐って、水の上に手を伸ばして睡蓮の花を摘んでいる少女たちの情景ではなかっただろうか。夢中になって睡蓮を集めている少女たちの姿は、草むらや灌木の葉陰に、お互いに見えたり隠れたりしているのである。

このようにして、李白「採蓮曲」に描かれる情景は、歐州で初めて翻譯されたときに、歐州にある情景として無理のない設定に大きく變わったのである。ただし、場所や狀況設定は變わっても、若く美しい乙女たちが夏の日差しを浴び、澄んだ水に姿を映して、樂しそうにおしゃべりをしている、その至福の光景を描くという本質的な點は、全く變わっていない。

この作品で重要な第二の點は、後半の四行、一頭の馬が驅け去り、乙女の一人が動搖している部分である。エルベ・サン・ドニは中國書の注釋をよく讀んでいるが、李白「採蓮曲」に關しては、エルベ・サン・ドニが見た三種の本に解釋に直接關わる注はない(38)。この部分の解釋はエルベ・サン・ドニ自身の解釋であると考えられる。

李白の原詩末聯についての中國と日本に於ける解釋に、三つの說があることは前章『「採蓮曲」の發展』で既に述べた。その中の、「驅け去る騎馬の群を見て、採蓮の娘が悲しむ」という說に近い。しかし、「騎馬の若者たちの中から一頭だけが落花を踏んで驅け去り、それを眺める少女たちの中の一人が悲しむ」という解釋は、エルベ・サン・ドニ自身の解釋と言えよう。若者の中の一人、少女たちの中の一人、を取り出す描寫は、原詩には特に書かれていないことである。ここは李白の原詩そのものが解釋しにくい部分であり、したがって日本でも中國でも說が分かれているのだが、エルベ・サン・ドニの解釋はもう一歩進んで自分のイメージを付け足して理解したものだと言えよう。ここに、はっきりと、若者たちの戀の物語が付け加えられたのである。

「採蓮曲」の歷史を振り返ってみると、これはもともと六朝初期の吳聲歌を起源の一つとするもので、その吳聲歌はおもに港の女たちが愛を歌うものであった。そののち「採蓮曲」は宮體詩の中に吸收されていくが、これもまた宮女の戀情を歌うものであった。李白「採蓮曲」をどのように解釋するにせよ、「採蓮曲」そのものは男女の戀と強く結びつく樂府題である。したがって、エルベ・サン・ドニのこの解釋は、深讀みに過ぎる嫌いはあるが、それほど的はずれな解釈であるとは言えない。

ともあれ、このエルベ・サン・ドニの解釈が、この後の歐州での李白「採蓮曲」の讀み方を決定し、こののち李白「採蓮曲」は戀人たちの過去と未來を想像させるような作品となっていくのである。

第二節　「川の岸で **Au bord de la rivière**」　ジュディット・ゴーチェ

五年遅れて一八六七年にジュディット・ゴーチェ[39] Judith Gautier『白玉詩書 Le Livre de Jade』[40]が出版された。ゴーチェはエルベ・サン・ドニの翻譯を參考にしているが、自分でも少し中國語を習ったことがあり、原作を自由に變貌させたり、誤讀を恐れずに作り替えたりしていて、作品としての評判はエルベ・サン・ドニより高く、多くの版を重ね、金の縁取りと彩色を施した豪華本までが出版されている。したがって、のちに述べるハイルマンやベトケ、デーメルといったドイツの詩人が翻案詩を作るときに參考にしたのは、おおよそがエルベ・サン・ドニではなくゴーチェの作品であった。李白「採蓮曲」のゴーチェ翻案詩も、簡潔で、ことに最後のラインが響いており、作品としては『白玉詩書』の他の作品と同じような水準にあると感じられる。

しかし、李白「採蓮曲」に關しては、その後の多くの詩人達はゴーチェの詩ではなくエルベの翻譯に據って翻案詩を作っている[41]。

本節では、エルベ・サン・ドニ「若耶の岸のほとりで」には有ってゴーチェ「川の岸で」には缺けているものを檢討し、それを、この時代に行われた一連の翻譯・翻案詩を考察する上での參考にしようと思う。次にその全文をあげる。

Au bord de la rivière

Judith Gautier

Des jeunes filles se sont approchées de la rivière; elles s'enfoncent dans les touffes de nénuphars.

On ne les voit pas, mais on les entend rire, et le vent se parfume en traversant leurs vêtements.

Un jeune homme à cheval passe au bord de la rivière, tout près des jeunes filles.

L'une d'elles a senti son cœur battre, et son visage a changé de couleur.

Mais les touffes de nénuphars l'enveloppent.

川の岸で

ジュディット・ゴーチェ

若い少女たちが川に近づいてくる。
彼女たちは睡蓮の茂みに入り込む。

彼女たちは見えなくなったが、笑い聲が聞こえる。
香風が彼女たちの衣を通り抜けていく。

一人の馬に乗った若い男が、川の岸を通っていく。
若い少女たちのすぐそばを。

彼女たちの一人は、心臓の打つのを感じ、
彼女の顔色は變わった。

しかし、睡蓮の茂みが彼女を包み込む。

この翻案詩に缺けているものの第一は、陽の光である。「日は新粧を照らして水底明らかに、風は香袂を飄して空中に擧がる」この光風、日の光に輝く水と風、日の光に輝く乙女と、水に映ってやはり輝いているその影。夏の日光を浴びているために、前半の採蓮の世界全てがこの世ならぬ世界のように美しく輝いて見えるのである。その光が缺けたゴーチェの作品を讀むことによって、李白「採蓮曲」の前半のイメージを形成する上で、日の光がいかに重要な役割を持っているか、がわかる。

この翻案詩に缺けているものの第二は、三々五々と現れる騎馬の群である。

李白詩にある、逞しい紫騮に乘った若者たちの群は、明らかに採蓮の光景とは異質の世界から來た者たちである。かれらは採蓮の世界に害を爲すものではないが、しかし、怯えさせるものではある。かなりの數に上る騎馬の群、荒々しく不作法で、纎細ではなく、しかし生き生きと活動的で力に溢れ、非常に引きつけられる不思議な魅力に富んだもの。その異質な世界から來た荒々しい若者たちは、採蓮の光景をかすめて、たちまちの內に消えてしまう。

しかしゴーチェの翻案詩には、彼女たちのすぐそばを通り過ぎる若い男が一人いるだけである。馬に乘った若い男が通り過ぎていくだけでは、單なる平凡な戀人たちの話に縮小されてしまう。この矮小化が、ゴーチェのこの翻案詩「川の岸で」詩が流行しなかった理由ではなかったか。この作品が戀の詩だとしても、李白詩にある騎馬の群の出現は、それを平凡な戀物語に終わらせない力を持っていたのである。

先に述べたように、エルベ・サン・ドニとゴーチェの二書は、このすぐのちに、ベームやハイルマンによってドイツ語に翻譯される。しかしドイツで中國の詩が流行したのはそれよりやや遲く、デーメルやベトケ、そのあとにクラブントの本が出てからであった。中でも冒頭に述べたマーラーが『大地の歌』を作曲するに當たって參考にしたのはベトケの作品であった。マーラーは一九〇七年にベトケの『中國の笛』が出版されるとただちに『大地の歌』の作曲に取り組んだ。次にベトケの作品を考察しよう。

第三節　「岸邊で **Am Ufer**」　ハンス・ベトケ

ハンス・ベトケ[42] Hans Bethge は異國に興味を持っていたが、自身は中國語を解さず、おもに上記二種の詩集を参考にして詩集『中國の笛』を出版した。前述のように、先行するドイツ語の中國詩集は幾つか見られるが、ベトケによって、李白「採蓮曲」は翻譯を抜け出して、詩として鑑賞される作品となったようだ。

Am Ufer

Hans Bethge

Junge Mädchen pflücken Lotosblumen
An dem Uferrande. Zwischen Büschen,
Zwischen Blättern sitzen sie und sammeln
Blüten, Blüten in den Schoß und rufen
Sich einander Neckereien zu.

岸邊で

ハンス・ベトケ

若い乙女たちが岸邊で蓮の花を摘む。
灌木の間、
葉叢の間に彼女たちは座り、花を集め
ひざに花を集め、そして
たがいに戯《ざ》れ言《ごと》をいう。

Goldne Sonne webt um die Gestalten,
Spiegelt sie im blanken Wasser wieder,
Ihre Kleider, ihre süßen Augen,
Und der Wind hebt kosend das Gewebe
Ihre Ärmel auf und führt den Zauber
Ihre Wohlgerüche durch die Luft.

Sich, was tummeln sich für schöne Knaben
An dem Uferrand auf mutigen Rossen?
Zwischen dem Geäst der Trauerweiden
Traben sie einher. Das Roß des Einen
Wiehert auf und scheut und saust dahin
Und zerstampft die hingesunkenen Blüten.

Und die schönste von den Jungfraun sendet
Lange Blicke ihm der Sorge nach.
Ihre stolze Haltung ist nur Lüge:
In dem Funkeln ihrer großen Augen

黄金の日差しがその姿を織りなし
また彼女らを輝く水面に映《うつ》し出す
彼女たちの衣裳と、彼女たちのやさしい眼差《まなざ》しとを。
そして風が袖の布を愛撫して吹き上げ、
そしてその芳香の魔力を
空中に漂わせる。

見よ！　なんと美しき若者たちが岸邊で
勇ましい馬に騎《の》って驅けていることか。
しだれ柳の葉叢《はむら》のなかに、
早足で悠然と驅けてくる。馬が一頭、
嘶《いなな》き、興奮し、うなりをたてて疾驅していく、
倒れた花々を踏みしだいて。

乙女のうちでもっとも美しい者が
長い間不安な眼差《まなざ》しで彼を見つめている。
彼女の誇り高い態度は僞りに過ぎない。
見開いた眼のきらめきには、

Wehklagt die Erregung ihres Herzens.　　高ぶった心の嘆きの聲が。

まず、李白の「日は新妝を照らして水底明らかに」という句を承ける

Goldne Sonne webt um die Gestalten,　　黄金の日差しがその姿を織りなし

Spiegelt sie im blanken Wasser wieder,　　また彼女らを輝く水面に映し出す

というラインのもつ映像の美しさに氣づく。ここに降り注いでいるのは「黄金色の陽光 Goldne Sonne」であり、それは乙女の姿をかたどっている。“Gestalt”は「姿、體つき」という意味の名詞だが“gestalten”と動詞になると「形を與える、形作る」という意味である。また“weben”は織物を「織る」編み物を「編む」という意味の動詞で、したがって、イメージとしては、陽の光で少女たちは金色にかたどられており、またその金色に編み出された姿は、かわいらしい目つきまでもが、同じように陽光を承けて輝いている水の上に、金色に映っているのである。

李白の作品には、透明に輝いている情景がしばしば描かれるが、そうした情景は繪としてイメージしやすいからであろう、歐州に翻譯された後も、多くが美しい映像としての魅力を保っている。この部分もその一つである。

次に、エルベ・サン・ドニの作品に比べて、ベトケの作品では、第三パラグラフの騎馬の群の出現がより衝撃的に書かれているところが目につく。三々五々という言葉はなくなり、ただ複數形なので、複數の馬が走って近寄ってくることが知られる。スピードのある言葉運びである。またエルベ・サン・ドニの「突然、一人の馬が嘶いて、遠ざかる、「Tout à coup le cheval de l'un d'eux hennit et s'éloigne,」というラインをベトケは「嘶き、興奮し、うなりをたてて疾驅していくWiehert auf und scheut und saust dahin」といっそう強調して描寫する。

ベトケの作品ではこの二點が特徴的だと思われるが、さらに恐らくは韻文としての美しさがこの作品の魅力となっ

ていることだろう。このベトケの歌詞によって、どのような交響曲が作られたのか。最後に、マーラーの「美について」の歌詞を讀み、その上で音樂を聞いてみなければならない。

第四節　「美について　Von der Schönheit」　グスタフ・マーラー

グスタフ・マーラー Gustav Mahler はベトケ『中國の笛』の詩をもとにして交響曲『大地の歌』を作曲した。その中に、先に述べたベトケの「岸邊で」が「美について」という題で第四樂章に置かれている。『大地の歌』の中でマーラーはベトケの詩を大幅に變更することがある。李白「採蓮曲」に基づく第四章は、全體の流れから言えばベトケの詩をほとんどそのまま使っているが、言葉や行を付け加えることによって、作品全體にマーラー自身の主張する意味が加えられている。李白の詩が歐州に移入されてから、幾つかの作品を經たのちに、一つの新たな藝術作品が作られたのである。ここで、李白「採蓮曲」とマーラー「美について」はどのように關わっているのかを考えようと思う。

この樂章は交響曲の中心に置かれ、他の樂章はシンメトリーにその周圍に配置されて、これを頂點としたアーチのような構成になっている、と解釋されている。[43] アーチの始まりに置かれる第一樂章「大地の哀愁を詠う酒の歌」は「生は暗く、死も暗い」という無常感を歌い、最後に置かれる第六樂章「告別」では別れを歌う。交響曲全體が生きていくことの痛みと死への恐れに覆われており、そのアーチの頂點となる第四樂章「美について」では、纖細なガラス細工のような美と、荒々しい若駒の群れとが歌われるのである。

李白詩からベトケ詩にいたるまで、作品は四段に分けられている。もう一度李白詩を見直してみよう。

李白「採蓮曲」

若耶谿傍採蓮女　若耶谿の傍　採蓮の女、
笑隔荷花共人語　笑ひて荷花を隔てて人と共に語る。【蓮の實を取る少女達】
日照新妝水底明　日は新妝を照らして　水底明らかに、
風飄香袂空中擧　風は香袂を飄して　空中に擧がる。【少女達の様子】
岸上誰家遊冶郎　岸上　誰が家の遊冶郎、
三三五五映垂楊　三三五五　垂楊に映ず。【騎馬の若者たちの出現】
紫騮嘶入落花去　紫騮嘶きて　落花に入りて去る。
見此踟躕空斷腸　此れを見て　踟躕して空しく斷腸す。【騎馬の群れが去るところ】

これに對して、マーラー「美について」は三つの部分からなる。便宜的に、これを【A部】【B部】【C部】の三部とする。

Von der Schönheit　美について

Gustav Mahler　グスタフ・マーラー

【A部】

Junge Mädchen pflücken Blumen　若い乙女たちが花を摘む
Pflücken Lotosblumen an dem Uferrande.　岸邊で蓮の花を摘む
Zwischen Büschen und Blättern sitzen sie　灌木と葉叢の間に坐って、
Sammeln Blüten in den Schoß und rufen　ひざに花を集めそして
Sich einander Neckereien zu.　たがいに戯れ言をいう
Gold'ne Sonne webt um die Gestalten　黄金色の日差しがその姿を織りなし
Spiegelt sie im blanken Wasser wieder　彼女たちを輝く水面に映し出す
Sonne spiegelt ihre schlanker Glieder　陽は彼女らのほっそりした肢體を映す
Ihre süßen Augen wieder　彼女らの愛らしき眼差しもまた。
Und der Zephir hebt mit Schmeichelkosen das Gewebe　そしてそよ風は甘やかに持ち上げる
Ihre Ärmel auf, führt den Zauber　袖の布地を上に。（魔力を）漂わせる
Ihre Wohlgerüche durch die Luft　空中に香の魔力を。

【B部】

O sich, was tummeln sich für schön Knaben　おお見よ、なんと美しい若者達か、
Dort an dem Uferrand auf mut'gen Rossen?　かしこの岸の上で猛き馬に騎《の》る。
Weithin glänzend wie die Sonnenstrahlen　陽光のごとく輝かしく
Schon zwischen dem Geäst der grünen Weiden　もう新緑の柳の葉叢《はむら》の中へ

Trabt das jungfrische Volk einher　生き生きとした若者たちが駆けてくる。
Das Roß des einen wiehert fröhlich auf　馬が一頭疾驅してくる。
Und scheut und saust dahin.　いななき、興奮し、うなりをたてて。
Über Blumen, Gräser, wanken hin die Hufe.　蹄になびく花の、草のうえを
Sie zerstampfen jäh im Sturm die hingesunknen Blüten　倒れた花々を突然の嵐のごとく踏みしだいて
Hei! Wie flattern im Taumel seine Mähnen,　そのたてがみは喜びにはためき
Dampfen heiß die Nüstern.　鼻孔は熱《あつ》く息つく。

【C部】

Gold'ne Sonne webt um die Gestalten,　黄金色の日差しがその姿を織りなし
Spiegelt sie im blanken Wasser wieder.　彼女たちを輝く水面に映し出す。
Und die schönste von den Jungfraun sendet　乙女のうちでもっとも美しい者が
Lange Blicke ihm der Sehnsucht nach.　長い間あこがれの眼差しで彼を見つめている。
Ihre stolze Haltung ist nur Verstellung.　彼女の誇り高い態度は偽りに過ぎない。
In dem Funkeln ihrer großen Augen,　見開いた眼のきらめきに
In dem Dunkel ihres heißen Blicks,　熱い視線の闇に
Schwingt klagend noch die Erregung ihres Herzens nach.　高ぶる心の嘆きの聲を訴える。

これら三つの部分を整理すると次のようになる。

【A部】：蓮の實を取る少女達、その様子
【B部】：騎馬の若者たちの出現
【C部】：騎馬の群れが去った場面

第一に題名であるが、エルベ・サン・ドニの「若耶の岸で」がベトケの作品では「岸邊で」になり、マーラーの作品ではさらに「美について Von der Shönheit」となる。このように題名が固有の場所を離れて抽象化されていくのは、作品が普遍的なものへと轉化していくことを示す、ということは、すでに指摘されていることであるが[44]、さらに言えば、マーラーが李白「採蓮曲」詩を、美について述べた作品であると感じていたことがわかる。マーラーにとってこれは、單に採蓮の風景を描寫している作品ではなく、美の世界を現出している作品だったのである。

第二は太陽の光である。マーラーはベトケの「黃金の日差し」の二行

Gold'ne Sonne webt um die Gestalten,　黃金色の日差しがその姿を織りなし
Spiegelt sie im blanken Wasser wieder.　彼女たちを輝く水面に映し出す

を【A部】と【C部】に繰り返して使い、さらに【A部】には

Sonne spiegelt ihre schlanken Glieder　陽は彼女らのほっそりとした肢體を映す

という行を付け加えている。マーラーは【B部】騎馬の群の部分にも

Weithin glänzend wie die Sonnenstrahlen　陽光のごとく輝かしく

という行を加えている。陽光 Sonne がマーラー「美について」のイメージの重要な要素となっている。作品全體に天からの光が降り注いでいるのである。

第三は、B部の騎馬の群れの描寫である。ベトケの詩では騎馬の群れがスピード感を持って描かれていた。そこにマーラーは「生き生きとした若者の群が驅けてくる trabt das jungfrische Volk einher」や「陽光のごとく輝かしく Weithin glänzend wie die Sonnenstrahlen」というラインを付け加え、「枝垂れ柳 Trauerweiden」を「緑の柳 grünen Weiden」に變えて、より生命力のある潑剌としたイメージにしている。またさらに「そのたてがみはよろこびにはためき Wie flattern im Taumel seine Mähnen. 鼻孔は熱く息つく Dampfen heiß die Nüstern」と疾驅していく一頭の馬を激しく描き出す。總じてB部全體が、動的で新鮮で活氣に溢れたものとなっている。

ではこれを踏まえて、音樂を聽いてみよう。

A部は「できるだけゆったりと優雅に Comodo Dolcissimo」という指示で始まる。李白「採蓮曲」の前半に當たり、水邊で花を摘む乙女達の美しい世界が歌われる。歌はアルトでゆったりと旋律的に、たゆたうようにのびやかに歌われており、その伴奏には主にフルートとヴァイオリンが交互に現れ、時に非常に高い音域や、トリルを多用して、全體に水に映る日の光のような輝きを與えている。「やや流れるように Etwas fliesend」「靜かに Ruhiger」などの指示が見られ、全體にピアノやピアニシモで演奏されるので、壞れやすいガラス細工のように、透明ではかない感じが與えられている。

B部は李白「採蓮曲」第三聯、紫騮の出現に當たる。第43小節から始まり、最初は樂器だけで演奏される。「徐々に活氣づいて Allmählich belebennd」という指示のもと、フルートとヴァイオリンの高音域での旋律の下で、ファゴット、ビオラ、チェロ、ハープが昇りの音階によって伴奏し、ホルン、トランペット、フルート、オーボエがそろって、

と吹き鳴らすファンファーレによって、何か生き生きとしたものが近づいて來る予感が示される。第50小節のアフタクトからは木管とホルンがフォルテッシモでトリルを吹き鳴らし、第53小節のアフタクトからは、「それまでより突然早く Piu mosso subito 行進曲風に Marschmäßig」という指示があり、

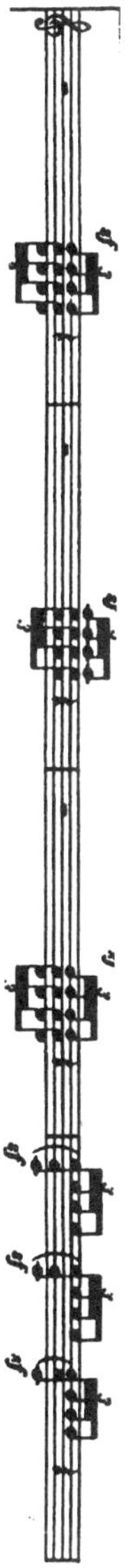

というリズムがヴァイオリン屬、木管、マンドリンで刻まれ、騎馬の一隊がギャロップで近づいて來ることを示す。そして突然、弦樂器の他に、木管が十三本、金管が四本、ハープが二台、マンドリンと鐵琴と太鼓とシンバルまでが加わる騒がしさとなる。第62小節のアフタクトからは、「おお見よ。なんと美しい若者たちが」と歌が始まり、いよいよ騎馬の若者たちが現れる。「なお いっそう 陽氣に Noch etwas flotter」という指示があり、ここからは非常に速いテンポで演奏が進む。B部全體でも一〇〇秒から一一〇秒、歌の部分はわずか四〇秒前後で終わってしまう。[45] この樂章はアルトではなくバリトンで歌われることもあるが、バリトンだとB部はいっそう迫力に滿ちる。そしてヴァイオリンが驅け上っていく第94小節で歌が終わると突然、B部は終わってしまう。

C部にはいると「すばやく最初のテンポ（ゆっくり）Tempo I subito（Andante）」に戻り、A部冒頭にあった安寧な世界が廣がる。そして、A部で歌われた

Gold'ne Sonne webt um die Gestalten　　　黄金色の日差しがその姿を織りなし
Spiegelt sie im blanken Wasser wieder　　彼女たちを輝く水面に映し出す

という二行が、A部と全く同じ旋律で、しかし移調して短三度高く歌われる。この部分、歌に伴奏する木管と弦はやはり同様に三度高く同じ旋律を繰り返す。

この歌が終わった後の第103小節からの木管の間奏には、A部第30小節からの旋律が繰り返される。そして再び歌が「Und die schönste von den Jungfraun sendet　乙女のうちでもっとも美しい者が」と歌い出す。ここの旋律はA部の第36小節以下の「Und der Zephir hebt mit Schmeichelkosen das Gewebe ihre Ärmel auf　そしてそよ風は袖の布地を甘やかに持ち上げる」と歌われる旋律のバリエーションである。それに續く「Ihre stolze Haltung ist nur Verstellung　彼女の誇り高い態度は僞りに過ぎない」という句の旋律は、A部第33小節からのヴァイオリンソロの旋律のバリエーションである。この部分を伴奏するヴァイオリンの旋律は、第106小節だけがA部第38小節のヴァイオリンとほぼ同じであるが、しかし次の小節からはA部のように高く昇ってはいかず、下降しがちで、第115小節の「消えゆくように morendo」という指示に向かっていく。

そして歌の最後の三行の歌詞は次のようである。

In dem Funkeln ihrer großen Augen,　　　見開いた眼のきらめきに
In dem Dunkel ihres heißen Blicks,　　　熱い視線の闇に
Schwingt klagend noch die Erregung ihres Herzens nach.　高ぶる心の嘆きの聲を訴える。

この部分のメロディーをA部と比較すると次の頁のようになる。

A部第13小節

C部第155小節

C部第155小節は、A部第14小節アフタクトから第22小節までを、一小節省略しただけで、全く同じ旋律で歌われる。ただ、高音部を伴奏するヴァイオリンは、A部のように高くは昇っていかず、D音を中心としてピアニシモでたゆたう。

歌が終わったあとの後奏の旋律は、まず現れてきたフルートが四小節だけで「消えていくようにmorendo」という指示でオーボエと共に消え、そののち現れたホルンにも四小節後には「消えていくようにmorendo」という指示があり、續いて現れたビオラも二小節めには「消えていくようにmorendo」と指示され、その次の小節、すなわち最後の小節はフルートとハープの他にチェロがト音記號の高いB音をフラジオで、全小節をフェルマータで長く彈いて次第に消えていく。ここはヴァイオリンではなくチェロのフラジオ奏法[46]なので鋭くなく、より柔らかで透明な音になる。このようにして曲は終わる。

つまり、C部の音樂はほとんどA部の旋律をなぞっており、ことにC部の出だしの部分は、次頁の樂譜で見るように、歌詞も旋律もA部の繰り返しである。

B部に於ける紫騮の突然の出現によって亂された世界は、C部で

C部冒頭（第96小節）

A部冒頭（第１小節）

A部（第23小節）

は、もとの陽の光に輝く美の世界に戻ったのである。しかし、全く同じ世界が變わらずに戻ってきたのではなかった。そこには悲しみが生じ、やがて高音のきらきらした輝きはなくなり、透明感を殘したまま、輝きを失って薄れていく。A部はもともとピアノやピアニシモで演奏される、透明ではかない感じの曲なのだが、C部ではますます透明になり、最後はピアニシモの上に弱音器をつけて、透明なままで全體がフェード・アウトするように（morendo）消えていくのである。

歌詞はベトケ「岸邊で」詩をなぞり、美しい乙女の切ない戀心を歌うのだが、そこには、一人の少女の戀心だけではない、より象徴的な深い意味が聞こえる。

水に反射する日の光に輝く繊細で優美な乙女の世界は、突然の闖入者によって打ち破られる。そこに鉦や太鼓の大騒ぎをともなってやってきた闖入者は、生き生きとした力強い息づかいであっという間に駆け去ってしまう。そのあとには再び水に反射する日の光に輝く繊細で優美な乙女の世界が戻ってくるのであるが、それはすでに以前の安寧な世界ではなく、悲哀に侵されている。美しい世界はもう高い音程でキラキラと輝くことはなく、透明なまま、たゆたいつつ消えていってしまうのである。

先に述べたように、この樂章は、交響曲『大地の歌』全體の中心に位置し、この第四樂章は、乙女の戀を歌う華やいだ氣分の樂章で、これを中心として、しだいに悲哀の深くなっていく樂章がシンメトリーに竝べられている、という説がある。そうであるにしても、この第四樂章もまた、『大地の歌』全體を覆っている悲哀に浸されているのである。マーラーにとって、この世の無上の美の世界は幻想であった。その虚僞性は、生き生きとした若駒の群れが突然やってくることによって、露わにされてしまうのである。

マーラーはB部の最後、ベトケの詩句のあとに、

Hei! Wie flattern im Taumel seine Mähnen.　そのたてがみはよろこびにはためき
Dampfen heiß die Nüstern　鼻孔は熱く息つく

という二行を加えている。

陽光にかたどられて花を摘んで遊ぶ美の世界は、己の歡喜に夢中になって、あたりを見回すこともなく、熱い鼻息を振りまき、花を踏みしだいて驅け去る騎馬の一群が、荒々しくも何か引きつけられる大騒動によって通り過ぎたことで、一見して同じような世界でありながら、すでに悲哀に滿たされた異質なものへと變わり、やがてはかなく消えていくのである。このような形、ロマンチシズムが突然割り込んできた荒々しい旋律によってこわされてしまう、という形は、マーラーの他の交響曲にも見られるものである。(47)

そして、美しいままに消えていく終結部分は、この交響曲終樂章「告別 Der Abschied」最後の、テノールが低くつぶやくように「永遠に、永遠に」と繰り返しながら、「完全に死に絶える Gänzlich ersterbend」という指示に向かって長い時間をかけて次第に消えていく、という構想にも似ている。

交響曲『大地の歌』は、死すべき運命にある人間の限界を超えて、永遠の世界を豫感させながら、しかし地の底に沈むように暗く消えていくのである。

小結

李白はもちろんマーラーについて知らなかった。マーラーにしても、李白の作品をこまかに理解しようとする意識はなかっただろう。マーラーは李白の詩から何らかのイマジネーションを手に入れることが出來れば、それでこと足りたのである。そのことを認めた上でなお、李白「採蓮曲」とマーラー「美について」に表現された精神を比較して考えてみたい。

李白は常に天上世界へのあこがれを持っていた。若い頃と年老いてからの氣持ちは違っていたと思われるが、しかし、生涯を通じて天上世界へのあこがれは無くなることはなかった。あこがれる、ということは、それを信じる、ということである。現實主義的な唐人《とうひと》の中にあって珍しいことではあったが、李白は天上世界、神仙世界に對する確信を、生涯、棄てることが出來なかったと思う。

「採蓮曲」に表現された美の世界、これは、力強い騎馬の若者達を含めて、地上に再現された天上の世界である。しかし、李白は終生それを手に入れることは出來なかった。目くるめく出世、そののちの隱遁、仙人になること、そうした若い頃の夢は、李白の大いなる自信と努力にもかかわらず、結局李白の手からすり抜けていく。時が經って行くにつれ、それらが次第に實現不可能なことと思われてきて、李白は、はかりしれない悲哀と絶望を表現するようになる。彼は結局、限られた命を持つ、死すべき運命にある人間として生きなければならなかった。前章「「採蓮曲」の發展」で述べたように、李白「採蓮曲」の最後の句で、はらわたがちぎれんばかりに悲しんでいる者、それは地上に再現されたこの天上世界から疎外された李白自身の氣持ちを投影したものであった。

マーラーは歸化したユダヤ人として、キリスト教からもユダヤ教からもはずれていたという。彼は神への信仰を持たず、若い頃から世界をアイロニカルに見ていたという。(48)恐らくは、そうした境涯に形作られた世界觀があったために、この樂章「美について」の中で地上に再現された美の世界は、突然の闖入者、惡氣のない、生き生きとして騒々しい騎馬の一群によって、その虚僞性が暴かれ、高揚した輝きを失い薄れて消えてしまったのである。交響曲『大地の歌』全體を覆っているのは、「生は暗く、死もまた暗い Dunkel ist das Leben, ist der Tod」(49)という孤獨な絶望感である。(50)

地上に再現された最上の美の世界は共通であるが、そこから生まれた意味は李白とマーラーでは異なっていた。李白は、確信する神仙世界に到達出來ないことを悲しみ、マーラーは美の世界そのものへの渇望と不信にさいなまれていた。しかしどちらにも、生への、美への、切なる憧憬の念があり、どちらにも、それを手に入れられない絶望的な悲哀がある。地上の人間は、完全なる美の世界を手に入れることは出來なかったのである。

一つの文化が全く異なる文化に移されて花開くためには、非常に稀な機會が必要である。この場合も、パリからやや遅れてウィーンで東洋趣味が流行し、(51)それに乘じてドイツで相繼いで唐詩の翻譯が出版され、それが平凡ではない表現手段を求めていたマーラーの要求に出合った、という幸運があった。しかし、この幸運に恵まれたときに、その作品自體に力がなければ、新たな藝術に昇華されることはなかったに違いない。李白の作品にすぐれたイマジネーションがあったからこそ、「採蓮曲」は飛躍したのである。

これら歐州の詩人や作曲家の力を借りて改めて李白の作品を見直すと、

陽の光に全てが輝いている花と乙女の世界

突然現れて駆け抜けていく、荒々しくも魅力的な騎馬の群、異界からの闖入者

取り残された、悲哀に満ちた美の世界

という三つのイメージがくっきりと立ち現れてくる。短い可愛らしい小品に見える李白「採蓮曲」には豊かな世界と可能性が内包されていたのである。それは、優れた才能の持ち主が觸れれば、さらに大きな作品を生み出す力を持っていたのである。歐州の感受性豊かな詩人による翻譯及び翻案と、才能すぐれた作曲家による音樂を通して、原詩である李白の作品の魅力が再發見されたという感慨がある。

そして、李白という天才の憧憬と悲哀が、マーラーという天才の憧憬と寂寥にイマジネーションを與えた。これら見知らぬ者同士が、時間と空間を遠く隔てて出會う瞬間があった。二人とも、共に最上のものに憧れ、また人間の限界に絶望していた。しかし、「採蓮曲」という樂府題が誕生し、發展し、飛躍する過程を見ていくと、人間の限界を超えて繼承されていく美意識と文化の不思議さを思わずにはいられない。

注

（1）「採蓮曲。起梁武帝父子。後世多擬之」『李太白全集』「採蓮曲」王琦注。

（2）出土文物から、遅くとも後漢には採蓮が行われていた事が確認される。「四川東漢墓中出土許多長方形的陶水塘模型、塘内有船和各種水生動物、與採蓮畫像磚基本相同」『四川漢代畫像磚與漢代社會』劉志遠等著（文物出版社　一九八三年十二月）

（3）『詩經國風』（中國詩人選集二　岩波書店　昭和四十八年十月三十日　第十五刷）

（4）『詩經』（中國の古典十八　學習研究社　昭和五十七年一月十日）

（5）北京大學中國文學史教研室選注（中華書局　一九八〇年十月第六次印刷）

（6）「草摘みが戀愛詩の發想に用いられるのは、逢うことをねがう豫祝としての草摘みが、やがて發想として定型化していったものと思われる」『詩經』白川靜著（中公新書　昭和四十五年六月二十五日　三三頁）

（7）この作品は前漢時代の民歌が採集されたものだと考えられている。「漢代遺曲のうち、「江南」は、もと呉歌もしくは楚歌で、經歷がもっとも古い。太平御覽巻五百七十三に引かれた古樂志に「古歌曲。有陽陵。白露。朝日。魚麗。白水。白雲。江南。陽春。淮南。駕辨。綠水。陽阿。採菱。下里巴人」とあり、これらの曲の大半は、宋玉の時代に歌唱されていたから、「江南」もまた、漢の開國當初に流行していたものと思われる」『樂府の歷史的研究』（增田清秀著　昭和五十六年十一月十五日第二刷創文社　八四頁）。

（8）「〝魚戲蓮葉東〟以下可能是和聲。《相和歌》本是一人唱、多人和的」（『樂府詩選』余冠英著　香港世界出版社　一九五四年三月十八日再版後記）。

（9）『禮記』問喪に「殷殷田田」の語があるが、これは音の形容である。『史記』平準書にある「往往卽郡縣比沒入田田之」は、「比沒入田」という耕作に關する言葉である。

（10）『樂府詩集』巻二十六所引の「樂府解題」では梁武帝『江南弄』第五首「採菱曲」も樂府「江南」古辭に基づくというが、少なくとも題名の「採菱」は、すでに『楚辭』「招魂」に「涉江采菱揚荷些」という句があり、「采菱」の王逸注に「楚人歌曲也」という。梁・武帝の「採菱曲」は、この古代の歌曲の題名によって名付けられたと考える方が自然である。

(11) 拙稿「中國古典詩に於ける諧音雙關語——樂府「江南」古辭の「魚」について——」(明海大學外國語學部論集三 一九九一年四月)參照。

(12) 逯欽立『先秦漢魏晉南北朝詩』は「梁詩」巻二十簡文帝「江南弄」題下注に「詩紀云。玉臺新本、樂府、英華竝作昭明。今從藝文作簡文」を引用した後に按語をつけて「玉臺舊刻稱簡文爲皇太子。後人遂謬以爲昭明。故諸詩系名多錯互也」という。

(13)『漢魏六朝樂府文學史』蕭滌非著 人民文學出版社 一九八四年三月 二四五頁

(14)『六朝樂府與民歌』四五頁 王運熙著 上海文藝聯合 一九五五年七月

(15) 西曲歌では『西烏夜飛』五首の第三首第二、三句に「攬刀持自刺、自刺分應死」と、しりとり形式の構造がある。

(16)『樂府詩集』は『子夜四時歌』六首を、『玉臺新詠』は『子夜歌』二首『子夜四時歌』十一首を梁・武帝の作とする。詳しくは逯欽立『先秦漢魏晉南北朝詩』參照。

(17) 一般的に言っても吳聲歌は西曲歌の影響を受けている。前出『六朝樂府與民歌』一四頁。

(18) 拙稿「古典詩の中のはす——樂府「江南」古辭の蓮について——」(『竹田晃先生退官記念東洋學論集』一九九一年五月 汲古書院)參照。

(19)『樂府詩集』「上聲歌」題下注に「晉宋梁辭」とある。また、梁・武帝「白紵辭」に「上聲急調中心飛」という句がある。梁代に「上聲歌」が流行していたことの證左である。

(20)『樂府詩集』巻四十四所引の『古今樂錄』にも、「吳聲十曲。一曰子夜、(略)竝梁所用曲」とある。

(21)『樂府詩集』では、この詩は、『子夜歌』第四十一首としても記載される。『玉臺新詠』は梁・武帝の作品とする。

(22)『樂府詩集』に記載される晉宋齊辭『子夜歌』四十二首の内、最後の二首は、『玉臺新詠』は梁・武帝の作とし、また第四十一首は『樂府詩集』巻四十五『子夜警歌』二首の二と同じものである。出自が明かでないことと、傾向が隔たっていることとから、今はこの二首を除いて考察する。

(23) 次の解説も同じ意見を取る。

田中克己　小野忍　小山正孝『唐代詩集』中國文學大系十七　一九六九年八月　五十三頁「蓮の花とりのうた」「若耶溪のあたりの蓮の花をとる女どもは、蓮の花ごしに笑って人と話している。日はそのしたての衣裝を照らし影が水に映って底まで見え風はその袖を吹きひるがえして空中にあがる。岸べにはどこの道樂むすこどもか三三五五つれだってしだれ柳の葉かげに見えかくれする。栗毛の馬はいないて散る花の中へ入ってゆきふと女たちを見て去りがてにしているがその思いもままならぬ。」

松浦友久『李白詩選』岩波書店　一九九七年　二四二頁「岸邊には、どこの浮かれ男たちか、三三、五五としだれ楊の葉かげに見えかくれ。栗毛の駒は嘶いて、花ふぶきの中に去ろうとするが、女たちを見ては行きつ戻りつ、空しく心を搖さぶられるばかり。」

裴斐『李白詩集』人民文學出版社　一九九六年　二四四頁「這些男子見了採蓮女空自動心、在這兒來回游蕩一陣、最后還是騎馬離去、進入傍邊的樹林。」

詹福瑞、劉崇德、葛景春『李白詩全譯』河北人民出版社　一九九七年十月　一三〇頁「岸上有一群遊冶的少年、在落花繽紛之中騎着紫騮馬過來、他們三三五五地在柳萌下觀着姑娘採蓮、爲姑娘們風采所迷、他們徘徊久之、不願離去。」

(24) 次の解説も同じ意見を取る。

吉川幸次郎　三好達治『新唐詩選』岩波新書　一九五二年八月　一〇七頁

「あとを見おくる採蓮のむすめたち、「此を見て踟躕しつつ空しく腸を斷つ」踟躕とは、思いなずむこと、腸もちぎれるばかりの物思いといえば、大げさであるが、むね一ぱいのせつないおもい、というほどの意味に讀んでよかろう。」

なお、清・王琦はここに「古孟珠曲」の次の句を引く。

道逢遊冶郎、恨不早相識

ここから見ると、王琦は少女が遊冶郎を慕っていると考えているように思われる。

(25) この評の前半で何を言わんとするのか定かではないが、杜牧「贈別」二首之二「多情卻似總無情、唯覺尊前笑不成。蠟燭有心還惜別、替人垂淚到天明」を取ったものであろうか。感極まると、かえって悲しみが感じられる、というほどの意味であろう考える。次の解説に同様の意見が言及される。
大野實之介『李太白全集全解』昭和五十五年五月早稲田大學出版部　五十三頁
「一首の中で最も迷わされるのは「此れを見れば踟躕し空しく斷腸」とある最後の一句である。詞語の構成から觀て作者自身の感興とも考えられるが、ここは久保天隨博士の解して居られるように、やはり美女達を眺めみている男性達の心境を李白が客觀的に寫景したものと觀るべきであろう。」

(26) 樂府の定義については、增田清秀『樂府の歷史的研究』（創文社　昭和五十六年十二月第二刷）「第一章　樂府の定義」に詳しい。

(27) 前章「樂府詩「採蓮曲」の誕生」參照。

(28)『說文解字』「蓮、芙蕖之實也」「華未發爲菡萏、已發爲芙蓉」

(29) 梁・吳均「採蓮曲」も混亂している例である。
「江南當夏淸、桂楫逐流縈。初疑京兆劍、復似漢冠名。荷香帶風遠、蓮影向根生。葉卷珠難溜、花舒紅易傾。日暮凫舟滿、歸來渡錦城」

この作品は、『初學記』卷二十七には梁・元帝「賦得涉江採芙蓉」という詩題で收錄されており、作者及び詩題の混亂が見られる。この、詩題の混亂の理由は次のように推測される。この作品は、他の一連の「採蓮曲」とは異なり、樂府というよりは文人の詩の趣がある。たとえば第二聯はいずれも「芙蓉冠」「芙蓉劍」という典故のある言葉にかけている。

芙蓉冠は秦始皇帝の制にあったという。また道士や仙人がつける冠である。

元陶宗儀『說郛』卷十二上　冠子朵子扇子「冠子者、秦始皇之制也。令三妃九嬪、當署戴芙蓉冠」

梁陶宏景『眞誥』卷一　運象篇「又有一人、年甚少、整頓非常、建芙蓉冠、著朱衣、以白珠綴衣縫、帶劍、都未曾見」

『海錄碎事』衣冠服用　冠冕「桐柏眞人着芙蓉冠」

芙蓉劍は『越絕書』に見えるすぐれた劍の名である。

『越絕書』越絕外傳記寶劍「手振拂揚其華、捽如芙蓉始出」

第三聯も第四聯も、全ての語が對になる、きちんとした對句で作られている。こうした句作りは樂府ではなく詩の作り方である。したがって「渉江採芙蓉」の詩題がふさわしいように思われる。しかし、歌われている内容に強い感情は表現されていず、「採蓮曲」に見られる印象に近い。梁の時代の作品であることを考え合わせると、樂府か詩か迷うところである。この理由で詩題に混亂が起こったと想像する。管見する所、六朝時代に「採蓮」と「采芙蓉」が混同している例は吳均のこれら二例のみである。

(30) 宋郭茂倩『樂府詩集』は「採蓮歸」とする。

(31) グスタフ・マーラー Gustav Mahler (一八六〇―一九一一)

オーストリアの作曲家・指揮者。ロマン派最後の世代。傳統的形式にとらわれず、さまざまな民間音樂を含む多様な要素と手法をとりいれた。大編成の管弦樂と標題を持つ作品が多い。十の交響曲と一つの未完成交響曲、また多くの歌曲がある。

(32) 一九〇七年以前に書かれた書籍の内、これから記す三名の他に、次の本を調査した。

(一) ゴットフリード・ベーム Gottfried Bähm (一八四五―?)『中國の歌 Chinesische Lieder』(一八七三年)

ベームは一八六四年ミュンヘン大學に入學。ミュンヘンで法律と東洋語學を學んだ。三四歳まで著述業に從事し、その後國家公務員となり、一九〇七年に樞密顧問官。

本書表題に、「ジュディット・ゴーチェによる白玉詩書からの、ゴットフリード・ベームによるドイツ語譯での中國の歌」と書かれている。目次を見ると、『白玉詩書』の初版本と同じ章立てで、作品の順番も變わらない。ただ作品數が「詩人たち」と「酒」の章で一首ずつ少ない。作品の内容は、大多數がゴーチェの作品のほぼ忠實な獨譯であるが、中には大幅に變更しているものもある。ゴーチェ『白玉詩書』の初版が出て六年後には出版されていたにも關わらず、この本はドイツであまり注目されなかったようだ。作品を比較してみると、後にドイツで出版された獨譯漢詩集の類にほとんど影響を與えていないように思われる。ただ、參考にされていたことは確かで、後に述べるハイルマンが彼の『中國の詩』序文(五〇頁)でこの本に觸れている。

(二) アレン・ジャイルズ Herbert Allen Giles (一八四五―一九三五) イギリス

『中國文學史　History of Chinese Literature』（一九〇一年）London

ジャイルズはケンブリッジ大學中國學科の教授（一八九七―一九三二）で、この講座を繼いだアーサー・ウェリーとの共著もある。

主要著書：“Gems of Chinese Literature”（一九二三年）London　“Chinese Poetry in English Verse”（一八九八年）London

（三）ハンス・ハイルマン Hans Heilmann（?―?）

『中國の歌　Chinesische Lyrik, In deutscher Übersetzung, mit Einleitung und Anmerkungen von Hans Heilmann』（一九〇五年）

略歷不明。“China und Japan in der deutschen Literatur 1890-1925” Ingrid Schuster（一九七七年）Bern, に據ると、當時、デーメルやホルツ等の詩人グループに屬し、ケーニヒスベルクの新聞の編集長をしていたが、ホルツの推薦で中國詩の翻譯を手がけることになったという。『中國の歌』には、李白の詩二十六首が收められる。脚韻を踏まない散文譯。序文には、十三種の參考文獻が擧げられている。

（四）オットー・ハウザー Otto Hauser（一八七六―一九四一）

『李太白 Li Tai Pe』（一九〇六年）

ウィーンでプロテスタント神學、東洋言語を學んだ。約四十の言語を修得し、翻譯するとともに、雜誌“Aus dem fremden Zungen”の中心人物となった。役所や大學に所屬せず、フリーの著述業として、ウィーンで過した。その詩集“Li Tai Pe”には、「烏夜啼」から「怨情」まで、李白の詩五十七首が譯されている。

（五）ジョゼフ・エドキンズ Joseph Edkins（一八二三―一九〇五）イギリス

ロンドン大學を卒業。ロンドン傳導會の代表として上海、天津、北京に滯在する。中國語學、中國文學に關する業績がある。論文“On Li T'ai Po”に李白詩二十四首の翻譯を含む。

（六）リヒャルト・デーメル Richard Dehmel（一八六三―一九二〇）ドイツ

當時、文壇の主流を占めていた自然主義から出發し、思想的にはニーチェ、表現上ではフランス象徴詩人たちの影響を受け、獨自の詩境を開いた。その詩集"Aber die Liebe"（一八九三年）に、李白の「靜夜思」「悲歌行」二篇が、"Gesammelte Werke"（一九〇六年）に、「月下獨酌」他三篇が譯されている。

マーラーと親交があり、アルマ・マーラー『マーラーの思いで』には、デーメルがマーラーに戯曲の評價を依賴する手紙が収められている。

（33）富士川英郎氏の論文「李太白とドイツ近代詩」によると、ゲーテの「シナ・ドイツ 年暦・日暦 CHINESISCH-DEUTSCHE JAHRES UND TAGESZEITEN」は一八二七年に英譯の漢詩集『中國の戀歌 CHINESE COURTSHIP』を見、その數編をもとに創作したという。

（34）『マーラーの思いで』（アルマ・マーラー著　酒田健一譯　白水社一九九九年十月）の一九〇七年の項（一三五頁）に「このころまでに、マーラーの作曲活動は驚くべき成果をあげていた。（略）『大地の歌』のスケッチ」、一九〇七年秋の項（一四五頁）「この年の夏、（略）のちに『大地の歌』となる九番目の交響曲もようやく形を成しつつあった」、一九〇八年（一六二頁）「この夏いっぱい、彼は熱に浮かされたようにハンス・ベートゲの翻譯による中國の詩集をテキストにしたオーケストラ付き歌曲の制作に沒頭した。（略）予想したよりもはやく完成した」とあるから、マーラーは一九〇七年にベトケの『中國の笛』が出版されるとすぐに『大地の歌』を作り始め、一九〇八年にはほぼ完成させていたわけで、『大地の歌』に影響を與えた書籍としては、このころまでのものを考えればよい。パリに遲れてこのころウィーンでもシノロジーやジャポニズムが盛んになったようだが、恐らくマーラーはベトケ『中國の笛』だけを參考にして『大地の歌』を作っていると思われる。

（35）（一）エルベ・サン・ドニ　Hervey-Saint-Denys『唐代の詩　Poésies De L'époque Des Thang』一八六二年（一九七七年　再版　Éditions Champs Libre, Paris)

（二）ジュディット・ゴーチェ　Judith Gautier『白玉詩書　LE LIVRE DE JADE 』一八六七年　PARIS

（三）ハンス・ベトケ Hans Bethge『中國の笛　Die Chinesische Flöte』一九〇七年　Leipzig

（36）エルベ・サン・ドニ　Hervey-Saint-Denys（一八二三—一八九二）フランス

東洋言語學校とフランス大學で中國學を學んだ。一八六七年には萬國博覧會で中國部門の委員長となっている。一八七四年に、フランス大學の中國學の講座を継ぐ。主要な業績は、『離騒 Le Li-sao』（一八七〇年）『中國の三篇の小説』（一八八五年）。

（37）『唐代の詩』序文一〇七頁に該書の底本として「リシュリュー通りの圖書館で見られる」というコメントと共に次の三種を擧げる。

一、"Thang chi ho kiai" 全十二卷　北京　一七二六年

二、"Thang chi ho suèn tsiang kiai" 全十二卷

三、"Li-tai-pé ouen tsi" 全十卷

リシュリュー通りの圖書館とは王立圖書館のことで、その藏書は現在のフランス國立圖書館に引き繼がれている。王立圖書館所藏漢籍目錄 "BIBLIOTHÈQUE NATIONALE DÉPARTMENT DES MANUSCRITS CATALOGUE DES LIVRE CHINOIS, CORÉENS, JAPONAISE" MAURICE COURANT; PARIS,1902 も現存し、それによると、これら三種の本は『唐詩合解』『唐詩合選詳解』『李太白全集（王琦注）』である。

『古唐詩合選』は明の李攀龍（一五一四―一五七〇）と清の鍾惺（一五七四―一六二四）の選評とされている。李攀龍は古文辭派に屬し、後七子の筆頭であり、鍾惺は竟陵派に屬し『古詩歸』『唐詩歸』を編集した。ただし、生卒年から見てこの二人が共同で選評を行ったとは考えられない。二人の名に假託して出版されたと考えられる。本の內容を見ると盛唐を重視した編集となっている。

『古唐詩合解』は、清の王堯衢の編注。傾向としては、盛唐の詩人に、收錄作品が多い。

『李太白全集』は清・王琦注本。

（38）王琦は「若耶溪」に注を付け、「紫騮」「遊冶郎」に用例を擧げている。『唐詩合解』『唐詩合選』はこの作品を收錄していない。

（39）ジュディット・ゴーチェ Judith Gautier（一八四五―一九一七）フランス父の付けたペンネームによって Judith Walter また結婚して Judith Méndes とも名乘る。ロマン派の詩人テオフィー

ル・ゴーチェの娘。ユゴー、ゴンクール兄弟など、當時の文人と幅廣い交際があった。西園寺公望と共に佛譯日本詩歌集『蜻蛉の詩』も出版している。

主な著書 "le Dragon Impérial" 一八六八年　論文 "Cruautés de l'amour" 一八七九年　詩集 "Poésies de la libellule"

參考文獻：傳記 "Judith Gautier A Biography" Joanna Richardson 一九八六年 London

（40）"Le Livre De Jade" Paris, Alphonso Lemerre, 一八六七年

『白玉詩書』とは、一八六七年版の表紙に記されている本書の中國名である。"Éditions Jules Tallandier, Paris 1928" など幾つかの版があるが、管見する所、作品 "Au Bord De La Rivière" に本による文字の異同はない。『玉書』と譯されることもある。

一八六六年二月の初め、ジュディットが自宅で中國詩の翻譯をできるよう、父テオフィールが王立圖書館から中國の詩集を借りている（"Judith Gautier-A Biography" Joanna Richardson 1986 London に引用される "Theophile Gautier Catalogue" No138-140 による）。したがって、『白玉詩書』を書くに當たってゴーチェが參考にした中國書は、やはり當時の王立圖書館に所藏されていた『古唐詩合解』『古唐詩合選』『李太白文集』であったと思われる。

（41）ゴーチェ『白玉詩書』の翻譯と明記しているゴットフリード・ベームは、當然ゴーチェに據っている。

（42）ハンス・ベトケ Hans Bethge（一八六七—一九四六）ドイツ

ハーレとジュネーブで、哲學を學んだ後、古フランス語とスペイン語を修得し、モリエール論で、博士號取得。氣品のある新ロマネスク風の詩や戯曲を書いている。デーメル、ヘッセ等の詩集の編集者としても名がある。

『中國の笛 Die chinesische Flöte』（一九〇七）には李白詩十五首が譯されている。本書の目次を見ると、宋代以前の作品は、エルベ『唐代の詩』ゴーチェ『白玉詩書』ハイルマン『中國の詩』の三書に收録されている作者の作品のみが扱われている。從って、この三册を參考にして翻案したものと推定される。但し、作者の生卒年が記されている作品があり、これは前三書には見られないものである。前三書を參考にしたといっても、ある程度は他の研究の成果も參考にしていたと思われる。

（43）「中心樂章はアルトが歌う第四樂章「美について」（李太白「採蓮曲」）である。（略）共にテノールが歌う第三樂章「青春に

ついて」（李太白）と、第五樂章「春に醉える者」（李太白）が上記の中央樂章を圍んでいる。（略）これらのさらに外側では、アルトによる二つの曲、第二樂章「秋に寂しき者」（詩人名不詳）と第六樂章「告別」の前半（孟浩然）とが一對の曲として照應する。（略）そして第一樂章「大地の哀愁を歌う酒の歌」（略）この冒頭樂章に對應する第六樂章「告別」の後半」（『グスタフ・マーラー――現代音樂への道――』一五四頁　柴田南雄著　岩波新書二八〇　一九八四年）。

(44)「《あずまや》が《青春》に、《岸邊》が《美》に變わっている。こうした具體的なものが一般的なものへ轉化してゆく經路を調べてゆくと、有益な結果が得られるだろう。」『マーラー　未來の同時代者　Gusutav Mahler oder Der Zeitgenosse der Zukunft』Kurt Blaukopf クルト・ブラウコプフ著　酒田健一譯（一九九八年十月　白水社）。

(45) ブルーノ・ワルター Bruno Walter（一八七六―一九六二）指揮　一九五二年　Decca Record　復刻版（ポリグラム株式會社）によれば、B部はおよそ一〇〇秒、そのうち歌の部分は四〇秒である。ワルターは一九〇一年にマーラーに招かれてウィーンの宮廷歌劇場副指揮者となっている。

　オットー・クレンペラー Otto Klemperer（一八八五―一九七三）指揮　一九六四年　復刻版（Toshiba Emi Ltd.）によれば、B部はおよそ一一〇秒、歌の部分は三八秒である。クレンペラーは一九〇七年にマーラーの推薦でプラハのドイツ民族劇場の樂長及び合唱指揮者となっている。

　この作品は、マーラーの生前に演奏されることはなかった。

　なお、ヘルベルト・フォン・カラヤン Herbert von Karajan 指揮、ベルリンフィルハーモニー（一九七三―七四年收錄グラモフォン）では、B部全體がおよそ九〇秒で演奏されている。

(46) ヴァイオリン屬やハープで、指で弦を押さえず、輕く觸れて倍音を出す奏法。縱型フルートの一種であるフラジオレットの音に似ている所から名付けられた。高い音であっても、鋭い音ではなく、やわらかな音になる。ヴァイオリンではなくチェロのフラジオ音を使ったことで、いっそう丸みをおびた音質となっている。

(47)「自分自身のロマンティシズムへの不信は、第七交響曲のスケルツォ樂章のトリオにも聽き取ることができる。心を突き刺すような短い悲しげな旋律が、突然割りこんできた速い諷刺的なパッセージによって荒々しく打ち倒される。その後悲しげな調子が再び戻ってくるが、結局もう一度叩きつぶされてしまうのである（第一七九〜二一〇小節）」（『異邦人マーラー』"Gustav Mahler Man of the Margin" ヘンリー・A・リー Henry.A.Lea 著　渡部裕譯　音樂之友社　一九八七年　一一七頁）

（48）『グスタフ・マーラーの思い出』ナターリア・バウアー＝レヒナー著　高野茂譯（音樂之友社　昭和六十三年十二月）四四頁「魚への說敎」。また前出『異邦人マーラー』一一〇頁「アイロニーの音樂家」。

（49）第一樂章「大地の悲しみを歌う酒の歌」でベトケの詩にマーラーが加えた言葉。

（50）「彼が實存の孤獨をもっとも雄辯かつ強烈に語り出しているのは、おそらく《大地の歌》においてであろう。（略）《大地の歌》に表現されている寂蓼感は宇宙的なものになっており、比肩するものを見出すのは困難である。（略）《大地の歌》の最後の終結感のないハーホーイの和音（略）は、無限の孤獨、歌っている者自身の死をはるかにこえた大地の美しさと永續性の感覺を表現している。《告別》と題されたこの歌は、歌詞にあるような單なる友人との個人的な別れではなく、この世界、この地上、この宇宙からの永遠の別れの歌なのである。歌詞に歌われている、この地上に故鄉がないという個人的な感情から、マーラーはすべてを包含するような孤獨感を蒸溜したのである」前出『異邦人マーラー』七八頁。

（51）「日本の美術品がウィーンの人々に知られ始めるのは一八六七―七一年のカール・フォン・シェルツァーの日本への派遣旅行以來であり、大衆的なレベルでは一八七三年のウィーン萬國博覽會が大きな役割を果たした」（馬淵明子「クリムトと裝飾――ウィーンにおける繪畫のジャポニズム」『ウィーンのジャポニズム展』カタログ　東京新聞　一九九四年　一九頁）。同書によると、一九〇〇年には日本特集の「第六回ウィーン分離派展」が開かれている。

補説（一）櫻桃

描寫表現の變遷——盛唐から中唐へ——

はじめに

本論では、「櫻桃」語を手がかりとして、特に盛唐から中唐への移行期に焦點を當て、描寫表現はどのように變化したか、またそれはなぜか、ということを詩と朝廷の關わりの中から考える。

本論は「櫻桃」という一つの言葉について検證するものであるが、本論を報告してのち、多くの言葉について研究が行われ、本論の結果が廣い範圍で確かめられた。このことについてはのちに述べる。

第一節　櫻桃について

櫻桃はいわゆるさくらんぼの木であるが、現在日本で普通に見られるセイヨウミザクラではなく、シナミザクラといって、實が小さいものである。

『本草綱目』にはいろいろな名稱が載っているが、唐詩の中では「櫻桃」「含桃」と書かれることが一般的である。「山櫻」「紅櫻」「朱櫻」「白櫻桃」「紫櫻桃」という名稱も散見される。

櫻桃に關する古い文辭は、次に擧げるように、『禮記』と『史記』に見られ、これらの記事から、古くから宗廟に獻ずる習慣があったことが知られる。

是月也、天子乃以雛嘗黍、羞以含桃、先薦寢廟。

（是《こ》の月也、天子乃ち雛を以て黍を嘗し、羞《すす》むるに含桃を以てし、先ず寢廟に薦《すす》む。）『禮記 月令 仲夏之月』

孝惠帝曾春出游離宮。叔孫生曰、古者有春嘗果。方今櫻桃熟可獻。願陛下出因取櫻桃獻宗廟。上迺許之。諸果獻由此興。

（孝惠帝曾て春に出でて離宮に游ぶ。叔孫生曰く、古は春に果を嘗すること有り。方今櫻桃熟して獻ず可し。願はくば陛下出でて因りて櫻桃を取り宗廟に獻ぜんことを、と。上迺ち之を許す。諸果獻ずること此れ由り興る。）『史記 叔孫通列傳』

『詩經』『楚辭』、漢詩、三國詩に「櫻」という言葉は現れない。六朝から隋までに「櫻」語が現れる詩は十四首ある。その中で、櫻桃の花について歌うものは六首あり、その六首の內四首が山櫻を歌う。

山櫻發欲然　　山櫻發《ひら》きて然《も》えんと欲す　　梁沈約「早發定山」

というように山櫻の花が鮮やかな紅色をしていることを歌うものが多く、殘りの內の一首も「紅葩」と言っているところから山櫻を言うものと思われる。色彩と光を主に歌う巧みな描寫の句が多い。

隋以前の作品の、他の八首は櫻桃の實を歌うものである。その八首の中には、

今日薦櫻時　　今日　薦櫻の時　　陳江總「攝官梁小廟」

と、『禮記』を受けて、「宗廟に薦める」ことを言うもの、

梟雛掇苦薺　　梟雛　苦薺を掇《ひろ》ひ

黃鳥銜櫻梅　　黃鳥　櫻梅を銜《ふく》む　　宋鮑照「三日」

のように、鳥と組み合わせて歌うもの、の二つのパターンが見いだされる。

以上が、唐代にはいる前の、詩語「櫻桃」に付與された文化的意味の様相である。これを踏まえた上で、唐詩について見ていきたい。

なお、唐詩の中には、櫻桃の實を歌うもの、木を歌うもの、葉を歌うもの、林全體を歌うものなど、多様な作品があるが、壓倒的に多いのは實と花とを歌う作品であるので、本論は花と實を歌った詩句のみを扱うこととする。また、本論は描寫表現について考察することが目的であるので、植物としての櫻桃に關わる句を扱い、固有名詞や比喩的用法については論じない。

櫻桃の花を描く詩は、初唐にはない。盛唐の作品に九首、中唐の作品に四十首、晩唐の作品に三十首見られる。(1)櫻桃の實を歌う詩は、初唐に四首、盛唐に十五首、中唐に二十七首、晩唐に三十六首見られる。(2)

第二節　『全唐詩』に見られる初盛唐の櫻桃

初盛唐の作品の櫻桃花に關する描寫表現を見ると、

空館發山櫻　　空館に山櫻發《ひら》く　　王維「遊化感寺」

櫻桃（花）落盡暮愁時　　櫻桃（花）落ち盡《つ》くす 暮愁の時
劉商「上巳日兩縣寮友會集時主郵不逐馳赴輒題以寄方寸」

のように「發」「開」「落」の文字が用いられている作品が多く、九首中六首にのぼる。櫻桃を形容している部分は少なく、その形容も、

繁花舊雜萬年枝　　繁花舊《も》と雜ふ　萬年枝　　崔興宗「和王維敕賜百官櫻桃」

の「繁花」や、

桃花昨夜撩亂開　　桃花　昨夜　撩亂として開く　　丁仙芝「餘杭醉歌贈吳山人」

の「撩亂」のようにごく簡單なものでしかない。盛唐の詩人達は、櫻桃の花について言えば、もっぱらそれが「咲いた」か「散った」かについてしか興味を持っていなかったように思われる。

次に櫻桃の實に關わる初盛唐の詩句を見てみよう。

初盛唐の作品を見ると、

含桃可薦　　含桃　薦《すす》む可し　　魏徵「五郊樂章・肅和」

纔是寢園春薦後　　纔《わずか》に是れ寢園春薦の後　　王維「敕賜百官櫻桃」

敕賜櫻桃向幾家　　敕賜の櫻桃　幾家にか向かふ　　顧況「櫻桃曲」

千春薦陵寢　永永垂無窮　　千春　陵寢に薦め　永永　無窮に垂る　　杜甫「往在」

にあるように、「薦」「賜」「貢」という文字が頻出することに氣づく。これらの文字は十九首中九首に出てくる。これは、それらの作品が、第一章で述べた『禮記』や『史記』の記事にもある、朝廷で櫻桃を宗廟に薦める行事に關連する作品であることを示している。宮中で生った櫻桃を宗廟に薦め、それを臣下に下賜し、また地方の櫻桃が朝廷に獻上されるのである。

さらに、

谷鳥含櫻入賦歌　　谷鳥　櫻を含み　入りて歌を賦す　　李乂「興慶池侍宴應制」

のように、鳥と組み合わせて歌う作品も四首あり、一つのパターンとして捉えられる。

ところで朝廷に關わる行事を歌うことと、鳥と組み合わせて歌うこととは、第一章で見たように、六朝詩の特徴でもあった。すなわち、初盛唐の詩句の特徴の第一は、六朝以來の傳統的な歌い方を繼承していることである。特徴の第二として、全體に朝廷を強く意識している様子が見られる。ことに杜甫は、櫻桃の花を歌う作品は一つもないのに、櫻桃の實を歌う作品は五首もあり、そのほとんどが先に擧げた例のように朝廷に關わる詩句となっている。

第三に、櫻桃そのものを描寫する言葉は、

果院新櫻熟　　果院に新櫻熟す　　李嶠「五月奉敎作」

にある「熟」、

含桃落小園　　含桃　小園に落つ　　李白「陽春曲」(3)

にある「落」、

朱櫻比日垂朱實　　朱櫻　比日　朱實を垂る　　杜甫「惠義寺園送辛員外」

にある「垂」、のように簡單なものが多い。これは、櫻桃の花の句について見たときに、「開」「發」「落」のような語が多かったことと同じ傾向である。

この時期には、題詠またはそれに近い作品が五首あり、全體に占める割合が大きい。これらの作品を見ると、櫻桃についての作品ながら、櫻桃そのものの描寫は豐富ではない。もし櫻桃について知らない人が讀んだら、櫻桃の實がどんな様子をしているのか、さっぱり分からないに違いない。

未央朝謁正逶迤　　未央の朝謁　正に逶迤《いい》たり
天上櫻桃錫此時　　天上の櫻桃　此時に錫《たま》ふ
朱實初傳九華殿　　朱實初めて九華殿に傳ふ

繁花舊雜萬年枝　繁花舊《も》と萬年枝に雜《まじ》ふ
未勝晏子江南橘　未だ晏子江南の橘に勝《まさ》らずとも
莫比潘家大谷梨　比ぶる莫かれ　潘家大谷の梨に
聞道令人好顏色　聞くならく　人をして顏色を好《よ》からしむと
神農本草自應知　神農本草　自ら應に知るべし

崔興宗「和王維敕賜百官櫻桃」

「晏子江南の橘ほどではないにしても、潘家大谷の梨には比べるまでもない」(4)というこの第三聯から、櫻桃の實を知らない人は、櫻桃とはきっと橘や梨のような果物に違いないと思うことだろう。

華林滿芳景　華林に芳景滿ち
洛陽徧陽春　洛陽に陽春　徧《あまね》し
朱顏含遠日　朱顏　遠日を含み
翠色影長津　翠色　長津に影す
喬柯囀嬌鳥　喬柯に嬌鳥　囀《さえず》り
低枝映美人　低枝に美人映ず
昔作園中實　昔は園中の實と作《な》り
今來席上珍　今は席上の珍と來たる

太宗皇帝「賦得櫻桃」

この作品は、やはり具體的な描寫を避け、「華林」の「華」、「芳景」の「芳」という美稱、「遠日」「長津」「嬌鳥」「美人」のような、櫻桃とはあまり關係がない、偉大なもの、美しいものを配置して、櫻桃についての美しい雰圍氣を喚起する。こういう手法は六朝後期の宮體詩に見られるものである。

このように、題詠の作品が、主題そのものの描寫に熱心でなく、それが美しいもの、好《よ》きものであると述べることに力を注いでいる點が、初盛唐の作品の特徴の第四である。

但し、杜甫の「野人送朱櫻」詩は異なる。

西蜀櫻桃也自紅　西蜀の櫻桃 也《ま》た自ら紅なり
野人相贈滿筠籠　野人相贈り 筠籠に滿つ
數迴細寫愁仍破　數迴細かく寫《うつ》して仍ほ破るるかと愁ふ
萬顆勻圓訝許同　萬顆勻《ひと》しく圓く許《ほ》ぼ同じきを訝《いぶか》る

杜甫「野人送朱櫻」

「幾度にも分けて移すのだけれども、それでもなお皮が破れるのではないかと心配だ」「たくさんの粒が同じように丸い。どうしてこんなにどれも同じ様なのだろうか」。はちきれんばかりに實の充實している様子、たくさんの實が丸く揃って竝んでいる様子、さらにはそれを扱う作者の手付きから見つめて驚いている様子までが想像され、定型的な表現を繰り返すのではなく、作者自身の細かな觀察による實體に即した描寫が見られる。ものに密着した描寫をしようという意識を持っていた點において、杜甫は同時代の文學者の中で特異な存在であったし、またそれを實現し得る傑出した描寫力を持っていたと言える。杜甫について既述の傾向をまとめると、櫻桃の實を朝廷と結びつけ、傳統に則って扱うという、その精神はまさに盛唐の人であるのに、描寫表現の面では盛唐の他の詩人たちとは異なっていたのである。

さて、初盛唐の作品が持つこれらの特徴に對して、中唐の作品はどうであっただろうか。

第三節　『全唐詩』に見られる中唐の櫻桃

花の描寫に戻って中唐詩を見てみると、「發」の文字は、張籍の二句、劉禹錫、呂溫の各一句、白居易の二句にあり、「落」の字は、白居易、殷堯藩、李紳の各一句にあり、「開」の字は白居易の三句と元稹の一句にあるが、これらの文字が使われる頻度は、盛唐詩に比較するとずっと少なくなっている。晩唐に入ると、韓偓、陸希聲の作品に「發」、韋莊の作品に「開」など、ごく僅かな例しか見られなくなる。ここから、中唐、晩唐の詩人達は、櫻桃の花を描寫するのに、ただ「咲いた」「散った」と言うだけでは飽きたらなくなった、ということが推測されるのである。より一般的に言うなら、ものを描寫するのに、ただその存在だけを示すような簡單な描寫だけでは滿足できなくなったのである。

では、「咲いた」「散った」と言うだけではなくて、中唐の詩人達は櫻桃の花をどの樣に描寫し始めたのだろうか。まず第一に、實體に即した描寫がされるようになったことが擧げられる。先に見た初盛唐の作品には、鳥と組み合わせた圖とか、朝廷の恩賜の櫻桃という樣な、傳統的な既成觀念を歌うことが多く、また、太宗の「賦得櫻桃」詩のように、「美人」や「嬌鳥」のような美しいものを配置したり美稱を用いたりすることによって、美しいということを強調するものが多かった。中唐詩には、そのような、實體が抜け落ちた描寫は少なくなる。

たとえば、花の例を見ると、

　　宿露發清香　　宿露　清香を發し
　　初陽動暄妍　　初陽　暄妍を動かす　　劉禹錫「和樂天譙李周美中丞宅池上賞櫻桃花」

では「露に濡れたために香が強くなっている樣」「朝日を受けて、暖かくいきいきとし始めた樣」を見ている。また、

櫻桃帶雨胭脂溼　　櫻桃雨を帶びて胭脂溼ふ　　劉禹錫「句」

では「雨に濡れて花の紅色が潤いを帶びた様」が、

花繁偏受露　　花繁く偏《ひとへ》に露を受く　　白居易「有木詩八首之二」

では「無數に咲いた花の一つ一つがきわだって露に濡れている様」が歌われる。

舞空柔弱看無力　　空に舞ひて柔弱として看て力無く
帶月葱蘢似有情　　月を帶びて葱蘢として情有るに似たり　　李紳「北樓櫻桃花」

では、長いへたの先に花がついている様子を見て、「空中で搖れている様が弱々しく賴りない」と思い、「月の光を受けて青白く輝く様子」がその賴りない花に似つかわしいと感じている。これらの描寫は、實際の植物を見ずに想像や觀念だけで書くことはできない。櫻桃の花の折々の様子を觀察しているからこそ生まれる句である。

櫻桃の實の例を見ると、

熒惑晶華赤　　熒惑　晶華赤く
醍醐氣味眞　　醍醐　氣味眞なり
如珠未穿孔　　珠《たま》の如くして未だ孔《あな》を穿《うが》たず
似火不焼人　　火に似て人を焼かず
杏俗難爲對　　杏は俗にして對を爲し難く
桃頑詎可倫　　桃は頑《かたくな》にして詎《なん》ぞ倫《たぐ》ふ可けん
肉嫌盧橘厚　　肉は盧橘の厚きを嫌《いと》ひ
皮笑荔枝皴　　皮は荔枝の皴《しわ》むを笑ふ

瓊液酸甜足　　瓊液　酸甜足り
金丸大小勻　　金丸　大小勻《ひと》し
偸須防曼倩　　偸《とう》は須らく曼倩を防ぐ可し
惜莫擲安仁　　惜みて安仁に擲《なげう》つ莫かれ
手擘纔離核　　手に擘《さ》けば纔《わづ》かに核を離れ
匙抄半是津　　匙に抄《すく》へば半ば是れ津なり
甘爲舌上露　　甘くして舌上の露と爲り
暖作腹中春　　暖めて腹中の春と作る

白居易「與沈楊二舍人閤老同食敕賜櫻桃玩物感恩因成十四韻」

この作品では、「色は火星のように赤く、味は醍醐のよう。形は孔のあいていない眞珠、熱くない火」また「果汁は甘酸っぱく、丸い玉は同じ大きさ」というふうに、色、味、形が、具體的に書かれている。他の果實との比較でも、「杏のように俗っぽくなく、桃ほど頑なではなく、盧橘ほど果肉が厚くなく、茘枝のように皮がしわしわではない」と、やはり具體的である。また、「手で裂くと種から離れ、匙で掬うと果汁がたっぷり、舌の上では甘く、食べるとお腹が溫まる」とも言う。これだけ具體的な描寫が續くと、櫻桃の實を知らない者でも、櫻桃がどの様な物か實によく分かる。

物を描寫する場合に、觀念によって書くのではなく、實體に卽した、細かな觀察に基づく描き方が一般的になったのは、中唐からだと私は考えている。

中唐詩の描寫表現の第二の特徵として、描寫に作者の感情が移入されていることが擧げられる。

たとえば、先に擧げた李紳の句、「帶月葱蘢似有情（月光を浴びて靑味を帯び、氣持ちがこもっているようだ）」と、無情のはずの植物なのに、情があるようだ、という。もし櫻桃に情があったらどうなったかというと、李紳の句には續けて、「多事東風入閨闥　盡飄芳思委江城（おせっかいにも東風に乘って寢室に吹き入り、かぐわしい想いを翻して江城に吹きすぎていく）」と言う。また白居易は、

停杯替花語　杯を停《とど》めて花に替《かは》りて語らん

不醉擬如何　醉はずして如何せんと擬す

白居易「同諸客攜酒早看櫻桃花」

という句で、「酒を飲む手を止めて、今醉わなくてどうする、と、花に替わって言った」という。花になり替わって、花の心を言っているのである。また、

色求桃李饒　色は桃李を求めて饒《にぎは》ひ

心向松筠妬　心は松筠に向ひて妬《ねた》む

白居易「有木詩」

では、櫻桃の性格を述べている。櫻桃に心を寄せ、櫻桃の氣持ちを感じとる。推し廣げて言えば、對象となる物の心を感じとり、それを詩に描く、ということであるが、このような描寫の仕方は、中唐に廣まった。そして、植物の心までも感じとろうとする描き方は、晩唐に受け繼がれていっそう一般的になったのである。

晩唐の例を見ると、

萬一有情應有恨　萬一情有らば應に恨み有るべし

一年榮落兩家春　一年の榮落兩家の春

吳融「買帶花櫻桃」

と、櫻桃の恨みを想像する句がある。これは、美しい花が、ちょうど買われてきた歌伎のように、二つの家で榮えて落ちぶれる經驗をすることを嘆いている句である。また、

櫻桃零落紅桃媚　　櫻桃零落して紅桃媚ぶ　　韓偓「再和」

の句は、要するに、同じく韓偓の「青春」詩「櫻桃花謝梨花發（櫻桃花謝《さ》り梨花發《ひら》く）」と同じことを言っているのであるが、櫻桃に人間の女性のような感情を認めて「零落し、媚びる」と言っているのである。こうした擬人法は六朝時代からすでにあるが、一般化し、多くの人達に用いられるようになったのは晩唐詩であり、その一般化が始まったのは中唐詩であった。

中唐詩の第三の特徴としては、比喩の面白さを擧げられる。

次に擧げるように、白い花が群がり咲いている様を雪に喩えるのは、誰でも思いつきそうな平凡な比喩である。

處處山櫻雪滿叢　　處處の山櫻雪は叢に滿つ　　羊士諤「登郡前山」

櫻桃千萬枝　　櫻桃千萬枝

照耀如雪天　　照耀　雪の天の如し　　劉禹錫「和樂天譏李周美中丞宅池上賞櫻桃花」

櫻桃昨夜開如雪　　櫻桃昨夜開くこと雪の如し　　白居易「感櫻桃花因招飲客」

しかし、次に擧げるような句は、獨特な發想を持っている。

たとえば孟郊は、「香の好い赤い雨が降ってくる」という。

櫻桃花參差　　櫻桃　花は參差

香雨紅霏霏　　香雨　紅は霏霏　　孟郊「清東曲」

呂溫は、「朝日の光を奪ったようだ。暖かい風が吹いてくるかと思う」と言う。

似奪朝日照　　朝日の照るを奪ふに似

疑畏煖風吹　　煖風の吹くを畏るるかと疑ふ　　呂溫「衡州歲前遊合江亭見山櫻蘂未折因賦含彩吝驚春」

白居易は、「紅の雪が枝に重い」という。

紅雪壓枝柯　紅雪　枝柯を壓す　白居易「同諸君攜酒早看櫻桃花」

元稹は、「火のようだ」という。

窣破羅裙紅似火　窣として羅裙を破る　紅は火に似たり　元稹「櫻桃花」

李紳は、雪と雲とをまとったようだという。

雪綴雲裝萬萼輕　雪と綴り雲と裝ひ萬萼輕し　李紳「北樓櫻桃花」

日光、雨、風、火、雪、雲と、比喩の對象も作者によって様々である。

櫻桃の實についても、比喩が豐富に使われる。

次の句は、丸い形は龍頷の珠に、赤い色は鷄頭に、また、遠くに見える炎、殘んの星に喩えている。

圓疑竊龍頷　圓きは龍頷を竊《ぬす》みしかと疑ひ

色已奪鷄頭　色は已に鷄頭を奪ふ

遠火微微辨　遠火は微微として辨《わか》ち

殘星隱隱看　殘星は隱隱として看《み》ゆ　權德輿・杜牧「酬裴傑秀才新櫻桃」(5)

そして、比喩によって描き出されたイメージに、獨特の雰圍氣を持つ句が現れる。典故や既成觀念に基づいた觀念によるイメージではなく、個々の作者によって作り出された想念によるイメージが歌われる。それらの比喩の内には、幻想と呼んでもよいようなものがある。

たとえば、

斜日庭前風嫋嫋　斜日の庭前風嫋嫋たり

碧油千片漏紅珠　　碧油千片　紅珠を漏らす　　張祜「櫻桃」

「碧油」とは綠色に淀んでいる水を形容するような言葉であるが、ここでは一面に茂っている葉のことを言うのであろう。綠の葉の間から紅い珠が垂れている樣子を言うのであるが、第二句の二文字目「油」五文字目「漏」というさんずいのつく文字の連想から、紅い眞珠が滴となって滴り落ちているようなイメージの效果を擧げている。

先に擧げた李紳の作品の、「雪と綴り雲と裝ひ萬蕚輕し」は、櫻桃の木がいかにも輕やかな衣をまとっているようである。

次の詩は旣に見た句を含むが、元稹の題詠の作品の全文である。

櫻桃花　　櫻桃花　　元稹「櫻桃花」
一枝兩枝千萬朶　　一枝兩枝　千萬朶
花塼曾立摘花人　　花塼　曾て立つ　花を摘む人
窣破羅裙紅似火　　窣として羅裙を破る　紅は火に似たり

「窣」は「にわかに」「突然」という意味の語である。突然破れたのは花を摘む人のうすぎぬのスカートであろう。火のように紅いのはその人のスカートかもしれない。しかしそこにはやはり眞っ赤な櫻桃の花が照りはえていたはずで、從って、櫻桃の花が火となってスカートを裂いた、という獨特の雰圍氣を持つ映像がイメージされるのである。

また同じく元稹の作品に、別れに櫻桃の花を折って贈った、その別れの後に見渡す限りの櫻桃の林に垂れている無數の花が描かれている。

櫻桃花下送君時　　櫻桃花の下　君を送る時
一寸春心逐折枝　　一寸の春心　折枝を逐ふ

別後相思最多處　　別後の相思 最も多き處
千株萬片繞林垂　　千株萬片 林を繞りて垂る
元稹「折枝花贈行」

後半に描かれている花の一輪一輪全てに主人公の別れの思いが籠もって垂れているようで、悽愴とした雰圍氣がある。この句は、晩唐溫庭筠の、

曉覺籠煙重　　曉に覺れば煙を籠めて重し
春深染雪輕　　春深く雪を染めて輕し
靜應留得蝶　　靜なれば應に蝶を留め得べし
繁欲不勝鶯　　繁なれば鶯に勝《た》へざらんとす
影亂晨飆急　　影亂るるは晨飆急なるに
香多夜雨晴　　香多きは夜雨晴るるによる
似將千萬恨　　千萬の恨み將て
西北爲卿卿　　西北に卿を卿と爲すに似たり
溫庭筠「二月二十五日櫻桃盛開自所居躡履吟玩競名王澤章洋才」

最後の二句、千萬の花が千萬の恨みをこめて咲いている圖に影響を與えている。

以上に述べてきたことをまとめると、次のようになろう。中唐期には實體に卽した描寫が行われ、對象を觀察し、その對象の心をくみ取ろうとした。また、既成觀念にとらわれない、自由な發想を持つことによって、獨創的な比喩やイメージを作った。これらの成果として、描寫表現が格段に充實して豊かになった。

傍證として言えば、櫻桃の實には女性の唇に喩える比喩的な表現があるが、詩の中にこの比喩を使うことは中唐の

李賀、白居易から始まる。

注口櫻桃小　口には櫻桃の小さきを注《つ》け
添眉桂葉濃　眉には桂葉の濃きを添ふ　李賀「惱公」

煙葉貼雙眉　煙葉　雙眉に貼り
口動櫻桃破　口動けば櫻桃破る　白居易「楊柳枝二十韻」

さらに、櫻桃の實は赤いのが普通で、朱櫻、紅珠、朱實、紅實などと呼ばれてきたが、中唐の李徳裕は、

風落紫櫻桃　風は落とす紫櫻桃　李徳裕「憶村中老人春酒」

と、紫の櫻桃を歌う。これは、紫櫻桃という品種の名前なのか熟した實なのか分からないが、傳統を破った言い方ではある。晩唐になると、明らかに赤い櫻桃とは異なる品種が歌われる。白櫻桃である。

白櫻桃熟毎先賞　白櫻桃熟し　毎《つねづね》　先んじて賞す　呉融「贈李長史歌」

王母階前種幾株　王母の階前　幾株か種《う》う
水晶簾外看如無　水晶の簾外　看れども無きが如し
只應漢武金盤上　只應に漢武金盤の上に
瀉得珊珊白露珠　瀉《そそ》ぎ得べし　珊珊たる白露の珠　韋荘または于鄴「白櫻桃」

また舊暦三月、櫻桃の實が熟して筍が出回るころを櫻筍の時と言うが、この言葉を讀み込むようになったのも中唐期である。

忽憶家園須速去　忽ち家園を憶ふ　須らく速かに去るべし
櫻桃欲熟筍應生　櫻桃熟さんとし　筍應に生ずべし　白居易「壽安歇馬重吟」

晩唐にはさらに用例が増える。

近縁櫻筍識鄰翁　近く櫻筍に縁《よ》りて鄰翁を識る
帝鄉久別江鄉住　帝鄉に久しく別れ 江鄉に住《すま》ふ
陸龜蒙「奉和襲美所居首夏水木尤淸適然有作次韻」

椿筍何如櫻筍時　椿筍何如せん 櫻筍の時
齊己「寄倪署郎中」

從來にも、表現が前時代に比べて飛躍的に豊かになっていった時代があった。たとえば漢代に漢賦が作られることによって文學表現に對する自覺が高まり、語彙が豊富になった。六朝時代には齊梁の時期にやはり多くの言葉が作り出された。唐代では中唐期がそれに當たり、新しい表現がこの時期に豊富に作り出されたのである。

第四節　變化の理由

では、なぜ初盛唐から中唐にかけて描寫表現は變化したのか。盛唐期から中唐期にかけて詩風が變化した原因については、社會の風潮の變化、安史の亂の影響、中唐詩人の努力等々、様々な理由が言われている。しかしここでは、觀念的な問題提示は避け、本論で扱う櫻桃語の例から述べられる範圍内で、その理由を考えてみたい。

まず第一に、文學者たちが一般に作品の中で持つ關心の違いを擧げることができる。

櫻桃の花を描寫する際に、盛唐の詩人達は花が「咲いた」か「散った」かについてしか興味を持っていなかった如くに見える、とすでに述べた。それは必ずしも盛唐の詩人達の表現力の貧しさを示すものではなく、作品の中で彼らが示す關心の向く方向を表しているのである。

盛唐の詩の中では、作者達は、櫻桃を歌っていても風景を歌っていても、櫻桃や風景そのものではなく、それによっ

て觸發された作者自身の心境を述べることに力點を置いている。たとえば李白の「久別離」詩は、

別來幾春未還家　別來　幾春　未だ家に還らず
玉窗五見櫻桃開　玉窗　五たび見る　櫻桃の開くを

と始まり、

落花寂寂委青苔　落花　寂寂として　青苔に委《ゆだ》ぬ

と結ぶ。花を見たことをきっかけとして家族に長く會っていないことが思い出され、その寂しさを述べるものである。したがって、櫻桃の花の細かな描寫はこの作品には必要ではなく、「咲いた」「散った」ということのみが書かれているのである。

また王維の「遊感化寺」詩には、「空館發山櫻」という句があるが、これは、

繞籬生野蕨　籬《まがき》を繞《めぐ》りて野蕨生じ
空館發山櫻　空館に山櫻發《ひら》く
香飯青菰米　香飯は青き菰米
嘉蔬綠筍莖　嘉蔬は綠の筍莖

というコンテクストの中に置かれており、俗塵を離れた山奧の寺院にあって、作者は「野蕨」「菰米」「筍莖」と共に、山櫻に靜逸な雰圍氣を感じとっているである。したがって山櫻はただ靜かに「咲いて」いるだけで充分に詩意にかない、それ以上の細かな描寫を必要としない。

これに對して中唐詩は、人生に對する大きな感慨とか、その場の漠然とした雰圍氣、ということよりも、より具象的なものに關心を持つ傾向がみられる。その樣子はすでに本論で見てきた通りである。

ではさらに、なぜ具象的なものに關心が移っていったのか、という疑問が殘る。その答えは一つではなく、複合的な要素によるものであろうが、その一端は、次に擧げる第二第三の理由に關わると考える。

第二の理由としては、世代を代表する文人達の生活の違いが擧げられる。盛唐期には、王維のように貴族出身で中央政府に安定した職を得ていた者もいるが、杜甫、李白のように漂泊の内に生涯を終えた者、高適、岑參のように地方官を轉々とした者など、文學を擔う官僚層の生活にはおおむね餘裕がなかったように見受けられる。

それに對して、中唐期の代表的な文人達は、人によって境遇は異なるし、また不遇な時期を過ごすこともあるが、白居易、韓愈を初めとして、おおむねは安定した生活を送った體驗を持つようである。その様なときには、花を愛でたり育てたりする餘裕もあったことであろう。

中唐期には、植物を鑑賞する習慣が廣く流行した。たとえば次のような句がある。

莫說櫻桃花已發　　說く莫かれ　櫻桃花已に發くと
今年不作看花人　　今年　看花の人に作《な》れず　　張籍「病中酬元宗簡」

病氣のために今年は看花の人になれなかったという張籍のこの句は、彼が毎年花見を樂しんでいたことを推測させる。白居易の詩「感櫻桃花因招飲客」も櫻桃の花見をしたときの作である。白居易は、

小園新種紅櫻樹　　小園新たに種う　紅櫻樹
閒遶花行便當遊　　閒に花を遶りて行き　便ち當に遊ぶべし　　白居易「酬韓侍郎張博士雨後遊曲江見寄」

というように櫻桃を自分で育ててもいた。白居易ばかりではなく、次の詩句に述べるところによると彼の前任者も櫻桃を育てていたようである。

身入青雲無見日　　身は青雲に入るも日を見ること無く

手栽紅樹又逢春　　手づから紅樹を栽《う》えて又春に逢ふ

白居易「題東樓前李使君所種櫻桃花」

このように、中唐期になると、植物を植えて鑑賞する習慣は一般的になり、それが文學にも反映されるようになった。櫻桃に限らず、この時期には様々な植物が鑑賞され、その様子が詩に描かれている。

たとえば前章で扱ったハスについて言えば、白居易は江南から長安に戻るときに、わざわざ白芙蓉を攜えてきて庭の池に植え育て、たいそうかわいがっている。

吳中白藕洛中栽　　吳中の白藕　洛中に栽う
莫戀江南花懶開　　江南を戀ひて花開くを懶《おこた》る莫かれ
萬里攜歸爾知否　　萬里に攜へ歸る　爾知るや否や
紅蕉朱槿不將來　　紅蕉朱槿　將《も》ち來らず

白居易「種白蓮」

花を愛し育てるようになると、自ずから觀察が細かくなり、描寫も具體的になってくるし、さらには、描寫の對象である植物に感情が移入されていくのではなかろうか。中唐期になると、特定の櫻桃を具體的に描き、櫻桃に心を寄せ、櫻桃の氣持ちを感じとるような作品が書かれるようになったが、それは、中唐人の生活のスタイルとも無緣ではあるまい。

六朝から唐代にかけて、文學を擔う層が貴族から中小地主出身の官僚へと變わっていった。その官僚層が生活に餘裕を見いだし、植物を愛でるようになった。つまり文學を擔う文人層の境涯の變化が、文學作品の變化となって現れていると言える。

しかし、櫻桃描寫表現の變化に關して、本論から讀み取れる最大の理由は、朝廷の權威が低下し、作品の中に朝廷の影が薄くなったことである。このことは本論で扱った作品の中から、現象として次のように見ることができる。

櫻桃の實についての詩句を見ると、すでに第一節で述べたように、初盛唐では、朝廷に關係のある場面を歌ったものが半數以上を占めている。それに對して、中唐では八割の作品が朝廷に關わらない櫻桃を歌う。盛唐では、櫻桃の實というと、恩賜の櫻桃という性格が強く、從って、敬虔な氣持ちで歌われることが多い。たとえば杜甫は、野人に櫻桃を贈られて直ちに恩賜の櫻桃を思い出している。

金盤玉筯無消息　　金盤玉筯　消息無し
此日嘗新任轉蓬　　此日新を嘗して　轉蓬に任す　　杜甫「野人送朱櫻」

中唐になると、朝廷に關わらない場面では、特別な果實という意識を持たずに歌われることが多い。たとえば、盛唐と中唐の間と言うべき大曆年間の詩人、李端は宴會の席で舞姫の上に落ちてくる實を歌っている。

芳草留歸騎　　芳草　歸騎を留《とど》め
朱櫻擲舞人　　朱櫻　舞人を擲《う》つ　　李端「宴伊東岸」

更に下って中唐の元和年間になると、賭事に使ったり、醉って投げたり、

分朋閒坐賭櫻桃　　分朋閒坐して櫻桃を賭く
收卻投壺玉腕勞　　收卻投壺して玉腕勞す　　王建「宮詞一百首」
醉摘櫻桃投小玉　　醉ひて櫻桃を摘みて小玉を投ず
懶梳叢鬢舞曹婆　　懶《ものう》く叢鬢を梳《くしけづ》りて曹婆を舞ふ　　元稹「追昔遊」

櫻桃は朝廷に關わって敬虔な氣分を招く特別な果實ではなくなっていく。

朝廷に關わる櫻桃を歌う作品は、初盛唐に比べて中唐期以降には少ないのであるが、もちろん無いわけではない。詩人達のほとんどが官僚だったのだから、恩賜の櫻桃を賜ってそれを詩にする機會もあったのである。それらは朝廷

を意識して、傳統的で格式張った歌い方のものが多い。そこで次に恩賜の櫻桃を歌う盛唐、中唐、晩唐の題詠の作品を三篇讀んでみよう。

芙蓉闕下會千官　　芙蓉の闕下　千官會す
紫禁朱櫻出上蘭　　紫禁の朱櫻　上蘭に出づ
纔是寢園春薦後　　纔に是れ寢園春薦の後
非關御苑鳥銜殘　　御苑の鳥の銜《ふく》み殘すに關るに非ず
歸鞍競帶青絲籠　　歸鞍競ひて帶ぶ　青絲の籠
中使頻傾赤玉盤　　中使頻《しき》りに傾く　赤玉の盤
飽食不須愁內熱　　飽食　內熱を愁ふるを須《もち》ひず
大官還有蔗漿寒　　大官　還《ま》た蔗漿の寒き有り

盛唐・王維「敕賜百官櫻桃」

漢家舊種明光殿　　漢家　舊《も》と種《う》う　明光殿
炎帝還書本草經　　炎帝　還《ま》た書く　本草經
豈似滿朝承雨露　　豈に似たるや　滿朝　雨露を承《う》くに
共看傳賜出青冥　　共に看る　傳へ賜ひて青冥より出づるを
香隨翠籠擎初到　　香は翠籠に隨ひて擎《ささ》げて初めて到る
色映銀盤寫未停　　色は銀盤に映じ寫《そそ》ぎて未だ停《や》まず
食罷自知無所報　　食し罷《おは》りて自ら知る　報いる所無きを

空然慚汗仰皇扃　　空然 慚汗 皇扃を仰ぐ

中唐・韓愈「和水部張員外宣政衙賜百官櫻桃詩」

未許鶯偸出漢宮　　未だ許さず 鶯の偸《ぬす》みて漢宮より出づるを
上林初進半金籠　　上林 初めて進む 金籠に半ばなり
蔗漿自透銀杯冷　　蔗漿 自ら透《とほ》り銀杯冷やかなり
朱實相輝玉椀紅　　朱實 相輝き玉椀紅なり
倶有亂離終日恨　　倶に亂離有りて終日恨む
貴將滋味片時同　　滋味將て片時同じきを貴しとす
霜威食櫱應難近　　霜威 食櫱 應に近きこと難かるべし
宜在紗窗繡戸中　　宜しく紗窗繡戸の中に在るべし

晩唐・韓偓「恩賜櫻桃分寄朝士」

この三篇を讀み始めると、どの作品も同じ様な書き方で作品を始めていることに氣づく。王維が第一、二句で芙蓉闕、紫禁城を、韓愈は第一句で明光殿を、韓偓は第一、二句で漢宮、上林苑を言って、まず宮中の出來事であることを述べる。さらに見ていくと、王維は第一、二句に、韓愈は第四句に、韓偓は第二句に、朝廷からの賜りものであることを明らかにする。また王維は、續く第三、四句に「春鷰」「鳥銜」を言い、韓偓も第一句目に「鶯」について言う。これらは、先に述べたように、櫻桃を描くときに六朝時代から用いられている傳統的なモチーフである。また韓愈は第一、二句に「漢家」が植え、「本草經」に書かれている果實であることを言い、その古い由來を強調している。三者ともねらう效果は同じで、宮中に傳えられ、傳統に則った由緒正しきものであることを言わんとしているのである。

朝廷からの恩賜を題材にしているので、朝廷を中心とした唐代にあっては、どの時代でも、傳統的で格式張った、その意味で無難な書き方になるのは、當然のことである。

ところで、この三篇をさらに讀み進むと、後半はそれぞれに個性を表していることに氣づく。

王維の作品は、第五、六句に、櫻桃を入れた籠の青い紐と、櫻桃を盛った赤い皿を描き、色彩の美しさを述べ、第七、八句で櫻桃の內に籠もる熱と、それをさます透き通って冷たい砂糖水を描き、四句全體で、透明感のある華やかな果實の雰圍氣を釀している。櫻桃そのものの描寫はせずに、朝廷から下された高貴な果實、という全體的なイメージを表出することに成功している。(6)すでに述べてきた盛唐詩の特徵を備えた作品であるとも言える。

韓愈の作品の後半部分は、同じ時期の張籍が書いた「朝日敕賜百官櫻桃」詩とほぼ同じ構成であり、彼らの他の作品に比べると特に格式を重んじている樣子で、最後の二句で朝廷の恩が身に餘ることを述べている。しかし第五、六句に「香は」「色は」と言って、櫻桃そのものを描寫しようとする姿勢を示す所に中唐詩らしさが見られる。

面白いのは、晚唐・韓偓の作品である。前半部分は、主に王維の作品に據りつつそれを要約した形で、紅の玉盤や涼やかな「蔗漿」に言及して、傳統に沿った格式ある書き方をする。後半は、多樣に解釋ができそうであるが、(7)主題である櫻桃の實に引きつけて解釋すれば、「木から引き離されるという亂離に遭い、今日は一日中恨んでいた。しかし、滋味という特徵があったおかげで、今ひとときは玉盤の上に一緒にいられることが貴重である。ここには、霜の威力も食蘗も及ばない。(8)美しい部屋の中に居たほうがよい」と讀める。

ところで、この作品にある「終日恨む」「紗窗繡戶の中」という言葉は、閨怨詩の言葉である。前半は王維の詩を踏まえて、つまり傳統を重んじて、朝廷のための作品らしく書き出していながら、後半は閨怨詩の要素が入り込んで來ている。その意味で、王維や韓愈の作品とは全く異なる傾向を示していると言える。中唐から晚唐にかけて、朝廷に關わる櫻桃を主題にした詩句が減少している、という量的な變化に加えて、この韓偓の詩にみられるような傾向は質的な變化であると考えられる。

すなわち、朝廷の權威による束縛がゆるんでいったことを現象的に表していると言えるのである。初唐盛唐の作品には朝廷に對する尊崇の念が強く見られる。初唐の太宗李世民、盛唐の玄宗李隆基は個人的な魅力を持つ個性の強い人たちであった。社會の發展を具現していく朝廷と、個性の強い天子とは、當時の社會の精神的な支えでもあり、強い求心力を持っていたであろう。李白杜甫を初めとする盛唐の主要な詩人たちの作品を讀むと、苦しい生活の中で不遇な境涯に不平を述べながらも、朝廷に對する強いあこがれを終生持ち續けていた樣子を見て取ることができる。

中唐には朝廷に對する尊崇の念を表す作品が少なくなる。安祿山の亂の後、しばらく經つと人々の生活は安定し、ことに文學を擔う官僚層が政治に進出して、主要な詩人たちの生活は盛唐の大多數の文人に比べて格段に良くなった。しかし朝廷の權威は低下し、短期間で替わる天子に求心力は無くなった。

このことをさらに一般化して言えば、單に朝廷による束縛が緩くなった、というだけではなく、その結果社會的にも文化的にも變化が見られた、ということではなかろうか。一方では朝廷という精神的な支柱を失い、進むべき方向を見定められなくなったが、一方では自由な風潮が生まれ、文化的な束縛も解けてきた。そして作者達の精神も自由になり、既成觀念から解放されたのである。これが、唐詩の描寫表現の變化について言える大きな原因のひとつである。

中唐の人たちは夢を語ることを止めて身近な現實に關心を向け、植物を、身の回りのものを愛でるようになった。これは安史の亂後の社會の變化、人心の變化に關わることであろう。

小結

唐代三百年にわたる詩風の變化について、今までおよその見當をつけ、また様々な感想を持ってもいたが、今回の研究では、ひたすら「櫻桃」語を追っていくことで具體的にその様子を把握でき、興味深いものがあった。たとえば、盛唐の杜甫の作品を見ると、精神は確かに盛唐の人であって、しかし描寫表現はもう中唐の詩人に近い。韓愈や白居易が杜甫のある部分を繼承し發展させたと言われる所以の一であろう。(9) 本論は詩の描寫表現という側面に於て、盛唐から中唐への移行期に確かに轉換點があった、ということを實證する研究の始まりであった。このことを言うためには、さらに多くの言葉についての檢證が必要である。そして、最初に述べたように、この主題は多くの研究者によって研究が進められ、檢證が確かなものになっていったのである。

櫻桃語についての研究としては、拙論「中國古典詩に描かれる『櫻桃』――付與されていくイメージの様相」(『明海大學外國語學部論集』二　一九八九年)にまとめたことがある。

本論は特に中唐文學會で口頭發表をするために、盛唐から中唐への描寫表現に焦點を當てて拙論を書き直したものである。

口頭發表「唐詩の流れにおける中唐詩の位置――『櫻桃』描寫表現による分析」

中唐文學會第三回例會　一九九二年十月

この口頭發表をもとに、次の論文にまとめた。

論文「唐詩の流れにおける中唐詩の位置――『櫻桃』描寫表現による分析」

『明海大學外國語學部論集』六　一九九三年

これらの研究では「櫻桃」という一つの言葉を扱ったに過ぎないが、こののち、様々な言葉について、盛唐から中唐への移行期に焦點を當てた研究が發表された。中唐文學會の成果だけを瞥見しても次の通りである。

加藤國安氏は「奇」という觀念的な言葉によって研究を試み、安祿山の亂をきっかけにして杜甫から中唐詩が開かれていくことを考察し、次のように述べている。

やがてこの種の美的な「奇」表現に加えて、醜怪な「奇」表現が現れてくるようになる。安祿山の亂の勃發により、洛陽は「陷沒」し、「法則は壞」され、天子は蒙塵していった。それまで大唐帝國を支えていた諸々の秩序——國家的儀禮・慣習・制度等——も、その超越的權威や象徴を支えていた精神面の要素も一緒に瓦解していった。知識人たちは舊權威や秩序の自己破產の中で、突然あらゆる規範から放出され、今度は安全弁のない無防備な狀態に身を晒すこととなった。彼らが賴れるのは、個々人の手に委ねられた自己判斷と、他律的規制のない裸の自己の感性だけだった。

口頭發表「杜甫の「奇」表現——中唐文學を拓くもの——」

一九九四年十一月十九日〜二十一日「中唐文學の總合的研究」第三回研究會　平成六・七年度　科學研究費補助金總合研究（A）研究課題番號〇六三〇一〇五〇

論文「杜甫の「奇」表現——中唐文學を拓くもの——」

『中唐文學の總合的研究』（研究課題番號〇六三〇一〇五〇）研究成果報告書八頁　平成六・七年度　科學研究費補助金總合研究（A）（平成八年三月　研究代表者松本肇）

川合康三氏は「終南山」という一つの山の描寫を追い、やはり盛唐から中唐にかけて文學の轉換點があったと、次のように分析する。

それまで共有されてきた世界觀の中唐における解體は、同時に因襲の呪縛からの解放でもある。文學を成立させていたものが變質し、中唐の文人は個々に世界を認識し、獨自に文學を築き上げていくことになる。

口頭發表「終南山の變容——盛唐から中唐へ——」

一九九五年五月十九日〜二十一日「中唐文學の總合的研究」第六回研究會　平成六・七年度　科學研究費補助金總合研究（A）研究課題番號〇六三〇一〇五〇

論文「終南山の變容」『中國文學報』第五〇册　一九九五年　六七頁（著書『終南山の變容——中唐文學論集』研文出版　一九九九年　に收錄）

河田聰美氏は「イヌ」という人間に身近な動物のいる風景を追った。この主題に關しては、中唐文學會第三回例會（一九九二年十月）で報告があったが、その後の論文で、特に中唐に焦點を當てて次のように付け加える。

漢代以來の象徵的かつ觀念的なイヌ描寫から脫し、杜甫に始まり、中唐以後增加する、リアルで個別的なイヌ描寫もまた、中唐を轉換點とする大きな文學史の流れの中で生まれた、一つの新しい表現形式だったと言えよう。

論文「イヌの風景——唐詩に描かれたイヌたち——」

『中唐文學の視覺』松本肇　川合康三編　創文社　一九九八年　一六五頁

中唐文學會以外の場でも、いくつもの言葉について研究報告が行われた。本論は「櫻桃」という一つの言葉を追っていったものであるが、描寫表現に於て、そして恐らくは文學精神に於て、盛唐から中唐への移行期が文學史上大きな轉換點であったことが、諸賢の多くの研究によって明らかにされたのである。

注

（1）櫻桃の句が何度も現れる作品は全て一首と數える。數人の作者の下に收められる作品も同一內容のものは一首と數える。また、作者不明の郊廟歌辭は、論文の主旨に照らして、扱っていない。
作者が初唐盛唐中唐晩唐のいずれの時期に屬すか、については、主に、『全唐詩』『歷代名人年里碑傳總表』（羌亮夫）を參考にした。

引用する詩句は、『全唐詩』に收錄されているものである。文字の異同がある場合、有意義のもののみ、（　）內にもう一方の文字を示している。

（2）「酬裴傑秀才新櫻桃」詩の作者については權德輿と杜牧の二說がある。權德輿の作品とすると中唐に、杜牧とすると晩唐に屬す。ここでは、中唐に數えてある。

（3）『萬首唐人絕句』に載せる。『樂府詩集』は無名氏の作とする。

（4）『晏子春秋』巻六「嬰聞之、橘生淮南則爲橘、生于淮北則爲枳、葉徒相似、其實味不同。所以然者何。水土異也」
潘岳「閑居賦」「張公大谷之梨、梁侯烏椑之柿」

（5）『文苑英華』は權德輿の作品として收錄しており、杜牧の『外集』にも收められている。

（6）第六句は、後漢の明帝劉莊の時に、月夜に宴會を催し、太官が赤瑛の盤に櫻桃を盛ったところ、盤も櫻桃も同じ色で、空盤に見えた、という故事に基づく。また、第七句については、『本草綱目』本文に、「氣味、甘、熱」とあり、北宋の寇宗奭の言に、「四月初熟、得正陽之氣、先諸果熟、故性熱也」と言う。櫻桃の實は熱を含むという說が唐代にも言われていて、それに基づいた句であろうと思う。すなわち、共に典故を用いた句である。

（7）後半を「朝士」について言ったと解して、朝士が亂に遭い離ればなれになったが、今ひとときはこの櫻桃の滋味を食べて一緒に過ごす、という方向にも解釋できる。

（8）「食蘗」の意味は明らかではない。「蘗」は「黃蘗」ともいい、黃色い染料となる木である。『本草綱目』に「氣味、苦」とあり、「苦いもの」である。つまり「蘗を食べれば苦い」というところから「苦しみ」の意味が引き出されると考えられる。

『本草綱目』にはまた、李時珍の言として「黃蘗性寒而沈、生用則降實火」という。櫻桃と反對に性が寒なので、生で用いれば火を下すから、王維の詩にいう「蔗漿」と同じ効用があったとも考えられる。

また、「檗」は垣根に使われていたようで、六朝時代の樂府「石城樂」に「風吹黃蘗藩、惡聞苦離聲」という句がある。「藩」は「まがき」で「籬」と同じ意味。「籬」は「離」と同音異義語で「別れ」の隱語。つまり、「黃蘗」は「離」を引き出す緣語でもある。晉の「子夜歌」四十二首の十一にも「高山種芙蓉、復經黃蘗塢、果得一蓮時、流離嬰辛苦」と、「流離」の緣語として「黃蘗」が出てくる。

「檗」の解釋は、上記の三つの方向から考えられるが、詩の中に「亂離」という言葉が出てくるので、最後の解釋がよかろう。「ここでは離れればなれになる恐れはない」という意味の比喩と解しておく。

（9）「韓愈の詩は、杜甫が回復した詩の自由を、ある偏向をもって延長したものであったと言える」（『中國文學史』吉川幸次郎述　黑川洋一編　岩波書店　昭和四十九年十月）。

補説（二）桃

『詩經』周南・桃夭篇――新しい解釋の試み――

桃之夭夭、灼灼其華。之子于歸、宜其室家。
桃之夭夭、有蕡其實。之子于歸、宜其家室。
桃之夭夭、其葉蓁蓁。之子于歸、宜其家人。

周南・桃夭

隰有萇楚、猗儺其枝。夭之沃沃、樂子之無知。
隰有萇楚、猗儺其華。夭之沃沃、樂子之無家。
隰有萇楚、猗儺其實。夭之沃沃、樂子之無室。

檜風・隰有萇楚

はじめに

『詩經』周南の「桃夭篇」は、近年、一般に次のように、嫁入りを祝う祝頌歌と解されている。桃の若木から發想して、結婚しようとする少女を祝福する歌。今でも婚禮の時にこの歌を歌う地方があると近ごろ陳子展氏の說。

第一章譯「若々しい桃の木。つやつやしたその花。［そのように美しい］このむすめはお嫁に行ったら、うまく家庭に調和しよう(1)」

こうした解釋は、舊注をそのまま取ったものではない。「序」はこの作品の主旨を、男女關係を正し、婚姻が時宜を得ていれば、國民は全て結婚でき、年老いた獨身者が居なくなる、と解說する。「毛傳」は「以年盛時行」と、「鄭箋」は「宜」に注して「年次俱當」と言い、「時を得た結婚」という方向でこの作品を解釋する。

序「后妃之所致也。不妬忌、則男女以正、婚姻以時、國無鰥民也（后妃の致す所なり。妬忌せざれば、則ち男女正を以てし、婚姻時を以てし、國に鰥民無きなり）」

「桃之夭夭　灼灼其華」傳「興也。桃有華之盛者。夭夭其少壯也。灼灼華之盛也（興なり。桃に華の盛んなる者有り。夭夭、其の少壯なり。灼灼、華の盛んなり）」箋云「興者、喩時婦人皆得以年盛時行也（興とは、時の婦人皆年の盛時を以て行ふを得るを喩ふるなり）」

「之子于歸　宜其室家」傳「之子嫁子也。于往也。宜以有室家無踰時者（之子、嫁子なり。于、往なり。宜く以て室家ありて時を踰ゆること無かるべき者なり）」箋云「宜者、謂男女年時俱當（宜とは、男女の年時俱に當るを謂ふ）」

舊注にある「婚姻以時」の意味については、後世多様な説が見られるが、大きく括れば「結婚する年齢が若くて適正であること」と「結婚する季節が適正であること」の二つの解釋が一般的である。(2)

もっとも、次のような解釋もある。

「毛傳」は第三章の末句に注して「一家之人盡以爲宜（一家の人盡く以て宜と爲す）」という。この部分を受けて、宋朱熹『詩經集傳』は次のように、「宜」の字を婚家に和順する意味だと取る。

「宜者和順之意。室謂夫婦所居。家謂一門之內。文王之化自家而國、男女以正、婚姻以時。故詩人因所見以起興、而歎其女子之賢知、其必有以宜其室家也（宜は和順の意。室は夫婦の居る所を謂ふ。家は一門の內を謂ふ。文王の化、家より國にして、男女正を以てし、婚姻時を以てす。故に詩人見る所に因りて以て興を起こし、而て其の女子の賢知にして、其の必ず以て其の室家に宜しきこと有るを歎ずるなり）」

『絜齋毛詩經筵講義』（南宋・袁燮）も「桃夭篇」末句を結婚相手の家族に和順するという意味に解釋する。

「今此詩曰、宜其室家、宜其家室。則夫婦之間、雝雝其和、交相親愛者至矣。又曰、宜其家人。則非獨夫婦也。閨門之內、長幼尊卑、無不犁然有當于心矣（今此の詩に曰く、宜其室家、宜其家室、と。則ち夫婦の間、雝雝其れ和し、交ごも相親愛する者の至なり。又曰く、宜其家人、と。則ち獨り夫婦のみに非ざるなり。閨門の內、長幼尊卑、犁然として心に當ること有らざる無し）」

「桃夭篇」各章の末句「宜」の字を「結婚相手の家族になじむ（和順）」とする解釋は『詩經疏義解通』（元・朱公遷）が引く『輯錄解頤』にも見える。(3)

「輯錄解頤曰、宜者、和順之意。和則不乖。順則無逆。此非勉強所能致也。必孝不衰於舅姑。敬不違於夫子。慈不遺於卑幼。義不咈於夫之兄弟。而後可以謂之宜也（輯錄解頤曰く、宜とは、和順の意。和して則ち乖かず、順ひて則ち逆ふ無し。此れ勉強にして能く致す所に非るなり。必ず孝にして舅姑を衰がず、敬にして夫子に違はず、慈にして卑幼を遺れず、義にして夫の兄弟に咈らず、而る後に以て之れを宜と謂ふ可きなり、と）」

清朝になると、『詩經通義』（清・朱鶴齡）に「其の實を詠ずるは男に宜きを喩ふなり」とあり、(4)『毛詩稽古編』（清・陳啓源）が桃夭篇は末章の「一家の人　盡く以て宜と爲す」が主旨であることを述べるように、(5)この說を支持する者が出る。

但し、このような說を取る者は大勢ではなく、やはり「婚姻以時」という「序」の考え方にこだわって「桃夭篇」を解釋する注釋者が多いのである。

冒頭に擧げた近年の、結婚を豫祝する歌である、という說は、植物に呪術性を認めるというような、最近の研究の成果であるが、またこうした歴代に見られる「一家之人盡以爲宜」に由來する儒家的解釋の延長線上にもあると見える。

『詩經』檜風「隰有萇楚篇」は、舊注では次のように解釋される。

序「疾恣也。國人疾其君之淫恣、而思無情慾者也（疾、恣なり。國人 其の君の淫恣を疾《にく》みて、情慾無き者を思ふなり）」

「隰有萇楚、猗儺其枝」傳「興也。萇楚、銚弋也。猗儺、柔順也（興なり。萇楚、銚弋なり。猗儺、柔順なり）」鄭箋「銚弋之性、始生正直。及其長大、則其枝猗儺而柔順、不妄尋蔓草木。興者、喩人少而端慤、則長大無情慾（銚弋の性、始め生ずるや正直。其の長大なるに及び、則ち其の枝猗儺にして柔順、妄りに草木に尋蔓せず。興とは、人の少くして端慤なれば、則ち長大にして情慾無きを喩ふるなり）」

「天之沃沃、樂子之無知」傳「夭、少也。沃沃、壯佼也（夭、少なり。沃沃、壯佼なり）」鄭箋「知、匹也。疾君之恣、故於人年少沃沃之時、樂其無妃匹之意（知、匹なり。君の恣《ほしいまま》なるを疾み、故に人の年少沃沃の時に於て、其の妃匹無きを樂しむの意なり）」

宋朱熹『詩經集傳』は次のように解する。

「政煩賦重、人不堪其苦、歎其不如草木之無知而無憂也（政は煩にして賦は重く、人其の苦に堪へず、其の草木の無知にして憂ふこと無きに如かざるを歎くなり）」

近人の譯注は、一定していない。

「子は萇楚を指して言ふ。萇楚は美麗にして、而かも人間の如きの意識無きを羨むとなり、樂の字は寧ろ羨の意味に解すれば義理明白なり」（國譯漢文大成『國譯詩經』釋清潭　大正十年八月）

「（第一章譯）澤にあるのは萇楚のくさ、やわらかなその枝。若くってつやつやしい。［惡政になやむわれわれから見れば、］知覺のない君こそうらやましい」（吉川幸次郎『詩經國風』中國詩人選集二　岩波書店　昭和二十三年十二月二四三頁）

「（第一章譯）澤の中のさるなしの、なよなよと柔らかい枝。みずみずしく若いお前に、戀人のないのがうれしくて」（加納喜光『詩經』中國の古典文學八　學習研究社　昭和五十四年一月　四六八頁）

「詩人愛上一個美麗的少女、很慶幸她還沒有嫁人（詩人は一人の美しい少女を愛し、彼女がまだ嫁いでいないことを祝い喜んでいる）」（費振剛主編『詩經類傳』　吉林人民出版社　二〇〇〇年一月）

マルセル・グラネはその著『中國古代の祭禮と歌謠』（內田智雄譯注　平凡社　東洋文庫　一九八九年）の中で最初に「桃夭篇」と「隰有萇楚篇」を置き、非常に似ている作品なのに舊注が全く異なる解釋を述べている例とする。グラネはこの二篇の例から說き起こして、自らの研究方法について述べる。しかし、この二篇の比較分析は行っていない。

本論では、聞一多によって提唱され、その後の研究者によって進められた、『詩經』の詩句を相互に比較考察する方法と、「桃夭篇」を「隰有萇楚篇」と比較しながら要素に分けて分析する方法とによって、『詩經』の中でも多くの人々に知られている「桃夭篇」について考え、新しい解釋の可能性を試みる。

第一節　「桃夭篇」「隰有萇楚篇」の類似部分

【「桃之夭夭」と「隰有萇楚」「夭之沃沃」について】

「桃夭篇」各章の第一句は「隰有萇楚篇」各章の第一句と第三句に相當する。

桃 之 夭夭、灼灼其華。之子于歸、宜其室家。　周南・桃夭

隰有萇楚、猗儺其枝。夭之沃沃、樂子之無知。　檜風・隰有萇楚

「丘中有李」（王風・丘中有麻篇）や「園有桃」（魏風・園有桃篇）のように、植物を提示するときにその植物が生じている場所を示す句は幾つも見られるが、「桃夭篇」第一句では「隰有萇楚篇」にある場所の部分が省略されていると考えられる。意味に大きな違いはない。また「隰有萇楚篇」の第三句は「夭之沃沃」と四字句にするが、「夭」と「沃」の語の意味はほぼ同じであり、「夭之沃沃」句の意味は「桃夭篇」第一句の「夭夭」と同じと言って差し支えない(6)。すなわち「桃夭篇」の第一句は、おおよそ「隰有萇楚篇」の第一句と第三句に相當すると言える。

桃と萇楚という植物は異なるが、萇楚は、葉と實が桃に似た羊桃という植物であるという説が有力である。唐孔穎達『毛詩注疏』は郭璞を引いて「葉似桃、華白、子如小麥、亦似桃」という(7)。桃と萇楚が似ているとすればなおのこと、「桃夭篇」と「隰有萇楚篇」は、同じような光景を描いていることになる。

【各章第二句について】

桃之夭夭、灼灼其華。之子于歸、宜其室家。

桃之夭夭、有蕡其實。之子于歸、宜其家室。
桃之夭夭、其葉蓁蓁。之子于歸、宜其家人。
周南・桃夭

隰有萇楚、猗儺其枝。夭之沃沃、樂子之無知。
隰有萇楚、猗儺其華。夭之沃沃、樂子之無家。
隰有萇楚、猗儺其實。夭之沃沃、樂子之無室。
檜風・隰有萇楚

各章第二句には、兩作品共に「華」「實」「葉（枝）」が竝べられている。これらの句で異なるのは形容語である。これらの形容語の意味を見てみよう。まず「桃夭篇」各章第二句の形容語を見る。

「灼灼」(8)という言葉は『十三經』や先秦の主要な諸子の作品には他に例がない。「灼」という語は『十三經』に幾つか用例があり、火が赤々と燃える意味から、

穆穆在上、明明在下。灼于四方、罔不惟德之勤。
『尙書注疏』卷十八　周書

というように、四方を明るく照らす樣子を言う。

「蕡」は次のように『周禮』に見られる。

朝事之籩、其實麷、蕡、白、黑、形鹽、膴、鮑魚、鱐。
『周禮』天官冢宰第一

上記の用例に注を付けて鄭玄は「麻曰蕡」という。（傍線筆者　以下同じ）

「有蕡」は、『儀禮』の傳のみに見られる。

喪服。斬衰裳、苴絰、杖、絞帶、冠繩纓、菅屨者。傳曰、斬者何、不緝也。苴絰者、麻之有蕡者也。
『儀禮』喪服禮第十一

これらの用例から見ると、「有蕡其實」とは麻の實のようにたくさん實った桃の實のことであろう。「大きい實」とい

う説もある。(9)

「蓁蓁」「蓁」という語は、『十三經』の中に他の用例が見られない。「毛傳」は「桃夭篇」の注に「至盛貌」という。「其葉」を言う、似たような句としては次のような例が擧げられる。(10)

Ⅰ東門之楊、其葉牂牂。昏以爲期、明星煌煌。　陳風・東門之楊
東門之楊、其葉肺肺。昏以爲期、明星晢晢。

Ⅱ維柞之枝、其葉蓬蓬。樂只君子、殿天子之邦。　小雅・采菽

Ⅲ裳裳者華、其葉湑兮。我覯之子、我心寫兮。我心寫兮、是以有譽處兮。　小雅・裳裳者華
裳裳者華、芸其黃矣。我覯之子、維其有章矣。維其有章矣、是以有慶矣。

Ⅳ苕之華、芸其黃矣。心之憂矣、維其傷矣。　小雅・苕之華
苕之華、其葉青青。知我如此、不如無生。

Ⅴ隰桑有阿、其葉有難。既見君子、其樂如何。
隰桑有阿、其葉有沃。既見君子、云何不樂。
隰桑有阿、其葉有幽。既見君子、德音孔膠。
心乎愛矣、遐不謂矣。中心藏之、何日忘之。　小雅・隰桑

Ⅵ有杕之杜、其葉湑湑。獨行踽踽、豈無他人、不如我同父。
嗟行之人、胡不比焉。人無兄弟、胡不佽焉。
有杕之杜、其葉菁菁。獨行睘睘、豈無他人、不如我同姓。
嗟行之人、胡不比焉。人無兄弟、胡不佽焉。　唐風・杕杜

Ⅶ桑之未落、其葉沃若。于嗟鳩兮、無食桑葚。于嗟女兮、無與士耽。
士之耽兮、猶可說也。女之耽兮、不可說也。

衞風・氓

上記はいずれも、「其葉」が青々と、或いは鬱蒼と茂る様子を述べた句である。これらの用例から見ると、鬱蒼と青々と茂る葉と結びつくのは、愛（Ⅲ）（Ⅴ）や期待（Ⅰ）憂い（Ⅳ）孤獨（Ⅵ）またことほぎ（Ⅱ）などの、心の中に鬱々とこもる感情であるように思われる。

「桃夭篇」「其葉蓁蓁」句の解説として、「子孫が多く生まれて家道が繁昌することに喩えたのである(11)」という説がしばしば見られる。この解説は、「桃夭篇」だけを見ると感覺的に適切なように思われる。しかし、「其葉」に關する同じような句がこれだけ多く『詩經』の中に見られながら、他にこの解説に當てはまる詩句が見あたらない。したがってこうした説明には愼重にならざるを得ない。他の用例に照らして穩當に考えるならば、「桃夭篇」のこの句も、第一義的には鬱蒼としげる葉、第二義的には歌い手の鬱々たる心の高まりを示すものだと考えられよう。

「隰有萇楚篇」第二句の形容語である「猗儺」は、『十三經』や先秦の主要な諸子の中では、他に使われない言葉である。「毛傳」では「柔順也」という。『詩經』の中の似た句としては、次のようなものがあげられる。

七月流火、八月萑葦。蠶月條桑、取彼斧斨、以伐遠揚、猗彼女桑。

豳風・七月

瞻彼淇奧、綠竹猗猗。有匪君子、如切如磋、如琢如磨。

衞風・淇奧

綠竹や女桑の形容に使われている所から見ると、枝がしなやかに搖れている様子を言うのであろう。

灼灼は赤く輝く様、有蕡はたわわにみのる様、蓁蓁はうっそうと茂る様、猗儺は柔らかな様、と考えると、いずれも植物の若く盛んな様を形容すると考えられる。

「桃夭篇」と「隰有萇楚篇」の第二句は、同じように、桃や萇楚の若い盛りの光景を描いていることになる。

【家・室・人（知）について】

桃之夭夭、灼灼其華。之子于歸、宜其室家。
桃之夭夭、有蕡其實。之子于歸、宜其家室。
桃之夭夭、其葉蓁蓁。之子于歸、宜其家人。
周南・桃夭

隰有萇楚、猗儺其枝。夭之沃沃、樂子之無知。
隰有萇楚、猗儺其華。夭之沃沃、樂子之無家。
隰有萇楚、猗儺其實。夭之沃沃、樂子之無室。
檜風・隰有萇楚

第四句には、兩篇ともに同じく「家」「室」「人（知）」語が竝べられる。「桃夭篇」の「宜」と「隰有萇楚篇」の「無」という言葉によって、各篇各章末句の意味は正反對のように思われるが、いずれも獨身の「子」について言うことにかわりはない。「子」は、性別はいずれにしても、まだ家族または配偶者を持っていない人物である。なお、「桃夭篇」は「家人」、「隰有萇楚篇」は「知」と、言葉が異なっているのは、偶數句末が「蓁蓁」と「家人」、「枝」と「知」と押韻するためである。ここから推すと「知」と「家人」はともに「家」「室」と同じような意味を持つ言葉と考えられる。すなわち、「知」は人を指す言葉であって、「知識」や「知恵」という意味ではない。

『詩經』に見られる「知」の語は、「隰有萇楚篇」を除いて、全て「知る」という意味の動詞として用いられている。(12)その中で、次の用例は、否定形ではあるが、「私を理解してくれる者」という意味で使われる。

園有桃、其實之殽。心之憂矣、我歌且謠。不知我者、謂我士也驕（私を理解してくれない者、私の士は傲慢であると思う）
魏風・園有桃

『春秋左傳』の中に、「知」という一語で人を示す用法はない。次のように、「私を理解する者」という使い方は幾つか見られる。

（傳二十二・六）知我者如夫子則可（私を理解してくれる者といえば、夫子（申叔豫）のようなら良い）
『春秋左傳　襄公』

（傳十三・三）唯夫子知我（唯だ夫子（子皮）だけが私を理解していたのに）
『春秋左傳　昭公』

「隰有萇楚篇」の「知」の語は、「家」「室」と同じ位置にあるところから、同じような意味を持つ名詞であると考えられる。これらのことから推すに、「知」は「自分をよく理解してくれる人」すなわち、戀人や配偶者の意味で使われているのではないかと想像される。鄭箋は「知、匹也」という。

『詩經』の用例を見ると、「家」と「室」とは、自分が作る家族を指しているように思われる。すなわち、小さいときから育った父母の家ではなく、一家を成す、という風に、結婚して作る自分の家である(13)。そこで時には配偶者の意味にも使われる。用例が多く、全てがそうだというわけではなく、解釋しがたい句もあるが、全體を見渡せば、そのような傾向が強い。

次の例のように、建物の意味に使われることもあるが、それは本を讀む部屋とか食事をするところという意味ではなく、やはり配偶者が居て子供が生まれるところとして描かれる。

築室百堵、西南其戶。爰居爰處、爰笑爰語。
小雅・斯干篇

家や室をなす、というこの意識は、ちょうど鳥が巣作りをするような感覺だったと感じられる。

鴟鴞鴟鴞、既取我子、無毀我[室]。恩斯勤斯、鬻子之閔斯。　　豳風・鴟鴞篇

だから主が死ねば他人がその室に入り込むかもしれないのである。

且以喜樂、且以永日。宛其死矣、他人入[室]。　　唐風・山有樞篇

さらに、「家室」「室家」と竝べられる「家人」の語も、同様に配偶者の意味と考えられる。この語だけを「家室」「室家」「知」と違って、家の中の父母兄弟、或いは一族、家柄の意味に取ることは難しい。「桃夭篇」と「隰有萇楚篇」にある「室家」「家室」「家人」「知」「家」「室」の各語に、大きな意味の違いがあるとは思われない。「毛傳」に「家室、猶室家のごときなり」「鄭箋」に「家人、猶室家のごときなり」という。すべて、配偶者を得て一家を成す、という意味に使われているのである。(14)

「桃夭篇」の解説で、第一句「華、實、葉」の語順にからめて、「室家」「家室」「家人」の語順を問題にする考え方があるが、「桃夭篇」は「室家→家室→家人」という順に書かれ、「隰有萇楚篇」は「知→家→室」という順に書かれ、語の順序は一貫しない。この部分の語順に意味があるとは考えられない。すべて、配偶者を得て一家を成す、という意味だと考えてよかろう。

以上、「桃夭篇」と「隰有萇楚篇」の中のいくつかの句について述べてきた。ここまで述べてきた句は、ほぼ同じ意味を持つと考えて良い。

次に、兩篇の相違するように見える部分について考察を進める。

第二節　「桃夭篇」「隰有萇楚篇」の相違部分

「桃夭篇」と「隰有萇楚篇」で異なっている句は、「隰有萇楚篇」第四句にある「無」の語と「桃夭篇」第三句の「之子于歸」である。

【無知・無家・無室について】

「隰有萇楚篇」にある「無知」「無家」「無室」というように、家や室が無いことを言う句は他にも見られる。

Ⅰ誰謂雀無角、何以穿我屋。誰謂女無家、何以速我獄。雖速我獄、室家不足。
誰謂鼠無牙、何以穿我墉。誰謂女無家、何以速我訟。雖速我訟、亦不女從。　召南・行露

Ⅱ采薇采薇、薇亦作止。曰歸曰歸、歲亦莫止。
靡室靡家、玁狁之故。不遑啓居、玁狁之故。　小雅・采薇

Ⅲ予手拮据、予所捋荼、予所蓄租、予口卒瘏、曰予未有室家。　豳風　鴟鴞

Ⅳ謂爾遷于王都、曰予未有室家。鼠思泣血、無言不疾。昔爾出居、誰從作爾室。　小雅・雨無正

Ⅴ陶復陶穴、未有家室　大雅　緜

この時代、結婚して一家を成すことは大きな關心事であったことが想像される。作品Ⅰは意味が明確でないが、少なくとも我と汝との關係を述べるものであり、我が汝に何事かを訴えている作品のように思われる。(15) 作品Ⅱ、Ⅲ、Ⅳでは、歌い手は未婚で、配偶者のいないことを悲しんでいる。作品Ⅴは單に未婚であることを言う。

「序」は「隰有萇楚篇」について「長大無情欲」といい、成人しても配偶者を欲しない、と取る。しかし、ⅠからⅤの用例に、結婚しないこと、一家を成さないことを良しとする詩句はない。その中にあって、「隰有萇楚篇」だけを、結婚しないことを良しとする意味であると解釋することは難しい。これらの用例を參考にすると、「隰有萇楚篇」の

「無知」「無家」「無室」は、生涯獨身を通す者について言っているのではなく、まだ配偶者がいず、これから戀人を捜す者、或いはその狀況について言っていると考えられる。

【「之子」「子之」について】

「桃夭篇」第三句と「隰有萇楚篇」第四句に共に「子」の語が見られる。「桃夭篇」の「之子」は、どの解釋を見ても女性であるとしている。(16) そして「隰有萇楚篇」の「子」は多くの解釋で男性であるとされる。(17) それは「毛傳」以來の解釋に則っているためで、あるいは、家族や配偶者にとって相應しくあるべき者は女性である、そして家族ないし配偶者がいなくて氣樂なのは男性である、という前提があるためかもしれない。また、桃の花は華やかでいかにも女性的だと感じられるからかもしれない。そうした思いこみをはずして、言葉として「子」語を見た場合には、必ずしもどちらが男性でどちらが女性だと決めることはできないのである。

『詩經』の中でも『十三經』の中でも、「子」の字は男性に用いられることが多い。後世の用例では「子」を男性に當てることが普通である。「之子」という言葉自體は、舊注でも、女性に當てたり男性に當てたりしていて、特に男女の區別を示す言葉とは考えられていない。たとえば、

　鴻雁于飛、肅肅其羽。之子于征、劬勞于野。爰及矜人、哀此鰥寡。　小雅・鴻雁

に出てくる「之子」は舊注で男性と考えられているし、(18) また、詩意から考えても男性らしく思われる。このような例は非常に多い。

なお、「桃夭篇」の冒頭に置かれた桃の花が女性を思わせるから、それに續く句にある「之子」語は女性を表すに違いない、という感覺的な議論は、決定的な意味を持たない。桃は確かに西王母の傳說や桃杖桃弧の言い傳えを持つ、

呪術性が認められる植物であるが、だから直ちに女性を象徴するとは言えない。「某々如華」というような比喩的な言い方は『詩經』の時代から見られるが、華そのもので女性を象徴させる表現手法は、それらしき表現が六朝時代から、嚴密に言えば中唐になってから見られるものである。

ここでの一應の結論は、「桃夭篇」と「隰有萇楚篇」のいずれに於ても、「子」の語は、男女いずれとも決められない、ということである。

【「歸」について】

「桃夭篇」第三句後半「歸」の字は、近年のほぼ全ての解釋で「嫁ぐ」という意味であるとされる。[19]「桃夭篇」の「歸」字について「毛傳」と「鄭箋」に直接の語注はないが、「毛傳」に「之子、嫁子」と言い、孔穎達は「之子往歸、嫁於夫、正得善時、宜其爲室家矣」と言い、句全體に嫁入りの意味があることを示唆する。また宋朱熹『詩經集傳』は「之子是子也。此指嫁者而言也。婦人謂嫁曰歸」と明確に「歸」は「嫁」の意味であると述べる。すなわち、「桃夭篇」に關して言えば、「歸」字が「嫁ぐ」の意味だとする注は宋代になって初めて現れる。

もちろん「歸」語は『詩經』の中でつねに「とつぐ」という意味で使われるわけではなく、「かえる」という意味に使われることの方が多い。たとえば次の例である。

卉木萋止、女心悲止、征夫歸止。　小雅・杕杜

これは遠くへ行った夫の歸りを願う者の氣持ちを語っている。この「歸」を「とつぐ」という意味に考えることは難かしい。[20]

ここで、「之子于歸」句についてもう少し詳しく考えてみよう。『詩經』の中に、「之子于歸」という句は、「桃夭篇」

の他には次の例がある。

Ⅰ南有喬木、不可休息。漢有游女、不可求思。
漢之廣矣、不可泳思。江之永矣、不可方思。
翹翹錯薪、言刈其楚。之子于歸、言秣其馬。
漢之廣矣、不可泳思。江之永矣、不可方思。
翹翹錯薪、言刈其蔞。之子于歸、言秣其駒。
漢之廣矣、不可泳思。江之永矣、不可方思。　周南・漢廣

Ⅱ維鵲有巣、維鳩居之。之子于歸、百兩御之。
維鵲有巣、維鳩方之。之子于歸、百兩將之。
維鵲有巣、維鳩盈之。之子于歸、百兩成之。　召南・鵲巣

Ⅲ燕燕于飛、差池其羽。之子于歸、遠送于野。瞻望弗及、泣涕如雨。
燕燕于飛、頡之頏之。之子于歸、遠于將之。瞻望弗及、佇立以泣。
燕燕于飛、下上其音。之子于歸、遠送于南。瞻望弗及、實勞我心。
仲氏任只、其心塞淵。終溫且惠、淑愼其身。先君之思、以勗寡人。　邶風・燕燕

Ⅳ我徂東山、慆慆不歸。我來自東、零雨其濛。倉庚于飛、熠燿其羽。
之子于歸、皇駁其馬。親結其縭、九十其儀。其新孔嘉、其舊如之何。　豳風・東山

これら四例の內、Ⅲを除く三例について、舊注では女性が結婚するために出かけていく、と解釋しているようだ。(21)

しかし、たとえばⅠ「之子于歸、言秣其馬」の句は、歸っていくために馬に餌をやって準備しているようにも考えら

れるし、Ⅱ「之子于歸、百兩御之」はりっぱな車で帰っていく様子のようにも考えられる。Ⅳの作品は「之子于歸」以下の句とそれまでの句とに整合性がないように見え、解釋に愼重を要するが、「其新孔嘉、其舊如之何」句と合わせて考えると、古い妻を置いて帰っていき、新しい妻を迎える者について言っているようにも解釋される。Ⅲについては次に述べるように、舊注でも「嫁に行く」とは解釋していない。

すなわち、これらの作品を眺めてみると、いずれも、ことさらに「嫁に行く」と解釋しなくても意味が通るように思われる。

また、「之子于○」という形の句を持つ作品は三例あり、「之子于苗」「之子于征」「之子于垣」「之子于狩」「之子于釣」という句が見られる。

これらの中で、「之子于征」「之子于垣」句を持つ小雅「鴻雁篇」と「之子于歸」句を持つ邶風「燕燕篇」を比べてみよう。

Ⅰ　鴻雁于飛、肅肅其羽。之子于征、劬勞于野。爰及矜人、哀此鰥寡。
鴻雁于飛、集于中澤。之子于垣、百堵皆作。雖則劬勞、其究安宅。
鴻雁于飛、哀鳴嗷嗷。維此哲人、謂我劬勞。維彼愚人、謂我宣驕。
小雅・鴻雁

Ⅱ　燕燕于飛、差池其羽。之子于歸、遠送于野。瞻望弗及、泣涕如雨。
燕燕于飛、頡之頏之。之子于歸、遠于將之。瞻望弗及、佇立以泣。
燕燕于飛、下上其音。之子于歸、遠送于南。瞻望弗及、實勞我心。
仲氏任只、其心塞淵。終溫且惠、淑愼其身。先君之思、以勗寡人。
邶風・燕燕

一見して、構造が非常によく似ていることに氣づく。第一章から第三章までの第一・二句、鳥の様子の描寫はもちろんのこと、第一章の第四句も似ているし、第一章末句、哀しみ泣くところ、第三章末句、「我」に言い及ぶところなどにも共通の型が見られる。これら二首の關係についての詳しい分析は、ここでは行わないが、これだけ似た句を持つのだから、全く關係がないと言うことはできないだろう。そして、Ⅰ「之子于征」は「貴族が國を立て直しに行く」意味で、(22) Ⅱ「之子于歸」は「嫁がとつぐ」意味だと解釋すると、兩者の關連がまったく考えられない。もしも關連づけて解釋するとしたら、基本的には、「之子于征」句は「ある者が行く」、「之子于歸」句は「ある者が歸る」という方向で解釋するべきであろう。毛傳は、Ⅱの「之子于歸」に注して「歸、歸宗也」という。「歸宗」とは、男女に關わらず、婚家から生家に歸ることをいう。

以上要するに、「桃夭篇」の「之子于歸」という句については、少なくとも、「この女性が嫁ぐ」という意味にただちに解釋すべき合理的な根據はない、ということを述べてきた。

本節では「桃夭篇」と「隰有萇楚篇」の、異なって見える句について考えた。「隰有萇楚篇」の「無知」「無家」「無室」という言葉は、「桃夭篇」の「家室」「室家」「家人」という言葉の反對語であるように見えるが、指し示す人物がともに獨身であることに思い至れば、意味の相違は決定的なものではない。「桃夭篇」の「之子于歸」句は、舊注以來、「この女性が嫁ぐ」と解釋されてきて、「桃夭篇」が嫁入りの歌だということを決定づける句とされてきた。しかし、本論の考證に從って、この句を單に「ある者が歸る」という意味で解釋するならば、この句は「桃夭篇」の意味を決定づける句ではなくなる。

では、「桃夭篇」と「隰有萇楚篇」の主要な意味はどこにあるのであろう。それは、「桃夭篇」の「宜」という言葉、「隰有萇楚篇」の「樂」という言葉にあると考える。

第三節「桃夭篇」の「宜」、「隰有萇楚篇」の「樂」

【「樂」「宜」について】

まず、「樂」の字が句頭にある例を見てみよう。「隰有萇楚篇」も各章第四句の句頭に「樂」字が來るからである。

Ⅰ南山有臺、北山有萊。樂只君子、邦家之基。樂只君子、萬壽無期。
南山有桑、北山有楊。樂只君子、邦家之光。樂只君子、萬壽無疆。
南山有杞、北山有李。樂只君子、民之父母。樂只君子、德音不已。
南山有栲、北山有杻。樂只君子、遐不眉壽。樂只君子、德音是茂。
南山有枸、北山有楰。樂只君子、遐不黃耇。樂只君子、保艾爾後。
小雅・南山有臺

Ⅱ南有樛木、葛藟纍之。樂只君子、福履綏之。
南有樛木、葛藟荒之。樂只君子、福履將之。
南有樛木、葛藟縈之。樂只君子、福履成之。
周南・樛木

Ⅲ樂只君子、天子命之。樂只君子、福祿申之。
維柞之枝、其葉蓬蓬。樂只君子、殿天子之邦。
樂只君子、萬福攸同。平平左右、亦是率從。
汎汎楊舟、紼纚維之。樂只君子、天子葵之。
樂只君子、福祿膍之。優哉游哉、亦是戾矣。
小雅・采菽

Ⅳ鶴鳴于九皐、聲聞于野。魚潛在淵、或在于渚。
樂彼之園、爰有樹檀、其下維蘀。它山之石、可以爲錯。
鶴鳴于九皐、聲聞于天。魚在于渚、或潛在淵。
樂彼之園、爰有樹檀、其下維穀。它山之石、可以攻玉。
小雅・鶴鳴

Ⅴ菁菁者莪、在彼中阿。既見君子、樂且有儀。
小雅・菁菁者莪

Ⅵ如彼雨雪、先集維霰。死喪無日、無幾相見。樂酒今夕、君子維宴。
小雅・頍弁

上記の用例を見ると、「樂」字に「ことほぐ」という意味があることに氣づく。少なくとも作品ⅠからⅢまでは君子を言祝いでいるのである。作品Ⅳも、樂しいというよりは、めでたいと彼の園をほめている句である。作品Ⅴの「樂」は「和樂」の意味で、やはり君子を讚えている。宴會を言祝ぐ意味にも、また「樂しむ」という意味にも解釋できそうなのは作品Ⅵだけである。

ここから「樂」の字は、主に言祝いだり讚えたりするときに使われる言葉だということがわかる。

次に「宜」字が句頭に立つ例を見てみよう。「桃夭篇」も各章の第四句の句頭に「宜」の字があるからである。

Ⅰ螽斯羽詵詵兮、宜爾子孫振振兮。
螽斯羽薨薨兮、宜爾子孫繩繩兮。
螽斯羽揖揖兮、宜爾子孫蟄蟄兮。
周南・螽斯

Ⅱ鴛鴦于飛、畢之羅之。君子萬年、福祿宜之。
鴛鴦在梁、戢其左翼。君子萬年、宜其遐福。
小雅・鴛鴦

Ⅲ魯侯燕喜、令妻壽母、宜大夫庶士、邦國是有。
魯頌・閟宮

Ⅳ昊天上帝、則不我虞。敬恭明神、宜無悔怒。　大雅・雲漢

Ⅴ殷之未喪師、克配上帝。宜鑒于殷、駿命不易。　大雅・文王

Ⅵ蓼彼蕭斯、零露泥泥。既見君子、孔燕豈弟。宜兄宜弟、令德壽豈。　小雅・蓼蕭

Ⅶ假樂君子、顯顯令德。宜民宜人、受祿于天。保右命之、自天申之。干祿百福、子孫千億。穆穆皇皇、宜君宜王。不愆不忘、率由舊章。　大雅・假樂

Ⅷ交交桑扈、率場啄粟。哀我塡寡、宜岸宜獄。握粟出卜、自何能穀。　小雅・小宛

上記の内、ⅥⅦⅧは「宜〜宜〜」という特殊な使い方であるらしく思われ、句の構造も意味も異なるので、ここでは問題にしない。

Ⅰに見える「宜」字は、子孫が榮えることを言祝ぐ言葉で、先に擧げた「樂」字と似た用法である。ⅡⅢについても、前後の句意から、「宜」は、君子や國家の將來をことほぐ意味であろう。ⅠⅡⅢほど明らかではないが、ⅣⅤも、きっと〜に違いない、と將來を言祝ぐ意味と取れる。

さらに次の例では第一・二句の句頭に「宜」と「樂」が置かれ、共に家庭の將來を言祝ぐ意味と解釋される。

宜爾家室、樂爾妻帑。是究是圖、亶其然乎。　小雅・常棣

以上から考えるに、詩經の作品の句頭に立つ「樂」「宜」の語は、將來を言祝ぎ祈る意味に用いられる言葉である。すなわち、「桃夭篇」も「隰有萇楚篇」も、未婚の若者が將來に結婚し、一家を成して立派な成人となることを祈り言祝いでいる作品である。

以上を総合して次のように考える。「桃夭篇」各章下二句に關して言えば、「之子于歸」という句は、「征」の反對語

としての「歸」と取り、若者が歸ってきた、或いは歸ってくる、と解釋する。「宜其家室」は、夫の家族にふさわしい嫁、という意味ではなく、若者が將來きっと良い配偶者となり、良い家庭を作るであろうことを祈る句であると解釋する。「隰有萇楚篇」の末句も同様に、獨身者である「子」を言祝ぐ句であると考える。

では、「桃夭篇」と「隰有萇楚篇」はどのように解釋したらよいか。

おわりに――「桃夭篇」の解釋――

桃は戀人に送る特別の贈り物であった。

「桃夭篇」と「隰有萇楚篇」の各章のはじめに桃或いは桃に似た植物が歌われていることから、これらの歌は單に第三者のはやし歌、すなわち嫁入りする者への祝い歌ではなく、「子」との結婚を望む者の誘引の歌であると考える。

投我以木瓜、報之以瓊琚。匪報也、永以爲好也。
投我以木桃、報之以瓊瑤。匪報也、永以爲好也。
投我以木李、報之以瓊玖。匪報也、永以爲好也。(23)　衞風・木瓜

ここでは「桃」ではなく「木桃」となっているが、各章に「木瓜」「木李」「木桃」と竝べてあるので、やはり「桃」を言うものであろう。

この句のように、桃が贈答に使われるのは、戀愛成就のための呪物であった桃の呪術性が、戀人への贈り物として様式化されたためだと考えられる。男女間には、桃に限らず、いくつかの物が贈答に用いられる。次に擧げるのはその例である。

丘中有李、彼留之子。彼留之子、貽我佩玖。　王風・丘中有麻

知子之來之、雜佩以贈之。知子之順之、雜佩以問之。知子之好之、雜佩以報之。　鄭風・女曰鷄鳴

維士與女、伊其相謔、贈之以勺藥。　鄭風・溱洧

勺藥については鄭箋に「相與戲謔、行夫婦之事、其別則送女以勺藥、結恩情也」といい、韓詩を引用して「離草也。言將離別、贈此草也」と言う。贈答に際して、特別の植物や玉類が選ばれたことの證左である。次の作品にも、桃と李が贈答される様子が描かれている。

投我以桃、報之以李。彼童而角、實虹小子。　大雅・抑

次の作品では桃を人に贈らずに、自分で食べてしまう。

園有桃、其實之殽。心之憂矣、我歌且謠。不我知者、謂我士也驕。彼人是哉、子曰何其。心之憂矣、其誰知之、其誰知之、蓋亦勿思。　魏風・園有桃(24)

桃を人に贈らないのは、それを贈るべき相手がいないからである。作品全體としては、心の憂いを述べるもので、それも、桃を贈りたいのに贈ることができない人物に關わる憂いである。愛する人に贈るべき果物を食べる、という動作に、やはり呪術的な意味を讀みとることができる。(25)

したがって、「隰有萇楚篇」においても「無家」である「子」を言祝ぐのである。最初に實のなる萇楚が歌われるこの作品は、若者たちの誘引の歌である。相手が獨身でなければ、「夫婦になろうよ」と誘うことはできない。現代の若者たちにとっても、相手が獨身かどうかは大きな關心事である。「隰有萇楚篇」の場合、「子」はまだ「無家」なのである。じつに言祝ぐべき人物ではないか。「隰有萇楚篇」各章の最後の句は「きっと良い將來が待っているでしょう、仲良くしましょう、獨身さん」というほどのニュアンスだったのではないかと考える。

以上述べてきたことから、「桃夭篇」の解釋を次のように試みる。「桃夭篇」は獨身である「子」、すなわち將來家庭を持つであろう若者を「宜」という言葉で豫祝する。そして、作品のはじめに桃が歌われることは、「子」との結婚を望む者の誘引の歌であると考える。

最後に、本論の結論として、「桃夭篇」の訓讀と譯を載せる。(26)

周南・桃夭

桃の夭夭、灼灼たる其の華。之の子歸る、宜《ことほ》がん　其れ室家。
桃の夭夭、有蕡たる其の實。之の子歸る、宜《ことほ》がん　其れ家室。
桃の夭夭、其の葉蓁蓁たり。之の子歸る、宜《ことほ》がん　其れ家人。

桃は若々しく、燃えるようなその華。あなたが歸ってきた。よい夫婦になるように。
桃は若々しく、たわわなその實。あなたが歸ってきた。よい夫婦になるように。
桃は若々しく、その葉は茂る。あなたが歸ってきた。よい夫婦になるように。

注

（1）吉川幸次郎氏の說（『詩經國風』中國詩人選集二　岩波書店　昭和三十三年十二月　四四頁）。

同様な解釋は、次のように多々見られる。

「此賀嫁女之詩」（屈萬里『詩經詮釋』屈萬里先生全集五　中華民國七十二年二月）

「全篇、興である（毛傳・集傳）。一章では最初の二句で若々しい桃の木に燃え立つような明るい花が咲いていることをうたう。これは娘が成熟してその姿態が輝くように美しいことを象徴したもので、娘が嫁ぐべき時期に至ったことを示すと同時に、次の三、四句すなわち「この娘がお嫁に行ったなら、きっと嫁ぎ先でうまくやってゆくだろう」という主題を引き出している。二、三章も同じく、二章のふくよかな實がなることは、はちきれるような健やかな美しい娘の體とその娘がよい子寶に惠まれるであろうことを、三章の葉が茂るさまは、子孫が多く生まれて一族が繁榮するであろうことをそれぞれ象徴している」（江口尚純「詩經葛覃・樛木・螽斯・桃夭・兎罝篇釋考」『靜岡大學教育學部研究室研究報告』第四五號　一九九五・三）。

（2）『詩經注疏』「此三章、皆言、女得以年盛時行。則女自十五至十九也。女年既盛、則男亦盛矣」「鄭以三十之男、二十之女、仲春之月爲昏、是禮之正法。則三章皆上二句言、婦人以年盛時行、謂二十也。下句言、年時俱當、謂行嫁又得仲春之正時也」

（3）『詩經疏義解通』卷一　元・朱公遷

「故詩人因所見以起興而歎其女子之賢、知其必有以宜其室家也」注「木少則花盛、女賢則家和、亦有相因之義」疏「輯錄解頤曰、宜者、和順之意。和則不乖。順則無逆。此非勉強所能致也。必孝不衰於舅姑。敬不違於夫子。慈不遺於卑幼。義不咈於夫之兄弟。而後可以謂之宜也」

（4）『詩經通義』卷一　清・朱鶴齡

「三章、興、中各兼比詠其華喩美色也。詠其實喩宜男也。詠其葉喩娣姪之盛也」

（5）『毛詩稽古編』卷一　清・陳啓源

「桃夭三章、三言宜。本一義也。毛傳於末章云、一家之人盡以爲宜。則上二章宜字義亦應。爾首章傳乃云、宜以有室家無踰時者、不如。末章義、優矣」

（6）「夭夭、『說文』引作枖枖、云木少盛貌」（屈萬里『詩經詮釋』屈萬里先生全集五　聯經出版　中華民國七十二年二月）。
「若々しいさま。夭は『說文』木部に引くものには「枖」、女部に引くものには媄につくる」（松本雅明『詩經國風篇の研究』弘生書林　昭和六十二年一月）五九頁。

（7）『陸氏詩疏廣要』卷上之上（三國吳・陸璣撰　明・毛晉廣要）「萇楚、今羊桃是也。葉長而狹、華紫赤色。其枝莖弱、過一尺、引蔓于草上（略）『爾雅』云、「萇楚銚芅」郭云、「今羊桃也。或曰鬼桃。葉似桃、華白、子如小麥。亦似桃」（略）陶隱居云、「山野多有甚似家桃、又非山桃、子細小苦不堪噉、花甚赤」『蜀本圖經』云、「葉花似桃、子細如棗核」（傍線筆者）

（8）「花の咲きあふれるさま」（松本雅明『詩經國風篇の研究』弘生書林　昭和六十二年一月）五九頁。

（9）「蕡、大貌也」宋朱熹『詩經集傳』
「蕡、音墳、大也。馬瑞辰說、按、詩仲凡以有字冠於形容詞或副詞之上者、等於加「然」字於形容詞或副詞之下、故有蕡猶蕡然也」（屈萬里『詩經詮釋』屈萬里先生全集五　中華民國七十二年二月）。

「毛傳に實ったこととし、朱子は實の盛りをいうとする。しかし蕡につくり、もしくはそれと音を同じくする語が大を意味するところから、實の大きなことをいうとする、段玉裁・目加田氏の說が正しいであろう。なお、『廣雅』に美しいことをいうとし、于省吾氏は、蕡を小雅の頒・墳、金文の苯と通じ、いずれも斑の意で、色の美しいこととする（詩經新語）。林義光氏は、賁を「肥」によんでいる」（松本雅明『詩經國風篇の研究』弘生書林　昭和六十二年一月）五九頁。

（10）「蓁蓁、茂盛貌」（屈萬里『詩經詮釋』屈萬里先生全集五　中華民國七十二年二月）
「葉がしげるさま。毛傳は「至って盛んなさま」という。『通典』禮一九にひくものは「溱溱」につくる」（松本雅明『詩經國風篇の研究』弘生書林　昭和六十二年一月）五九頁。

（11）『詩經』高田眞治著　集英社　昭和五十年六月第六版　四六頁。

（12）『詩經』に見られる「知」の用例。「未知」「不知」「莫知」と否定詞を伴って、或いは「誰知」と反語を伴って用いられることが多い。

墓門有棘、斧以斯之。夫也不良、國人知之、知而不已、誰昔然矣。　陳風・墓門

知子之來之、雜佩以贈之。知子之順之、雜佩以問之。知子之好之、雜佩以報之。　鄭風・女曰鷄鳴

園有桃、其實之殽。心之憂矣、我歌且謠。不知我者、謂我士也驕。
彼人是哉、子曰何其、心之憂矣、其誰知之、其誰知之、蓋亦勿思。
園有棘、其實之食。心之憂矣、聊以行國。不知我者、謂我士也罔極。
彼人是哉、子曰何其、心之憂矣、其誰知之、其誰知之、蓋亦勿思。　魏風・園有桃

行道遲遲、載渴載飢、我心傷悲、莫知我哀。　小雅・采薇

召彼故老、訊之占夢、具曰予聖。誰知烏之雌雄。　小雅・正月

周宗既滅、靡所止戾。正大夫離居、莫知我勩。　小雅・雨無正

不敢暴虎、不敢馮河。人知其一、莫知其他。　小雅・小旻

人之齊聖、飮酒溫克、彼昏不知、壹醉日富。各敬爾儀、天命不又。　小雅・小宛

譬彼舟流、不知所屆。心之憂矣、不遑假寐。譬彼壞木、疾用無枝。心之憂矣、寧莫之知。　小雅・小弁

爾還而入、我心易也、還而不入、否難知也。壹者之來、俾我祇也。伯氏吹壎、仲氏吹篪。及爾如貫、諒不我知。出此三物、以詛爾斯。　小雅・何人斯

山有嘉卉、侯栗侯梅。廢爲殘賊、莫知其尤。　小雅・四月

或不知叫號、或慘慘劬勞、或棲遲偃仰、或王事鞅掌。　小雅・北山

曰既醉止、威儀怭怭。是曰既醉、不知其秩。賓既醉止、載號載呶、亂我籩豆、屢舞僛僛。是曰既醉、不知其郵。　小雅・賓之初筵

苕之華、其葉青青。知我如此、不如無生。　小雅・苕之華

百爾君子、不知德行。不忮不求、何用不臧。　邶風・雄雉

出自北門、憂心殷殷。終窶且貧、莫知我艱。　邶風・北門

乃如之人也、懷婚姻也。大無信也、不知命也。　鄘風・蝃蝀

兄弟不知、咥其笑矣。靜言思之、躬自悼矣。　衞風・氓

芄蘭之支、童子佩觿。雖則佩觿、能不我知。容兮遂兮、垂帶悸兮。　衞風・芄蘭

彼黍離離、彼稷之苗。行邁靡靡、中心搖搖。知我者、謂我心憂、不知我者、謂我何求。悠悠蒼天、此何人哉。

彼黍離離、彼稷之穗。行邁靡靡、中心如醉。知我者、謂我心憂、不知我者、謂我何求。悠悠蒼天、此何人哉。

彼黍離離、彼稷之實、行邁靡靡、中心如噎。知我者、謂我心憂、不知我者、謂我何求。悠悠蒼天、此何人哉。

王風・黍離

君子于役、不知其期、曷至哉。　王風・君子于役

帝謂文王、予懷明德、不大聲以色、不長夏以革、不識不知、順帝之則。　大雅・皇矣

其維愚人、我僭　民各有心。於乎小子、未知臧否。匪手攜之、言示之事、匪面命之、言提其耳。借曰未知、亦既抱子。民之靡盈、誰夙知而莫成　昊天孔昭、我生靡樂。視爾夢夢、我心慘慘。誨爾諄諄、聽我藐藐。匪用爲敎、覆用爲虐。借曰未知、亦聿既耄。　大雅・抑

嗟爾朋友、予豈不知而作、如彼飛蟲、時亦弋獲。既之陰女、反予來赫。　大雅・桑柔

旱既太甚、黽勉畏去。胡寧瘨我以旱。憯不知其故。祈年孔夙、方社不莫。　大雅・雲漢

臯臯訿訿、曾不知其玷。兢兢業業、孔塡不寧、我位孔貶。　大雅・召旻

(13)「無家、沒有成家。下文的〝無室〟意同（無家とは家を成していないこと。次の文の「無室」も同じ意味である）」（『詩經類傳』費振剛主編　吉林人民出版社　二〇〇〇年一月）。

(14)「桃夭篇」第二章毛傳「家室猶室家也」第三章毛傳「一家之人盡以爲宜」鄭箋「家人猶室家也」

(15) 目方氏は「この歌は、貞女とか凶暴な男とかいうことではなく、あるいは男女の戯れ、誘引の歌と見るべきではあるまいか」という。『詩經・楚辭』目加田誠著　平凡社　中國古典文學大系一五　一九九八年二月第一版第五刷　一六頁。

(16)「鄭箋」「興者、喻時婦人皆得以年盛時行也」

（17）加納喜光氏は『詩經』（學習研究社　昭和五十四年一月）の中で「子」を女性とする。

（18）「毛傳」「之子、侯伯卿士也」

（19）「于は助字。歸は婚ぐ」（松本雅明『詩經國風篇の研究』弘生書林　昭和六十二年一月）五八頁など。

（20）漢許愼撰『說文解字』「王、天下所歸往也（王、天下の歸往する所なり）」「鬼、人所歸爲鬼（鬼、人の歸する所鬼と爲る）」

（21）「毛傳」はⅢの例についてのみ「歸」字に注して「歸宗也」という。このほかにこれら四例に「歸」字の注はない。しかし、全體としては、ことに鄭箋は明確に、Ⅰ、Ⅱ、Ⅳについて、句全體の意味を「嫁に行く」と解釋しているように思われる。關連する作品の毛傳と鄭箋を擧げる。

Ⅰ翹翹錯薪、言刈其楚。之子于歸、言秣其馬。　周南・漢廣

「鄭箋」「之子是子也。謙不敢斥其適已、於是子之嫁。我願秣其馬、致禮餼示有意焉」

Ⅱ維鵲有巢、維鳩居之。之子于歸、百兩御之。　召南・鵲巢

「毛傳」「百兩百乘也。諸侯之子嫁於諸侯、送御皆百乘」

「鄭箋」「之子是子也。御迎也。是如鳲鳩之子、其往嫁也。家人送之、良人迎之、車皆百乘、象有百官之盛」

維鵲有巢、維鳩盈之。之子于歸、百兩成之。

「毛傳」「能成百兩之禮也」

「鄭箋」「是子有鳲鳩之德、宜配國君。故以百兩之禮送迎成之」

Ⅲ燕燕于飛、差池其羽。之子于歸、遠送于野。瞻望弗及、泣涕如雨。　邶風・燕燕

「毛傳」「之子去者也。歸、歸宗也。遠送過禮于於也。郊外曰野」

「鄭箋」「婦人之禮、送迎不出門。今我送是子、乃至于野者、舒己憤、盡己情」

Ⅳ之子于歸、皇駁其馬。親結其縭、九十其儀。其新孔嘉、其舊如之何。　豳風・東山

「鄭箋」「之子于歸、謂始嫁時也。皇駁其馬車服盛也」

（22）「毛傳」「之子侯伯卿士也。劬勞、病苦也」「鄭箋」「侯伯卿士、謂諸侯之伯與天子卿士也。是時、民既離散、邦國有壞滅者、

侯伯久不述職、王使廢於存省。諸侯於是始復之。故美焉」

（23）「序」「木瓜、美齊桓公也。衞國有狄人之敗出處于漕。齊桓公救而封之。遺之車馬器服焉。衞人思之、欲厚報之、而作是詩也」

『詩集傳』「言人有贈我以微物、我當報之以重寶、而猶未足以爲報也、但欲其長以爲好、而不忘耳。疑亦男女相贈答之辭。如靜女之類比也」

（24）「序」「園有桃、刺時也。大夫憂其君、國小而迫、而儉以嗇、不能用其民、而無德敎、日以侵削。故作是詩也」「毛傳」「興也、園有桃其實之殽、國有民得其力」「鄭箋」「魏君薄公税省國用不取於民、食園桃而已。不施德敎、民無以戰其侵削之由、由是也」

（25）興に薔薇科の植物が歌われている作品は戀愛に關わる歌である、という指摘はすでに多くの研究者によって提案されている説である。たとえば『中國古代の植物學の研究』（水上靜夫著　角川書店　一九七七年四月）に見られる。

（26）本論で述べた、「桃夭篇は結婚祝いの祝頌歌であるというよりも、男女の誘引の歌である」という説は、赤塚忠氏にすでに見られる。本論はそれを比較分析の方法によって實證しようとしたものである。本論を書き終えて後に、赤塚氏の説を知った。尊敬する先賢との意見の一致を喜ぶものである。

赤塚忠『詩經研究』赤塚忠著作集第五巻　研文社　昭和六十一年三月　二八九頁（裳裳者華篇、白華篇、常棣篇、何彼襛矣篇、采薇篇、隰有萇楚篇、桃夭篇、山有扶蘇篇、澤陂篇、苕之華篇について）

「これらの華の「興」詞には、華の種類に相違があり、表現形式に多少の相違があるが、その底には共通の意味が活《はたら》いていることを見いだすのは、それほど困難ではないであろう。すなわち、裳裳者華篇の興詞が原意に近いものであって、「華」をいうことは思う人に會わせよという願意に繫るのである。（略）つまり、「興」詞の華とは、人を引き寄せる、正しくいえば、靈魂を現れ出させる力のある呪物であったのである。

「興」詞には、もちろん詩的表現の情趣化が伴う。右には、その主意の在るところを指摘したのであるが、白華編には清淨感が、何彼穠矣篇には美盛の感情が伴っている。隰有萇楚篇・桃夭篇になると「興」詞の情趣化が大いに進んでおり、特に桃夭篇は、『鄭箋』に「興者、喩時婦人皆得以年盛時行也（＊興とは、時の婦人の皆年盛の時を以て行くことを得るに喩ふるなり）」とあり、『集傳』に「然則桃之有華、正婚姻之時也（＊然らば則ち、桃の華有るは、正に婚姻の時なり）」とあるように、

「灼灼其華（＊灼々たる其の華）」は女子が好時節に桃花のような美しさをもって嫁することを敍べているかのように見える。しかし、そういう感情を含んでいないではないが、その主意は女子の嫁を送るのではなくて、「灼灼其華」に懸けた願いが叶えられて、その瑞祥のごとくに女子の來嫁を迎えることを述べているのである。そこで、「宜其室家（＊其の室家に宜しからん）」といって成婚の將來を祝福しているのである。その主意は、隰有萇楚篇とも大略共通している。これは若者が萇楚の華に懸けて、わが相會う女子は人に許嫁せぬ清純な少女であれと樂っているのである」

資料

資料　目次

資料一の一　漢魏六朝のハスの花　非植物的用法：（一）荷花（二）菡萏の用例はない。

（三）「芙蓉」　二十首

【製品】　十二首

工知想成夢。未信夢如此。皎皎無片非。的的一皆是。以親芙蓉褥。方開合歡被。雅步極嫣妍。含辭姿委靡。如言非倏忽。不意成俄爾。及寤盡空無。方知悉虛詭。

梁王僧孺「爲人述夢詩」

漆水豈難變。桐刀乍可揮。靑書長命箓。紫水芙蓉衣。高翔五岳小。低望九河微。穿池聽龍長。叱石待羊歸。酒闌時節久。桃生歲月稀。

梁簡文帝蕭綱「仙客詩」

碧玉小家女。來嫁汝南王。蓮花亂臉色。荷葉雜衣香。因持薦君子。願襲芙蓉裳。

梁元帝蕭繹「採蓮曲」

交龍成錦鬬鳳紋。芙蓉爲帶石榴裙。日下城南兩相望。月沒參橫掩羅帳。

梁元帝蕭繹「烏棲曲四首　三」

雜蕋映南庭。庭中光景媚。可憐枝上花。早得春風意。春風復有情。拂幔且開楹。開楹開碧煙。拂幔拂垂蓮。偏使紅花散。飄颻落眼前。眼前多無況。參差鬱可望。珠繩翡翠帷。綺幕芙蓉帳。香煙出窗裏。落日斜階上。日影去遲遲。節華咸在茲。桃花紅若點。柳葉亂如絲。絲條轉暮光。影落暮陰長。春燕雙雙舞。春心處處揚。酒滿心聊足。萱枝愁不忘。

梁簡文帝蕭綱「戲作謝惠連體十三韵詩」

秋初芰荷殿。寶帳芙蓉開。玉笛隨絃上。金鈿逐照迴。釵光搖玳瑁。柱色輕玫瑰。笑靨人前斂。衣香動處來。非同七襄駕。詎隔一春梅。神仙定不及。寧用流霞杯。
陳後主叔寶「七夕宴樂脩殿各賦六韻」

西王青鳥秦女鸞。姮娥婺女慣相看。誰家玉顏窺上路。粉色衣香雜風度。九重樓檻芙蓉華。四鄰照鏡菱芰花。新妝年幾纔三五。隱幔藏羞臨網戶。然香氣歇不飛煙。空留可憐年一年。
陳陸瑜「東飛伯勞歌」

殿內一處起金房。併勝餘人白玉堂。珊瑚挂鏡臨網戶。芙蓉作帳照雕梁。房櫳宛轉垂翠幕。佳麗逶迤隱珠箔。風前花管颺難留。舞處花鈿低不落。陽臺通夢太非眞。洛浦凌波復不新。曲中唯聞張女調。定有同姓可憐人。但願私情賜斜領。不願傍人相比竝。妾門逢春自可榮。君面未秋何意冷。
陳江總「雜曲三首 二」

千尋木蘭館。百尺芙蓉堂。落日低蓮井。行雲礙芝梁。流水桃花色。春洲杜若香。就階猶不進。催來上伎牀。
北周庾信「詠畫屏風詩二十五首 十」

至眞無所待。時或轡飛龍。長齋會玄都。鳴玉叩瓊鍾。十華諸仙集。紫煙結成宮。寶蓋羅太上。眞人把芙蓉。散花陳我願。握節徵魔王。法鼓會羣仙。靈唱彌不同。無可無不可。思與希微通。
北周無名氏「步虛辭十首 十」

淨土連幽谷。寶塔對危峰。林棲丹穴鳳。地邇白沙龍。獨巖樓迥出。複道閣相重。洞開朝霧斂。石濕曉雲濃。高篠低雲蓋。風枝響和鐘。簷陰翻細柳。澗影落長松。珠桂浮明月。蓮座吐芙蓉。隱淪徒有意。心迹未相從。
隋薛道衡「展敬上鳳林寺詩」

芙蓉作船絲作絆。北斗横天月將落。采桑渡頭礙黃河。郎今欲渡畏風波。
梁簡文帝蕭綱「烏棲曲四首 一」

【池水】八首

逍遙芙蓉池。翩翩戲輕舟。南陽棲雙鵠。北柳有鳴鳩。
陳思王曹植「芙蓉池詩」

終冬十二月。寒風西北吹。獨有梅花落。飄蕩不依枝。流連逐霜彩。散漫下冰澌。何當與春日。共映芙蓉池。

梁吳均「梅花落」

王孫清且貴。築室芙蓉池。羅生君子樹。雜種女貞枝。南窗帖雲母。北戸映琉璃。銜書轆轤鳳。坐水玉盤螭。朝衣茱萸錦。夜覆葡萄卮。聯翩驂赤兔。窈窕駕青驪。龍泉甚鳴利。如何獨不知。

梁吳均「贈柳眞陽詩」

火浣花心猶未長。金枝密焰已流芳。芙蓉池畔涵停影。桃花水脉引行光。

梁劉孝威「禊飲嘉樂殿詠曲水中燭影詩」

春色映澄陂。涵泳且相隨。未上龍門路。聊戲芙蓉池。觸浪蓮香動。乘流葉影披。相忘自有樂。莊惠豈能知。

陳阮卓「賦得蓮下游魚詩」

聊開鬱金屋。暫對芙蓉池。水光連岸動。花風合樹吹。春杯猶雜泛。細菓尙連枝。不畏歌聲盡。先看箏柱欹。

北周庾信「畫屏風詩二十五首 二十一」

日暮芙蓉水。聊登鳴鶴舟。飛艫飾羽毦。長幔覆緹紬。停輿依柳息。住蓋影空留。古樹橫臨沼。新藤上挂樓。魚遊向闇集。戲鳥逗楂流。

梁簡文帝蕭綱「山池詩」

垂柳覆金堤。蘼蕪葉復齊。水溢芙蓉沼。花飛桃李蹊。採桑秦氏女。織錦竇家妻。關山別蕩子。風月守空閨。恆斂千金笑。長垂雙玉啼。盤龍隨鏡隱。彩鳳逐帷低。飛魂同夜鵲。倦寢憶晨雞。暗牖懸蛛網。空梁落燕泥。前年過代北。今歲往遼西。一去無消息。那能惜馬蹄。

隋薛道衡「昔昔鹽」

（四）「蓮花（蓮華　金蓮　紅蓮）」　十五首

【裝飾關係】

繡桷金蓮花（一作華）。桂柱玉盤龍。

宋鮑照「代陳思王京洛篇」

蓮花穿劍鍔。秋月掩刀環。　梁吳均「和蕭洗馬子顯古意詩六首 六」
玉鞭蓮花劍。金苣流星勒。　梁吳均「古意詩二首 二」
鞚中懸明月。劍杪照蓮花。　梁吳均「征客詩」
唯有蓮花蕚。還想匣中雌。　陳陰鏗「經豐城劍池詩」
昔在鳳凰闕。七采蓮花莖。　梁吳均「詠燈詩」
蓮花銜靑雀。寶粟鈿金蟲。　梁吳均「和蕭洗馬子顯古意詩六首 二」
鳳凰簪落鬢。蓮花帶緩腰。　梁吳均「去妾贈前夫詩」
犀枕蘭橈翠羽蓋。雲羅霧縠蓮花帶。　隋辛德源「東飛伯勞歌」
黄金絡騕褭。蓮花裝鹿盧。　陳孔奐「賦得名都一何綺詩」
綺窗蓮花掩。網戸琉璃開。　梁蕭衍「雍臺」または梁吳均「詩」

＊上記の用例を見ると、吳均の詩句が過半を占める。この用法には吳均個人の好尚が反映されている。また、この用法に「金蓮」は二例見られるが、「紅蓮」や「碧蓮」の例はない。

【山や池】

不看授疆掌。唯夢蓮花池。　梁庾肩吾「八關齋夜賦四城門更作四首 第四 賦韻東城門病」
影間蓮花石。光涵濯錦流。　陳張正見「賦得岸花臨水發詩」

【宗教】

五城鄰北極。百雉壯西昆。鈎陳横複道。閶闔抵靈軒。千柱蓮花塔。由旬紫紺園。佛影胡人記。經文漢語翻。星窺朱鳥牖。雲宿鳳凰門。新禽解雜囀。春柳臥生根。早雷驚蟄戸。流雪長河源。建始移交讓。徽音種合昏。風飛扇天辯。泉湧屬絲言。羈臣從散木。無以預中天。□□遙可望。終類仰鵾弦。

北周庾信「奉和法筵應詔詩」

控轡適十方。旋憩玄景阿。仰覩劫刄臺。俯眄紫雲羅。逍遙大上京。相與坐蓮華。積學爲眞人。恬然榮衞和。永享無期壽。萬椿奚足多。

無名氏「歩虚辭十首　五」

資料一の二　漢魏六朝のハスの花　比喩的用法

（一）荷花　一首

【時】

月光臨戸駛、荷花依浪舒。

梁簡文帝蕭綱「怨歌行」

（二）菡萏　一首

【少年】

團輔圓頤。菡萏芙蓉。

晉張翰「周小史」

(三) 芙蓉　十四首

【山】

跨虛凌倒景。連雲詎少陽。璇極龍鱗上。雕甍鵬翅張。千尋文杏照。十里木蘭香。開窻高掌。平坐望河梁。歌響聞長樂。鍾聲徹建章。賦用王延壽。書須韋仲將。龍來隨畫壁。風起逐吹簫。石作芙蓉影。池如明鏡光。花梁反披葉。蓮井倒垂房。徒然思鸞賀。無以預鶗翔。

北周庾信「登州中新閣詩」

【器物】

嶰谷管新抽。淇園節復脩。作龍還葛水。爲馬向幷州。柯亭臨絕澗。桃枝夾細流。冠學芙蓉勢。花堪威鳳遊。邛王若有獻。張騫應拜侯。

梁元帝蕭繹「賦得竹詩」

洛陽道八達。洛陽城九重。重關如隱起。雙闕似芙蓉。王孫重行樂。公子好遊從。別有傾人處。佳麗夜相逢。

梁車轂「洛陽道」

玉山乘四載。瑤池宴八龍。黿橋浮少海。鵠蓋上中峰。飛狐橫塞路。白馬當河衝。水奠三川石。山封五樹松。長虹雙瀑布。圓闕兩芙蓉。戍樓鳴夕鼓。山寺響晨鍾。新蒲節轉促。短筍籜猶重。樹宿含櫻鳥。花留釀蜜蜂。迎風下列缺。灑酒召昌容。且欣陪北上。方欲待東封。

北周庾信「陪駕幸終南山和宇文內史詩」

小苑禁門開。長楊獵客來。懸知畫眉罷。走馬向章臺。澗寒泉反縮。山晴雲倒回。熊饑自舐掌。鴈驚獨銜枚。美酒餘杭醉。芙蓉即奉盃。

北周庾信「和宇文京兆遊田詩」

竟日坐春臺。芙蓉承酒杯。水流平澗下。山花滿谷開。行雲數番過。白鶴一雙來。水影搖藂竹。林香動落梅。直上山頭路。羊腸能幾廻。

北周庾信「畫屛風詩二十五首 二十五」

【他の植物】

朝霞映日殊未妍。珊瑚照水定非鮮。千葉芙蓉詎相似。百枝燈花復羞然。暫欲寄根對滄海。大願移華側綺錢。井上桃蟲誰可雜。庭中桂蠹豈見憐。

陳江總「芳樹」

＊「短簫鐃歌」の「芳樹」の系統を引く作品だが、内容に強い關連性はない。芳樹は芙蓉よりもすぐれていることを言う詩句。

奏事傳青閣。拂除乃陶嘉。散條凝露彩。含芳映日華。已知香若麝。無怨直如麻。不學芙蓉草。空作眼中花。

隋辛德源「猗蘭操」

【女性】

美人一何麗。顏若芙蓉花。一顧亂人國。再顧亂人家。未亂猶可奈何。

晉傅玄「美女篇」

月光如粉白。秋露似珠圓。絡緯無機織。流螢帶火寒。何年迎弄玉。今朝得夢蘭。訝許能含笑。芙蓉宜熟看。

北周庾信「奉和賜曹美人詩」

【少年】

翩翩周生。婉孌幼童。年十有五。如日在東。香膚柔澤。素質參紅。團輔圓頤。菡萏芙蓉。

晉張翰「周小史」

【人生】

雲聚懷情四望臺。月冷相思九重觀。欲題芍藥詩不成。來採芙蓉花已散。金樽送曲韓娥起。玉柱調弦楚妃歎。翠眉結恨不復開。寶鬢迎秋度前亂。（略）　陳江總「宛轉歌」

昭昭朝時日。皎皎晨明月。十五入君門。一別終華髮。（略）春榮隨露落。芙蓉生木末。自傷命不遇。良辰永乖別。已爾可奈何。譬如紈素裂。孤雌翔故巢。流星光景絕。魂神馳萬里。甘心要同穴。　晉傅玄「朝時篇」

曲池何澹澹。芙蓉敞清源。榮華盛壯時。見者誰不賞歎。一朝光采落。故人不廻顏。　晉傅玄「歌　九」

（四）蓮花（蓮華　紅蓮）十首

【山】

山似蓮花豔。流如明月光。　梁元帝蕭繹「折楊柳」

華岳蓮花高。岳高嶂重疊。　隋薛道衡「敬酬楊僕射山齋獨坐詩」

＊いずれも山の形が蓮花に似ていることを言う。山に隔てられて故郷に歸れない、人に會えないことを歎く作品。

【器物】

白沙如濕粉。蓮花類洗杯。　北周庾信「奉和趙王喜雨詩」

【鶏冠】

開軒望平子。驟馬看陳王。狸膏燻鬭敵。芥粉壒春場。解翅蓮花動。猜羣錦臆張。

北周庾信「鬬雞詩」

【女性】

碧玉小家女。來嫁汝南王。蓮花亂臉色。荷葉雜衣香。因持薦君子。願襲芙蓉裳。

梁元帝蕭繹「採蓮曲」

紅蓮披早露。玉貌映朝霞。飛燕啼妝罷。顧插步搖花。溘匝金鈿滿。參差繡領斜。暮還垂瑤帳。香燈照九華。

梁王樞「徐尚書座賦得阿憐詩」

【若さ、時間】

昔類紅蓮草。自玩綠池邊。今如白華樹。還悲明鏡前。

梁簡文帝蕭綱「詩」

苔蘚生兮繞石戶。蓮花舒兮繡池梁。

梁江淹「雜三言五首 搆象臺」

【宗教】

吾告時世人。三界里中賢。欲求長生道。莫愛千金身。出身著死地。返更得生緣。火中生蓮花。爾乃是至眞。莫有生煞想。得道昇清天。未負卽眞信。棄子千金身。

北魏仙道「老子化胡經玄歌 化胡歌七首 六」

十六變之時。生在蒲林號有遮。大富長者樹提闍。有一手巾像龍蛇。遣風吹去到王家。國王得之大歎吒。興兵動衆來向家。離舍百里見蓮花。國有審看一月夜。王心惡之欲破家。忽然變化白淨舍。出家求道號釋迦。

北魏仙道「老子玄歌 老君十六變詞三十六」

資料一の三　漢魏六朝のハスの花　實景描寫（植物としての用法）

（一）荷花（荷華）　四首

紫蘀開綠篠。白鳥映青疇。艾葉彌南浦。荷花遶北樓。送日隱層閣。引月入輕幬。　梁沈約「休沐寄懷詩」

楓岫兮筠嶺。蘭畹兮芝田。紫蒲兮光水。紅荷兮豔泉。香枝兮嫩葉。翡累兮翠疊。　梁江淹「愛遠山」

灼灼荷花瑞。亭亭出水中。　隋杜公瞻「詠同心芙蓉詩」

願君早旋返。及此荷花鮮。　梁吳均「擬古四首　採蓮曲」

（二）菡萏　四首

芙蓉散其華。菡萏溢金塘。靈鳥宿水裔。仁獸遊飛梁。　魏劉楨「公讌詩」

芙蓉含芳。菡萏垂榮。夕佩其英。采之遺誰。　魏曹丕「秋胡行　二」

離離水上蒲。結水散爲珠。間廁秋菡萏。出入春鳧雛。　齊謝朓「詠蒲詩」

舟楫互容與。藻蘋相推移。碧沚紅菡萏。白沙青漣漪。　梁蕭衍「首夏泛天池詩」

（二）芙蓉　三十五句・三十二首（そのうち題詠十二首　題詠の題名も含む）

列車息衆駕。相伴綠水湄。幽蘭吐芳烈。芙蓉發紅暉。百鳥何繽翻。振翼羣相追。投網引潛鯉。強弩下高飛。白日已西邁。歡樂忽忘歸。

魏王粲「詩」

永日行遊戲。歡樂猶未央。遺思在玄夜。相與復翺翔。輦車飛素蓋。從者盈路傍。月出照園中。珍木鬱蒼蒼。清川過石渠。流波爲魚防。芙蓉散其華。菡萏溢金塘。靈鳥宿水裔。仁獸遊飛梁。華館寄流波。豁達來風涼。生平未始聞。歌之安能詳。投翰長歎息。綺麗不可忘。

魏劉楨「公讌詩」

兄弟共行遊。驅車出西城。野田廣開闢。川渠互相經。黍稷何鬱鬱。流波激悲聲。菱芡覆綠水。芙蓉發丹榮。柳垂重蔭綠。向我池邊生。乘渚望長洲。羣鳥讙譁鳴。萍藻泛濫浮。澹澹隨風傾。忘憂共容與。暢此千秋情。

魏文帝曹丕「於玄武陂作詩」

秋蘭映玉池。池水清且芳。芙蓉隨風發。中有雙鴛鴦。雙魚自踴躍。兩鳥時迴翔。君其歷九秋。與妾同衣裳。

晉傅玄「秋蘭篇」

時竟夕澄霽。雲歸日西馳。密林含餘清。遠峰隱半規。久痗昏墊苦。旅館眺郊歧。澤蘭漸被徑。芙蓉始發池。未厭青春好。已觀朱明移。慼慼感物歎。星星白髮垂。藥餌情所止。衰疾忽在斯。逝將候秋水。息景偃舊崖。我志誰與亮。賞心惟良知。

宋謝靈運「游南亭詩」

置酒坐飛閣。逍遙臨華池。神飇自遠至。左右芙蓉披。綠竹夾清水。秋蘭被組崖。月出照園中。冠珮相追隨。客從南楚來。爲我吹參差。淵魚猶伏浦。聽者未云罷。高文一何綺。小儒安足爲。肅肅廣殿陰。雀聲愁北林。衆賓還城邑。何用慰我心。
梁江淹「雜體詩三十首　魏文帝曹丕遊宴」

含秋一顧。眇然山中。檀欒循□。便娟來風。木瑟瑟兮氣芬蒕。石戔戔兮水成文。擿江崖之素草。窺海岫之青雲。願芙蓉兮未晦。遵江波兮待君。
梁江淹「劉僕射東山集學騷」

虯簷挂珠箔。虹梁卷霜綃。迷迭涵香長。芙蓉逐浪搖。飛輪搏羽扇。翻車引落潮。甘泉推激水。迎風慙遠飈。寄言王待詔。因聲張子僑。吾君安已樂。無勞誦洞簫。
晉劉孝威「奉和晚日詩」

芙蓉始出水。綠荇葉初鮮。且停白雪和。共奏激楚絃。平生此遭遇。一日當千年。
梁阮研「櫂歌行」

清波收潦日。華林鳴籟初。芙蓉露下落。楊柳月中疎。燕幃緗綺被。趙帶流黃裾。相思阻音息。結夢感離居。
北齊蕭慤「秋思詩」

＊小序・題解：顏氏家訓曰。蘭陵蕭慤工於篇什。嘗有秋思詩云。芙蓉露下落。楊柳月中疎。時人未之賞也。吾愛其蕭散。宛然在目。潁川荀仲擧、瑯琊諸葛漢亦以爲爾。而盧思道之徒雅所不愜。

錦作明玳牀。黼垂光粉壁。帶日芙蓉照。因吹芳芬拆。
陳後主叔寶「七夕宴宣猷堂各賦一韵詠五物自足爲十幷女一首五韵物次第用得帳屛風案唾壺履一」

落星初伏火。秋霜正動鍾。北閣連橫漢。南宮應鑿龍。祥鸞棲竹實。靈蔡上芙蓉。自有南風曲。還來吹九重。
北周庾信「奉和初秋詩」

停車小苑外。下渚長橋前。澁菱迎擁楫。平荷直蓋船。殘絲繞折藕。芰葉映低蓮。遙望芙蓉影。只言水底燃。
北周庾信「詠畫屛風詩二十五首　三」

【倣民歌】

渉江采芙蓉。蘭澤多芳草。采之欲遺誰。所思在遠道。還顧望舊郷。長路漫浩浩。同心而離居。憂傷以終老。

後漢無名氏「古詩十九首 六」

汎汎綠池。中有浮萍。寄身流波。隨風靡傾。芙蓉含芳。菡萏垂榮。朝采其實。夕佩其英。采之遺誰。所思在庭。雙魚比目。鴛鴦交頸。有美一人。婉如淸揚。知音識曲。善爲樂方。

魏文帝曹丕「秋胡行二首 二」

蘭芷生兮芙蓉披。

魏文帝曹丕「詩 八」

渡江南。採蓮花。芙蓉增敷。曄若星羅。綠葉映長波。廻風容與動纖柯。

晉傅玄「歌 八」

春初北岸涸。夏月南湖通。卷荷舒欲倚。芙蓉生即紅。檝小宜迴逕。船輕好入叢。釵光逐影亂。衣香隨逆風。江南少許地。年年情不窮。

梁劉緩「江南可採蓮」

＊題解：古辭曰。江南可採蓮。因以爲題云。

晚日照空磯。採蓮承晚暉。風起湖難度。蓮多摘未稀。棹動芙蓉落。船移白鷺飛。荷絲傍繞腕。菱角遠牽衣。

梁簡文帝蕭綱「採蓮曲二首 一」

南湖荇葉浮。復有佳期遊。銀綸翡翠鈎。玉舳芙蓉舟。荷香亂衣麝。橈聲隨急流。

梁簡文帝蕭綱「雍州曲三首 二 南湖」

【題詠】（十二首）

（其の一）盈盈荷上露。灼灼如明珠。

（其の二）寢共織成被。絮以同攻綿。

（其の三）夏搖比翼扇。冬坐比肩氈。

（其の四）衣用雙絹。寢無絳幬。

晉陸雲「芙蓉詩」

微風搖紫葉。輕露拂朱房。中池所以綠。待我泛紅光。

梁沈約「詠芙蓉詩」

圓花一蔕卷。交葉半心開。影前光照耀。香裏蝶徘徊。欣隨玉露點。不逐秋風催。

梁簡文帝蕭綱「詠芙蓉詩」

洛神挺凝素。文君拂豔紅。麗質徒相比。鮮彩兩難同。光臨照波日。香隨出岸風。涉江良自遠。託意在無窮。

隋辛德源「芙蓉花」

乘輦夜行遊。逍遙步西園。雙渠相溉灌。嘉木繞通川。卑枝拂羽蓋。脩條摩蒼天。驚風扶輪轂。飛鳥翔我前。丹霞夾明月。華星出雲間。上天垂光彩。五色一何鮮。壽命非松喬。誰能得神仙。遨遊快心意。保己終百年。

魏文帝曹丕「芙蓉池作詩」

逍遙芙蓉池。翩翩戲輕舟。南陽棲雙鵠。北柳有鳴鳩。

陳思王曹植「芙蓉池詩」

青山麗朝景。玄峰朗夜光。未及清池上。紅蕖竝出房。日分雙蔕影。風合兩花香。魚驚畏蓮折。龜上礙荷長。雲雨留輕潤。草木隱嘉祥。徒歌涉江曲。誰見緝爲裳。

梁朱超「詠同心芙蓉詩」

灼灼荷花瑞。亭亭出水中。一莖孤引綠。雙影共分紅。色奪歌人臉。香亂舞衣風。名蓮自可念。況復兩心同。

隋杜公瞻「詠同心芙蓉詩」

上山采瓊蘂。穹谷饒芳蘭。采采不盈掬。悠悠懷所歡。故鄉一何曠。山川阻且難。沈思鍾萬里。躑躅獨吟歎。

晉陸機「擬涉江采芙蓉詩」

江風當夏清。桂檝逐流縈。初疑京兆劍。復似漢冠名。荷香帶風遠。蓮影向根生。葉卷珠難溜。花舒紅易傾。日暮鳧舟滿。歸來度錦城。

梁元帝蕭繹「賦得涉江采芙蓉詩」

蓮舟泛錦磧。極目眺江干。沿流渡檝易。逆浪取花難。有霧疑川廣。無風見水寬。朝來採摘倦。詎行久盤桓。

隋孔德紹「賦得涉江采芙蓉詩」

浮照滿川漲。芙蓉承落光。人來間花影。衣渡得荷香。桂舟輕不定。菱歌引更長。採採嗟離別。無暇緝爲裳。

陳祖孫登「賦得涉法採芙蓉詩」

（四）蓮花（紅蓮）八首

渡江南。採蓮花。芙蓉增敷。曄若星羅。綠葉映長波。廻風容與動纖柯。　晉傅玄「歌 八」

江南蓮花開。紅光覆碧水。色同心復同。藕異心無異。　梁武帝蕭衍「子夜四時歌夏歌四首 一」

寶椀汎蓮花。珍杯食竹實。　梁吳均「登鍾山讌集望西靜壇詩」

重輪依紫極。前耀奉丹霄。天經戀宸扆。帝命扈仙鑣。乘星開鶴禁。帶月下虹橋。銀書含曉色。金輅轉晨飈。霧徹軒營近。塵暗斗城遙。蓮花分秀萼。竹箭下驚潮。撫已慙龍幹。承恩集鳳條。瑤山盛風樂。抽簡薦徒謠。

隋虞世南「追從鑾輿夕頓戲下應令詩」

麥候始清和。涼雨銷炎燠。紅蓮搖羽荇。丹藤繞新竹。物色盈懷抱。方駕娛耳目。零落既難留。何用存華屋。

齊謝朓「出下館詩」

空園暮煙起。逍遙獨未歸。翠鬣藏高柳。紅蓮拂水衣。復此從風蝶。雙雙花上飛。寄與相知者。同心終莫違。

梁簡文帝蕭綱「詠蛺蝶詩」

長洲茂苑朝夕池。映日含風結細漪。坐當伏檻紅蓮披。雕軒洞戶青蘋吹。輕幌芳煙鬱金馥。綺簷花簟桃李枝。蘭苕翡翠但相逐。桂樹鴛鴦恆竝宿。

隋虞世基「四時白紵歌二首 一 江都夏」

齊倡趙女盡妖妍。珠簾玉砌併神仙。莫笑人來最落後。能使君恩得度前。豈知洛渚羅塵步。詎減天河秋夕渡。妖姿巧笑能傾城。那思他人不憎妬。蓮花藻井推芰荷。採菱妙曲勝陽阿。
陳顧野王「豔歌行三首　二」

（秋日心容與。渉水望碧蓮。紫菱亦可采。試以緩愁年。參差萬葉下。泛漾百流前。高彩隘通壑。香氛麗廣川。歌出櫂女曲。儛入江南絃。乘黿非逐俗。駕鯉乃懷仙。衆美信如此。無恨在清泉。
梁江淹「採菱曲」

＊「碧蓮」の例はこの一例である。ただし花を表現するとは思えないので、統計に入れない。）

資料一の四　漢魏六朝のハスの花　民歌

：資料一の一～三に含まれていない。（一）荷花（二）菡萏の用例はない。

（三）芙蓉　二十六首

高山種芙蓉。復經黃蘗塢。果得一蓮時。流離嬰辛苦。
「晉清商曲辭　呉聲歌曲　子夜歌四十二首　十一」

遣信歡不來。自往復不出。金桐作芙蓉。蓮子何能實。
「晉清商曲辭　呉聲歌曲　子夜歌四十二首　三十八」

寢食不相忘。同坐復俱起。玉藕金芙蓉。無稱我蓮子。
「晉清商曲辭　呉聲歌曲　子夜歌四十二首　四十」

朝登涼臺上。夕宿蘭池裏。乘風採芙蓉。夜夜得蓮子。
「晉清商曲辭　呉聲歌曲　子夜四時歌　夏　二十首　八」

鬱蒸仲暑月。長嘯北湖邊。芙蓉始結葉。抛豔未成蓮。
「晉清商曲辭　呉聲歌曲　子夜四時歌　夏　二十首　十」

青荷蓋淥水。芙蓉葩紅鮮。郎見欲採我。我心欲懷蓮。「晉清商曲辭　吳聲歌曲　子夜四時歌　夏　二十首　十四」

四周芙蓉池。朱堂敞無壁。珍簟鏤玉牀。繾綣任懷適。「晉清商曲辭　吳聲歌曲　子夜四時歌　夏　二十首　十五」

盛暑非遊節。百慮相纏綿。汎舟芙蓉湖。散思蓮子間。「晉清商曲辭　吳聲歌曲　子夜四時歌　夏　二十首　二十」

掘作九州池。盡是大宅裏。處處種芙蓉。婉轉得蓮子。「晉清商曲辭　吳聲歌曲　子夜四時歌　秋　十八首　十二」

御路薄不行。窈窕決橫塘。團扇鄣白日。面作芙蓉光。「晉清商曲辭　團扇郎六首　五」

窈窕上頭歡。那得及破瓜。但看脫葉蓮。何如芙蓉花。「晉清商曲辭　歡好曲三首　二」

北遊臨河海。遙望中菰菱。芙蓉發盛華。淥水清且澄。弦歌奏聲節。髣髴有餘音。「晉清商曲辭　神弦歌十一首　嬌女詩二首　一」

泛舟採菱葉。過摘芙蓉花。扣檝命童侶。齊聲採蓮歌。「晉清商曲辭　神弦歌十一首　採蓮童曲二首　一」

青荷蓋綠水。芙蓉披紅鮮。下有竝根藕。上生竝頭蓮。「晉清商曲辭　西曲歌靑陽度三首　三」

芙蓉始懷蓮。何處覓同心。俱生世尊前。折楊柳。捻香散名花。志得長相取。「晉清商曲辭　月節折楊柳歌十三首　四月歌」

碧玉破瓜時。郎爲情顚倒。芙蓉陵霜榮。秋容故尙好。「宋清商曲辭　吳聲歌曲　碧玉歌三首　一」

＊詩紀云。左克明作古辭。樂苑曰。碧玉歌者。宋汝南王之所作也。碧玉。汝南王妾名。以寵愛之甚。所以歌之。

花釵芙蓉髻。雙鬢如浮雲。春風不知著。好來動羅裙。「宋清商曲辭　吳聲歌曲　讀曲歌八十九首」

＊宋書樂志曰。讀曲歌者。民間爲彭城王義康所作也。其歌云。死罪劉領軍。誤殺劉第四。是也。古今樂錄曰。讀曲歌者。元嘉十七年。袁后崩。百官不敢作聲歌。或因酒讌。止竊聲讀曲細吟而已。

紅藍與芙蓉。我色與歡敵。莫案石榴花。歷亂聽儂摘。「宋清商曲辭　吳聲歌曲　讀曲歌八十九首　三」

千葉紅芙蓉。照灼綠水邊。餘花任郎摘。愼莫罷儂蓮。　「宋清商曲辭　吳聲歌曲　讀曲歌八十九首　四」

儂心常慊慊。歡行由豫情。霧露隱芙蓉。見蓮詎分明。　「宋清商曲辭　吳聲歌曲　讀曲歌八十九首　五十七」

嬌笑來向儂。一抱不能已。湖燥芙蓉萎。蓮汝藕欲死。　「宋清商曲辭　吳聲歌曲　讀曲歌八十九首　六十七」

歡心不相憐。慊苦竟何已。芙蓉腹裏萎。蓮汝從心起。　「宋清商曲辭　吳聲歌曲　讀曲歌八十九首　六十八」

人傳我不虛。實情明把納。芙蓉萬層生。蓮子信重沓。　「宋清商曲辭　吳聲歌曲　讀曲歌八十九首　七十二」

紫草生湖邊。悞落芙蓉裏。色分都未獲。空中染蓮子。　「宋清商曲辭　吳聲歌曲　讀曲歌八十九首　八十四」

辛苦一朝歡。須臾情易厭。行膝點芙蓉。深蓮非骨念。　「宋清商曲辭　吳聲歌曲　讀曲歌八十九首　八十八」

千錢買菓園。中有芙蓉樹。破家不分明。蓮子隨它去。　作者不詳「武成殂後謠」

＊題解：三國典略曰。周平齊。齊幼主、胡太后等竝歸於長安。初。武成殂後有謠云云。調甚悲苦。至是應焉。又曰。高緯所幸馮淑妃。名小憐也。

(四) 蓮花　三首

日暮秋雲陰。江水清且深。何用通音信。蓮花玳瑁簪。　漢作者不詳「古詩　古絶句四首　二」

碧玉擣衣砧。七寶金蓮杵。　晉作者不詳「西曲歌　青陽度三曲　二」

憶梅下西洲。折梅寄江北。單衫杏子紅。雙鬢鴉雛色。西洲在何處。兩槳橋頭渡。日暮伯勞飛。風吹烏臼樹。樹下即門前。門中露翠鈿。開門郎不至。出門採紅蓮。採蓮南塘秋。蓮花過人頭。低頭弄蓮子。蓮子青如水。置蓮懷袖中。蓮心徹底紅。憶郎郎不至。仰首望飛鴻。鴻飛滿西洲。望郎上青樓。樓高望不見。盡日欄干頭。欄干十二曲。垂手明如玉。

巻簾天自高。海水搖空綠。海水夢悠悠。君愁我亦愁。南風知我意。吹夢到西洲。

作者不詳「晉西洲曲」

資料二の一　漢魏六朝のハスの花　（一）荷花（二）菡萏の用例はない。

文人が民歌に倣って作った作品：資料一の一～三に含まれる。

（三）芙蓉　十三首

涉江采芙蓉。蘭澤多芳草。采之欲遺誰。所思在遠道。還顧望舊鄉。長路漫浩浩。同心而離居。憂傷以終老。

無名氏「古詩十九首 六」

汎汎綠池。中有浮萍。寄身流波。隨風靡傾。芙蓉含芳。菡萏垂榮。朝采其實。夕佩其英。采之遺誰。所思在庭。雙魚比目。鴛鴦交頸。有美一人。婉如清揚。知音識曲。善爲樂方。

魏文帝曹丕「秋胡行二首 二」

蘭芷生兮芙蓉披。

魏文帝曹丕「詩 八」

渡江南。採蓮花。芙蓉增敷。曄若星羅。綠葉映長波。廻風容與動纖柯。

晉傅玄「歌 八」

曲池何澹澹。芙蓉敞清源。榮華盛壯時。見者誰不賞歎。一朝光采落。故人不廻顏。

晉傅玄「歌 九」

翩翩周生。婉孌幼童。年十有五。如日在東。香膚柔澤。素質參紅。團輔圓頤。菡萏芙蓉。爾刑既淑。爾服亦鮮。輕車隨風。飛霧流煙。轉側猗靡。顧盼便妍。和顏善笑。美口善言。

晉張翰「周小史詩」

春初北岸涸。夏月南湖通。卷荷舒欲倚。芙蓉生即紅。檝小宜迴逕。船輕好入叢。釵光逐影亂。衣香隨逆風。江南少許地。年年情不窮。

梁劉緩「江南可採蓮」

＊題解：古辭曰。江南可採蓮。因以爲題云。

晩日照空磯。採蓮承晩暉。風起湖難度。蓮多摘未稀。棹動芙蓉落。船移白鷺飛。荷絲傍繞腕。菱角遠牽衣。
梁簡文帝蕭綱「採蓮曲二首　一」

南湖荇葉浮。復有佳期遊。銀綸翡翠鉤。玉舳芙蓉舟。荷香亂衣麝。橈聲隨急流。
梁簡文帝蕭綱「雍州曲三首　二　南湖」

芙蓉作船絲作綍。北斗横天月將落。采桑渡頭礙黄河。郎今欲渡畏風波。
梁簡文帝蕭綱「烏棲曲四首　一」

碧玉小家女。來嫁汝南王。蓮花亂臉色。荷葉雜衣香。因持薦君子。願襲芙蓉裳。
梁元帝蕭繹「採蓮曲」

交龍成錦鬬鳳紋。芙蓉爲帶石榴裙。日下城南兩相望。月沒參横掩羅帳。
梁元帝蕭繹「烏棲曲四首　三」

浮照滿川漲。芙蓉承落光。人來間花影。衣渡得荷香。桂舟輕不定。菱歌引更長。採採嗟離別。無暇緝爲裳。
陳祖孫登「賦得涉法採芙蓉詩」

＊詩紀云。古詩。涉江採芙蓉詩。蘭澤多芳草。

(四) 蓮花　八首

渡江南。採蓮花。芙蓉增敷。曄若星羅。綠葉映長波。廻風容與動纖柯。
晉傅玄「歌」

江南蓮花開。紅光覆碧水。色同心復同。藕異心無異。
梁武帝蕭衍「子夜四時歌夏歌四首　一」

水裏生葱翅。池心恆欲飛。蓮花逐牀返。何時乘艑歸。
梁元帝蕭繹「呉趨行」

碧玉小家女。來嫁汝南王。蓮花亂臉色。荷葉雜衣香。因持薦君子。願襲芙蓉裳。
梁元帝蕭繹「採蓮曲」

日落登雍臺。佳人殊未來。綺窗蓮花掩。洞戶玻璃開。　梁吳均「詩」

齊倡趙女盡妖妍。珠簾玉砌併神仙。莫笑人來最落後。能使君恩得度前。豈知洛渚羅塵步。詎減天河秋夕渡。妖姿巧笑能傾城。那思他人不憎妬。蓮花藻井推芰荷。採菱妙曲勝陽阿。　陳顧野王「豔歌行三首　二」

長洲茂苑朝夕池。映日含風結細漪。坐當伏檻紅蓮披。雕軒洞戶青蘋吹。輕幌芳煙鬱金馥。綺簷花簟桃李枝。蘭茝翡翠但相逐。桂樹鴛鴦恆竝宿。　隋虞世基「四時白紵歌二首　江都夏」

山似蓮花豔。流如明月光。寒夜猿聲徹。遊子淚霑裳。　梁元帝蕭繹「折楊柳」

＊梁元帝蕭繹「折楊柳」は故郷を離れていることを主題とする樂府題で、採蓮に由來する他の四例とは異なる。「蓮花」の句は巫山の形が蓮花に似ていることを言うものである。そこで［比喩―山］の項に分類した。また梁元帝蕭繹「採蓮曲」は女性の顏色の比喩となっており、梁吳均「詩」は蓮花が窗の飾りとなっているので、それぞれ［形似―裝飾關係］［比喩―女性］の項にも入れた。そのほかの作品は植物としてのハスに分類した。

資料二の二　漢魏六朝のハスの花　（一）荷花（二）菡萏の用例はない。

宗教に關わる作品・資料一の一〜三に含まれる。

（三）芙蓉　三首

漆水豈難變。桐刀乍可揮。靑書長命箓。紫水芙蓉衣。高翔五岳小。低望九河微。穿池聽龍長。叱石待羊歸。酒闌時節久。桃生歳月稀。

梁簡文帝蕭綱「仙客詩」

至眞無所待。時或轡飛龍。長齋會玄都。鳴玉叩瓊鍾。十華諸仙集。紫煙結成宮。寶蓋羅太上。眞人把芙蓉。散花陳我願。握節徵魔王。法鼓會羣仙。靈唱彌不同。無可無不可。思與希微通。

北周無名氏「歩虚辭十首 十」

淨土連幽谷。寶塔對危峰。林棲丹穴鳳。地邇白沙龍。獨巖樓迥出。複道閣相重。洞開朝霧斂。石濕曉雲濃。高篠低雲蓋。風枝響和鐘。簷陰翻細柳。澗影落長松。珠桂浮明月。蓮座吐芙蓉。隱淪徒有意。心迹未相從。

隋薛道衡「展敬上鳳林寺詩」

(四) 蓮花　三首

我西化胡時。渉天靡不遙。牽天覆六合。艱難身盡嬰。胡人不識法。放火燒我身。身亦不缺損。乃復沉深瀏。龍王折水脉。復流不復行。愚人皆哀歎。枉此賢人身。吾作騰波炁。起立上著天。日月頭上曒。光照億萬千。胡王心方悟。知我是聖人。叩頭求悔過。今欲奉侍君。伏願降靈氣。怒活國士人。吾視怨家如赤子。不顧仇以嫌。化命一世士。坐臥誦經文。身無榮華餝。後畢得昇天。吾告時世人。三界里中賢。欲求長生道。莫愛千金身。出身著死地。返更得生緣。火中生蓮花。爾乃是至眞。莫有生愍想。得道昇淸天。未負卽眞信。兕子千金身。

北魏仙道「老子化胡經玄歌　化胡歌七首 六」

十六變之時。生在蒲林號有遮。大富長者樹提闍。有一手巾像龍蛇。遺風吹去到王家。國王得之大歎吒。興兵動衆來向家。離舍百里見蓮花。國有審看一月夜。王心惡之欲破家。忽然變化白淨舍。出家求道號釋迦。

北魏仙道「老子玄歌　老君十六　變詞三十六」

五城鄰北極。百雉壯西昆。鈎陳橫複道。閶闔抵靈軒。千柱蓮花塔。由旬紫紺園。佛影胡人記。經文漢語翻。星窺朱鳥牖。雲宿鳳凰門。新禽解雜囀。春柳臥生根。早雷驚蟄戶。流雪長河源。建始移交讓。徽音種合昏。風飛扇天辯。泉湧屬絲言。羈臣從散木。無以預中天。□□遙可望。終類仰鵾弦。

北周庾信「奉和法筵應詔詩」

控轡適十方。旋憩玄景阿。仰觀劫刃臺。俯眄紫雲羅。逍遙大上京。相與坐蓮華。積學爲眞人。恬然榮衛和。永享無期壽。萬椿奚足多。

北周無名氏「步虛辭十首 五」

（幻生太浮詭。長思多沈疑。疑思不慙炤。詭生寧盡時。敬承積劫下。金光鑠海湄。火宅歛焚炭。藥草匝惠滋。常願樂此道。誦經空山坻。禪心暮不雜。寂行好無私。軒騎久已訣。親愛不留遲。憂傷漫漫情。靈意終不淄。誓尋靑蓮果。永入梵庭期。

梁江淹「吳中禮石佛詩」

＊これは果實。統計には入れない。）

資料二の三　六朝以前の文に見られるハスの花

（『全上古三代秦漢六朝文』（中文出版社　一九八一年）、『雕龍』古籍全文検索叢書シリーズ（凱希メディアサービス）及び『全上古三代秦漢三國六朝文』（中華書局　一九九九年）による）

【藕花】【藕華】なし

【荷花】一篇　一例

1 望江南兮清且空。對荷花兮丹復紅。臥蓮葉而覆水。亂高房而出叢。

梁簡文帝「採蓮賦」

【荷華】五篇　五例

1 弱態含羞。妖風靡麗。皎若明魄之升崖。煥若荷華（一作衣）之昭晰。調鉛無以玉其貌。凝朱不能異其脣。

漢成許皇后「擣素賦」

2 荷華想已殘。處此過四夏。到彼亦屢。而獨不見其盛時。

晉王羲之「雜帖　五」

3 周流紫房。躨跜刻獸。下臨綱戸。菡萏荷華。傍連屈屋。庶使邊韶所立之石。豈稱高於陳郡。袁逢所勒之字。非獨擅於華陽。

梁簡文帝「長沙宣武王北涼州廟碑」

4 擥湘蓮兮映渚。迎佳人兮北燕。送上客兮南楚。知荷華之將晏。惜玉手之空佇。

梁江淹「蓮華賦　并序」

5 卽靈崖以構宇。竦百尋而直正。絙飛梁于浮柱。列荷華于綺井。圖之以萬形。綴之以清永。

後魏高允「鹿苑賦」

【菡萏】十二篇　十二例

1 深林蒲葦。涌水清泉。芙蓉菡萏。菱荇蘋蘩。豫章雜木。梗松柞棫。女貞烏勃。桃李棗檍。

漢劉歆「甘泉宮賦」

2 騁流星于突陋。追歸鴈于軒軨。帶螭龍之疏鏤。垂菡萏之敷榮。顧濯龍之臺觀。望永安之園藪。

後漢傅毅「洛都賦」

3 天窗綺疏。圓淵方井。反植荷蕖。發秀吐榮。菡萏披敷。綠房紫菂。窋咤垂珠。雲楶藻棁。

後漢王延壽「魯靈光殿賦　并序」

4 芙蕖騫翔。菡萏星屬。絲條垂珠。丹莖加綠。焜焜爗爗。爛若龍燭。觀者終朝。情猶未足。于是姣童媛女。相與同游。擢素手于羅袖。接紅葩于中流。

魏陳王植「芙蓉賦」

5 轉縣成郛。茄蔤倒植。吐被芙蕖。繚以藻井。編以綷疏。紅葩（華甲）（華棄）。丹綺離婁。菡萏艶翕。纖縟紛敷。繁飾累巧。

魏何晏「景福殿賦」

6 臨清池以遊覽。觀芙蓉之麗華。潛靈藕于玄泉。擢修莖乎清波。煥然蔭沼。灼爾星羅。若乃迴縈外散。菡萏內離。的出豔發。葉恢花披。綠房翠蔕。

晉夏侯湛「芙蓉賦」

7 游鱗瀺灂。菡萏敷披。竹木蓊藹。靈果參差。

晉潘岳「閑居賦」

8 紅蕊發而菡萏。金翹援而含葩。

晉陸機「白雲賦」

9 偉芙蓉之菡萏。燿煒爗之丹花。舒紅采于綠沼。映昀皪于朱霞。

晉蘇彥「芙渠賦」

10 青房兮規接。紫的兮圓羅。樹妖遙之弱榦。散菡萏之輕柯。上星光而倒景。下龍鱗而隱波。戲錦鱗而夕映。曜繡羽以晨過。結遊童之湘吹。起榜妾之江歌。

宋鮑照「芙蓉賦」

11 參差丹桂。周流紫房。躨跜刻獸。下臨綱戶。菡萏荷華。傍連屈屋。庶使邊韶所立之石。豈稱高於陳郡。袁逢所勒之字。非獨擅於華陽。

梁簡文帝「長沙宣武王北涼州廟碑」

12 內則錢苻菱華。菡萏散葩。硉矹巨石。瀆㴸碧砂。離簁比目。累綺紅蝦。漂青綸之蓑折。蕩碧組之鬖髿。銅龜受水而獨涌。石鯨吐浪而戴華。所以藉園籞之壯觀。

梁蕭子雲「玄圃園講賦」

【蓮花】二十一篇　二十二例（うち佛教に關わる作品は九篇）

1 舟漂汎侶散蓮花。
後漢應劭『風俗通義 二』

2 偉玄澤之普衍。嘉植物之並敷。遊莫美于春臺。華莫盛于芙蕖。于是惠風動。沖氣和。眄清池。翫蓮花。舒綠葉。挺纖柯。結綠房。列紅葩。仰含清液。俯濯素波。
晉潘岳「蓮花賦」

3 至於干將寶劍。逸服書鄭之軍。蓮花烏玉。騰威大海之際。況乎馬寶。義實踰之。
梁簡文帝「馬寶頌　并序」

4 紫莖兮文波。紅蓮兮芰荷。綠房兮翠蓋。素實兮黃螺。（略）歌曰。碧玉小家女。來嫁汝南王。蓮花亂臉色。荷葉雜衣香。因持薦君子。願襲芙蓉裳。
梁元帝「採蓮賦」

5 繹本慙遊藝。彌愧拂巾。鳳峙鷹揚。信難議擬。烏跂星懸。曾何髣髴。蓮花未易。玉屑不工。緣邊之法。庶遵細柳之陣。徘徊之勢。方希明月之樓。子桓有錫。聞於遂古。季緒蒙賜。卽事可傳。
梁元帝「謝東宮賜彈棊局啓」

6 山東流水。關西城市。義府辭鋒。風飛雲起。遊楚宦梁。桂馥蘭芳。蓮花可賦。迷迭成章。學類五行。書倅三篋。
梁元帝「特進蕭琛墓誌銘」

7 雲楣膠葛。桂棟陰崇。刻虬龍於洞房。倒蓮花於綺井。
梁元帝「廣野寺碑」

8 鳳皇之嶺。芊綿映色。蓮花之洞。昭曜增輝。
梁元帝「郢州晉安寺碑」

9 七重欄楯。七寶蓮花。通風承露。含香映日。
梁元帝「攝山栖霞寺碑」

10 麥隴移秋。桑律漸暮。蓮花泛水。豔如越女之腮。蘋葉漂風。影亂秦臺之鏡。
梁昭明太子「蕤賓五月」

11 君子武備。所用禦邪。標以珠玉。飾以蓮花。其任則百冶精鋭。利擬秋霜。
梁昭明太子「七契」

12 故氣炎日永。離明火中。槿榮任露。蓮花勝風。後欄丹柰。前軒碧桐。笙歌畹右。琴舞池東。
梁江淹「麗色賦」

13 旣而曖碧臺之錯落。耀金宮之瓏玲。幻蓮花於繡闥。化蒲萄於錦屛。艶丹光而電烻。
梁江淹「丹砂可學賦」

14 於是操持慧刄。解除疑網。示之迷方。歸以正轍。莫不渙然冰釋。欣然頂戴。若蓮花之漸開。譬月初而增長。

梁陸雲公「御講般若經序」

15 地獄沸湯。化爲八功德水。一切四生。解脫衆苦。如蓮花在泥。淸淨無染。同得安樂。到涅槃城。

梁缺名「甘露寺鐵鑊」

16 願此良因。宜資貴親。三乘竝策。四梵爲賓。紺殿安坐。蓮花養神。燈前禮佛。地後邊身。竝濟含識。咸歸至眞。國家隆盛。同饗遐慶。謹勒豐碑。陳其舞詠。

陳徐陵「孝義寺碑 銘」

17 迺是江漢英靈。荊衡杞梓。雖有聞于十室。幸無求于千里。寡人有銅環靈壽。銀角桃枝。開木瓜而未落。養蓮花而不萎。迎仙客于錦市。送遊龍于葛陂。先生將以養老。將以扶危。

北周庾信「竹杖賦」

18 卽以將軍自許。角端在手。必無齊魯之侵。蓮花插腰。甚得蛟龍之氣。爲車騎大將軍儀同三司散騎常侍霸城縣開國伯。贈河州刺史。

北周庾信「周車騎大將軍賀婁公神道碑」

19 若乃圖寫瓌奇。刻削宏壯。蓮花瑩目。石境沈暉。藕絲縈髮。雲崖失彩。項日流影。東方韜其大明。面月馳光。西照匿其成魄。

隋江總「攝山棲霞寺碑」

20 又見一佛像。長二尺餘。坐于蓮花趺坐。又以二菩薩俠侍。長一尺餘。從卯至巳。見諸形相。道俗四部二萬餘人。咸悉瞻仰。

隋王劭「舍利感應記別錄」

21 改蓮花之池。興燒煑之業。使軍民恣其傷殺。水族嬰其酸楚。身首分離。骨月糜潰。

隋智顗「遺書臨海鎭將解拔國逑放生池」

【蓮華】二十五篇　三十二例（うち佛教に關わる作品は十八篇）

1 其泉方各二十五由延。深三厥劣。一厥劣者。七里也。泉中有金臺。臺方一由延。臺上有金蓮華。以七寶爲莖。

後漢闕名「佛說興起行經序」

2 有自然之麗草。育靈沼之清瀨。結根係于重壤。森蔓延以騰邁。爾乃紅花電發。暉光煒煒。仰曜朝霞。俯照綠水。潛緗房之奧密兮。含珍藕之甘腴。攢聚星列。纖離相扶。微若玄黎投幽夜。粲若鄧林飛鵷鶵。

晉孫楚「蓮華賦」

3 新淦令孟佃民解列。縣廳事前二丈陸地生蓮華。入冬死。十六年更生四枝。今年三月。復生故處。繁殖轉多。華有二十五枝。鮮明可愛。有異常蓮。

晉范寧「爲豫章郡表」

4 男女各化育於蓮華之中。無有胎孕之穢也。

晉支遁「阿彌陀佛像讚幷序」

5 諸華之中。蓮華最勝。華而未敷。名屈摩羅。敷而將落。名迦摩羅。處中盛時。名分陀利。

晉釋僧叡「法華經後序」

6 頌曰。是乘微妙。清淨第一。於諸世間。最無有上。夫妙不可明。必擬之有像。像之美者。蓮華爲上。蓮華之秀。分陀利爲最。妙萬法而爲言。故喩之分陀利。其爲經也。

宋釋慧觀「法華宗要序」

7 但不生羽翼。無假神通。身升淨土。高排閶闔。足踐蓮華。方茲非喩。行躡寶梯。比斯未重。誘導殊恩。實迴始望。顧茲塵縛。喜戴不勝。謹啓。

梁簡文帝「謝敕聽從舍利入殿禮拜啓」

8 常欲登卻月之嶺。蔭偃蓋之松。挹璇玉之源。解蓮華之劍。藩維有限。脫屣無由。每坐向詡之牀。恆思管寧之榻。

梁元帝「與劉智藏書」

9 雖談假績。不攝單影。卽此後心。還蹤初焰。俱宗出倒。蓮華起乎淤泥。竝會集藏。明珠曜於貧女。性相常空。

梁元帝「法寶聯璧序」

10 余有蓮華一池。愛之如金。宇宙之麗。難息絶氣。聊書竹素。儻不滅焉。
梁江淹「蓮華賦幷序」

11 雄黃雌石。出山垠兮。青白蓮華。被水濱兮。
梁江淹「遂古篇幷序」

12 猶復震全聲於指掌。降妙思以發蒙。理既仰而方深。趣彌鑽而踰遠。均寶珠於無價。齊蓮華之不塵。孝敬被乎羣黎。訓範侔於先聖。
梁孫挹「荅釋法雲書難范縝神滅論」

13 菩薩戒弟子皇帝稽首和南。十方諸佛。無量尊法。一切聖賢。竊以前佛後佛。種種因緣。已説當説。
陳文帝「妙法蓮華經懺文」

14 乃至王以水火燒沈。老子乃坐蓮華中誦經如故。王求哀悔過。老子推尹喜爲師。
後周甄鸞「五佛竝出五」

15 褐長三丈六尺。三百六十寸。法年三十六旬。年有三百六十日。一身兩角。角各有六條。兩袖。袖各六條。合二十四條。法二十四氣。二帶法陰陽。中兩角法兩儀。乃至冠法蓮華巾也。自然經既有科律。何以不依。乃法張魯黃巾之服。違律而無識也。
後周甄鸞「笑道論　出入威儀三十三」

16 犀角如意蓮華香鑪等。跪對脩讀。摧振于心。（略）即于今月十八日。仍感瑞夢。是知濟度。已降舟航。唯願即日在寶池遙開蓮華。令居淨域。近溉濁心。世世生生。師資不闕。（略）即付還使。遣對燒蕩。犀角如意。蓮華香鑪。遠以垂別。輒當服之無斁。永充法事。
隋煬帝「荅釋智顗遺旨文」

17 不著世間如蓮華。常善入于空寂行。達諸法相無罣礙。稽首如空無所依。
隋煬帝「祭告智顗文」

18 復起紫焰。或散或聚。皆成蓮華。又有光明。于浮圖上。狀如佛像。花趺宛具。停住久之。稍乃消隱。又有光明。繞浮圖寶瓶。蒲州城內仁壽寺僧等。（略）
隋觀王雄「慶舍利感應表」

19 菩薩戒弟子陳靜智稽首和南。十方常住三寶。幽顯冥空。現前凡聖伏惟法王法力。憫三界之顓愚。無漏無爲。開一乘之奧典。深宗絶稱。仰蓮華以立名。實智難思。借寶珠而諭理。殷勤宏接。
隋陳伯禮「解講疏」

20 十二日堂内又有光。狀如香鑪。流至浮圖露盤。移時乃滅。其夜露盤上又有光。或散或聚。皆似蓮華。移更乃滅。
十三日夜浮圖上又有光。如三佛像。竝高尺。停住者久之。　隋王劭「舍利感應記」

21 六日亥時舍利精舍裏出黃白花光。長四五寸。八日辰時漆龕板後雲霧金光等形狀。巳時漆龕板後娑羅樹蓮華影佛像
眾僧師子等形。（略）廉州。未得舍利。別得一舍利放光。佛香鑪煙氣。又類蓮華。黃白色。天雨寶屑。
隋王劭「舍利感應記別錄」

22 七世父母。及自己身。以此功德。願生生世世。得常□身蓮華化生不受五蔭之胎方□途□而□常□芥城雖□我身猶
在。　隋闕名「王女足等造像銘」

23 幸逢弘建正法。省無戒慧。實懼難銷。香爐起峰。蓮華奪豔。忍辱離塵。安行履躡。經稱受用。無作恆生。燭侯夜
燎。紙擬淨名。　隋智顗「荅謝晉王施物書」

24 唯當勤戒施惠。以拒四山。早求出要。豈須傷法。煩勞聖懷。蓮華香爐。犀角如意。是王所施。今以仰別。願德香
遐遠。　隋智顗「赴晉王召道病遺書告別」

25 妙法蓮華經者。破二明一之指歸也。降神五濁。宏道三乘。權智不思。大悲難極。先設化城之迹。後示髻珠之本。
車雖有異。兩實無差。記以正覺之名。許以眞子之位。同人法性。歸之于此。昔敦煌沙門竺法護。于晉武之世。譯
正法華。後秦姚興。更請羅什。譯妙法蓮華。孜詳二譯。　隋闕名「妙法蓮華經添品序」

【芙蓉】五十一篇　五十七例（このうち佛敎に關わる作品は一篇）

1 則飄擧升降。乘陵高城。入於深宮。邸華葉而振氣。徘徊於桂椒之閒。翺翔於激水之上。將擊芙蓉之精。獵蕙草。
離秦蘅。槩新夷。被荑楊。　楚宋玉「風賦」

2　畫龍蛇些。坐堂伏檻。臨曲池些。芙蓉始發。雜芰荷些。紫莖屛風。文綠波些。文異豹飾。　楚宋玉「招魂」

3　其西則有湧泉清池。激水推移。外發芙蓉菱華。內隱鉅石白沙。　前漢司馬相如「子虛賦」

4　平明發兮蒼梧。夕投宿兮石城。芙蓉蓋而蔆華車兮。紫貝闕而玉堂。薜荔飾而陸離薦兮。魚鱗衣而白蜺裳。
前漢劉向「九歎」

5　雲起波駭。星布彌山。高巒峻阻。臨眺曠衍。深林蒲葦。涌水清泉。芙蓉菡萏。菱荇蘋蘩。豫章雜木。梗松柞棫。
女貞烏勃。桃李棗檍。　前漢劉歆「甘泉宮賦」

6　華面玉粲。韡若芙蓉。膚凝理而瓊絜。體鮮弱而柔鴻。回肩襟而動合。何俯仰之妍工。嘉今夜之幸遇。獲帷嘗乎期
同。情沸踊而思進。彼嚴厲而靜恭。微諷說而宣諭。色歡懌而我從。　後漢楊修「神女賦」

7　其內則含德章臺。天祿宣明。溫飭迎春。壽安永寍。飛閣神行。莫我能形。濯龍芳林。九谷八溪。芙蓉覆水。秋蘭
被涯。　後漢張衡「東京賦」

8　然後擢雲舫。觀中流。搴芙蓉。集芳洲。縱文身。搏潛鱗。探水玉。拔瓊根。收明月之照曜。翫赤瑕之璘豳。迴飆
拂其寮。蘭泉注其庭。此宮室之麗也。子盍歸而處之乎。　後漢張衡「七辯」

9　黼幬施于宴室。華蓐布乎象牀。懸明珠于長韜。燭宵夜而爲陽。玄髦擬于雲霧。豔色過乎芙蓉。揚蛾眉而微睇。雖
毛施其不當。　後漢徐幹「七喩」

10　覽百卉之英茂。無斯華之獨靈。結修根于重壤。泛清流以擢莖。退潤王宇。進文帝廷。竦芳柯以從風。奮纖枝之綷
縩。其始榮也。皦若夜光尋扶木。其揚暉也。晃若九日出暘谷。芙蕖鶱翔。菡萏星屬。絲條垂珠。丹莖加綠。焜焜
爗爗。爛若龍燭。觀者終朝。情猶未足。于是姣童媛女。相與同游。擢素手于羅袖。接紅葩于中流。
魏陳王植「芙蓉賦」

11 芙蓉車兮桂衡。結萍蓋兮翠旌。四蒼虬兮翼轂。駕陵魚兮驂鯨。

魏陳王植「九詠」

12 于是周覽升降。流目評觀。叢楹負極。飛櫨承欒。枅梧綺錯。粢梲鱗攢。芙蓉側植。藻井懸川。則有望舒涼室。羲和溫房。

魏韋誕「景福殿賦」

13 川源清徹。羨溢中塘。芙蓉豐植。彌被大澤。朱儀榮藻。有逸目之觀。（＊以上、序。）
乃有芙蓉靈草。載育中川。竦脩幹以淩波。建綠葉之規圓。灼若夜光之在玄岫。赤若大陽之映朝雲。乃有陽文脩嫮。傾城之色。揚桂枻而來遊。玩英華于水側。納嘉實兮傾筐。珥紅葩以爲飾。咸桃夭而歌詩。申關雎以自敕。嗟留夷與蘭芷。聽鶗鴂而不鳴。嘉芙蓉之殊偉。託皇居以發英。

吳閔鴻「芙蓉賦 幷序」

14 日延小優郭懷袁信等。于建始芙蓉殿前。裸袒游戲。使與保林女尙等爲亂。親將後宮瞻觀。

晉安平王孚「奏永寍宮」

15 猗猗令草。生于中方。花曰宜男。號應禎祥。遠而望之。煥若三辰之麗天。近而察之。明若芙蓉之鑒泉。于是狡童媛女。以時來征。結九秋之永思。含春風以娛情。

晉傅玄「宜男花賦」

16 營巷基峙。列宅萬區。黎民布野。商旅充衢。杞柳綢繆。芙蓉吐芳。俯依青川。仰翳朱楊。體象濛汜。幽若扶桑。白日爲之晝昏。烏禽爲之頡頏。

晉孫楚「登樓賦」

17 若丹霞照青天。近而觀之。若芙蓉鑒綠泉。萋萋翠葉。灼灼朱華。曄若珠玉之樹。煥若景宿之羅。充后妃之盛飾兮。登紫微之內庭。回日月之暉光兮。

晉夏侯湛「宜男花賦」

18 臨清池以遊覽。觀芙蓉之麗華。潛靈藕于玄泉。擢修莖乎清波。煥然蔭沼。灼爾星羅。若乃迴縈外散。菡萏內離。的出豔發。葉恢花披。綠房翠蔕。紫飾紅敷。黃螺圓出。垂蕤散舒。纓以金牙。點以素珠。固陂池之麗觀。尊終世之特殊。爾乃採淳葩。摘圓質。折碧皮。食素實。味甘滋而清美。同嘉異乎橙橘。參嘉果以作珍。長充御乎口實。

晉夏侯湛「芙蓉賦」

19　垂采煒于芙蓉。流芳越乎蘭林。游女望榮而巧笑。鵷鶵遙集而弄音。

晉潘岳「秋菊賦」

20　蔭蘭池之豐沼。育沃野之上腴。課衆榮而比觀。煥卓犖而獨殊。押臘雲布。窋咤星羅。光擬燭龍。色奪朝霞。丹煇拂紅。飛鬚垂的。斐披赩赫。散煥熠爚。流芬賦采。風靡雲旋。布濩磊落。蔓衍天閑。發清陽而增媚。潤白玉而加鮮。

晉潘岳「芙蓉賦」

21　若乃灊流旁注。飛渠脉散。芙蓉映渚。靈芝蔽岸。于是逍遙靈沼。遊豫華林。彎弓撫彈。娛志蕩心。

晉潘尼「東武館賦并序」

22　或擢莖以高立。似彫輦之翠蓋。或委波而布體。疑連璧之攢會。

晉潘尼「芙蓉賦」

23　有若芙蓉羣披。蕣華總會。車渠繞理。馬瑙縟文。

晉陸機「浮雲賦」

24　眇翩翩以高翔。象離鶡于雲際。擢孤莖而特挺。若芙蓉于水裔。

晉陶侃「相風賦」

25　芙蓉麗草。一曰澤芝。泛葉雲布。映波擬熙。伯陽是食。饗比靈期。

晉郭璞「爾雅圖贊　釋草　芙蓉」

26　偉芙蓉之菡萏。燿煒燁之丹花。舒紅采于綠沼。映昀皪于朱霞。

晉蘇彥「芙渠賦」

27　攷庶卉之珍麗。實總美於芙蕖。潛幽泉以育藕。披翠蓮而挺敷。汎輕荷以冒沼。列紅葩而曜除。儌旭露以滋采。靡朝風而肆芳。表麗觀於中沚。播郁烈於蘭堂。在龍見而葩秀。於火中而結房。豈呈芬於芷蕙。將越味於沙棠。詠三閭之披服。美蘭佩而荷裳。伊玄匠之有瞻。悅嘉卉於中渠。旣暉映於丹墀。亦納芳於綺疏。

宋傅亮「芙蓉賦」

28　澤芝芳豔。擅奇水屬。練氣紅荷。比符縹玉。擢麗滄池。飛映雲屋。實紀仙方。名書靈躅。

宋顏延之「碧芙蓉頌」

29　感衣裳於楚賦。詠憂思於陳詩。訪羣英之豔絕。標高名於澤芝。會春陂乎夕張。搴芙蓉而水嬉。抽我衿之桂蘭。點子吻之瑜辭。
宋鮑照「芙蓉賦」
30 盛府元僚。實難其選。庾景行汎綠水。依芙蓉。何其麗也。
齊蕭緬「與衞軍王儉書論庾杲之」
31 如玉有潤。如竹有筠。如芙蓉之在池。若芳蘭之生春。淤泥不能汙其體。重昏不能覆其眞。
梁武帝「淨業賦幷序」
32 方使幽貞芳杜。恥緝芙蓉。仙客排雲。羞裳飛羽。穢食凡軀。無明暗識。叨恩每重。荷澤難勝。不任銘戴之至。謹奉啓事謝聞。
梁簡文帝「謝賚納袈裟啓四首 一」
33 紫莖兮文波。紅蓮兮芰荷。綠房兮翠蓋。素實兮黃螺。於時妖童媛女。蕩舟心許。鷁首徐迴。兼傳羽杯。棹將移而藻挂。船欲動而萍開。爾其纖腰束素。遷延顧步。夏始春餘。葉嫩花初。恐沾裳而淺笑。畏傾船而斂裾。故以水濺蘭橈。蘆侵羅𧝓。菊澤未反。梧臺迥見。荇溼霑衫。菱長繞釧。泛柏舟而容與。歌採蓮於枉渚。歌曰。碧玉小家女。來嫁汝南王。蓮花亂臉色。荷葉雜衣香。因持薦君子。願襲芙蓉裳。
梁元帝「採蓮賦」
34 色兼列綵。體繁眾號。初榮夏芬。晚花秋曜。興澤陂之徽章。結江南之流調。
梁昭明太子統「芙蓉賦」
35 均如屈楊之舒彩。粲若芙蓉之始紅。七星布而成列。五色變而無窮。寶兼千萬。聲重二都。
梁蕭子範「七誘」
36 亂曰。折芙蓉兮蔽日。冀以盪夫憂心。不共愛此氣質。何獨嗟乎景沈。
梁江淹「江上之山賦」
37 含秋一顧。眇然山中。檀欒循石。便娟來風。木瑟瑟兮氣芬蒕。石戔戔兮水成文。擿江崖之素草。窺海岫之青雲。願芙蓉兮未晦。遵江波兮待君。
梁江淹「劉僕射東山集學騷」
38 李鎭東書。如芙蓉之出水。文彩如鏤金。
梁阮研「評書」
39 湯惠休曰。謝詩如芙蓉出水。顏如錯彩鏤金。顏終身病之。
梁鍾嶸「詩品中」
40 煙磨青石。已賤孔氏之壇。管撫銅龍。還笑王生之璧。西域胡人。臥織成之金簟。遊仙童子。隱芙蓉之行障。莫不竝出梁園。來頒狹室。
梁庾肩吾「謝賚銅硯筆格啓」

41 味重金漿。芳踰玉液。足使芝慚九明。丹愧芙蓉。坐致延生。伏深銘載。
梁庾肩吾「荅陶隱居賚朮蒸啓」

42 上林紫水。雜薀藻而俱浮。雲夢淸池。閒芙蓉而外發。珍踰百味。來薦畫盤。恩重千金。遂沾菲席。淩霜朱橘。愧此開顏。合露蒲桃。慚其不餌。
梁庾肩吾「謝賚菱啓」

43 無勞朱實。兼荔枝之五滋。能發紅顏。類芙蓉之十酒。登玉案而上陳。出珠盤而下逮。澤深溫柰。恩均含棗。
梁庾肩吾「謝東宮賚檳榔啓」

44 是故至誠敬禮天子足下。稽首問訊。奉獻金芙蓉雜香藥等。願垂納受。
梁王偉「遣使奉表」

45 石榴聊泛。蒲桃醱醅。芙蓉玉盌。蓮子金杯。新芽竹笋。細核楊梅。綠珠捧琴至。文君送酒來。
北周庾信「春賦」

46 翡翠珠被。流蘇羽帳。舒屈膝之屛風。捲芙蓉之行障。卷衣秦后之牀。送枕荊臺之上。
北周庾信「燈賦」

47 夜風吹。香氣隨。鬱香苑。芙蓉池。秦嘉辟惡不足道。漢武胡香何物奇。晩星沒。芳蕪歇。還持照夜游。詎滅西園月。
北周庾信「對燭賦」

48 盤龍之刀旣翦。長命之縷仍縫。翠羽懸推。芙蓉高讓。遊斯隱士。足笑鼓皮。入彼春林。方誇笥籜。某蓬鬢鬆颯。衰容耆朽。三秋不沐。實荷今恩。十年一冠。彌欣此賚。謹啓。
北周庾信「謝滕王賚巾啓」

49 朝霞映日殊未妍。珊瑚照水定非鮮。千葉芙蓉詎相似。百枝燈花復羞燃。
隋江總「南越木槿賦」

50 如攀珠樹。徒仰照匣之輝。若踐玉田。不知照廡之價。芙蓉之水。亟奉北園。迷迭之文。屬陪南館。
隋江總「謝宮爲製讓詹事表啓」

51 旃檀圍繞。琳碧環周。春窗夏牖。水殿山樓。座吐芙蓉。龕懸石鏡。白毫相好。紺髮輝映。銀鸞徘徊。錦鱗游泳。

隋皇甫毘「玉泉寺碑」

資料三　唐代のハスの花　非植物的用法

（一）芙蓉　百六十六首

【山と水】

〈峰〉二例　［例］芙蓉峰裏居、關閉復何如。　貫休「桐江閒居作十二首之十」

〈山〉二例　［例］芙蓉山頂玉池西、一室平臨萬仞溪。　韓翃「贈別華陰道士」

〈池〉五例　［例］提壺菊花岸、高興芙蓉池。　太宗皇帝「儀鸞殿早秋」

〈湖〉三例　［例］芙蓉湖上吟船倚、翡翠岩巖前醉馬分。　陸龜蒙「嚴子重以詩遊於名勝間（略）」

〈沼〉七例　［例］前對芙蓉沼、傍臨杜若洲。　李懷遠「凝碧池侍宴看競渡應制」

〈水〉三例　［例］魚戲芙蓉水、鶯啼楊柳風。　張説「三月二十日（一作三月三日）詔（一作承恩）宴樂遊園賦得風字」

〈洲〉一例　［例］瀟湘多別離、風起芙蓉洲。　張籍「湖南曲」

〈塘〉二例　［例］颯颯東風細雨來、芙蓉塘外有輕雷。　李商隱「無題四首之二」

〈浦〉三例　［例］折桂芙蓉浦、吹簫明月灣。　張昌宗「太平公主山亭侍宴」

〈江〉一例　［例］聞君收在芙蓉江、日鬭鮫人織秋浦。　齊己「還人卷」

〈渡〉二例　［例］露溼芙蓉渡、月明漁網船。　儲嗣宗「宿范水」
〈溪〉一例　［例］「芙蓉溪送前資州裴使君歸京寧拜戸部裴侍郎」詩題　薛逢
〈波〉二例　［例］曲沼芙蓉波、腰圍白玉冷。　李賀「貴公子夜闌曲」

【場所と建物】

〈國〉二例　［例］秋風萬里芙蓉國、暮雨千家薜茘村。　譚用之「秋宿湘江遇雨」
〈府〉三例　［例］芙蓉王倹府、楊柳亞夫營。　李商隱「五言述德抒情詩一首四十韻獻上杜七兄僕射相公」
〈幕〉五例　［例］故人多在芙蓉幕、應笑孜孜道未光。　王建「維揚冬末寄幕中二從事」
〈村〉一例　［例］芙蓉村歩失官金、折獄無功不可尋。　許渾「新興道中」
〈苑〉五例　［例］花萼夾城通御氣、芙蓉小苑入邊愁。　杜甫「秋興八首之六」
〈園〉九例　［例］「春日芙蓉園侍宴應制」詩題　宋之問
〈園〉［例］青春波浪芙蓉園、白日雷霆夾城仗。　杜甫「樂遊園歌」
〈闕〉十例　［例］芙蓉闕下會千官、紫禁朱櫻出上蘭。　王維「敕賜百官櫻桃」
　＊この時王維は文部郎として朝廷に出仕していた。
〈殿〉三例　［例］芙蓉殿上中元日、水拍銀臺弄化生。　薛能「呉姬」
〈樓〉六例　［例］始下芙蓉樓、言發瑯琊岸。　丁仙芝「江南曲五首之五」
〈閣〉二例　［例］迴出芙蓉閣上頭、九天懸處正當秋。　王涯「宮詞三十首之二十一」
〈堂〉二例　［例］芙蓉堂開峰月入、岳精踏雪立屋下。　貫休「送僧入馬頭山」

〈亭〉一例　[例]「巽公院五詠　芙蓉亭」詩題　柳宗元

〈榭〉一例　[例]「芙蓉榭」詩題　顧況

〈闉〉二例　[例]謂言靑雲驛、繡戸芙蓉闉。　元稹「靑雲驛」

【衣・調度】

〈衣〉一例　[例]畏天之命復行行、芙蓉爲衣勝絁絹。　貫休「送張拾遺赴施州司戸」

〈裙衩〉一例　[例]十歲去踏靑、芙蓉作裙衩。　李商隱「無題二首之一」

〈帶〉四例　[例]憶昔咸陽初買來（一作時）、燈前自繡芙蓉帶。　王建「老婦歎鏡」

[例]嬾結芙蓉帶、慵拖翡翠裙。　毛文錫「贊浦子」

〈枕〉一例　[例]漸看春逼芙蓉枕、頓覺寒銷竹葉杯。　孟浩然「除夜有懷」

〈褥〉一例　[例]芙蓉褥已展、荳蔲水休更。　吳融「箇人三十韻」

〈刺繡〉七例　[例]魏王綺樓十二重、水晶簾箔繡芙蓉。　崔顥「盧姬篇」

〈帳〉十五例　[例]芙蓉綺帳還開掩、翡翠珠被爛齊光。　長孫無忌「新曲二首之二」

[例]別起芙蓉織成帳、金縷鴛鴦兩相向。　張說「安樂郡主花燭行」

〈屛〉一例　[例]花娘篸綏妥、休睡芙蓉屛。　李賀「申胡子觱篥歌」

〈障〉二例　[例]銀漢斜臨白玉堂、芙蓉行障掩燈光。　劉方平「烏栖曲二首之一」

〈簾幕〉二例　[例]芙蓉簾幕扇秋紅、蠻府新郎夜讌同。　譚用之「河橋樓賦得群公夜讌」

〈旗〉一例　[例]芙蓉旌旗煙霧樂、影動倒景搖瀟湘。　杜甫「寄韓諫議」

〈旂〉一例　［例］呼吸明月光、手掉芙蓉旂。　韓愈「譴瘧鬼」
〈（旗）幹〉一例　［例］後溪暗起鯉魚風、船旗閃斷芙蓉幹。　李商隱「河内詩二首之二」

【構造物・器物】

〈繪（井戸）〉一例　［例］繡梁交薜荔、畫井倒芙蓉。　許渾「冬日宣城開元寺贈元孚上人」
〈彫刻装飾〉一例　［例］宮前内裏湯各別、毎箇白玉芙蓉開。　王建「溫泉宮行」
〈梁〉一例　［例］流蘇持作帳、芙蓉持作梁。　溫庭筠「江南曲」
〈檝〉一例　［例］妾家白蘋浦、日上芙蓉楫。　溫庭筠「江南曲」
〈劍〉五例　［例］青熒芙蓉劍、犀兕豈獨剸。　杜甫「八哀詩　故祕書少監武功蘇公源明」
〈壺〉一例　［例］照曜芙蓉壺、金人居上頭。　楊衡「遊峽山寺」
〈枕〉一例　［例］漸看春逼芙蓉枕、頓覺寒銷竹葉杯。　孟浩然「除夜有懷」
〈鏡〉一例　［例］芙蓉匣中鏡、欲終心還懶。　陸龜蒙「贈遠」
〈簪〉一例　［例］留念同心帶、贈遠芙蓉簪。　楊衡「夷陵郡内敘別」
〈髪飾り〉一例　［例］寶帳香重重、一雙紅芙蓉。　寶曆宮中語「句」

＊寶曆二年に舞女二人、頭に琢玉の芙蓉を飾り、人のわざとは思えない歌と踊りで評判になったという。

〈妝〉二例　[例] 美人荷裙芙蓉妝、柔（一本此字缺）荑縈霧棹龍航。　鮑溶「水殿采菱歌」

[例] 越女芙蓉妝、浣紗清淺水。　鮑溶「越女詞」

〈冠〉三例　[例] 「答寄芙蓉冠子」詩題　王建

[例] 芙蓉冠子水精簪、閒對君王理玉琴。　和凝「宮詞百首之九十六」

〈水（飲料）〉一例

[例] 一拳芙蓉水、傾玉何泠泠。　孟郊「答李員外小榼味」

【佛教關連】

〈廊（裝飾）〉一例

[例] 頳廊芙蓉霽、碧殿琉璃匀。　孟郊「與王二十一員外涯遊昭成寺」

〈塔〉一例　[例] 古墓芙蓉塔、神銘松柏煙。　盧照鄰「石鏡寺」

〈天井の模様〉一例

[例] 寶題斜（一作新）翡翠、天井倒芙蓉。　溫庭筠「長安寺」

〈壁〉一例　[例] 橫雲點染芙蓉壁、似待詩人寶月來。　薛濤「賦凌雲寺二首之一」

〈漏〉三例　[例] 泉聲稍滴芙蓉漏、月影纔分鸚鵡林。　皎然「勞山憶棲霞寺道素上人久期不至」

[例] 慵刻芙蓉傳永漏、休誇麗藻鄙湯休。　貫休「山居詩二十四首之十七」

[例] 高僧夜滴芙蓉漏、遠客窗含楊柳風。　趙嘏「宿僧舍」

〈坐處〉一例　[例] 大士宅裏宿、芙蓉龕畔遊。（芙蓉、道人坐處）　貫休「別東林僧」

【道教關連】

〈闕〉一例　[例] 姑射山中符聖壽、芙蓉闕下降神車。　劉庭琦「奉和聖製瑞雪篇」

〈寺〉一例　[例] 春來削髮芙蓉寺、蟬鬢臨風墮綠雲。　楊巨源「觀妓人入道二首之二」

〈渠〉一例　[例] 綺羅香風翡翠車、清明獨傍芙蓉渠。　李涉「六歎之一」

〈仙藥〉二例　[例] 瓶開枸杞懸泉水、鼎鍊芙蓉伏火砂。　包佶「答竇拾遺臥病見寄」

[例] 煮金陰陽火（一作芙蓉水）、囚怪星宿壇。　孟郊「送無懷道士遊富春山水」

〈巾、冠〉三例　[例] 知有芙蓉留自戴、欲峨煙霧訪黃房。　陸龜蒙「襲美以紗巾見惠繼以雅音因次韻酬謝」

[例] 紅雲塞路東風緊、吹破芙蓉碧玉冠。　曹唐「小遊仙詩九十八首之四十七」

[例] 休梳叢鬢洗紅妝、頭戴芙蓉出未央。　王建「送宮人入道」

＊桐柏眞人が芙蓉冠を戴いていたので言う。第三例は宮女が未央宮から出されて道觀に行くときの描寫。

〈帟幕模樣〉一例

[例] 鳳麟帟幕芙蓉坼、洞壑淸威霹靂來。　貫休「送鄭使君」

〈仙人の持ち物〉四例

[例] 手把芙蓉朝玉京、先期汗漫九垓上。　李白「廬山謠寄盧侍御虛舟」

[例] 口詠玄雲歌、手把金芙蓉。　李商隱「李肱所遺畫松詩書兩紙得四十韻」

[例] 峰頂他時敎我認、相招須把碧芙蓉。　司空圖「送道者二首之一」

〈杯〉一例　[例] 酒中浮竹葉、杯上寫芙蓉。　則天皇后「遊九龍潭」

（二）蓮花　百七十一首

【山と水】山の類が十五例、水の類が七例　但し『全唐詩』には「蓮池」の語が九例ある。

〈峰〉十一例　[例] 寒暑遞來往、今復蓮花峰。　儲光羲「獻華陰羅丞別」

[例] 十里香塵撲馬飛、碧蓮峰下踏青時。　吳融「上巳日花下閒看（一作步）」

〈山ほか〉一例　[例] 高秋視吳岳。東笑蓮華卑。　杜甫「青陽峽」

〈嶽〉二例　[例] 朝望蓮華嶽、神心就日來。　蘇頲「奉和聖製途經華嶽應制」

〈石〉一例　[例] 青石一兩片、白蓮三兩枝。　白居易「蓮石」

〈池〉五例　[例] 不及綠萍草、生君紅蓮池。　梁德裕「感寓二首之二」

[例] 雨滴篷聲青雀舫、浪搖花影白蓮池。　白居易「池上小宴問程秀才」

〈塘〉二例　[例] 春抛紅藥圃、夏憶白蓮塘。

白居易「郡齋暇日憶廬山草堂兼寄二林僧社三十韻多敘貶官已來出處之意」

【場所と建物】

〈府〉八例　蓮花府：大臣の屋敷。蓮府、蓮幕ともいう。轉じて丞相大臣の意。晉王儉の故事による。

『南史』卷四十九庾杲之傳「蕭緬與儉書曰、盛府元僚、寔難其選、庾景行汎淥水、依芙蓉、何其麗也。」

時人以入儉府、爲蓮花池。故緬書美之」

[例] 問絹蓮花府、揚旗細柳營。　李嘉祐「奉酬路五郎中院長新除工部員外見簡」

〈幕〉三例　[例] 蓮花幕下悲風起、細柳營邊曉月臨。　靈一「哭衞尚書」

〈亭〉二例　[例]「白蓮花亭侍宴應制」詩題　沈佺期

[例] 再向白蓮亭上望、不知花木爲誰開。　何昌齡「題楊克儉池館」

〈館〉一例　[例] 總輸釋氏靑蓮館、依舊重重布地金。　李士元「登閣」

〈房〉一例　[例] 東林露壇畔、舊對白蓮房。　齊己「渚宮自勉二首之一」

【衣・調度・香】

〈衣〉一例　[例] 弄篙莫濺水、畏溼紅蓮衣。　王維「皇甫岳雲溪雜題五首　蓮花塢」

〈襪〉一例　[例] 玉牀翠羽帳、寶襪蓮花距。　張束之「大堤曲」

〈帳〉二例　[例] 蓮花依帳發、秋月鑒帷明。　李嶠「羅」

〈香〉一例　女性の香。あるいは香水の香りのようなものか。

[例] 莫道妝成斷客腸、粉胸綿手白蓮香。　崔珏「有贈二首之一」

【器物】

〈劍〉六例　[例] 起舞蓮花劍、行歌明月弓。　李白「送梁公昌從信安北征」

〈蓋〉一例　[例] 荷葉珠盤淨、蓮花寶蓋新。　閻朝隱「三日曲水侍宴應制」

〈簪〉一例　[例] 自無琅玕實、安得蓮花簪。　元稹「春晩寄楊十二兼呈趙八」

〈歩〉一例　黄金で蓮花を作ってその上を歩ませたという故事による。

[例] 昭陽第一傾城客、不踏金蓮不肯來。　李商隱「隋宮守歳」

〈贈物〉一例　[例] 以君西攀桂、贈此金蓮枝。　陳陶「贈別」

〈紅蓮米〉一例　黍米の一種。赤い色をしているのでこの名稱がある。

[例] 呼兒舂取紅蓮米、輕重相當加十倍。　陸龜蒙「五歌　食魚」

〈焔、燈〉七例　[例] 燭吐蓮花豔、妝成桃李春。　孟浩然「宴崔明府宅夜觀妓」

[例] 白蓮千朶照廊明、一片承（昇）平雅頌聲。

薛能「省試夜」または韋承貽「策試夜潛紀長句於都堂西南隅」

【人】

〈侶〉一例　[例] 況羨蓮花侶、方欣綺席諧。　元稹「痁臥聞幕中諸公徵樂會飲因有戲呈三十韻」

〈客〉一例　[例] 蓮花上客思閑閑、數首新詩到筆闕。　趙嘏「酬段侍御」

〈號〉一例　[例] 蓮花爲號玉爲腮、珍重尚書遣妾來。　蓮花妓「獻陳陶處士」

＊蓮花妓は鎭帥の嚴宇なるものから陳陶處士に遣わされたが、謹嚴な陳陶處士は顧みなかった。

蓮花妓からの去り狀。

【時】

〈期〉一例　［例］涼後毎謀清月社、晩來專赴白蓮期。　皮日休「新秋卽事三首之一」

【佛教關連】

○山と水と天

〈天〉一例　［例］蓮花天晝浮雲卷、貝葉宮春好月停。　皎然「同李著作縱題塵外上人院」

〈池〉一例　［例］便道須過大師寺、白蓮池上訪高蹤。　皎然「送演上人之撫州覲使君叔」

〈水〉二例　［例］石潭倒獻蓮花水、塔院空聞松柏風。　錢起「夜宿靈臺寺寄郞士元」

○場所、組織、建物

〈國〉二例　蓮花國は寺院や佛界をいう。

［例］蓮花國何限、貝葉字無窮。　盧綸「寶泉寺送李益端公歸邠寧幕」

〈會〉一例　［例］貝葉經前無住色、蓮花會裏暫留香。　錢起「紫參歌」

〈界〉五例　［例］悠然靑蓮界、此地塵境絕。　朱宿「宿慧山寺」

〈域〉一例　［例］擢秀全勝珠樹林、結根幸在靑蓮域。　權德輿「和李中丞慈恩寺清上人院牡丹花歌」

〈宮〉七例　［例］怡然靑蓮宮、永願姿遊眺。　李白「與元丹丘方城寺談玄作」

［例］我無饑凍憂、身托蓮花宮。　孟郊「酬友人見寄新文」

〈宇〉六例　［例］池上靑蓮宇、林間白馬泉。　孟浩然「過景空寺故融公蘭若」

〈寺〉二例　［例］柳湖松島蓮花寺、晩動歸橈出道場。　白居易「西湖晩歸回望孤山寺贈諸客」

〈舍〉一例　〔例〕晤語青蓮舍、重門閉夕陰。　劉長卿「秋夜雨中諸公過靈光寺所居」

〈社〉二例　〔例〕白蓮社（一作會）裏如相問、爲說遊人是姓雷。　溫庭筠「寄清源寺僧」

〈臺〉三例　〔例〕曠然蓮花臺、作禮月光面。　顧況「獨遊青龍寺」

〈齋〉一例　〔例〕十五年前會虎溪、白蓮齋後便來西。　齊己「荊渚感懷寄僧達禪弟三首之二」

〈座〉一例　〔例〕憶奉蓮花座、兼聞貝葉經。　李商隱「奉寄安國大師兼簡子蒙」

〈塔〉二例　〔例〕銷得青城千嶂下、白蓮標塔帝恩深。　齊己「荊州貫休大師舊房」

○佛具

〈紙蓮花〉一例　〔例〕日暮松煙寒（空）漠漠、秋風吹破紙（妙）蓮花（華）。
張籍「題故僧影堂」または許渾「僧院影堂」

〈佛具〉一例　〔例〕浮名深般若、方寺設蓮華。　陳陶「題居上人法華新院」

〈漏、刻〉四例　〔例〕吟多幾轉蓮花漏、坐久重焚柏子香。　皮日休「奉和魯望同遊北禪院」

○火、燈、炎　三例

〔例〕買香然綠桂、乞火踏紅（一作青）蓮。　王維「游悟眞寺」

〔例〕長繩挂青竹、百尺垂紅蓮。　李頎「送綦毋三寺中賦得紗燈」

〔例〕案上香煙鋪貝葉、佛前燈焰透蓮花。　劉禹錫「和樂天齋戒月滿夜對道場偶懷詠」

○經、藏、書など

〈經〉二例 [例] 手持蓮花經、目送飛鳥餘。 李頎「送綦毋三謁房給事」

〈梵字〉一例 [例] 蓮花梵字本從天、華省仙郎早悟禪。 苑咸「酬王維」

〈偈〉四例 [例] 蓮花祕偈藥草喩、二師身住口不住。 朱灣「同清江師月夜聽堅正二上人爲懷州轉法華經歌」

[例] 能以簪纓狎薜蘿、常通內學青蓮偈。 權德輿「奉和禮部尚書酬楊著作竹亭歌」

〈藏〉四例 [例] 世界蓮花藏、行人香火緣。 綦毋潛「滿公房」

〈書〉二例 [例] 翻將白雲字、寄向青蓮書。 孟郊「題林校書花嚴寺書窗」

〈咒〉一例 [例] 道盛咒蓮華、災生吟棘子。 慧宣「奉和竇使君同恭法師詠高僧二首　竺佛圖澄」

〈義〉一例 [例] 通宵聽論蓮華義、不藉松窗一覺眠。 盧延讓「松寺」

〈喩〉二例 [例] 莫惜青蓮喩、秦人聽未忘。 曹松「青龍寺贈雲顥法師」

[例] 心證紅蓮喩、跡羈青眼律。 楊衡「宿陟岵寺雲律師院」

○佛、僧など

〈佛〉一例 [例] 象牙床坐蓮花佛、瑪瑙函盛貝葉經。 章孝標「題東林寺寄江州李員外」

〈居士〉二例 [例] 青蓮三居士、晝景眞賞同。 孟郊「登華嚴寺樓望終南山贈林校書兄弟」

[例] 因投竹林寺、一問青蓮客。 楊巨源「夏日苦熱同長孫主簿過仁壽寺納涼」

〈客〉三例 [例] 應共白蓮客、相期松桂前。 溫庭筠「贈越僧岳雲二首之一」

○心、身體

〈心〉一例　〔例〕詩誇碧雲句、道證靑蓮心。　孟郊「送淸遠上人歸楚山舊寺」

〈目〉三例　〔例〕電激靑蓮目、環垂紫磨金。　貫休「遇五天僧入五臺五首之五」

〔例〕徒言蓮花目、豈惡楊枝肘。　王維「胡居士臥病遺米因贈」

〈手〉一例　〔例〕解空長老蓮花手、曾以佛書親指授。　鮑溶「懷惠明禪師」

〈舌〉一例　〔例〕水精一索香一爐、紅蓮花舌生醍醐。　貫休「題弘覬三藏院」

〈足〉一例　〔例〕愛貧唯制蓮花足、取性閒書樹葉篇。　皎然「答李侍御問」

〈氣、香〉二例　〔例〕石和雲霧蓮華氣、月過樓台桂子淸。　徐夤「游靈隱天竺二寺」

〔例〕靑蓮香匝東西宇、日月與僧無盡時。　朱長文「題虎丘山西寺」

【道教關連】佛教に比べて數が少ない。經文はない。呪物（藥、食物、身につける物）が多い。

○峰、山、石、池、臺

〈峰〉八例　〔例〕蓮華峰下郡、仙洞亦難勝。　姚合「寄華州崔中丞」

〈山〉二例　〔例〕西嶽蓮花山、迢迢見明星。　李白「古風」

〈嶽〉一例　〔例〕朝望蓮華嶽、神心就日來。　蘇頲「奉和聖製途經華嶽應制」

〈石〉一例　〔例〕白帝金精運元氣、石作蓮花雲作臺。　李白「西嶽雲臺歌送丹丘子」

〈池〉二例　〔例〕素鶴警微露、白蓮明暗池。　皮日休「太湖詩　三宿神景宮」

〈臺〉二例　〔例〕太上道君蓮花臺、九門隔闊安在哉。　盧仝「憶金鵝山沈山人二首之一」

○仙薬、仙食、仙物

〈仙薬〉一例　[例] 河上老人坐古槎、合丹只用青蓮花。　王昌齢「河上老人歌」

〈仙食〉一例　[例] 竹葉飲爲甘露色、蓮花鮓作肉芝香。　皮日休「奉和魯望四月十五日道室書事」

〈仙物〉三例　[例] 浴就紅蓮顆、燒成白玉珠。　呂巖「五言」

[例] 星辰照出青蓮顆、日月能藏白馬牙。　呂巖「七言」

[例] 閒鋪羽服居仙窟、自著金蓮造化功。　呂巖「七言」

〈仙女の持ち物〉一例

[例] 金童擎紫藥、玉女獻青蓮。　徐彦伯「幸白鹿觀應制」

＊蓮の花は仙女の持ち物である。「中國八仙に數えられる何仙姑の象徴的な持ち物も蓮の花である。（略）一本の莖から生えいでるふたつの蓮の花、あるいは花と葉の組み合わせは、心からの調和と婚姻による豊穰多産を暗示する。」（「蓮の圖像學」『しにか』一九九七年九月號）

〈火〉一例　[例] 水中白雪微微結、火裏金蓮漸漸生。　呂巖「七言」

〈巾〉二例　[例] 吳江女道士、頭戴蓮花巾。　李白「江上送女道士褚三清遊南嶽」

[例] 不戴金蓮花、不得到仙家。　「滄州語」

○道士、僧

〈道士〉二例　[例] 「寄南岳白蓮道士能于長嘯」詩題　齊己

〔例〕靑蓮道士長堪羨、身外無名至老閒。　鮑溶「長安旅舎懷舊山」

〈僧〉一例　〔例〕龍谿盤中峰、上有蓮華僧。　岑參「寄靑城龍谿奐道人」

（三）荷花　なし

（四）藕花　三首

【衣裳】

〈衫子〉一例　〔例〕藕花（絲）衫子柳花裙、多（空）著沈香慢火熏（燻）。　元稹「白衣裳」または李餘「臨邛怨」

【道教關連】

〈簪〉一例　〔例〕玄髮新簪碧藕花、欲添肌雪餌紅砂。　施肩吾「贈女道士鄭玉華二首之一」

〈冠〉一例　〔例〕曲龍丈人冠藕花、其顏色映光明砂。　顧況「曲龍山歌」

（五）菡萏　十一首

「芙蓉」「蓮花」と重なる言葉で、言い換えが可能である。中唐以降の作品に偏っている。

【衣裳】

〈衣〉二例　衣の項目と刺繍の項目は分かちがたい。『楚辭』を踏まえて、ハスの花を身にまとう、という作品を衣の項に、明らかに衣に刺繍をしているとわかるものを刺繍の項に入れたが、意味方向としては、重なる部分がある。

〔例〕衣花野菡萏、書葉山梧桐。不是宗匠心、誰憐久棲蓬。　孟郊「贈轉運陸中丞」

〔例〕如有瑤臺客、相難復索歸。芭蕉開綠扇、菡萏薦紅衣。　李商隱「如有」

〈刺繍〉三例

〔例〕慵紅悶翠掩青鸞。羅襪況兼金菡萏。　韓偓「浣溪沙」

＊絹の靴下。次に述べる故事を使う。この故事は一般に「金蓮」の語で語られる。ここでは「蓮花」の變わりに「菡萏」を使っており、「菡萏」と「蓮花」が通用する例となっている。次の句も同様である。

〔例〕齊宮合贈東昏寵、好步黃金菡萏花。　徐夤「新刺襪」

＊新しく刺繍をしたくつしたを歌う。南齊の東昏侯が潘妃の歩く道に黄金の蓮花をしいて歩かせたという、「步步生蓮華」の故事を使った詩句。

〔例〕何時得成匹、離恨不復牽。金針刺菡萏、夜夜得見蓮。　晁采「子夜歌十八首之三」

＊晁采は大暦の人。ふつう「子夜歌」には芙蓉が使われる。六朝時代には、「子夜歌」に菡萏を用いることはありえない。唐代で芙蓉と菡萏が通用する例である。

【その他】

〈天井の模様〉一例

［例］井闌排菡萏、檐瓦門鴛鴦。　白居易「渭村退居寄禮部崔侍郎翰林錢舍人詩一百韻」

＊天井は梁と棟に井桁に木をわたす。その様を井戸に見立てる。晉・陸璣「挽歌」「側聽陰溝涌。臥観天井懸」そこにハスが描かれているのである。火事にならないように池や蓮の模様を描くという說もある。參考：溫庭筠「長安寺」詩「寶題斜翡翠　天井倒芙蓉」

〈國〉一例

［例］彼吳之宮兮江之那涯、複道盤兮當高且斜。波搖疏兮霧濛箔、菡萏國兮鴛鴦家。
陸龜蒙「問吳宮辭」

〈香爐〉一例

［例］碧碎鴛鴦瓦、香埋菡萏爐。
薛逢「句」

【佛教關連】

〈峰〉一例

［例］分飛屈指十三年、菡萏峰前別社蓮。
劉兼「寄滑州文秀大師」

【道教（神山）關連】

〈峰〉二例

［例］新詩幾獻蓬萊客、遠夢仍歸菡萏峰。（『全唐詩外編』）
貫休「夏雨登干霄亭上宋使君二首之二」

［例］黃山四千仞、三十二蓮峰。丹崖夾石柱、菡萏金芙蓉。伊昔升絕頂、下窺天目松。仙人煉玉處、羽化留餘蹤。亦聞溫伯雪、獨往今相逢。採秀辭五岳、攀延歷萬重。歸休白鵝嶺、渴飲丹砂井。鳳吹我時來、雲車爾當整。
李白「送溫處士歸黃山白鵝峰舊居」

資料四　唐代のハスの花　比喩的用法

（一）芙蓉　百五十二首

【山】

〈山〉十一例　[例] 茲山何峻秀、緑翠如芙蓉。　李白「古風」

[例] 天河掛緑水、秀出九芙蓉。　李白「望九華贈青陽韋仲堪」

[例] 丹崖夾石柱、菡萏金芙蓉。　李白「送溫處士歸黃山白鵝峰舊居」

[例] 廬山東南五老峰、青天削出金芙蓉。　李白「登廬山五老峰」

〈石（岩）〉二例　[例] 掩映葉光含翡翠、參差石影帶芙蓉。　武三思「奉和聖製夏日遊石淙山」

[例] 積膏當琥珀、新劫長芙蓉。　元綠「與楊十二巨源盧十九經濟同遊大安亭各賦二物各爲五韻探得松石」

【組織と建物】

〈邏〉一例　[例] 海虛爭翡翠、溪邏鬥芙蓉。　許渾「歲暮自廣江至新興往復中題峽山寺四首」

〈城陴〉一例　[例] 緜緜相糺結、狀似環城陴。四隅芙蓉樹、擢豔皆猗猗。　韓愈「寄崔二十六立之」

〈宮殿〉一例　[例]十歳吹簫入漢宮、看修水殿種芙蓉。　于鵠「送宮人入道歸山」

【文・曲】

〈詩文〉十例　[例]覽君荊山作、江鮑堪動色。清水出芙蓉、天然去雕飾。
李白「經亂離後天恩流夜郎憶舊遊書懷贈江夏韋太守良宰」

[例]終須撰取新詩品、更比芙蓉出水花。　韋渠牟「贈竇五判官」

[例]勁氣森爽竹竿竦、妍文煥爛芙蓉披。
白居易「和微之詩二十三首　和酬鄭侍御東陽春悶放懷追越遊見寄」

[例]南浦老魚腥古涎、眞珠密字芙蓉篇。　李商隱「河陽詩」

[例]琅函芙蓉書、開之向階日。　貫休「寄杜使君」

[例]清吟繡段句、默念芙蓉章。　貫休「寄馮使君」

[例]密書題荳蔻、隱語笑芙蓉。　李賀「惱公」

[例]王筆活鸞鳳、謝詩生芙蓉。　溫庭筠「祕書劉尙書挽歌詞二首之一」

[例]芙蓉洗清露、願比謝公詩。　錢起「奉和王相公秋日戲贈元校書」

[例]籍籍九江西、篇篇在人口。芙蓉爲芳菲、未落諸花後。　李群玉「贈方處士兼以寫別」

〈音曲〉一例　[例]崑山玉碎鳳皇叫、芙蓉泣露香蘭笑。　李賀「李憑箜篌引」

【人】

〈心素〉一例 [例] 手持未染綵、繡爲白芙蓉。芙蓉無染汚、將以表心素。 孟郊「古意」

〈人格〉四例 [例] 一雨火雲盡、閉門心冥冥。蘭花與芙蓉、滿院同芳馨。 貫休「古意九首之一」

[例] 正直任天眞、鬼神亦相敬。（略）芙蓉出秋渚、繡段流淸詠。 李山甫「山中答劉書記寓懷」

[例] 前月月明夜、美人同遠光。（略）風落芙蓉露、凝餘繡服香。

鮑溶「秋暮八月十五夜與王璠侍御賞月因愴遠離聊以奉寄」

[例] 前月月明夜、美人同遠光。（略）風落芙蓉露、疑餘繡被香。

鮑防「秋暮憶中秋夜與王璠侍御賞月因愴遠離聊以奉寄」

〈落第〉一例 [例] 芙蓉生在秋江上、不向東風怨未開。 高蟾「下第後上永崇高侍郎」

〈頬（若さ）〉一例

[例] 伊昔芙蓉頬、談經似主涉。 貫休「問岳禪師疾」

〈醉顏〉一例 [例] 溪上芙蓉映醉顏、悲秋宋玉鬢毛斑。 唐彥謙「秋日感懷」

〈屈原〉一例 [例] 芙蓉騷客空留怨、芍藥詩家只寄情。 司空圖「偶詩五首之二」

〈騎馬隊（簇）〉一例

[例] 十騎簇芙蓉、宮衣小隊紅。 李賀「追賦畫江潭苑四首之四」

〈老夫婦〉一例 [例] 俱飛蛺蝶元相逐、竝蒂芙蓉本自雙。 杜甫「進艇」

〈公子〉二例 [例] 芙蓉自天來、不向水中出。 聶夷中「公子行二首之一」

[例] 拔得芙蓉出水新、魏家公子信才人。 羅虬「比紅兒詩百首之十四」

【その他】

〈錫〉一例 [例] 手援玉箸不敢持、始狀芙蓉新出水。
司空曙「長林令衞象錫絲結歌」

〈火〉一例 [例] 燖炰煨爊孰飛奔、祝融告休酌卑尊。錯陳齊玫闢華園、芙蓉披猖塞鮮繁。
韓愈「陸渾山火和皇甫湜用其韻」

〈齟齬〉二例 [例] 渉江雖已晩、高樹搴芙蓉。
錢起または錢珝「江行無題」

[例] 芙蓉初出水、菡萏露中花。風吹著枯木、無奈値空槎。
陸長源「樂府答孟東野戲贈」

＊優れた人物が低い地位について空しく嗟く。（嗟と槎の諧音雙關語）

【他の植物】比喩、比較

〈木芙蓉〉一例 [例] 水面芙蓉秋已衰、繁條偏是著花遲。
趙彦昭または李嘉祐「秋朝木芙蓉」

〈辛夷〉一例 [例] 木末芙蓉花、山中發紅萼。
王維「輞川集　辛夷塢」

〈イワレンゲ〉一例

[例] 幽石生芙蓉、百花慚美色。
錢起「藍田溪雜詠二十二首　石蓮花」

〈牡丹〉二例 [例] 芙蓉芍藥苦尋常。遂使王公與卿士。
白居易「新樂府　牡丹芳」

[例] 芍藥與君爲近侍、芙蓉何處避芳塵。
羅隱「牡丹花」

〈山石榴〉一例 [例] 花中此物似西施、芙蓉芍藥皆嫫母。
白居易「山石榴寄元九」

〈山枇杷〉二例 [例] 葉如裙色碧綃（一作紗）淺、花似芙蓉紅粉輕。
白居易「山枇杷花二首之二」

〈木蓮〉一例

［例］回看桃李都無色、映得芙蓉不是花。　白居易「山枇杷」

［例］如折芙蓉栽（一作投）旱地、似抛芍薬挂高枝。

白居易「木蓮樹生巴峡山谷間（略）因題三絶句云三首之一」

〈桃李〉一例

［例］芙蓉初出水、桃李忽無言。（観内人楼上踏歌。）　尉遅匡「句」

〈芍薬〉一例

［例］芙蓉浣紗伴、長恨隔波瀾。　王貞白「芍薬」

【諷喩】

〈戒言〉七例

［例］朝爲楊柳色、暮作芙蓉好。春風若有情、江山相逐老。　陳陶「續古二十九首之二十七」

［例］芙蓉生夏浦、楊柳送春風。明日相思處、應對菊花叢。陳子昂「春晦餞陶七於江南同用風字」

［例］澄波澹澹芙蓉發、綠岸毿毿楊柳垂。一朝物變人亦非、四面荒涼人徑稀。

孟浩然「高陽池送朱二」

［例］芙蓉月下魚戯、螮蝀天邊雀聲。人世悲歡一夢、如何得作雙成。　魚玄機「寓言」

［例］秋雨無情不惜花、芙蓉一一驚香（顚）倒。　莊南杰「傷歌行」または無名氏「傷哉行」

［例］城中蛾眉女、珠珮珂珊珊。（略）未必長如此、芙蓉不耐寒。　寒山「詩三百三首之十四」

［例］昔日芙蓉花、今成斷根草。　李白「妾薄命」

＊人生が速く過ぎ、人が年を取りやすいことへの戒めが多い。第五例は「兎走烏飛不相見、人事依稀速如電」「勸君莫謾栽荊棘、秦皇虚費驅山力。英風一去更無言、白骨沈埋暮山碧」と、様々な比喩を驅使して人生のはかなさをいう、そのひとつ。花が驚いて轉倒す

るという、花を擬人化した例でもあり、そちらの項にも入れる。第六例、春に歌い舞う少女もいつかは變わる。寒さに耐えぬ芙蓉のように。

〈諷喩〉二例　[例] 四月芰荷發、越王日遊嬉。左右好風來、香動芙蓉蕊。但愛芙蓉香、又種芙蓉子。不念閶門外、千里稻苗死。　白居易「雜興」三首

＊芙蓉を愛して民衆のための稲を忘れた王を批判する。

[例] 手植千樹桑、文杏作中梁。頻年徭役重、盡屬富家郎。富家田業廣、用此買金章。昨日門前過、軒車滿垂楊。歸來說向家、兒孫竟咨嗟。不見千樹桑、一浦芙蓉花。

于濆「田翁歎（一本下有桑字）」

＊農民が桑畑を作り、家を建てた。それらはやがて金持ちの手に渡り、多くの桑も芙蓉もなくなった。

〈忘郷〉一例　[例] 白白芙蓉花、本生吳江濆。　白居易「感白蓮花」

＊江南から移植した白芙蓉である。この作品は「忽想西涼州、中有天寶民。埋歿漢父祖、孳生胡子孫。已忘郷土戀、豈念君親恩。生人尚復爾、草木何足云」と結ぶ。世代を隔てれば、遠い先祖が懐かしく思った故郷も忘れられてしまうのである。これは戒めの言葉というよりは白居易の感慨を述べたものと言えよう。

【女性を主題とする作品】

〈二人〉一例　[例] 朱絲紐（一作細）弦金點雜、雙蒂芙蓉共開合。　司空曙「擬百勞歌」

〈別離〉五例　[例] 芙蓉出水時、偶爾便分離。　王貞白「有所思（一作長相思）」

　*離れて咲く芙蓉のように、會うことができない戀人の思い。

[例] 寒沼落芙蓉、秋風散楊柳。　顧況「棄婦詞」または李白「去婦詞」

[例] 寒水芙蓉花、秋風墮楊柳。　顧況「棄婦詞」

[例] 莎靑桂花繁、芙蓉別江木。　李賀「月漉漉篇」

[例] 芙蓉涇曉露、秋別南浦中。　孟郊「別妻家」

〈怨〉一例　[例] 疏紅落殘豔、冷水凋芙蓉。　李群玉「秋怨（一作悲）」

〈容姿〉十六例　[例] 魏都接燕趙、美女誇芙蓉。　李白「魏郡別蘇明府因北遊」

[例] 愛君芙蓉嬋娟之豔色、色可餐兮難再得。　李白「寄遠十一首之十一」

[例] 美人芙蓉姿、狹室蘭麝氣。　高適「效古贈崔二」

[例] 轆轤咿啞轉鳴玉、驚起芙蓉睡新足。　李賀「美人梳頭歌」

[例] 芙蓉脂肉綠雲鬟、罨畫樓臺靑黛山。　元稹「劉阮妻（一作山）二首之二」

[例] 愛君簾下唱歌人、色似芙蓉聲似玉。　白居易「醉題沈子明壁」

[例] 下來一一芙蓉姿、粉薄鈿稀態轉奇。　劉言史「觀繩伎」

[例] 芙蓉拆向新開臉、秋泉慢轉眸波橫。　張碧「美人梳頭」

[例] 葳蕤半露芙蓉色、窈窕將期環佩身。　鮑溶「李夫人歌」

[例] 郎有蘼蕪心、妾有芙蓉質。　曹鄴「築城三首之一」

[例] 鴛鴦帳里（一作繡被）暖芙蓉、低泣關山幾萬重。　杜牧「送人」

〔例〕誰道芙蓉水中種、靑銅鏡裏一枝開。　賈島「友人婚楊氏催妝」

〔例〕美人奪南國、一笑開芙蓉。　韋應物「擬古詩十二首之八」

〔例〕浮萍流蕩門前水、任冒芙蓉莫浣（墮）紗。楊巨源「烏啼曲贈張評事」または楊衡「烏啼曲」

〔例〕美人出南國、灼灼芙蓉姿。　李白「古風」

〔例〕君看水上芙蓉色、恰似生前歌舞時。　宋之問「傷曹娘二首之一」

〈美人〉一例

〔例〕芙蓉不及美人妝、水殿風來珠翠香。　王昌齡「西宮秋怨」

〈舞女・醉芙蓉〉五例

〔例〕吳娃雙舞醉芙蓉。早晚得相逢。　白居易「憶江南詞三首之三」

〔例〕寶釵搖翡翠、香惹芙蓉醉。　魏承班「菩薩蠻」

〔例〕一枝嬌臥醉芙蓉、良宵不得與君同。　閻選「虞美人二首之二」

〔例〕羽蓋晴翻橘柚香、玉笙夜送芙蓉醉。　鮑溶「姑蘇宮行」

〔例〕吳酒一杯春竹葉、吳娃雙舞醉芙蓉。　白居易「憶江南詞三首之三」

〔例〕皆云入內便承恩、臉似芙蓉胸似玉。　白居易「新樂府　上陽白髮人」

〈顏〉六例

〔例〕芙蓉如面柳如眉、對此如何不淚垂。　白居易「長恨歌」

〔例〕錦繡堆中臥初起、芙蓉面上粉猶殘。　施肩吾「冬詞」

〔例〕南國佳人字玉兒、芙蓉雙臉遠山眉。　徐鉉「夢游三首之三」

〔例〕蘇家小女名簡簡、芙蓉花顋柳葉眼。　白居易「簡簡吟」

〔例〕莫恃芙蓉開滿面、更有身輕似飛燕。　李咸用「倢妤怨」

〈鏡に映った顔〉四例

［例］鏡檻芙蓉入、香臺翡翠過。　李商隠「鏡檻」

［例］美人與我別、留鏡在匣中。自從花顔去、秋水無芙蓉。　白居易「感鏡」

［例］小姑歸晩紅粧淺、鏡裏芙蓉照水鮮。　溫庭筠「蘭塘詞」

［例］彊整嬌姿臨寶鏡、小池一朶芙蓉。　李珣「臨江仙二首之二」

〈如佳人〉一例

［例］芙蓉如佳人、迴首似調譃。　宋齊丘「陪游鳳皇臺獻詩」

＊これまではもっぱら芙蓉のような美人、と比喩していたのに、美人のような芙蓉、という。

〈楊貴妃の血〉一例

［例］是日芙蓉花、不如秋草色。　于濆「馬嵬驛」

＊秋の草が楊貴妃の血で赤く染まったこと。

【擬人化】

〈死ぬ〉七例

［例］主人已遠涼風生、舊客不來芙蓉死。　王建「主人故池」

［例］吳宮已歎芙蓉死、邊月空悲蘆管秋。　劉禹錫「和令狐相公言懷寄河中楊少尹」

［例］吳宮四面秋江水、江淸露白芙蓉死。　張籍「吳宮怨」

［例］離宮散螢（一作雲）天似水、竹黃池冷芙蓉死。　李賀「河南府試十二月樂詞　九月」

［例］露滴芙蓉香、香銷心亦死。　邵謁「古樂府」

［例］八月白露濃、芙蓉抱香死。　李群玉「傷思」

〈老ゆ〉七例

［例］毒害芙蓉死、熕蒸瀑布紅。　齊己「苦熱」

［例］樓前流水江陵道、鯉魚風起芙蓉老。　李賀「江樓曲」

［例］葉墮陰巖疏薜荔、池經秋雨老芙蓉。　劉滄「題四皓廟」

［例］滻水桃李熟、杜曲芙蓉老。　于濆「季夏逢朝客」

［例］夜堂悲蟋蟀、秋水老芙蓉。　孟貫「寄李處士」

［例］江南戍客心、門外芙蓉老。　溫庭筠「邊笳曲（一作齊梁體）」

［例］唱到白蘋洲畔曲、芙蓉空老蜀江花。　薛濤「酬杜舍人」

［例］芙蓉老秋霜、團扇羞網塵。　李白「中山孺子妾歌」

〈泣く〉三例

［例］水仙欲上鯉魚去、一夜芙蓉紅淚多。　李商隱「板橋曉別」

［例］芙蓉泣恨紅鉛落、一朵別時煙似幕。　皮日休「雜體詩 奉和魯望齊梁怨別次韻」

［例］唯見芙蓉含曉露、數行紅淚滴淸池。　劉禹錫「和西川李尙書傷孔雀及薛濤之什」

〈妬む〉一例

［例］楊柳入樓吹玉笛、芙蓉出水妒花鈿。　李端「贈郭駙馬二首之二」

〈怨む〉一例

［例］羽幢襹褷銀漢秋、六宮望斷芙蓉愁。　陳陶「飛龍引」

〈笑ふ〉二例

［例］紅躑躅繁金殿暖、碧芙蓉笑水宮秋。　廖凝「句」又は廖融「退宮妓」

［例］鸚鵡能言鳥、芙蓉巧笑花。　芮挺章「江南弄」

〈羞ず〉一例

［例］莫向秋池照綠水、參差羞殺白芙蓉。　周濆「逢鄰女」

〈凋臉〉一例

［例］芙蓉凋嫩臉、楊柳墮新眉。　溫庭筠「玉蝴蝶」

〈驚倒〉一例

［例］秋雨無情不惜花、芙蓉一一驚香（一作顚）倒。　莊南杰「傷歌行」または無名氏「傷哉行」

〈嬌ぶ〉一例　[例] 芙蓉嬌綠波、桃李誇白日。　李白「古風」

〈豔歇く〉一例　[例] 風切切、深秋月。十朵芙蓉繁豔歇、小檻細腰無力。　尹鶚「撥櫂子二首之一」

【佛教關連】象徵的な物が多い。

〈社〉二例　[例] 簪履爲官興、芙蓉結社緣。　齊己「寄江西幕中孫舫員外」

[例] 長愧昔年招我入、共尋香社見芙蓉。　李建勛「歲暮晩泊望廬山不見因懷岳僧呈察判」

〈愛〉一例　[例] 萬境心隨一念平、紅芙蓉折愛河淸。　齊己「贈念法華經僧」

〈詩文〉二例　[例] 仲言多麗藻、晩水獨芙蓉。　耿湋「晩秋宿裴員外寺院（得逢字）」

[例] 且將琉璃意、淨綴芙蓉章。　孟郊「憩淮上觀公法堂」

〈心〉一例　[例] 一言悟得生死海、芙蓉吐出琉璃心。　徐仲雅「贈齊己」

【道教關連】

仙界の象徵としてしばしば描かれる。神仙世界の風景に芙蓉がある。美しい風景を神仙世界にたとえることもある。隱棲したいと言う願望が、神仙世界に向かうこともある。

〈神仙世界〉三例

[例] 芙蓉散盡西歸去、唯有山陰九萬牋。　陸龜蒙「送浙東德師侍御罷府西歸」

[例] 十二樓藏玉堞中、鳳凰雙宿碧芙蓉（一作梧桐）。　蘇郁「步虛詞」

[例] 萬境忘機是道華、碧芙蓉裏日空斜。　貫休「山居詩二十四首之四」

〈仙宮・宮殿〉一例

[例] 金殿當頭紫閤重、仙人掌上玉芙蓉。　王建「宮詞一百首之九一」

〈仙都の景色〉二例

[例] 琳瑯暗戛玉華殿、天香靜裹金芙蕖。　劉商「姑蘇懷古送秀才下第歸江南」

[例] 玉池露冷芙蓉淺、瓊樹風高薜荔疏。　許渾「再遊姑蘇玉芝觀」

〈仙顔〉二例

[例] 轉態凝情五雲裏、嬌顔千歳芙蓉花。　李康成「玉華仙子歌」

[例] 顔如芙蓉、頂爲醍醐。　皇甫湜「出世篇」

〈頬〉一例

[例] 口上珊瑚耐拾得、頬裏芙蓉堪摘得。　遊仙屈詩「又贈十孃」

〈噴水・金龍〉一例

[例] 黃金作身雙飛龍、口銜明月噴芙蓉。　常建「古意」

〈廟に入った宮女〉一例

[例] 赤水夢沈迷象罔、翠華恩斷泣芙蓉。　曹鄴「題濮廟」

〈冠〉二例

[例] 芙蓉寒豔鏤冰姿、天朗燈深拔豸時。　鮑溶「和王璠侍御酬友人贈白角冠」

[例] 高冠如芙蓉、霞月披衣裳。　張籍「學仙」

〈食〉一例

[例] 君子食卽食、何必在珍華。（略）去來去來歸去來、紅泉正灑芙蓉霞。　貫休「偶作五首之四」

＊招魂の系統の作品である。全體に食べ物のことをいっているので、芙蓉の霞も仙人の食べ物として描かれるのかもしれない。あるいは、單に美しい世界の象徵として現れるのか。

（二）蓮花　八十三例

【峰】

〈峰〉四例

［例］斑竹初成二妃廟、碧蓮遙聳九疑峰。　元稹「奉和竇容州」

［例］嵯嵯玉劍寒鋩利、裊裊靑蓮翠葉重。　曹汾「早發靈芝望久華寄杜員外使君」

［例］九華崢嶸占南陸、蓮花擢本山半腹。　王季文「九華山謠」

［例］簷外蓮峰階下菊、碧蓮黃菊是吾家。　司空圖「雨中」

【場所と建物】

〈國〉一例　［例］蓮花去國一千年、雨後聞腥猶帶鐵。　李賀「假龍吟歌」

〈幕〉一例　［例］纔見玳簪敲細柳、便知油幕勝紅蓮。　羅隱「寄京闕陸郎中昆仲」

〈社會〉一例　［例］蓮花影裏暫相離、纔出浮萍值罟師。　盧綸「小魚詠寄涇州楊侍郎」

【衣・調度】

〈冠〉一例　［例］暗梳蓬髮羞臨鏡、私戴蓮花恥見人。　元稹「三兄以白角巾寄遺髮不勝冠因有感歎」

〈燈〉一例　［例］曉似紅蓮開沼面、夜如寒月鎮潭心。　羅隱「長明燈」

【詩巻】

〈詩文〉二例　［例］賈生詩巻惠休裝、百葉蓮花萬里香。　李洞「題晰上人賈島詩巻」

［例］樂天歌詠有遺編、留在東林伴白蓮。　齊己「賀行軍太傅得白氏東林集」

【人、人格、性】

四例　［例］靑袍白簡風流極、碧沼紅蓮傾倒開。　李商隱「偶成轉韻七十二句贈四同舍」

［例］未報君恩終必報、不妨金地禮靑蓮。　貫休「繡州張相公見訪」

［例］出水蓮花比性靈、三生塵夢一時醒。　徐夤「贈月君」

［例］秋來若向金天會、便是靑蓮葉上人。　朱慶餘「逢山人」

〈眉、背〉二例　［例］閒搜好句題紅葉、靜斂霜眉對白蓮。　齊己「寄懷東林寺匡白監寺」

［例］酥凝背胛玉搓肩、輕薄紅綃覆白蓮。　韓偓「偶見背面是夕兼夢」

〈心〉一例　［例］但令心似蓮花潔、何必身將槁木齊。　貫休「山居詩二十四首之十九」

【自然】

〈月食〉一例　［例］初疑白蓮花、浮出龍王宮。　盧仝「月蝕詩」

〈雪〉一例　［例］草穗翹祥燕、陂椿吐白蓮。　李咸用「雪十二韻」

【他の植物—比喩、比較】

〈竹〉一例

［例］光搖水精串、影送蓮花軸。　陳陶「題僧院紫竹」

〈牡丹〉一例

［例］應是向西無地種、不然爭肯重蓮花。　陳標「僧院牡丹」

〈辛夷〉一例

［例］紫粉筆含尖火燄、紅胭脂染小蓮花。　白居易「題靈隱寺紅辛夷花戲酬光上人」

〈甘蕉〉一例

［例］盧橘垂金彈、甘蕉吐白蓮。　樊珣「狀江南　仲夏」

〈桐〉一例

［例］滿院青苔地、一樹蓮花簪。　元稹「桐花」

〈木蓮花、木芙蓉〉二例

［例］花房膩似紅蓮朶、豔色鮮如紫牡丹。　白居易「畫木蓮花圖寄元郎中」

［例］莫怕秋無伴醉物、水蓮花盡木蓮開。　白居易「木芙蓉花下招客飲」

【女性を主題とした作品】

〈帳〉一例

［例］晩庭摧玉樹、寒帳委金蓮。　楊炯「和崔司空傷姫人」

〈噴水〉一例

［例］刻成玉蓮噴香液、漱迴煙浪深逶迤。　鄭嵎「津陽門詩」

＊宮中除供奉兩湯池、內外更有湯十六所、長湯每賜諸嬪御、其修廣與諸湯不侔、甃以王文瑤寶石。中央有玉蓮捧湯泉、噴以成池、又縫綴綺繡爲鳧雁於水中、上時於其間泛鈒鏤小舟以嬉遊焉。

〈血〉一例

［例］托君休洗蓮花血、留記千年妾淚痕。　李益「過馬嵬」

＊楊貴妃の血をたとえる。

〈顏〉二例

［例］紅臉如開蓮、素膚若凝脂。　武平一「妾薄命」

［例］美人舞如蓮花旋、世人有眼應未見。　岑參「田使君美人舞如蓮花北鋋歌」

〈歩み〉八例

［例］不及金蓮歩歩來。敵國軍營漂木柝。　李商隱「南朝」

［例］永壽兵來夜不扃、金蓮無復印中庭。　李商隱「齊宮詞」

［例］昭陽第一傾城客、不踏金蓮不肯來。　李商隱「隋宮守歲」

［例］安得金蓮花、歩歩承羅襪。　李群玉「贈回雪」

［例］南朝天子欠風流、卻重金蓮輕緑齒。　韓偓「屐子」

［例］玉箸和妝裛、金蓮逐歩新。　吳融「和韓致光侍郎無題三首十四韻之二」

［例］曾歩金蓮寵絕倫、豈甘今日委埃塵。　孫元晏「潘妃」

［例］纖腰婉約歩金蓮、妖君傾國。　毛熙震「臨江仙二首之一」

〈女性〉二例

［例］當時若遇東昏主、金葉蓮花是此人。　羅虬「比紅兒詩百首之七」

［例］新人迎來舊人棄、掌上蓮花眼中刺。　白居易「新樂府　母子別」

＊新人つまり若い女性の比喩。年老いた妻を出し、若い女性を家に入れて、母子が生き別れになることへの風諭詩。

〈汗かく女〉一例

［例］雨霑柳葉如啼眼、露滴蓮花似汗妝。　蔡瓌「夏日閨怨」

＊露の滴る蓮花を見て、汗をかいた化粧にたとえる。

〈泣く女〉二例

［例］月華泛溢紅蓮溼、牽裙攬帶翻成泣。　楊衡または無名氏「白紵辭」

［例］回眸緑水波初起、合掌白蓮花未開。　來鵠「句」

＊懺會夫人が手を合わせている様子。

〈笑ふ女〉一例　[例] 菡萏新花曉竝開、濃粧美笑面相隈。西方采畫迦陵鳥、早晚雙飛池上來。劉商「詠雙開蓮花」

〈斬頭〉一例　[例] 蓼花蘸水火不滅、水鳥驚魚銀梭投。滿目荷花千萬頃、紅碧相雜敷清流。孫武已斬吳宮女、琉璃池上佳人頭。嗣主璟「遊後湖賞蓮花」

〈湘妃〉一例　[例] 臉膩香薰似有情、世間何物比輕盈。雨後來池看、碧玉盤中弄水晶。郭震「蓮花」

【擬人化】

〈嫁入り〉一例　[例] 死恨物情難會處、蓮花不肯嫁春風。韓偓「寄恨」

〈泣く〉一例　[例] 清香筍蒂風、曉露蓮花淚。鮑溶「聞蟬」

【佛教關連】

〈佛性、清淨〉十三例

[例] 試問空門清淨心、蓮花不著秋潭水。戎昱または權德輿または楊巨源「題雲公山房」

[例] 莫怪狂人游楚國、蓮花只在淤泥生。顧況「尋僧二首之二」

[例] 我自觀心地、蓮花出淤泥。寒山「詩三百三首之二六五」

[例] 暫驚風燭難留世、便是蓮花不染身。楊郇伯「送妓人出家」

[例] 驚俗生眞性、靑蓮出淤泥。李群玉「法性寺六祖戒壇」

[例] 若問無心法、蓮花隔淤泥。李端「同苗發慈恩寺避暑」

[例] 了見水中月、靑蓮出塵埃。李白「陪族叔當塗宰遊化城寺升公清風亭」

＊上記の七例はすべて、泥や水から生えた蓮が泥や水に汚されないことをいう。

[例] 彼此莫相啾、蓮花生沸湯。　寒山「詩三百三首之七十」

[例] 祇擬嚇人傳鐵券、未應教我踏靑蓮。　楚兒「貽鄭昌圖」

[例] 幻身觀火宅、昏眼照靑蓮。　李紳「題法華寺五言二十韻」

＊寺の前に昭明太子の肖像畫、梁の薪公の繪が傳えられていたという。

[例] 蓮花上品生眞界、兜率天中離世途。　元稹「哭子十首之四」

[例] 應是法宮傳覺路、使無煩惱見靑蓮。　李紳「新樓詩二十首寒林寺」

[例] 乃知紅蓮花、虚得清淨名。　白居易「潯陽三題　東林寺白蓮」

＊白蓮が眞の清淨の花で、紅蓮ではないという。

〈佛〉三例

[例] 何當百億蓮花上、一一蓮花見佛身。　李商隱「送臻師二首之二」

[例] 夷儉但明月、死生應白蓮。　皮日休「魯望昨以五百言見貽過（略）」

[例] 著處是蓮花、無心變楊柳。　王維「酬黎居士淅川作」

〈僧侶の佛性〉七例

[例] 多寶滅已久、蓮華付吾師。　岑參「登千福寺楚金禪師法華院多寶塔」

[例] 燕本雪冰骨（一作操）、越淡蓮花風。　孟郊「送淡公」

[例] 似彼白蓮花、在水不著水。　白居易「贈別宣上人」

[例] 他時劫火洞燃後、神光璨璨如紅蓮。　齊己「贈持法華經僧」

[例] 但恐蓮花七朵一時折、朵朵似君心地白。　齊己「贈念法華經僧」

[例] 今日英雄氣衝蓋、誰能久坐寶蓮花。　滕傳胤「贈僧」

[例] 幸生白髮逢今聖、曾夢靑蓮映玉沙。　貫休「酬周相公見贈」

〈經典、說法〉三例

[例] 問經翻貝葉、論法指蓮花。　戎昱「送僧法和」

[例] 我嘗聽師法一說、波上蓮花水中月。　張瀛「贈琴棋僧歌」

[例] 白日（一作月）傳心靜、靑蓮喩法微。　綦毋潛「宿龍興寺」

〈心〉六例

[例] 戒得長天秋月明、心如世上靑蓮色。　李白「僧伽歌」

[例] 時人祗施盂中飯、心似白蓮那得知。　貫休「道中逢乞食老僧」

[例] 淸吟何處題紅葉、舊社空懷墮白蓮。　齊己「寄南雅上人」

[例] 看取蓮花淨、應知不染心。　孟浩然「題大禹寺義公禪房」

[例] 笑指白蓮心自得、世間煩惱是浮雲。　趙嘏「贈天卿寺神亮上人」

[例] 水有靑蓮沙有金、老僧於此獨觀心。　施肩吾「題景上人山門」

【他の植物】

〈海石榴花〉一例

[例] 結根龍藏側、故欲竝（一作競、又作抗）靑蓮。　皇甫冉「同張侍御詠興寧寺經藏院海石榴花」

(三) 荷花　七首

【姿】

〈女〉一例　[例] 復攜兩少女、豔色驚荷葩(一作花)。　李白「早秋贈裴十七仲堪」

〈男〉一例　[例] 豔彩芳姿相點綴、水映荷花風轉蕙。　權德與「馬秀才草書歌」

【人生】

〈はかなさ〉一例　[例] 人亡餘故宅、空有荷花生。　李白「對酒憶賀監二首之二」

〈老いやすいこと〉二例　[例] 池上秋又來、荷花半成子。(略)人壽不如山、年光忽於水。　白居易「早秋曲江感懷」

[例] 但恐荷(一作飛)花晩、令人意已摧。　李白「寄遠」

〈隱棲の象徵〉一例　[例] 還愁旅棹空歸去、楓葉荷花釣五湖。　許渾「宣城崔大夫召聯句偶疾不獲赴因獻」

【他の植物】

〈柳〉一例　[例] 春水(一作風)徒蕩漾、荷(一作蓮)花未開展。　孟郊「戲贈陸大夫十二丈」

（四）藕花　二首

【擬人化】二例

〈傷む〉［例］煙月不知人事改、夜闌還照深宮。藕花相向野塘中。暗傷亡國、清露泣香紅。

鹿虔扆「臨江仙」二首之一

〈汗かく〉［例］珍簟對攲鴛枕冷、此來塵暗淒涼。欲憑危檻恨偏長。藕花珠綴、猶似汗凝妝。

閻選「臨江仙」二首之一

（五）菡萏　十二首

【他の花】四例

〈木蘭〉［例］菡萏千燈遍、芳菲一雨均。

劉長卿「題靈祐上人法華院木蘭花」

〈海榴〉［例］高近紫霄疑菡萏、迴依江月半嬋娟。

李紳「新樓詩二十首　海榴亭」

〈山石榴〉［例］薔薇帶刺攀應懶、菡萏生泥玩亦難。

白居易「題山石榴花」

〈芍藥〉［例］菡萏泥連萼、玫瑰刺繞枝。

白居易「草詞畢遇初開因詠小謝紅藥當階翻詩以爲一句未盡其狀偶成十六韻」

【その他】

〈女性〉一例　［例］時逞笑容無限態、還如菡萏爭芳。

尹鶚「臨江仙二首之一」

〈詩句〉三例　［例］句還如菡萏、誰復贈襜褕。

貫休「讀劉得賈仁島集二首之一」

［例］筆江秋菡萏、僧國瑞麒麟。

陳陶「題贈高閑上人」

［例］佳句麗偸紅菡萏、吟窗冷落白蟾蜍。

徐夤「贈表弟黃校書輅」

〈杯〉一例　［例］觥醆豔翻菡萏葉、舞鬟擺落茱萸房。

白居易「九日宴集醉題郡樓兼呈周殷二判官」

＊これは葉の方が重點で、葉が杯に見立てられている。菡萏がハスの總稱として用いられている例でもある。

〈山〉三例　［例］河勢崑崙遠、山形菡萏秋。

楊虞卿または楊茂卿「句」

［例］黃山四千仞、三十二蓮峰。丹崖夾石柱、菡萏金芙蓉。

李白「送溫處士歸黃山白鵝峰舊居」

［例］愚公方住谷、仁者本依山。共誓林泉志、胡爲尊俎間。華蓮開菡萏、荆玉刻孱顏。

李商隱「靈仙閣晚眺寄鄆州韋評事」

＊これは或いはハスの花が咲いている情景をいっているのかもしれないが、前の句で「蓮峰」と言っているので山の形の比喩と考えた。仙閣での作品で、神仙にも關わる作品である。

資料五　唐代のハスの花　實景描寫（植物としての用法）

（一）芙蓉　八十六首

【好景】

〈秋景〉

1 日戸晝輝靜、月杯夜景幽。詠驚芙蓉發、笑激風飆秋。鸞步獨無侶、鶴音仍寡儔。幸霑分寸顧、散此千萬憂。

孟郊「投贈張端公（一作贈裴樞端公）」

2 溪嵐漠漠樹重重、水檻山窗次第逢。晩葉尚開紅躑躅、秋芳（一作房）初結白芙蓉。聲來枕上千年鶴、影落杯中五老峰。更愧殷勤留客意、魚鮮飯細酒香濃。

白居易「題元八谿居」

3 前山風雨涼、歇馬坐垂楊。何處芙蓉落、南渠秋水香。

許渾「雨後思湖上居（一作雨中憶湖山居）」

4 西風靜夜吹蓮塘、芙蓉破紅金粉香。摘花把酒弄秋芳、吳雲楚水愁茫茫。美人此夕不入夢、獨宿高樓明月涼。

李群玉「醒起獨酌懷友」

5 鳴機札札停金梭、芙蓉澹蕩生池波。神軒紅粉陳香羅、鳳低蟬薄愁雙蛾。微光奕奕凌天河、鸞咽鶴唳飄颻歌。彎橋銷盡愁奈何、天氣駘蕩雲陂迤。平明花木有秋（一作愁）意、露溼綵盤蛛網多。

溫庭筠「七夕」

6 數畝池塘近杜陵、秋天寂寞夜雲凝。芙蓉葉上三更雨、蟋蟀聲中一點燈。跡避險巇翻失路、心歸閒澹不因僧。旣逢

上國陳詩日、長守林泉亦未能。　「秋夜作」李昌符

7　塘平芙蓉低、庭閒梧桐高。清煙埋陽烏、藍空含秋毫。冠傾慵移簪、杯干將餔糟。翛然非隨時、夫君眞吾曹。

皮日休「奉酬魯望夏日四聲四首　平聲」

8　墜露晩猶濃、清風不易逢。渉江雖已晩、高樹搴（一作攀）芙蓉。　錢起「江行無題一百首」

9　暮煙羃羃鎖村塢、一葉扁舟横野渡。颯颯白蘋欲起風、黯黯紅蕉猶帶雨。曲沼芙蓉香馥郁、長汀蘆荻花□蔌。雁過孤峰帖遠青、鹿傍小溪飲殘緑。秋山秀兮秋江靜、江光山色相輝映。　徐光溥「題黄居寀秋山圖」

10　跳躍深（一作蓮）池四五秋、常搖朱尾弄綸鉤。無端擺斷芙蓉朶、不得清波更一遊。　薛濤「十離詩　魚離池」

11　蟪蛄切切風騒騒、芙蓉噴香蟾蜍高。孤燈耿耿征婦勞、更深撲落金錯刀。　貫休「夜夜曲」

〈瑞景〉

12　龍池初出此龍山、常經此地謁龍顏。日日芙蓉生夏水、年年楊柳變春灣。堯壇寶匣餘煙霧、舜海漁舟尚往還。願似飄颻五雲影、從來從去九天關。　姜皎「龍池篇」

13　攜琴遶碧沙、搖筆弄青霞。杜若幽庭草、芙蓉曲沼花。宴遊成野客、形勝得仙家。往往留仙歩、登攀日易斜。

杜審言「和韋承慶過義陽公主山池五首之三」

14　坐作河漢傾、進退樓船飛。羽發鴻雁落、檜動芙蓉披。峨峨三雲宮、肅肅振旅歸。　儲光羲「同諸公秋日遊昆明池思古」

〈その他〉

15　輕舸迎上（一作仙）客、悠悠湖上來。當軒對尊酒、四面芙蓉開。　王維「輞川集　臨湖亭」

16　緑堤春草合、王孫自留玩。況有辛夷花、色與芙蓉亂。　裴迪「輞川集二十首　辛夷塢」

17 北山種松柏、南山種蒺藜。出入雖同趣、所向各有宜。孔丘貴仁義、老氏好無爲。我心若虛空、此道（一作心）將安
施。暫過伊闕間、晼晩三伏時。高閣入雲中、芙蓉滿淸池。要自非我室、遠望南山陲。

儲光羲「同王十三維偶然作十首之二」

18 田園忽歸去、車馬杳難逢。廢巷臨秋水、支頤向暮峰。行魚避楊柳、驚鴨觸芙蓉。石竇紅泉細、山橋紫菜重。鳳雛
終食竹、鶴侶暫巢松。願接煙霞賞、羈離計不從。

李端「奉和祕書元丞杪秋憶終南舊居」

19 蟬噪城溝水、芙蓉忽已繁。紅花迷越豔、芳意過湘沅。湛露宜清暑、披香正滿軒。朝朝祗自賞、穠李亦何言。

羊士諤「南池荷花」

20 曲江千頃秋波淨、平鋪紅雲蓋明鏡。（略）我今官閑得婆娑、問言何處芙蓉多。撐舟昆明度雲錦、脚敲兩舷叫吳歌。

韓愈「奉酬盧給事雲夫四兄曲江荷花行見寄幷呈上錢七兄（徽）閣老張十八助敎」

21 自有人知處、那無步往蹤。莫教安四壁、面面看芙蓉。

韓愈「渚亭」

22 丞相鳴琴地、何年閉玉徽。偶因明月夕、重敞故樓扉。桃柳谿空在、芙蓉客暫依。（南史、安陸侯與王仲寶長史庾杲之書
稱、泛淥水、依芙蓉、何其麗也。）誰憐濟川楫、長與夜舟歸。

李德裕「漢州月夕遊房太尉西湖」

23 雕楹綵檻壓通波、魚鱗碧幕銜曲玉。夜深星月伴芙蓉、如在廣寒宮裏宿。

鮑溶「宿水亭」

24 笙歌慘慘咽離筵、槐柳陰陰五月天。未學蘇秦榮佩印、卻思平子賦歸田。芙蓉欲綻溪邊蕊、楊柳初迷渡口煙。自笑
無成今老大、送君垂淚郭門前。

薛逢「座中走筆送前蕭使君」

25 偶向東湖更向東、數聲雞犬翠微中。遙知楊柳是門處、似隔芙蓉無路通。樵客出來山帶雨、漁舟過去水生風。物情
多與閑相稱、所恨求安計不同。

劉威「遊東湖黃處士園林」

26 坐愛風塵日已西、功成得與化工齊。巧分孤島思何遠、欲似五湖心易迷。漸有野禽來試水、又憐春草自侵堤。那堪

更到芙蓉拆、晩夕春聯桃李蹊。　劉威「題許子正處士新池」

27 朗朗山月出、塵中事由生。人心雖不閒、九陌夜無行。學古以求聞、有如石上耕。齊姜早作婦、豈識閨中情。何如此幽居、地僻人不爭。嘉樹自昔有、茅屋因我成。取薪不出門、采藥於前庭。春花雖無種、枕席芙蓉馨。君來食葵藿、天爵豈不榮。　劉駕「山中有招」

28 居處絶人事、門前雀羅施。（略）白露霑碧草、芙蓉落清池。自小不到處、全家忽如歸。吾宗處清切、立在白玉墀。方得一侍座、單車又星飛。願將門底水、永託萬頃陂。　曹鄴「將赴天平職書懷寄翰林從兄」

29 清曙蕭森載酒來、涼風相引繞亭臺。數聲翡翠背人去、一番（一作朵）芙蓉含日開。茭葉深深埋釣艇、魚兒漾漾逐流杯。竹屛風下登山屐、十宿高陽忘郤迴。　皮日休「習池晨起」

30 白芷汀寒立鷺鷥、蘋風輕剪浪花時。煙冪冪、日遲遲、香引芙蓉惹釣絲。　和凝「漁父歌」

31 霞彩翦爲衣、添香出繡幃。芙蓉花葉□、山水帔□稀。駐履聞鶯語、開籠放鶴飛。高堂春睡覺、暮雨正霏霏。（第三句缺一字、第四句缺一字。）　魚玄機「寄題鍊師」

32 滿庭黄菊籬邊拆、兩朶芙蓉鏡裏開。落帽臺前風雨阻、不知何處醉金杯。　魚玄機「重陽阻雨」

【寂・悽慘な風景】

〈寂景〉

33 橘柚植寒陵、芙蓉蔕脩阪。無言不得意、得意何由展。況我行且徒、而君往猶蹇。　儲光羲「秋次霸亭寄申大」

34 越女歌長君且聽、芙蓉香滿水邊城。豈知一日終非主、猶自如今有怨聲。　常建または孟遲「吳故宮」

35 寂寞坐遙夜、清風何處來。天高散騎省、月冷建章臺。鄰笛哀聲急、城砧朔氣催。芙蓉已委絶、誰復可爲媒。

皇甫冉「秋夜寄所思」

36　黄頭郎、撈攏去不歸。南浦芙蓉影、愁紅獨自垂。水弄湘娥珮、竹啼山露月。玉瑟調青門、石雲溼黄葛。沙上蘼蕪花、秋風已先發。好持掃羅薦、香出鴛鴦熱。

李賀「黄頭郎」

37　蜀客操琴吳女歌、明珠十斛是天河。霜凝薜荔怯秋樹、露滴芙蓉愁晩波。蘭浦遠鄉應解珮、柳堤殘月未鳴珂。西樓沈醉不知散、潮落洞庭洲渚多。

許渾「戲代李協律松江有贈」

38　折柳城邊起暮愁、可憐春色獨懷憂。傷心正歎人間事、回首更慚江上鷗。鶗鴂聲中寒食雨、芙蓉花外夕陽樓。憑高滿眼送清渭、去傍故山山下流。

趙嘏「憶山陽二首之二（一作寒食遣懷）」

39　月寒深夜桂、霜凜近秋松。憲摘無逃魏、冤申得夢馮。問狸將挾虎、殲蠆敢虞蜂。商吹移砧調、春華改鏡容。歸期方畹積、愁思暮山重。仙鼠猶驚燕、莎雞欲變蛩。唯應碧湘浦、雲落及芙蓉。

韓琮「秋晩信州推院親友或責無書卽事寄答」

40　涔涔將經旬、昏昏空迷天。鸕鷥成群嬉、芙蓉相偎眠。魚通蓑衣城、帆過菱花田。秋收吾無望、悲之眞徒然。

皮日休「苦雨中又作四聲詩寄魯望　平聲」

41　四十里城花發時、錦囊高下照坤維。雖妝蜀國三秋色、難入豳風七月詩。

張立「詠蜀都城上芙蓉花」

42　芙蓉新落蜀山秋、錦字開緘到是愁。閨閣不知戎馬事、月高還上望夫樓。

薛濤「贈遠二首之一」

43　穿鑿堪傷骨、風騷久痛心。永言無絕唱、忽此惠希音。楊柳江湖晩、芙蓉島嶼深。何因會仙手、臨水一披襟。

齊己「寄謝高先輩見寄二首之一」

44　朝朝暮暮愁海翻、長繩繫日樂當年。芙蓉凝紅得秋色、蘭臉別春啼脈脈。蘆洲客雁報春來、寥落野篁秋漫白。

李賀「梁臺古愁」

【女性を主題とする風景】怨みなど象徴的な意味を持つものが多い。

45 萬貴千奢已寂寥、可憐幽憤爲誰嬌。須知韓重相思骨、直在芙蓉向下消。　皮日休「女墳湖（卽吳王葬女之所）」

46 樓頭（一作前）桃李疏、池上芙蓉落。織錦猶未成、蛩聲入羅幕。　崔國輔「怨詞二首之二」

47 江心澹澹芙蓉花、江口峨眉獨浣紗。可憐應是陽臺女、對坐鷺鷥嬌不語。掩面羞看北地人、回身忽作空山語。蒼梧秋色不堪論、千載依依帝子魂。君看峰上斑斑竹、盡是湘妃泣涙痕。　李嘉祐「江上曲」

48 蛾眉曼臉傾城國、鳴環動佩新相識。銀漢斜臨白玉堂、芙蓉行障掩燈光。
畫舸雙艚錦爲纜、芙蓉花發蓮葉暗。門前月色映橫塘、感郎中夜度瀟湘。　劉方平「烏栖曲二首」

49 石壁千重樹萬重、白雲斜掩碧芙蓉。昭君溪上年年月、偏照嬋娟色最濃。　李涉「竹枝詞」

50 鶴綾三尺曉霞濃、送與東家二八容。羅帶橫裙輕好繫、藕絲紅縷細初縫。別來拭涙遮桃臉、行去包香墜粉胸。無事把將纏皓腕、爲君池上折芙蓉。　徐夤「尙書筵中詠紅手帕」

51 綠雲鬢上飛金雀、愁眉斂翠春煙薄。香閣掩芙蓉、畫屛山幾重。窗寒天欲曙、猶結同心苣。啼粉涴羅衣、問郎何日歸。　牛嶠「菩薩蠻」

52 北堂紅草盛丰茸、南湖碧水照芙蓉。朝遊暮起金花盡、漸覺羅裳珠露濃。　劉希夷「江南曲八首之七」

53 風簾水閣壓芙蓉、四面鉤欄在水中。避熱不歸金殿宿、秋河織女夜妝紅。　王建「宮詞一百首之五十八」

54 可憐楊葉復楊花、雪淨煙深碧玉家。烏棲不定枝條弱、城頭夜半聲啞啞。浮萍流蕩門前水、任罥芙蓉莫墮沙。　楊巨源「烏啼曲贈張評事」

55 荷葉罩芙蓉、園靑映嫩紅。佳人南陌上、翠蓋立春風。　曹脩古「池上」

【佛教關連】佛寺や佛僧にかかわる風景。佛教の象徴的な景物となっていることが多い。

56 禪心如落葉、不逐曉風顚。猊坐翻蕭瑟、皐比喜接連。芙蓉開紫霧、湘玉映清泉。白晝談經罷、閒從石上眠。

戴叔倫「寄禪師寺華上人次韻三首之二」

57 別浦雲歸桂花渚、蜀國弦中雙鳳語。芙蓉葉落秋鸞離、越王夜起遊天姥。暗珮清臣敲水玉、渡海蛾眉牽（一作乘）白鹿。誰看挾劍赴長橋、誰看浸髮題春竹。竺僧前立當吾門、梵宮眞相眉稜尊。古琴大軫長八尺、嶧陽老樹非桐孫。涼館聞弦驚病客、藥囊暫別龍鬚席。請歌直請卿相歌、奉禮官卑復何益。

李賀「聽穎師琴歌」

58 寶界留遺事、金棺滅去蹤。鉢傳烘瑪瑙、石長翠芙蓉。影帳紗全落、繩床土半壅。（金棺已下、竝寺中所有。）荒林迷醉象、危壁亞盤龍。

元稹「度門寺」

59 濩落垂楊戶、荒涼種杏封。塔留紅舍利、池吐白芙蓉。畫壁披雲見、禪衣對鶴縫。喧經泉滴瀝、沒履草丰茸。翠竇敧攀乳、苔橋側杖筇。探奇盈夢想、搜峭滌心胸。冥奧終難盡、登臨惜未從。上方薇蕨滿、歸去養乖慵。

無可「寄題廬山二林寺」

60 僧話磻溪叟、平生重赤松。夜堂悲蟋蟀、秋水老芙蓉。吟坐倦垂釣、閒行多倚筇。聞名來已久、未得一相逢。塔見移來影、鐘聞過去聲。一齋唯默坐、應笑我營營。

曹松「寄李處士」

61 東林北塘水、湛湛見底清。中生白芙蓉、菡萏三百莖。白日發光彩、清飆散芳馨。洩香銀囊破、瀉露玉盤傾。我漸塵垢眼、見此瓊瑤英。乃知紅蓮花、虛得清淨名。夏萼敷未歇、秋房結纔成。夜深衆僧寢、獨起繞池行。欲收一顆子、寄向長安城。但恐出山去、人間種不生。

白居易「潯陽三題　東林寺白蓮」

62 擢第謝靈臺、牽衣出皇邑。行襟海日曙、逸抱江風入。蒹葭得波浪、芙蓉紅岸溼。雲寺勢動搖、山鐘韻噓吸。舊遊期再踐、懸水得重挹。松蘿雖可居、青紫終當拾。　　孟郊「擢第後東歸書懷獻座主呂侍御」

【採芙蓉】

〈詩題または詩句に「采芙蓉」とあるもの〉

1　結伴戲方塘、攜手上雕航。船移分細浪、風散動浮香。遊鶯無定曲、驚鳧有亂行。蓮稀釧聲斷、水廣棹歌長。棲鳥還密樹、泛流歸建章。　　太宗皇帝「采芙蓉」

2　小姑織白紵、未解將人語。大嫂採芙蓉、溪湖千萬重。長兄行不在、莫使外人逢。願學秋胡婦、貞心比古松　　李白「湖邊採蓮婦」

3　早被嬋娟誤、欲妝臨鏡慵。承恩不在貌、教妾若爲容。風暖鳥聲碎、日高花影重。年年越溪女、相憶采芙蓉。　　周朴または杜荀鶴「春宮怨」

4　蓮舟泛錦磧、極目眺江干。沿流渡楫易、逆浪取花難。有霧疑川廣、無風見水寬。朝來采摘倦、詎得久盤桓。　　孔德紹「賦得涉江采芙蓉」

5　相喚採芙蓉、可憐清江裏。遊戲不覺暮、屢見狂風起。浪捧鴛鴦兒、波搖鸂鶒子。此時居舟楫、浩蕩情無已。　　寒山「詩三百三首」

6　何處背繁紅、迷芳到檻重。分飛還獨出、成隊偶相逢。遠害終防雀、爭先不避蜂。桃蹊牽往復、蘭徑引相從。翠裛丹心冷、香凝粉翅濃。可尋穿樹影、難覓宿花蹤。日晚來仍急、春殘舞未慵。西風舊池館、猶得採芙蓉。　　齊己「蝴蝶」

7　早被蟬娟誤、欲妝臨鏡慵。承恩不在貌、教妾若爲容。風暖鳥聲碎、日高花影重。年年越溪女、相憶採芙蓉。

杜荀鶴「春宮怨」

〈「採蓮曲」作品中に「芙蓉を取る、弄ぶ」などという言葉のあるもの〉

8 越女作桂舟、還將桂爲楫。湖上水渺漫、淸江不可涉。摘取芙蓉花、莫摘芙蓉葉。將歸問夫婿、顏色何如妾。

王昌齡「越女（樂府詩集作採蓮曲）」

9 秋江岸邊蓮子多、採蓮女兒凭船歌。靑房圓實齊戢戢、爭前競折漾微波。試牽綠莖下尋藕、斷處絲多刺傷手。白練束腰袖半卷、不插玉釵妝梳淺。船中爲滿度前洲、借問阿誰家住遠。歸時共待暮潮上、自弄芙蓉還蕩槳。

張籍「採蓮曲」

10 採蓮揭來水無風、蓮潭如鑒松如龍。夏衫短袖交斜紅、豔歌笑鬪新芙蓉。戲魚往聽蓮葉東。

鮑溶「採蓮曲二首之二」

【題詠】十四首

詩題に「芙蓉」のある作品は四十七首が検出されたが、重複作品、木芙蓉の作品、ハスを歌わない芙蓉園や芙蓉湖での作品を除くと十四首。但し最後の二首太宗皇帝「采芙蓉」と孔德紹「賦得涉江采芙蓉」は前項【采芙蓉】の作品と重複する。

1 一人理國致昇平、萬物呈祥助聖明。天上河從闕下過、江南花向殿前生。慶雲垂蔭開難落、湛露爲珠滿不傾。更對樂懸張宴處、歌工欲奏採蓮聲。

包何「闕下芙蓉」

2 芙蓉含露時、秀色波中溢。玉女襲朱裳、重重映皓質。晨霞耀丹景、片片明秋日。蘭澤多衆芳、妍姿不相匹。

李德裕「思平泉樹石雜詠一十首　重臺芙蓉」

3 菡萏迎秋吐、夭搖映水濱。劍芒開寶匣、峰影寫蒲津。下覆差參荇、高辭苒弱蘋。自當巢翠甲、非止戲頳鱗。莫以時先後、而言色故新。芳香正堪玩、誰報涉江人。

陳至「賦得芙蓉出水」

4 的皪舒芳豔、紅姿映綠蘋。搖風開細浪、出沼媚清晨。翻影初迎日、流香暗襲人。獨披千葉淺、不競百花春。魚戲參差動、龜游次第新。涉江如可採、從此免迷津。

賈謩「賦得芙蓉出水」

5 淥沼春光後、青青草色濃。綺羅驚翡翠、暗粉妬芙蓉。雲遍窗前見、荷翻鏡裏逢。將心託流水、終日渺無從。

趙嘏「昔昔鹽二十首 水溢芙蓉沼」

6 桂楝坐清曉、瑤琴商鳳絲。況聞楚澤香、適與秋風期。遂從棹萍客、靜嘯煙草湄。倒影迴澹蕩、愁紅媚漣漪。湘莖久鮮澀、宿雨增離披。而我江海意、楚遊動夢思。北渚水雲葉、南塘煙霧枝。豈亡臺榭芳、獨與鷗鳥知。珠墜魚迸淺、影多鳧泛遲。落英不可攀、返照昏澄陂。

溫庭筠「和沈參軍招友生觀芙蓉池」

7 刺莖澹蕩碧、花片參差紅。吳歌秋水冷、湘廟夜雲空。濃豔香露裏、美人青鏡中。南樓未歸客、一夕練塘東。

溫庭筠「芙蓉」

8 閒吟鮑照賦、更起屈平愁。莫引西風動、紅衣不耐秋。

陸龜蒙「芙蓉」

9 澹然相對卻成勞、月染風裁箇箇高。似說玉皇親謫墮、至今猶著水霜袍。

陸龜蒙「白芙蓉」

10 四十里城花發時、錦囊高下照坤維。雖妝蜀國三秋色、難入豳風七月詩。

張立「詠蜀都城上芙蓉花」

11 去年今日到城都、城上芙蓉錦繡舒。今日重來舊遊處、此花顦顇不如初。

張立「又詠蜀都城上芙蓉花」

12 方塘清曉鏡、獨照玉容秋。蠹芰不相採、斂蘋空自愁。日斜還顧影、風起強垂頭。芳意羨何物、雙雙鸂鶒游。

王貞白「獨芙蓉」

13 結伴戲方塘、攜手上雕航。船移分細浪、風散動浮香。遊鷺無定曲、驚鳧有亂行。蓮稀釧聲斷、水廣棹歌長。棲烏還密樹、泛流歸建章。　太宗皇帝「采芙蓉」

14 蓮舟泛錦磧、極目眺江干。沿流渡檝易、逆浪取花難。有霧疑川廣、無風見水寛。朝來採摘倦、詎得久盤桓。　孔德紹「賦得涉江采芙蓉」

（二）蓮花　百五首

【好景】

1 乍向紅蓮沒、復出清蒲颺。獨立何襹褷、銜魚古査上。　王維「皇甫岳雲溪雜題五首　鸕鷀堰」

2 野老本貧賤、冒暑（一作雨）鋤瓜田。一畦未及終、樹下高枕眠。荷蓧者誰子、皤皤來息肩。不復問鄉墟、相見但依然。腹中無一物、高話羲皇年。落日臨層隅、逍遙望晴川。使婦提蠶筐、呼兒榜漁（一作魚）船。悠悠泛綠水、去摘浦中蓮。蓮花豔且美（一作妍）、使我不能還。　儲光羲「同王十三維偶然作十首之三」

3 山郭恆悄悄、林月亦娟娟。景清神已澄（一作謐）、事簡慮絕牽。秋塘遍衰草、曉露洗紅蓮。不見心所愛、茲賞豈爲妍。　韋應物「曉至園中憶諸弟崔都水」

4 石門長老身如夢、旃檀成林手所種。坐來念念非昔人、萬遍蓮花爲誰用。如今七十自忘機、貪愛都忘筋力微。莫向東軒春野望、花開日出雉皆飛。　柳宗元「戲題石門長老東軒」

5 池館今正好、主人何寂然。白蓮方出水、碧樹未鳴蟬。靜室宵聞磬、齋廚晚絕煙。蕃僧如共載、應不是神仙。　劉禹錫「樂天池館夏景方妍白蓮初開綵舟空泊唯邀緇侶因以戲之」

6 今日池塘上、初移造物權。苞藏成別島、沿濁致清漣。變化生言下、蓬瀛落眼前。泛觴驚翠羽、開幕對紅蓮。遠寫風光入、明含氣象全。渚煙籠驛樹、波日漾賓筵。曲岸留緹騎、中流轉綵船。無因接元禮、共載比神仙。

劉禹錫「和東川王相公新漲驛池八韻」

7 香鑪峰北面、遺愛寺西偏。白石何鑿鑿、清流亦潺潺。有松數十株、有竹千餘竿。松張翠繖蓋、竹倚青琅玕。其下無人居、悠（一作惜）哉多歳年。有時聚猿鳥、終日空風煙。時有沈冥子、姓白字樂天。平生無所好、見此心依然。如獲終老地、忽乎不知還（一作遷）。架巖結茅宇、斵壑開茶園。何以洗我耳、屋頭飛落泉。何以淨（一作洗）我眼、砌下生白蓮。左手攜一壺、右手挈五弦。傲然意自足、箕踞於其間。興酣仰天歌、歌中聊寄言。言我本野夫、誤爲世網牽。時來昔捧日、老去今歸山。倦鳥得茂樹、涸魚返清源。舍此欲焉往、人間多險艱。

白居易「香鑪峰下新置草堂卽事詠懷題於石上」

8 淙淙三峽水、浩浩萬頃陂。未如新塘上、微風動漣漪。小萍加泛泛、初蒲正離離。紅鯉二三寸、白蓮八九枝。繞水欲成徑、護堤方插籬。已被山中客、呼作白家池。

白居易「草堂前新開一池養魚種荷日有幽趣」

9 忽憶東都宅、春來事宛然。雪銷行徑裏、水上臥房前。厭綠栽黄竹、嫌紅種白蓮。醉教鶯送酒、閒遣鶴看船。幸是林園主、慚爲食祿牽。宦情薄似紙、鄉思急於弦。豈合姑蘇守、歸休更待年。

白居易「憶洛中所居」

10 歸來未及問生涯、先問江南物在耶。引手摩挲青石筍、迴頭點檢白蓮花。蘇州舫故龍頭闇、王尹橋傾雁齒斜。別有夜深惆悵事、月明雙鶴在裴家。

白居易「問江南物」

11 祇候高情無別物、蒼苔石筍白花蓮。

白居易「令狐尚書許過弊居先贈長句」

12 曉景麗未熱、晨飆鮮且涼。池幽綠蘋合、霜潔白蓮香。深掃竹間逕、靜拂松下床。玉柄鶴翎扇、銀罌雲母漿。屛除無俗物、瞻望唯清光。何人擬相訪、嬴女從蕭郎。

白居易「池上清晨候皇甫郎中」

13 小娃撐小艇、偸採白蓮迴。不解藏蹤跡、浮萍一道開。

白居易「池上二絶之二」

14 移床避日依松竹、解帶當風挂薜蘿。鈿砌池心綠蘋合、粉開花面白蓮多。久陰新霽宜絲管、苦熱初涼入綺羅。家醞瓶空人客絕、今宵爭奈月明何。
白居易「池上卽事」

15 雙鷺應憐水滿池、風飄不動頂絲垂。立當青草人先見、行傍白蓮魚未知。一足獨拳寒雨裏、數聲相叫早秋時。林塘得爾須增價、況與詩家物色宜。
雍陶「詠雙白鷺（一作崔少府池鷺）」

16 九月蓮花死、萍枯霜水清。船浮天光遠、櫂拂翠瀾輕。古木□□、了無煙靄生。游鱗泳皎潔、洞見逍遙情。漁父一曲歌、滄浪遂知名。未知斯水上、可以濯吾纓。
李群玉「大雲池泛舟（第五句缺三字）」

*死という強い言葉を使いながら、清、皎潔という氣分にある。蓮花が死ぬことが悲哀殘酷に結びつかない例。

17 且將一笑悅豐年、漸老那能日日眠。引客特來山地上、坐看秋水落紅蓮。
施肩吾「代農叟吟」

*豐年を喜ぶ作品

18 南塘旅舍秋淺清、夜深綠蘋風不生。蓮花受露重如睡、斜月起動鴛鴦聲。
鮑溶「南塘二首之一」

19 四郊初雨歇、高樹滴猶殘。池滿紅蓮溼、雲收綠野寬。花開半山曉、竹動數村寒。鬭雀翻衣袂、驚魚觸釣竿。罇前多野客、膝下盡郎官。斸石通泉脈、移松出藥欄。關東分務重、天下似公（一作比功）難。半醉思韋白、題詩染彩翰。
姚合「和裴令公遊南莊憶白二十韋七二賓客」

20 入門約百步、古木聲霎霎。廣檻小山攲、斜廊怪石夾。白蓮倚闌楯、翠鳥緣簾押。地勢似五瀉、巖形若三峽。
皮日休「任詩」

21 行驚翠羽起、坐見白蓮披。斂袖弄輕浪、解巾敵涼颸。但有水雲見、更餘沙禽知。京洛往來客、暍死緣奔馳。此中便可老、焉用名利爲。
皮日休「太湖詩　銷夏灣」

22 何事有青錢、因人買釣船。闊容兼餌坐、深許共蓑眠。短好隨朱鷺、輕堪倚白蓮。自知無用處、卻寄五湖仙。

皮日休「五貺詩　五瀉舟」

23　一線飄然下碧塘、溪翁無語遠相望。蓑衣舊去煙披重、篛笠新來雨打香。白鳥白蓮爲夢寐、清風清月是家鄉。

皮日休「魯望以輪鉤相示緬懷高致因作三篇之二」

24　千葉蓮花舊有香、半山金刹照方塘。殿前日暮高風起、松子聲聲打石牀。

皮日休「惠山聽松庵」

25　七夕雨初霽、行人正憶家。江天望河漢、水館折蓮花。獨坐涼何甚、微吟月易斜。今年不乞巧、鈍拙轉堪嗟。

徐鉉「驛中七夕」

26　玄武湖邊林隱見、五城橋下櫂洄沿。曾移苑樹開紅藥、新鑿家池種白蓮。不遣前騶妨野逸、別尋逋客互招延。

徐鉉「奉和宮傅相公懷舊見寄四十韻」

27　公局長清淡、池亭晩景中。蔗竿閒倚碧、蓮朶靜淹紅。半引彎彎月、微生颼颼風。無思復無慮、此味幾人同。

王周「西山晩景」

28　山僧野性好林泉、每向巖阿倚石眠。不解栽松陪玉勒、惟能飲水種金蓮。白雲乍可來青嶂、明月難敎下碧天。城市不能飛錫去、恐妨鶯囀翠樓前。

　＊金蓮が實景の中で使われている例。

韜光「謝白樂天招」

29　竹錫銅缾配衲衣、殷公樓畔偶然離。白蓮幾看從開日、明月長吟到落時。活計本無桑柘潤、疏慵尋有水雲資。今朝回去精神別、爲得頭廳宰相詩。

尙顔「將欲再游荊渚留辭岐下司徒」

30　欲去不忍去、徘徊吟繞廊。水光秋澹蕩、僧好語尋常。碑古苔文疊、山晴鐘韻長。翻思南嶽上、欠此白蓮香。

修睦「東林寺」

31　午夜君山玩月回、西鄰小圃碧蓮開。天香風露蒼華冷、雲在青霄鶴未來。

呂巖「洞庭湖君山頌」

32 忽然湖上片雲飛、不覺舟中雨溼衣。折得蓮花渾忘卻、空將荷葉蓋頭歸。

滕傳胤「鄭鋒宅神詩二首之二」

【瑞景】

33 長洲茂苑朝夕池、映日含風結細漪。坐當伏檻紅蓮披、雕軒洞戸青蘋吹。輕幌芳煙鬱金馥、綺簷花簟桃李枝。苕苕翡翠但相逐、桂樹鴛鴦恆竝宿。

陳陶「飛龍引」

34 關河豁靜曉雲開、承詔秋祠太守來。山霽蓮花添翠黛、路陰桐葉少塵埃。朱轓入廟威儀肅、玉佩升壇步武回。往歳今朝幾時事、謝君非重我非才。

李景讓「寄華州周侍郎（墀）立秋日奉詔祭嶽詩」

35 識分知足、外無求焉。如鳥擇木、姑務巣安。如龜居坎、不知海寬。靈鶴怪石、紫菱白蓮。皆吾所好、盡在吾前。時飲一杯、或吟一篇。妻孥熙熙、雞犬閑閑。優哉游哉、吾將終老乎其間。

白居易「池上篇」

36 重輪依紫極、前耀奉丹霄。天經戀宸扆、帝命扈仙鑣。乘新開鶴禁、帶月下虹橋。銀書含曉色、金輅轉晨飆。霧澈軒營近、塵暗苑城遙。蓮花分秀蕚、竹箭下驚潮。撫己慚龍幹、承恩集鳳條。瑤山盛風樂、抽簡薦徒謠。

虞世南「和鑾輿頓戲下（一作追從鑾輿夕頓戲下應令）」

【寂景】

37 水苗泥易耨、畬粟灰難鋤。紫蕨抽出畦、白蓮埋在淤。菱花紅帶黯、溼葉黄含菸。（楚辭云‥葉菸色而就黄。）鏡動波颭菱、雪迴風旋絮。（略）兩心苦相憶、兩口遙相語。最恨七年春、春來各一處。

白居易「和三月三十日四十韻」

38 多病多慵漢水邊、流年不覺已皤然。舊栽花地添黄竹、新陷盆池換白蓮。雪月未忘招遠客、雲山終待去安禪。八行書札君休問、不似風騷寄一篇。

齊己「江居寄關中知己」

39　寂寞掩柴扉、蒼茫對落暉。鶴巣松樹遍、人訪蓽門稀。綠竹含新粉、紅蓮落故衣。渡頭煙火起、處處采菱歸。

王維「山居卽事」

40　理邑想無事、鳴琴不下堂。井田通楚越、津市半漁商。廬橘垂殘雨、紅蓮拆早霜。送君催白首、臨水獨思鄉。

錢起「送武進韋明府」

41　江南故吏別來久、今日池邊識我無。不獨使君頭似雪、華亭鶴死白蓮枯。（蓮鶴皆蘇州同來。）白居易「蘇州故吏」

42　曾事劉琨雁塞空、十年書劍任（一作似）飄蓬。東堂舊屈（一作有）移山志、南國新留煮海功。還挂一帆青海（一作草）上（一作畔）、更開三逕碧蓮中。關西舊（一作親）友如（一作應）相問、已許滄浪伴釣翁。

許渾「送嶺南盧判官罷職歸華陰山居（一作別墅）」

43　水國初冬和暖天、南榮方好背陽眠。題詩朝憶復暮憶、見月上弦還下弦。遙爲晚花吟白菊、近炊香稻識紅蓮。何人授我黃金百、買取蘇君負郭田。

陸龜蒙「別墅懷歸」

44　一從張野臥雲林、勝概誰人更解尋。黃鳥不能言往事、白蓮虛發至如今。年年上國榮華夢、世世高流水石心。始欲共君重悵望、紫霄峰外日沈沈。

李咸用「和人遊東林」

45　八年刀筆到京華、歸去青冥路未賒。今日風流卿相客、舊時基業帝王家。彤庭彩鳳雖添瑞、望府紅蓮已減花。從此常僚如有問、海邊麋鹿斗邊槎。

羅隱「送支使蕭中丞赴闕」

46　鼓聲將絕月斜痕、園外閒坊半掩門。池裏紅蓮凝（一作迎）白露、苑中青草伴黃昏。林塘闃寂偏宜夜、煙火稀疏便似村。大抵世間幽獨景、最關詩思與離魂。

韓偓「曲江夜思」

47　金杯不以滌愁腸、江郡芳時憶故鄉。兩岸煙花春富貴、一樓風月夜淒涼。王章莫恥牛衣淚、潘岳休驚鶴鬢霜。歸去蓮花歸未得、白雲深處有茅堂。

劉兼「中春登樓二首之二」

48 白蓮香散沼痕乾、綠篠陰濃蘚地寒。年老寄居思隱切、夜涼留客話時難。行僧盡去雲山遠、賓雁同來澤國寬。時謝
孔璋操檄外、每將空病問衰殘。

齊己「中秋夕愴懷寄荆幕孫郎中」

【佛教關連】

〈高景〉佛界を思わせる清浄な景色。實景でもあり、佛性の象徵でもある。

49 白波四面照樓臺、日夜潮聲繞寺迴。千葉紅蓮高會處、幾曾龍女獻珠來。

李群玉「第筆題金山寺石堂」

50 遍尋眞跡躡莓苔、世事全拋不忍回。上界不知何處去、西天移向此間來。巖前芍藥師親種、嶺上青松佛手栽。更有
一般人不見、白蓮花向半天開。

裴度「眞慧寺（五祖道場）」

51 蓮花出水地無塵、中有南宗了義人。已取貝多翻半字、還將陽燄諭三身。碧雲飛處詩偏麗、白月圓時信本眞。更喜
開緘銷熱惱、西方社裏舊相親。

權德輿「酬靈徹上人以詩代書見寄（時在薦福寺坐夏）」

52 事佛輕金印、勤王度玉關。不知從樹下、還肯（一作許）到人間。楚水靑蓮淨、吳門白日閒。聖朝須助理（一作治）、
絕（一作切）莫愛東山。

張謂「送靑龍一公」

53 天竺國胡僧踏雲立、紅精素貫鮫人泣。細影疑隨焰火銷、圓光恐滴袈裟溼。夜梵西天千佛聲、指輪次第驅寒星。若
非葉下滴秋露、則是井底圓春冰。淒清妙麗應難竝、眼界眞如意珠靜。碧蓮花下獨提攜、堅潔何如幻泡影。

無名氏「天竺國胡僧水晶念珠」

54 懷玉泉、戀仁者。寂滅眞心不可見、空留影塔嵩巖下。寶王四海轉千輪、金曇百粒送分身。山中二月娑羅會、虛唄
遙遙愁思人。我念過去微塵劫、與子禪門同正法。雖在神仙蘭省間、常持清淨蓮花葉。來亦好、去亦好。了觀車行
馬不移、當見菩提離煩惱。

張說「送考功武員外學士使嵩山署舍利塔」

55 上人久棄世、中道自忘筌。寂照出群有、了心清眾緣。所以於此地、築館開靑蓮。果藥蘿砌下、煙虹垂戶前。咒中灑甘露、指處流香泉。禪遠目無事、體清宵不眠。枳聞廬山法、松入漢陽禪。一枕西山外、虛舟常浩然。

丁仙芝「和薦福寺英公新搆禪堂」

56 塔劫宮牆壯麗敵、香廚松道清涼俱。蓮花交響共命鳥、金牓雙回三足烏。方丈涉海費時節、懸圃尋河知有無。暮年且喜經行近、春日兼蒙暄暖扶。飄然斑白身奚適、傍此煙霞茅可誅。桃源人家易制度、橘洲田土仍膏腴。

杜甫「岳麓山道林二寺行」

57 閑出東林日影斜、稻苗深淺映袈裟。船到南湖風浪靜、可憐秋水照蓮花。劉商「送僧往湖南（一作送清上人）」

＊秋の夕方の風景であるが、靜かで美しい、しかし寂しくない景色となっている。

58 佳樹盤珊枕草堂、此中隨分亦閒忙。平鋪風簟尋琴譜、靜掃煙窗著藥方。幽鳥見貧留好語、白蓮知臥送清香。從今有計消閒日、更爲支公置一牀。皮日休「夏景無事因懷章來二上人二首之二」

59 明家不要買山錢、施作清池（一作花宮）種白蓮。松檜老依雲外地、樓臺深鎖洞中天。風經絕頂迴疏雨、石倚危屏挂落泉。欲結茅菴伴師住、肯饒多少薜蘿煙。周繇「題金陵棲霞寺贈月公」

60 高僧不負雪峰期、卻伴靑霞入翠微。百（一作七）葉巖前霜欲降、九枝松上鶴初歸。風生碧澗魚龍躍、威（一作錫）振金樓燕雀飛。想得白蓮花上月、滿山猶帶舊光輝。曹松「江西逢僧省文二首之二」

61 秋池雲下白蓮香、池上吟仙寄竹房。閒頌國風文字古、靜消心火夢魂涼。三春蓬島花無限、八月銀河路更長。此境空門不曾有、從頭好語與醫王。譚用之「貽淨（一作安）居寺新及第」

62 萬峰交掩一峰開、曉色常從天上來。似到西方諸佛國、蓮花影裏數樓（一作層）臺。盧綸「題悟眞寺」

〈寂景〉

63 日暮松煙空漠漠、秋風吹破妙（一作紙）蓮華。
許渾「僧院影堂」

64 平生愛山水、下馬虎溪時。已到終嫌晩、重遊預作期。寺寒三伏雨、松偃數朝枝。翻譯如曾見、白蓮開舊池。
黃滔「遊東林寺」

65 雞人下建章。龍髯悲滿眼、螭首淚沾裳。疊鼓嚴靈杖、吹笙送夕陽。斷泉辭劍佩、昏日伴旂常。遺廟青蓮在、頽垣碧草芳。無因奏韶濩、流涕對幽篁。
溫庭筠「題翠微寺二十二韻（太宗升遐之所）」

66 不見明居士、空山但寂寥。白蓮吟次缺、青靄坐來銷。泉冷無三伏、松枯有六朝。何時石上月、相對論逍遙。
皮日休「遊棲霞寺」

67 不謂銜冤處、而能窺大悲。獨棲叢棘下、還見雨花時。地狹青蓮小、城高白日遲。幸親方便力、猶畏毒龍欺。
劉長卿「獄中見壁畫佛」

〈その他〉

68 汲水添池活白蓮、十千鬐鬣盡生天。凡庸不識慈悲意、自葬江魚入九泉。
李紳「龜山寺魚池二首之一」

【道教（神仙）關連】

69 麻衣如雪一枝梅、笑掩微妝入夢來。若到越溪逢越女、紅蓮池裏白蓮開。
武元衡「贈道者（一作贈送）」

70 九清何日降仙霓、掩映荒祠路欲迷。愁黛不開山淺淺、離心長在草萋萋。簷横淥派王餘擲、窗裏紅枝杜宇啼。若得洗頭盆置此、靚妝無復碧蓮西。
吳融「玉女廟」

71 碧水色堪染、白蓮香正濃。分飛俱有恨、此別幾時逢。藕隱玲瓏玉、花藏縹緲容。何當假雙翼、聲影暫相從。
「白蘋洲碧衣女子吟」

＊題下注に「張確嘗遊霅上白蘋洲、見二碧衣女子、攜手吟此。確逐之、化爲翡翠飛去」とある。不思議を述べている點では神仙に通じる。

72 素鶴警微露、白蓮明暗池。窗欞帶乳蘚、壁縫含雲蕤。聞磬走魍魎、見燭奔羈雌。沆瀣欲滴瀝、芭蕉未離披。五更山蟬響、醒發如吹篪。杉風忽然起、飄破步虛詞。道客巾屨樣、上清朝禮儀。明發作此事、豈復甘趨馳。

皮日休「太湖詩　三宿神景宮」

73 玉甃談仙客、銅臺賞魏君。蜀都宵映火、杞國旦生雲。向日蓮花淨、含風李樹薰。已開千里國、還聚五星文。

李嶠「井」

74 堪笑時人問我家、杖擔雲物惹煙霞。眉藏火電非他說、手種金蓮不自誇。三尺焦桐爲活計、一壺美酒是生涯。騎龍遠出遊三島、夜久無人玩月華。

呂巖「七言」

【女性を主題とする作品】

75 平陽金榜鳳皇樓、沁水銀河鸚鵡洲。綵仗遙臨丹壑裏、仙輿暫幸綠亭幽。前池錦石（一作幔）蓮花豔、後嶺香鑪桂蕊秋。貴主稱觴萬年壽、還輕漢武濟汾遊。

李適「侍宴安樂公主莊應制」

76 貴人妝梳殿前催、香風吹入殿後來。仗引笙歌大宛馬、白蓮花發照池臺。

王昌齡「殿前曲二首之一」

77 鄱陽女子年十五、家本秦人今在楚。厭向春江空浣沙、龍宮落髮披袈裟。五年持戒長一食、至今猶自顏如花。亭亭獨立靑蓮下、忍草禪枝繞精舍。自用黃金買地居、能嫌碧玉隨人嫁。

劉長卿「戲贈干越尼子歌」

78 少年才子心相許、夜夜高堂夢雲雨。五銖香帔結同心、三寸紅牋替傳語。綠池竝戲雙鴛鴦、田田翠葉紅蓮香。百年恩愛兩相許、一夕不見生愁腸。上清仙女徵遊伴、欲從湘靈住河漢。

李涉「寄荊娘寫眞」

【題詠】

1 吳中白藕洛中栽、莫戀江南花懶開。萬里攜歸爾知否、紅蕉朱槿不將來。 白居易「種白蓮」

2 素房含露玉冠鮮、紺葉搖風鈿扇圓。本是吳州供進藕、今爲伊水寄生蓮。移根到此三千里、結子經今六七年。不獨池中花故舊、兼乘舊日採花船。 白居易「六年秋重題白蓮」

3 白藕新花照水開、紅窗小舫信風迴。誰教一片江南興、逐我殷懃萬里來。 白居易「白蓮池汎舟」

4 白白芙蓉花、本生吳江濆。不與紅者雜、色類自區分。誰移爾至此、姑蘇白使君。初來苦顦顇、久乃芳氛氳。月月葉換葉、年年根生根。陳根與故葉、銷化成泥塵。化者日已遠、來者日復新。一爲池中物、永別江南春。忽想西涼州、中有天寶民。埋歿漢父祖、孳生胡子孫。已忘鄉土戀、豈念君親恩。生人尙復爾、草木何足云。 白居易「感白蓮花」

5 蓼花蘸水火不滅、水鳥驚魚銀梭投。滿目荷花千萬頃、紅碧相雜敷清流。孫武已斬吳宮女、琉璃池上佳人頭。（摭遺云：識者謂非吉語。） 嗣主璟「遊後湖賞蓮花」

6 臉膩香薰似有情、世間何物比輕盈。湘妃雨後來池看、碧玉盤中弄水晶。 郭震「蓮花」

7 菡萏新花曉竝開、濃妝美笑面相隈。西方采畫迦陵鳥、早晩雙飛池上來。 劉商「詠雙開蓮花」

8 隔浦愛紅蓮、昨日看猶在。夜來風吹落、只得一回采。花開雖有明年期、復愁明年還暫時。 白居易「隔浦蓮」

9 十五年前似夢遊、曾將詩句結風流。偶助笑歌嘲阿軟、可知傳誦到通州。昔教紅袖佳人唱、今遣青衫司馬愁。惆悵又聞題處所、雨淋江館破牆頭。

白居易「微之到通州日授館未安見塵壁間有數行字讀之卽僕舊詩其落句云淥水紅蓮一朵開千花百

草無顔色然不知題者何人也微之吟歎不足因綴一章兼錄僕詩本同寄省其詩乃十五年前初及第時贈長安妓人阿軟絶句緬思往事杳若夢中懷舊感今因酬長句」

10 露荷迎曙發、灼灼復田田。乍見神應駭、頻來眼尚顚。光凝珠有蒂、焰起火無煙。粉膩黃絲蕊、心重碧玉錢。日浮秋轉麗、雨灑晩彌鮮。醉豔酣千朶、愁紅思一川。綠莖扶萼正、翠葯滿房園。淡暈還殊衆、繁英得自然。高名猶不厭、上客去爭先。景逸傾芳酒、懷濃習綵牋。海霞寧有態、蜀錦不成姸。客至應消病、僧來欲破禪。曉多臨水立、夜只傍堤眠。穠似明沙渚、燈疑宿浦船。風驚叢乍密、魚戲影微偏。穠彩燒晴霧、殷姿纈碧泉。畫工投粉筆、宮女棄花鈿。鳥戀驚難起、蜂偸困不前。遶行香爛熳、折贈意纏綿。誰計江南曲、風流合管弦。

姚合「和李補闕曲江看蓮花」

11 綠塘搖灩接星津、軋軋蘭橈入白蘋。應爲洛神波上襪、至今蓮蕊有香塵。

溫庭筠「蓮花」

12 攲紅婑媠力難任、每葉頭邊半米金。可得教他水妃見、兩重元是一重心。

皮日休「木蘭後池三詠　重臺蓮花」

13 水國煙鄉足芰荷、就中芳瑞此難過。風情爲與吳王近、紅萼常教一倍多。

陸龜蒙「和襲美木蘭後池三詠　重臺蓮花」

14 素蘤多蒙別豔欺、此花眞（一作端）合在瑤池。還應（一作無情）有恨無（一作何）人覺、月曉風淸欲墮時。

陸龜蒙「和襲美木蘭後池三詠　白蓮」

15 但恐醍醐難竝潔、祇應薝蔔可齊香。半垂金粉知何似、靜婉臨溪照額黃。

皮日休「木蘭後池三詠　白蓮」

16 白玉花開綠錦池、風流御史報人知。看來應是雲中墮、偸去須從月下移。已被亂蟬催晼晩、更禁涼雨動褵褷。習家秋色堪圖畫、只欠山公倒接䍦。

吳融「高侍御話及（一本無及字）皮博士池中白蓮因成一章寄博士兼（一本無上六字）奉呈」

17 虞舜南巡去不歸、二妃相誓死江湄。空留萬古香魂在、結作雙葩合一枝。
韋莊「合歡蓮花」

18 素萼金英歕露開、倚風凝立獨徘徊。應思瀲灩秋池底、更有歸天伴侶來。
齊己「觀盆池白蓮」

19 影敧晴浪勢敧煙、恨態緘言日抵年。輕霧曉和香積飯、片紅時墮化人船。人間有筆應難畫、雨後無塵更好憐。何限斷腸名不得、倚風嬌怯醉腰偏。
崔櫓「蓮花」

20 倚風無力減香時、涵露如啼臥翠池。金谷樓前馬嵬下、世間殊色一般悲。不耐高風怕冷煙、瘦紅敧委倒靑蓮。無人解把無塵袖、盛取殘香盡日憐。
崔櫓「殘蓮花」（第二首一作張林詩）

21 半塘前日染來紅、瘦盡金方昨夜風。留樣最嗟無巧筆、護香誰爲惜熏籠。緣停翠櫂沈吟看、忍使良波積漸空。魂斷舊溪憔顇態、冷煙殘粉楚臺東。
崔櫓「惜蓮花」

22 似醉如慵一水心、斜陽欲暝彩雲深。清明月照羞無語、涼冷風吹勢不禁。曾向楚臺和雨看、只於吳苑弄船尋。當時爲汝題詩遍、此地依前泥苦吟。
崔櫓「岳陽雲夢亭看蓮花」

23 縞帶與綸巾、輕舟漾赤門。千迴紫萍岸、萬頃白蓮村。荷露傾衣袖、松風入髻根。瀟疏今若此、爭不盡餘尊。
皮日休「赤門堰白蓮花」

24 膩於瓊粉白於脂、京兆夫人未畫眉。靜婉舞偸將動處、西施嚬效半開時。通宵帶露妝難洗、盡日凌波步不移。願作水仙無別意、年年圖與此花期。
皮日休「詠白蓮二首之一」

25 細嗅深看暗斷腸、從今無意愛紅芳。折來只合瓊爲客、把種應須玉甃塘。向日但疑酥滴水、含風渾訝雪生香。吳王臺下開多少、遙似西施上素妝。
皮日休「詠白蓮二首之二」

【採蓮曲】 采蓮曲の中で蓮花の句がある作品。

1 採蓮歸、綠水芙蓉衣。秋風起浪鳧雁飛、桂櫂蘭橈下長浦。羅裙玉腕輕搖櫓、葉嶼花潭極望平、江謳越吹相思苦、相思苦。佳期不可駐、塞外征夫猶未還、江南採蓮今已暮、今已暮。採（樂府詩作摘）蓮花、渠今（一作今渠）那必盡娼家。官道城南把桑葉、何如江上採蓮花。蓮花復蓮花、花葉何稠疊、葉翠本羞眉、花紅強如頰。佳人不在茲（一作茲期）、悵望別離時。牽花憐共蒂、折藕愛連絲。故情無處所、新物從（一作徒）華滋。

王勃「採蓮曲（樂府作採蓮歸）」

2 小桃閒上小蓮船、半採紅蓮半白蓮。不似江南惡風浪、芙蓉池在臥牀前。

白居易「看採蓮」

（三）荷花　六十二首

【瑞景】

1 中流有荷花、花實相芬敷。田田綠葉映、豔豔紅姿舒。繁香好風結、淨質清露濡。丹霞無容輝、媠色亦踟躕。穠芳射水木、欹葉游龜魚。（略）願銷區中累、保此湖上居。無用誠自適、年年玩芙蕖。

權德輿「侍從遊後湖讌坐」

2 早夏宜初景、和光起禁城。祝融將御節、炎帝啓朱明。日送殘花晚（一作日映林花麗）、風過（一作高風）御院清。郊原浮麥氣、池沼發荷英。樹影臨山動（一作爽）、禽飛入漢輕。幸逢堯禹化、全勝谷中情。

黎逢「夏首猶清和（一作張聿詩）」

【好景】

3 豳谷稍稍振庭柯、涇水浩浩揚湍波。哀鴻酸嘶暮聲急、愁雲蒼慘寒氣多。憶昨去家此爲客、荷花初紅柳條碧。中宵出飲三百杯、明朝歸揖二千石。寧知流寓變光輝、胡霜蕭颯繞客衣。　李白「豳歌行上新平長史兄粲」

4　鳧鷖散亂櫂謳發、絲管啁啾空翠來。沈竿續蔓深莫測、菱葉荷花靜如拭。宛在中流渤澥清、下歸無極（一作臨無地）終南黑。　杜甫「渼陂行（陂在鄠縣西五里、周一十四里）」

〈朱荷〉

5　池餘騎馬處、宅似臥龍邊。夜篁千峰月、朝窗萬井煙。朱荷江女院、青稻楚人田。縣舍多瀟灑、城樓入（一作得）醉眠。黃苞柑正熟、紅縷鱠仍鮮。　韓翃「家兄自山南罷歸獻詩敘事」

〈廣さ〉

6　一身自瀟灑、萬物何囂諠。拙薄謝明時、棲閒歸故園。二季過舊壑、四鄰馳華軒。衣劍照松宇、賓徒光石門。山童薦珍果、野老開芳樽。上陳樵漁事、下敘農圃言。昨來荷花滿、今見蘭苕繁。一笑復一歌、不知夕景昏。醉罷同所樂、此情難具論。　李白「答從弟幼成過西園見贈」

7　朝從山寺還、醒醉動笑（一作愁）吟。荷花十餘里、月色攢湖林。父老惜使君、卻欲速華簪。　顧況「酬房杭州」

8　歸來得便卽遊覽、暫似壯馬脫重銜。曲江荷花蓋十里、江湖生目思莫緘。樂遊下矚無遠近、綠槐萍合不可芟。白首寓居誰借問、平地寸步扃雲巖。　韓愈「酬司門盧四兄雲夫院長望秋作」

9　餘杭形勝四方無、州傍青山縣枕湖。遶郭荷花三十里、拂城松樹一千株。　白居易「餘杭形勝」

10　十里蓮塘路不賖、病來簾外是天涯。煩君四句遙相寄、應得詩中便看花。　裴夷直「病中知皇子陂荷花盛發寄王績」

〈香〉

11　黜官自西掖、待罪臨下陽。空積犬馬戀、豈思鵷鷺行。素多江湖意、偶佐山水鄉。滿院池月靜、捲簾溪雨涼。軒窗竹翠濕、案牘荷花香。白鳥上衣桁、青苔生筆床。數公不可見、一別盡相忘。敢恨青瑣客、無情華省郎。早年迷進退、晩節悟行藏。他日能相訪、嵩南舊草堂。

岑參「初至西虢官舍南池呈左右省及南宮諸故人」

12 危亭題竹粉、曲沼嗅荷花。數日同攜酒、平明不在家。尋幽殊未極、得句總（一作已）堪誇。強下西樓去、西樓倚暮霞。

李商隱「閒遊」

13 遠近利民因智力、周迴潤物像心源。菰蒲縱感生成恵、鱣鮪那知廣大恩。瀲灩清輝呑半郭、縈紆別派入遙村。砂泉遶石通山脈、岸木黏萍是浪痕。已見澄來連鏡底、兼知極處浸雲根。波濤不起時方泰、舟楫徐行日易昏。煙霧未應藏島嶼、鳧鷺亦解避旌旛。雖云桃葉歌還醉、卻被荷花笑不言。孤鶴必應思鳳詔（一作沼）、凡魚豈合在龍門。能將盛事添元化、一夕機謨萬古存。

方干「侯郎中新置西湖」

14 借問剡中道、東南指越鄉。舟從廣陵去、水入會稽長。竹色溪下綠、荷花鏡裏香。辭君向天姥、拂石臥秋霜。

李白「別儲邕之剡中」

15 蘭汀橘島映亭臺、不是經心卽手栽。滿閣白雲隨雨去、一池寒月逐潮來。小松出屋和巢長、新逕通村避筍開。柳絮風前攲枕臥、荷花香裡棹舟迴。園中認葉封林草、簷下攀枝落野梅。

方干「許員外新陽別業（一作墅）」

〈氣〉

16 鵷鴻俱失侶、同爲此地遊。露浥荷花氣、風散柳園秋。煙草凝衰嶼、星漢泛歸流。林高初上月、塘深未轉舟。清言屢往復、華樽始獻酬。終憶秦川賞、端坐起離憂。

韋應物「陪王卿郎中遊南池」

〈荷花開〉

17 竹巷溪橋天氣涼、荷開稻熟村酒香。唯憂野叟相迴避、莫道儂家是漢郎。

鄭谷「郊野戲題」

18 時從府中歸、絲管儼成行。但苦隔遠道、無由共銜觴。江北荷花開、江南楊梅熱。正好飲酒時、懷賢在心目。掛席拾海月、乘風下長川。多沽新豐醁、滿載剡溪船。中途不遇人、直到爾門前。大笑同一醉、取樂平生年。

李白「敘舊贈江陽宰陸調」

19 曏昔未識君、知君好賢才。隨山起館宇、鑿石營池臺。星火五月中、景風從南來。數枝石榴發、一丈荷花開。恨不當此時、相過醉金罍。

李白「過汪氏別業二首之二」

20 柳暗清波漲、衝萍復漱苔。張筵白鳥起（一作下）、掃岸使君來。洲島秋應沒、荷花晩（一作曉）盡開。高城吹角絕（一作罷）、驕馭尙裴回。

無可「陪姚合遊金州南池（一作金州夏晩陪姚合員外遊南池）」

【寂景】

21 荷花明滅水煙空、惆悵來時徑不同。欲到前洲堪入處、鴛鴦飛出碧流中。

朱慶餘「榜曲」

22 高陽小飮眞瑣瑣、山公酩酊何如我。竹林七子去道賒、蘭亭雄筆安足誇。堯祠笑殺五湖水、至今憔悴空荷花。爾向西秦我東越、暫向瀛洲訪金闕。藍田太白若可期、爲余掃灑石上月。

李白「魯郡堯祠送竇明府薄華還西京（時久病初起作）」

23 萱草含丹粉、荷花抱綠房。鳥應悲蜀帝、蟬是怨齊王。通內藏珠府、應官解玉坊。橋南荀令過、十里送衣香。

李商隱「韓翃舍人即事」

24 北客悲秋色、田園憶去來。披衣朝易水、匹馬夕燕臺。風翦荷花碎、霜迎栗罅開。賞心知不淺、累月故人杯。

韓翃「送客之上谷」

〈懷古〉

25 碧樹涼生宿雨收、荷花荷葉滿汀洲。登高有酒渾忘醉、慨古無言獨倚樓。宮殿六朝遺古跡、衣冠千古漫荒丘。太平時節殊風景、山自青青水自流。　唐彦謙「金陵懐古」

【女性】

26 蓼花蘸水火不滅、水鳥驚魚銀梭投。滿目荷花千萬頃、紅碧相雜敷清流。孫武已斬呉宮女、琉璃池上佳人頭。（摭遺云：識者謂非吉語）　嗣主璟「遊後湖賞蓮花」

27 一朝還舊都、靚妝尋若耶。鳥驚入松網、魚畏沈荷花。始覺冶容妄、方悟群心邪。欽子秉幽意、世人共稱嗟。願言托君懐、倘類蓬生麻。　宋之問「浣紗篇贈陸上人」

28 綠苔紛易歇、紅顏不再求。歌笑當及春、無令壯志秋。弱年仕關輔、簃門豁御溝。敷愉東城際、婉孌南陌頭。荷花嬌綠水、楊葉暖青樓。中有綺羅人、可憐名莫愁。　徐彦伯「擬古三首之三」

29 湛湛江水見底清、荷花蓮子傍江生。採蓮將欲寄同心、秋風落花空復情。櫂歌數曲如有待、正見明月度東海。海上雲盡月蒼蒼、萬里分輝滿洛陽。洛陽閨閤夜何央、蛾眉嬋娟斷人腸。　王適「江上有懐」

30 紅荷楚水曲、彪炳爍晨霞。未得兩回摘、秋風吹卻花。時芳不待妾、玉珮無處誇。悔不盛年時、嫁與青樓家。　崔國輔「古意」

31 日出乘釣舟、嫋嫋持釣竿。渉淇傍荷花、驄馬閒金鞍。俠客（一作使君）白雲中、腰間懸轆轤。出門事嫖姚、爲君西擊胡。胡兵漢騎相馳逐、轉戰孤軍西海（一作海西）北（一作曲）。百尺旌竿沈黑雲、邊笳落日不堪聞。　常建「張公子行（一作古意）」

32 若耶谿傍採蓮女、笑隔荷花共人語。日照新妝水底明、風飄香袂（一作袖）空中擧。岸上誰家遊冶郎、三三五五映垂楊。紫騮嘶入落花去、見此踟躕空斷腸。　李白「采蓮曲」

33　鏡湖三百里、菡萏發荷花。五月西施採、人看隘若耶。回舟不待月、歸去越王家。

李白「子夜吳歌（一作子夜四時歌）夏歌」

〈擬人化〉

34　荷花兼柳葉、彼此不勝秋。玉露滴初泣、金風吹更愁。綠眉甘棄墜、紅臉恨飄流。嘆息是遊子、少年還白頭。

杜牧「秋日偶題」

35　西風帆勢輕、南浦遍離情。菊豔含秋水、荷花遞雨聲。扣舷灘鳥沒、移棹草蟲鳴。更憶前年別、槐花滿鳳城。

許渾「送同年崔先輩」

36　斜雨飛絲織曉空（風）、疏簾半捲野亭風（空）。荷花向（開）盡秋光晚、零落殘紅綠沼中。

李群玉「北亭」または宋雍「失題」

37　藕絲作線難勝針、蕊粉染黃那得深。玉白蘭芳不相顧、青樓一笑輕千金。莫言自古皆如此、健劍刜鐘鉛繞指。三秋庭綠盡迎霜、惟有荷花守紅死。廬江小吏朱斑輪、柳縷吐芽香玉春。

溫庭筠「懊惱曲」

38　紅荷碧筱夜相鮮、皂蓋蘭橈浮翠筵。舟中對舞邯鄲曲、月下雙彈盧女弦。

儲光羲「同武平一員外遊湖五首時武貶金壇令五首之一」

39　西施越溪女、出自苧蘿山。秀色掩今古、荷花羞玉顏。浣紗弄碧水、自與清波閒。皓齒信難開、沉吟碧雲間。勾踐征絕豔、揚蛾入吳關。提攜館娃宮、杳渺詎可攀。一破夫差國、千秋竟不還。

李白「西施」

40　淥水明秋月（一作日）、南湖採白蘋。荷花嬌欲語、愁殺蕩舟人。

李白「淥水曲」

〈女性を主題とする〉

41　涉江弄秋水、愛此荷花鮮。攀荷弄其珠、蕩漾不成圓。佳人綵雲裏、欲贈隔遠天。相思無由見、悵望涼風前。

李白「擬古十二首之十一」

42 風動荷花水殿香、姑蘇臺上宴吳王。西施醉舞嬌無力、笑倚東窗白玉牀。 李白「口號吳王美人半醉」

43 耶溪採蓮女、見客棹歌迴。笑入荷花去、佯羞不出來。 李白「越女詞五首之三」

44 紅衣落盡暗香殘、葉上秋光白露寒。越女含情已無限、莫敎長袖倚闌干。

羊士諤「郡中即事三首之二（一作翫荷花。）」

45 內庭秋燕玉池東、香散荷花水殿風。阿監采菱牽錦纜、月明猶在畫船中。 花蕊夫人徐氏「宮詞」

46 翠輦每從城畔出（一作去）、內人相次簇（一作立）池隈（一作邊）。嫩荷花裏搖船去（一作出）、一陣香風逐水來（一作仙）。 花蕊夫人徐氏「宮詞」

47 秋宵秋月、一朶荷花初發。照前池。搖曳熏香夜、嬋娟對鏡時。蕊中千點淚、心裏萬條絲。恰似輕盈女、好風姿。

歐陽炯「女冠子二首之二」

48 新秋女伴各相逢、罨畫船飛別浦中。旋折荷花伴歌舞、夕陽斜照滿衣紅。 花蕊夫人徐氏「宮詞」

49 龍舟搖曳東復東、采蓮湖上紅更紅。波淡淡、水溶溶。奴隔荷花路不通。 閩後陳氏「樂遊曲二首之一」

〈『詩經』を典故とする〉

50 嗟予未喪、哀此孤生。屛居藍田、薄地躬耕。歲晏輸稅、以奉粢盛。晨往東皐、草露未晞。暮看煙火、負擔來歸。我聞有客、足掃荊扉。簞食伊何、副瓜抓棗。仰廁群賢、皤然一老。愧無莞簟、班荊席藁。汎汎登陂、折彼荷花。靜觀素鮪、俯映白沙。山鳥群飛、日隱輕霞。登車上馬、倏忽雲散。雀噪荒村、雞鳴空館。還復幽獨、重欷累歎。

王維「酬諸公見過（時官未出、在輞川莊）」

51 今宵星漢共晶光、應笑羅敷嫁侍郎。斗柄易輕離恨促、河流不盡後期長。靜聞天籟疑鳴佩、醉折荷花想豔妝。誰見宣猷堂上宴、一篇清韻鎮金鏞。

徐鉉「奉和七夕應令」

【佛教關連】

〈褭紅〉

52 對殿含涼氣、裁規覆清沼。褭紅受露多、餘馥依人少。蕭蕭遠塵跡、颯颯凌秋曉。節謝客來稀、迴塘方獨遶。

韋應物「慈恩寺南池秋荷詠」

〈白花〉

53 地枕吳溪與越峰、前朝恩賜靈泉額。竹林晴見雁塔高、石室曾棲幾禪伯。荒碑字沒莓苔深、古池香泛荷花白。客有經年說別林、落日啼猿情脈脈。

許堅「遊溧陽下山寺（一作靈泉精舍限韻）」

54 近枕吳溪與越峰、前朝恩賜雲泉額。（南唐以大唐爲前朝。）竹林晴見雁塔高、石室曾棲幾禪伯。荒碑字沒莓苔深、古池香泛荷花白。客有經年別故林、落日啼猿情脈脈。

許堅「游溧陽霞泉寺限白字」

【道教（神仙）關連】

55 扶桑誕初景、羽蓋凌晨霞。倏欻造西域、嬉遊金母家。碧津湛洪源、灼爍敷荷花。煌煌青琳宮、粲粲列玉華。眞氣溢絳府、自然思無邪。

吳筠「步虛詞十首之五」

56 皇子陂頭好月明、忘卻華筵到曉行。煙收山低翠黛橫、折得荷花遠恨生。

慈恩塔院女仙「題寺廊柱二首之一」

【採蓮曲】

1　菱葉縈波荷颭風、荷花深處小船通。逢郎欲語低頭笑、碧玉搔頭落水中。　白居易「採蓮曲」

【題詠】

1　蟬噪城溝水、芙蓉忽已繁。紅花迷越豔、芳意過湘沅。湛露宜清暑、披香正滿軒。朝朝只自賞、穠李亦何言。　羊士諤「南池荷花」

2　都無色可竝、不奈此香何。瑤席乘涼設、金羈落晩（一作曉）過。迴（一作覆）衾燈照綺、渡襪水沾羅。預想前秋（一作愁前）別、離居夢櫂歌。　李商隱「荷花」

3　世間花葉不相倫、花入金盆葉作塵。惟有綠荷紅菡萏、卷舒開合任天眞。此荷此葉常相映、翠減紅衰愁殺人。　李商隱「贈荷花」

4　十頃狂風撼麴塵、緣堤照水露紅新。世間花氣皆愁絶、恰是蓮香更惱人。　唐彥謙「黃子陂荷花」

5　紈（一作鈿）扇相敧綠、香囊獨立紅。浸淫因重露、狂暴是秋風。逸調無人唱、秋塘每夜空。何繇見周昉、移入畫屛中。　韓偓「荷花」

【その他】碧荷、青荷、紫荷　ただしこれらは葉をいうことが多い。

〈青荷〉

1　憶過楊柳渚、走馬定昆池（安樂公主鑿定昆池）。醉把青荷葉、狂遺白接䍦。刺船思郢客、解水乞吳兒。坐對秦山晩、江湖興頗隨。　杜甫「陪鄭廣文遊何將軍山林十首（山林在韋曲西塔陂）」

2　東藩駐皁蓋、北渚凌青荷（一作清河、一作清菏）。海內此亭古、濟南名士多。（原注：時邑人蹇處士在座。）雲山已發興、玉佩仍當歌。修竹不受暑、交流空湧波。蘊眞愜所遇、落日將如何。貴賤具物役、從公難重過。
杜甫「陪李北海宴歷下亭（天寶初、李邕爲北海太守。歷下亭在齊州、以歷山得名）」

3 采蓮去、月沒春江曙。翠鈿（一作釵）紅袖水中央。青荷蓮子雜衣香、雲起風生歸路長。歸路長、那得久。各迴船、兩搖手。
李康成「采蓮曲」

4 白首何老人、蓑笠蔽其身。避世長不仕、釣魚清江濱。浦沙明濯足、山月靜垂綸。寓宿湍與瀨、行歌秋復春。持竿（一作橈）湘岸竹、爇火蘆洲薪。綠水飯香稻、青荷包紫鱗。於中還自樂、所欲全吾眞。而笑獨醒者、臨流多苦辛。
李頎「漁父歌」

5 四月一日天、花稀葉陰薄。泥新燕影忙、蜜熟蜂聲樂。麥風低冉冉、稻水平漠漠。芳節或蹉跎、遊心稍牢落。春華信爲美、夏景亦未惡。颭浪嫩青荷、重欄晚紅藥。吳宮好風月、越郡多樓閣。兩地誠可憐、其奈久離索。
白居易「和微之四月一日作」

6 僧舍清涼竹樹新、初經一雨洗諸塵。微風忽起吹蓮葉、青玉盤中瀉水銀。
施肩吾「夏雨後題青荷蘭若」

7 行止竟何從、深溪與古峰。青荷巢瑞質、綠水返靈蹤。鑽骨神明應、酬恩感激重。仙翁求一卦、何日脫龍鍾。
徐夤「龜」

〈紫荷〉

8 太乙靈方鍊紫荷、紫荷飛盡髮皤皤。猿啼巫峽曉雲薄、雁宿洞庭秋月多。導引豈如桃葉舞、步虛寧比竹枝歌。華陽舊隱莫歸去、水沒芝田生綠莎。
許渾「盧山人自巴蜀由湘潭歸茅山因贈」

〈碧荷〉

9 小雨飛林頂、浮涼入晚多。能知留客處、偏與好風過。濯錦翻紅蕊、跳珠亂碧荷。芳尊深幾許、此興可酣歌。

錢起「蘇端林亭對酒喜雨」

10 露冷芳意盡、稀疏空碧荷。殘香隨暮雨、枯蕊墮寒波。楚客罷奇服、吳姫停（一作倚）櫂歌。渉江無可寄、幽恨竟如何。

李群玉「晩蓮」

11 截得篔簹冷似龍、翠光横在暑天中。堪臨薤簟閒憑月、好向松窗臥跂風。持贈敢齊青玉案、醉吟偏稱碧荷筒。添君雅具教多著、爲著西齋譜一通。

陸龜蒙「以竹夾膝寄贈襲美」

12 碧荷生幽泉、朝日豔且鮮。秋花冒綠水、密葉羅青煙。秀色空絶世、馨香竟誰傳。坐看飛霜滿、凋此紅芳年。結根未得所、願託華池邊。

李白「古風」

（四）菡萏　五十八首

【高景】

〈秋興〉九首。遊宴などの作品で、特に悲哀の常を含まず、秋の爽やかな景色を歌うもの。

1 皎鏡方塘菡萏秋、此來重見採蓮舟。誰能不逐（一作遂）當年樂、還恐添成（一作爲）異日愁。

溫庭筠「題崔公池亭舊遊（一作題懷貞亭舊遊）」

2 聞君彭澤住、結構近陶公。種菊心相似、嘗茶味不同。湖光秋枕上、嶽翠夏窗中。八月東林去、吟香菡萏風。

齊己「又寄彭澤晝公」

3 菡萏迎秋吐、夭搖映水濱。劍芒開寶匣、峰影寫蒲津。

陳至「賦得芙蓉出水」

4 秋臺好登望、菡萏發清池。半似紅顏醉、凌波欲暮時。

朱景玄「望蓮臺」

5 新秋菡萏發紅英、向晩空飄滿郡馨。萬疊水紋羅乍展、一雙鸂鶒繡初成。採蓮女散歌呉闋、拾翠人歸楚雨晴。遠岸牧童吹短笛、蓼花深處信牛行。
劉兼「蓮塘霽望」

6 方塘菡萏高、繁豔相照耀。幽人夜眠起、忽疑野中燒。曉尋不知休、白石岸亦峭。
姚合「杏溪十首 蓮塘」

7 世間花葉不相倫、花入金盆葉作塵。惟有緑荷紅菡萏、卷舒開合任天眞。此花此葉常相映、翠減紅衰愁殺人。
李商隱「贈荷花」

8 楚客西來過舊居、讀碑尋傳見終初。佯狂未必輕儒業、高尙何妨誦佛書。種竹岸香連菡萏、煮茶泉影落蟾蜍。如今若更生來此、知有何人贈白驢。
齊己「過陸鴻漸舊居」

9 青楓何不種、林在洞庭村。應爲三湘遠、難移萬里根。斗牛初過伏、菡萏欲香門。舊卽湖山隱、新廬葺此原。
賈島「題張博士新居」

〈移植〉一首。ハスを植えたことを述べる作品。

10 朱檻低牆上、清流小閣前。雇人栽菡萏、買石造潺湲。影落江心月、聲移谷口泉。閒看捲簾坐、醉聽掩窗眠。路笑淘官水、家愁費料錢。是非君莫問、一對一翛然。
白居易「西街渠中種蓮疊石頗有幽致偶題小樓」

〈宴會〉一首。菡萏の咲く池に星天が映っているのか、あるいは星空をハスの咲いたような空、と形容しているのか。華やかな七夕の宴席である。

11 絡角星河菡萏天、一家懽笑設紅筵。應傾謝女珠璣篋、盡寫檀郎綿繡篇。
羅隱「七夕」

〈瑞景〉三首

12 鐘聲清禁纔應徹、漏報仙闈儼已開。雙闕薄煙籠菡萏、九成初日照蓬萊。
楊巨源「早朝」

13 東呉有靈草、生彼剡谿傍。既亂莓苔色、仍連菡萏香。掇之稱遠士、持以奉明王。北闕顏彌駐、南山壽更長。

梁鍠「省試方士進恆春草」

14 淵明深念卻誂貧、踏破莓苔看甑塵。碧沼共攀紅菡萏、金鞍不卸紫麒麟。

徐夤「邑宰相訪翼日有寄」

【寂景】

〈秋傷〉八首

15 舍下蛩亂鳴、居然自蕭索。緬懷高秋興、忽枉清夜作。感物我心勞、涼風驚二毛。池枯菡萏死、月出梧桐高。

高適「酬岑二十主薄秋夜見贈之作」

16 綴席茱萸好、浮舟菡萏衰。季秋時欲半、九日意兼悲。江水清源曲、荊門此路疑。晚來高興盡、搖蕩菊花期。

杜甫「九日曲江」

17 池影碎翻紅菡萏、井聲乾落綠梧桐。破除閒事渾歸道、銷耗勞生旋逐空。

齊己「驚秋」

18 多故堪傷骨、孤峰好拂衣。梧桐凋綠盡、菡萏墮紅稀。卻恐吾形影、嫌心與口違。

齊己「驚秋」

19 菡萏香銷翠葉殘、西風愁起綠波間。還與韶光共憔悴、不堪看。細雨夢回雞塞遠、小樓吹徹玉笙寒。多少淚珠何限恨、倚闌干。

南唐嗣主李璟「攤破浣溪沙」

20 蒹葭露下晚、菡萏水中秋。憶昨陪行樂、常時接獻酬。佳期雖霧散、惠問亦川流。開卷酲堪解、含毫思苦（一作若）抽。無因達情意、西望日悠悠。

韓翃「寄贈虢州張參軍」

21 越兵驅綺羅、越女唱吳歌。宮燼（一作盡）花（一作燕）聲少、臺荒麋跡多。茱萸垂曉露、菡萏落秋波。

杜牧「吳宮詞二首之一」または許渾「重經姑蘇懷古二首之一」

22 臺畔古（一作偃）松悲魏帝、苑邊修竹弔梁王。山行露變茱萸色、水宿風披（一作搖）菡萏香。

〈荒景〉七首

23 雨滌莓苔綠、風搖松桂（一作菡萏）香。洞泉分溜（一作派）淺、巖筍出叢長。敗屨安松砌、餘棋在石牀。書名一爲別、還路已堪傷。

許渾「送客自兩河歸江南」

24 檀欒翠擁清蟬在、菡萏紅殘白鳥孤。欲問存思搜抉妙、幾聯詩許敵三都。

司空曙「過終南（一本有山字）柳處士」

25 涼雨打低殘菡萏、急風吹散小蜻蜓。

齊己「移居」

26 歸情似泛空、飄蕩楚波中。羽扇掃輕汗、布帆篩細風。江花折菡萏、岸影泊梧桐。元舅唱離別、賤生愁不窮。

盧延讓「句」

孟郊「送從舅端適楚地」

27 池荒紅菡萏、砌老綠莓苔。捐館梁王去、思人楚客來。西園飛蓋處、依舊月裴回。

白居易「題故曹王宅（宅在檀溪）」

28 松燒寺破是刀兵、谷變陵遷事可驚。雲裏乍逢新住主、石邊重認舊題名。閒臨菡萏荒池坐、亂踏鴛鴦破瓦行。

齊己「亂後經西山寺」

29 芙蓉初出水、菡萏露中花。風吹著枯木、無奈値空槎。

陸長源「樂府答孟東野戲贈」

【佛教關連】 佛寺や佛僧など、佛教に關わる主題の作品に多く見られる。

〈高景〉基本的には、柳宗元「構法華寺西亭」詩のような瑞景や孫魴「甘露寺紫薇花」詩のような清淨の光景として描かれる。

30 菡萏溢嘉色、篔簹遺清斑。神舒屛羈鎖、志適忘幽孱。

柳宗元「構法華寺西亭」

31 蜀葵鄙下兼全落、菡萏清高且未開。赫日迸光飛蝶去、紫薇擎豔出林來。
孫魴「甘露寺紫薇花」

32 赤旃檀塔六七級、白菡萏花三四枝。禪客相逢只彈指、此心能有幾人知。
貫休「書石壁禪居屋壁」

33 東林北塘水、湛湛見底清。中生白芙蓉、菡萏三百莖。
白居易「潯陽三題　東林寺白蓮」

34 曾此棲心過十冬、今來瀟灑屬生公。檀欒舊植青添翠、菡萏新栽白換紅。
齊己「重宿舊房與愚上人靜話」

35 靜向方寸求、不居山（一作千）嶂幽。池開菡萏香、門閉莓苔秋。
賈島「題岸上人郡內閒居」

36 清境豈云遠、炎氛忽如遺。重門布綠陰、菡萏滿廣池。石髪散清淺、林光動漣漪。緣崖摘紫房、扣檻集靈龜。
韋應物「慈恩精舍南池作」

37 罷郡歸侵夏、仍聞靈隱居。僧房謝朓語、寺額葛洪書。（晉道士葛洪與靈隱寺書額了去、至今在）月樹獮猴睡、山池菡萏疏。吾皇愛清靜、莫便結吾廬。
貫休「寄杭州靈隱寺宋震使君」

38 著紫袈裟名已貴、吟紅菡萏價兼高。秋風曾憶西遊處、門對平湖滿白濤。
齊己「寄懷曾口寺文英大師（一本無曾口寺三字）」

39 菡萏遍秋水、隔林香似焚。僧同池上宿、霞向月邊分。
劉得仁「秋日同僧宿西池」

40 入寺先來此、經窗半在湖。秋風新菡萏、暮雨老菰蒲。
齊己「宿舒湖希上人房」

41 憶在匡廬日、秋風八月時。松聲虎溪寺、塔影雁門師。步碧葳蕤徑、吟香菡萏池。何當舊泉石、歸去洗心脾。
齊己「憶在匡廬日」

42 無本於爲文、身大不及膽。吾嘗示之難、勇往無不敢。蛟龍弄角牙、造次欲手攬。衆鬼囚大幽、下覷襲玄窞。天陽熙四海、注視首不頷。鯨鵬相摩窣、兩擧快一噉。夫豈能必然、固已謝黯黮。狂詞肆滂葩、低昂見舒慘。姦窮怪變得、往往造平澹。蜂蟬碎錦纈、綠池披菡萏。芝英擢荒榛、孤翮起連菼。

韓愈「送無本師歸范陽（賈島初爲浮屠、名無本）」

43　上界雨色乾、涼宮日遲遲。水文披菡萏、山翠動罘罳。中有清眞子、愔愔步閒墀。手縈頗黎縷、願證黃金姿。

皎然「題報恩寺惟照上人房」

〈寂景〉

44　灘聲依舊水溶溶、岸影參差對梵宮。楚樹七回凋舊葉、江人兩至宿秋風。蟾蜍竹老搖疏白、菡萏池乾落碎紅。

棲蟾「再宿京口禪院」

【道教（神仙）關連】

〈神仙のいない風景〉

45　閒行閒坐藉莎煙、此興堪思二古賢。陶靖節居彭澤畔、賀知章在鏡池邊。鴛鴦著對能飛繡、菡萏成群不語仙。形影騰騰夕陽裏、數峰危翠滴漁船。

齊己「塘上閒作」

46　乍似上青冥、初疑躡菡萏。自無飛仙骨、欲度何由敢。

韓愈「梯橋」

【女性】

女性を主題とする作品をここにまとめた。

47　菡萏新花曉竝開、濃妝美笑面相隈。西方采畫迦陵鳥、早晚雙飛池上來。

劉商「詠雙開蓮花」

48　煙濃共拂芭蕉雨、浪細雙遊菡萏風。應笑豪家鸚鵡伴、年年徒被鎖金籠。

皮日休「鴛鴦」

49　永日無人事、芳園任興行。陶廬樹可愛、潘宅雨新晴。傅粉琅玕節、熏香菡萏莖。榴花裙色好、桐子藥丸成。

劉禹錫「和樂天閒園獨賞八韻前以蜂鶴拙句寄呈今辱蝸蟻妍詞見答因成小巧以取大咍」

50 定陶城中是妾家、妾年二八顔如花。閨中歌舞未終曲、天下死人如亂麻。漢王此地因征戰、未出簾櫳人已薦。風花菡萏落轅門、雲雨裴回入行殿。　李昂「賦戚夫人楚舞歌」

51 餘芳認蘭澤、遺詠思蘋洲。菡萏紅塗粉、菰蒲綠潑油。鱗差漁戸舍、綺錯稻田溝。紫洞藏仙窟、玄泉貯怪湫。精神昂老鶴、姿彩媚潛虬。　白居易「想東遊五十韻」

〈寂景〉

52 離別生庭草、征衣斷戍樓。蠨蛸網清曙、菡萏落紅秋。小膽空房怯、長眉滿鏡愁。　常理「古別離」

53 鏡湖三百里、菡萏發荷花。五月西施採、人看隘若耶。回舟不待月、歸去越王家。　李白「子夜呉歌夏歌」

【その他】

〈聯句〉

54 綺語洗晴雪（愈）、嬌辭哢雛鶯。酣歡雜弁珥（郊）、繁價流金瓊。菡萏寫江調（郊）、萎蕤綴藍瑛。庖霜膾玄鯽（愈）、淅玉炊香粳。　韓愈・孟郊「城南聯句」

＊一五三韻の長い聯句の一部である。聯句の中でハスがどのように讀み込まれているか、について、興味があるが、本論では扱わない。

〈詩句〉たとえば、あなたの作品の中にある菡萏の詩句は良かった、というような作品をここにまとめた。資料四比喩的用法の項でも、作品の詩句が菡萏のように美しい、という作品を〈詩句〉の項にまとめたが、それとは異なる。

55 五字才將七字爭、爲君聊敢試懸衡。鼎湖菡萏搖金影、蓬島鸞皇舞翠聲。　齊己「謝武陵徐巡官遠寄五七字詩集」

56　詩裏幾添新菡萏、衲痕應換舊斕斑。莫忘一句曹溪妙、堪塞孫孫騁度關。　齊己「寄武陵貫微上人二首之二」

【採蓮】

1　菡萏香蓮十頃陂、小姑貪戲採蓮遲。晩來弄水船頭溼、更脫紅裙裹鴨兒。
孫光憲「採蓮」または皇甫松「採蓮子」

2　越溪女、越江蓮。齊菡萏、雙嬋娟。嬉遊向何處、採摘且同船。浩唱發容與、清波生漪連。時逢島嶼泊、幾共鴛鴦眠。襟袖既盈溢、馨香亦相傳。薄暮歸去來、苧蘿生碧煙。
齊己「採蓮曲」（重出）

【題詠】なし

詩題に「菡萏」語を含む作品はない。従って、題詠の作品はないと言える。ハスをもっぱらに主題にするものの內、詩句に「菡萏」語を含む作品を參考として擧げる。

〈參考〉

方塘菡萏高、繁豔相照耀。幽人夜眠起、忽疑野中燒。曉尋不知休、白石岸亦峭。
姚合「杏溪十首　蓮塘」

世間花葉不相倫、花入金盆葉作塵。惟有綠荷紅菡萏、卷舒開合任天眞。此荷此葉常相映、翠減紅衰愁殺人。
李商隱「贈荷花」

（五）藕花　二十五首

【高景】

1　習之勢翩翩、東南去遙遙。贈君雙履足、一爲上皋橋。皋橋路逶迤、碧水輕風飄。新秋折藕花、應對吳語嬌。
孟郊「送李翺習之」

2　楊柳閶門路、悠悠水岸斜。乘舟向山寺、着屐到漁家。夜月紅柑樹、秋風白藕花。江天詩景好、迴日莫令賖。
張籍「送從弟戴玄往蘇州」

3　藕花涼露溼、花缺藕根澀。飛下雌鴛鴦、塘水聲湆湆。
李賀「塘上行」

4　征途行色慘風煙、祖帳離聲咽管弦。翠黛不須留五馬、皇恩只許住三年。綠藤陰下鋪歌席、紅藕花中泊妓船。處處回頭盡堪戀、就中難別是湖邊。
白居易「西湖留別」

5　莫辭東路遠、此別豈閒行。職處中軍要、官兼上佐榮。野亭楓葉暗、秋水藕花明。拜省期將近、孤舟促去程。
朱慶餘「送盛長史」

6　落日太湖西、波涵萬象低。藕花熏浦溆、菱蔓匿鳧鷖。樹及長橋盡、灘迴七里迷。還應坐籌暇、時一夢荊溪。
喻鳧「夏日因懷陽羨舊游寄裴書記」

【寂景】

7　鐘盡疏桐散曙鴉、故山煙樹隔天涯。西風一夜秋塘曉、零落幾多紅藕花。
吳商浩「秋塘曉望」

【佛教關連】

8 吟送越僧歸海涯、僧行渾不覺程賒。路沿山脚潮痕出、睡倚松根日色斜。撼錫度岡猿抱樹、挈瓶盛浪鷺翹沙。到參禪後知無事、看引秋泉灌藕花。

杜荀鶴「送僧歸國清寺」

9 遠岫當軒列翠光、高僧一衲萬緣忘。碧松影裏地長潤、白藕花中水亦香。雲自雨前生淨石、鶴于鐘後宿長（一作塵）廊。遊人戀此吟終日、盛暑樓臺早有涼。

伍喬「遊西禪」

10 禪坐吟行誰與同、杉松共在寂寥中。碧雲詩裏終難到、白藕花經講始終。水疊山層擎草疏、砧清月苦立霜風。十年勤苦今酬了、得句桐江識謝公。

貫休「上新定宋使君」

11 白藕花前舊影堂、劉雷風骨畫龍章。共輕天子諸侯貴、同愛吾師一法長。陶令醉多招不得、謝公心亂入無方。何人到此思高躅、嵐點苔痕滿粉牆。（謝靈運欲入社、遠大師以其心亂、不納。）

齊己「題東林十八賢眞堂」

【道教（神仙）關連】

12 積翠千層一徑開、遙盤山腹到瓊臺。藕花飄落前巖去、桂子流從別洞來。石上叢林礙星斗、窗邊瀑布走風雷。縱云孤鶴無留滯、定恐煙蘿不放迴。

方干「因話天台勝異仍送羅道士」

13 玄髪新簪碧藕花、欲添肌雪餌紅砂。世間風景那堪戀、長笑劉郎漫憶家。

施肩吾「贈女道士鄭玉華二首之一」

14 仙境閒尋採藥翁、草堂留話一宵同。若看山下雲深處、直是人間路不通。泉領藕花來洞口、月將松影過溪東。求名心在閒難遂、明日馬蹄塵土中。

杜荀鶴「題廬嶽劉處士草堂」

【女性】　樂府以外のものは詞である。

〈高景・愛情〉

15　鵁鶄飛起郡城東、碧江空。半灘風、越王宮殿。蘋葉藕花中、簾卷水樓魚浪起。千片雪。雨濛濛。　極浦煙消水鳥飛、離筵分手時。送金卮、渡口楊花。狂雪任風吹、日暮空江波浪急。芳草岸、柳如絲。　牛嶠「江城子」

16　鴛鴦交頸繡衣輕、碧沼藕花馨。偎藻荇、映蘭汀。和雨浴浮萍。思婦對心驚、想邊庭。何時解佩掩雲屛、訴衷情。
毛文錫「訴衷情（一名桃花水）」

17　風颭、波斂。團荷閃閃、珠傾露點。木蘭舟上、何處吳娃越豔。藕花紅照臉。　大堤狂殺襄陽客、煙波隔。渺渺湖光白、身已歸。心不歸、斜暉。遠汀鸂鶒飛。　孫光憲「河傳四首之四」

18　亂繩千結絆人深、越羅萬丈表長尋。楊柳在身垂意緒、藕花落盡見蓮心。　孫光憲「竹枝詞二首之二」

〈寂景・怨み〉

19　傾國傾城恨有餘、幾多紅淚泣姑蘇。倚風凝睇雪肌膚。吳主山河空落日、越王宮殿半平蕪。藕花菱蔓滿平湖。
薛昭蘊「浣溪沙」

20　翠屛閒掩垂珠箔、絲雨籠池閣。露黏紅藕咽清香、謝娘嬌極不成狂。罷朝妝。　顧敻「虞美人六首之三」

21　金鎖重門荒苑靜、綺窗愁對秋空。翠華一去寂無蹤、玉樓歌吹。聲斷已隨風。煙月不知人事改、夜闌還照深宮。藕花相向野塘中、暗傷亡國。清露泣香紅。　鹿虔扆「臨江仙」

22　紅藕花香到檻頻、可堪閒憶似花人。舊歡如夢絕音塵。翠疊畫屛山隱隱、冷鋪文簟水潾潾。斷魂何處一蟬新。
李珣「浣溪沙四首之四」

23　雨停荷芰逗濃香、岸邊蟬噪垂楊。物華空有舊池塘、不逢仙子。何處夢襄王。珍簟對敧鴛枕冷、此來塵暗淒涼。欲憑危檻恨偏長、藕花珠綴。猶似汗凝妝。　閻選「臨江仙二首之一」

〈樂府　愛情〉

24 相思百餘日、相見苦無期。褰裳摘藕花、要蓮敢恨池。　晁采「子夜歌十八首之十一」

25 妾家白蘋浦、日上芙蓉檝。軋軋搖槳聲、移舟入茭葉。溪長茭葉深、作底難相尋。避郎郎不見、鸂鶒自浮沈。拾萍萍無根、採蓮蓮有子。不作浮萍生、寧爲（一作作）藕花死。岸傍騎馬郎、烏帽紫遊韁。含愁復含笑、回首問橫塘。　溫庭筠「江南曲」

【採蓮】なし

【題詠】なし

資料六　對句の中の色調

對句の前に〈　〉でハスの花の對語を記す。對句の下に作者名を記す。色彩語がハスの語に直接付く場合は作者名の下に記す。詩句の中にハスの語と離れて色彩語が見られる場合は作者名の下に（　）に入れて記す。『全唐詩』に「一作」で記されている言葉は、有意の違いがない限りいずれか一方を選んで記す。有意の違いがある場合は、（　）の中にもう一方の言葉を入れて記す。

（一）荷花

【對語が植物】

〈楊柳〉	1	露浥荷花氣	風散柳園秋	韋應物
	2	柳絮風前攲枕臥	荷花香裏棹船迴	方干
	3	荷花嬌綠水	楊葉暖青樓	徐彥伯
〈松〉	4	鳥驚入松網	魚畏沈荷花	宋之問
	5	遶郭荷花三十里	拂城松樹一千株	白居易
	6	江北荷花開	江南楊梅熟	李白
〈栗〉	7	風翦荷花碎	霜迎栗罅開	韓翃
〈竹類〉	8	竹色溪下綠	荷花鏡裏香	李白

9　軒窗竹翠溼　案牘荷花香　岑參

10　沈竿續蔓深莫測　菱葉荷花靜紋拭　杜甫

11　竹巷溪橋天氣涼　荷開稻熟村酒香　鄭谷

12　危亭題竹粉　曲沼嗅荷花　李商隱

〈菊〉

13　菊豔含秋水　荷花遞雨聲　許渾

〈水草〉

14　淺渚荷（荇）花繁　深潭菱葉疏　儲光羲

〈草類〉

15　萱草含丹粉　荷花抱綠房　李商隱　（丹綠）

16　昨來荷花滿　今見蘭苕繁　李白

17　郊原浮麥氣　池沼發荷英　黎逢・張聿

18　朱荷江女院　青稻楚人田　韓翃　朱青

〈苔〉

19　荒碑字沒莓苔深　古池香泛荷花白　許堅　白

【對語が非植物】

〈無生物〉

20　靜聞天籟疑鳴佩　醉折荷花想豔妝　徐鉉

21　洲島秋應沒　荷花晚盡開　無可

22　臺榭疑巫峽　荷蕖似洛濱　許敬宗

（二）菡萏

【對語が植物】

〈梧桐〉

23　池枯菡萏死　月出梧桐高　高適
24　梧桐凋綠盡　菡萏墮紅稀　齊己　（綠紅）
25　衣花野菡萏　書葉山梧桐　孟郊
26　江花折菡萏　岸影泊梧桐　孟郊
27　池影碎翻紅菡萏　井聲乾落綠梧桐　齊己　紅綠
28　赤旃檀塔六七級　白菡萏花三四枝　貫休　赤白

〈茱萸〉

29　綴席茱萸好　浮舟菡萏衰　杜甫
30　茱萸垂曉露　菡萏落秋波　杜牧
31　觥醆豔翻菡萏葉　舞鬟擺落茱萸房　白居易
32　山行露變茱萸色　水宿風披菡萏香　許渾

〈芭蕉〉

33　芭蕉開綠扇　菡萏薦紅衣　李商隱　（綠紅）
34　煙濃共拂芭蕉雨　浪細雙遊菡萏風　皮日休

〈竹類〉

35　傳粉琅玕節　薫香菡萏莖　劉禹錫
36　菡萏溢嘉色　篔簹遺清斑　柳宗元

〈水草〉
37　檀欒翠擁清蟬在　菡萏紅殘白鳥孤　齊己　（翠紅）
38　菡萏紅塗粉　菰蒲綠潑油　白居易　（紅綠）
39　秋風新菡萏　暮雨老菰蒲　齊己
〈草本〉
40　蒹葭露下晚　菡萏水中秋　韓翃
41　步碧葳蕤徑　吟香菡萏池　齊己
42　蜀葵鄙下兼全落　菡萏清高且未開　孫魴
〈苔〉
43　既亂莓苔色　仍連菡萏香　梁鍠
44　池荒紅菡萏　砌老綠莓苔　白居易　紅綠
45　池開菡萏香　門閉莓苔秋　賈島
46　雨滌莓苔綠　風搖菡萏（松桂）香　司空曙

【對語が非植物】
〈鳥〉
47　閒臨菡萏荒池坐　亂踏鴛鴦破瓦行　齊己
48　鴛鴦著對能飛繡　菡萏成羣不語仙　齊己
〈蟲〉
49　涼雨打低殘菡萏　急風吹散小蜻蜓　盧延讓
50　蠨蛸網清曙　菡萏落紅秋　常理
〈動物〉
51　碧沼共攀紅菡萏　金鞍不卸紫麒麟　徐夤　紅紫
52　月樹獮猴睡　山池菡萏疏　貫休

53　種竹岸香連菡萏　煮茶泉影落蟾蜍　齊己

54　蟾蜍竹老搖疏白　菡萏池乾落碎紅　棲蟾　（白紅）

〈無生物〉

55　雇人栽菡萏　買石造潺湲　白居易

56　蜂蟬碎錦纈　綠池披菡萏　韓愈

57　水文披菡萏　山翠動罘罳　皎然

（二）芙蓉

【對語が植物】

〈楊柳〉

58　楊柳江湖晚　芙蓉島嶼深　齊己

59　澄波澹澹芙蓉發　綠岸毿毿楊柳垂　孟浩然

60　芙蓉零落秋池雨　楊柳蕭疎曉岸風　崔致遠

61　芙蓉生夏浦　楊柳送春風　陳子昂

62　遙知楊柳是門處　似隔芙蓉無路通　劉威

63　日日芙蓉生夏水　年年楊柳變春灣　姜皎

64　行魚避楊柳　驚鴨觸芙蓉　李端

65　芙蓉欲綻溪邊蕊　楊柳初迷渡口煙　薛逢

66　楊柳路盡處　芙蓉湖上頭　李商隱

〈梧桐〉	67	魚戲芙蓉水	鶯啼楊柳風	張說	
	68	塘平芙蓉低	庭閒梧桐高	皮日休	
〈松柏〉	69	仙人掌上芙蓉沼	柱史關西松柏祠	竇牟	
〈桃李〉	70	滻水桃李熟	杜曲芙蓉老	于濆	
	71	樓頭桃李疏	池上芙蓉落	崔國輔	
〈橘〉	72	橘柚植寒陵	芙蓉蒂脩坂	儲光羲	
	73	羽蓋晴翻橘柚香	玉笙夜送芙蓉醉	鮑溶	
	74	芙蓉秦地沼	盧橘漢家園	宋之問	
〈躑躅〉	75	晚葉尚開紅躑躅	秋芳初結白芙蓉	白居易	紅白
	76	紅躑躅繁金殿暖	碧芙蓉笑水宮秋	廖凝（廖融）	紅碧
〈竹類〉	77	酒中浮竹葉	杯上寫芙蓉	則天皇后	
	78	清香芙蓉水	碧冷琅玕風	張祜	
〈薜茘〉	79	葉墮陰巖疏薜茘	池經秋雨老芙蓉	劉滄	
	80	玉池露冷芙蓉淺	瓊樹風高薜茘疏	許渾	
	81	霜凝薜茘怯秋樹	露滴芙蓉愁晚波	許渾	
	82	芙蓉曲沼春流滿	薜茘成帷晚霞多	裴迪	
	83	驚風亂颭芙蓉水	密雨斜侵薜茘牆	柳宗元	
〈菊〉	84	提壺菊花岸	高興芙蓉池	太宗皇帝	

〈杜若〉 85 杜若幽庭草 芙蓉曲沼花 杜審言

86 前對芙蓉沼 傍臨杜若洲 李懷遠

〈草類〉 87 曲沼芙蓉香馥郁 長汀蘆荻花蔱蔌 徐光溥

88 蒹葭綠（得）波浪 芙蓉紅岸溼 孟郊 （綠紅）

〈苔〉 89 稍落芙蓉沼 初掩苔蘚文 靈一

【對語が非植物】

〈鳥〉 90 羽發鴻雁落 檜動芙蓉披 儲光羲

91 鶗鴂聲中寒食雨 芙蓉花外夕陽樓 趙嘏

92 鸕鷀成羣嬉 芙蓉相偎眠 皮日休

93 數聲翡翠背人去 一番芙蓉含日開 皮日休

94 芙蓉湖上吟船倚 翡翠巖前醉馬分 陸龜蒙

95 鸚鵡能言鳥 芙蓉巧笑花 芮挺章

〈蟲〉 96 芙蓉葉上三更雨 蟋蟀聲中一點燈 李昌符

97 蟬噪城溝水 芙蓉忽已繁 羊士諤

98 夜堂悲蟋蟀 秋水老芙蓉 孟貫（曹松）

99 芙蓉月下魚戲 螮蝀天邊雀聲 魚玄機

〈無生物〉 100 塔留紅舍利 池吐白芙蓉 無可 紅白

101　嵐翠溼衣松接院　芙蓉薫面寺臨湖　齊己

102　玳瑁筵前翡翠栖　芙蓉池上鴛鴦鬭　白居易

103　朝遊雲漢省　夕宴芙蓉池　崔融

104　折桂芙蓉浦　吹簫明月灣　張昌宗

105　停綸乍入芙蓉浦　撃汰時過明月灣　皎然

106　露溼芙蓉渡　月明漁網船　儲嗣宗

（四）蓮花

【對語が植物】

〈楊柳〉107　沙上草閣柳新闇　城邊野池蓮欲紅　杜甫　（闇紅）

108　雨霑柳葉如啼眼　露滴蓮花似汗妝　蔡瓌

〈松柏〉109　石潭倒獻蓮花水　塔院空聞松柏風　錢起

〈桂〉110　園桂懸心碧　池蓮飫眼紅　李商隠　（碧紅）

111　前池錦石蓮花豔　後嶺香鑪桂蕊秋　李適

〈檜〉112　翠檜秋檜聳　紅露曉蓮披　許渾　（翠紅）

〈李〉113　向日蓮花淨　含風李樹薫　李嶠

〈竹類〉114　鳳竹初垂擇　龜河未吐蓮　武三思

115　筍成稽嶺岸　蓮發鏡湖香　喩凫

116　入戸竹生牀下葉　隔窗蓮謝鏡中花　李洞

117　蔗竿閒倚碧　蓮朶靜淹紅　王周　（碧紅）

118　閒竿諸長筍　紅顆未開蓮　戎昱　綠紅

〈菊〉

119　遙爲晩花吟白菊　近炊香稻識紅蓮　陸龜蒙　白紅

〈蕙〉

120　圃香知種蕙　池暖憶開蓮　白居易

〈水草〉

121　不及綠萍草　生君紅蓮池　梁德裕　綠紅

122　鈿砌池心綠蘋合　粉開花面白蓮多　白居易　綠白

123　蘋光惹衣白　蓮影涵薪紅　皮日休　（白紅）

124　坐當伏檻紅蓮披　雕軒洞戸青蘋吹　陳陶　紅青

〈草類〉

125　夏沼蓮初發　秋田麥稍稀　李嶠

126　秋塘徧衰草　曉露洗紅蓮　韋應物　紅

127　池裏紅蓮凝白露　苑中青草伴黃昏　韓偓　紅青

〈葉、花〉

128　葉亂田田綠　蓮餘片片紅　趙嘏　（綠紅）

129　半山殘月露華冷　一岸野風蓮萼香　韋莊

【對語が非植物】

〈鳥〉

130　谷語昇喬鳥　陂開共蒂蓮　黄滔

131 水禽遙泛雪 池蓮迴披紅 韋應物 （雪紅）
132 鶴靜疏羣羽 蓮開失衆芳 錢起
133 蓮開有佳色 鶴淚無凡聲 姚合
134 幽禽囀新竹 孤蓮落靜池 劉禹錫
135 泛鵤驚翠羽 開幕對紅蓮 劉禹錫 翠紅
136 白蓮倚闌楯 翠鳥緣簾押 皮日休 白翠
137 行驚翠羽起 坐見白蓮披 皮日休 翠白
138 短好隨朱鷺 輕堪倚白蓮 皮日休 朱白
139 彤庭彩鳳雖添瑞 望府紅蓮已減花 羅隱 彩紅
140 蓮披淨沼羣香散 鷺點寒煙玉片新 劉兼

〈魚〉

141 紅鯉二三寸 白蓮八九枝 白居易 紅白
142 魚驚翠羽金鱗躍 蓮脫紅衣紫菂摧 李紳 （翠紅）

〈蟲〉

143 暗促蓮開豔 乍催蟬發聲 李中

〈無生物〉

144 眉藏火電非他說 手種金蓮不自誇 呂巖 金
145 黃婆設盡千般計 金鼎開成一朵蓮 呂巖
146 浴就紅蓮顆 燒成白玉珠 呂巖 紅白
147 千竿竹翠數蓮紅 水閣虛涼玉簟空 劉禹錫 （紅空）
148 蓮花交響共命鳥 金牓雙迴三足烏 杜甫

149 池文帶月鋪金簟　蓮朵含風動玉杯　皮日休
150 峰頭不住起孤煙　池上相留有白蓮　曹汾　白
151 引手摩挲青石筍　迴頭點檢白蓮花　白居易　青白
152 江天望河漢　水館折蓮花　徐鉉
153 不解栽松陪玉勒　惟能引水種金蓮　韜光　玉金
154 還挂一帆青海上　更開三逕碧蓮中　許渾　青碧
155 白鳥白蓮爲夢寐　清風清月是家鄉　皮日休　白
156 池滿紅蓮溼　雲收綠野寛　姚合　紅

（五）藕花

【對語が植物】

〈楊柳〉
157 綠楊陰裏千家月　紅藕香中萬點珠　溫庭筠　綠紅
158 楊柳在身垂意緒　藕花落盡見蓮心　孫光憲

〈松〉
159 碧松影裏地長潤　白藕花中水亦香　伍喬　碧白
160 泉領藕花來洞口　月將松影過溪東　杜荀鶴

〈桂〉
161 藕花飄落前巖去　桂子流從別洞來　方干

〈楓〉
162 野亭楓葉暗　秋水藕花明　朱慶餘　（暗明）

〈橘〉 163 夜月紅柑樹　秋風白藕花　張籍　紅白

〈藤〉 164 綠藤陰下鋪歌席　紅藕花中泊妓船　白居易　綠紅

〈水草〉 165 藕花熏浦溆　菱蔓匿鳧鷖　喩鳧

166 不作浮萍生　寧爲藕花死　溫庭筠

【對語が非植物】

〈鳥〉 167 野水翻紅藕　滄江老白禽　齊己　紅白

〈魚〉 168 紅藕映嘉魴　澄池照孤坐　貫休　紅

〈動物〉 169 月明紅藕上　應見白龜遊　齊己　紅白

〈無生物〉 170 紫金地上三更月　紅藕香中一病身　貫休　紫紅

171 白藕新花照水開　紅窗小舫信風迴　白居易　白紅

あとがき

植物詞の研究を始めてからずいぶん長い年月が經った。このほかにも關心の赴くままに、さまざまな研究をしてきたが、詩や詩語に現れる詩人の精神とその歷史的變遷に關しては、一貫して興味を持ち、長い間に少しずつ論文を書いてきた。

資料としては主に『全唐詩』と『先秦漢魏晉南北朝詩』を使ったが、時と共に資料の形や使い方が變わっていった。研究を始めた頃は中華書局『全唐詩』と、丁福保『全漢三國晉南北朝詩』（世界書局　一九六二年）を、一枚一枚頁をめくって目を走らせ、手書きでカードを作っていった。效率は惡かったが、いろいろな作品を目にする利點があった。絢爛たる詩のシャワーを浴びるようで、本を見ただけでわくわくしたものだった。一九八三年に、逯欽立『先秦漢魏晉南北朝詩』が出版され、この本も使うようになった。このころ、國際アジア・北アフリカ研究會議が日本で開催され、口頭發表をした。論文「中國古典詩に詠ぜられた花木と花草の變遷――呪術から美の追究へ――」（『伊藤漱平教授退官記念中國學論集』汲古書院　一九八六年所收）はそれをもとに書いたものである。

一九八九年春に、深圳大學と北京の社會科學院で『全唐詩』をコンピューターに入れる試みを見學した。そののち、社會科學院の試行版のデータを手に入れた。そのデータは、中華書局版『全唐詩』の中の、「芙蓉」「蓮」などの言葉がある頁を一覽にしたものであった。このころには家庭用のコピー機が出ていたので、そのリストにある『全唐詩』の頁をカードにコピーして使うこととした。カードの精度が上がったことと、カードに作品全部が載せられるようになったことが利點であった。しかし、『全唐詩』の同一頁の中に同じ言葉が幾つ出ているかは記載されていなかったので、それを捜し出すのが一苦勞であった。全てのカードの、目指す言葉にマーカーで印をつけた。社會科學院のデータには總數が書かれていたのだが、なかなかその總數と數が合わなかった。ことに「荷」という字は「荷物」とか「になう」という他の意味もあり、數が多かった。一九八二年『全唐詩外編』が中華書局から出版され、これについてもカードを取ったが、今回の本では、そのほとんどを使っていない。こののち『全唐詩補編』（中華書局　一九九二年）など、『全唐詩』を補う勞作が出版されている。いずれも貴重な成果であるが、今回の研究を變えるような意味を持つものではない。

このカードを使って、いろいろな研究ができた。「古典詩の中のハス――荷衰へて芙蓉死す――」（『日本中國學會報』四二　一九九〇年）「中國古典詩の中のハスの花――「蓮花」「荷花」「藕花」「芙蓉」語の意味」（單行本『文化言語學の創設』三省堂　一九九二年）「中國古典詩の中のハスの花――「蓮花」「荷花」「藕花」「芙蓉」「菡萏」語の意味・再論」（『明海大學外國語學部論集』四　一九九二年）「樂府詩「採蓮曲」の誕生」（『東方學』八七　一九九四年）「古典詩の中のはす――樂府「江南」古辭の「蓮」について」（單行本『竹田晃先生退官記念學術論集』汲古書院　一九九一年）「中國古典詩に於ける諧音相關語　――樂府「江南」古辭の「魚」について――」（『明海大學外國語學部論集』三　一九九一年）と、多様な角度から興味が湧いて、論文を書いた。

このなかで、「樂府詩「採蓮曲」の誕生」は東方學會賞を受けたことで、思い出に殘る論文となった。本書の第三部では、「樂府詩「採蓮曲」の發展」「樂府詩「採蓮曲」の飛躍」と續けて三部作とした。これは、最初からの構想であった。しかし、中國での「採蓮曲」のその後、すなわち、宋代以降の「採蓮曲」の系譜がどうなっていくのか、また詞というジャンルの中で、ハスはどのように描かれているのかということも、興味深い問題である。いずれ調べてみたいと思っている。

論文「中國古典詩の中のハスの花——「蓮花」「荷花」「藕花」「芙蓉」語の意味」「中國古典詩の中のハスの花——「蓮花」「荷花」「藕花」「芙蓉」「菡萏」語の意味・再論」は本書の第一部のもととなった論文である。今回書き直すに當たっては、インターネットや市販のCD-ROMで『全唐詩』『先秦漢魏晉南北朝詩』『四庫全書』ほか、さまざまなデータベースを使うことができるようになっていた。これらからダウンロードした作品と、先に作ったカードとを照合して資料とした。とにかく検索は便利になり、効率が格段に上がった。作品の引用も容易になり、手で打ち込まないので誤りも少なくなった。膨大な文獻の中から様々な關連資料を短時間で探し出すことができるようになった。ことに、唐代以前の文の中から關連資料を探すことができたことは、大きな恩恵であった。

ただ、他の關係ない作品を樂しみながらカードを取る作業が無くなり、目指す詩句、目指す作品以外のものが目に觸れる機會が少なくなったので、絢爛たる詩のシャワーを浴びるというわけにはいかなくなった。

前の論文でも、ハスの花を表す詩語が五つもあるということを調査して、その違いを面白いと思ったのであるが、今回見直してみると、改めて言葉の個性や運命に思いが至り、まるで、言葉と共に千年の時空を旅しているようで、目の前に新しい世界が廣がる思いであった。言葉の個性にも、言葉に託された各時代の無數の人々の思いにも、壓倒された。

本書の最後には、第一部の資料を付けた。この資料は、第一部の論點を補足し、不備を補う、という意味がある。しかし、それ以上に、この資料を見るだけで、様々に興味深い發見があることと思う。本論に書くことができたのは、その内のごく一部である。

この資料では、様々な分類を試みた。たとえば、實景描寫に込められている作者の感情を、分類してみた。喜びの中に歌われる輝くようなハスの花、暗い寂しい景色の中で一輪だけ鮮やかに咲くハスの花。詩というジャンルを考察する中で、作品に込められた感情を無視することはできないと思う。今回は準備不足で本書に書き込むことができなかったが、ハスの花が、言葉が、どのように作者の感情を受け止めるのか、ということは、今後考えてみたいことである。

この分類には、獨斷的で恣意的な部分が多く、作品の讀み間違えなどもあろうと思う。資料として付けるには不備であったと反省している。しかし、本論を批判的に讀む方のために、その根據を明らかにしたかったし、さらに、この資料の中から本論に書いたこと以上のたくさんの意味や興味を讀み取って頂きたいと思った。

補說として論文「桃夭篇の新しい解釋」を入れるべきか、についてもずいぶん迷った。この論文が決して完成稿ではなく、解釋方法の試みに過ぎないからである。愛知大學名譽教授中島敏夫氏にご意見を伺ったところ、ことに「歸」の字の解釋については、より明確な根據が必要であるとの指摘を受けた。

『詩經』には二千年にわたる研究の歴史がある。近年では、白川靜氏、松本雅明氏、赤塚忠氏等偉大な碩學の壯大な研究があった。同じ方法で研究しても、現代の研究者が付け加えることは少ないかもしれない。

現代の我々が有利なのは、『十三經』のデータベースができて、言葉集めが容易になったこと、『四庫全書』や『詩經要籍集成』といった關係資料が容易に見られるようになったこと、出土資料などの研究が進み、古い文獻の位置づけが明確になってきたこと、などである。本論はその有利な状況を生かした研究方法の一つの試みとして提示した。もし、今後の研究のたたき台として、批判を受けることができれば、幸いである。

第一部から第三部、そして補編まで、すでに述べたように、書いている時期も資料の形も違うので、今回見直してみると、重複している部分があり、引用文の長さも違う。重複している部分は除くことも考えたが、途中から本を讀む場合の便宜を考えてそのままにしてある。手書きでカードを取り、外字を作りながら打ち込んでいた時期の論文では、引用文が短い。ダウンロードをするようになると、引用文が長くなる傾向にある。自戒すべきである。

本書は、平成十六年十二月に東京大學に提出した學位論文を基にしたものである。審査に際しては、主査の東京大學教授戸倉英美氏、副査の東洋文庫理事・東京大學名譽教授田仲一成氏、東京大學教授藤井省三氏、同じく藤原克己氏、同じく大木康氏に、懇切なご指導を賜り、貴重なご意見を頂いた。このように論文を詳しく批判して頂くことは、滅多にない、非常に貴重な機會であった。

本書は、長い間に書いた論文を基に成ったもので、したがってその時々に、故前野直彬先生、佐藤保先生、山之內正彥先生、中島敏夫先生ほか前野塾の方々に、石川忠久先生に、竹田晃先生に、その他多くの方々に意見を頂き指導を受けた。

田仲一成先生、故伊藤虎丸先生からは、度々、叱咤激勵を頂いた。

第一部の資料の照合に際しては、東京大學大學院人文社會系研究科博士課程山崎藍さんに大變お世話になった。山崎さんは、第一部の校正も手傳ってくださり、また、第三部については、同研究科博士課程田中智行さんが校正を手傳って下さり、誤りの指摘や意見を頂いた。

『李白の文』『新編李白の文』に引き續き、汲古書院と編集者の小林詔子さんに大變お世話になった。

これら全ての方々に、ここで感謝の念を申し上げたいと思う。

本書の出版に際しては、獨立行政法人日本學術振興會から平成十八年度科學研究費補助金（研究成果公開促進費）の交付を受けている。

索　引

凡　例

〔人名索引〕唐及び現代の人名以外は該當する王朝名を（　）に付した。
歐文表記の人名は最後にまとめた。
空見出しは利用者の便宜を計って必要と思われるもののみ付した。
その詩人を中心に述べ始める頁には＊印を付した。
〔篇名索引〕楚辭作品名・詩經作品名・漢魏六朝樂府作品名を採錄した。

人名索引

ア行

カ行

サ行

マ行

ヤ行

ラ行

ワ行

歐文人名

篇名索引

楚辭作品名

詩經作品名

ア行

カ行

サ行

タ行

ナ行

ハ行

マ行

ヤ行

ラ行

漢魏六朝樂府作品名

著者略歴

市川　桃子（いちかわ　ももこ）

1949年生。
東京大學文學部中國語中國文學科卒業。
東京大學大學院人文社會系研究科修了。文學博士。
現在、明海大學大學院應用言語研究科教授。

〔主要著書〕

『詠史と詠物』共著　1984年　小學館
『李白の文――序・表の譯注考證――』共著　1999年　汲古書院
『新編李白の文――書・頌の譯注考證――』共著　2002年　汲古書院

中國古典詩における植物描寫の研究
――蓮の文化史――

平成十九年二月二十八日　發行

著　者　市　川　桃　子
發行者　石　坂　叡　志
整版印刷　中台整版
モリモト印刷

發行所　汲　古　書　院
〒102-0072　東京都千代田區飯田橋二―五―四
電　話〇三（三二六五）九七六四
ＦＡＸ〇三（三二二二）一八四五

ISBN978－4－7629－2808－6　C3098